Claus Cornelius Fischer
Commissaris van Leeuwen und das Mädchen mit der Silbermünze

D1925448

PIPER

Claus Cornelius Fischer, geboren 1951 in Berlin, besuchte bis zum Abitur ein Jesuiteninternat in Westfalen und anschließend eine Journalistenschule in München. Nach dem Diplomabschluss arbeitete er als freier Journalist unter anderem für *Die Welt* und *Die Zeit* und als Übersetzer amerikanischer Romane, bevor er sich als Drehbuchautor und Romancier etablierte. Die Krimi-Reihe um den Amsterdamer Commissaris Bruno van Leeuwen ist auch international erfolgreich.

Claus Cornelius Fischer

COMMISSARIS VAN LEEUWEN
und das Mädchen mit der Silbermünze

Kriminalroman

PIPER

Mehr über unsere Autoren und Bücher:
www.piper.de
www.thiele-verlag.com

Von Claus Cornelius Fischer liegen vor:
Commissaris van Leeuwen und die verlorene Frau
Commissaris van Leeuwen und die Händler des Bösen
Commissaris van Leeuwen und der Engel des Todes
Commissaris van Leeuwen und der Mann mit dem eisigen Herzen
Commissaris van Leeuwen und das Mädchen mit der Silbermünze

MIX
Papier aus verantwortungsvollen Quellen
FSC
www.fsc.org
FSC® C083411

Ungekürzte Taschenbuchausgabe
ISBN 978-3-492-31526-5
November 2019

Umschlaggestaltung: Guter Punkt, München unter Verwendung
eines Motivs von Amsterdam-Absentiae
Satz: Christiane Paxmann text · konzept · grafik, München
Gesetzt aus der Goudy Old Style
Druck und Bindung: CPI books GmbH, Leck
Printed in the EU

1

Das Mädchen mit der schwarzen Skimaske schoss sofort, als der Mann die Tür öffnete. Sie drückte zweimal ab, und der Mann stürzte auf den Rücken und blieb reglos liegen. Es war dunkel, aber durch die Augenlöcher ihrer Wollmaske konnte sie sehen, wo die Kugeln seine Brust zerfetzt hatten. Ein Zittern lief durch seine Beine, und er fing an, sich mit den Füßen von ihr weg zu schieben.

»Ich bin Fenna«, sagte das Mädchen.

Fenna trat über die Schwelle, drückte die Haustür hinter sich ins Schloss und folgte dem Mann durch den schwach beleuchteten Flur zur Treppe. Mit einem Ruck knickte sie die warmen Läufe der Flinte ab, ließ die Patronenhülsen auf den Boden fallen und schob zwei neue in die Kammern. In der Luft hing der scharfe Geruch von verbranntem Schießpulver.

Der Mann lebte noch, aber er sagte nichts. Er schrie auch nicht. Das einzige Geräusch war das Scharren seiner nackten Füße auf dem Läufer und sein Atem in der durchlöcherten Lunge. Es klang, wie wenn man mit einem Strohhalm die letzte Flüssigkeit vom Boden eines Bechers saugt. Seine Brust hob und senkte sich, das Blut glänzte fast schwarz.

Fenna klappte die Läufe wieder hoch und spannte die Hähne. Die Holzdielen knarrten unter ihren Nikes. Ihr war heiß, und sie spürte, wie ihr Herz raste. Sie konnte sich selbst atmen hören, schnell und hechelnd, wie ein Hund. Durch die Augenlöcher sah sie nicht viel mehr als den Mann auf dem Teppich und die Treppe, die nach oben führte. Im oberen Stockwerk brannte Licht. Erst als der Mann die unterste Stufe fast erreicht hatte, konnte Fenna sein Gesicht erkennen.

»Lars?«, rief eine Frau über ihrem Kopf. *»Lars?«*

Fenna hörte den Schrei und dachte, *es sollte doch niemand hier sein, nur der Mann. Die Frau wollte doch verreisen. Ich dachte, sie ist verreist, mit dem Sohn.* Sie ließ die Flinte sinken, machte kehrt und wollte wegrennen, erst zur Tür und dann aus dem Haus. Aber der Türknopf ließ sich nicht drehen, ihre Hand in dem glatten Handschuh rutschte immer wieder ab.

Die Wollmütze war jetzt heiß und feucht von ihren Atemstößen. Der Schweiß rann ihr in die Augen. Sie blinzelte und sah alles nur noch schlierig und verschwommen. *Der Falsche*, dachte sie, *ich hab den Falschen erschossen.* Die Augen brannten, ihr wurde schlecht. *Ich darf mich nicht übergeben, ich darf nicht weinen. Es ist der Falsche, aber er hat es bestimmt auch verdient.*

Auf der Holztreppe hinter sich hörte sie polternde Schritte. Hastig warf sie einen Blick zurück. Die Frau auf der Treppe bewegte sich so schnell, dass sie gar keine richtige Form annahm, erst war sie klein – nackt und klein –, kam aber rasch näher, und dabei wurde sie größer und schärfer, und Fenna ließ den Türknopf los und fuhr herum. Sie hörte die Frau schreien, und hörte auch ihre eigenen Atemstöße, und dann sah sie durch die Augenlöcher der Skimaske nur noch Teile der Frau: nasses blondes Haar, das strähnig über die Schultern fiel; aufgerissene blaue Augen, erschrocken und zornig; ein weit geöffneter Mund mit schmalen, gespannten Lippen unter einer kleinen Nase; glänzende Haut.

Seine Frau.

Geh weg! Geh weg, dann tu ich dir nichts!

Fenna riss die Flinte hoch und dachte, *ich kann das nicht, sie hat nichts getan, es ist falsch*, aber während sie das noch dachte, krümmte sich ihr Finger. Er riss am Abzug, *das will ich nicht*, und diesmal war der Rückschlag viel stärker, und das Krachen der

Schüsse klang wie Donner, scharf und hallend. Im Widerschein des Mündungsfeuers sah eine Sekunde lang alles wie in einer Disco aus, wenn das flackernde Licht jede Bewegung auf der Tanzfläche in stehende Filmbilder verwandelt.

Da entdeckte sie den Jungen.

Sein Sohn.

Er stand ganz oben auf der Treppe, trug einen gelb und rot karierten Schlafanzug. Er war auch blond und so zierlich, dass er fast durchsichtig wirkte. Wie ein Schmetterling. Die Neigung des Kopfes, die angespannte Haltung des Halses, das Zittern der Beine. *Ein Tier, das gleich fliehen will.* Bei dem Gedanken *Tier* ging die Flinte los. Fenna hatte gar nicht abgedrückt, es war ein blöder Flinteninstinkt, ein Jagdinstinkt.

Das Mündungsfeuer verbrannte die Luft wie Gas aus einem Schneidbrenner. Pulverdampf nebelte die Treppe ein, als die Schrotkugeln den Lauf verließen, ein Dutzend oder mehr, und das Mädchen konnte jede einzelne davon sehen, gehüllt in die eisblauen Blitze. Sie konnte sehen, wie sie den Jungen trafen und zurückwarfen, diese winzige, unscharfe Gestalt in dem zerfetzten Schlafanzug, jetzt viel mehr rot als gelb, blutig, mit fliegendem Blondhaar und winzigem Gesicht, blass und blutig, *wie schrecklich, entsetzlich!* Und das war ein Gedanke, der blieb.

Alles blieb stehen in diesem Gedanken, *wie schrecklich, entsetzlich!*, bis auf den Pulverdampf, der langsam zerfaserte. In dieser Sekunde des Stillstands, in der Fenna nur ihren Herzschlag und ihre schnellen Atemstöße hörte, wünschte sie sich mehr als alles andere, selber tot zu sein. Es schien nicht weh zu tun. Sie wünschte sich, der Mann – der andere, der richtige Mann – hätte sie damals nicht am Leben gelassen. Es war wie ein Fieberanfall, der ihren ganzen Körper erhitzte.

Ich war ein Kind, dachte sie verwundert, *bis zu dem Moment, als ich im Krankenhaus aufgewacht bin. Und jetzt schau mal, da, die tote Frau, der tote Mann, der tote Junge, das Blut.*

Sie hörte Wasser tropfen, *pitsch, pitsch, pitsch*, vielleicht aus der Dusche im Bad. Einen verrückten Moment lang glaubte sie, es wäre das Blut des Jungen, das die Stufen hinuntertropfte, obwohl da gar kein Blut zu sehen war. *Vielleicht braucht er es noch*, dachte sie; *vielleicht will er es nicht hergeben, weil er es noch braucht.* Sie schluckte, etwas Salziges rann ihr in die Kehle.

Pitsch, pitsch, pitsch.

Dann dachte sie: *Nicht weinen, ich darf keine Spuren hinterlassen! Meine Tränen verraten mich. Es wäre egal, wenn der Mann der richtige gewesen wäre, aber er war es nicht, und deswegen dürfen sie mich nicht kriegen. Bis der Richtige mich sieht, wie ich jetzt bin. Bis auch er stirbt.*

Sie legte die Flinte auf die Kommode, die links neben der Garderobe stand. Dann zog sie den kleinen schwarzen Rucksack aus und legte ihn dazu. Sie holte eine Spraydose mit roter Farbe hervor und schüttelte sie, bis das Kügelchen in der Dose schepperte. Über der Stelle, wo die tote Frau lag, war genug Platz an der Wand, und sie sprühte das erste Wort auf die dunkelgrüne Raufasertapete.

Ich –

Der Läufer im Flur war verrutscht, und jetzt breitete sich ein dunkler Fleck unter der toten Frau aus. Das Treibgas der Spraydose zischte, während die Farbe an der Wand zu großen, schreienden Worten wurde.

Ich bin –

Der dunkle Fleck kroch langsam über den nackten Holzboden, kam näher. Er roch gut, nach frischer Farbe, und die Frau mit der Skimaske vergaß langsam, was sie getan hatte und dachte stattdessen an das, was mit ihr getan worden war.

Ich bin kein –

2

Bruno van Leeuwen stand auf dem Kamm der Düne über der Bucht und sah hinunter zu dem Steg, an dem Felines Boot lag. Es war eine schöne, schnittige Segeljolle, die gut zu ihr passte. Sie passte viel besser zu ihr als er, denn er war nicht schön und schnittig, sondern grobschlächtig und müde. Er trug einen Pullover und einen gefütterten Dufflecoat mit Fellkragen, denn abends wurde die Luft um diese Jahreszeit immer noch kühl. Der Morgen war warm und hell gewesen, aber am Nachmittag hatte es sich bezogen, und jetzt hingen die Wolken bleigrau am Himmel, und weit draußen über der Kimm, vor der tief stehenden Sonne, waren sie sogar fast schwarz. Auf der träge heranrollenden Dünung schimmerte das letzte Licht des Himmels.

Die anderen Kutter und Fischerboote, die sonst an dem Steg lagen, waren schon vor einigen Stunden ausgefahren. Um den alten Leuchtturm am Ende der Bucht kreisten Silbermöwen, und wenn der Wind in seine Richtung wehte, konnte der Commissaris ihre hellen Schreie hören. Allmählich fror er. Langsam ging er durch den Strandhafer zum Wasser hinunter, wo die Wellen zischend über den feuchtend Sand liefen. Es fiel ihm noch immer schwer, langsam zu gehen; er musste sich dazu zwingen. Er konnte sich nicht erinnern, wann er das letzte Mal so viel Zeit gehabt hatte.

Außer dem Dufflecoat trug er Gummistiefel und abgewetzte Jeans, aber keinen Schal und nichts auf dem Kopf. Der Wind wehte ihm die Haare in die Stirn, und er dachte wieder an Feline, denn so mochte sie ihn am liebsten, mit den Haaren in der Stirn und ein oder zwei Tage alten Bartstoppeln. Er stapfte am Strand entlang auf den Steg zu. Als er eine Ansammlung von Klaffmuscheln mit weißen Salzrändern entdeckte, blieb er stehen. Gestern Abend hatten sie Muscheln gegessen; Feline hatte sie zubereitet, und er dachte an das Essen und an die Nacht und daran, wie sie am Morgen in ihrem kleinen Haus am Dorfrand aufgewacht waren.

Er wusste nicht mehr, was ihn geweckt hatte, vielleicht das Krächzen einer frühen Möwe oder die Motorengeräusche der zurückkehrenden Fischkutter unten im Hafen. Aber er wusste noch, was er zuerst gesehen hatte: den blauen Himmel vor dem Fenster und im Bett die Umrisse einer Frau, die mit angezogenen Beinen neben ihm lag. Ein kleiner Fuß mit rot lackierten Nägeln schaute unter der Decke hervor und oben ein paar braune Haarsträhnen. Er hatte eine der Strähnen mit dem Zeigefinger berührt, war ihr gefolgt wie dem Flusslauf auf einer Landkarte. Er hatte einen der Füße in die Hand genommen, seine Wärme gespürt und festgehalten, bis Feline aufgewacht war. Mit einem Lächeln.

Er hatte nicht gedacht, dass er nach Simone noch einmal eine Frau lieben könnte, und doch – er liebte Feline mit derselben Innigkeit, wenn auch nicht auf dieselbe Weise. Er genoss die Erinnerung an den Abend und die Nacht und den Morgen. Du bist ja beinah glücklich, dachte er.

Er ging an dem Steg vorbei und weiter ins Dorf hinein, um den Hafen herum. Sein Handy summte in der Jackentasche. Als er es herausgeholt hatte, war es zu spät; der Anrufer hatte bereits aufgelegt und nicht auf die Mailbox gesprochen. *Unbekannter Anrufer* stand auf dem Display.

Der Scheinwerfer des Leuchtturms kreiste über dem aufkommenden Dunst. Durch die kleinen, weiß gerahmten Fenster der dicht aneinander gebauten Backsteinhäuser blickten beleuchtete

Wohnzimmer auf die verwaisten Bootsstege und Dalben des kleinen Hafens. Unruhige Wellen schwappten gegen die Kaimauern und die als Fender angebrachten Autoreifen. Die wenigen Boote, die nicht hinausgefahren waren, knarzten in ihrer Vertäung. Wenn der Wind nachließ, wurde der Geruch nach brackigem Wasser, Tang und Dieselöl stärker. Er gehörte ebenso hierher wie das Schiefergrau der Dächer, das Weiß der Fensterrahmen oder das dunkle Rotbraun der Mauern.

Das Handy summte wieder, und diesmal bemerkte es der Commissaris rechtzeitig. Das Display zeigte den Namen *Anton Gallo*. Van Leeuwen meldete sich, hörte allerdings nur ein Rauschen und Knacken, dann die weit entfernte Stimme von Hoofdinspecteur Anton Gallo: »Bruno?«

»Ja?«

»Bruno –« Das Rauschen schwoll an, dann wieder ab. »Wir brauchen dich –« Jetzt zerhackte ein scharfes Knacken die Worte. »Im Gefängnis –« Das Knacken wurde zu einem zwitschernden Pfeifen. »Scheveningen – Geisel –«

»… Ton, ich kann dich nicht verstehen.«

Abrupt brach die Verbindung wieder zusammen, und die ferne Stimme wurde abgeschnitten. Van Leeuwen drückte die Rückruftaste, Gallos Nummer erschien, aber keine Verbindung kam zustande. Er schob das Handy in die Tasche zurück und ging weiter. *Ich bin beurlaubt*, dachte er.

Felines Haus lag am Ende eines unbefestigten Weges etwas oberhalb des Dorfes. Van Leeuwen bog von der gepflasterten Hauptstraße ab, und nach ein paar Schritten hatte er das reetgedeckte, weiß getünchte Haus erreicht, das Feline von ihren Eltern hinterlassen worden war. Er war etwas außer Atem, denn er hatte nicht mehr darauf geachtet, langsam zu gehen. Sein Herz schlug schnell, pochte in der Wunde unterhalb der untersten rechten Rippe.

Er öffnete die unverschlossene Holztür und betrat das kleine Haus, das eine ganz andere Feline verriet als die elegante, doppelstöckige Penthouse-Wohnung in Amsterdam. Er konnte durch die Zimmer gehen und begegnete überall dem Menschen, den nur er kannte; nicht der nüchternen Polizeipsychologin und auch nicht der geschiedenen Frau eines steinreichen Reeders, sondern der romantischen, leidenschaftlichen – ja, warum nicht das Wort? – der *Liebenden*, die in der Zielgeraden ihrer besten Jahre bereit war, noch einmal alles auf Risiko zu setzen.

Am auffälligsten waren die Bücher in allen Zimmern: Gedichtbände von Ezra Pound, Dylan Thomas, Rilke und Pablo Neruda, die nicht nur der Dekoration dienten, genauso wenig wie die zerlesenen Romane, vorzugsweise Flaubert und Zola, manche auf Französisch. Auf dem Boden im Wohnzimmer lagen alte Schallplatten von Louis Armstrong, Django Reinhardt oder Duke Ellington neben Sechziger-Jahre-Rock, den Stones oder Led Zeppelin. Es gab Art-Deco-Lampen, bestickte Samtkissen und Ziergegenstände aus Muscheln, Zinn oder bemaltem Porzellan. In der Küche bevölkerte eine Sammlung mechanischer Kaffeemühlen die Regale, der eine friedliche Armee von Gewürzbehältern aus aller Welt gegenüberstand. Aus einem Flaschenständer in der Vorratskammer richtete eine Batterie verstaubter französischer Rotweinflaschen ihre Korken auf die Tür.

Auch die wenigen Möbel im Wohnzimmer – ein Sofa, zwei Sessel, eine Vitrine, ein Bücherregal, ein Couchtisch – waren schwer und schnörkellos. Rechts vom Kamin türmten sich Stapel alter Zeitungen, *De Telegraaf*, *NRC Handelsblad* und *de Volkskrant*, links eine Pyramide aus Kieferscheiten. Ein Gemälde neben der Tür zum Wintergarten zeigte einen nur zu ahnenden Tiger in einem stilisierten Dschungel. Das einzige Zugeständnis an das moderne Informationszeitalter war ein großer Samsung-Flachbildfernseher.

»Du wirst dich da wohl fühlen«, hatte Feline gesagt, als sie ihm vorschlug, ein paar Tage in ihrem Haus auszuspannen, mit ihr oder ohne sie, ganz wie er wollte. »Hat eine Menge von deiner Wohnung, das Durcheinander und so. Der ganze alte Krimskrams. Aber vor allem erinnert es dich an gar nichts. Mehr kannst du eigentlich nicht verlangen, während du darauf wartest, dass die Kommission ihre Entscheidung trifft. Und nachts ist es so still, dass du zuhören kannst, wie aus deinen Wunden Narben werden.«

»Es ist nur eine«, hatte er geantwortet.

»Ich weiß, dass du das denkst.«

Er stieg die Treppe hinauf, trat ans Schlafzimmerfenster und öffnete es. Von hier aus konnte er über die Dächer der anderen Häuser auf den Hafen und das Meer sehen, das unter einer glatten Schicht von Silber zu schlafen schien. Unermüdlich ließ der Leuchtturm seinen wachsamen Lichtstrahl kreisen, ein seltsam tröstlicher Anblick, vor allem nachts, wenn er lautlos durch das Zimmer geisterte.

Van Leeuwen wählte noch einmal Hoofdinspecteur Gallos Nummer. Er hörte das Rufzeichen, zweimal, dreimal, und dann war Ton da, dicht an seinem Ohr und so klar, als stünde er neben ihm. »Bruno, verstehst du mich jetzt?«

»Ja. Du hast was von Scheveningen gesagt –«

»Hat die Einsatzleitung noch nicht bei dir angerufen?«

»Welche Einsatzleitung?«

»Geh mal ins Internet und google *Crime stage*, den TV-Kanal. Da läuft ein *live stream* von der –«

»Ich habe hier keinen Computer«, sagte van Leeuwen.

»Das kannst du mit deinem Smartphone«, sagte Gallo ungeduldig. »Du brauchst bloß –«

»Ich habe auch kein Smartphone, das weißt du doch«, fiel ihm van Leeuwen ins Wort, »nur ein normales Handy, mit dem man nichts kann als telefonieren.«

Gallo seufzte, wie nur ein echter Freund seufzen konnte. »Also gut, pass auf: In Scheveningen hat es eine Geiselnahme gegeben, und der Täter will –«

»In der Haftanstalt?«, fragte van Leeuwen.

»Ja«, bestätigte Gallo. »Ein Insasse hat einen Wärter und den Gefängnisgeistlichen als Geisel genommen. Er verlangt freien Abzug und ein TV-Team, das ihn interviewt und das Interview live sendet. Für den Fall, dass seine Forderungen nicht erfüllt werden, droht er, die Geiseln zu töten. Das Sondereinsatzkommando hat das ganze Gelände abgeriegelt und versucht, mit ihm Kontakt aufzunehmen, aber er will mit niemand reden außer –«

»Weiß man schon, wer der Geiselnehmer ist?«, unterbrach ihn van Leeuwen. »Ein normaler Häftling oder einer von den Kriegsverbrechern?«

Inzwischen war es so dunkel geworden, dass ihn der Lichtstrahl des Leuchtturms fast blendete, wenn er in seine Richtung schien.

»Ein normaler Häftling. Heißt Milan Kimmel und sitzt wegen versuchten Mordes, Betrugs und Diebstahl. Aber er scheint verzweifelt und zu allem entschlossen –«

»Und was will er der Welt vor den Fernsehern mitteilen?«

»Vermutlich dass er unschuldig ist. Der Staatsanwalt dachte, du wüsstest vielleicht mehr darüber. Er hat bei mir angerufen und nach deiner Privatnummer gefragt, weil du ja nicht an dein Diensthandy gehst und –«

»Was hat das mit mir zu tun? Ich bin kein Commissaris mehr, jedenfalls bis auf weiteres.« In ein paar Tagen wache ich vielleicht auf, und die Mitglieder der Kommission kauern über mir und nagen die letzten Fetzen Fleisch von meinem Gerippe, dachte er. »So oder so gehören das Gefängnis und Scheveningen nicht mal in unseren Zuständigkeitsbereich.«

»Der Geiselnehmer hat aber extra nach dir verlangt, und der Justizminister will –«

»Ich kenne diesen – Kimmel? – den kenn ich gar nicht!«

»Er sagt, er hätte einen Freund von dir in seiner Gewalt, den würde er als Ersten töten.« Jetzt klang Hoofdinspecteur Gallos Stimme ganz ruhig.

»Ich habe keine Freunde.«

»Außer mir.«

»Außer dir«, bestätigte van Leeuwen.

»Und Remco.«

»Remco ist ein Untergebener. Außerdem ist er zu jung für einen richtigen Freund.«

»Jedenfalls behauptet dieser Kimmel, seine Geisel sei ein Freund von dir, egal, wie du das definierst«, kehrte Gallo zum Kernpunkt zurück. »Ich geb dir mal die Nummer des leitenden Staatsanwalts. Die wollen dir einen Helikopter schicken. Einen von beiden solltest du anrufen, jetzt gleich!«

»Ich bin doch beurlaubt«, protestierte van Leeuwen und ergänzte, nicht ohne Vergnügen: »Ich soll jede Aufregung meiden, hat der Arzt gesagt!« Der Scheinwerfer leuchtete ihm ins Gesicht, und er wandte sich ab und verließ das Schlafzimmer. Als er die Treppe hinunterging, spürte er die Schusswunde im Bauch, als wäre er eben erst getroffen worden. *Ich reg mich ja schon auf*, dachte er.

3

Die Backsteintürme des Gefängniseingangs ragten wie eine maßstabsgerecht verkleinerte Kopie des Londoner Towers über die flachen Dünen vor den Mauern der Haftanstalt von Scheveningen. Barrikaden riegelten die Zufahrtswege ab, und die Peitschenlampen auf der anderen Seite der Mauern tauchten die Zellentrakte in die unwirkliche, körnige Helligkeit, von der in Science-Fiction-Filmen die Landung eines Ufos begleitet wird.

Auf dem Rasen vor dem Tor waren vermummte Scharfschützen der Spezialeinheit BBE und Marineinfanteristen mit Plastikschilden und HK MP-5-Gewehren in Stellung gegangen. Die Einfassungen der Fensterluken und Schießscharten in den Türmen schimmerten eisgrau im Licht der starken Scheinwerfer auf den Einsatzfahrzeugen. Das Rotorengeräusch eines Helikopters übertönte das Knistern der Walkie Talkies und das Gemurmel der Schaulustigen aus den Villen des angrenzenden Wohnviertels hinter den Absperrungen. Überall blitzten blaue und rote Lichter.

Der Einsatzleiter stand in Stiefeln und Multicam-Tarnuniform mit dem Hoofdcommissaris von Den Haag und dem zuständigen Staatsanwalt an der offenen Hecktür der mobilen Kommandozentrale auf dem von Zivilfahrzeugen geräumten Parkplatz. Der Staatsanwalt trug einen Trenchcoat, der etwas zu kurz für seine Größe war. Mats Kramer, der Hoofdcommissaris, war in Uniform – dunkelblau, mit den goldenen Abzeichen seines Rangs an Ärmeln und Schultern, der Königskrone, den zwei gekreuzten Schwertern und dem gekrümmten Lorbeerblatt, die allesamt bei jeder Bewegung aufblitzten. Van Leeuwen kannte ihn; den Staatsanwalt und den Einsatzleiter kannte er nicht. Er stellte sich vor und fragte: »Wo ist die Zielperson?«

»Im vorderen Gebäude, oberstes Stockwerk«, antwortete der Einsatzleiter und deutete auf einen der klobigen Backsteintrakte jenseits der Mauer, die van Leeuwens Blick mit dunklen Fenstern erwiderten.

»Haben Sie Sichtkontakt?«, wollte van Leeuwen wissen.

»Nein.«

»Wie nehmen wir Verbindung mit dem Geiselnehmer auf?«

»Er hat ein Handy in seinen Besitz gebracht und wartet auf Ihren Anruf.«

»Weiß man etwas über seine Motive?«

Der Staatsanwalt schüttelte den Kopf. »Nein.«

»Er will raus«, sagte Hoofdcommissaris Kramer. »Das ist sein Motiv.«

»Und die Geisel?«, fragte van Leeuwen. Seit Gallos Anruf hatte er im Geist eine Liste aller Menschen aufgestellt, mit denen er befreundet war oder die sich als seine Freunde betrachten mochten und die aus längst verschütteten Erinnerungen als Geiseln in der Hand eines Ausbrechers wieder auftauchen konnten.

»Der Gefängnisarzt«, antwortete der Staatsanwalt. »Ein Doktor namens Jan Willemsen. Er sagt, Sie kennen ihn.«

Van Leeuwen war so überrascht, dass er einen Moment lang nicht wusste, wie er reagieren sollte. Das ist doch kein Freund, war sein erster Gedanke; das ist einer von Simones früheren Verehrern. Der Landarzt, so hatte er ihn immer genannt, denn Willemsens Praxis lag in einem kleinen Dorf weiter oben an der Amstel.

»Ist er unverletzt?«, fragte er.

»Soweit bekannt, ja.«

»Wie sieht es mit der Bewaffnung des Geiselnehmers aus?«

»Laut Gefängnisdirektion ist er beim Einschluss in den Besitz der Dienstwaffe eines Wärters gelangt, wahrscheinlich eine Walther P5.«

»Ist dieses Fernsehteam schon da?«

»Ja, aber wir lassen es nicht ins Gefängnis.«

»Welcher Sender?«

»*Crime Stage*«, sagte der Staatsanwalt.

»Aber nicht Thijs Terjung?«

»Komplett mit Hörnern, Schwanz und Hufspalten. Riechen Sie den Schwefelgestank nicht?«

Der Wind blies jetzt stärker vom Meer her landeinwärts, und die Luft roch nach Salz und tatsächlich etwas nach Schwefel. Thijs Terjung, der Moderator von *Crime Stage*, stand mit einem Kameramann nur ein paar Schritte von dem Kommandofahrzeug entfernt hinter der Absperrung. Er sprach in ein Mikrofon, das zum Schutz gegen den Wind mit Wollfasern umhüllt war, sodass es aussah, als hielte er ein totes Tier mit dichtem, flatterndem Fell im Würgegriff seiner Faust. Der Scheinwerfer an der Kamera tauchte sein Gesicht in weiße Helligkeit. Die Augen strahlten blau, und das blonde Haar wehte in der steifen Brise wie das eines goldgelockten Surfers, der eine große Welle abritt. Er trug braune Cowboystiefel, einen Ledergürtel mit leeren Patronenlaschen, eine Safarijacke über einem rotblau karierten Baumwollhemd und einen kunstvoll lässig geschlungenen Schal aus eierschalenfarbener Rohseide.

»Hier ist wieder Thijs Terjung von *Crime Stage* live für Sie am Ort der dramatischen Geiselnahme im Scheveninger Stadtteil Belgisch Park, die ganz Haaglanden in Atem hält. Hinter mir sehen Sie das von starken Sicherheitskräften umstellte Gefängnis. Im Augenblick herrscht jenseits der hohen Mauern gespenstische Ruhe, aber wie *Crime Stage* exklusiv berichtete, hat hier vor wenigen Stunden ein bis an die Zähne bewaffneter Häftling den Gefängnisarzt und einen Wärter als Geiseln genommen. Die Polizei hat eine Nachrichtensperre verhängt, trotzdem werden wir versuchen, mit dem Geiselgangster Kontakt aufzunehmen.«

»Werdet ihr nicht«, brummte van Leeuwen.

»Gerade ist Bruno van Leeuwen, der Stellvertretende Polizeipräsident von Amsterdam, hier eingetroffen«, sagte Terjung. »Ich werde ihn jetzt um seine Einschätzung der Lage bitten. Ich bin gespannt, wie er unseren Zuschauern zu Hause die bisherigen Fehler der Einsatzleitung erklären will.«

Er bückte sich unter der Absperrung durch und marschierte auf das Kommandofahrzeug zu, das Mikrofon wie eine Pistole in der erhobenen Hand vorgestreckt. Sein Kameramann folgte ihm dicht auf den Fersen. »Commissaris van Leeuwen – Thijs Terjung von *Crime Stage!* Wie lautet der Name des Geiselnehmers? Wie ist er an die Waffe gelangt? Wie lange wollen Sie dem Drama noch tatenlos zusehen und die Gefangenen in ihrer Todesangst –«

»Schafft ihn hinter die Absperrung«, befahl der Einsatzleiter. Zwei Männer der Spezialeinheit mit schusssicheren Westen, Helmen und heruntergeklapptem Visier packten den Reporter und drängten ihn zurück. Ein weiterer Beamter hielt seine Hand vor das Objektiv der Kamera.

Van Leeuwen entdeckte ein Handy auf der Rückbank des Mercedes Benz. »Soll ich jetzt mit Kimmel reden?«

»Was wollen Sie ihm sagen?«, fragte der Einsatzleiter.

»Das hängt davon ab, was er will.«

»Sie dürfen ihm nichts versprechen«, sagte der Staatsanwalt. »Dazu sind Sie nicht autorisiert.«

Der Einsatzleiter reichte van Leeuwen das Handy. »Drücken Sie einfach auf Wiederwahl.« Auf dem silbergrün schimmernden Display erschien eine Mobilnummer, dann ertönte das Freizeichen. Beim dritten Klingeln meldete sich eine Männerstimme.

»Hallo?«

»Hier ist Bruno van Leeuwen. Spreche ich mit Milan Kimmel?«

»Das hat lange gedauert.«

Van Leeuwen hatte erwartet, dass Kimmels Stimme erregt klingen würde, vielleicht sogar hysterisch; stattdessen sprach der Geiselnehmer ruhig, fast gelassen. Der Commissaris presste die linke Hand gegen das freie Ohr, um ihn besser hören zu können. Er sagte: »Die mussten mich erst aufspüren. Ich bin nicht im Dienst. Warum haben Sie nach mir verlangt?«

»Doktor Willemsen sagte, man könnte Ihnen vertrauen. Sie wären jemand, der Wort hält, wenn er was verspricht.«

»Kann ich mit ihm reden?«

»Jetzt nicht. Später.«

»Ich muss Ihnen gleich sagen, dass ich hier nicht zuständig bin«, erklärte van Leeuwen. »Den Haag gehört nicht zu meiner Region. Aber bei mir ist der Polizeipräsident von Haaglanden, und ein Staatsanwalt ist auch da. Er steht in ständiger Verbindung mit dem Justizministerium und dem Innenminister. Wenn Sie mit jemand verhandeln wollen, sollten Sie ihn –«

»Ich will nicht verhandeln«, sagte Kimmel schroff. »Es gibt keine Verhandlungen, damit das klar ist. Der Doktor hier hat mir gesagt, Sie hätten seinen Sohn von der Straße geholt, als niemand sonst ihn noch erreichen konnte, obwohl Sie für sowas gar nicht zuständig waren und sein Wohnort auch nicht zu Ihrer Region gehört. Er brauchte Ihre Hilfe, und Sie haben ihm geholfen. Ich will, dass Sie mir auch helfen.«

»Wobei?«

»Ich brauche Gerechtigkeit. Ich bin unschuldig. Ich will eine Wiederaufnahme des Verfahrens.«

»Wenn Sie Ihre Geisel jetzt sofort freilassen, wird die Staatsanwaltschaft vielleicht –«

»Ich lasse Doktor Willemsen frei, sobald ich selbst frei bin. Ich verlange ungehinderten Abzug mit meiner Geisel und ein TV-Team, das mich begleitet. Sonst –«

»Keine Drohungen«, sagte van Leeuwen. Die ganze Zeit behielt er das Gebäude im Auge, das die Scheinwerfer anstrahlten, als könnte es nicht mehr lange dauern, bis sich Kimmel an einem der Fenster zeigte. »Drohungen bringen Sie in dieser Situation nicht weiter.«

Kimmel schwieg einen Moment. Das Schweigen war lauter als der Wind und das Meer und alle anderen Geräusche rings um das belagerte Gefängnis. Es dauerte sehr lange, als hätte Kimmel sich die nächsten Worte auf einen Zettel geschrieben, den er erst suchen musste. Dann sagte er: »Außerdem brauche ich ein Schlauchboot mit einem Außenbordmotor, und ich will, dass die Wasserpolizei und die Küstenwache auf Abstand bleiben. Wenn uns ein anderes Boot zu nahe kommt oder wenn ich einen Hubschrauber höre –«

»Keine Drohungen«, mahnte van Leeuwen noch einmal. Er versuchte, nicht auf die Geräusche um sich herum zu achten, auf das an- und abschwellende Dröhnen des Helikopters in der Luft, das Rauschen und Knistern der Funkgeräte, das Heulen der fernen Sirenen oder das Klirren von Metall gegen Metall. Stattdessen konzentrierte er sich ganz auf die Nuancen in Kimmels Stimme, auf seine Atmung, das kleinste Zittern, die leiseste Schwankung, damit ihm nichts entging, was einen Hinweis auf die Verfassung des Mannes am anderen Ende der Leitung geben konnte.

»Ich drohe nicht«, sagte Kimmel leise, mit trockener Zunge. »Aber ich bin zu allem entschlossen.«

»Das glaube ich Ihnen«, sagte van Leeuwen. »Wollen Sie sonst noch etwas?«

»Nein.«

»Dann möchte ich jetzt mit Doktor Willemsen sprechen.«

Einen Moment herrschte Stille, gleich darauf gab es einen Nachhall in der Leitung, und als Nächstes hörte er Jans Stimme. »Bruno – ich bin's – Jan! Danke, dass du gekommen bist. Ihr müsst tun, was er sagt, hörst du? Er hat nichts zu verlieren. Wenn du denen da draußen sagst, dass es um Leben und Tod geht, werden sie auf dich hören.«

Als du hinter meiner Frau her warst, ging es auch um Leben und Tod, aber für mich, dachte van Leeuwen. Laut sagte er: »Ich will sehen, was ich erreichen kann.«

»Beeil dich, Bruno. Ich – ich weiß nicht, wie lange wir – wie lange *ich* hier noch sicher bin.« Es gab wieder den Nachhall, bevor noch einmal Kimmel sprach, und jetzt klang seine Stimme doch aufgeregt. »Sie bleiben da, ja? Sie gehen nicht weg! Ich will, dass Sie da sind, wenn wir rauskommen. Den anderen vertrau ich nicht! Und der Hubschrauber soll verschwinden! Er macht mir Angst!«

»Ich rufe wieder an«, sagte van Leeuwen, unterbrach die Verbindung und gab dem Einsatzleiter das Handy zurück.

»Wir haben alles aufgezeichnet«, sagte Hoofdcommissaris Kramer und nahm den Kopfhörer aus dem Ohr. Auch die anderen Mitglieder des Krisenstabs stöpselten ihre Ohrhörer aus. Sie nickten und tauschten ernste Blicke, die ihre Ratlosigkeit verbergen sollten.

»Das hätte er genauso uns sagen können«, meinte der Staatsanwalt. »Ich rufe den Minister an. Sie bleiben hier, Meneer van Leeuwen, ja?«

Van Leeuwen sagte nichts. Er fröstelte in seinem Dufflecoat und wünschte, er hätte einen Schal und eine Mütze, außerdem war er hungrig. »Gibt es hier irgendwo was zu essen?«, fragte er. »Ein Sandwich oder eine Suppe?«

Hinter der Absperrung war Terjung noch immer auf Sendung. Er schrie gegen den auffrischenden Wind an, und das flatternde Wuscheltier in seiner Faust schien sich unter seinen Worten zu sträuben. »Ich bin Thijs Terjung, und Sie sehen *Crime Stage* live aus Scheveningen, dem Stadtteil Den Haags, in dem ein geisteskranker Geiselnehmer seit Stunden mehrere Gefangene in seiner Gewalt hat und mit dem Tod bedroht. Offenbar sind Polizei und Staatsanwaltschaft von der Situation überfordert und haben die Verhandlungen mit dem Geiselnehmer abgebrochen. Jeden Augenblick kann hier ein Inferno von Gewalt und Tod losbrechen. Scharfschützen der Spezialeinheit BBE liegen schussbereit im Anschlag, schwer bewaffnete Sturmtrupps warten auf das Signal zum Losschlagen.«

Ein Beamter brachte van Leeuwen einen Pappbecher mit heißem Kaffee ohne Milch. »Ich könnte Ihnen noch einen Schokoriegel anbieten«, sagte der Beamte. Van Leeuwen trank einen Schluck, dann riss er das Papier von dem Schokoriegel, den ihm der Beamte hinhielt, und biss hinein. Der Geschmack von Karamel überflutete seine Zunge. »Wie heißen Sie?«, fragte van Leeuwen den Beamten.

»Luuk Robben.«

»Ich werde Sie für eine Beförderung vorschlagen«, sagte der Commissaris, steckte den Rest des Schokoriegels in dem Mund, drückte dem Beamten die Papierverpackung in die Hand und holte sein Mobiltelefon heraus. Er drückte die Kurzwahltaste, die ihn mit Ton Gallo verband und wartete, bis sich der Hoofdinspecteur meldete.

»Ich hab dich grade auf *Crime Stage* gesehen«, sagte Gallo. »Toll, wie du aus dem Helikopter gestiegen bist, als wärst du der Außenminister bei einem Besuch in –«

»Anton!« Van Leeuwen merkte auf einmal, wie angespannt er war. »Sag mal, worum geht es hier eigentlich genau? Wer ist dieser Kimmel? Was wissen wir über ihn?«

Gallo räusperte sich. »Also, Milan Kimmel, ja? Einunddreißig Jahre alt, holländischer Staatsbürger, geboren in Eindhoven, früher wohnhaft in Rotterdam, jetzt in Scheveningen. Vor drei Jahren verurteilt wegen schweren Betrugs und versuchten Totschlags.

Davor war er als IT-Spezialist in der Hauptbuchhaltung der Reederei Vermeulen & Aboudani in Rotterdam beschäftigt. Wie man hört, hielt sein Arbeitgeber große Stücke auf ihn, und er hatte eine glänzende Karriere vor sich – bis er Isa, die Tochter des Eigentümers, Noah Vermeulen, kennenlernte und sich in sie verliebte oder jedenfalls eine Affäre mit ihr anfing. Vor drei Jahren scheint das Liebesglück ein jähes Ende gefunden zu haben, statt Küsse gab es Schläge, und eines Nachts verprügelte er sie so brutal, dass sie ins Koma fiel und seitdem nicht wieder erwacht ist.«

»Aus heiterem Himmel?«, fragte van Leeuwen.

»Vielleicht war der Himmel gar nicht so heiter«, meinte Gallo. »Offenbar hatte er die Firma ihres Vaters nach Strich und Faden betrogen und über längere Zeit mehr als eine Million Euro unterschlagen. Nachdem Isa das entdeckt hatte und ihn anzeigen wollte, hat er offenbar völlig die Kontrolle über sich verloren. Als die Kollegen in Rotterdam kamen, um ihn zu verhaften, ist er aus allen Wolken gefallen. Bis zuletzt, bis zur Urteilsverkündung und darüber hinaus, hat er behauptet, er wäre unschuldig, aber niemand glaubte ihm, und er wurde zu zwölf Jahren verurteilt. Noah Vermeulen, der Vater des Mädchens, hat natürlich alle Register gezogen, damit er auch wirklich die Höchststrafe kriegt.«

»Du sagst, er hätte die Kontrolle über sich verloren«, griff van Leeuwen den Punkt auf, der ihm momentan am wichtigsten erschien. »Tut er das öfter?«

»Das musst du jemand fragen, der ihn besser kennt. Ich habe mich selbst eben erst mit dem Fall vertraut gemacht.«

»Und das Mädchen, Isa, liegt noch immer im Koma?«

»Ja.«

Van Leeuwen schwieg einen Moment und trank einen Schluck von dem Kaffee, der langsam kalt wurde. »Das ist doch ein ziemlich großer Fall für so ein kleines Land«, meinte er. »Warum habe ich damals nichts davon mitbekommen?«

Jetzt schwieg Gallo einen Augenblick, bevor er vorsichtig sagte: »Das ist ziemlich genau in der Zeit passiert, in der es Simone schlechter ging und du dich mehr um sie gekümmert hast als …«

»Als um meine Arbeit«, ergänzte van Leeuwen. »Willst du das sagen?«

»Du hast mich gefragt«, entgegnete Gallo ungerührt. »Ich hätte auch sagen könne, weil es nicht in unserer Region passiert ist. Aber wie du richtig bemerkt hast, es ist ein kleines Land, und dir entgeht sonst nichts.«

»Danke für die Auskunft«, sagte van Leeuwen.

4

Die Männer beim Kommandowagen veränderten ihre Formation. Der Einsatzleiter rief einige der umstehenden Beamten der Sondereinheit zu sich, und Hoofdcommissaris Kramer winkte van Leeuwen. »Bruno!« Van Leeuwen ging zu ihnen und fragte: »Hat der Minister grünes Licht gegeben?«

»Kimmel kriegt sein Boot und freies Geleit«, erklärte der Staatsanwalt. »Die Spezialeinheit von der Marine hat ein Zodiac dabei, das sofort einsatzbereit ist. Sie können Kimmel anrufen und ihm sagen, seine Bedingungen werden erfüllt.«

»Was ist, wenn er eine Garantie verlangt?«, wollte van Leeuwen wissen. »Irgendwas Schriftliches, dass das Boot keinen GPS-Chip hat und ihm auch sonst niemand folgt?«

»Er bekommt sein Boot und freies Geleit, mehr ist nicht drin«, sagte der Einsatzleiter mit einem Knurren, das noch aus dem Pleistozän in seinen Genen steckte. »Sagen Sie ihm, wenn ihm das nicht passt, stürmen wir das Gefängnis, und das Blut der Geiseln klebt dann an seinen Händen.«

»Man merkt, dass Sie für Situationen wie diese ausgebildet worden sind«, sagte van Leeuwen, nahm das Kontakt-Handy von der Sitzbank und drückte die Wiederwahltaste. Kimmel meldete sich schon nach dem zweiten Freizeichen. »Ja?«

»Sie kriegen das Boot«, sagte van Leeuwen. »Ist in ein paar Minuten da. Wir haben die Anweisung, Sie nicht aufzuhalten.«

»Wie geht es dann weiter?«, fragte Kimmel unsicher.

»Wir erwarten Sie am Haupttor. Da können Sie den Doktor freilassen, und unsere Männer begleiten Sie –«

»Nein! Der Doktor bleibt bei mir, bis ich in Sicherheit bin. Dann lass ich ihn frei. Sie haben mir Ihr Wort gegeben, dass Sie keine Tricks versuchen, und ich gebe Ihnen meins.«

Das Wort eines Betrügers, dachte van Leeuwen; *das Wort eines Mannes, der eine junge Frau ins Koma geprügelt hat.* Er sagte: »Rufen Sie mich an, wenn Sie am Tor sind. Wir lassen es öffnen und geben Ihnen ein paar Männer, die Sie und den Doktor über die Straße und zum Strand begleiten.«

»Was ist mit dem Fernsehteam? Ich wollte einen Reporter, dem ich erklären kann, warum ich –«

»Wir haben Leute von *Crime Stage* hier«, sagte van Leeuwen. Die Übertragungswagen anderer Sender waren wahrscheinlich längst unterwegs, auch wenn die Einsatzleitung alles tun würde, um sie an den Straßensperren so lange wie möglich aufzuhalten. »Aber Sie müssen sich fragen, ob das wirklich in Ihrem Interesse ist. Wenn Sie draußen sind, müssen Sie sich irgendwo verstecken, vielleicht für lange Zeit, bis Sie erreicht haben, was Sie vorhaben. Wollen Sie unter diesen Umständen, dass die ganzen Niederlande Ihr Gesicht vom Bildschirm kennen?«

Stille breitete sich in der Leitung aus, während der Wind lauter wurde und die anderen Geräusche wieder in den Vordergrund traten, das Dröhnen des Helikopters über ihren Köpfen, das Knistern von Funkgeräten, die in der Ferne heulenden Sirenen, gebrüllte Kommandos. »Ich ruf Sie an, wenn ich am Tor bin«, sagte Kimmel schließlich und unterbrach die Verbindung.

Van Leeuwen nickte dem Einsatzleiter zu, der wieder alles mitgehört hatte und das Nicken knapp erwiderte. Er versuchte, sich die Situation im Inneren der Haftanstalt vorzustellen, wie sie sich fühlten, Geisel und Geiselnehmer, und zu was sie aufgrund dieser Gefühle fähig waren. *Ich muss etwas unternehmen, bevor die Situation eskaliert*, dachte er, *bevor jemand zu Schaden kommt. Wenn ich denen von der Sondereinheit und ihrem Einsatzleiter das Feld überlasse, kann alles passieren*. Er zog sein Handy aus der Innentasche des Dufflecoats, ging ein paar Schritte vom Kommandowagen weg und wählte Felines Nummer. Sie meldete sich nach dem dritten Klingeln. »Ja?« Ihre Stimme klang verschlafen. Wenigstens ein Mensch, der nicht mitten in der Nacht vor dem Fernseher saß und mithalf, einem Sensationsreporter hohe Einschaltquoten zu bescheren.

»Feline, ich bin's – Bruno.«

Sie klang sofort konzentriert. »Ist was passiert?« Keine Schnörkel, kein *Bruno?*, kein *Wie spät ist es?* So sollte es sein, deswegen liebte er sie, unter anderem.

»Ich bin in Scheveningen. Wir haben hier eine Geiselnahme im Gefängnis. Frag jetzt nicht, was ich damit zu tun habe, ich erklär's dir später. Aber ich brauche deine Hilfe.«

»Was soll ich machen?«

»Die Geisel ist Jan Willemsen, der Doktor, von dessen Sohn ich dir mal erzählt hab. Kees – erinnerst du dich?«

»Ja, ich …«

»Seine beiden anderen Kinder, Pieter und die Tochter – wahrscheinlich schlafen sie, aber vielleicht sind sie auch noch auf und haben den Fernseher an. Und wenn sie allein sind und ihren Vater gleich mit dem Geiselnehmer rauskommen sehen –«

»Du möchtest, dass ich rausfahre und nach ihnen schaue«, sagte Feline. »Ich soll bei ihnen bleiben, und falls sie noch nichts wissen, soll ich es ihnen schonend beibringen, ja?«

»Das wäre gut«, sagte van Leeuwen.

»Du bist ein guter Mensch, Charlie Brown«, sagte Feline. »Ich ruf dich an, wenn ich da bin.« Sie unterbrach die Verbindung, und er starrte auf das Handy und dachte, *du bist auch ein guter Mensch, Feline*. Im selben Augenblick leuchtete das Display auf und zeigte den Namen des Anrufers, *Jaap Joodenbreest*. Van Leeuwen drückte die Verbindungstaste. »Jaap?«

Der Polizeipräsident von Amsterdam hielt sich nicht mit dem klimpernden Kleingeld höflicher Konversation auf. »Bruno, ich seh dich grad im Fernsehen, und ich muss sagen, du schaffst es wieder mal meisterhaft, dich in den Mittelpunkt einer ziemlich dilettantisch inszenierten Operation zu stellen.«

»Du darfst nicht alles glauben, was du bei Thijs Terjung siehst«, sagte van Leeuwen. »Ich bin hier nur eine Nebenfigur.«

»Wie auch immer, ich nehme dich aus der Schusslinie, bildlich gesprochen. Ich brauch dich hier in Amsterdam, so schnell wie möglich!«

»Wobei?«

»Es hat eine Dreifachmord gegeben, in der Herengracht, gestern Abend. Die Opfer wurden heute im Lauf des Vormittags gefunden, ein Mann, eine Frau und ein Kind … sind regelrecht hingerichtet worden.«

»Ich bin krankgeschrieben«, der Einwand gefiel van Leeuwen immer besser, »und du selbst hast mich offiziell vom Dienst beurlaubt. Außerdem –«

Joodenbreest ließ ihn nicht ausreden. »Das weibliche Opfer ist die Frau des Bankiers Geert-Hans de Kook. Das Kind ist der siebenjährige Sohn. Aber der Mann ist nicht der Bankier, sondern aller Wahrscheinlichkeit nach der Liebhaber der Frau.«

»Wie kommt ihr darauf, dass er ihr Liebhaber war?«

»Der Bankier ist gerade auf Geschäftsreise in Katar. Der Mann bei der Frau war nackt und nicht in Katar.« Er legte eine dramaturgisch gut plazierte Pause ein. »Es ist uns erst vor ein paar Stunden gelungen, de Kook in seinem Hotel zu erreichen. Er kommt so schnell wie möglich zurück, und dann will ich ihm sagen können, dass sich unser bester Polizist um die Aufklärung des Verbrechens kümmert.«

»Ausgezeichnet, dann brauchst du mich ja nicht.« Van Leeuwen sah, dass die Scheinwerfer der BBE jetzt alle auf den Gefängniseingang schwenkten und das Holztor in gleißendes Licht tauchten. »Jaap, ich muss aufhören, die dilettanische Operation geht weiter!«

»Bruno, du weißt ganz genau, dass *du* der beste Polizist bist. Ich erwarte also, dass du morgen früh wieder im Hoofdbureau zum Dienst antrittst und als Erstes und vorrangig den Mordfall de Kook in Angriff nimmst. Außerdem möchte ich dich daran erinnern, dass morgen Mittag im Mordfall Amelie Winter die Hauptverhandlung gegen Leon Boer beginnt, und es wäre gut, wenn du dich als leitender Ermittler wenigstens kurz bei Gericht zeigen würdest. Wie du weißt – «

Van Leeuwen unterbrach die Verbindung, schaltete das Handy aus und kehrte zu den anderen beim Kommandowagen zurück. »Kommt er raus?«, fragte er Hoofdcommissaris Kramer.

»Es ist soweit«, bestätigte Kramer. In der rechten Hand hielt er das Handy, über das die Gespräche mit Kimmel gelaufen waren. Er streckte es van Leeuwen entgegen und sagte: »Er ist noch dran.«

Der Commissaris nahm das Handy. »Hier wieder van Leeuwen.«

»Wir kommen jetzt raus«, sagte Kimmel.

»Gut. Das Boot liegt für Sie bereit. Ich gehe mit Ihnen zu der Liegestelle. Es kann sein, dass uns noch ein paar Beamte begleiten, aber sie werden nichts unternehmen.«

Die Flügel des Holztors wurden einen Spaltbreit geöffnet. Auf ein Signal aus ihren Headsets legten die Scharfschützen an, entsicherten ihre Waffen und pressten die Augen an das Zielfernrohr. Ein metallisches Schnappgeräusch lief durch die Reihen des Spezialtrupps. »Nicht schießen!«, sagte der Einsatzleiter leise in seinen Mikroport.

Die Scheinwerferkegel erfassten einen hageren Mann, der mit bleichem Gesicht und geblendet zusammengekniffenen Augen zwischen den Torflügeln erschien. Der Mann trug eine dunkelgraue Hose, ein weißes Hemd und schwarze Schuhe, kein Sakko. Sein Gesicht zeigte nichts von der Angst, die sein angespannter Körper verriet. Ein paar Sekunden dauerte es, bis van Leeuwen ihn erkannte, genau genommen so lange, bis er die Pistolenmündung im Nacken des Mannes registrierte.

»Die sollen die Scheinwerfer ausmachen!«, verlangte der Geiselnehmer. »Warum ist der Hubschrauber noch da?«

Ein zweiter Mann erschien zwischen den Torflügeln. Er war etwas kleiner als Doktor Willemsen und trug nur ein kirschrotes T-Shirt mit kurzen Ärmeln, Jeans und Turnschuhe. Sein Haar war kurzgeschnitten; ein Drei-Tage-Bart legte einen dunklen Schatten um den Mund und das blasse Kinn. Er wirkte nervös und presste die Pistole gegen eine Stelle hinter Jan Willemsens rechtem Ohr.

»Freies Schussfeld«, meldete einer der Scharfschützen.

»Befehl abwarten!«, befahl der Einsatzleiter. »Nur schießen, wenn keine Gefahr für die Geisel besteht!«

»Hier auch freies Schussfeld«, gab der nächste Scharfschütze durch.

»Die Scheinwerfer aus!«, sagte van Leeuwen, und jetzt rief auch der Staatsanwalt: »Schalten Sie die Scheinwerfer aus, sofort!«

Mit einem *Plopp!Plopp!* erloschen die Scheinwerfer. Ein paar Sekunden lang herrschte vollkommene Dunkelheit, bis sich die übrigen Lichter etwas Helligkeit zurückeroberten. Der Parkplatz und die Gefängnismauern waren jetzt nur noch in das rotblaue Flackern der Lampen auf den Einsatzfahrzeugen getaucht. Auch der Nebel, der vom Meer herangeweht wurde, schien rot und blau zu pulsieren. Das Dröhnen des Helikopters wurde leiser.

Van Leeuwen sagte: »Ich gehe jetzt zu ihnen rüber und hoffe sehr, dass ihr mich nicht erschießt. Danach begleite ich die beiden zum Boot. Wir müssen über die Straße da. Es wäre gut, wenn ihr einen Korridor für uns absperren würdet. Wie weit ist es dann noch bis zum Strand?«

»Ungefähr ein Kilometer«, antwortete der Einsatzleiter.

»Kann mir jemand eine Taschenlampe geben?«

Einer der Beamten beugte sich in den Benz, räumte eine Kiste mit Blendgranaten beiseite und holte eine Taschenlampe hervor, die er dem Commissaris reichte. Van Leeuwen nahm sie und schaltete sie ein, bevor er an den Scharfschützen vorbei den Parkplatz überquerte. Der Einsatzleiter sagte: »Ich gebe Ihnen ein paar Männer mit.«

»Ich brauche niemanden«, sagte van Leeuwen.

Der Einsatzleiter ignorierte seinen Einwand und deutete auf die Beamten der BBE, die dem Commissaris folgen sollten. »Auf Abstand bleiben.« Die Männer nickten. Es waren acht, und es wäre van Leeuwen lieber gewesen, man hätte sie da gelassen, wo sie keinen Schaden anrichten konnten. Sie gingen rechts und links hinter ihm, jeweils zu viert. Über ihre blauen Uniformen hatten sie schusssichere Westen geschnallt, und jeder trug einen Helm und eine Maschinenpistole.

Als der Commissaris Kimmel und den Doktor erreicht hatte, sah es fast so aus, als wollte Willemsen ihm um den Hals fallen. Es war eine Geste, die nicht zu ihm passte. »Bruno – Gott sei Dank, gut, dass du da bist!«, rief er.

Kimmel warf van Leeuwen einen gehetzten Blick zu. Seine Augen waren grün wie Flaschenglas und wirkten, als könnten sie im nächsten Moment zerspringen. »Wo ist das Boot?«, rief er.

Van Leuwen sagte: »Wenn Sie jetzt noch aufgeben, kann ich vielleicht dafür sorgen, dass Sie –«

»Ich gebe nicht auf, bevor ich Isa gesehen habe und ihr Vater endlich die Wahrheit sagt! Gehen Sie voran! Was wollen die Männer da? Sie sollen zurückbleiben!«

»Nicht mitkommen«, sagte van Leeuwen zu den Männern von der BBE, und sie blieben stehen, aber als er weiterging, konnte er ihre Stiefeltritte und das schwache Knarren und Klirren ihrer Ausrüstung wieder hinter sich hören. Ab und zu ertönte leise eine verzerrte Stimme aus einem Headset, auf die einer der Männer flüsternd antwortete.

»Können Sie die Pistole woanders hin richten?«, bat van Leeuwen Kimmel. »Ich verspreche, niemand wird auf Sie schießen.«

Kimmel schüttelte den Kopf und drückte Willemsens Kopf mit dem Lauf nach vorn. »Nein.«

Langsam überquerten sie die Van Alkemadelaan zwischen den eilig aufgespannten Absperrbändern und gingen dann über die Dünen und weiter zum Strand hinunter. Van Leeuwen konnte das Wasser riechen, aber noch nicht sehen. Der Lichtkegel seiner Taschenlampe geisterte über feuchten Sand und Stranddisteln, dann über Muscheln, leere Plastikflaschen und verrottete Holzstücke. Er spürte, wie der Schlick unter seinen Stiefeln nachgab. Die Dünen waren flach, aber das Wasser schien zu steigen, und er fragte sich, ob der Tidenhub zu Kimmels Plan gehörte.

Kimmel und Willemsen stolperten schwer atmend neben ihm durch den Nebel. Das weiße Hemd des Doktors leuchtete bleich in der Dunkelheit. Von den Männern der Eskorte waren nur schwarze Silhouetten zu sehen, nichts blinkte, nichts schimmerte. Der Lichtkegel der Taschenlampe folgte den Schleifspuren des Zodiac im Sand und den Stiefelabdrücken rechts und links davon. »Wie weit ist das denn noch?«, fragte Kimmel keuchend.

»Wir sind gleich da«, antwortete van Leeuwen und entdeckte das Schlauchboot am Ufer, grau und silbern mit hochgekipptem Außenborder. Plötzlich hörte er ein Geräusch, ein Scheppern hinter der nächsten Düne. Rechts von ihm flammte ein Scheinwerfer auf und tauchte Kimmel und Willemsen in blendende Helligkeit. Er konnte die Pistole in Kimmels Hand sehen, als der Geiselnehmer wie erstarrt in die Lichtquelle starrte, die schnell näherkam.

Auf dem Kamm der Düne tauchte eine Gestalt auf. Eine Stimme rief: »Thijs Terjung von *Crime Stage*! Herr Doktor! Doktor Willemsen – Meneer Kimmel, schauen Sie hierher! Was wollen sie mit dieser Aktion erreichen, Kimmel?«

Die Männer von der Sondereinheit überschrien sich gegenseitig mit Kommandos. Sie rissen ihre Waffen hoch und stürmten auf die Düne zu. Der Scheinwerferkegel schwenkte hin und her. Der Strahl erfasste Kimmel und Willemsen, die auf das Schlauchboot zuliefen. Die BBE-Männer warfen Terjung und den Kameramann zu Boden, und der Scheinwerfer stocherte noch kurz im Nebel über ihren Köpfen herum, bevor er erlosch. Dann war alles so dunkel, dass sich einige Sekunden lang niemand bewegte und alles still blieb, bis auf das Meer und den Wind und einen startenden Motor. Der Motor heulte auf und entfernte sich schnell. Van Leeuwen dachte *das war's*. Er stand auf und dachte noch einmal *das war's*.

Er kletterte die Düne hinauf bis zu der Stelle, an der die Männer der Spezialeinheit Terjung und seinen Kameramann am Boden hielten. »Ihr könnt sie loslassen«, sagte er und stellte fest, dass er noch immer die Taschenlampe in der Faust hielt, aber sie brannte nicht mehr. Er schaltete sie wieder ein und leuchtete Terjung ins Gesicht. »Ich hätte große Lust, euch auf der Stelle festnehmen zu lassen«, sagte er wütend, »wegen Behinderung der Polizei, Begünstigung einer Straftat und Beihilfe zur Flucht. Aber ich warte noch ab, bis ich ganz sicher sein kann, dass nicht noch mehr Anklagepunkte dazukommen. Denn falls Kimmel seine Geisel in den nächsten Stunden oder Tagen umbringen sollte, wird noch Mittäterschaft bei einem Mord daraus, und wenn es soweit ist, gebe ich Ihnen gern das Interview, das Sie haben möchten.«

Er wandte sich ab und ging hinunter zum Wasser. Es begann zu regnen. Erst war es nur ein nasser Dunst, der aber schnell dichter wurde, bis van Leeuwen das Wasser in den Kragen rann. Die schwache Dünung rollte wie langsame Atemzüge des Meers aus dem Nebel bis fast zu seinen Stiefeln. Das Boot war längst verschwunden, nicht einmal das Motorgeräusch erklang noch in der Ferne. Der Helikopter kehrte zurück und flog dicht über dem Strand durch den Nebel. Zu seinen Füßen entdeckte van Leeuwen einen dunklen Gegenstand, und als er sich bückte, stellte er fest, dass es sich um ein Handy handelte. Er hob es auf. Zum ersten Mal kam ihm der Gedanke, dass es vielleicht gar nicht so leicht sein würde, den Buchhalter und seine Geisel aufzuspüren.

5

Der Junge stand auf der Treppe und hatte solche Angst, dass er zitterte. Er war so zierlich, fast durchsichtig, dachte Fenna. *Nackte Angst*, dachte sie, und ich habe ihn erschossen.

Sie wurde das Bild nicht los: Sie konnte sehen, wie ihre Kugeln den Jungen trafen und zurückwarfen, die winzige, unscharfe Gestalt in dem rotgelb karierten Schlafanzug, jetzt viel mehr rot als gelb, blutig, mit fliegendem Blondhaar und winzigem Gesicht, blaß und blutig, *wie schrecklich, entsetzlich!*, und das war das Bild, das blieb. Sie sah es so deutlich vor sich wie die Kajüte, in der sie lag.

Sie hatte den Jungen schon in der Straßenbahn gesehen, und sie hatte ihn auch vor dem Hotel *Katmandu* gesehen, und jetzt sah sie ihn auf der Treppe zum Bootsdeck. Sie sah weder die Frau noch den Mann, nur den Jungen. Er saß auf der untersten Stufe und blickte sie an. Sein Gesicht und der Schlafanzug waren nass vor Blut. *Er hätte nicht da sein sollen*, dachte sie. Im schwachen Schein der Straßenlaterne auf der Kaimauer tastete sie sich zu ihrem Schlafsack und knipste die Taschenlampe an, die darauf lag. Der schwache Schein reichte kaum bis zu dem runden Fenster.

Sie hängte das Fenster mit einer nach Salz riechenden Plane aus schmutzigem Segeltuch zu, damit man das Licht von der Straße aus nicht sehen konnte. Jetzt versank fast alles in dem kleinen Raum im Dunkeln, die Schlafkoje, der Kompass und das Barometer an der Kajütwand, das zugemüllte, rostige Waschbecken, der halb abgebrochene Kartentisch. Es gab keinen Strom auf dem Boot und kein fließendes Wasser, auch keine Toilette. Das Radio war aus der Wand gerissen worden, wie auch das Funkgerät. Ein Schwertfisch aus grauem Plastik baumelte an zwei Fäden von der Decke und schaukelte sacht in der Zugluft zwischen Tür und Fenster.

Sie schlüpfte in den Schlafsack, drehte sich auf den Rücken und schaltete die Taschenlampe aus, um die Batterien zu schonen. Dann zog sie den Reißverschluß ein Stück weit hoch, nur so weit, dass sie die Arme noch im Nacken verschränken konnte. Mit offenen Augen lag sie da und lauschte den Geräuschen. Da, das war der Wind in den Ulmen am Ufer, und da, das war Wasser, das gegen das Schanzkleid schwappte, und da, das waren andere Boote, die an der Kaimauer schabten, und da, eine Sirene irgendwo.

Sie erinnert sich daran, wie anders alles noch am Morgen gewesen war; wie anders sie sich gefühlt hatte. Sie sah sich den Morgen noch einmal an wie einen kurzen Film auf YouTube: Schon bevor es hell wurde, begannen die Vögel zu zwitschern, und davon erwachte sie. Ein gelber Schmetterling saß am Rand des Bullauges. Obwohl die Sonne noch nicht aufgegangen war, tat das frühe Licht ihren Augen weh. Sie lag dicht am Bullauge, das sie mit dem Laken zugehängt hatte, und fragte sich, wo der Schmetterling herkam und warum der Himmel so blau war.

Der Boden, auf dem sie lag, hob und senkte sich leicht. Plötzlich fiel ihr wieder ein, wo sie sich befand und dass es ein neues Boot war, auf der anderen Seite des IJ. Noch einen oder zwei Tage, dachte sie, dann muss ich wieder umziehen. Sie glaubte nicht, dass jemand sie gesehen hatte, aber es war besser, nicht darauf zu vertrauen. Fröstelnd zog sie den Reißverschluss des Schlafsacks bis zum Hals hoch. Sie fror trotz der dicken Wollsocken, der Jogginghose und der fellgefütterten Lederjacke, die sie zum Schutz gegen die feuchte Kälte trug.

Ihre nackten Arme waren mit Gänsehaut überzogen. Sie rieb sich die Augen und schüttelte den Kopf, um die Haare in den Nacken zu werfen. Das Bullauge war beschlagen, und auf dem schmalen Rahmen schimmerte Morgentau. Der Schmetterling trank von dem Tau. Dann ging die Sonne auf und tauchte die Masten der anderen Boote draußen in blasses Rosa, und das fahle Blau des Himmels wurde noch heller. Die Fenster der neuen Hochhäuser auf dem Westerdokdijk glänzten wie frisch geprägte Münzen.

Die Flügel des Schmetterlings zitterten in einer über den Fluss wehenden Brise. *Du solltest nicht hier sein*, sagte sie in Gedanken zu ihm, *und ich auch nicht*. Sie stand auf. Das Deck schwankte unter ihr, und sie hatte ein merkwürdiges Gefühl, als wüsste sie nicht mehr ganz sicher, wo sie war und wo sie hingehörte. Sie vergewisserte sich, dass die Flinte noch da war, wo sie sie versteckt hatte.

An dieser Stelle wurde das Bild schwarz, und wenn sie wollte, konnte sie sich den Film noch einmal von vorn ansehen. aber der Junge saß immer noch auf der untersten Stufe der Treppe, und ihr wurde schlecht, weil sie nie wieder einen unschuldigen Morgen erleben würde.

Er hätte nicht da sein sollen.

Ist es nicht komisch, dass es keine Skala der Verzweiflung gibt?, hatte ihr Vater mal gesagt, an ihrem letzten Abend. *Man ist nicht ein bisschen verzweifelt oder 36 Grad oder zwölf Zentimeter. Man steckt immer mittendrin, es geht nicht höher und nicht tiefer, und selbst wenn die Welt um einen herum vor Schönheit nur so aus den Nähten platzt, macht das nichts besser oder schlechter.*

Papa, was ist eine Skala?, hatte sie gefragt.

Etwas, womit man Sachen misst, hatte er geantwortet. *Die Stärke von Gefühlen.*

Und was ist Verzweiflung?

Eine Art Krankheit, hatte er gesagt. *Alles, was du tun kannst, ist warten, dass sie vorübergeht. Und sie muss vorbeigehen, weil niemand lange in so einem Zustand überleben kann. Entweder du stirbst daran oder du lebst danach weiter, Seepferdchen. Ich lebe schon zu lange damit, um jetzt noch zu sterben.*

Am nächsten Tag war er tot gewesen.

Was hast du von der Verzweiflung gewusst, Papa? Wenn du geglaubt hast, sie geht irgendwann vorbei, was hast du dann darüber gewusst?

Seit Wochen lebte sie auf verwaisten Booten, immer nur ein paar Tage, nie lang genug, um Verdacht zu erregen. Sie aß an Imbissständen, wusch sich auf öffentlichen Toiletten. Mit ihrem Rucksack, dem Schlafsack und den prall gefüllten Tragetaschen sah sie wie eine Rucksacktouristin aus, davon gab es in Amsterdam viele. Nur das Gewehr unterschied sie von den anderen; sie trug es in Segeltuch und eine Leinwand gehüllt, wie ein großes zusammengerolltes Ölgemälde.

Während sie den Jungen zu vergessen versuchte, um einschlafen zu können, dachte sie an ihre Freundin, die jetzt auch tot war. Sie waren sich so ähnlich gewesen. Beide hatten sie niemand mehr gehabt, keine Mutter, keinen Vater und keine Geschwister. Auch keinen Freund, keinen Liebhaber. Amelie hatte gesagt, sie vermisse nichts. Aber sie hatte das ganze Zeug genommen, also vermisste sie doch eine ganze Menge.

Ich vermisse meinen Vater, dachte das Mädchen. *Ich vermisse auch meine Mutter und meine Schwester, aber besonders meinen Vater, weil er den Mut hatte, mir zu sagen, wie es ihm ging.* Eine Zeitlang hatte sie versucht, ihn zu vergessen und nur an ihre Mutter und ihre Schwester gedacht. Sie hatte sich geschämt, weil sie noch am Leben war – und oft von ihnen geträumt. Dann war sie schreiend aufgewacht, weil sie im Traum aussahen wie der Junge, den sie getötet hatte.

Sie öffnete den Reißverschluss des Schlafsackes ein paar Zentimeter, richtete sich auf und zog den Rucksack zu sich heran. Sie knipste die Taschenlampe an, schob eine Hand in den Rucksack und zog den Umschlag mit dem zerrissenen Foto heraus. Es waren lauter angesengte Schnipsel, die sie mühsam mit Tesafilm zusammengeklebt hatte – die einzige Aufnahme, die es von ihrem Vater gab.

Ihr Onkel hatte jedes Bild von ihm in winzig kleine Fetzen gerissen und in den Kamin geworfen, und sie hatte das erst bei den letzten gemerkt. Aber sie war nicht schnell genug gewesen, um mit dem schweren eisernen Schürhaken mehr als ein paar Fetzen zu retten. Seitdem bewahrte sie das zusammengeklebte Foto in dem Kuvert auf und trug es immer bei sich. Weil ein paar Fetzen fehlten und andere bis zur Unkenntlichkeit geschwärzt waren, sah das Bild eigentlich niemand ähnlich. Es erinnerte eher an die Bilder mancher Maler, die einen Kopf gleichzeitig von vorn und von der Seite zeigten, beide Augen untereinander und nur ein Ohr, gleich neben dem Mund. Alles gezackt und voller Sprünge.

Mehr besaß sie nicht von ihrem Vater, nur dieses Puzzle und die Silbermünze, die er ihr auch an seinem letzten Abend geschenkt hatte, dem Abend vor seinem Tod. Die Münze war nicht viel größer als ein Mantelknopf. Auf der einen Seite zeigte sie einen

Schiffsbug, der das Meer zerteilte. Auf der anderen stand das Wort *Esperanza.* Sonst stand nichts auf der Münze, kein weiteres Wort und keine Zahl. Die soll dich an uns erinnern, hatte der Vater gesagt; vergiss uns nie – dich und mich, uns beide – und verlier nie die Hoffnung.

Die Münze war warm gewesen, als hätte er sie lange in der Hand gehalten, und sie war noch immer warm, wenn Fenna sie anfasste. Damals hatte sie nicht ganz verstanden, warum er ihr sie gab und warum seine Stimme dabei so traurig klang, aber der Silberglanz hatte ihr gefallen. Seitdem trug sie die Münze bei sich, in der Hosentasche, der Jacke oder dem Rucksack. Manchmal sagte sie leise das Wort, *Esperanza.* Dann war er bei ihr und wenn sie sich schlecht gefühlt hatte, ging es ihr besser.

Sie schob das Foto in das Kuvert zurück, verstaute es wieder im Rucksack und schaltete die Lampe aus. Auf einmal war sie so müde, dass es wehtat, die Augen offenzuhalten. Der Junge auf der Treppe schien jetzt auch müde zu sein, denn er hatte die Augen geschlossen.

Tut mir leid, dachte sie, *tut mir so leid. Ich dachte, du wärst nicht da, du und deine Mutter. Ich hatte alles geplant. Es ging um deinen Vater, nicht um dich. Es geht immer noch um deinen Vater, und ich darf jetzt nicht aufgeben, sonst wärst du umsonst gestorben. Dein Vater, hör zu, der hat den Tod verdient. Er weiß das auch.*

Bis gestern hat er nicht mal geahnt, dass er in Gefahr schwebt, aber jetzt weiß er das auch; er weiß, dass ich da bin. Aber wer ich bin, wird er erst wissen, wenn ich vor ihm stehe und abdrücke, und wenn er dann auf dem Boden liegt, werde ich die Maske abnehmen, und er weiß Bescheid.

Er wird wissen, dass ich es für dich getan habe, Papa.

6

Es regnete immer noch, als der Commissaris am nächsten Morgen das Stadtpalais der Bankiersfamilie de Kook in der Herengracht erreichte. Aber es war kein dichter Regen mehr, sondern eher ein feuchter, leuchtender Wind in dem durchbrechenden Sonnenlicht. Das dunkle Rot der Fensterläden in der vierstöckigen Backsteinfassade schimmerte nass, und der Flaschenzug unter dem weiß gestrichenen Glockengiebel schwang quietschend im Wind. Hin und wieder rauschte eine plötzliche Bö im frischen Grün der dicht stehenden Ulmen. Das Wasser der Gracht hatte eine Gänsehaut; die an den niedrigen Geländern vertäuten Boote schmiegten sich an die moosbewachsene Ufermauer. Es war eine schöne, wohlhabende Straße, altes Kaufmannsgeld mit breiten Freitreppen zu den doppelten Eingangstüren der früheren Speicherhäuser aus dem achtzehnten und neunzehnten Jahrhundert, über denen steinerne Relieftafeln mit gemeißelten Motiven die Berufe der ersten Eigentümer verrieten.

Das Haus der Familie de Kook prunkte mit rotgelb gestreiften Markisen über den Fenstern und einer wild bepflanzten, steingefassten Dachterasse. Die im Wind flatternden Absperrbänder der Polizei an den Treppengeländern passten ebensowenig zu diesem schönen, wohlhabenden Palais wie die uniformierten Beamten, die von Haus zu Haus gingen, sich mit den klobigen Türklopfern an den Holztüren bemerkbar machten und nach den Beobachtungen der Bewohner in der vorletzten Nacht fragten. Noch immer parkten Einsatzfahrzeuge vor dem Eingang der Bankiersfamilie de Kook, und auch ihr Anblick passte nicht in die Atmosphäre diskreten Reichtums dieser vor allem von Notaren und Anwaltskanzleien bevorzugten Hälfte der Herengracht.

Den Commissaris dagegen störten mehr die Toten im Inneren des Hauses. Er hatte nur Augen für die Fotos der Opfer in seiner Hand. Er ging durch den Korridor der Bel Etage hinter der Eingangstür, und dabei betrachtete er das erste Foto. Schon bei diesem Bild stieg ein vertrauter Zorn in ihm auf. Es zeigte den toten Mann, mit offenem Hausmantel auf dem Rücken liegend, wie ihn die Spurensicherung gefunden hatte. Dann ging van Leeuwen weiter auf die Treppe zu, und der Zorn wurde stärker, als er das zweite Foto ansah, das von der nackten Frau mit der aufgerissenen Brust. »Wie hieß die Frau?«, fragte er Hoofdinspecteur Gallo, der ihm folgte.

»Annet de Kook«, antwortete Gallo.

Das dritte Foto war das schlimmste. Van Leeuwen musste die Augen zusammenkneifen, während er es betrachtete. Er stieg die Treppe hinauf, und obwohl er den Körper des toten Jungen nur auf dem Ausdruck in seiner Hand vor sich hatte, sah er ihn auf dem Treppenabsatz liegen, blutbedeckt, als wäre er gerade erst erschossen worden; als wäre sein schmaler Körper noch warm. Er sah ihn so deutlich, dass er das Gefühl hatte, nur die Hand ausstrecken zu müssen, um ihn berühren zu können; um einen Finger an die Halsschlagader legen und fühlen zu können, ob nicht doch noch Hoffnung bestand.

»Und der Junge?«, fragte er Hoofdinspecteur Gallo.

»Simon.«

Auf dem Foto wirkte es, als schliefe Simon nur, einen tiefen, erschöpften Fieberschlaf. Als hätte er Masern oder Windpocken. Viele Kinder in seinem Alter nahmen im Schlaf dramatische Posen ein, vor allem wenn sie krank waren. Nur dass die roten Punkte nicht allein in seinem Gesicht und auf seinem Hals waren, sondern auch in seinem blonden Haar, auf dem gelb und rot karierten

Schlafanzug, den bis zu den Knien hochgerutschten Hosenbeinen. Die Jacke war durchlöchert. In dem zarten Oberkörper klafften winzige rote Krater, die an den Rändern schon trocken und dunkel waren. Die kleinen Hände lagen neben den Hüften, die leeren Innenseiten offen nach oben gekehrt.

Manchmal waren Fotos bedrückender als der Anblick der Leichen selbst.

Van Leeuwen hielt kurz den Atem an, um so dem Zorn, der gegen seine Stirn schlug und in seinen Schläfen hämmerte, den Sauerstoff zu entziehen. Es war ein anderer Zorn als gestern Abend am Strand von Scheveningen, heftiger, lodernder. Er wusste, dass er ihn spüren musste, weil er ihn antrieb, sein Bestes zu geben. Er musste ihn bloß abkühlen, bis da nur noch ein kleines, stetig brennendes Flämmchen war. Dafür wird Gott am Tag des Jüngsten Gerichts Rechenschaft ablegen müssen, dachte er, dafür, dass er so eine Tat zugelassen hat.

»Erhebst du gerade wieder deine Stimme gegen Gott?«, fragte Hoofdinspecteur Gallo, durchaus vertraut mit van Leeuwens alttestamentarischen Anwandlungen. Van Leeuwen antwortete nicht, denn er bemerkte gerade die mit roter Farbe auf die Dielenwand gesprayten Worte.

ICH – BIN – KEIN – TÄTER

Er trat einen Schritt zurück, um besser lesen zu können, obwohl er in seinem Büro auch von dieser Schrift an der Wand schon Fotos gesehen hatte. »Ich bin kein Täter«, wiederholte er halbblaut. »Was soll das bedeuten?«

»Ich habe mich nur gerächt?«, interpretierte Gallo.

»An einem Kind?« Der Commissaris trat noch einen Schritt zurück und stieß gegen die Wand in seinem Rücken. Der Flur war etwas breiter als in den meisten Amsterdamer Häusern, aber immer noch schmal, und eine Vitrine mit Silbergeschirr und eine Rokoko-Kommode nahmen viel Platz ein. Das Glas der Vitrinentür wies Blutspritzer auf, und neben den großen dunklen Flecken in dem kostbaren Läufer und auf dem gebürsteten Dielenboden aus geräucherter Eiche standen kleine gelbe Schilder mit den Ziffern 4, 7 und 9. Es gab noch andere Schilder mit Ziffern und Zahlen im Flur, auf der Treppe und der Küche, die man vom Flur aus betrat.

Van Leeuwen betrachtete noch einmal alle Fotos, eines nach dem anderen, den Mann, die Frau, das Kind. »Jaap hat gesagt, der Tote wäre der Geliebte der Frau gewesen, weil er und sie nackt waren. Aber was ist, wenn der Täter sie erst gezwungen hat, sich auszuziehen, bevor er sie getötet hat? Falls es sich um einen Racheakt handelt, war das vielleicht Teil einer Botschaft, an den Bankier oder an uns gerichtet.«

»Dazu lagen sie zu dicht an der Eingangstür, und sie wurden aus großer Nähe erschossen«, sagte Gallo. »Die Ergebnisse der Geichtsmedizin liegen noch nicht vor, aber Doktor Holthuysen meint, der Mann hätte minimale Abschürfungen an den Fersen und dem Rücken, die darauf schließen lassen, dass er noch in Panik von dem Mörder weggekrochen ist, nachdem er getroffen wurde. Die Einschusskrater und die Eintrittswinkel der Projektile bei der Frau und dem Jungen deuten laut Holthuysen dagegen eher darauf hin, dass die Schüsse nicht gezielt abgefeuert wurden, sondern eher aufgrund einer Panikreaktion.«

Van Leeuwen fand die Erklärung einleuchtend. »Ist die Spurensicherung hier unten schon fertig?«

»Ja, die sind mit allem durch, bis auf die Schlafzimmer oben«, sagte Gallo.

Der Commissaris legte die Fotos auf die Kommode und ging an der Küche vorbei in den Salon hinter der nächsten Tür. »Ist das die einzige Wohnung der de Kooks oder gibt es noch andere, ein Haus irgendwo auf dem Land, ein Apartment in London?«, erkundigte er sich. »Ich wüsste gern, ob etwas fehlt oder ob wir Raubmord ausschließen können.«

»Sieht nicht so aus, als fehlte hier was«, meinte Gallo. »Eher so, als wäre von allem ein bisschen zu viel da.«

Im Wohnzimmer fielen dem Commissaris als Erstes die Bilder an den Wänden auf – großformatige, aber schmal gerahmte Gemälde, die wild, jung und naiv sein wollten, dicke, dunkle Farbschichten, mit bewusst groben Pinselstrichen aufgetragen. Sie zeigten Menschen und Motive aus einer Arbeitswelt, die es kaum noch gab: Stahlkocher, Kumpel unter Tage, Schweißer an einem Schiffsrumpf, alles märchenhaft verklärt und bestimmt sehr teuer.

An der hinteren Wand breitete eine üppig gepolsterte Ledercouch ihre beigen Schwingen unter zwei großen Fenstern aus, hinter deren nassen Scheiben die Sonne auf den rosigen Blüten eines Kirschbaums tanzte. Davor verschwand ein niedriger, tränenförmiger Tisch aus poliertem Walnussholz, kaum kleiner als ein Tenniscourt, unter dekorativ verteilten *Coffeetable*-Büchern und *Lifestyle*-Hochglanzmagazinen, die es sich leisten konnten, auf Leser zu verzichten. Der Boden aus taubengrauen Kacheln passte zufällig ausgezeichnet zu der Kirschblütenpracht vor den Fenstern. Gegenüber der Sitzecke hatte ein großer Kamin seinen schwarzen Schlund aufgerissen, in dem noch einige verkohle Holzscheite lagen – wie ausgefallene Zähne.

Zu van Leeuwens Füßen sträubten sich in verschwenderisch über den ganzen Raum verteilter Pracht die weißen, silbernen oder braungelben Felle artengeschützter Wildtiere, so glänzend und dicht, als wären sie eben erst geschossen worden. Ein Steinway-Flügel, ein Bang & Olufsen-Fernseher und ein halbes Dutzend Designer-Stehlampen mit Platinständern vervollständigten die Einrichtung.

Van Leeuwen spürte sein Handy brummen. Er holte es aus der Innentasche und warf einen Blick aufs Display. »Feline?«

»Morgen, Bruno. Ich habe sie eben zur Schule gebracht.«

»Wie viel wissen sie?«

»Alles. Inzwischen berichtet ja jeder Sender darüber. Sie haben es erstaunlich gelassen aufgenommen – Marijke sowieso, aber auch der Junge – Pieter.« Im Hintergrund begleitete ein gedämpftes Motorengeräusch ihre Worte. »Ich bin die Nacht über bei ihnen geblieben und hab ihnen noch das Frühstück gemacht. Gibt es bei dir was Neues?«

»Nein. Kimmel und Willemsen sind wie vom Erdboden verschluckt. Oder vom Meer. Der Geiselnehmer hat das Handy, mit dem wir Kontakt gehalten haben, weggeworfen, und das Boot mit dem GPS-Chip ist inzwischen auch gefunden worden, in der Nähe der dänischen Grenze. Wo bist du gerade?«

»Im Taxi, auf dem Weg in die Stadt. Ich habe mit der Tante der Kinder Kontakt aufgenommen, damit sie Marijke und Pieter so lange zu sich nimmt, bis ihr Vater wieder auftaucht.«

»*Falls* er wieder auftaucht«, sagte van Leeuwen und wusste auf einmal, woher der Druck auf seinen Magen rührte, der ihn seit dem Aufwachen am Morgen begleitete.

Feline fragte: »Sehen wir uns heute Abend? Wo bist *du* eigentlich grad?«

»In Amsterdam. Es hat hier einen Dreifachmord gegeben, im Haus eines Bankiers, und Jaap will, dass ich die Ermittlungen in die Hand nehme. Ich bin also bis auf weiteres wieder Commissaris, gewissermaßen *honoris causa*.« Er spürte, wie sich der Druck auf seinen Magen verstärkte und schaute auf die Armbanduhr. »Ich ruf dich an, wenn ich weiß, wie die Dinge sich entwickeln. Ich bin noch am Tatort, muss aber gleich zum Gericht, der Fall Amelie Winter.«

»Pass auf dich auf, du bist noch nicht wieder ganz auf den Beinen. Drei Tote in diesen Kreisen, und dann noch dein Freund Jan –«

»Er ist nicht mein Freund, und ich habe auch –«

»Du hast keine Freunde, ich weiß. Bis später dann. Ach ja, und ich liebe dich, *don't forget.*« Sie legte auf, und eine Sekunde klang ihre Stimme noch in ihm nach, warm und hell, dann hörte er, wie auf dem Flur jemand rief: *»Wo sind sie? Ich will zu ihnen!«*

Ein Mann betrat den Salon mit schnellen Schritten und blieb abrupt stehen, als er van Leeuwen erblickte. »Wer sind Sie denn? Sind Sie auch von der Polizei? Wo ist meine Familie?« Der Mann war groß und kräftig, aber nicht mehr jung, obwohl die gebräunte Haut, das ungebändigt wirkende, rotblonde Haar und die dynamischen Bewegungen das verbergen sollten. Er trug einen dunkelblauen Anzug, ein hellblaues Hemd mit dünnen, bordeauxroten Streifen, *Buttondown*-Kragen und rautenförmigen Manschettenknöpfen aus Silber. Einen dünner Kaschmirmantel hatte er nachlässig über den linken Arm geworfen.

Der Commissaris verstaute das Handy wieder in der Innentasche seines Trenchcoats. »Meneer de Kook?«, fragte er. »Sie sind Geert-Hans de Kook?

»Natürlich, das ist mein Haus.« Der Bankier wirkte irritiert. Eine steile Stirnfalte über der breiten Nasenwurzel und die flatternden Lider der grüngrauen Augen signalisierten Ungeduld. »Ich bin sofort, als ich es gehört habe, ins nächste Flugzeug –«

»Mein Name ist Bruno van Leeuwen«, unterbrach der Commissaris ihn. »Ich leite die Ermittlungen im vorliegenden Fall.«

De Kook blickte sich suchend um, ohne den Mantel abzulegen, den Kopf etwas in den Nacken gelegt wie ein Dirigent, der sein Orchester vor dem ersten Takt zur Konzentration auffordert. »Wo sind sie? Ich will sie sehen!«

Van Leeuwen erkannte, dass der Bankier tatsächlich dachte, seine Frau und sein Sohn wären noch da; sie lägen irgendwo hier in der Wohnung wie versteckte Gäste einer verpatzten Überraschungsparty. »Ihre Frau und Ihr Sohn sind in der Pathologie«, erklärte er. »Wir hatten nicht so schnell mit Ihrer Rückkehr gerechnet. Wie hat man Sie informiert?«

»Mein Büro hat mich angerufen, ich war mitten in einer Konferenz mit dem Emir.«

»Hat man Ihnen gesagt, dass Ihre Frau … nicht allein war?«

De Kook runzelte die Stirn. »Ja, ich bin – ich weiß schon Bescheid. Wann kann ich zu ihr?«

»Wenn Sie sich heute Nachmittag Zeit nehmen könnten, würde ich –«

»Warum nicht jetzt gleich?«, fiel ihm de Kook ins Wort.

Van Leeuwen sagte: »Ich habe in einer Stunde einen Termin bei Gericht, und ich wäre gern dabei, wenn Sie die Identifizierung vornehmen. Falls wir noch Fragen haben.«

»Gut, dann um drei? Halb vier?«

»Vier«, sagte der Commissaris. »Ja, vier wäre gut. Die Leichen befinden sich in der Gerichtsmedizin. Einer meiner Leute wird Sie hinbringen.«

»Und was soll ich bis dahin machen?«, fragte der Bankier, plötzlich leise und verwirrt. Die Knöchel der Hand, mit der er den Griff des Aktenkoffers unklammerte, spannten die Haut, bis sie fast weiß war.

»Sie könnten versuchen festzustellen, ob etwas fehlt – Bilder, Computer, etwas aus dem Safe, falls Sie einen haben.«

»Also war es ein Einbrecher? Meine Frau, mein … sind Opfer eines simplen Raubmords geworden?«

»Im Augenblick wissen wir noch gar nichts. Wir stehen erst am Anfang der Ermittlungen. Die Botschaft an der Wand lässt auf ein persönliches Motiv schließen, aber sie kann auch dazu dienen, uns auf eine falsche Fährte zu locken –«

De Kook sah sich im Salon um. »Welche Botschaft meinen Sie? An welcher Wand?«

»Draußen im Flur. *Ich bin kein Täter.*« Er ging voran, und der Bankier folgte ihm zu der Stelle, an der die roten Buchstaben auf die Tapete gesprayt waren. De Kook starrte die Worte an. Seine Lippen bewegten sich lautlos. »Was bedeutet das?«, fragte er. »Er hat meine Frau und meinen Sohn ermordet und dann *das* an die Wand gesprüht?«

Van Leeuwen fiel auf, dass er es wieder vermied, das dritte Opfer zu erwähnen. »Wir dachten, Sie könnten uns vielleicht einen Hinweis geben, etwas, das es uns ermöglicht, eine Erklärung dafür zu finden.«

»Wollen Sie damit andeuten, ich könnte etwas mit dem Mord an meiner Familie zu tun haben?«, fiel ihm der Bankier ins Wort. »Ich hoffe für Sie, dass Sie –« Er vollendete den Satz nicht; stattdessen entfuhr ihm ein eigenartig pfeifender Seufzer. »Was ist das – sind das –?«

Sein Blick heftete sich auf die Fotos, die van Leeuwen auf der Kommode unter der Schrift abgelegt hatte. Sein Gesicht veränderte sich. Alles, was vorher straff und kantig gewesen war, schien auf einmal nachzugeben, seine Form zu verlieren. Die Lippen zitterten, das Kinn fiel herab. Er ließ den Koffer fallen und griff nach den Fotos. Der Mantel rutschte ihm vom Arm. »Haben Sie sie so gefunden?«

»Ja«, sagte der Commissaris.

De Kook betrachtete das oberste Foto, das den nackten Mann im Bademantel zeigte, dann das nächste, das seine nackte Frau mit ihrem zerfetzten Brustkorb zeigte. Und dann das dritte, auf dem sein toter Sohn zu sehen war. »Simon«, sagte er leise.

Er ging sämtliche Fotos durch, eines nach dem anderen, alle Perspektiven, dann ließ er sie einfach fallen. Der Commissaris bückte sich, um sie wieder aufzuheben. De Kooks Blick folgte seinen Bewegungen, aber es dauerte noch ein paar Sekunden, bis der Bankier die Flecken im Läufer und auf den Dielenbrettern bemerkte, die er vorher offenbar noch gar nicht wahrgenommen hatte. »Ist das ihr Blut?«, fragte er. »Diese dunklen Flecken – im Teppich – und da an der Wand – und auf der Treppe –«

Langsam ging er den Flur entlang. Er folgte den Kärtchen mit den Ziffern und Zahlen zur Treppe und die Stufen hinauf bis zu der Stelle, wo sie seinen Sohn gefunden hatten. Dort blieb er reglos stehen, ohne ein Wort zu sagen. Zwei oder drei endlos wirkende Minuten vergingen, bevor er auf den Treppenabsatz sank und mit einer theatralisch wirkenden Geste die Hände vors Gesicht schlug.

Van Leeuwen konnte fast zusehen, wie der Bankier die Erschütterung spürte, die in seinem Leben einen Riss verursacht hatte, wie ein Erdbeben einen Riss im Asphalt verursacht. Als er die Hände wieder sinken ließ, zeigten sich in schneller Folge Schmerz, Zorn und Trauer auf seinem Gesicht. Alles kam durch den Riss hereingekrochen.

Hoofdinspecteur Gallo stand auf einmal hinter van Leeuwen und fragte: »Brauchen wir einen Arzt?«

»Nein«, antwortete van Leeuwen leise. »Er begreift nur gerade etwas.«

»Er begreift? Was denn?«

»Dass er vorgestern Nacht verwundet wurde, während er sich die ganze Zeit für unverwundbar gehalten hat. Er ist jetzt einer von denen, die er immer verachtet hat. Denen Dinge einfach zustoßen, Dinge, die sie nicht kontrollieren können.«

Der Bankier hob den Kopf und sah ihn an. »Glauben Sie, dass sie noch leben könnten, wenn ich da gewesen wäre?«, fragte er. »Hätte der Mörder mich erschossen und sie verschont?«

»Niemand kann sagen, was passiert wäre, wenn er Sie auch hier angetroffen hätte«, antwortete der Commissaris. »Wie wir uns verhalten, hängt fast immer von den Umständen ab, die wir vorfinden. Das trifft auch auf Mörder zu.«

»Ich glaube, sie würden noch leben, wenn ich da gewesen wäre. Glauben Sie nicht auch?«

»Aber Sie waren nicht da.«

Der Bankier griff nach dem Treppengeländer und stand auf. »Gut, also – wir sehen uns dann in der Gerichtsmedizin«, sagte er, und sein Tonfall verriet, dass er versuchte, die Kontrolle über den Riss zurückzubekommen. »Um halb vier.«

»Nein«, sagte van Leeuwen. »Um vier.«

»Ich ziehe vielleicht erstmal in ein Hotel«, sagte de Kook. »Bis Sie und Ihre Leute hier fertig sind.«

»Das ist eine gute Idee«, sagte van Leeuwen und wandte sich zum Gehen. Er war fast an der Eingangstür, als de Kook fragte: »Ist er – liegt er auch da?«

Van Leeuwen drehte sich um. De Kook sah ihn nicht an; er sah überhaupt nichts an. »Der Mann, der meine –«

»Ja«, sagte van Leeuwen, um es ihm leichter zu machen.

»Wissen Sie – weiß man schon, wer es ist? Wie er heißt?«

»Wir haben seinen Führerschein bei seinen Sachen gefunden, in seinem Jackett. Er lautete auf den Namen Janssen – Lars Janssen.«

Für einen winzigen Moment, vielleicht kaum mehr als eine Sekunde, schien de Kook zu schwanken, als hätte ihn der heftige Luftstoß einer lautlosen Explosion getroffen. Die Hand ließ das Geländer los, griff in diesen Stoß hinein und fiel dann zurück.

»Sagt Ihnen das etwas?«, fragte van Leeuwen.

»Lars Janssen?«, wiederholte der Bankier. »Nein.« Und als wollte er ganz sichergehen, ergänzte er noch: »Den Namen habe ich nie gehört.« Der Luftstoß war jetzt vorüber, aber er hatte de Kook verändert. Dass seine Frau ihn betrogen hatte, schien ihn hart zu treffen – härter als die Tatsache, dass sie und ihr gemeinsamer Sohn ermordet worden waren?

Ich verstehe dich, dachte van Leeuwen; *alles hätte er sich selbst bis vor zwei Jahren vorstellen können, nur nicht, dass sich seine Frau von einem anderen Mann berühren lassen würde.*

Das war der erste Gedanke.

Der zweite war: *Er weiß, wer es getan hat. Als er die Schrift an der Wand gesehen hat, ist ihm klar geworden, wer seine Familie getötet hat. Nicht sofort, doch sehr schnell.* Und der dritte Gedanke: *Aber freiwillig wird er es uns nicht sagen.*

7

Vor vielen Jahren, als van Leeuwen nach Amsterdam gekommen war, um Polizist zu werden, hatte er oft vor dem Hoofdbureau van Politie in der Elandsgracht gestanden und zu dem Stadtwappen an der Fassade aufgesehen. Es zeigte zwei Löwen, die eine goldene Kaiserkrone in ihren Pranken hielten. Die Krone ruhte auf einem Schild mit drei Andreaskreuzen in einem schwarzen Pfahl, unter dem die Worte *heldenhaft, barmherzig, entschlossen* standen. Im fünfzehnten Jahrhundert, so hieß es, sollten die Kreuze als Schutz gegen die drei schlimmsten Übel jener Zeit dienen – Flut, Feuer und Pest.

Damals hatte van Leeuwen gedacht, heldenhaft, barmherzig und entschlossen, so kann jeder handeln, wenn er nur will; auch ich kann das. Er wusste nicht mehr genau, wann er aufgehört hatte, daran zu glauben. Er wusste auch nicht, ob er für immer aufgehört hatte oder ob es nur daran lag, dass man manchmal an etwas glauben konnte und manchmal nicht. Inzwischen verband er die drei Kreuze nicht mehr mit Flut, Feuer oder Pest, sondern mit Drogen, Mord und Geldgier.

Kaum hatte er den unweit des Hauptbahnhofs auf einer künstlichen Insel am Westerdok gebauten Justizpalast betreten und die Röntgenschleuse hinter dem Haupteingang passiert, erblickte er den Mann, der in Amsterdam mit Drogen, Mord und Geldgier erhebliche Einnahmen verzeichnete: Oskar Manhijmer – neununddreißig Jahre alt, Advocaat – waren van Leeuwens Zweifel an den Worten auf dem Stadtwappen gänzlich fremd. Nach eigenem Bekunden verkörperte er nicht weniger als ihre Summe in seiner Person. Heldenmütig, barmherzig und entschlossen kämpfe er – er allein! – mit Pranken, Zähnen und flatternder Mähne wie ein ganzes Dutzend Löwen um die Krone der Gerechtigkeit für seine stets unschuldigen Mandanten.

Der Anwalt stand auf dem Gang vor dem Verhandlungssaal neben einem der kleinen Fenster mit Blick auf die Wogen des IJ, jetzt überzogen vom Messingglanz eines sonnigen Aprilmittags, der den Regen des Morgens mit einem tiefblauen Himmel abgelöst hatte. Am jenseitigen Ufer glomm der weiße Beton des kühn geformten neuen Filmmuseums, *the eye*, blendend wie eine riesige gestrandete Polareisscholle, und davor pflügten schwer beladene Frachtkähne, kompakte Schlepper und flache Rivercruise-Schiffe kreuz und quer durch das unruhige Wasser. Über ihren Kielwellen flogen die Möwen so waghalsige Manöver, als würden sie von den Seelen verstorbener Jagdflieger bewohnt.

Unter der nachlässig um die Schultern geworfenen Robe trug Oskar Manhijmer seine inoffizielle Uniform: Diesel Jeans, Puma Sneakers und ein nicht mehr ganz neues Valentino Sakko, dunkelblau, zu einem hellblauen Polohemd, dessen oberster Knopf fehlte. Ein karierter PLO-Schal betonte den fleischigen Hals mehr, als dass er ihn verdeckte. Er winkte van Leeuwen mit der feuchten Lakritzstange, an der er unablässig lutschte, seit er mit dem Rauchen aufgehört hatte. Seine Finger waren kräftig und manikürt, aber unter den Nägeln saßen kleine, schmutzige Halbmonde. Fettige blonde Locken ringelten sich ihm in die Stirn, über die Ohren und in den Nacken. Die braunen Augen, klein und hellwach, waren von geplatzten Äderchen durchsetzt.

»Commissaris van Leeuwen, wie mutig von Ihnen, dass Sie persönlich hier erscheinen«, rief er mit dröhnender Stimme. »Ich wollte dem Gericht und Staatsanwalt Hoekstra gerade vorschlagen, das Verfahren gegen meinen Mandanten im Interesse des Ansehens unserer Polizei einzustellen. Sie wissen schon, damit wir darauf verzichten können, die fragwürdigen Methoden öffentlich an den Pranger zu stellen, mit denen Ihre Behörde versucht hat, einen Unschuldigen seiner bürgerlichen Rechte zu berauben.«

»Wir hatten es gar nicht nötig, Leon Boer seiner Rechte zu berauben«, entgegnete der Commissaris. »Das hat er ganz allein getan, indem er die junge Frau aus dem Fenster des Kaufhauses gestürzt hat, und zwar vor Zeugen, von denen einer ein Polizeibeamter gewesen ist.«

»Ein Polizeibeamter, der gelogen hat«, widersprach Manhijmer, »und genau das meine ich mit fragwürdigen Methoden, weil die ganze Beweislage auf dieser Lüge basiert. Ein Umstand, den die Verteidigung des Angeklagten bisher völlig ignoriert hat, weswegen Meneer Boer ja auch gut beraten war, seinem Anwalt das Vertrauen zu entziehen und meine Kanzlei mit seiner Vertretung zu beauftragen.«

Der Commissaris sagte: »In einem Punkt gebe ich Ihnen recht – würde es sich bei Agent Dekkers Aussage tatsächlich um eine Lüge handeln, könnte Leon Boer keinen kompetenteren Anwalt als Sie auf seiner Seite haben. Von Lügen verstehen Sie mehr als jeder andere, besonders im Gerichtssaal.«

Anwälte wie Oskar Manhijmer waren der Grund dafür, dass ihn jedes Mal ein inzwischen schon vertrautes Unbehagen beschlich, wenn er einem Strafprozess beiwohnte. Im Lauf der Zeit hatte er aus diesem Unbehagen einen eigenen Vortrag gemacht, den er jedes Jahr vor den Teilnehmern der Bachelor- und Master-Studiengänge an der Niederländischen Polizeiakademie hielt. Und immer schloss er mit den Worten:

»Bis zu dem Moment, in dem der Staatsanwalt die Gründe für eine Anklageerhebung vorträgt, ist also alles klar und eindeutig: Sämtliche Beweise liegen an ihrem Platz und ergeben ein deutliches Bild. Aber dann fängt die Verhandlung an, und auf einmal ist jedes Wort dazu angetan, das Bild infrage zu stellen. Erst langsam, dann immer schneller nimmt es andere Formen an. Die Farben verändern sich, die Konturen werden unscharf. Was die ganze Zeit im Vordergrund gestanden hat, rückt unversehens in den Hintergrund. Eindeutige Tatsachen haben plötzlich zwei oder noch mehr Seiten. Zeugen, die seit ihrer allerersten Befragung verlässlich gewesen sind, widersprechen sich im Verhör des Verteidigers, können sich auf einmal nur noch ungenau oder gar nicht mehr erinnern. Gutachter müssen Unwägbarkeiten zugeben, die sie zuvor ausgeschlossen hatten, und ein Beweis ist gar kein Beweis mehr, sondern eine Vermutung oder Spekulation. Am Ende scheint das Bild das genaue Gegenteil von dem zu zeigen, was es vorher dargestellt hatte. Aus einem Tatsachenbericht ist ein Theaterstück geworden, in dem jeder eine andere Rolle spielt, begleitet von unsichtbaren Violinen oder donnernden Paukenschlägen. Tränen verzerren die Sicht, und wenn sie am Ende getrocknet sind, hat nicht die Gerechtigkeit gewonnen, sondern Shakespeare: Der Gerichtssaal ist zur Bühne geworden und der Prozess der Wahrheitsfindung zu einer Farce.«

Diesmal wird das nicht passieren, dachte der Commissaris, als er Procureur Hoekstra das Foyer betreten sah. Der Staatsanwalt näherte sich mit schnellen, ausgreifenden Schritten. Er war klein und besaß alle Eigenschaften, mit denen kleine Männer angeblich ihre mangelnde Größe auszugleichen versuchten – unermüdliche Energie, grenzenlosen Ehrgeiz und unstillbare erotische Bedürfnisse. Das spärliche schwarze Haar trug er straff zurückgekämmt; der scharfe Blick seiner dunkelblauen Augen wurde durch eine Brille mit einem breiten schwarzen Rahmen noch schärfer. Angesichts der Tatsache, dass er zur Beleibtheit neigte, war der Mund unverhältnismäßig schmal.

»Sie sollten öfter Uniform tragen, Commissaris«, bemerkte Hoekstra, als er van Leeuwen die Hand reichte. »Das ganze Blau und Gold steht Ihnen, wirkt einschüchternd.«

»Seit wann braucht Meneer van Leeuwen eine Uniform, um jemand einzuschüchtern?«, rief Oskar Manhijmer von seinem Fensterplatz aus quer durchs Foyer.

»Wer führt den Vorsitz?«, fragte van Leeuwen.

»Richter Gerritsen«, antwortete Hoekstra mit einem Lächeln. Johan Gerritsen war ein Mann von untadeligem Ruf; sie mussten sich keine Sorgen machen. »Gehen wir rein.«

Auf einer Bank vor dem Sitzungssaal saß Ruud Dekker, der Polizeibeamte, der den Mord beobachtet hatte. Er sprach mit Oskar Manhijmer, und dabei schüttelte er mehrmals den Kopf, bis der Anwalt nickte und allein den Sitzungssaal betrat. Als Dekker den Commissaris in Uniform erblickte, sprang er auf und salutierte. Der Beamte trug ebenfalls seine blaue Dienstuniform mit den drei goldenen Streifen. Seine hellbauen Augen waren leicht gerötet, als hätte er in der letzten Nacht zu wenig geschlafen oder zu viel getrunken. Davon abgesehen sah er gut und vertrauenswürdig aus, schlank, ernst, ein Anwärter für den gehobenen Dienst.

Van Leeuwen folgte Staatsanwalt Hoekstra in den fast leeren Sitzungssaal. Er setzte sich auf einen der reservierten Plätze in der zweiten Reihe, in dem auch die Mutter des Opfers saß. Als sie ihn erkannte, schenkte sie ihm ein Lächeln, das nur kurz auf ihren blassen Lippen zitterte, bevor es erlosch.

Marleen Winter war eine zierliche Frau mit großen, blauen Augen und hohen Wangenknochen – mit einem Hauch Rouge.

Das blondierte Haar fiel gelockt über die Ohren und einen Teil der Stirn. Sie trug ein dunkelgraues Kostüm mit rot lackierten Knöpfen. Ein veilchenblauer Seidenschal verbarg ihren Hals, der ebenso wie ihr Hände verraten hätte, dass sie älter war, als sie sich eingestehen wollte. Sie hatte sich sorgfältig zurechtgemacht, als wollte sie sich nach langer Zeit mit einem Geliebten aus früheren Jahren treffen. Doch ihr Gesicht war schmal und wirkte müde.

Ein paar Minuten später führten zwei bewaffnete Gerichtsdiener den Angeklagten herein. Leon Boer, 32, war weder weiß noch schwarz. Seine Haut hatte einen hellen Feigenton, der gerade noch die marokkanischen Wurzeln seiner Eltern verriet. Dicht gelocktes, dunkelbraunes Haar bedeckte Ohren und Nacken.Er trug Jeans, dunkelrote Sneakers ohne Schnürsenkel, ein schwarzes Sweat Shirt mit der Aufschrift *Raised by WOLFES* und eine moosgrüne Nappalederjacke, die bei jeder Bewegung gleichzeitig aufwärts und abwärts zu fließen schien. *Die allein kostete mehr, als die meisten Polizeibeamten in einem halben Jahr verdienten*, dachte van Leeuwen und war froh, dass sie Boer heute das Handwerk legen konnten, auch wegen einer langen Liste aktenkundiger Delikte, die von Drogenhandel, Erpressung und Körperverletzung bis zu dem Mord an Amelie Winter, 17, reichte.

Der Dealer ließ den Blick gleichgültig durch den Raum gleiten, bevor er sich neben seinen Verteidiger setzte. Nicken, kurzer Händedruck, keine Handschellen, keine Aufmerksamkeit für den Commissaris, den Staatsanwalt oder Amelies Mutter. Gleich darauf öffnete sich hinter dem Richtertisch eine Tür in der Holztäfelung, und Richter Gerritsen trat ein, ein iPad unter dem Arm. Er legte es auf den Richtertisch und tippte das Mikrofon mit dem Zeigefinger an, um zu hören, ob es eingeschaltet war. Als ein trockenes *Tock-Tock* aus den Lautsprechern drang, nickte er, setzte sich und beäugte die kleine Versammlung vor seinem Tisch über den Rand einer schlichten Lesebrille. »Sind alle da?«

Sein Blick verweilte einen Moment bei Amelies Mutter, die ihm so langsam ihr Gesicht zuwandte wie eine Zimmerpflanze dem Sonnenlicht in einer Zeitrafferaufnahme. Van Leeuwen stellte fest, dass der Richter genauso blass und müde wirkte wie sie. Gerritsens Haar, silbergrau und militärisch kurz geschnitten, ließ die Adern auf seinem Schädelknochen sehen. Stirn und Brauen warfen Schatten auf die Wangen, doch aus dem Netz der Falten um Augen und Mund strahlte sein Blick hell und hart, voll konzentrierter Aufmerksamkeit. »Procureur Hoekstra, Sie machen den Anfang!«

Ohne aufzusehen begann Hoekstra, dem Gericht die Umstände des Mordes an der minderjährigen Prostituierten Amelie Winter durch ihren Dealer Leon Jasper Boer, beide wohnhaft in Amsterdam, ausführlich zu schildern.

»Am 11. November des vergangenen Jahres kam die siebzehnjährige Amelie Winter durch einen Sturz aus einem Dachfenster des Hauses Nummer Stormsteeg 9 zu Tode. Bei diesem Haus handelt es sich um das mehrstöckige chinesische Kaufhaus *Toko Dun Yong* in einer Gegend, die besser als *De Wallen* bekannt ist. Manche nennen sie auch Chinatown. Zum Zeitpunkt ihres Todes stand Amelie Winter unter dem Einfluss starker Barbiturate, die sie, wie die Ermittlungen der Polizei ergaben, von dem Dealer Leon Boer bezog. Meneer Boer ist hier als Angeklagter anwesend. Um ihren starken Drogenkonsum zu finanzieren, betrieb Amelie Winter gewerbsmäßige Prostitution und hatte zu diesem Zweck ein Zimmer mit Fenster zum Achterburgwal angemietet, in dem sie regelmäßig Freier empfing.«

»Ich entnehme den Akten hier«, unterbrach der Richter ihn leise, »keine Information darüber, wie eine Minderjährige in aller Öffentlichkeit als Prostituierte arbeiten konnte.«

»Sie hat falsche Angaben über ihr Alter gemacht«, erklärte der Staatsanwalt, »so wie sie ihrer Tätigkeit ja auch unter falschem

Namen nachging – *Rose Trudeau.* Offenbar wurden ihre Angaben und die entsprechenden Papiere nur oberflächlich überprüft, was damit zu tun haben mag, dass sie frühreif war und durchaus als Neunzehnjährige durchgehen konnte. Auch nicht auszuschließen ist, dass bei den Behörden ein Auge zugedrückt wurde …«

Während er zuhörte, fasste van Leeuwen erst Hoekstra, dann Richter Gerritsen, Oskar Manhijmer und den Angeklagten ins Auge. Amelies Mutter hatte die Augen geschlossen, während ihr Mund einen Spalt breit offenstand, als wäre sie in Trance gefallen. Reglos lauschte der Richter Hoekstras Ausführungen. Auch Leon Boer bewegte sich nicht. Sein Verteidiger dagegen schüttelte immer wieder den Kopf, als wäre schon die Schilderung des reinen Sachverhalts eine Rechtsbeugung, die ihresgleichen suchte.

»Aufgefunden wurde Amelie Winter nach ihrem tödlichen Sturz von dem zufällig anwesenden Streifenbeamten Ruud Dekker«, führte Hoekstra weiter aus. »Agent Dekker hat ausgesagt, dass er sehen konnte, wie das Opfer vor seinem Sturz mit einem Mann gekämpft hat und von diesem über den Fenstersims gestoßen wurde. Der Agent hat weiter ausgesagt, dass er den Angeklagten Leon Boer zweifelsfrei als den Mann identifizieren konnte, mit dem Amelie Winter gekämpft hat. Hierzu werden wir den Agenten nachher noch persönlich hören. Des Weiteren –«

Wie ein Verkehrspolizist an einer Kreuzung hob Manhijmer eine Hand. »Herr Richter, wir könnten Agent Dekker sofort hören und damit verhindern, dass sich diese Posse unnötig in die Länge zieht!«

Richter Gerritsen spähte über den Brillenbügel in seine Richtung. »Sie haben gleich Gelegenheit, Ihre Version der Ereignisse zu erörtern, Herr Verteidiger.«

»Des Weiteren«, fuhr Hoekstra ungerührt fort, »haben die Ermittlungen der Beamten des Distrikts Centrum ergeben, dass

Amelie Winter verzweifelt darum bemüht war, ihre Drogensucht zu überwinden und auch nicht länger als Prostituierte tätig sein wollte. Ihre engste Freundin Antje de Vries, die wir ebenfalls gleich hören werden, hat ausgesagt, dass der Angeklagte Amelie Winter deswegen massiv unter Druck gesetzt hat. Wiederholt hat Amelie ihrer Freundin erzählt, sie fürchte, der Angeklagte könnte ihr etwas antun, um zu verhindern, dass ihr Verhalten anderen Abnehmern seines Stoffs als Beispiel dienen werde. Boer befand sich noch am Tatort, als Agent Dekker das Opfer auffand, und ließ sich später widerstandslos festnehmen.«

»Wir bestreiten ja gar nicht, dass er dort war«, wandte Manhijmer ein. »Sie hatte ihn dorthin bestellt, weil ihr das Heroin ausgegangen war und sie dringend Nachschub brauchte. Wenn wir fertig sind, wird von den Vorwürfen der Staatsanwaltschaft und den sogenannten Ermittlungen der Polizei nicht mehr übrig bleiben als die Aussage von Agent Dekker, der bereits draußen wartet, um sich selbst der Falschaussage zu bezichtigen!«

Van Leeuwen hatte ein Gefühl, als hätte ihm jemand mit der Faust ins Gesicht geschlagen. *Das kann nicht sein.*

Hoekstra drehte sich um und starrte ihn sekundenlang nur an, bevor er sich wieder zum Richtertisch wandte. »Ruud Dekker ist ein Beamter von untadeligem Ruf, der mehrfach belobigt wurde und für seine genauen Beobachtungen bekannt ist!«, rief er.

Marleen Winter gab einen leisen Seufzer von sich, der wie ein Schluchzen klang. Mit den Fingerspitzen bedeckte sie ihren Mund, der sich erschrocken zusammengezogen hatte. Der Richter fuhr mit der Fingerspitze über die Oberfläche seines iPads, als wollte er etwas entfernen, das dort nicht hingehörte. Er schien zu warten, ob eine der Parteien noch etwas hinzufügen wollte. Da sie das nicht taten, hob er den Kopf: »Ich kann nicht verhehlen, dass ich überrascht bin. Am besten hören wir Agent Dekker selbst. Gerichtsdiener, führen Sie den Zeugen herein.«

Ruud Dekker ging in seiner makellosen blauen Uniform durch den Mittelgang zum Zeugentisch. Nachdem seine Personalien festgestellt worden waren, setzte er sich, legte die Hände auf die Oberschenkel und blickte Richter Gerritsen mit ausdruckslosem Gesicht an.

»Agent Dekker, Sie sind heute hier, um im Fall Amelie Winter auszusagen. Überraschend haben sich schon zu Beginn der Verhandlung Unklarheiten bezüglich dieser Aussage ergeben. Tatsächlich behauptet die Verteidigung, Sie hätten Ihre Beobachtungen nicht wahrheitsgemäß wiedergegeben, sondern im Gegenteil bewusst gelogen. Wollen Sie sich dazu äußern?«

»Ja«, sagte Dekker, »das will ich.«

»Dann sagen Sie uns bitte, ob Ihre Angaben der Wahrheit entsprechen, und bedenken Sie, dass Sie unter Eid stehen.«

Dekker senkte den Kopf und schaute auf seine Hände, mit denen er die Oberschenkel so heftig umklammerte, dass sie wie die Klauen eines Raubvogels wirkten. »Sie entsprechen nicht der Wahrheit.«

Staatsanwalt Hoekstra schoss in die Höhe und riss sich die Brille aus dem Gesicht, als wäre sie ein hässliches schwarzes Insekt, das ihn jählings angesprungen hatte. »Agent Dekker, denken Sie daran, dass Sie –!«

Gerritsen fiel ihm ins Wort. »Procureur Hoekstra, lassen Sie den Zeugen antworten!«

Hoekstra sank auf seinen Stuhl zurück, das schwarze zweibeinige Insekt immer noch zwischen spitzen Fingern.

»Die Verteidigung hat recht«, bekannte Dekker. »Es tut mir leid, ich habe mich geirrt. Es war schon dunkel, und dann der Nebel … Ich hatte auch was getrunken, nicht viel, aber es reichte. Die Lichter der Kaufhausfenster haben mich geblendet, und ich sah nur den Körper, wie er durch die Lichter gefallen ist und dann auf dem Pflaster aufschlug, das war alles. Mehr habe ich nicht gesehen.«

»Nein«, sagte Amelies Mutter gerade so laut, dass es kein Flüstern mehr war.

Der Richter schüttelte den Kopf. »Wenn sich das alles so zugetragen hat, warum haben Sie dann bisher behauptet, Sie hätten genau gesehen, wie der Angeklagte Amelie Winter aus dem Fenster gestürzt hat? Warum haben Sie nicht von Anfang ausgesagt, dass sie … «, einen Moment schien seine Stimme zu zittern, »dass sie von sich aus gesprungen ist?«

Der Angeklagte beugte sich gespannt vor.

Dekker nickte bedächtig, als hätte er sich diese Frage auch immer wieder gestellt. »Wegen ihrer Mutter«, sagte er schließlich. »Ich dachte, das würde es für sie leichter machen. Ich dachte, dass ihre Tochter freiwillig aus dem Leben geschieden ist, könnte den Verlust vielleicht unerträglich machen … Ich kann es vor meinem Gewissen nicht verantworten, dass ein Unschuldiger bestraft wird.«

Seufzend stand Oskar Manhijmer auf und breitete die Hände aus. »Es handelt sich offenbar um den Fall eines verlorenen Sohns, der reumütig unter das Dach der Wahrheit zurückkehrt«, verkündete er. »Ich fordere das Gericht daher mit allem Nachdruck auf, die Klage gegen meinen Mandanten abzuweisen und das Verfahren einzustellen.«

Der Richter schüttelte tadelnd den Kopf. »Agent Dekker, ich erinnere Sie nochmals daran, dass Sie hier unter Eid aussagen!«

»Ich weiß, Herr Richter.«

»Und diesmal haben Sie die Wahrheit gesagt?«

»Ja.«

»Sie haben Ihre Aussage aus freien Stücken geändert? Niemand hat Sie unter Druck gesetzt?«

Oskar Manhijmer ließ eine der ausgebreiteten Hände sinken, mit der anderen deutete er auf van Leeuwen. »Wenn jemand den Zeugen unter Druck gesetzt hat, dann sein Vorgesetzter, Commissaris van Leeuwen. Um mit einer schnellen Verhaftung von einer ganzen Reihe früherer Misserfolge abzulenken, hat er seinen Untergebenen zu einer Aussage genötigt, die nicht der Wahrheit entsprach. Dieser junge Polizeibeamte hier mit dem vorbildlichen Lebenslauf und einer makellosen Karriere wusste sich nicht anders zu helfen, als das zu Protokoll zu geben, was der mächtige Polizeichef hören wollte.«

Er schwang sich herum und wies nun auf Leon Boer. »Die einzige Wahrheit ist also, dass hier nicht ein Täter vor uns sitzt, sondern ein Opfer! Von Polizeiwillkür und –«

»Mäßigen Sie sich, Herr Anwalt!«, sagte Richter Gerritsen scharf. »Sie sind hier nicht auf einer Bühne!« Es schien ihm große Mühe zu bereiten, den Blick auf Boer zu richten. »Unter diesen Umständen bleibt mir nichts anderes übrig, als das Verfahren gegen den Angeklagten aus Mangel an Beweisen einzustellen.«

Leon Boer sprang nicht auf. Er riss auch nicht die Arme hoch, um seinen Anwalt zu umarmen oder ihm die Hand zum Abklatschen hinzuhalten. Er grinste nicht einmal, sondern saß nur da, entspannt zurückgelehnt, als hätte er genau das erwartet.

Marleen Winter kippte nach vorn, schlug mit der Stirn gegen die Bank vor ihr und rutschte langsam von ihrem Platz. Ihr Sitznachbar versuchte sie festzuhalten, aber sie glitt ihm aus den Händen. »Wir brauchen einen Arzt!«, rief eine Frau.

Der Commissaris spürte, wie ihm die Galle auf der Zunge brannte. Die Schussverletzung unter seinen Rippen brannte wieder, aber nur auf kleiner Flamme. *Ich bin kein Täter*. Er sah die Worte in roter Farbe auf eine Wand gesprüht vor sich, als er aus der Reihe trat und schnell den Saal verließ. Die Opfer wurden immer mehr, die Täter hatten immer bessere Anwälte, und manche, wie Leon Boer wechselten einfach die Seiten. Am Ende gab es nicht einmal mehr eine Linie, die Opfer von Tätern und Täter von Anwälten trennte.

8

Der Commissaris wartete auf dem Gang vor dem Sitzungssaal, bis Ruud Dekker herauskam. Im Lauf der Jahre hatte er zahllose Zeugen und Häftlinge zu ihren Verhandlungsterminen begleitet oder sie nach der Verhandlung dort wieder abgeholt. Er hatte ihren Verfahren beigewohnt und selbst in mehr Prozessen ausgesagt, als er sich erinnern konnte: als Zeuge, als Kollege oder vorgesetzter Offizier eines Beamten, als Sachverständiger. In jedem dieser Prozesse hatte er ausgesagt, was er wusste, weil er es gesehen hatte oder weil es bei den Ermittlungen zutage getreten war, aber nie, was er glaubte, weil es für die Wahrheitsfindung nur selten eine Rolle spielte, was oder woran er glaubte. Doch heute war es zum ersten Mal geschehen, dass ihn eine Aussage so überraschte, wie er es nie für möglich gehalten hätte; dass sie einem ganzen Fall den Boden entzog. Noch mehr überraschte ihn, dass es einer seiner Beamten war, der diese Aussage gemacht hatte – oder der seine vorherige Aussage so geändert hatte, dass sie entweder eine Lüge sein musste oder das zuvor Beschriebene in eine Lüge verwandelte.

Als Ruud Dekker den Sitzungssaal verließ, winkte ihn van Leeuwen zu sich. »Kannst du mir erklären, was da drin gerade passiert ist?«

Der junge Agent sagte nichts, sondern presste die Lippen zusammen. Sein Nacken zitterte leicht, als koste es ihn Mühe, den Kopf nicht zu senken. »Wer hat dich unter Druck gesetzt?«

»Niemand«, antwortete Dekker.

»Du hast nur deinem Gewissen gehorcht?«

Dekker nickte.

»Und du hast auch kein Geld dafür bekommen, dass du deine Aussage änderst?«

»Nein.« Jetzt senkte Dekker doch den Kopf. »Ich weiß, Sie verstehen das nicht, und bestimmt verstehen die anderen Kollegen es auch nicht, aber ich stand unter Eid. Ich bin mir einfach nicht mehr sicher, was ich gesehen habe. Ich muss die Wahrheit sagen!«

»Aber das hast du nicht getan, Agent Dekker!«, erklärte van Leeuwen. »Wir haben deine schriftliche Aussage – an Eides statt –, unterschrieben und fünf Monate lang nicht widerrufen bis gerade eben! Es gibt keinen Beweis, keine Zeugenaussage, die das, was du vorhin gesagt hast, bestätigen könnte!«

Dekker wich van Leeuwens Blick aus; alles an ihm schien sich in eine innere Ecke zurückgezogen zu haben, in der er mit dem Rücken zur Wand stand, die Fäuste erhoben, um den nächsten Schlag abzuwehren.

»Ich bin nicht dein Feind«, erklärte der Commissaris. »Ich will dir helfen, da wieder rauszukommen.«

»Ich brauche Ihre Hilfe nicht«, sagte Dekker fast verzweifelt und mit einem Flehen in den Augen, das van Leeuwen jetzt nicht sehen wollte. »Meinetwegen werfen Sie mich raus, wenn Sie mir nicht glauben.«

»Das werde ich sehr wahrscheinlich auch tun«, sagte der Commissaris, denn vor der Wahrheitsfindung im Gerichtssaal gab es seine eigene Wahrheitssuche, und in deren Verlauf zählte sehr wohl, was er glaubte. Ruud Dekker glaubte er nicht.

»Zuerst will ich mit euch über Agent Dekker reden«, eröffnete er daher anderthalb Stunden später die Teambesprechung in seinem Büro im Präsidium. »Ich glaube ihm nicht, aber ich werde ihn auch nicht rausschmeißen, jedenfalls noch nicht. Als ich den Trotz in seinen Augen gesehen habe, kam mir auf einmal der Gedanke, dass er und Leon Boer wie zwei Seiten derselben Münze sind. So betrachtet, hätte ich verstehen können, wenn Dekker Geld genommen hätte, um seine Aussage zu ändern. Ich hätte es nicht gebilligt, aber in gewisser Weise hätte ich es verstehen können.«

Wie immer am Beginn einer Mordermittlung kam van Leeuwen sich wie ein Fußballtrainer vor, der seine eben erst zusammengewürfelte Mannschaft zur Meisterschaft führen musste. Wenn es kein Kapitalverbrechen aufzuklären gab, spielten Anton Gallo, Remco Vreeling und Julika Tambur in anderen Teams, für andere Abteilungen und manchmal sogar auf anderen Revieren. Aber sobald jemand getötet worden war und der Commissaris beschloss, dass der Fall ihm gehörte – oder ihm, wie diesmal, von allerhöchster Stelle übertragen wurde –, sobald das also geschah, rief er sie zusammen, um mit ihnen den Pokal zu holen. Er war dann Trainer und Kapitän in einer Person, und sie waren die beste Mannschaft, die er sich vorstellen konnte.

Hoofdinspecteur Anton Gallo, 28, spielte am besten als Mittelstürmer: ein Polizist ohne Netz und Scheuklappen, kompromisslos im Dienst, und außerhalb der Dienststunden ein Dichter, der nicht dichtete, ein Maler, der nie malen würde, ein Philosoph, der seine Gedanken für sich behielt. Aber auch ein Restaurator: von gebrochenen Biografien, verborgenen Tat-Abläufen und – als Hobby – immer wieder von *Riki Tiki Tavi*, dem Hausboot, das er samt Liegeplatz von seinem Vater geerbt hatte.

Wenn er nicht in offizieller Mission auftrat, kleidete er sich wie Antoine de Saint-Exupéry auf den Fotos, die den Schriftsteller neben seiner einmotorigen Maschine vor dem Zweiten Weltkrieg zeigten: immer dieselbe Pilotenjacke aus dunkelbraunem Büffelleder, sandfarbene Chinos, hellblaue Leinenhemden und dazu ein makellos weißer Schal. Seine bernsteinbraunen Augen waren hellwach, selbst wenn er todmüde war, und das blonde Haar sah meistens aus, als wäre er gerade aus dem Bett gekommen.

Inspecteur Remco Vreeling, 31, gezeugt in Aruba, im Mutterbauch eingewandert und geboren in Rotterdam, gehörte erst seit einigen Jahren zur Polizeitruppe von Amsterdam. In van Leeuwens Mannschaft war er vielseitig verwendbar, im Angriff, im Tor, als Spielmacher, aber immer nur für kurze Zeit, bis er die Lust verlor, außer bei verdeckten Ermittlungen. Diese waren seine Spezialität, besonders bei Verbrechen mit ethnischem Hintergrund, die neuerdings zunehmend religiös geprägt waren. Er wurde in Kreisen akzeptiert, in die sonst kein Polizist gekommen wäre.

Sein Aussehen verschlug nicht nur Frauen immer wieder den Atem: lackglatte, karibikbraune Haut, dunkelgrüne Augen, kurze schwarze Locken, Zähne weiß wie Schnee, ein Gesicht von ebenmäßiger Unschuld und eine Figur, um die ihn jeder Mann beneidete. Das Ganze verpackt in perfekt sitzende Freizeitklamotten der jeweils angesagtesten Designer, vermutlich *second hand*, aber trotzdem wie für ihn entworfen. Alles in allem wirkte er immer so, als hätte er sich nur vorübergehend in den Polizeidienst verirrt, bevor er seiner wahren Bestimmung folgte und ein männliches Model aus sich machte.

Auch heute war er angezogen wie für einen abendlichen Bummel durch die Avantgarde-Galerien und Szene-Cafés: eine burgunderrote Fleece-Jacke, ein zitronengelber Schal aus chinesischer Rohseide, eine bunt bestickte Black-Muslim-Kappe im Sixties-Look, dazu dunkelblaue Diesel Jeans und mehrfarbige Wildleder-Patchwork-Stiefeletten, alles so bunt wie manche Tiere, die man sonst nur in Dokumentarfilmen über den Meeresboden schweben sah.

Für Brigadier Julika Tambur, 28, inzwischen Inspecteur, suchte der Commissaris einen neuen Platz in seiner Mannschaft, vielleicht in der Abwehr, als Verteidigerin. Seit sie vor einigen Wochen bei einem Undercover-Einsatz beinah ums Leben gekommen wäre, hatte sie sich verändert: weg waren die löcherigen Jeans, *stone washed*, weg auch die schwarzen *muscle shirts*, die *hoodies*, die schwarze Lederjacke mit dem halben Dutzend Ketten, Nieten und Reißverschlüssen und die Stiefeletten mit genagelten Absätzen. Nichts verriet mehr die frühere Punkerin – außer dem wunden, zornigen Blick, der ihr in die Augen trat, wenn sie sich angegriffen fühlte. *Gut in der Abwehr*, das war sie.

Auch in ihrem Gesicht gab es eine neue Härte, dazu einige neue, wenn auch kaum sichtbare Falten. Von Natur aus hatte sie einen schwermütigen, trotzigen Ausdruck, aber wenn sie lächelte oder sich in Eifer redete, bekam er etwas Anziehendes und ließ sie umgänglicher wirken. Der Commissaris wusste, dass sie geführt werden wollte, da sie immer noch ihren Weg suchte. Er konnte es hinter dem Zorn in den grauen Augen lesen, wo er schon alles Mögliche gefunden hatte, Angst, Sehnsucht, Tapferkeit, Verständnis und einmal sogar eine Art von Liebe.

Der Rest war zart – die kleine, gerade Nase, die großzügig geschwungenen Augenbrauen, der Mund, dessen glatte Lippen mit dem schwach aufgetragenen Rot an ein geteiltes Tulpenblatt erinnerten. Das blonde Haar fiel ihr voll über den Nacken,

Es war seltsam, sie alle wieder in seinem alten Büro zu versammeln, das er seit seiner Beurlaubung nicht mehr betreten hatte. Er sah es jetzt mit anderen Augen, nicht mehr als etwas Selbstverständliches, fast so, wie er es in den ersten Jahren nach der Ernennung zum Commissaris empfunden hatte: als einen ernsten Ort der Verantwortung, der ihm nur auf Zeit anvertraut worden war. Und diese Zeit, dachte er, läuft vielleicht gerade ab.

Das Büro befand sich am Ende eines langen Gangs aus glasversetzten Wänden und holzgetäfelten Türen, ein schlichter Raum mit einem Schreibtisch voller Kommunikationstechnik, ein paar Stühlen, einem niedrigen Aktenschrank, einem dreibeinigen Garderobenständer und einem frischen Olivenbaum in einem Ziegeltopf, der in seiner Abwesenheit an die Stelle des alten, abgestorbenen Farns in seiner ausgetrockneten Hydrokultur getreten war. Aber an der Wand neben der Tür hing noch das verblichene Poster der Elf von Ajax Amsterdam.

Daneben waren jetzt die Fotos vom Tatort in der Herengracht befestigt worden: Simon und Annet de Kook sowie Lars Janssen, von oben aufgenommen, von der Seite, mit Blitz, ohne, dazu Blow ups von den Schusswunden, das Blut auf dem Boden und der Treppe, die Worte auf die Wand *Ich-bin-kein-Täter*.

»In welcher Weise hättest du Dekkers Verhalten verstehen können?«, fragte Hoofdinspecteur Gallo.

Van Leeuwen nickte, denn mit dieser Frage hatte er gerechnet. »Nimm einen Jungen um die vierzehn, fünfzehn, der mit fünf jüngeren Geschwistern, aber ohne Vater in einer zugemüllten Zwei-Zimmer-Wohnung am Stadtrand lebt. Die Mutter ist arbeitslos, und das war sie schon immer, seit sie nach der zehnten Klasse die Schule abgebrochen hat. Die Stütze reicht gerade für den nötigen Nachschub an Alkohol, aber nicht mehr für den Klempner, was besonders die Kakerlaken freut. Der Junge geht in eine Schule, in der die Stromkabel aus der Wand hängen, die Lehrmittel Jahrzehnte alt sind und der Gestank der Toiletten bis in die Klassenzimmer dringt, weil die Spülung genauso kaputt ist wie der Hausmeister. Gib ihm ein paar Lehrer, die mit schusssicheren Westen zum Unterricht kommen statt mit aufregenden Ideen, und dann noch einen älteren Bruder, sein Vorbild, sein Idol, der es bis zum Abi geschafft hat, vielleicht sogar bis zu einem Uniabschluss, und der jetzt nicht mal genug Geld verdient, um sich eine Zwei-Zimmer-Wohnung in einer besseren Gegend ohne Kakerlaken leisten zu können. Und nun lass ein paar Blocks weiter, da, wo die Gegend besser wird, einen Crack Dealer einziehen, in sein eigenes Haus, vor dem er seinen SUV mit vergoldeten Felgen, 3-D-Sound und Lenkrad-Interface parkt. Was passiert wohl mit dem Jungen?«

»Er wird Polizist?«, fragte Remco Vreeling.

»Ruud Dekker *ist* Polizist geworden«, sagte van Leeuwen, »Leon Boer nicht. Der kleine Leon hat den Dealer in seinem SUV gesehen und sich gesagt, scheiß drauf, wozu in die Schule gehen, wenn ich mir am Ende nicht mal eine anständige Wohnung leisten kann? Was soll der ganze Mist mit Bildung und ›Denk doch mal an deine Zukunft‹, wenn ich so oder so in einer Sackgasse lande? Ich will alles und zwar sofort, wo ist die Abkürzung zur Überholspur?«

Er trat ans Fenster. Die Ulmen an der Marnixstraat warfen ihre schlanken Schatten auf die Kaimauer des Kanals, an der noch das letzte Herbstlaub klebte. Das Flirren der frischen Blätter an den Zweigen erinnerte im Licht der tief stehenden Sonne an grünspanbefallene Kupfermünzen. Hinter den Fenstern der gegenüberliegenden Häuser gingen die ersten Lampen an. Eine Straßenbahn der Linie 10 hielt vor dem Haupteingang des Präsidiums, aber niemand stieg aus. Rechts und links schossen Pulks eiliger Biker an der wieder anfahrenden Tram vorbei.

»So was kann auch noch passieren, wenn der Junge schon älter geworden ist«, sagte er, »wenn er als Polizist arbeitet, von seinem Gehalt kaum Frau und Kind ernähren kann und in jemand wie Leon Boer sich selbst begegnet, einem Jungen aus derselben Vergangenheit, der lediglich vor Jahren die andere Entscheidung getroffen hat. Jemand, dem es gut geht. Jemand, der ihn in Versuchung führt: Du kannst immer noch ein guter Polizist sein, so wie vorher, du musst nur dieses eine Mal etwas tun, was niemand schadet, du hast dich einfach geirrt, das Mädchen wird ja doch nicht wieder lebendig, nur weil du bei deiner Aussage bleibst …«

»Die meisten widerstehen der Versuchung«, sagte Inspecteur Tambur, »und zwar immer wieder. Das macht sie zu anständigen Polizisten.«

»Dekker war auch ein anständiger Polizist«, führte van Leeuwen aus. »Er wurde wiederholt belobigt und ausgezeichnet, auch sein Privatleben gibt nicht den geringsten Anlass zur Kritik – junge Frau, kleines Kind, keine Eskapaden, keine Laster. Nachdem er zufällig Augenzeuge von Amelie Winters Ermordung geworden war und Leon Boer verhaftet hatte, habe ich ihn im Rahmen der Ermittlungen mehrmals ausführlich befragt, weil ein Fall, in dem der einzige Zeuge ein Polizist ist, immer gewisse Risiken birgt, wenn man damit vor Gericht geht. Ich habe ihn gefragt, ob er mit Amelie Winter privat Kontakt hatte. Oder mit Leon Boer. In beiden Fällen hat er mit ›nein‹ geantwortet. Ich hab mir von ihm zeigen lassen, wo er stand, als Amelie und Boer am Fenster zu sehen waren, von wo aus er den Dealer beobachtet hat und wie sich die anschließende Festnahme *en détail* abgespielt hatte. Wenn ich jetzt daran denke, kommt es mir vor, als wären seine Antworten manchmal etwas ungenau gewesen, vielleicht ausweichend. Das hätte ich merken müssen. Außerdem wirkte er für jemand, der weder Täter noch Opfer kannte, eine Spur zu mitgenommen. Doch seine Angaben hielten den weiteren Ermittlungen stand.«

»Das heißt, wenn wir ein neues Verfahren wollen, müssen wir auch neu ermitteln«, sagte Gallo. »Und zwar diesmal gegen Leon Boer genauso wie gegen Agent Dekker.«

»Ja.« Van Leeuwen nickte. »Außerdem möchte ich, dass ihr euch noch mal die Zeugenaussagen von damals vornehmt. Wer hat was gesehen, auf der Straße, im *Toko Dun Yong*. Es ist ein kleines Kaufhaus, drei Stockwerke, auf denen man sich kaum umdrehen kann, ohne irgendwas umzustoßen. Wieso hat keiner die junge weiße Frau und den weißen Mann bemerkt? Kunden, Personal –«

»Da kaufen nicht nur Chinesen ein«, sagte Vreeling, »und an vier Tagen in der Woche finden außerdem im zweiten Stock Kochkurse statt – Dim Sum, Thai Street Food, Koreanisch, Indonesisch, Vietnamesisch und so, Workshops für acht bis zwanzig Personen, zwischen 18:30 und 22:00 Uhr, also zur Tatzeit.«

Van Leeuwen nickte. »Trotzdem, wir könnten da was übersehen haben.« Er spürte ein Unbehagen; wir haben Fehler gemacht, dachte er, waren nicht sorgfältig genug. »Und nun zu unserem aktuellen Fall, dem Mord an der Familie des Bankiers Geert-Hans de Kook vorgestern Nacht.«

9

Der Commissaris knipste die Schreibtischlampe an. Es wurde jetzt so schnell dunkel, dass er die Gesichter seiner Spieler nur noch im Widerschein der Neonröhren an den Decken der anderen Büros erkennen konnte.

»Vor zweieinhalb Stunden habe ich mich mit de Kook in der Pathologie getroffen, wo er die Leichen seiner Frau und seines Sohnes identifizieren sollte«, sagte er. »Da hatte ich das Gefühl, einen ganz anderen Menschen als am Morgen in seinem Haus zu erleben. Er wirkte, als hätte der Mord an seiner Frau und seinem Sohn nicht das Geringste mit ihm zu tun. Das Erste, was er sagte, war *Können wir das schnell hinter uns bringen? Ich hab nicht viel Zeit.* Das war kein Ehemann und kein Vater mehr; niemand, der einen unersetzlichen Verlust erlitten hatte. Stattdessen der eiskalte Banker, der mit einem Finger schnippt, und Finanzströme ändern die Richtung.«

Mit eigenen Händen hatte der Bankier das Leichentuch vom Kopf seiner Frau gezogen und ihr ins Gesicht gesehen. Er hatte das Tuch vom Kopf seines Sohnes gezogen und ihm ins Gesicht gesehen. Er hatte sogar das Tuch vom Kopf des Liebhabers seiner Frau gezogen und ihm lange ins Gesicht gesehen.

Dabei war sein eigenes Gesicht so reglos geblieben wie das der Toten.

»Sind Sie immer noch sicher, dass Sie Meneer Janssen nicht kennen?«, hatte der Commissaris gefragt, der dem Bankier nicht von der Seite gewichen war. »Lars Janssen?«

De Kook hatte nicht die geringste Regung gezeigt. »Ich habe ihn noch nie gesehen und auch noch nie von ihm gehört.«

»Und Sie haben keine Vorstellung davon, wer ihn und Ihre Familie umgebracht haben könnte? Oder warum?«

»Nein.«

»Haben Sie Feinde?«

Jetzt hatte de Kook doch eine Regung gezeigt: Er wirkte überrascht. »Natürlich. Ich bin Vorstandssprecher einer Bank. In dieser Position macht man sich automatisch Feinde, egal, was man tut. Die meisten kenne ich nicht mal. Aber der Gedanke, dass einer von denen zu so etwas fähig wäre, ist absurd.« Er hatte den Kopf geschüttelt. »So oder so, ich erwarte, dass Sie alles tun, um den Mörder zu finden, Meneer van Leeuwen!«

Abrupt hatte er den aufgebahrten Körpern den Rücken zugekehrt und es Doktor Holthuysen, dem Pathologen, überlassen, die Leichentücher wieder über ihre Gesichter zu ziehen. Dann hatte mit knappem Nicken die Leichenhalle verlassen.

»Wir müssen mehr über Lars Janssen in Erfahrung bringen«, sagte der Commissaris jetzt. »Wer ist er? Wo kommt er her? In welcher Beziehung steht er zu de Kook, außer dass er mit seiner Frau geschlafen hat? Wo hat er sie kennengelernt? Hat er selbst auch eine Frau? Kinder? Arbeitet er, und wenn ja, als was – et cetera et cetera. Wer übernimmt das?«

Julika hob die Hand. »Können wir ganz sicher sein, dass nicht überhaupt er das Primäropfer war?«, fragte sie. »Vielleicht hat seine Frau herausgefunden, dass er fremdging und ist ihm gefolgt, um ihn zur Rede zu stellen. Sie hat eine Aussprache gesucht, mit ihm und der Geliebten, und dann ist die Situation eskaliert. Sie hat ihn und die Frau erschossen und –«

»Und den Jungen auch?«, fiel ihr Gallo ins Wort. »Würde eine Frau so was tun?«

»Warum nicht?«, beharrte Julika. »Frauen haben schon ganz andere Taten begangen, im Affekt, unter Drogen oder in höchster emotionaler Erregung. Denk an die Schrift an der Wand: *Ich bin kein Täter!* Also Opfer. Aber von was, von wem? Vielleicht von *meinem betrügerischen Ehemann, seiner Kälte*, oder –«

»Mich beschäftigt eine andere Frage«, unterbrach van Leeuwen, »die aber auch mit Lars Janssen zu tun hat, nur aus einem anderen Blickwinkel. Ich hatte nämlich einen seltsamen Eindruck – erst in der Wohnung und dann in der Leichenhalle noch einmal. Es war, als hätte de Kook durchaus damit gerechnet, jemand könnte es auf ihn oder seine Familie abgesehen haben. Dagegen schien er aber völlig überrascht, dass seine Frau fremdgegangen ist. Dieser Umstand könnte ihn heftiger getroffen zu haben, als die Tatsache, dass sie ermordet wurde.«

Vreeling rollte mit den Schultern hin und her und massierte seinen Nacken, als verspürte er eine plötzliche Verspannung. »Welchen Mann trifft so was nicht, vor allem, wenn es jemand wie de Kook ist, mit seinem Ego, in der Position!«

»Ja, aber es war noch mehr: nicht nur, dass sie ihn betrogen hat, sondern ausgerechnet mit diesem Mann, mit Lars Janssen. Er kannte ihn, dafür lege ich meine Hand ins Feuer. Er hat ihn wiedererkannt, nicht sofort, aber spätestens, als der Name fiel …«

»Ist es dann nicht wichtig, *warum* Annet de Kook ihren Mann betrogen hat?«, stellte Julika die Frage, die auch Gallo und Vreeling beschäftigte, die aber nur sie zu auszusprechen wagte.

»Das wird sich herausstellen«, antwortete der Commissaris und tat so, als entgingen ihm die Parallelen zu seiner eigenen Ehe.

»Mir ist der Stilbruch in der Wohnung aufgefallen – das klassische Inventar der Diele, das eher ihm entspricht, und die extravagante Einrichtung des Salons, die vielleicht von ihr ausgesucht wurde. Als hätte sie ihn schon halb aus dem gemeinsamen Lebensraum verdrängt. Aber eigentlich will ich auf etwas anderes hinaus, nämlich auf die Veränderung, die mir an de Kook in der Pathologie aufgefallen ist. Als hätte er die Zeit seit seiner Rückkehr in die Wohnung zum Nachdenken genutzt und sich nicht mehr gefragt: *Wer hat meine Frau und meinen Sohn umgebracht?* oder *Warum sind sie getötet worden?*, sondern: *Weshalb gerade jetzt?* Als wäre nicht der Vorgang ungewöhnlich, sondern der Zeitpunkt.«

In Gedanken ging van Leeuwen um den Bankier herum, betrachtete ihn von allen Seiten im fahlen Licht der Leichenhalle. »Dazu passt, dass er meiner Frage nach einem möglichen Motiv für die Tat immer wieder ausgewichen ist – nicht so, als könnte er sich keins vorstellen oder als gebe es keins, sondern im Gegenteil: als wären jede Menge überzeugender Motive vorhanden. Was genau genommen nur eins bedeuten dürfte: Er weiß, wer es war – oder hat eine Ahnung, wer als Täter in Frage kommt.«

»Du denkst also auch, es könnte genausogut eine Frau gewesen sein?«, hakte Gallo nach.

»Ja. Und das bringt uns zu Julikas Frage zurück: Opfer von wem? Opfer von was? Wir müssen herausfinden, wem de Kook in der Vergangenheit etwas angetan haben könnte, das eine solche Tat nach sich zieht – und *was*.«

»Bei einem Bankier können das ein Haufen Leute sein«, gab Gallo zu bedenken.

»Richtig«, bestätigte van Leeuwen. »Und das wirft die nächste Frage auf. War es überhaupt de Kook selbst, der dem Täter oder der Täterin etwas angetan hat, oder musste er nur als Stellvertreter büßen?«

Vreeling fragte: »Du meinst, *weil ich von einem Mann vergewaltigt worden bin, sind alle Männer Schweine – ergo habe ich das Recht, jeden Mann zu töten?*«

»Oder: *Weil ein Banker meine Existenz zerstört hat, haben alle Banker den Tod verdient*«, sagte Julika. »Bloß, dass der Banker gar nicht zu Hause war. Warum wusste der Täter das nicht? Hat er sich auf frühere Beobachtungen verlassen und nicht registriert, dass es eine Abweichung von De Kooks üblichem Verhalten gab? Oder hat er den Mord spontan ausgeführt, weil er unter innerem Druck stand, der plötzlich übermächtig wurde? Hat er den Liebhaber der Frau für ihren Ehemann gehalten?«

»Lauter gute Fragen«, gab van Leeuwen zu und sah Gallo an. »Ton, fällt dir irgendwas zum Tatort ein?

Der Hoofdinspecteur griff nach seinem Tablet, wischte mit dem Daumen ein paar Mal über das Display und rekapitulierte, was er da gespeichert fand: »Es gibt keine Einbruchsspuren an den Türen oder Fenstern, und die Alarmanlage ist auch nicht losgegangen. Der Mann hat den Täter oder die Täterin also selbst hereingelassen –«

Vreeling beugte sich wieder vor. »Wieso der Mann? Warum nicht die Frau? Es war doch ihre Wohnung, und wenn mitten in der Nacht jemand klingelt …«

»Keine Ahnung, aber der Position der Leichen nach muss es der Mann gewesen sein, er lag der Tür am nächsten. Vielleicht hat sie ihn vorgeschickt, *Lars, geh mal gucken, wer das ist* … Die Frage ist, warum sie überhaupt aufgemacht haben. Haben sie mit dem Besuch gerechnet, aber nicht geahnt, einem Mörder zu öffnen?«

»Weiter«, verlangte der Commissaris.

Gallo fuhr fort: »Obwohl sich mit der Tat und der Schrift an der Wand erkennbar Emotionen entladen haben, gibt es keine Anzeichen für eine Beziehungstat in Form einer Übertötung. Den Opfern wurde nicht mehr angetan als nötig. Die Leichen wurden nicht abgedeckt. Es wurden keine sexuellen Handlungen an ihnen vorgenommen. Es gibt keine Spuren, die auf einen Kampf hindeuten. Die Opfer wurden von vorn erschossen, nicht hinterrücks. Sie waren vermutlich sofort tot. Es gibt jede Menge DNA-Spuren: Blut, Fasern, Hautpartikel, Haare, Speichel, aller Wahrscheinlichkeit nach stammen die meisten aber von den Opfern oder Unbeteiligten, nicht vom Täter. Alle drei Opfer wurden mit jeweils nur einem Schuss aus derselben Waffe getötet, einem Jagdgewehr.«

»Wissen wir etwas über das Fabrikat?«, fragte der Commissaris.

»Vermutlich handelt es sich um eine Doppelbockflinte der Marke Browning aus der B525-Reihe, die mit Winchester-Schrot geladen war. Auf die genaueren Informationen warten wir noch. Der Größe der Einschusstrichter nach zu schließen hätte die Munition aber ausgereicht, um ein Wildschwein zu erlegen.«

Der Commissaris tastete nach der Narbe, die er durch das Hemd fühlen konnte.

»Soll das heißen, der Täter war Jäger?«, wollte Inspecteur Vreeling wissen.

»Vielleicht.« Gallo legte sein Tablet weg. »Womöglich aber auch nur jemand, der Zugang zum Waffenschrank eines Jägers hatte.«

»Seit wann sind diese Gewehre auf dem Markt?«

»Seit ungefähr zehn Jahren.«

»Da war die Jagd doch längst verboten«, warf Julika ein.

»Bei uns. Aber nicht in anderen Ländern.«

»Wenn wir mehr wissen, gehen wir der Herkunft der Waffe nach«, sagte van Leeuwen. »Was sagt uns die Ausführung der Tat sonst noch über den Täter? Warum hat er es gerade auf diese Weise gemacht? Warum hat er keine andere Waffe benutzt? Hatte er nur zu dieser speziellen Waffe Zugang und zu keiner anderen? Wir brauchen ein Profil, mit dem wir bei der Fahndung arbeiten können. Vor allem müssen wir uns ein genaues Bild von der Tat machen, wir müssen sie verstehen. Es ist sehr schwer, jemand mit einer Schrotflinte zu erschießen, von Angesicht zu Angesicht. Auf so kurze Distanz. Und noch schwerer, das mehrmals hintereinander zu tun, bei dem Mann, der Frau, dem Kind. Es ist eine schwere Waffe, für eine Frau. Wer immer das getan hat, muss ein starkes Motiv gehabt haben. Wahrscheinlich etwas Schrecklichem in der Vergangenheit. Wenn wir den Fall nicht verstehen, können wir ihn auch nicht aufklären.«

»Das heißt zusammengefasst?«, fragte Gallo.

»Das heißt«, führte der Commissaris aus, »warum diese Opfer? Warum auf diese Weise? Auf welche Persönlichkeit des Täters lässt der *Modus operandi* schließen? Welche Merkmale können wir daraus ableiten? Was für ein Verhalten passt zu diesen Merkmalen? Aus welchen Richtungen sind Täter und Opfer aufeinander zugekommen bis zu dem Moment, in dem die Tür zugeschlagen worden ist?«

»Welche Tür?« Julika blickte ihn verwirrt an.

Van Leeuwen sagte: »Bei einem Mord gibt es fast immer mehrere Opfer, die alle ihr Leben verlieren, nicht nur den einen Toten, dessen Fall wir aufklären müssen. Väter, Mütter, Söhne, Töchter, Brüder, Schwestern, Verwandte, Freunde ... Mit der Tat wird eine Tür in ihrem Leben zugeschlagen, die vorher nicht da war, die zwischen einem Vor-dem-Mord und einem Danach. Diese Tür öffnet sich erst wieder, wenn das Verbrechen aufgeklärt und der Schuldige bestraft ist. Unsere Aufgabe ist es herauszufinden, wo das Schloss in der Tür ist und wo der Schlüssel liegt, damit die Überlebenden wieder durch die Tür gehen können, hinter der sie dann vielleicht keine Opfer mehr sind.«

Das Telefon auf van Leeuwens Schreibtisch summte; eine der Tasten leuchtete auf. Der Commissaris zögerte, griff dann aber doch nach dem Hörer und drückte die Taste.

»Gut, dass ich dich noch erwische, Bruno«, sagte die Stimme von Hoofdcommissaris Joodenbreest. »Komm doch noch kurz in mein Büro, bevor du gehst.«

»Hat das nicht Zeit bis morgen?«

»Nein.« Joodenbreest blieb unerbittlich. »In dieser Behörde schiebt sowieso jeder zu viel vor sich her, und wer weiß, wann ich dich wieder mal an deinem Schreibtisch erwische.«

Van Leeuwen legte den Hörer zurück, stand auf und ging zur Tür. In diesem Augenblick fiel ihm etwas ein, und er drehte sich noch einmal um. »Ach, Ton, bevor ich es vergesse: Ich möchte alles sehen, was wir über den Fall dieses Milan Kimmel haben, sämtliche Berichte, alle Beweise, jede Aussage und die Verhandlungsprotokolle, falls es welche gibt. Außerdem möchte ich wissen, wer damals die Ermittlungen durchgeführt hat!«

»Möge die Macht mit Ihnen sein«, sagte Inspecteur Vreeling mit einem freundlichen Lächeln.

10

Das Büro des Hoofdcommissaris lag am Ende eines holzgetäfelten, halbdunklen Gangs, der eher zu einer Bibliothek zu führen schien als zum obersten Polizeibeamten des Distrikts Amsterdam. Van Leeuwen klopfte an Joodenbreests Tür, öffnete und trat ein.

Der Polizeipräsident saß weit vornübergebeugt an seinem Schreibtisch, als wäre ihm selbst im Sitzen seine Größe von einem Meter neunzig eine Bürde. Wie stets trug er seine mit goldenen Litzen, Knöpfen und Insignien verzierte Uniform, an deren marineblauem Stoff kein Stäubchen Halt gefunden hatte. Auf seinen schwarzen Slippern lag ein matter Glanz, und wenn er die unter dem Stuhl gekreuzten Füße bewegte, gab das Leder der Schuhe ein warmes Knarren von sich. Sein Haar war semmelblond, die Haut leicht gerötet und das Lächeln, mit dem er van Leeuwen begrüßte, so schmal wie seine ganze Gestalt. »Setz dich «, sagte er.

»Danke«, sagte van Leeuwen und blieb stehen.

Außer einer Schreibtischlampe brannte kein Licht in dem nach Teppichschaum und einem herben Aftershave riechenden Raum, sodass der größte Teil der Einrichtung schemenhaft blieb: Stühle, Aktenschrank, Fernseher, Schreibtisch und Konferenzecke – Büromöbel, Glas, Holz, Kunstoff und dunkles Leder. An der Wand hinter dem Schreibtisch hing das Emblem der Amsterdamer Polizei, gezücktes Schwert auf offenem Buch.

»Wie kommst du im Fall de Kook voran?«, fragte der Hoofdcommissaris. »Schon erste Ergebnisse, irgendein Knochen, den wir der Presse hinwerfen können?«

»Noch nicht. Wir stehen erst am Anfang.«

Der Hoofdcommissaris räusperte sich. Es war ein scharfes, schmales Räuspern, denn er war ein scharfer, schmaler Mann mit einem Gesicht, das auf die scharfe, schmale Seite eines Schilfblatts gepasst hätte. Seine blauen Augen schimmerten frostig wie Sterne, die längst erloschen waren und nur darauf warteten, dass die Lichtgeschwindigkeit diesem Umstand Rechnung trug. »Keine Zeugen? Irgendjemand muss es doch aufgefallen sein, wenn da einer mit einer Schrotflinte rumgelaufen ist! Oder meinst du, sie war getarnt, versteckt in einer Golftasche oder einem Cellokasten?«

»Der Phantasie sind keine Grenzen gesetzt«, sagte van Leeuwen.

»Und diese Geiselnahme in Scheveningen, gibt es an der Front was Neues? Hast du inzwischen herausgefunden, warum der Entführer unbedingt mit dir verhandeln wollte?«

»Die Geisel hat ihm eingeredet, wir wären Freunde, Doktor Willemsen und ich.«

»Freunde …« Auf den Lippen ders Hoofdcommissaris klang das Wort wie eine verbotene Frucht, von der man besser nicht kostete. »Ich dachte auch mal, wir wären Freunde, bis du angefangen hast, meine Gutmütigkeit zu missbrauchen.«

Es gehörte zu seinen festen Überzeugungen, dass er ein warmherziger, großzügiger Mensch war, der Acht geben musste, nicht fortwährend ausgenutzt zu werden. Alles, was er sagte und tat, jede seiner Anordnungen entsprang in seinen Augen nur einem einem Quell, nämlich seiner Güte. Selbst wenn er kleinlich, schäbig oder einfach nur inkompetent handelte, geschah dies gegen sein eigentliches Wesen. Es passierte buchstäblich ohne sein Zutun, sogar ohne sein Wissen, wie die Launen und Exzesse eines Satrapen an den fernen Grenzen seiner selbst, die ihm in der Hauptstadt seines Wesens nur gerüchteweise zu Ohren kamen. Er ignorierte seine wahre Natur nicht; sie blieb lediglich *terra incognita* auf der Landkarte seiner Seele.

Irgendwo am Rand dieses weißen Flecks auf seiner inneren Landkarte existierte ein älterer Bruder, den er nur ›mein Bruder‹ nannte, wenn überhaupt die Rede auf ihn kommen musste. Dieser Bruder war Apotheker gewesen und bei einem nächtlichen Überfall von zwei Junkies schwer verletzt worden. Seit nunmehr fünf Jahren saß er im Rollstuhl, fast taub, halb blind, und lebte verborgen hinter den Mauern eines Heims am Stadtrand von Rotterdam. Dass es ihn gab, dass Joodenbreest sich verpflichtet fühlte, ihn regelmäßig zu besuchen und es daher einen Anflug echter Selbstlosigkeit in seinem Wesen gab, versuchte der Hoofdcommissaris allerdings zu verbergen, als sei es ein beschämender Makel oder ein Familiengeheimnis, dessen Enthüllung die Grundfesten seiner Existenz erschüttern würde.

»Wie geht es deinem Bruder?«, fragte van Leeuwen.

»Ach, na ja, wie soll es ihm gehen?«, antwortete Joodenbreest mit gespielter Zerstreutheit, die es ihm ermöglichte, sofort das

Thema zu wechseln. »Bruno, warum ich dich sprechen wollte – mein Gutachten für die Kommission … Ich hab nochmal einen Blick in einige deiner früheren Beurteilungen geworfen, um mir ein Bild davon zu machen, was deine ehemaligen Vorgesetzten im Lauf der Jahre über dich geschrieben haben.« Er blätterte einen dünnen Stapel von Computerausdrucken durch. »Also, ich fasse das jetzt mal in volkstümlichen Worten zusammen …«

»Damit ich es auch verstehe.« Der Commissaris trat ans Fenster und sah hinaus, weil er Joodenbreest so den Rücken zuwenden konnte. Im Innenhof unter dem Fenster befand sich ein winziger, künstlich angelegter Mischwald, in dem ein holzgeschnitzter Fischreiher, ein reetgedeckter Pavillon und zwei Steinmonolithen verloren zwischen den Farnen und immergrünen Bäumen standen, jetzt allerdings von der rasch hereinbrechenden Nacht verschluckt wurden. Stattdessen sah van Leeuwen die Spiegelung seines Vorgesetzten auf der frisch geputzten Scheibe.

Der Hoofdcommissaris fuhr unbeirrt fort. »Zum Beispiel, hier ein Zitat aus dem Jahr 1991: Bruno van Leeuwen ist ruppig, verschlossen und überheblich. Konventionen kümmern ihn nicht, Kompromisse sind ihm fremd. Er nimmt kein Blatt vor den Mund und wird es deswegen bei der Polizei nicht weit bringen. Obwohl kein Teamplayer, ist er bei seinen Kollegen beliebt, wahrscheinlich wegen des aufsässigen Humors, der nicht jedem zusagt, schon gar nicht der Staatsanwaltschaft.« Joodenbreest sah kurz auf. »Na ja, diese Phase ist inzwischen vorbei. Aber du machst immer noch ein bisschen zu viel auf Ich-bin-einer-von-euch-geblieben.«

»Zu viel wofür?«

»Für deinen Rang.« Joodenbreest blätterte weiter. »Noch ein Zitat, diesmal eher jungen Ursprungs: Im Kern ein Einzelgänger, den seine Leidenschaft isoliert – für Gerechtigkeit, den aufrechten Gang und ein Leben nach eigenem Kodex. Sollte ich ein Fazit dieser schillernden Persönlichkeit ziehen, ich würde sagen: Bruno van Leeuwen ist ein Besessener, der zum Jähzorn neigt, gleichzeitig aber ein scheuer Träumer, einerseits strotzend vor Selbstbewusstsein, andererseits ruhelos zweifelnd. Obwohl sich die meisten Menschen seiner Ausstrahlung kaum entziehen können, hält er auf Distanz. Gefühle machen verletzlich, und dazu kommt, dass er sich in Gegenwart von Frauen, die ihm sozial oder intellektuell überlegen sein könnten, eher unwohl fühlt, was er dann hinter ländlich – *ländlich* in Anführungsstrichen – wirkender Einsilbigkeit verbirgt. Willst du wissen, von wem das stammt?«

»Ich weiß es. Das war kurz nach Simones Tod.«

»Mag sein, dass Dr. Menardi es heute anders formulieren würde«, sagte der Hoofdcommissaris. »Aber so steht es nunmal da, und so muss ich es auch bei meiner Beurteilung berücksichtigen. Weißt du, obwohl du inzwischen neunundfünfzig bist –«

»Achtundfünfzig.«

»Na gut, also, obwohl du fast sechzig Jahre alt bist, kommst du mir manchmal vor wie ein Kind. Für dich ist alles nur schwarz oder weiß – Grau existiert nicht. Versteh mich nicht falsch, die Konsequenz, mit der du gegen jeden vorgehst, der das Gesetz bricht, die muss man wohl, na ja, beispielhaft nennen. Aber, Bruno, wir haben doch nicht umsonst einen Ermessensspielraum und können Fünf auch mal gerade sein lassen –«

»Ermessensspielraum bei Mord? Bei Menschenhandel? Oder Entführung? Ist das dein Ernst, Jaap? Du hast recht, wenn ich in einem Fall ermittle, kenne ich nur Schwarz oder Weiß, weil es sich um Verbrechen handelt. Und wenn ich wieder mal zu viel von deinem Grau sehe, sortiere ich es, bis es entweder zu Schwarz gehört oder zu Weiß, denn daraus setzt es sich zusammen.«

Ohne zu blinzeln sah Joodenbreest ihn an. »Na gut, kommen wir zum Ende, ich muss den Bericht heute noch schreiben. Was hier steht, ist alles ziemlich fragwürdig.«

»Das meiste, was da steht, stammt aus meiner Zeit als Streifenpolizist, das ist über dreißig Jahre her.«

»Die beste Zeit deines Lebens, nicht?«

»Ja.«

»Weil du noch Illusionen hattest.«

»Weil Simone noch lebte.«

Joodenbreest nickte. »Also gut, zumindest hast du ein gutes Verhältnis zu deinen Mitarbeitern. Wenn ich all die E-Mails, die hier in den letzten Tagen eingegangen sind, richtig deute, bist du für unsere Kollegen ja so was wie ein Heilsbringer. Bruno kann alles, Bruno ist der größte, Bruno verwandelt Wasser in Wein …«

Van Leeuwen wandte sich zur Tür. »Wenn nichts anderes anliegt … ich muss einen Mörder finden.«

»Nicht so schnell.« Joodenbreest stand ebenfalls auf. »Wir haben noch nicht über Agent Dekker und seinen Auftritt heute vor Gericht gesprochen. Wie konnte das passieren?«

Van Leeuwen schwieg.

»Habt ihr ihn nicht noch mal auf seine Aussage vorbereitet?«, fragte Joodenbreest. »Seid ihr nicht mit ihm durchgegangen, was er sagen soll?«

»Das hätte nichts genutzt«, sagte van Leeuwen und verzichtete darauf, aus den Worten des Hofdcommissaris das Delikt der Zeugenbeeinflussung herauszuhören.

»Warum nicht?«

»Dekker hat Angst. Oder er ist gekauft worden.«

Joodenbreest schwieg. »Hast du jemals Beurteilungen seiner dienstlichen Leistungen verfasst?«

»Bei einem Streifenpolizisten? Nein.«

»Aber die von Dekkers anderen Vorgesetzten gelesen.«

»Einige.«

»Und da stand nichts drin von charakterlichen Defiziten, die einen hätten aufhorchen lassen sollen?«

»Nach meiner Erinnerung nicht.«

Jetzt ließ Joodenbreest die Falle zuschnappen. »Du siehst also endlich ein, dass regelmäßige Beurteilungen deiner Mitarbeiter notwendiger sind denn je?«

»Das hab ich schon immer eingesehen. Ich bezweifle nur, dass das von dir erfundene Punktesystem dabei hilfreich ist.«

»Ich weiß, dir gefällt es nicht, aber hier geht es ja längst nicht mehr darum, was dir oder mir gefällt. Über die Konsequenzen deiner Eigenmächtigkeiten der letzten Monate entscheiden gottlob andere, aber dass die Beurteilungen deiner Mitarbeiter für das vergangene Jahr im Januar fällig gewesen wären und bis jetzt nicht auf meinem Schreibtisch gelandet sind, fällt in meinen Zuständigkeitsbereich. Und da ja niemand weiß, was letzten Endes aus dir wird, muss es in deinem Interesse liegen, deinem Nachfolger ein zutreffendes Bild der dir anvertrauten Männer und Frauen zu vermitteln.«

»Wenn es soweit ist, werde ich einfach zu ihm gehen und ihm erzählen, wie er sie zu nehmen hat«, sagte van Leeuwen.

»Erzählen?« Joodenbreest schnappte nach Luft. »Herrje, das ist hier nicht *Tausendundeine Nacht*, Bruno! Ich weiß, jetzt stehst du unter Druck, aber sobald du den Mörder der Familie von Dr. de Kook gefunden hast, setzt du dich an diese Beurteilungen!«

11

Es hatte einmal eine Zeit gegeben, *die beste Zeit*, in der van Leeuwen gern nach Hause gegangen war, voller Vorfreude auf den Abend mit Simone, den Anblick ihres Gesichts, den Klang ihrer Stimme. Er hatte von den großen blauen Augen und ihrer lebhaften Intelligenz und Eleganz nicht genug bekommen können.

Ihre Wohnung lag im dritten Stock eines gepflegten Hauses an der Egelantiersgracht, und an jedem Abend, wenn er heim kam, schaute er als Erstes zu den Wohnzimmerfenstern unter dem Dachgiebel hoch. Er ging über die Brücke, und auf der anderen Seite konnte er über den schmiedeeisernen Gaslaternen und den grünen Kronen der Ulmen die Fenster sehen, und manchmal stand Simone dort bei ihren Blumen.

Simones Augen: in ihre Wärme und Tiefe hatte er sich zuerst verliebt, und diese Augen waren dieselben geblieben, über die Jahrzehnte, auch noch, als die andere Zeit gekommen war. So hatte er es genannt – die andere Zeit, in der er seinen Mut zusammennehmen musste, Abend für Abend, um über die Schwelle der Wohnung zu treten, hinter der dann eine andere Frau wartete. Sie hieß noch so, Simone, war weiter mit ihm verheiratet, und er liebte sie immer noch, aber sie erinnerte sich nicht, wie er hieß.

Nachdem Simone gestorben war, hatte er in einer dritten Zeit gelebt. In dieser dritten Zeit bog er in seine Straße ein, er ging auf das Haus zu, stieg die Treppe zur Wohnung hinauf, er betrat sie, und einen Moment lang war ihm, als rutschte er von der äußeren Welt in eine innere. Es war eine Welt, in der es nur ihn und seine tote Frau gab.

Seit er Feline kannte, lebte er in einer wieder anderen Zeit, die mit der unerwarteten zweiten Liebe begonnen hatte. Da waren neue Gefühle – gelassener, aber nicht ohne Leidenschaft –, die gut zu seinem Alter passten. Er dachte nicht mehr so oft an Simone, die Gedanken waren nun heller. Nur manchmal spürte er noch ein Bedauern darüber, dass seine Ehe nicht friedvoller geendet hatte, dass ein Zorn hineingetreten war, als niemand mehr verantwortlich war. Feline – klug, verständnisvoll – ließ ihn ihn in dieser Stimmung so lange allein, bis er wieder einverstanden war, noch lieben zu dürfen, während seine Frau tot war.

In der Wohnung hatte er alles so gelassen, wie es an dem Tag gewesen war, an dem er Simone ins Heim bringen musste. Er hatte etwas aufgeräumt, regelmäßig geputzt, aber nur wenig verändert. Die Teppiche waren dieselben geblieben, die Möbel, die Gemälde an den Wänden. Simones Lieblingssessel stand weiter dort, wo er immer gestanden hatte. Auf den Fensterbänken gab es die Schüsseln und Teller, in denen sich ihre Sammlung nutzloser Dinge befand: ein vertrockneter Seestern, Muscheln, Kastanien, ein Tannenzapfen, ein paar Glasmurmeln – ihre Schätze, zu denen sie ihn, wieder zum Kind geworden, Abend für Abend geführt hatte. *Das sollte ich mal langsam wegtun*, dachte er jetzt.

Inzwischen war er fast immer bei Feline; ihre Dachterrassen-Wohnung barg für ihn keine Erinnerung an eine andere Liebe. In den Monaten vor seiner Schussverletzung und sogar bis zu dem Mord an der Familie de Kook hatte er manchmal vergessen, an Simone zu denken. Aber als er heute Abend die Tür aufsperrte, war sie wieder da – wie ein Geist, herbeigerufen von dem Umstand, dass die ermordete Annet de Kook ihren Mann betrogen hatte. Der Geist eines fehlgeschlagenen Lebens.

Van Leeuwen legte den Schlüssel in die Keramikschale auf die Kommode hinter der Tür, hängte den Mantel an den Garderobenständer und ging ins Wohnzimmer. Er öffnete eines der Fenster, die auf die Egelantiersgracht schauten, denn die Luft roch muffig. Er sah hinunter auf die frisch belaubten Ulmen und das schwarze Wasser im Schein der Laternen. Plötzlich spürte er eine Schwere, die er lange nicht mehr empfunden hatte: einen harten Sog, als hätte er statt eines Magens einen faustgroßen Magneten, der kein Metall anzog, sondern Vergangenheit. In der dritten Zeit hatte er dieses Gefühl oft gehabt.

Er setzte sich auf die Couch vor den Fenstern, und jetzt roch die Luft anders, nach dem feuchten Ulmenlaub und dem stehenden Wasser der Gracht. Er hörte leise Musik, aus einer Wohnung oder dem kleinen Café an der Ecke; ein Mann lachte, eine Frau fiel ein. Die Wohnung um ihn herum lag in der Dunkelheit wie eine Kulisse auf der Bühne eines Theaters, die man nur ahnte, bis am Beginn eines Aktes die Lichter angingen.

Erst allmählich, nicht auf einen Schlag, war dieses Bühnenbild entstanden: der dunkelrote Orientteppich auf den weiß gestrichenen Bodendielen, die beige Polstergarnitur um den Couchtisch mit der runden Platte aus winzigen Keramikkacheln, das wuchtige Ebenholzregal voller Bücher mit abgeplatzten Rücken und dem alten Dual-Plattenspieler zwischen zwei verstaubten Lautsprecherboxen. An den ausgebleichten Wänden hingen zwei Gemälde, die nach dem Tod von Simones Onkel in ihren Besitz übergegangen waren – keine alten Meister, nur handwerklich solide gefertigte Landschaften: eine Friedhofsinsel vor bewegter See, Venedig im Hintergrund, und – auf dem anderen – Häuserruinen unter einem erloschenen Vulkan, den van Leeuwen abwechselnd für den Ätna oder den Vesuv hielt. In der Mitte des Zimmers hing eine Lampe mit einem Schirm aus beinahe durchsichtig geschliffenen Muschelschalen, die er nur selten einschaltete; er sah gern die die Lichtreflexe des Wassers unter dem Fenster über die Decke huschen wie kleine, nervöse Fische.

Warum bewahrte er sich diese Kulisse? Zog er insgeheim ein Leben in Betracht, das aus Erinnerung bestand? In das er sich zurückziehen könnte, wenn es Feline mal nicht mehr geben sollte?

Irgendetwas geht vor, dachte er. Sie ist anders in letzter Zeit, noch präsent und doch seltsam abwesend, als hätte sie ein Geheimnis. Nicht noch ein Geheimnis, bitte. Nicht noch eine Frau mit etwas, das sie vor mir verbirgt.

Er ging in die Küche, um sich ein Glas Wein zu holen, aber er hatte seit Wochen nicht mehr eingekauft und fand nur noch eine zu drei Vierteln geleerte Flasche Montepulciano in der Kühlschranktür. Er schüttete den Wein weg, füllte ein Glas mit Leitungswasser und nahm es mit ins Arbeitszimmer.

Der Raum enthielt nicht mehr als einen Schreibtisch aus Teakholz mit Rüsselbeinen, zwei deckenhohe Bücherregale und einen Sessel, bezogen mit rissigem ingwerfabenem Leder. Einige der Polsternägel waren im Lauf der Jahre spurlos verschwunden, aber der verbliebene Rest hielt Füllung und Bezug zusammen, und das reichte van Leeuwen, bis er vielleicht eines Tages die Zeit fand, ihn zur Reparatur in die Polsterei zu schaffen.

Auf dem Schreibtisch gab es ein zugeklapptes Notebook auf einer grünen Filzunterlage, eine Lampe. Daneben stand immer noch ein Foto von Simone und ihm in einem schmucklosen Metallrahmen. Sie waren nicht mehr ganz jung gewesen damals, aber er hatte, so schien es, selbst an den früheren Bildern wenig Jugendliches an sich gehabt: Immer blickten die Augen besorgt. *Was für Sorgen kann es damals gegeben haben?*, dachte er.

Sein Haar war noch nicht grau gewesen, seine Statur schlanker. Aber das kämpferische Kinn mit dem kleinen Grübchen, der schmale Mund und die Nase, die schon gebrochen ausgesehen hatte, bevor sie tatsächlich gebrochen worden war – ein Gesicht, das Frauen gern *interessant* genannt hatten.

Simone dagegen: glänzend und frisch. So hatte sie fast immer ausgesehen, egal, wie heftig das Leben ihr gerade zusetzte und wie viel sie wegstecken musste. Er hatte Dellen und Kratzer davongetragen, sie nicht. Sie brauchte nur eine Dusche und einen Kaffee. Ihre Augen waren von diesem tiefen, durchdringenden Blau, das nicht mal auf einem Foto realistisch wirkte, Weltall-Blau.

Wie tapfer sie gewesen war, vor allem als sie erkannt hatte, dass ihr die Welt verloren ging; dass *sie* verloren ging. Tapfer in jeder Bewegung, jedem Blick, solange sie die Kontrolle darüber gehabt hatte. Kein Gejammer, kein Internet-Blog, kein Demenz-Tagebuch auf der Gesundheitsseite irgendeiner der Zeitungen, für die sie regelmäßig schrieb.

Neben dem Fenster hinter dem Schreibtisch hing das verglaste Poster eines Capriccio von Goya. Das schwarzweiße Selbstbildnis zeigte den Künstler schlafend, zusammengesunken am Arbeitstisch, während aus den düsteren Schatten seines Zimmers Fledermäuse aufstiegen und flatternd seine Alpträume bevölkerten. *Der Schlaf der Vernunft gebiert Ungeheuer*.

Jedem neuen Jahrgang seiner Studenten an der Polizei-Akademie legte der Commissaris den spanischen Maler ans Herz. »Goya besaß das Auge eines Polizisten«, erklärte er. »Er hatte einen Blick für die Opfer, und er schaute hinter die Masken der Täter. Er wusste, wozu Menschen fähig waren, was sie anderen Menschen antaten. Er hat in ihre Herzen gesehen, und was er da entdeckt hat, ließ ihn schaudern. Das ist für die angehenden Profiler unter Ihnen wichtig. Er kannte die Waffen, und welche Wunden sie schlugen. Mit seinem Pinsel malte er Röntgenbilder, Skizzen von Tatorten, Krieg, Mord und Wahnsinn: die irdische Hölle.«

Das Handy in der linken Brusttasche seiner Uniformjacke vibrierte. Er blickte auf das Display. »Doktor Holthuysen«, sagte er. »Ich hatte nicht gedacht, heute noch von Ihnen zu hören.«

Der Pathologe schien einen Laut zu unterdrücken, ein trauriges Glucksen. »Na ja, Meneer van Leeuwen, in Anbetracht der Tatsache, dass ja niemand weiß, wie lange wir überhaupt noch miteinander zu tun haben, dachte ich, gönn dir das Vergnügen am besten gleich. Ich hab mich nämlich gefreut, Sie heute Nachmittag mal wieder auf meiner Seite des Styx begrüßen zu dürfen, wenn Sie sich auch – ich hoffe, ich darf das sagen – in einem beklagenswerten Zustand befanden. So eine Nacht wie gestern geht in unserem Alter nicht mehr spurlos an einem vorbei, wobei meine ja ganz friedlich verlief. Ihre dagegen … ich habe die Ausschnitte heute Morgen auf *Crime Stage* gesehen. Und dann diese Untersuchung – setzt Ihnen ganz schön zu, oder? Ich hoffe, Sie lassen sich nicht unterkriegen, gibt nämlich nicht mehr viele von Ihrem Schlag bei der Polizei. Wie auch immer, nachdem Sie und dieser Geldwechsler gegangen waren, hab ich mir noch mal den verblichenen Meneer Janssen vorgenommen, will sagen, ich hab ihn aufgeschnitten und mich ein bisschen in seinen von Schrot zersiebten Innereien ergangen. Dabei habe ich etwas entdeckt. Wollen Sie raten?«

»Ich rate nicht«, sagte der Commissaris. Er stellte sich Holthuysen vor, wie er vielleicht gerade in diesem Augenblick in der Pathologie neben dem aufgeschnittenen Leichnam von Lars Janssen stand und seine Worte mit lebhaften Gesten begleitete, mit ausgreifenden Bögen, die er schwungvoll in die Luft zeichnete, wobei das feuchte Blut an den Fingerkuppen seiner grünen OP-Handschuhe im blassen Licht der Leichenhalle Leuchtspuren hinterließ wie bei einem doppelt belichteten Experimentalfilm.

Der Gerichtsmediziner hatte ein schlaffes, fleischiges Gesicht, gezeichnet von verborgenen Leidenschaften und ihrer geheimen Befriedigung. Die kleinen, traurigen Augen schienen sich desillusioniert tief in ihre Höhlen zurückgezogen zu haben. Über den buschigen Brauen wölbte sich eine Stirn, die van Leeuwen bei jeder Begegnung höher vorkam, als müsste dahinter von Mal zu Mal mehr Raum für das Gedränge der Leichen geschaffen werden, die statt in Urnen, Särgen und Gräbern ihre letzte Ruhestätte in seinem Kopf gefunden hatten. Das graue Haar kräuselte sich hinter den Ohren und im Nacken, wo es über den Hemdkragen fast bis auf den grünen Kittel reichte. Leichen, das wusste man, waren guter Dünger. »Er war praktisch schon tot«, sagte er.

»Wer war schon tot?«

»Meneer Janssen. Dass jemand ihn erschossen hat, war *l'art pour l'art*, denn er wäre binnen kurzem von selbst gestorben.«

»Woran wäre er gestorben?«

»Morbus Darwin.«

»Doktor Holthuysen, es ist schon spät. Können Sie bitte –«

»Dieser Geldwechsler, Meneer de Kook, hat getan, als würde er ihn nicht kennen. Aber er kannte ihn. Ich hab es in seinem Gesicht gesehen, als er das Tuch von Meneer Janssens Kopf gezogen hat: diesen Ausdruck des Stärkeren, der den Schwächeren überlebt hat.«

Van Leeuwen fragte: »Haben Sie sonst noch etwas in Janssens Innereien entdeckt außer Darwinismus im Endstadium?«

»Krebs. Metastasen in allen Organen, im Blut, in den Knochen, überall. Wie finden Sie das?«

Van Leeuwen sagte nichts. Er ließ diese neue Information ihren Platz zwischen den anderen finden.

Als er nicht antwortete, fuhr der Pathologe fort: »Das ist der Grund, aus dem ich Gerichtsmediziner geworden bin, Meneer van Leeuwen – man muss sich keine Klagen anhören, auch nicht bei der schlimmsten Krankheit. Ich hätte alles werden können, Frauenarzt, Herzspezialist, Neurologe, Schönheitschirurg mit eigener Klinik. Das Geld wäre auf mein Konto geströmt, in riesigen, schäumenden Wogen hätte es sich an den Mauern meines Landhauses gebrochen. Aber dieses dauernde Heulen und Wehklagen, diese endlosen Leidensgeschichten von Patienten, die alles besser wissen, die schon mit einer ausgedruckten Diagnose aus dem Internet zu einem kommen und dann auch noch eine zweite oder dritte Meinung einholen wollen! Hier dagegen muss man kein verständnisvolles Gesicht aufsetzen, man muss nicht nicken und seufzen, sondern nimmt einfach sein Skalpell und schneidet drauflos! Eine Leiche will keine zweite Meinung einholen. Sie wirft einem keine Fehldiagnose vor. Sie weint nicht, bricht nicht zusammen, jammert auch nicht, weil man kalte Hände hat. Die hat sie selbst. Sie erzählt einfach ihre letzte Geschichte, und danach schweigt sie.«

»Mir wäre lieber, ich könnte ihr noch ein paar Fragen stellen«, meinte van Leeuwen.

»Was wollen Sie Meneer Janssen denn fragen? Wer ihn ermordet hat? Ob er seinen Mörder kannte? Ob er wusste, dass er sterbenskrank war und nur noch kurze Zeit zu leben hatte? Im Film geht die Polizei einfach zu der Frau des Toten oder zu einem anderen nahen Verwandten und fragt die.«

»Das tut die Polizei in der Wirklichkeit auch.«

»Fragt sie auch, ob der Tote einen Grund hatte, sich an einem Geldwechsler namens de Kook für irgendwas zu rächen?«

»Und warum sollte sie?«

»Weil«, der Pathologe gestattete sich ein weiteres, diesmal weit weniger trauriges Glucksen, »die Antwort viele interessante Aspekte ins Spiel bringen würde, meinen Sie nicht? Denn falls Meneer Janssen wusste, dass er bald tot sein würde, und falls er den Ehemann seiner Geliebten genauso kannte wie der ihn, und falls er dazu noch einen Grund hatte, sich an ihm für eine kurz oder länger zurückliegende darwinistische Misshelligkeit rächen zu wollen, dann wär es doch möglich, dass er seinen Mörder kannte. Oder nicht nur kannte, sondern selbst beauftragt hat. Was die Ermittlungen in ganz andere Bahnen lenken könnte.«

»Im Film oder in Wirklichkeit?«, fragte van Leeuwen.

»Etwa so: ›Ich bin krank. Es gibt keine Heilung. Ich will sterben, bevor die Schmerzen mich um den Verstand bringen. Hier haben Sie tausend Euro oder fünftausend, aber ich will nicht wissen, wann es passiert. Es muss überraschend kommen und schnell gehen, am besten so, dass ich es nicht merke. Oh, und hier sind nochmal fünftausend, damit Sie nicht nur mich töten, sondern auch die Familie von de Kook, dem Geldwechsler, ich will nämlich, dass er uns so vorfindet und sich fragt, wer am Ende wirklich der Stärkere war.‹«

»Sie sehen zu viele Filme, Doktor Holthuysen«, sagte der Commissaris. »So was passiert nur im Kino.« *Aber es würde erklären, warum Janssen in einer fremden Wohnung mitten in der Nacht die Tür geöffnet hat,* dachte er. Dann korrigierte er sich, es wäre eine *mögliche* Erklärung. Er überlegte und korrigierte sich noch einmal, *nein, das ist zu konstruiert.* »Hatten Sie aufgrund der Verletzungen nicht selbst angenommen, Mevrouw de Kook und ihr Sohn seien nicht gezielt getötet worden und auch Meneer Janssen hätte sich in Panik von seinem Mörder weggerobbt?«

»Habe ich«, bestätigte der Pathologe. »Aber es könnte sein, dass er es sich in dem Moment, als er dem Killer gegenüberstand, anders überlegt hat und doch nicht sterben wollte.«

»Außerdem lässt es den Zustand des Tatorts außer Acht«, fuhr der Commissaris fort. »Denken Sie an die Botschaft, die wir an der Dielenwand vorgefunden haben. Ein Auftragsmörder würde wohl kaum *Ich bin kein Täter* an die Wand sprayen, oder?«

Holthuysen fragte: »Warum nicht? Irgendetwas muss ihn ja trösten, wenn er sich abends im Spiegel anschaut. Er sieht sich an und sagt: Ich bin nicht genug geliebt worden, also muss ich rumlaufen und für Geld Menschen umbringen. Ich bin selbst nur ein Opfer.« Es raschelte an seinem Ende der Verbindung, als zuckte er mit den Schultern oder wechselte das Telefon von einer Hand in die andere. »Denken Sie an Kain und Abel, den ersten Mörder, das erste Opfer. *Bin ich meines Bruders Hüter?*, mit Ochsenblut an die Wand gesprüht. Kain hat Abel getötet, weil er fand, dass Gott seinen Bruder mehr liebte als ihn. Vor der Tat war es daher bestimmt Kain, der sich in der Opferrolle sah.«

Das Rascheln wiederholte sich, gefolgt von unterdrücktem Ächzen, an das sich ein schwaches Rattern anschloss. »Außerdem, wer sagt, dass es ein Mann gewesen ist?«, führte Holthuysen weiter aus. »Frauen fühlen sich viel häufiger als Opfer, und wie Sie wissen, im Zuge der Emanzipation gibt es inzwischen auch Auftragsmörderinnen, leider. Natürlich ist das nur ein Begriff: eher als mit Geld kann man sie mit einer traurigen Geschichte zu einem Mord verführen, sie so aufwühlen, dass sie am Ende glauben, den Opfern einen Gefallen zu tun, wenn sie ihnen das Leben nehmen.«

»Sogar einem kleinen Jungen?«

»Vielleicht war er ein Kollateralschaden, hätte nicht da sein sollen.«

Aber er war da, dachte van Leeuwen, und deswegen glaube ich nicht an die Idee vom Auftragsmord.

Das schwache Rattern hörte mit einem ebenso leisen *Klapp!* auf. »Entschuldigen Sie«, sagte Holthuysen. »Ich schiebe Meneer Janssen gerade zurück in sein Fach, damit er weiterträumen kann. Ein englischer Dichter hat einmal geschrieben, dass die Menschen unentwegt träumen, und zwar von alledem, was sie getan hätten, wären sie nur geliebt worden. *Nichts heilt diesen Traum*, hat er geschrieben. Ich glaube, er hat recht. Nicht mal der Tod heilt ihn, das sehe ich in Janssens Gesicht. Aber wir – Sie und ich, Meneer van Leeuwen – werden immer nur mit dem konfrontiert, was die Menschen getan *haben*, *weil* sie nicht genug geliebt worden sind. Oder weil sie *denken*, sie wären nicht genug geliebt worden. Ich bin mir jedenfalls sicher… Ach, lassen wir das, Sie sind müde und wollen endlich ins Bett.«

Van Leeuwen war wirklich so müde, dass er kaum die Augen offenhalten konnte. »Sie sind sich jedenfalls sicher … ?«, hakte er trotzdem nach.

Holthuysen schwieg einen Moment. »Tja, ich bin mir ziemlich sicher, dass diese Schrift an der Dielenwand ein Motiv ist, aber eher ein Leitmotiv im musikalischen Sinn, das im Verlauf Ihrer weiteren Ermittlungen noch öfter erklingen wird.« Seine Stimme schien van Leeuwen plötzlich unheilschwanger zu klingen. »Weil es sich bei dem Dreifachmord im Haus de Kook um die Art von Verbrechen handelt, die weitere Verbrechen nach sich zieht, Mord um Mord, *usque ad finem*, mein lieber van Leeuwen.«

»Danke«, sagte van Leeuwen, »äußerst ermutigend. Sie haben mir wie immer sehr geholfen. Gute Nacht.« Er unterbrach die Verbindung und saß noch einige Minuten reglos am Schreibtisch. Er spürte den Herzschlag in der Brust und, fast noch deutlicher, unter der rechten Rippe. Es fühlte sich an, als hätte er zwei Herzen, die mit unterschiedlicher Intensität schlugen.

12

Sie fingen Leon Boer vor der Toilette des *Bulldog* am Oudezijds Voorburgwal ab, als er gerade zwei australische Backpackerinnen zu einem erstklassigen Trip überreden wollte. Sein Englisch war nicht besonders gut, aber es reichte aus, um den Mädchen zu erklären, dass sie ihr Geld nicht für Purple Haze oder White Widow rausschmeißen sollten. Auch das Gras aus Jamaika oder Nepal lohnte sich nicht, ganz zu schweigen von den zwölf Euro für vier vorgerollte Joints. Wenn sie wirklich high werden wollten, war das

Bulldog nicht der richtige Ort. Dann mussten sie ein paar Meter weiter gehen, nicht mal über den Kanal, bloß um die Ecke, wo er, Leon Boer, das richtig coole Zeug aufbewahrte.

Die Mädchen kicherten und stritten sich kurz; die eine wollte, die andere nicht. Die, die wollte, hing die ganze Zeit an Boers haselnussbraunen Augen. Während die andere sich noch unschlüssig die Haare aus der Stirn strich, schlüpfte sie schon in die Träger ihres prall gefüllten Rucksacks. Sie mussten schreien, denn die Musik aus der Bar hämmerte aus den Lautsprechern, und die meisten anderen Gäste waren schon high. Schwerer, süßer Rauch hing in der Luft. Ständig stieg jemand die enge, schlecht beleuchtete Holztreppe zwischen den Stockwerken hinauf oder hinunter, und Boer hatte van Leeuwen und Gallo bisher nicht bemerkt, obwohl sie schwer zu übersehen waren, selbst in Zivil.

»Nur um die Ecke, und ich mach euch glücklich.«

»Ich weiß nicht«, sagte das zögernde Mädchen.

»*Wir* gehen ein paar Meter mit dir«, sagte der Commissaris.

»Scheiße, was wollt ihr schon wieder?«, fragte Boer.

»Dass du *uns* glücklich machst.«

»Das ist Belästigung. Ich bin unschuldig.«

»Du warst nicht mal bei deiner Geburt unschuldig«, sagte Hoofdinspecteur Gallo.

Ein verschwitzter bärtiger Mann in Jeans und einer braunen Jack-Wolfskin-Windjacke schob sich an ihnen vorbei in die winzige Toilette. »Wir möchten noch mal über den Tod von Amelie Winter sprechen«, sagte Gallo und verstellte Boer den Weg zur Treppe.

»Und darüber, wie du Agent Dekker dazu gebracht hast, seine Aussage zu ändern«, sagte van Leeuwen. »Hast du ihn bestochen?«

Die beiden Australierinnen sahen von Boer zu Gallo, dann zu van Leeuwen. Die eine erkannte schneller als die andere, dass Boer gerade in Schwierigkeiten geriet, schien aber unschlüssig, ob auch sie in etwas Verbotenes verwickelt waren. Sie ergriff ihre Freundin am Arm und führte sie rasch weg. Boer schenkte ihnen keinen Blick. Er hielt den Kopf etwas gesenkt, wie ein Stier, bevor er zum Angriff übergeht. »Warum fragt ihr Dekker nicht selbst?«

»Wir fragen aber dich«, sagte Gallo.

»Wenn ihr mich fragt«, sagte Boer, »ist das die Antwort: Er hat die Wahrheit gesagt, weil er nicht ertragen konnte, dass er vorher gelogen hat. Weil er ein Gewissen hat. So wie Amelie eins hatte.«

»Hast du sie deswegen aus dem Fenster gestürzt?«, fragte Gallo. »Weil sie ein Gewissen hatte? Das ihr plötzlich irgendwas befohlen hat, was du nicht wolltest?«

Der Dealer schüttelte den Kopf. »Das hatten wir alles schon im letzten Herbst. Die ganze Leier.«

Der bärtige Mann verließ die Toilette, quetschte sich erneut an ihnen vorbei und rutschte auf eine Bank in einer kleinen dunklen Nische.

»Ich hab sie geliebt!«, sagte Boer in der kurzen Pause zwischen zwei Reggae Songs. Seine Stimme klang fast aufrichtig.

»Wahrscheinlich hast du sogar um sie geweint«, sagte Gallo. »Trotzdem hast du ihr weiter Drogen beschafft.«

»Nein, habe ich nicht. Ich sag doch, ich hab sie geliebt.«

»Warum hast du sie dann aus dem Fenster gestoßen?«

»Diese Fragen … Sie ist gesprungen oder jemand anderer hat sie gestoßen, aber ich war das nicht.«

»Wir glauben dir immer noch nicht«, sagte Gallo so laut, dass er die Bongos, Gitarren und Steeldrums aus den Lautsprechern übertönte. »Wir glauben nicht, dass sie von sich aus gesprungen ist oder dass jemand anderer sie gestoßen hat. Wir glauben, dass du es warst. Dass du ein Zeichen setzen wolltest, damit ihr Beispiel nicht Schule macht – einfach aussteigen, nicht mehr anschaffen gehen, clean werden, ein neues Leben anfangen, und wo bleibt Leon Boer? Du wolltest es vielleicht nicht auf diese Weise, nicht vor aller Augen, du hast sie vielleicht nur zufällig da getroffen, weil du dir gerade ein Chinalack-Kästchen für dein Dope kaufen wolltest, und erst habt ihr euch bloß unterhalten, ganz friedlich, aber irgendwann ist es nicht mehr friedlich gewesen, und du hast gedacht, was soll dieses blöde Gequatsche, ich lass mir doch von 'ner minderjährigen Schlampe nicht erklären, wie's läuft, die kann nicht einfach den Plan ändern, was hat die denn für'n Trip geworfen, der zeig ich jetzt, wo's lang geht. Und dann hast du sie am Arm gepackt oder an den Haaren zum Fenster gezerrt, diese blöde Junkienutte, was will die denn, die will fliegen, na, dann guck mal, zeig mal, wie gut du fliegen kannst, du Miststück, das hast du jetzt davon –«

»Hey«, schrie Boer, »hey, so war es nicht, ich war gar nicht da. Ich war nicht bei ihr. Ich hab sie nicht rausgestoßen.«

Gallo sagte, jetzt wieder ruhig: »Nein, du hast sie nur gefunden, nach dem Sprung. Du hast sie noch fallen gesehen, fünf Stockwerke, aber nicht von oben, sondern von unten.«

»Genau.«

»Wenn sie den Stoff, mit dem sie bis obenhin vollgepumpt war, nicht von dir hatte – von wem dann?«

»Woher soll ich das wissen? Ich hatte Angst um sie, kapiert ihr das nicht? Außerdem, wenn jemand abkratzt, ist das schlecht fürs Geschäft!«

»Und du hast sie ja geliebt und um sie geweint«, sagte van Leeuwen. Er war froh über den Abstand zwischen ihnen; die Spannung war so stark, dass ein Kurzschluss in der Luft lag, ein zorniger Wirbel elektrischer Schläge.

»Was hat sie eigentlich im *Toko Dun Yong* gewollt, um diese Zeit?«, fragte Gallo. »Was zu essen kaufen, Reiscracker, Glasnudeln? Eine Ming-Vase für die gebrauchten Pariser?«

Boers Kopf hob sich ein wenig zu rasch, und sein Blick wirkte plötzlich unsicher, als hätte er auf diese Frage selbst noch keine

Antwort gefunden. »Vielleicht solltet ihr das auch Agent Dekker fragen«, sagte er. »Ich muss nämlich nicht mit euch reden. Ich bin offiziell freigesprochen worden, gestern Morgen.«

»Du bist nicht freigesprochen worden«, sagte van Leeuwen. »Das Verfahren wurde aus Mangel an Beweisen eingestellt. Wenn wir neue Beweise finden, kann es wieder eröffnet werden. Also – womit hast du Dekker unter Druck gesetzt?«

»Oder bestochen?«, sekundierte Gallo.

»In wessen Auftrag?«, ergänzte van Leeuwen.

Jetzt verschwand die Unsicherheit aus Boers Blick, wich einem kleinen Leuchten, und ein interessiertes Lächeln trat auf sein Gesicht – nein, eher ein Grinsen, das zu sagen schien, *sieh an, wie schön, endlich fangt ihr an zu kapieren*.

Mit einem Mal erkannte der Commissaris, was sie bei der ersten Ermittlung übersehen hatten: Vielleicht hatte Boer die junge Prostituierte gar nicht getötet, weil sie clean werden wollte oder aussteigen oder überhaupt irgendetwas, das ihm ungelegen kam. Vielleicht hatte er sie getötet, weil jemand anderer es so wollte; weil jemand ihm den Auftrag dazu erteilt hatte. Jemand, der ihm auch den neuen Anwalt stellte, den berühmten Oskar Manhijmer.

»Wer wollte Amelies Tod?«, fragte van Leeuwen.

Das Grinsen blieb, nur Boers Augen veränderten sich noch einmal. Das Leuchten blitzte auf und erlosch wie die Klinge eines Springmessers, die jäh aus dem Dunkeln schnellt und gleich wieder verschwindet. Dann verschwand auch das Grinsen; Boers Gesicht wurde wieder so maskenhaft, wie es gestern während der ganzen Verhandlung gewesen war. Aber etwas, das nur van Leeuwen sah oder hörte, sagte durch die geschlossenen Lippen dieser Maske: *Ich wäre gern dabei, wenn ihr das herausfindet.*

»Lass uns gehen, Ton.« Der Commissaris hatte Angst, der Situation bald nicht mehr gewachsen zu sein; ihm fehlte die Geduld für Boers Zynismus, *seine Lügen*.

Auch für das Treiben im Coffeeshop fehlte ihm die Geduld. Das alles war nur eine Bühne für die jungen Backpacker, die aus aller Welt hierher kamen, um sich legal zu benebeln: die schäbige, auf rustikal getrimmte Einrichtung, die immer gleichen lärmenden Rocksongs und der süßliche Gestank der in den Nischen und an den Tischen aufglühenden Joints.

Inzwischen war es noch voller geworden, die Luft stickiger und die Musik lauter. Van Leeuwen drängte sich durch einen Pulk johlender, bekiffter Engländer vor einer Webcam an der Wand. Er stieg die Treppe hinauf und arbeitete sich zum Ausgang vor. Draußen fragte Gallo: »Glaubst du, es könnte sich in Wirklichkeit um einen Auftragsmord gehandelt haben?«

Van Leeuwen holte tief Luft, um den süßen Rauch aus den Lungen zu vertreiben.

»Der Gedanke ist mir eben erst gekommen. Ich habe mich gefragt, warum stellt jemand einem kleinen Fisch wie Boer, der eine Prostituierte getötet hat, einen Hai als Anwalt? Wen deckt Boer? Wer hält seine Hand über ihn? Und warum erst jetzt – warum nicht im letzten Jahr, als er verhaftet wurde?«

Es war ein warmer Nachmittag, und die ersten Mücken tanzten in flirrenden Wolken unter den Laternen an den Ufermauern des Voorburgwal. Die bunten Glühbirnenketten über der Gracht waren schon eingeschaltet, aber ihr Licht spiegelte sich noch nicht auf dem träge dahinfließenden Wasser. Aus den Pubs und Fast Food-Lokalen schlug Musik auf die Gehwege, begleitet von Gelächter, Gläserklirren und lauten Stimmen.

Van Leeuwen und Gallo gingen schweigend in Richtung Oude Zijds Kerk, wo ihr Wagen stand. Nach ein paar Schritten sagte der Hoofdinspecteur: »Aber was könnte Amelie getan haben, dass Boers Hintermänner das Risiko einer Mordermittlung eingehen? Hat sie etwas gesehen? Oder was erfahren, das niemand wissen durfte, vielleicht von einem Kunden? Wen können wir fragen?«

»Freunde von Amelie«, sagte van Leeuwen. »Oder von Agent Dekker.«

»Dekkers Freunde sind alles Polizisten«, sagte Gallo. »Die wissen nichts. Und die beste Freundin von Amelie Winter haben wir schon einmal im letzten Jahr befragt, das ist auch eine Nutte.«

»Wir müssen sie eben noch einmal befragen«, sagte van Leeuwen, »Jetzt, wo wir wissen, *wonach* wir fragen müssen.«

»Ihr Name steht in den Akten.« Gallo holte sein Handy heraus und wählte. »Julika, wir brauchen Namen und Anschrift einer Zeugin, die wir im Herbst bei der Untersuchung von Amelie Winters – ja, richtig, Antje de Vries. Wie nannte die sich noch? Nicole? Richtig, wie Nicole Kidman, die Schauspielerin.« Er nickte. »Was? Moment mal – Bruno, eine Frau hat im Präsidium angerufen und behauptet, sie wäre die Lebensgefährtin von Lars Janssen. Der Fall de Kook. Julika will wissen, ob Vreeling zu ihr fahren soll, um ihre Aussage aufzunehmen?«

»Nein, das machen wir.«

»Gib mir mal den Namen und die Adresse«, sagte Gallo ins Handy. Er wiederholte: »Lisa van Doorn, Brouwersgracht. Hausnummer?« Er lauschte wieder, nickte und sagte: »Danke, Julika. Ich glaube nicht, dass er das sehen will.«

»Was will ich nicht sehen?«, fragte der Commissaris.

»Terjungs Berichterstattung gerade bei *Crime Stage* über die Geiselnahme vorgestern Nacht. Anscheinend hat er Aufnahmen von dem Prozess gegen Milan Kimmel vor einige Jahren aufgetrieben und zeigt sie jetzt in jeder Sendung rund um die –«

»Doch, das will ich sehen. Kann man so was auf diesem Gerät anschauen, das du im Wagen liegen hast?«

»Das Gerät nennt man Tablet«, erklärte Gallo. »Ja, kann man.« Er verscheuchte zwei kolumbianische Transvestiten, die sich gegen das Einsatzfahrzeug gelehnt hatten und ihm jetzt mit sinnlich aufgeworfenen Mick-Jagger-Lippen schimmernde Luftküsse zuwarfen, während sie hüftschwingend davontänzelten.

Van Leeuwen ließ sich auf den Beifahrersitz des BMW sinken. Gallo griff nach einer Tasche auf dem Rücksitz und holte ein iPad heraus, über dessen leicht verschmierte Oberfläche er ein paar Mal mit dem Daumen wischte. Dann tippte er auf ein kleines Feld am Display-Rand, und sofort verwandelte sich die Oberfläche in einen Fernsehschirm, auf dem Thijs Terjung erschien, statt eines Mikros nun mit einem Head Set ausgestattet. Er sprach live aus der Billig-Kulisse eines Trash-TV-Gerichtssaals in die Kamera, sonnengebräunt und mit einer Frisur, die auch im Studio stürmischen Gegenwind suggierte, wie er einem schonungslosen Enthüllungsjournalisten andauernd entgegenwehte.

»Muss ich das von den Lippen lesen?«, fragte van Leeuwen.

»Versuchs mal hiermit«, sagte Gallo. Er drückte dem Commissaris einen winzigen Plastikknopf in die Hand.

Van Leeuwen schob sich den Knopf ins Ohr. Jetzt ertönte die Stimme des Moderators direkt in seinem Kopf: »Ich bin Thijs Terjung, und Sie sehen *Crime Stage* mit einem aktuellen Hintergrundcheck des spektakulären Gefängnisausbruchs in Scheveningen. Wie *Crime Stage* exklusiv erfahren hat, steckt die Rederij Vermeulen & Aboudani, bei der Milan Kimmel bis zu seiner Verhaftung als Buchhalter gearbeitet hat, schon länger in wirtschaftlichen Schwierigkeiten, die inzwischen auch ihre Gläubigerbanken in Mitleidenschaft ziehen. Dem Schiffahrts-Unternehmen nahestehende Kreise ließen verlauten, dass mehrere Geldinstitute keine weiteren Kredite mehr bewilligen wollen, bis Vermeulen & Aboudani in der Lage sind, den Eingang der angekündigten neuen Aufträge zu bestätigen.«

Der Hoofdinspecteur startete den Wagen und fragte: »Zum wem zuerst – Antje oder Lisa?«

»Was? Lisa!«

Gallo schaltete das Blaulicht ein und steuerte den schwarzen BMW langsam über den dicht bevölkerten Voorburgwal, vorbei an den Pornoläden, Sexclubs und Fast-Food-Kneipen. Er gab kaum Gas, tippte immer wieder aufs Bremspedal und ließ nur kurz die Sirene aufjaulen, wenn sich die über das Pflaster schlendernden Fußgängerströme gar nicht teilen wollten.

In gestochen scharfen Bildern zeigte ein kurzer Einspielfilm auf dem Tablet ein rostbefallenes Containerschiff mit einer Flagge, die van Leeuwen nicht kannte, gefolgt von Aufnahmen der Rotterdamer Hafenanlagen und den Büros der Reederei. Die Kamera zoomte auf ein schlichtes Schild neben dem Eingang mit dem Namen *International Shipping Vermeulen & Aboudani*, kaum weniger rostbefallen als das Schanzkleid des Schiffs.

Das nächste Bild zeigte die säulengeschmückte Fassade einer Bank, bevor Terjung wieder mit dem frisch gewachsten Grinsen eines südtiroler Skilehrers erklärte: »In diesem Zusammenhang gibt die Ermordung der Familie von Geert-Hans de Kook, einem der Direktoren der Privatbank De Graaf Bankiers, vorgestern Nacht nicht nur der Polizei Rätsel auf. In welchem Zusammenhang steht das grausame Verbrechen mit der Flucht Milan Kimmels aus dem Gefängnis von Scheveningen? Ist es Zufall, dass der Ausbruch fast gleichzeitig mit dem gewaltsamen Tod von de Kooks Frau Annet und seinem siebenjährigen Sohn Simon stattfand? Sehen Sie die einzige vorhandene Aufnahme von der Urteilsverkündung im Prozess gegen Milan Kimmel vor drei Jahren, die mit einem Tumult endete.«

Die Bilder, die jetzt folgten, zeigten einen blassen jungen Mann, der einen verwirrten Eindruck machte und offenbar zu begreifen versuchte, was um ihn herum vorging. Er war schlecht rasiert; dunkle Ringe unter den Augen kündeten von zu wenig Schlaf. Die strähnigen Haare hingen ihm über die Ohren in den offenen Hemdkragen. Als er aufstand, wirkte er gefasst, bis zu dem Moment, in dem der Richter sagte: »Milan Kimmel, das Gericht befindet Sie des schweren Betrugs in sieben Fällen, des Meineids und des versuchten Mordes an Isa Vermeulen für schuldig und verurteilt Sie zu zwölf Jahren in –«

Der junge Mann schüttelte den Kopf, und einen Herzschlag lang sah es so aus, als lächelte er. Doch dann verlor er völlig die Fassung und rief: »Ich bin unschuldig! Unschuldig!« Er stieß seinen Verteidiger beiseite. »Ich liebe Isa! Das ist ein Komplott!« Zwei Gerichtsdiener packten ihn, aber er riss sich los. »Ich liebe sie! Gott ist mein Zeuge!« Die Gerichtsdiener packten ihn erneut, und diesmal gelang es ihm nicht, sich wieder loszureißen.

Die Kamera schwenkte zum Richtertisch, wo der Vorsitzende Richter mit gerunzelter Stirn zusah, wie Kimmel aus dem Saal geführt wurde. Es war Johan Gerritsen, der gestern Leon Boer freigesprochen hatte, drei Jahre jünger und weniger gerührt.

»Sollte Milan Kimmel tatsächlich unschuldig sein, wie er behauptet, dann handelt es sich um einen grandiosen Justizirrtum!«, sagte Thijs Terjung jetzt mit anklagend erhobener Stimme. »Doch wie wahrscheinlich ist das? Isa Vermeulen, die junge Frau, die so jäh aus ihrem Leben gerissen wurde, liegt noch immer im Koma. Sie allein könnte Aufschluss darüber geben, was sich in jener Nacht vor dreieinhalb Jahren wirklich abgespielt hat. Darüber hinaus legen *Crime Stage* bekannte Hinweise den Verdacht nahe, dass Doktor Willemsen keineswegs die Geisel ist, als die ihn Kimmels Inszenierung verkaufen will. Es scheint vielmehr so zu sein, dass er dem brutalen Ausbrecher aktiv bei der Flucht geholfen hat.«

Nach einer Pause, die seine eigene Überraschung zu dokumentieren schien, fuhr er fort: »Handelt es sich bei der dramatischen Geiselnahme also auch um die Verirrungen eines sentimentalen Landarztes, der in einer Anwandlung von falsch verstandener Nächstenliebe einem vermeintlich Unschuldigen den Weg in die Freiheit ebnet? Eine Freiheit, die vielleicht zu weiteren

Straftaten führt! Wie wir erfahren haben, hat der Doktor seine Arbeit als Gefängnisarzt erst vor einigen Wochen angetreten. Zu seinen Patienten gehören jetzt Huren, Diebe, Schläger, Mörder – kurz, eine Klientel, die ihm in seiner kleinen Dorfpraxis unbekannt ist. Sucht er ihre Nähe, weil er in Wirklichkeit einer von ihnen ist?«

Während er noch sprach, wurde am unteren Bildrand eine Telefonnummer eingeblendet. »Wenn Sie Informationen über die in der heutigen Sendung behandelten Verbrechen haben oder uns auf andere Straftaten hinweisen wollen – auch anonym –, rufen Sie uns an! *Crime Stage* belohnt jedes Verbrechen, das es in eine unserer Sendungen schafft, mit einem aufregenden Preis! Ich bin Thijs Terjung, und die Wahrheit ist mein Beruf!«

Der Commissaris zog sich den Stöpsel aus dem Ohr, fand sein Handy in der rechten Tasche seines Trenchcoats und tippte die Nummer ein, die er von dem Display des Tablets in seinem Schoß ablas. »Wie schaltet man das Ding aus?«, fragte er.

»Wirf es einfach auf den Rücksitz«, sagte Gallo. Fast gleichzeitig meldete sich eine Frauenstimme am Telefon. »*Crime Stage*, was können wir für Sie tun?«

»Sie können mich zu Meneer Terjung durchstellen«, sagte der Commissaris.

»Möchten Sie ein Verbrechen melden?«

»Ja.«

»Was für ein Verbrechen?«

»Mord.«

»Sind Sie der Täter oder ein Zeuge?«

»Ein Zeuge, aber ich kenne den Täter.«

»Einen Moment, bitte«, sagte die Frauenstimme. Gleich darauf meldete sich Terjung und fragte fast fröhlich: »Sie haben Informationen über einen Mord?«

»Ja.«

»Sie haben ihn mit eigenen Augen gesehen und wissen, wer ihn begangen hat?«

»Ja.«

»Und wer ist das Opfer?«

»Die Wahrheit.«

Einen Herzschlag lang herrschte verblüfftes Schweigen. »Wer sind Sie?«

»Bruno van Leeuwen«, sagte der Commissaris.

Abrupt verlor die Stimme des Moderators ihren fröhlichen Zungenschlag. »Was verschafft mir die Ehre Ihres Anrufs, Commissaris? Oder wäre Ex-Commissaris passender? Haben Sie neue Informationen für mich –«

»Ich hatte eigentlich gehofft, Sie könnten Infomationen für mich haben. Wie kommen Sie darauf, dass Doktor Willemsen die Geisel nur gespielt haben soll und Milan Kimmel sogar bei seinem Ausbruch behilflich gewesen sein könnte?«

»Wir haben einige Hinweise erhalten«, sagte Terjung zögernd.

»Und von wem?«

»*Informantenschutz* – ist das für Sie nur ein Wort, Meneer van Leeuwen?«

»*Behinderung einer polizeilichen Ermittlung*«, entgegnete van Leeuwen. »Sind das für Sie zu viele Worte?«

»*Einschüchterung* haben Sie vergessen.«

»*Beugehaft* gefällt mir besser.«

»Das ist unter deiner Würde, Bruno«, meldete sich Gallo.

Van Leeuwen verspürte einen Anflug von Scham. »Fragen Sie sich nicht, wie das auf Willemsens Kinder wirkt, wenn Sie ihn öffentlich in die Nähe von Verbrechern rücken? Wenn die Wahrheit Ihr Beruf ist, gönnen Sie sich mal eine Fortbildung.«

Er beendete das Gespräch und starrte aus dem Fenster, ohne etwas von dem wahrzunehmen, was er draußen sah. Er dachte daran, wie er Willemsens Sohn Kees zitternd und verdreckt in einem

Dixi-Klo auf einer Baustelle am Bahnhof aufgefunden und in die Notaufnahme gebracht hatte. Dann dachte er an den toten Sohn des Bankiers. »Warum war der Junge da?«, fragte er Gallo.

»Welcher Junge?«

»Simon de Kook«, sagte van Leeuwen. »In der Nacht, in der Annet de Kook ihren Geliebten bei sich zu Hause empfangen hat. Hätte er nicht eigentlich woanders sein müssen – bei einem Schulfreund oder sonstwo, damit er die beiden nicht stört?«

Gallo zuckte mit den Schultern. »Vielleicht war das auch ursprünglich so geplant«, meinte er, »aber dann ist was dazwischen gekommen – der Freund wurde vielleicht krank, sodass Simon zu Hause bleiben musste. Annet und ihr Liebhaber wollten aber trotzdem nicht auf die gemeinsame Nacht verzichten.«

»Oder Lars Janssen war so oft da und Simons Vater nicht, dass der Junge eher an den Liebhaber seiner Mutter gewöhnt war als an seinen Vater«, überlegte van Leeuwen. »Vielleicht mochte er ihn sogar lieber.« Wieder spürte er die frische Narbe unter seinem Herzen, es fühlte sich an wie heißes Blei.

13

Lisa van Doorn öffnete die Tür, warf einen Blick auf van Leeuwens Dienstausweis und fragte: »Haben Sie ihn? Den Mörder von Lars?«

»Nein«, sagte der Commissaris. »Aber wir hoffen, dass wir mit Ihrer Hilfe bei der Suche ein Stück weiter kommen.«

Die Frau nickte mehrmals und gab den Weg frei, damit nun auch die Polizei in ihr Leben treten konnte, nachdem sich bereits ein Mörder Zutritt verschafft hatte. Sie ging voraus in das geräumige Wohnzimmer. Sie trug einen weit geschnittenen, mit gelben und blauen Stickereien verzierten Leinenkaftan, aber darunter hatte ihr Gang etwas Ungehaltenes, fast Zorniges, als wären die weiten Falten nur noch ein Hindernis in einem ohnehin an Hindernissen reichen Leben. Mit einer weiteren ungehaltenen Geste deutete sie auf zwei weiße Korbsessel, die gleichfalls ihren Zorn zu erregen schienen. »Bitte, setzen Sie sich doch!«

»Danke«, sagte van Leeuwen. »Ich stehe lieber.« Er trat an eines der beiden Fenster, schaute aber nicht hinaus. Dafür ließ er die Augen kurz durch den Raum schweifen, der einem alten Genrebild von Vermeer oder einem der flämischen Meister zu entstammen schien: dunkles Holz, ein porzellanblauer Kachelofen, ziegelrote Bodenfliesen mit schlichten, pastellfarbenen Teppichen darauf und große Topfpflanzen vor weißen Wänden.

Mit gerunzelter Stirn wartete die Frau, bis wenigstens Gallo in einem der Sessel Platz genommen hatte, bevor sie sich selbst auf das Korbsofa sinken ließ, das ein geschundenes Knarren von sich gab, das sich wiederholte, als sie sich vorbeugte und die Ellbogen auf die gespreizten Oberschenkel stützte. »Sie müssen einen Eindruck von mir gewinnen«, sagte sie. »Um beurteilen zu können, wie glaubwürdig ich bin. Soll ich dafür irgend etwas tun?«

»Der erste Eindruck täuscht oft«, sagte van Leeuwen, obwohl er sich längst ein Bild von Lisa van Doorn gemacht hatte. Sie war ungeschminkt, und das Haar hatte sie trotz einer Naturkrause zu einem strengen Knoten geknüpft. Ihre braunen Augen hatten einen harten Schimmer, als befände sie sich in einer ständigen inneren Auseinandersetzung mit Menschen, die ihr schon vor langer Zeit Unrecht getan hatten. Sie hatte einen schönen Mund, versuchte aber, mit bewusst herbeigeführter Reizlosigkeit ihre Umwelt zu bestrafen, ohne dass sie ihre natürliche Schönheit wirklich abschütteln konnte. Um den Hals trug sie eine Kette aus dunklen Holzperlen, die bei jeder Bewegung leise klickten.

Der Commissaris fragte sich, warum sie so viel Wert auf einen glaubwürdigen Eindruck legte; hatte sie oft die Erfahrung gemacht, dass man ihr nicht glaubte?

»Das Mädchen war es«, sagte sie. »Das Mädchen hat Lars umgebracht, ihn und die Frau und den Jungen.«

»Welches Mädchen?«, fragte van Leeuwen.

»Er ist nicht nach Hause gekommen«, sagte sie. »Er hat auch nicht angerufen. Da wusste ich, jetzt ist es passiert. Und dann habe ich von den Morden in der Zeitung gelesen, und mir war sofort klar, das ist es. Er ist immer nach Hause gekommen. Oder hat angerufen. Diesmal nicht.«

»Sie hatten damit gerechnet, dass etwas passiert?«, fragte der Commissaris.

»Ich bin ihm gefolgt«, sagte sie. »Er hatte sich verändert und ging viel öfter weg als sonst. Und blieb länger fort. Ich wusste, dass da was nicht stimmte. Deswegen bin ich ihm nachgegangen, und da hab ich sie gesehen.«

»Annet de Kook?«, warf Gallo ein. »Die tote Frau?«

»Nein, das Mädchen, das vor dem Haus rumlungerte.«

»Können Sie dieses Mädchen beschreiben?«

Die Frau schüttelte den Kopf, aber nicht ablehnend, sondern eher, als könnte sie die Absurdität eines kürzlich erst eingetretenen Ereignisses immer noch nicht begreifen. »Ich liebe dich, das hat er gesagt. Ich liebe dich. Er legte mir kleine Zettel hin, schickte mir Blumen oder rief einfach an, selbst wenn er nur zu einem kurzen Spaziergang aufgebrochen war. Immer wieder: *Weißt du, dass ich dich liebe? Weißt du, wie sehr ich dich liebe?* Jetzt ist mir klar, dass er sich selbst davon zu überzeugen versuchte. Nicht mich! Wie bei einem Ritual, das man nur oft genug praktizieren muss, damit es Wirklichkeit wird. Es steht in meinem Tagebuch, jeden Morgen nach dem Aufstehen schreibe ich zwei Stunden lang alles auf.«

»Haben Sie über Lars Janssen auch etwas in Ihr Tagebuch geschrieben?«, fragte der Commissaris.

»Natürlich,« sagte sie. »Ich hatte plötzlich so viel Zeit, er war ja mehr bei ihr als bei mir. Vor allem mochte er den Jungen, Simon. Als wollte er ein Kind haben, ohne die Verantwortung übernehmen zu müssen. Und der Simon war verrückt nach ihm, viel mehr als nach seinem Vater. Wir haben keine Kinder.«

Jetzt blickte van Leeuwen doch aus dem Fenster, unter dem das Wasser der Gracht dunkler wurde. Auf den Hausbooten und Lastkähnen an der Kaimauer gingen die Lampen an. Himmel und Wasser teilten sich denselben Kupferton, dekoriert mit einem unvollendeten Mond. Die Rundbogenfenster in den ehemaligen Speicherhäusern der Ostindien-Kompanie auf der anderen Seite des Kanals spiegelten ein violettes Wolkenmassiv, das träge von Westen heranzog.

Es war eine gute, teure Gegend, und der Commissaris fragte sich, woher Lisa und Lars das Geld für die hohen Mieten haben mochten.

»Wie lange kannten Sie Lars Janssen?«

»Vier Jahre. Viereinhalb.«

»Hat er hier gewohnt, mit Ihnen zusammen?«

»Ja.«

»Was hat er beruflich gemacht?«

»Nichts.«

»Wovon hat er gelebt?«

»Er hatte Geld. Ich weiß nicht, woher, aber er hatte genug.«

»Sie haben ihn nicht gefragt?«

»Doch, aber er wollte nicht darüber reden. Er sagte, er hätte es geerbt, aber nicht, von wem.«

»Er hat nie gearbeitet?«

»Früher wohl, als er jung war. Irgendwas mit Schiffen. Er hat sie entworfen oder konstruiert.«

»Diese Wohnung ist bestimmt teuer. Wer hat die Miete bezahlt, Sie oder er?«

»Er.«

»Aber er wollte nicht darüber reden, woher das Geld kam?«

»Es war unwichtig – das Geld oder alles, was früher war.«

»Und dass er ein Verhältnis mit einer anderen Frau hatte, war das wichtig? Haben Sie darüber geredet?«

»Er sagte, es werde vorübergehen, und je öfter ich damit anfangen würde, desto länger würde es dauern. Er war …« Sie schluchzte, ein trockenes Würgen, als wäre etwas in ihr hochgeschossen und versuchte sich einen Weg ins Freie zu bahnen. Mit halb geöffnetem Mund starrte sie auf den Boden zwischen ihren gespreizten Beinen wie jemand, dem klar wird, dass sich unter ihm nichts mehr befindet, kein Netz, nichts.

»Er war?«, griff Gallo ihre letzten Worte auf.

Sie schnappte nach Luft, nach einem Widerstand, der ihr half, den freien Fall aufzuhalten. »Es war unheimlich. Er war fast besessen von dieser Frau, von Annet de Kook.«

»Wissen Sie, wann oder wo er sie kennengelernt hat?«

»Nein.«

»Haben Sie ihn nicht danach gefragt?«

»Doch, aber es war wie mit dem Geld, er wollte nicht darüber reden. Haben Sie schon mal eine Jugendliebe, die Sie aus den Augen verloren hatten, plötzlich wiedergetroffen und gemerkt, dass Sie sie immer noch lieben?«

»Nein.«

»Jedenfalls, so ähnlich kam mir das vor, nur komplizierter.«

»Diese komplizierte Besessenheit – erstreckte die sich nur auf Annet de Kook oder auch auf ihren Mann?«

»Auf beide. Man konnte fast denken, er hätte etwas mit seiner Frau, um sich an ihm zu rächen.«

»Zu rächen?«, fragte Gallo. »Wissen Sie, wofür?«

Erschöpft schüttelte sie den Kopf, sah wieder nach unten und schlug die Beine übereinander. Unter der Haut zeichneten sich dünne Äderchen ab – blaue Flüsse auf einer alten Landkarte.

»Aber sie kannten sich – Geert-Hans de Kook und Lars Janssen? Von früher? So wie Lars und Annet?«

Sie nickte. Der Raum versank langsam in Dunkelheit. Van Leeuwen konnte ihr Gesicht nicht mehr deutlich erkennen.

Gallo sagte: »Lassen Sie uns noch einmal zu dem Mädchen zurückkehren. Sie haben gesagt, es hätte das Haus beobachtet. Sie meinten das Haus der Familie de Kook?«

»Ja. Das, in dem Lars verschwand. Ich habe es dort immer wieder gesehen. Ein paar Mal. Sie hat es beobachtet, und dann ist sie hineingegangen und hat sie alle getötet.«

»Haben Sie das auch gesehen?«

»Nein, in der Nacht war ich nicht dort. Aber ich weiß es.«

Van Leeuwen blickte wieder aus dem Fenster, auf das dunkle Wasser. Gallo fragte ruhig: »Können Sie das Mädchen beschreiben? Wie sah es aus?«

»Traurig.«

»Traurig?«

»Ja, so eine Traurigkeit, die man nicht sehen kann, aber spürt. Von Schmerz umgeben.«

Ob sie das so auch in ihr Tagebuch schreibt, überlegte der Commissaris, *von Schmerz umgeben?*

»Woran erinnern Sie sich noch?«, hakte Gallo ohne das geringste Zeichen von Ungeduld nach.

Lisa legte den Kopf ein wenig zurück und kniff die Augen zusammen, während sie das Mädchen zu beschreiben versuchte. »Sie hatte kurze Haare, also richtig kurz und ganz grau, was ich komisch fand, weil sie ja noch so jung war. Sie war nicht richtig hübsch. Ein bisschen zu scharf im Gesicht, scharf und doch noch unfertig, als wäre sie irgendwann in ihrer äußeren Entwicklung stehengeblieben. Hm, nicht klein und nicht groß, auch nicht breit oder dünn. Sie trug Laufschuhe und Jeans und hat immer so eine Outdoor-Jacke getragen. Sie hat das Haus beobachtet und Sachen in ein Notizbuch gekritzelt. Das ist mir aufgefallen, weil die jungen Leute heute sonst ja immer auf ihren Smartphones rumtippen.«

Sie nickte. »Ach ja, sie hatte noch einen silbernen Ring in der linken Augenbraue, der blinkte manchmal, wenn sie den Kopf bewegte. Und im rechten Ohr steckten auch mehrere Ringe, eine ganze Reihe dicht nebeneinander, das sah merkwürdig aus, als kletterte da eine silberne Raupe hoch.«

»Sie haben eine gute Beobachtungsgabe, Mevrouw van Doorn«, stellte der Commissaris fest, immer noch dem Fenster zugewandt. »Was machen Sie beruflich?«

»Ich bin freie Journalistin. Jedenfalls war ich das bis vor kurzem. Jetzt in der Krise gibt es kaum noch Aufträge. Ich überlege, einen Blog zu starten. Das ist wie Tagebuch-Schreiben.«

»Was haben Sie in Ihr Tagebuch geschrieben, als Ihnen klar wurde, dass Meneer Janssen Sie betrügt?«, fragte er.

Sie schwieg. Dann fragte sie: »Sie meinen, was in mir vorgegangen ist?«

»Ja.«

»Das ist eine sehr persönliche Frage.«

»Ich weiß. Sie müssen sie nicht beantworten.«

»Ich habe ihn geliebt«, sagte sie und nickte wieder. »Erst wollte ich ihn umbringen – und sie auch. Dann sterben. Aber …«

»Wo waren Sie in der Nacht vom 13. auf den 14. April?« Van Leeuwen drehte sich um. »Diese Frage müssen Sie beantworten.«

»Hier«, sagte die Frau sofort. »Allein. Ich weiß, dass Sie jeden verdächtigen müssen, auch mich. Es gibt viele Menschen, die ich gerne töten würde. Aber ich tu es nicht.«

Gallo stand auf. »Eine Frage noch: Wussten Sie, dass Meneer Janssen Krebs im Endstadium hatte?«

Sie nickte und biss sich auf die Unterlippe. »Er hat es mir nicht selbst gesagt, aber ich habe den Befund in seinem Schreibtisch gefunden, einmal, als er wieder nicht da war.«

Der Hoofdinspecteur blieb einen Moment unschlüssig vor ihr stehen. »Sie haben einen schweren Verlust erlitten«, sagte er. »Wenn Sie professionelle Hilfe brauchen, können wir für Sie –«

»Danke, ich helfe mir schon selbst.«

»Wie?«, fragte er. »Wie helfen Sie sich selbst?«

»Ich lerne zu sterben. In meiner Freizeit.«

Das steht bestimmt genauso im Tagebuch, dachte der Commissaris. *Ich lerne zu sterben. In meiner Freizeit.*

14

Die vorbeifliegenden Straßenlaternen an der Prins Hendrikkade belichteten das Wageninnere in kurzen Abständen. Das Licht glitt über Gallos Gesicht, aber seine Miene blieb gleich. »Glaubst du, dass es wirklich ein Mädchen war?«, fragte er.

»Für den Moment ist das die einzige Information, die wir haben«, sagte van Leeuwen. »Die Beschreibung von Mevrouw van Doorn ist ziemlich vage, aber wir bestellen Lisa morgen ins Präsidium und setzen sie mit dem Phantomzeichner vor den Computer. Das Ergebnis geht dann an alle Wijkteams, hier und im ganzen Land und zur Not sogar an die Medien.«

»Sie selbst können wir als Verdächtige ausschließen?«

»Ich glaube, ja. Ich habe sie ja nur nach einem Alibi gefragt, weil es sich so gehört. Und weil sie sonst beleidigt gewesen wäre.«

»Vielleicht ist sie vergewaltigt worden«, sagte Gallo. »Das Mädchen mit der Silbermünze.«

»Wegen der Schrift an der Wand? *Ich bin kein Täter.*«

»Ja.«

»Dann müssen wir ihren Namen in die Datenbank mit den Vergewaltigungsopfern eingeben, die Anzeige erstattet haben. Wenn wir ihn haben. Aber ich glaube nicht, dass es um eine Vergewaltigung ging.«

»Was glaubst du dann?«

»Ich muss erst nachdenken, bevor ich glauben kann.«

Linkerhand schimmerten die Lichter des Bahnhofsplatzes durch das Mastengewimmel des alten Hafens. Dahinter ragte der prachtvolle Backsteinbau der Centraal Station mit seinen beiden Uhrtürmen in den Abendhimmel. An der nächsten Ampel bog Gallo nach rechts auf den Damrak, gleich hinter einer Straßenbahn, die mit kreischenden Rädern die Kurve vom Stationsplein nahm. Der Feierabend hatte gerade erst begonnen, und die Tram war bis auf den letzten Platz besetzt. Autos schoben sich Stoßstange an Stoßstange auf rote Ampeln zu, Radfahrer rasten über ihre heiligen Fiets-Spuren, und Fußgänger trieben einzeln, paarweise oder in Gruppen scheinbar ziellos über Gehwege und Zebrastreifen.

Rechts und links der Straße lag das Amsterdam, das van Leeuwen nie gemocht hatte, das Eldorado der Billigtouristen. Angelockt von den bunt schreienden Reklameschildern für *all naked girls, dutch beer* und *spicy food*, trieben sie vom Hauptbahnhof stadteinwärts und verfingen sich in den blinkenden Neonnetzen der Fast Food-Lokale, Sex Shops und schäbigen Hotels mit ihren blinkenden *Vacancy*-Schildern in den Fenstern. Sie verloren sich in den kleinen Seitengassen voller Bars, Pubs und Coffee Shops oder strandeten im Rotlichtviertel, wo sie von Frauen jeglichen Alters und aller Hautfarben in gekachelten Kabinen hinter violett ausgeleuchteten Fenstern erwartet wurden.

Manche gingen dann zu diesen Frauen, fragten nach dem Preis, und einige bezahlten ihn und andere bummelten weiter, bis sie jemand fanden, der ihnen für weniger Geld mehr versprach – dem Geld, das sie aus Liverpool, Barcelona oder Tokio mitgebracht und bei den Geldwechslern am Dam zu Wucherkursen umgetauscht hatten, für ein Wochenende in Amsterdam: *all you can eat, all you can drink, all you can smoke*, dazu *white afghane*, jede Sorte *mushrooms*, endlos dudelnde Musik und am frühen Morgen in einem stinkenden Hinterhof eine Hausmauer, die einfach nicht stillhalten wollte.

Beim Königspalast wurde der Dam zum Rokin: bessere Lokale, elegantere Geschäfte, gediegene Fassaden, gesäumt von ausladenden Bäumen, dann links die Amstel. Nur der Verkehr ließ nicht nach, die Autos schoben sich weiter auf die zahllosen Ampeln zu, die Fahrräder flitzten auch hier unablässig in alle Richtungen, und die Straßenbahnen hämmerten den harten Messingklang ihrer Glocken in die Nacht. Am Muntplein sagte der Commissaris: »Du kannst mich an der Ecke rauslassen.«

Gallo hielt an der Mündung zur Vijzelstraat, und van Leeuwen stieg aus und ging zu Fuß durch die Vijzelstraat und bis zur Keizersgracht. Auch hier gab es Fußgänger und Radfahrer, aber nur vereinzelte Straßenbahnen und kaum noch Autos, nur ein paar Möwen geisterten mit heiseren Schreien über den Nachthimmel. Kleine Galerien, Boutiquen, Delikatessenläden und Cafés säumten die schmale Straße.

An der Ecke Keizersgracht wandte sich der Commissaris nach links, bis er wieder auf die Amstel stieß, dort, wo sie breiter wurde. Die elektrifizierten Gaslaternen längs des Kais trugen in der feuchten Luft milchige Heiligenscheine aus gelbem Licht. Durch die Fensterfront der Stopera am anderen Ende des Amstelbeckens konnte man Konzertbesucher über die erleuchteten Gänge des Musiktheaters eilen sehen. Daneben ragte der schlanke Turm der Zuiderkerk schwarz in den Himmel.

Obwohl nur mit dem Einkommen einer Polizeipsychologin ausgestattet, bewohnte Feline Menardi in einem spitzgiebeligen Patrizierhaus am Amsteldijk die obersten Stockwerke mit Aussicht auf den Fluss und die Brücke. Es war ein liebevoll renoviertes, fünfstöckiges Backsteingebäude, verziert mit weiß gestrichenen Fensterrahmen, Zuckerbäcker-Erkern und kleinen Balkonen. Die Dachwohnung war Feline bei der Scheidung von ihrem Mann zugesprochen worden, einschließlich der dazugehörenden Terrasse.

Van Leeuwen stieg die von zwei Tofpflanzen flankierten Stufen zu der dunkelrot gestrichenen Eingangstür empor und sperrte auf. Ein mit Teppichstangen befestigter Läufer aus handversponnener Wolle führte die schmale Treppe zu Felines Wohnung hinauf. Der Commissaris erinnerte sich daran, wie er diese Stufen das erste Mal mit ihr hinaufgegangen war und wie sie vor der Tür gefragt hatte: »Bist du dir sicher?« Er war nicht sicher gewesen, und sie hatte gesagt: »Dann komm nicht mit hinein.«

Aber er hatte gewusst, dass er nie mehr so sicher sein würde, wie er bei Simone sicher gewesen war und dass es andere Türen mit anderen Frauen davor geben würde, und eines Tages würde er durch eine dieser Türen gehen, in die Wohnung dahinter, einfach weil es eine Frau gab, die ihn hineinbat. Er würde es nicht müssen, aber er würde es tun, weil er lebendig war und Simone tot. Deswegen war er mit hineingegangen, und es hatte fast zwei Jahre gedauert, bis er erkannt hatte, dass es richtig gewesen war.

»Das ist ein schöner Name – Feline Menardi«, hatte er bei ihrer ersten Begegnung festgestellt, und sie hatte geantwortet: »Mein Vater war Portugiese, und mütterlicherseits gab es noch ein paar indonesische Zweige an meinem holländischen Stammbaum.«

Er war so gern mit ihr zusammen, wie mit niemand sonst, und wenn er nicht mit ihr zusammen war, dachte er an ihr Lachen, an ihren Ernst, ihre Augen, die forschen konnten, ohne zu bedrängen. Er dachte auch an ihren Körper, denn er begehrte sie; es wunderte ihn selbst, wie sehr.

Erst gestern Nacht war ihm wieder eingefallen, was sie bei ihrer ersten Begegnung zu der Arbeit mit Polizisten gesagt hatte. »Viele von ihnen sind zynisch und verbittert geworden«, hatte sie erklärt. »Das liegt natürlich an ihrem Beruf, an dem, was sie Tag für Tag erleben. Sie begegnen Mördern, Vergewaltigern, Dieben, Huren, Schlägern, Dealern, Drogensüchtigen. Aber schlimm ist, dass sie früher oder später in *allen* Menschen das Böse sehen. Von morgens bis abends kommen sie damit in Berührung, wohin sie auch schauen. Dann dauert es nicht mehr lange, bis sie sagen: Ich bin ein Mensch, also bin auch ich der letzte Dreck. Sie sehen die Menschen an, die sie lieben, mit denen sie befreundet sind, und sagen sich: Wie kann jemand, der Abschaum liebt, selbst anders sein als Abschaum? Also fangen sie an, nach Anzeichen dafür zu suchen, zu verdächtigen, auf die Probe zu stellen. Sie arbeiten nicht mehr in ihrem Job. Ihr Job arbeitet in ihnen.«

»Das sind Einzelfälle«, hatte van Leeuwen widersprochen. »Es gibt sie, bloß sind es weniger, als Sie vielleicht denken, wenn Sie die Fälle in ihrer Praxis hochrechnen.«

»Haben Sie nie an den Menschen gezweifelt?«

»Ich habe nie aufgehört, an ihnen zu zweifeln, aber nicht, weil ich Polizist bin. Höchstens, weil ich selbst ein Mensch bin.«

Gestern Nacht allerdings, kurz vor dem Einschlafen, war ihm der Gedanke gekommen, dass Agent Dekker vielleicht einer dieser Einzelfälle war, bei denen Felines Einschätzung zutraf.

Er klingelte, denn er sperrte sich zwar unten selbst auf, aber wenn Feline da war, wollte er, dass sie ihm die Wohnung öffnete. Er mochte diesen kleinen Entschluss, ihn immer wieder neu in ihr Leben zu lassen. Er stand vor der Tür und wartete, voller Vorfreude auf den Moment, in dem er sie erblickte, die staatlich geprüfte und zugelassene Psychologin, die ihn liebte.

Für ein Phantombild wäre sie einfach zu beschreiben gewesen: smaragdgrüne Augen, leicht mandelförmig; volles, langes Haar, der Farbton zwischen Kastanie und Ebenholz; hoch angesetzte Wangenknochen, darüber glatte, leicht oliv schimmernde Haut. Für die Lippen musste man Rot und einen Hauch helles Braun mischen, *etwas kräftiger, etwas voller, so, genau!*, und die Figur schlank, mittelgroß, schmeichelhaft für eine Frau knapp über vierzig. *Ach, wie sie das Haar trägt? Meist straff zurückgekämmt und zu einem rückenlangen Zopf geflochten*. Sie hatte nicht nur einen schönen Namen, sie war auch tatsächlich eine schöne Frau.

15

Die schöne Frau öffnete van Leeuwen die Tür, und nichts an ihrem Lächeln verriet, dass heute Abend etwas anders war. Er merkte es nicht sofort, nicht so, dass er dachte, *etwas stimmt nicht*. Er legte seinen Trenchcoat ab, zog das Jackett aus und schlüpfte aus den Schuhen.

Der CD-Player war an, ein Altsaxophonist spielte, begleitet von einer Gitarre und ein paar sacht im Hintergrund flirrenden Streichern. In dem wie ein halbes Iglu aus Backsteinen geformten Kamin brannte ein Feuer, für das es eigentlich zu spät im Jahr war, aber der würzige Geruch glimmender Kieferscheite passte zu jedem Monat und jedem Wetter.

Die schöne Frau trug hellblaue Jeans, eine burgunderrote Seidenbluse und eine perlgraue Strickjacke ohne Knöpfe oder Gürtel. Sie war barfuß und so dezent geschminkt, dass sie vielleicht gar keine Schminke trug; Schmuck jedenfalls nicht. »So früh hatte ich dich gar nicht erwartet«, sagte sie, als sie sich zu ihm auf die Couch vor dem Kamin setzte.

Wenn man auf der üppig gepolsterten Couch saß, konnte man die Füße auf einen niedrigen Tisch aus lasiertem Zypressenholz legen, man musste nur ein Dutzend Bücher, Illustrierte und Tageszeitungen beiseiteräumen. Der runde Tisch war ungefähr so groß wie ein in Brusthöhe quer durchgeschnittener Mammutbaum und ebenfalls neu; alles andere verdankte sie noch der sorglos eingesetzten Kreditkarte von Lionel Berman, Felines geschiedenem Mann. Van Leeuwen tat, als wäre es gar nicht da. Er mied die Zebrafellsessel zwischen den raumhohen, edelstahlgerahmten Fenstern und machte einen Bogen um die kleinen Chinalack-Tischchen mit den filigran in Grün und Gold bemalten Vasen darauf, natürlich aus der Ming oder irgendeiner ähnlich kostbaren, unersetzlichen Dynastie. Lediglich die Bilder an den Wänden gefielen ihm, Radierungen, Stiche und kleine Ölgemälde, das meiste unbekannt, zumindest ihm.

»Ich weiß nicht, ob ich mich dieser Wohnung gewachsen fühle«, hatte er in den ersten Wochen zu Feline gesagt, und sie hatte gelacht: »Wenn du willst, werfe ich alles raus, und wir schlafen auf Luftmatratzen und sitzen auf Orangenkisten.«

Jetzt fragte sie: »Möchtest du einen Schluck Wein vor dem Essen? Ich hab eine Flasche von deinem Montepulciano geöffnet, damit er Zeit zum Atmen hat.«

»Du verwöhnst mich«, stellte der Commissaris fest. »Was hast du vor?«

Sie lächelte sphinxhaft, und statt zu antworten fragte sie: »Gibt es etwas Neues im Entführungsfall Willemsen?«

»Etwas, das Thijs Terjung noch nicht enthüllt hat?«

»Terjung ist ein schwieriger Fall«, gab Feline zu. »Aber was er über Kimmels Unschuld behauptet, ist vielleicht nicht ganz von der Hand zu weisen. Und dass Willemsen vielleicht gar keine Geisel ist.«

»Wie kommst du darauf?« Van Leeuwen trank einen Schluck, und während er den Wein auf der Zunge behielt, spürte er, wie in seinem Mund eine rote Blume aufging.

»Vorgestern Nacht, als ich in deinem Auftrag nach den Kindern gesehen habe, ist mir in seinem Arbeitszimmer etwas aufgefallen. Die Tür stand offen, und das Fenster war auch auf, deswegen bin ich hineingegangen, um es zu schließen. Der Luftzug hat ein paar Papiere von seinem Schreibtisch geweht. Als ich sie zurücklegen wollte, ist mir der Name Vermeulen & Aboudani ins Auge gesprungen. Offenbar war es die Fotokopie eines Berichts über die Umstände, die dazu geführt haben, dass Isa Vermeulen jetzt im Koma liegt. Ich weiß nicht, wie Willemsen daran gekommen ist oder was er damit vorhatte, aber dass die Unterlagen sich überhaupt bei ihm befinden, wäre natürlich ein gefundenes Fressen für Terjung. Und wenn es ihm dann auch noch gelingt, die Kinder vor die Kamera zu zerren –«

Van Leeuwen beugte sich vor, um das Glas abzustellen. »Willemsens Kinder?«

»Ja, wenigstens hat er sowas gesagt, als er vorhin mit einer Liveschaltung aus dem Dorf des Doktors auf Sendung war.«

»Gibt es eigentlich noch irgend jemand in Amsterdam, der sich diesen Schwachsinn nicht ansieht?«

Feline ließ eine Augenbraue hochschnellen, nur kurz, begleitet von einem Mundwinkelzucken. »Ich finde, du könntest deine fünfzehn Minuten Ruhm mit mehr Genuss auskosten.«

»Was hat Terjung genau gesagt?«

»Ich stehe hier vor der Praxis von Jan Willemsen«, zitierte sie, verzichtete aber darauf, Terjungs Stimme zu imitieren, »jenem Landarzt, der sich neuerdings nur noch um einen Privatpatienten aus der Gefängnisklinik von Scheveningen kümmert.« Sie nahm einen Schluck aus van Leeuwens Glas. »Hm, gut! Terjung hatte sich vor dem Haus, das von einem Scheinwerfer angestrahlt wurde, aufgebaut und erzählte alles Mögliche über deinen Freund ...«

»Er ist nicht mein Freund.«

»Entschuldige, deinen alten Bekannten aus glücklichen Ehetagen, wie er da lebt, wie du seinen ältesten Sohn von der Straße geholt hast und dass du heute bei *Crime Stage* angerufen und versucht hast, auf seine Sendung Einfluss zu nehmen –«

»Ich wollte bloß wissen, woher er seine Informationen über Kimmel und Willemsen bezieht«, protestierte van Leeuwen.

»Na ja, jedenfalls hat er dann noch angekündigt, dass er versuchen wird, die Kinder des Doktors zu interviewen, und das macht mir, ehrlich gesagt, die meisten Sorgen.« Feline trank noch einen kleinen Schluck. »Marijke ist ein ziemlich taffes Mädchen, aber Pieter – wie verkraftet der den ganzen Wirbel um seinen Vater? Du hättest ihn sehen sollen, als ich sie in der Nacht auf die neue Situation vorzubereiten versucht habe. Sein rundes Gesicht wurde ganz blass vor Sorge, es sah aus wie ein kleiner weißer Luftballon, der jeden Moment platzen kann. Aber Papa kommt wieder?, hat er gefragt. Der Mann bringt ihn doch zurück? Es klang, als wollte er nur, dass alles gut wird und jeder glücklich und gesund. Bei dem Gedanken an weiteres Unheil schien sich sein Herz zusammenzukrampfen wie eine kleine Faust.«

Van Leeuwen nahm ihr das Glas aus der Hand und trank den Rest Wein. »Wenn Terjung die beiden in die Hände bekäme, wäre das jedenfalls eine Katastrophe für sie«, sagte er. »Was stand in den Papieren, die du bei Willemsen entdeckt hast?«

»Ich habe sie ja nur überflogen. Es kam mir vor, als wären sie aus einer extra zusammengestellten Akte, die jemand über Vermeulen & Aboudani in Auftrag gegeben hat, vielleicht bei einem Privatdetektiv oder einer Anwaltskanzlei.«

»Oskar Manhijmer vielleicht?«

»Keine Ahnung, kann sein. Der einzige Name, an den ich mich erinnere – außer dem von Noah Vermeulen –, war der von Kimmel. Und aus der Akte geht hervor, dass er als ausgesprochen gewissenhaft galt, penibel, bis er von heute auf morgen kaltgestellt wurde. Also, erst sah es so aus, als hätte er die ganz große Karriere vor sich, und dann plötzlich – Sibirien! Und bis zu dem Unfall mit Vermeulens Tochter –«

»Unfall?«

»Unfall, ja, nicht Totschlag oder Mordversuch, das hat mich auch überrascht. Jedenfalls, bis dahin war er offenbar nie gewalttätig geworden. Ganz anders, als es vor Gericht dargestellt wurde. Von Anfang an wurde dafür gesorgt, dass kein Zweifel an seiner Schuld auftauchen konnte.«

Ein kaltes Kribbeln stieg van Leeuwens Rückgrat hinauf. »Du meinst, die Polizei hat schlampig gearbeitet, vielleicht sogar absichtlich?«

»Ich gebe nur einen Eindruck wieder, den ich beim Überfliegen des Dossiers hatte, bevor ich mich wieder um die Kinder kümmern musste. Komm, das Essen ist fertig, ich habe Hunger. Du nicht?«

»Doch«, murmelte er, aber als er vor den mit Schmorbraten-Hachée gefüllten Canneloni saß, aß er nur einen Bissen, bevor er sagte: »Wenn das, was du erzählt hast, stimmt, sieht es so aus, als hätte sein eigener Arbeitgeber Kimmel unbedingt hinter Gittern sehen wollen. Als hätte er für irgendjemand den Kopf hinhalten oder für etwas als Sündenbock dienen müssen. Unabhängig davon, dass er etwas mit Noah Vermeulens Tochter hatte.«

Das Holz im Kaminfeuer knackte, und manchmal knallte etwas in der Glut, wie gar nicht so weit entfernte Schüsse. Feline sagte: »Schmeckt es dir nicht?«

»Doch, sehr«, antwortete er. »Ich frage mich nur gerade, was ich tun würde, wenn ich an Kimmels Stelle wäre. Wenn ich unschuldig hinter Gittern säße, während die Frau, die ich liebe, im Koma liegt – woran angeblich ich die Schuld trage, weil ich sie zusammengeschlagen habe, obwohl ich nicht mal einer Fliege etwas zuleide tun kann. Wäre ich in der Lage, eine Geisel zu nehmen und auszubrechen – aus Verzweiflung?«

Feline schüttelte den Kopf. »Es macht wirklich keinen Spaß, für dich zu kochen.« Sie ließ die Gabel sinken. »Also, ich würde erst mal reden, vielleicht sogar schreien, jedem meine Geschichte erzählen, immer wieder, immer lauter, bis mir vielleicht doch jemand glaubt. Jemand wie der neue Gefängnisarzt.«

»Aber wenn der dir glaubt, würde er dann auch so weit gehen, sich als Geisel zur Verfügung zu stellen, um dir die Flucht zu ermöglichen?«

»Das musst du besser wissen als ich, er ist dein –«, sie fiel sich selbst ins Wort, »– vielleicht, wer weiß, falls er wie Kimmel zu der Überzeugung gelangt, dass es der einzige Weg ist?«

Van Leeuwen dachte nach, nickte dann und begann endlich, richtig zu essen: Die mit würzigem Käse überbackenen Cannelloni waren nicht zu sehr *al dente*, die Füllung hatte einen saftigen Bratengeschmack, und die Soße schmeichelte dem Gaumen mit einer leichten Bärlauchnote. Er nickte, bevor er fortfuhr: »Das heißt also, es wäre möglich, dass Terjung recht hat und Jan mit seiner Einwilligung als Geisel benutzt wird, weil er Kimmel für unschuldig hält. Dann müssen wir überprüfen, was seine Gründe sind, ob er recht hat und wer in diesem Fall dafür verantwortlich ist, dass Vermeulens Tochter im Koma liegt – ob es damals noch andere Verdächtige gab, ob andere Spuren verfolgt wurden *et cetera*. Und wir müssen dafür sorgen, dass sein Verfahren wieder aufgerollt wird und seine Unschuld bewiesen werden kann.«

»Aber ist das wahrscheinlich?«, fragte Feline.

»Ach, die Wahrscheinlichkeit«, murmelte van Leeuwen und konzentrierte sich auf das Essen.

»In welchem Krankenhaus ist das Mädchen eigentlich?«

»Stand das nicht in dem Bericht?«

Sie schüttelte den Kopf, sah ihn kurz an, als wollte sie noch etwas hinzufügen, aß dann jedoch schweigend weiter. Das Gefühl, dass nicht alles so war wie sonst, kehrte zurück. Vom Schein der Kerzen in einen Kupferschimmer getaucht, schien Feline gleichzeitig da und nicht da zu sein.

Er überlegte, ob er etwas versprochen und dann nicht gehalten hatte, weil es ihm entfallen war. War eine Veränderung eingetreten, die er nicht bemerkt hatte, aber hätte bemerken müssen? Oder war es ganz anders – *wollte* sie eine Veränderung und fragte sich, ob er einverstanden sein würde? So wie vor kurzem, als sie eine Stute gekauft hatte, einen wunderbaren Rotfuchs, den sie in einem Reitstall bei Haarlem hielt. Sie hatte das Pferd erst erworben und ihn dann gefragt, ob es ihm etwas ausmachte, dass sie jetzt etwas weniger Zeit für ihn haben würde, nur ein bisschen. Er hatte gesagt, dass es ihm nichts ausmache, aber es hatte ihm doch etwas ausgemacht, und sie hatte es gemerkt.

»Möchtest du ein Dessert?«, fragte sie jetzt. »Crème brulée oder Vanilleeis mit heißen Himbeeren.«

»Was möchtest du?«, fragte er.

Sie antwortete nicht sofort; sie sagte so lange nichts, dass er plötzlich wusste, wenn sie jetzt antwortete, hatte es nichts mit dem Nachtisch zu tun. »Ich möchte, dass du glücklich bist«, sagte sie.

»Ich bin viel zu alt, um glücklich zu sein.«

Sie hielt seinen Blick fest, dann schüttelte sie den Kopf. »Mit mir. Ich möchte, dass du mit mir einmal so glücklich bist, wie du es mit deiner Frau warst, nur auf eine andere Weise.«

»Du verlangst nicht wenig«, sagte er.

»Ich gebe auch nicht wenig«, sagte sie, und da spürte er, dass etwas Neues in ihr vorging. Aber er kannte sie gut genug, um es nicht anzusprechen; er musste warten, bis sie deutlicher wurde.

»Ich glaube, ich hätte gern das Vanilleeis mit heißen Himbeeren«, sagte er.

16

Nach dem Eis und dem Kaffee und einem weiteren Glas Wein stand er auf der Dachterrasse und sah den Booten zu. Er war müde, aber er wusste, dass er jetzt noch nicht schlafen konnte. Erst musste er über alles nachdenken, was er heute erfahren und beobachtet hatte, über Leon Boer und Agent Dekker, über Milan Kimmel und Isa Vermeulen, Jan Willemsen und seine Kinder, außerdem über Thijs Terjung, Lisa van Doorn und die tote Familie des Bankiers de Kook. Für jeden Fall gab es eine Schublade, und bevor er einschlafen konnte, musste er alles geordnet und in diesen Schubladen untergebracht haben. *Und dann noch Feline*, dachte er, das ist noch eine Schublade, *die vorher nicht da war*.

Die Dachterasse war klein, aber für Amsterdam ein echtes Wunder, von dem aus man einen fast grenzenlosen Blick über die Dächer der Stadt hatte, in jede Himmelsrichtung und auf alle Kirchen, Parks und Grachten. Wenn er nachdenken musste, zog van Leeuwen sich gern hierher zurück. Er stand an dem Eisengeländer der Terrasse und sah hinunter auf die Amstel und wartete darauf, dass wieder ein Touristenboot kam und unter den Brücken durchtuckerte. *Amsterdam by night*. In dem dünnen Nebel, der über dem Wasser lag, glommen die roten Augen der Ampeln für den Schiffsverkehr, und darüber bildeten die Hebearme zu beiden Seiten der Brückenmitte ein großes, schräges T aus gelben Glühbirnen, das aussah, als gehörte es eigentlich auf einen Rummelplatz.

Der Wind war kühl, aber nicht kalt. Trotzdem hatte van Leeuwen sein Jackett angezogen. Er spürte den Wein, ohne dass er das Gefühl hatte, betrunken zu sein. *Amsterdam by night*, dachte er wieder und sah vor sich ein Mädchen mit kurzen grauen Haaren, einem Ring in der Augenbraue und einer Schrotflinte, das an der Tür eines Stadthauses in der Herengracht schellte. Er sah, wie sie das Gewehr in Anschlag brachte und sofort schoss, als ein fast nackter Mann im Morgenrock die Tür öffnete. Dann trat sie über die Schwelle, und dahinter schoss sie noch einmal und nochmal, und das Mündungsfeuer tauchte die Diele des Hauses in ein fahles Blitzen.

Amsterdam by night, dieselbe Stadt, in der ein anderes siebzehnjähriges Mädchen aus dem dritten Stock eines chinesischen Kaufhauses gestoßen wurde, zugedröhnt mit Heroin und Beruhigungsmitteln, eine Stadt, in der Mörderinnen oder Mörder frei herumliefen. Das *Amsterdam by night*, das die Touristen mit ihren blaß flackernden Fotohandys unter den durchsichtigen Dächern der gedämpft beleuchteten *Canal Tours*-Boote nicht zu sehen bekamen und das es auch nicht geben dürfte, wenn er seine Arbeit richtig machte, denn es war seine Stadt, für die er die Verantwortung trug, bei Tag und bei Nacht.

Er hatte es letzte Nacht getan und in der Nacht davor ebenso: sich den Mord in dem Haus an der Herengracht vorgestellt, ohne den Täter, nur die Opfer, die in seiner Vorstellung noch nicht auf dem Dielenboden hinter der Eingangstür und auf der Treppe lagen. Sie hatten getan, was immer Menschen taten, nackt oder halbnackt oder angezogen, in der halbdunklen Wohnung. Doch dann klingelte es, und das war der Moment in seiner Vorstellung, in dem van Leeuwen sich im Bett von einer Seite auf die andere geworfen hatte, denn was hätte er dafür gegeben, jetzt bei ihnen zu sein und zu rufen: *Macht nicht auf, geht nicht zur Tür, bleibt, wo ihr seid, wenn ihr die Tür öffnet, werdet ihr getötet! Bitte, hört mir zu, ihr kennt mich nicht, aber ich weiß, was passieren wird! Ich bin der Polizist, der euren Tod untersuchen wird, aber das will ich nicht, deswegen bin ich aus der Zukunft zu euch zu kommen, um euch zu warnen; ihr müsst nicht sterben, wenn ihr euch jetzt einfach schlafen legt, ohne die Tür aufzumachen.*

Aber der Film seiner Vorstellung ging ohne ihn weiter, und er musste hilflos zusehen, wie der halbnackte Mann im Bademantel die Tür öffnete und wie sich sein Gesicht veränderte, als er in die Dunkelheit vor der Schwelle starrte. Wie erstaunt es auf einmal aussah, als die Feuerlanze auf seine Brust zuleckte, als die Schüsse krachten, als seine Brust aufplatzte, als heißer Schrot auf seine Rippen hämmerte und sein Herz zerfetzte, als einen Moment lang alles in einem blutigen Sprühregen verschwand, aus dem er nicht mehr lebend hervorging.

Vielleicht bist du doch betrunken, dachte der Commissaris, *ein bisschen wenigstens*. Er holte sein Handy heraus und wählte die Nummer von Agent Dekker, die er seit der Verhandlung gegen Leon Boer im Kurzwahlspeicher führte. Es meldete sich aber nur die Mailbox, *Hey, hier ist Ruud, schießt los*, und er sagte: »Bruno van Leeuwen, ich möchte nochmal mit dir sprechen, komm morgen früh in mein Büro oder ruf mich an! Es ist wichtig!«

Es ist wichtig, weil wir klären müssen, von wem Amelie Winter den Stoff hatte, wenn er nicht von Boer kam. Wir müssen auch klären, in welchem Verhältnis du eigentlich genau zu Amelie gestanden hast, bevor sie –

Ein Piepston in der Leitung sagte ihm, dass jemand ihn zu erreichen versuchte, und der Name auf dem Display war Inspecteur Julika Tambur. »Ja?«

»Kannst du sofort in die Oude Nieuwstraat kommen?«

»Ich kann, aber ich will nicht.«

»Vielleicht doch. Leon Boer ist ermordet worden.«

17

Leon Boer saß nackt auf einem kirschroten Plastikstuhl in einer Urinpfütze, die an den Rändern bereits eintrocknete. Auch das Blut, das seine Brust und die Oberschenkel bedeckte, war nicht mehr frisch. Nur in den drei Einschusslöchern rings um die linke Brustwarze schimmerte noch etwas Feuchtigkeit. Eines von Boers haselnussbraunen Augen starrte weit aufgerissen in jene Ferne, in der die Toten offenbar ganz unerwartet alle Fehler ihres Lebens auftauchen und im selben Moment wieder erlöschen sahen; das andere war zugeschwollen. Auch der Rest seines Gesichts war so entstellt, dass man es nur erkennen konnte, wenn man wusste, wem es einmal gehört hatte. An Stirn und Wangen schimmerte der Schädelknochen durch das aufgerissene Fleisch, Arme und Brust wiesen zahllose Quetschungen, Schnitte und Risse auf. Die Hände waren an den Daumen hinter der Stuhllehne zusammengebunden, die Fußgelenke an die Stuhlbeine gefesselt.

Der Commissaris musste an die gefolterten Männer und Frauen auf den Radierungen von Goya denken, an die *Desastres de la Guerra*, die qualvoll verzerrten Gesichter, die lautlosen Schreie in den Augen, die Hoffnungslosigkeit in den Mienen.

»Wer hat ihn gefunden?«, fragte er, während er den Toten weiter betrachtete, nur ihn, nicht Inspecteur Julika Tambur und die anderen Beamten in Uniform, Zivil oder den raschelnden Overalls der Spurensicherung, die die Wohnung in Besitz genommen hatten.

»Das Mädchen da«, erklärte Julika und deutete auf eine junge Frau, die auf dem breiten, ungemachten Bett hinter einem halb beiseite geschobenen Paravent hockte. Die Frau hatte die Beine angezogen und tippte mit beiden Daumen rasend schnell auf dem Display eines Smartphones herum, wobei sie die Stirn in angestrengte Falten legte. Sie trug kniehohe Stiefel über eng sitzenden Jeans, einen schwarzen Rollkragenpullover und eine bis zum Hals hochgeschlossene schwarze Nappalederjacke mit einem von der linken Schulter zur rechten Hüfte verlaufenden Reißverschluß. Ihr Haar, blond und glatt, war im Stil der fünfziger Jahre frisiert. Der Mund, schmal, aber sinnlich, war so rot geschminkt, dass er einen Mordsradau zu veranstalten schien, obwohl die Lippen geschlossen waren. Der sehr helle Teint des Mädchens wirkte wie eine Leinwand, auf dem dieser leuchtende Mund und die himmelblauen Augen als wortlose Ausdrucksmittel eines Stummfilmstars dienten.

»Ihr Name ist Antje de Vries«, ergänzte Julika.

Van Leeuwen zog die durchsichtigen Handschuhe über, die sie ihm reichte. »Wir haben sie letztes Jahr im Zusammenhang mit dem Tod von Amelie Winter vernommen, oder?«

»Amelie war ihre Freundin.«

Van Leeuwen erinnerte sich an das Mädchen und an das Verhör. »Was ist das eigentlich für ein Gekrächze?«, fragte er; es klang, als befände sich irgendwo in der Wohnung ein Papagei.

»Ein Papagei«, sagte Julika.

»Kann man den nicht zum Schweigen bringen?«

»Ist im Fernsehen.«

»Aber Fernseher kann man ausschalten, oder?«

»Ich dachte, Sie hätten gern, dass alles so bleibt, wie wir es vorgefunden haben«, sagte Julika.

»Das stimmt«, bestätigte der Commissaris und nahm eine Bestandsaufnahme des kleinen Apartments vor: ein runder Tisch aus weißem Plastik, zwei kirschrote Stühle, ebenfalls aus Plastik, ein neongrün lackiertes Laufband. Ein quadratischer Faltschrank mit Stahlrahmen, grauer Nylonbespannung und einem halb offenen

Reißverschluss, in dem ein Sommeranzug aus zerknittertem Leinen, ein Ledermantel mit Fuchskragen und eine Windjacke hingen, dazu noch zwei Hosen, eine braun, eine schwarz. Auf dem Boden vor dem Schrank ein schwarzer Jogginganzug mit gelben Streifen an den Hosenbeinen. Daneben türmte sich ein Haufen schmutziger Hemden, Unterhosen und Strümpfe. An einigen Stellen hatte die Spurensicherung ihre kleinen Schilder mit den schwarzen Ziffern aufgestellt, die zu immer höheren Zahlen wurden, je mehr Spuren die Techniker entdeckten.

Eine weit offenstehende Tür führte zu einem kleinen Bad, in dem noch mehr Schildchen auf dem geschlossenen Toilettendeckel und dem Duschvorleger standen. Aus der Spüle der Kochnische ragte ein Berg fettigen Geschirrs voller verkrusteter Essensreste, auf dem es von Schildern nur so wimmelte.

Unter dem einzigen Fenster stand ein aufgeklappter Koffer, der ein paar zusammengefaltete T-Shirts enthielt, zwei Unterhosen, außerdem eine Glaspfeife, drei Injektionsnadeln, eine Flasche Pott-Rum, Backnatron, Baumwollstäbchen und einen Glaszylinder, um Kokain zu Crack zu verkochen. Alles für den kleinen Junkie, dachte van Leeuwen, trat an das Fenster und spähte durch einen Spalt zwischen den Lamellen der halb heruntergelassenen Jalousie auf die Straße. Es war eine schmale, schäbige Gasse in *de wallen*, tagsüber grau, leer und schmutzig, sogar wenn die Sonne schien, aber jetzt – mitten in der Nacht – eine pink und violett beleuchtete Galerie von nackt posierenden Frauen hinter Glas, so erotisch wie Schaufensterpuppen. Männer jeden Alters schoben sich in einer endlosen Prozession an den Fenstern vorbei, manche mit Bierflaschen oder Pommes-Frites-Tüten. Die Frauen winkten und warfen ihnen Küsse zu, und manche Männer winkten zurück. Vielleicht war einer da unten ein Mörder, dachte van Leeuwen, einer der Männer oder eine der Frauen, über die das Blaulicht der Einsatzwagen an der Mündung der Gasse streifte. Er ging zu dem

Mädchen auf dem Bett und setzte sich neben sie. »War er dein Freund?«, fragte er nach einer Weile.

Antje de Vries antwortete nicht. Sie hatte das Smartphone in die Jackentasche gesteckt, saß auf der Kante des ungemachten Bettes und starrte auf den Fernseher, in dem eine Gameshow mit einem bunten Papagei als Moderator lief. Der Papagei war von jungen Frauen in bunten Tangas und Pailettenumhängen umgeben, die vor einem Glücksrad herumzappelten.

»Erinnerst du dich an mich?«, fragte van Leeuwen. »Ich bin Commissaris van Leeuwen. Wir sind uns schon mal begegnet, nach dem Tod von Amelie Winter.« Das Mädchen roch nach Leder und einem süßen Parfum. »Wie soll ich dich nennen, Antje oder Nicole?«

»Nicole«, antwortete sie, ohne den Blick von dem Fernseher zu lösen.

»Hast du hier irgendwas angefasst, Nicole?«

Sie blinzelte und runzelte dann kurz die Stirn. »Nein. Ja. Ich weiß nicht. Ich glaub nicht. Nur die Tür.«

»Du hast dir nichts aus der Kochnische da geholt, ein Glas Wasser oder einen Schnaps, während du auf uns gewartet hast?«

»Nein.«

»Gut. Du hast ihn also so gefunden?«

»Ja.«

»Wie bist du reingekommen? Hast du einen Schlüssel?«

»Nein, aber ich weiß, wo Leon seinen Ersatzschlüssel aufbewahrt. Wir waren verabredet, und als er nicht aufgemacht hat, hab ich ihn geholt, um nachzuschauen.«

»War er dein Freund oder dein Dealer?«, fragte van Leeuwen noch einmal.

»Einfach ein Bekannter.« Sie starrte noch immer auf den Fernseher und den Papagei, dessen unverständliches Krächzen die jungen Frauen in den eiscremebunten Tangas grenzenlos erheiterte.

Van Leeuwen gab Julika ein Zeichen, und sie bückte sich zu dem Fernseher und schaltete ihn aus. Danach zog sie sich wieder ein paar Schritte zurück, um nicht zu stören, aber nicht so weit, dass sie nichts mehr hören konnte. Das Mädchen stand abrupt auf und trat ans Fenster, wo sie vor der heruntergelassenen Jalousie stehenblieb, die Arme verschränkt. Einige Sekunden lang tat sie so, als sähe sie hinaus. Auf ihrem Gesicht spiegelte sich der rötliche Widerschein der Straße. Der Mund wirkte fast schwarz.

»Was wolltest du hier?«, fragte der Commissaris. »Wenn er nicht dein Freund war und auch nicht dein Dealer – was wolltest du dann heute Nacht bei Leon Boer?«

»Was spielt das für eine Rolle?«, fragte sie zurück, jetzt lebhafter. »Ich habe ihn nicht umgebracht, mehr brauchen Sie nicht zu wissen. Sollten Sie mich nicht fragen, ob mir was aufgefallen ist oder ob ich mir vorstellen kann, wer ihn getötet hat? Und warum?«

»Danke, dass du mich daran erinnerst, was ich fragen muss«, sagte van Leeuwen. »Möchtest du *mir* eine Frage stellen?«

»Warum war Leon nicht im Gefängnis?« Nicoles Augen blitzten. »Warum ist er freigesprochen worden wegen dem Mord an Amelie, wenn die Polizei ihre Arbeit so gut gemacht hat? Wolltet ihr, dass er auch umgebracht wird? Weil er den Tod verdient hat?«

»Hat er denn den Tod verdient?«, fragte van Leeuwen.

Nicole nickte so heftig, dass ihre Frisur einen Moment lang ihr ganzes Gesicht verdeckte. »Wenn einer den Tod verdient hat, dann er! Ich bin froh, dass er weg ist, richtig froh! Wenn ich wüsste, wer das getan hat, würde ich Danke sagen, tausend Mal Danke, und ihn nie verraten, nicht in hundert Jahren, an niemand!«

»Aber du weißt nicht, wer es getan hat?«, meinte van Leeuwen. Er sah zu den Sanitätern hinüber, die Boers Leiche losbanden und von dem roten Plastikstuhl hievten, bevor die Techniker von der Spurensicherung den Stuhl ohne Boer darauf fotografierten und eine Probe von seinem Urin nahmen. »Du hast auch keinen Verdacht?«

Nicole wandte den Kopf langsam von links nach rechts und danach genauso langsam von rechts nach links, das war alles; wie eine mechanische Puppe. »Sind zu viele«, ergänzte sie. »Er hat zu viele kaputtgemacht. Und er hätte nicht aufgehört damit.«

»Du hast also nichts gesehen, im Treppenhaus oder vorher auf der Straße? Dir ist niemand aufgefallen, ein Mann oder zwei oder vielleicht eine Frau, die aus dem Haus gekommen sind? Sie könnten Blut an der Kleidung gehabt haben oder dir sonst irgendwie merkwürdig vorgekommen sein –«

»Nein.«

Van Leeuwen unterdückte ein Seufzen. Er spürte, wie die Wirkung des Weins nachließ und wünschte, er wäre schon im Bett. »Nicole, ich glaube nicht, dass du mir alles sagst, was du weißt. Hast du vor jemand Angst? Wir können dich beschützen.«

»Könnt ihr nicht«, sagte sie und schob eine Hand in die Tasche, in der ihr Handy steckte, als wäre es ein Talisman, den sie nur berühren musste, damit alles gut wurde. »Amelie konntet ihr auch nicht beschützen, oder?«

»Weil sie nicht zu uns gekommen ist und um Schutz gebeten hat.« Auf einmal war van Leeuwen wieder hellwach und wusste jetzt, warum Nicole Boer heute Nacht aufgesucht hatte: Sie war hier, weil sie ihre Tageseinnahmen abgeben musste, den Anteil, den er als ihr Zuhälter verlangte. »Bestimmt hast du deine Gründe, mir nicht alles zu sagen, was du weißt. Aber erst heute Nachmittag habe ich mit Boer geredet, und hätte er uns die Wahrheit gesagt, wäre er vielleicht noch am Leben, selbst wenn dir das nicht gefallen würde. Ich glaube zwar nach wie vor, dass er Amelie getötet hat. Allerdings hat ihm wahrscheinlich jemand anderer den Auftrag dazu gegeben, vielleicht derselbe Mann oder dieselbe Organisation, die jetzt für seinen Tod bezahlt haben.«

Nicole wandte ihm ihr blasses, rot eingefärbtes Gesicht zu; der schwarze Mund öffnete sich ein wenig.

»Du warst doch ihre Freundin«, fuhr er fort. »Ich gebe zu, dass wir damals nicht sorgfältig genug ermittelt haben. Wir waren so überzeugt von Boers Schuld, dass wir weder nach weiteren Verdächtigen noch nach einem anderen Motiv für Amelies Tod gesucht haben. Aber jetzt können wir das vielleicht korrigieren. Ganz wieder gutmachen können wir ihn nicht, nur versuchen, deiner Freundin ein bisschen mehr Gerechtigkeit widerfahren zu lassen, damit sie da, wo sie jetzt ist, zur Ruhe kommen kann.«

Nicole kehrte dem Fenster den Rücken und sah zu, wie die Sanitäter Boers nackten Körper in einen Kunststoffsack legten und den Reißverschluss über seinem Gesicht zuzogen. Sie umarmte sich selbst, als wäre ihr kalt, ein Frösteln, das vielleicht nachließ, wenn sie sich festhielt. »Was wollen Sie wissen?«, fragte sie leise.

»Es gab einen Zeugen«, sagte der Commissaris, »einen Polizeibeamten namens Ruud Dekker, der gesehen hat, wie Amelie aus dem Fenster gestürzt ist. Zuerst hat er gegen Boer ausgesagt, aber vorgestern war er sich plötzlich nicht mehr sicher –«

»Ruud, ja – von dem hat sie oft gesprochen. Sie waren dauernd zusammen. Ich glaube, sie war in ihn verliebt.«

»Agent Dekker ist verheiratet«, wandte der Commissaris ein. »Er hat ausgesagt, dass er Amelie Winter nur flüchtig kannte und am Abend ihres Todes zufällig in der Nähe war.«

Nicole zuckte mit den Schultern und verzog den Mund, als hätte sie damit gerechnet, dass er seinen Kollegen deckte oder dass ein Polizist eben log.

»Wenn sie zusammen waren«, sagte er, »wenn er sie vielleicht sogar geliebt hat, warum hat er dann vorgestern ihren Mörder entlastet?«

»Vielleicht, weil er sich auch da plötzlich nicht mehr sicher war?«, fragte sie mit dem gleichen Schulterzucken.

»Gab es noch andere Männer in ihrem Leben?«

»Sie war eine Prostituierte.«

»Aber sonst niemand, der ihr etwas bedeutet hat? Nur Kunden?«

Nicole nickte.

»Kann es sein, dass sie im Umgang mit diesen Kunden etwas gesehen oder gehört hat, das sie besser nicht gehört oder gesehen hätte? Hat sie dir da was erzählt?«

»Wie meinen Sie das?«

»Es könnte ja sein, dass ihr ein Kunde komisch vorkam, dass der Dinge gesagt oder getan hat, die sie nicht verstanden hat, aber dieser Kunde hat später gedacht, sie könnte jetzt zu viel über ihn oder eine bestimmte Angelegenheit wissen und so vielleicht eine Gefahr darstellen, und deswegen hat er sie umbringen lassen.«

Nicole überlegte und rieb sich die Stirn. »Sie hat eigentlich nie über ihre Kunden geredet, ich tu das auch nicht, außer ... höchstens der Kreole.«

»Welcher Kreole?«

»Ein Kunde, der mehrmals kam, zwei- oder dreimal alle paar Wochen. Ich glaube, er war aus Aruba. Sehr elegant, hat Amelie gesagt. Einer, der sich gern reden hörte, und elegant, und es hat sogar Spaß gemacht mit ihm.«

Ein Kreole, mit dem es Spaß gemacht hat, wiederholte van Leeuwen in Gedanken. Gab es ein besseres Etikett, diese Information abzuspeichern. »Du hast ihn aber nie gesehen?«

»Nein.«

»Hat sie ihn beschrieben?«

»Nur so, wie ich es eben gesagt habe.«

»Wen könnten wir noch nach diesem Kreolen fragen?«

Nicole überlegte wieder, dann sagte sie zögernd: »Fenna vielleicht. Eine, die sie mal kurz erwähnt hat, weil sie ihr irgendwie leid tat. Sie hat nicht viel von ihr erzählt, und ich habe mir das nur gemerkt, weil ich den Namen so eigenartig fand – Fenna.«

»Aber wo man diese Fenna finden kann, weißt du auch nicht?«, meinte van Leeuwen.

Nicole schüttelte den Kopf. »Warum fragen Sie nicht Ihren Kollegen, Agent Dekker?«

»Gut, du kannst jetzt gehen«, sagte der Commissaris und dachte, *komisch, Leon Boer hat dasselbe gesagt, als er noch lebte. Warum fragen Sie nicht Agent Dekker?* »Falls wir noch weitere Fragen haben, wissen wir ja, wo wir dich erreichen können.« Er nickte den Sanitätern zu, die darauf warteten, dass sie den Toten in dem Kunststoffsack abtransportieren konnten. »Ach, eines noch: Boer hat behauptet, Amelie hätte die Drogen, die sie nahm, nicht von ihm bekommen. Wenn er wirklich nicht ihr Dealer war, von wem könnte sie dann beliefert worden sein?«

Nicole sah ihn an, als verstünde sie die Frage nicht. Oder als verstünde *er* nicht, was sie ihm längst klar zu machen versuchte. Dann sagte sie: »Nochmal langsam zum Mitschreiben, Meneer – warum fragen Sie nicht Ihren Kollegen, Agent Ruud Dekker?«

Diesmal schrieb der Commissaris mit, wenn auch nur in Gedanken, und da begriff er endlich, was sie ihm sagen wollte, ob es ihm gefiel oder nicht. Dann sah er, wie das Mädchen Antje de Vries an den Männern mit dem Kunststoffsack vorbeiging, ohne ihm auch nur noch einen einzigen Blick zu gönnen, und er dachte, sie sieht nicht im Geringsten wie Nicole Kidman aus.

18

Als sie allein waren, schloss der Commissaris die Tür und sagte: »Mach mal das Fenster auf.« In der Wohnung hing ein Geruch nach Blut, Urin und verbranntem Fleisch. Julika öffnete das Fenster ein Stück, und die frische Nachtluft und der Straßenlärm linderten den Druck auf van Leeuwens Brust. »Was denkst du?«, fragte er.

Julika drehte sich um und schien den Raum zum ersten Mal wahrzunehmen: verstreute Kleidungsstücke, Haare, Fingernägel und Hautfetzen, die der Technische Dienst mit Zahlen versehen und fotografiert, aber nicht mitgenommen hatte; das getrocknete Blut auf dem Boden. »Sieht aus wie in einem Foltercamp der CIA«, sagte sie. »Abu Graib in Amsterdam.«

»Und wenn du die CIA mal aus dem Spiel lässt?«

»Gefoltert wurde er doch? Jemand wollte etwas wissen.«

Van Leeuwen nickte. »Jemand wollte wissen, was *er* weiß. Oder ob er etwas weiß. Oder ob er über das, was er weiß, geredet hat, mit wem auch immer.«

»Jemand?«

»Derselbe, der Boer beauftragt hat, Amelie Winter zu töten«, sagte van Leeuwen. »Der auch den teuren Anwalt, Oskar Manhijmer, bezahlt hat, um Boer aus dem Gefängnis rauszuhalten. Er wollte erfahren, wie viel er weiß, und dann hat er ihn gleich umbringen lassen.«

Julikas Augen waren groß und blau, aber ihr Blick wahrte den Abstand, den sie beide einhielten, seit er sie wieder zurückgeholt hatte. Nach dem Tod seiner Frau war er eine Zeit lang kopflos gewesen, was dazu geführt hatte, dass Julika seinem Herz zu nah gekommen war, und er hatte es zugelassen, bis zu einem bestimmten Punkt. Er war dreißig Jahre älter und ihr Vorgesetzter, deswegen hatte er sie versetzen lassen. Erst als er sicher war, dass er selbst nichts empfand, was einer weiteren Zusammenarbeit im Weg stand, hatte er sie zurückgeholt. Er hatte darauf geachtet, wie sie ihn ansah. Nach einiger Zeit war er beruhigt gewesen und hatte seine Entscheidung bisher nicht bereut.

»Vielleicht ging es aber auch gar nicht darum, was Boer weiß oder nicht weiß«, wandte sie jetzt ein.

»Sondern?«

»Drogen.« Sie ging in dem halb dunklen Raum hin und her, wobei sie sich Mühe gab, nichts zu berühren. »Auch ein Jemand, aber einer, der ihn aus dem Weg haben wollte, um den Markt zu bereinigen. Ein Konkurrent, der gedacht hatte, Boer käme wegen des Mordes an Amelie Winter in den Knast, stattdessen ist er wieder auf freiem Fuß. Also lässt er ihn umlegen, was gleichzeitig auch als Warnung an alle anderen Marktteilnehmer verstanden werden kann. Sie sollen wissen, dass es ihm – oder ihnen – ernst ist. Dass er den Markt inzwischen für sich beansprucht.«

Van Leeuwen überlegte. »In beiden Fällen wäre also Boers Freispruch vor Gericht der Grund für seinen Tod«, sagte er dann. »Ich glaube trotzdem an den Hintermann. Oder – falls es sich um eine Gruppe handelt – die Hintermänner.«

»Warum haben die das nicht in der U-Haft erledigen lassen? Wäre einfacher gewesen.«

»Im Gegenteil«, widersprach er, »es wäre schwieriger gewesen. Im Knast reden die Leute mehr. Und die Zahl der Verdächtigen ist kleiner. Hier draußen kann es jeder getan haben, deine Drogenmafia oder einer seiner Kunden, im Rausch.«

Julika blieb neben dem offenen Koffer stehen. »Oder jemand, dem Amelie Winter so viel bedeutet hat, dass ihm der Gedanke,

Boer könnte jetzt einfach so davonkommen, ohne Strafe, unerträglich ist.«

»Also Rache?« Van Leeuwen ging zum Fenster und schloss es wieder, denn das Gelächter auf der Straße störte ihn. »Aber von wem oder in wessen Auftrag? Amelies Vater ist tot, sie hatte keinen Bruder, überhaupt keine Geschwister, nicht mal Freunde, von denen wir wissen, außer Antje de Vries. Nur ihre Mutter, aber der trau ich das nicht zu.«

Ruud, von dem hat sie oft gesprochen. Sie waren dauernd zusammen. Ich glaube, sie war in ihn verliebt.

Ruud Dekker traue ich es zu, dachte der Commissaris. Bis vor kurzem hätte ich das nicht getan, weil ich ihn für einen vorbildlichen Polizisten gehalten habe. Inzwischen sieht die Sache anders aus. Hat Dekker ihn gestern deswegen entlastet? Damit Boer freikommt und er ihn umbringen kann?

»Ein Haufen ›Oder‹ und jede Menge ›Jemands‹.« Julika stieß eins der nummerierten Schildchen mit der Stiefelspitze um. »Und wenn Sie recht haben – wie wollen Sie herausfinden, wer es war, jetzt – ohne das einzige *missing link*?«

»Es gibt noch eins«, sagte van Leeuwen.

»Und wer ist das?«

»Oskar Manhijmer, der Advokat.«

Sie bückte sich und stellte das Schildchen wieder auf. »Finden Sie nicht auch, dass es hier komisch riecht?«, fragte sie.

»Das ist der Teufel«, sagte der Commissaris.

»Das letzte Mal habe ich so was in Mailand gerochen, als dieses Schwein Bashkim mich enttarnt hat und genauso zurichten wollte.« Sie hielt inne und sah zu Boden. »Als Sie gekommen sind und mich da rausgeholt haben, obwohl ich auf eigene Faust –«

»Das ist vorbei«, unterbrach van Leeuwen sie.

Jetzt sah sie wieder auf, schaute ihm direkt in die Augen. »Ich wollte Ihnen nur sagen, wie unfair ich das finde, dass ich befördert werde und Sie jetzt vielleicht vom Disziplinarausschuss die rote Karte gezeigt kriegen. Ich hab Scheiße gebaut, Sie haben mir das Leben gerettet und sich dabei eine Kugel eingefangen –«

»Das ist vorbei«, sagte van Leeuwen noch einmal. »Es ist vorbei, aber der Teufel findet immer einen Weg, das letzte Wort zu behalten.«

19

Im Leben jedes Polizisten gab es Momente, in denen plötzlich und überraschend Erinnerungen an frühere, vergessen geglaubte Fälle wiederkehrten. Er ging durch die Stadt, und vor seinen Augen wurde eine Straße plötzlich zur Bühne für die Vergangenheit. Er sah die Fassade eines Hauses, und dahinter erblickte er den Tatort eines lang zurückliegenden Verbrechens, bevölkert mit den Schemen der Menschen, die dort den Tod gefunden hatten. Neue Fälle erinnerten ihn an alte, bis die alten in allen Details wieder vor ihm standen und die Erinnerung half, die neuen zu begreifen. Und manchmal war es nicht nur die Erinnerung, die von einem Verbrechen zum anderen führte, sondern sie standen tatsächlich miteinander in Verbindung – unverheilte Wunden zu verschiedenen Zeiten –, ohne dass die unsichtbaren Fäden zwischen Vergangenheit und Gegenwart bei den Ermittlungen sofort sichtbar wurden. Später fragte er sich, warum er diese Fäden im Fall de Kook nicht früher entdeckt hatte. Vielleicht lag es an ihrer Vielzahl.

Als er am Morgen das Haus verließ, war die Luft noch kühl, aber in der Sonne gab es schon warme Flecken. Die Amstel strömte wie dunkles, flüssiges Glas dahin, und die Luft roch nach dem Meer hinter dem Deichen. Über dem Wasser stiegen Möwen auf und ließen sich wieder fallen, und ihre Schreie klangen wie die rostigen Scharniere eines eisernen Gartentors. Ein tief liegender Frachtkahn steuerte mit schäumender Bugwelle flußaufwärts unter den Steinbrücken durch; auf Deck flatterte die Wäsche an den Leinen so fröhlich wie die Fahnen auf dem Amstelhotel jenseits des Flusses. In dem klaren Frühlingslicht wirkten die Fassaden der schmalen Häuser rechts und links des Flusses sehr malerisch, mit blank geputzten Fenstern, sauber verklinktem Mauerwerk und frisch gestrichenen Türen unter dem porzellanblauen Himmel.

Der Commissaris ging an diesen malerischen Fassaden vorbei, schritt schnell aus, Richtung Lijnbansgracht, mit im Wind gespreizten Trenchcoatflügeln. Er hatte ein weites Gefühl in der Brust, die Freude darüber, am Leben zu sein. Er hatte gut geschlafen, nur zu kurz. Beim Frühstück war Feline wieder so gewesen, wie er sie kannte, und er dachte, dass er sich vielleicht getäuscht hatte, als sie ihm verändert vorgekommen war. Im Gehen rief er Hoofdinspecteur Gallo an und erzählte von dem Gespräch mit Antje de Vries in Leon Boers Wohnung. »Warum fragen wir nicht wirklich Agent Dekker?«, sagte Gallo.

»Weil er nicht an sein Telefon geht.«

»Wir könnten seine Frau fragen, ob sie weiß, wo er ist. Soll ich einen Streifenwagen bei seiner Wohnung vorbeischicken?«

»Ich will ihm noch etwas Zeit geben, damit er nachdenken kann und von sich aus begreift, in welche Situation er sich und uns gebracht hat«, erklärte van Leeuwen. »Vielleicht schaue ich später selbst bei ihm rein.«

»Hältst du das für eine gute Idee?«

»Nein, aber es ist die beste, die ich habe, jedenfalls im Moment. Ich mache gern Hausbesuche. Ist Lisa van Doorn schon bei unserem Zeichner? Wir brauchen ein Phantombild von dem Mädchen, das ihr vor dem Haus der de Kooks aufgefallen ist.«

»Bis jetzt habe ich keinen von beiden gesehen, aber es ist ja auch noch früh.«

Van Leeuwen beendete das Gespräch, und während er an einer roten Ampel wartete, fiel sein Blick auf die jungen Frauen, die mit ihm warteten, auf seiner Seite und gegenüber. Er versuchte, sich an Lisa van Doorns Beschreibung des Mädchens zu erinnern.

Die Haare kurz und grau, obwohl sie noch jung war. Nicht richtig hübsch. Ein bisschen zu scharf im Gesicht, scharf, aber noch unfertig, als wäre sie irgendwann in ihrer äußeren Entwicklung stehengeblieben. Nicht klein, nicht groß, auch nicht breit oder dünn. Mit einem silbernen Ring in der linken Augenbraue, der manchmal blinkte, wenn sie den Kopf bewegte. Und im rechten Ohr steckten auch mehrere Ringe dicht nebeneinander, das sah aus, als kletterte da eine silberne Raupe hoch.

Die Ampel wurde grün, und der Commissaris wechselte auf die andere Straßenseite. Erst jetzt, als er genau hinschaute, fiel ihm auf, dass er unbewusst die ganze Zeit schon nach Mädchen Ausschau gehalten hatte, auf die Lisa van Doorns Beschreibung zutreffen konnte. Er folgte der Lijnbansgracht bis zum Leidseplein, wo ihm eine kleine Gruppe Hare-Krishna-Jünger in orangen Gewändern entgegenkam, *Hare Hare Hare Krishna*, wie eine Prozession von Geistern aus den Siebzigern. Der Jugendstil-Springbrunnen vor dem American Hotel verspritzte Wasser in alle Richtungen. Um diese Zeit waren die Tische vor dem Irish Pub, dem Bulldog und den anderen Kneipen noch leer, die Gehsteige kaum belebt; nur eine Handvoll Touristen zogen Rollkoffer scheppernd über das Pflaster.

Er überquerte den Platz und folgte der Marnixstraat, in der immer mehr kleine, billige Hotels entstanden. Pulks von eiligen *Fiets* rasten über die breiten Radfahrerwege, herrisch klingelnd und ihrer Rechte gewiß, *the Sound of Amsterdam*. Van Leeuwen wich ihnen aus, so gut er konnte, das Handy wieder in der Manteltasche, und genau da summte und vibrierte es jetzt. *Unbekannter Anrufer*, sagte das Display, aber als er sich meldete, war der Anrufer doch bekannt: »De Kook hier! Ich habe gehört, es hat gestern Nacht schon wieder einen Mord gegeben. Sie werden den Fall aber nicht selbst bearbeiten, oder? Ich will, dass Sie sich ganz auf die Suche nach dem Mörder meiner Familie konzentrieren, mit absoluter Priorität, damit wir uns in dem Punkt richtig verstehen, ja?«

Van Leeuwen bestätigte, dass es in diesem Punkt nicht die geringste Möglichkeit gab, ihn nicht richtig zu verstehen. »Wo wir gerade davon sprechen«, ergänzte er, »der Presse konnte ich entnehmen, dass Ihre Bank bis vor kurzem Geschäftsbeziehungen mit Vermeulen & Aboudani unterhalten hat, wie fast jede andere Bank in den Niederlanden auch. Einige Banken haben diese Beziehungen ausgesetzt, nachdem die Reederei in eine wirtschaftliche Schieflage geraten zu sein scheint. Können Sie mir sagen, weshalb Vermeulen & Aboudani da hineingeraten ist?«

»Warum wollen Sie das wissen?«, fragte de Kook. »Wo sehen Sie den Zusammenhang? Glauben Sie, Noah Vermeulen hat meine Familie ermordet, weil ihm irgendwer den Geldhahn zugedreht hat? Das ist lächerlich!«

»Lächerlich«, wiederholte van Leeuwen und ließ einige Sekunden verstreichen, die Zustimmung signalisieren sollten, bevor er zu dem Punkt kam, der ihn eigentlich interessierte. »Erinnern Sie sich noch, ob Sie bei den Verhandlungen mit der Reederei jemals einem Buchhalter namens Milan Kimmel begegnet sind?«

Jetzt ließ de Kook seinerseits etliche Sekunden verstreichen, ehe er antwortete: »Milan Kimmel? Nein. Der Name kommt mir bekannt vor, mehr aber nicht. Buchhalter spielen auf der Ebene meiner Geschäftsbeziehungen normalerweise keine Rolle.«

»Es hieß, er hätte das Unternehmen um hohe Geldsummen betrogen und dann Isa, Noah Vermeulens Tochter, eine schwere Kopfverletzung zugefügt, als sie ihm auf die Schliche zu kommen drohte. Er wurde zu einer langen Gefängnisstrafe verurteilt und –«

»Ist das nicht dieser Geiselnehmer, über den jetzt dauernd berichtet wird?« De Kooks Stimme hatte einen leicht ungehaltenen Unterton. »Das liegt doch alles Jahre zurück! Ich erinnere mich nur daran, dass Noah damals am Boden zerstört war. Wahrscheinlich ist er auch jetzt noch nicht darüber hinweggekommen, dass seine Tochter so grausam aus dem Leben gerissen wurde. Aber einen ausgebrochenen Sträfling zu suchen, fällt doch nicht in Ihre Zuständigkeit, Meneer van Leeuwen.«

Noah, dachte van Leeuwen – er hat Noah gesagt, nicht Mijnheer Vermeulen. »Sie unterhalten gegenwärtig also keinerlei Geschäftsbeziehung mit Noah Vermeulen oder seiner Reederei?«

»Nein, und ich muss Ihnen gestehen, dass ich diese Frage auch nicht verstehe«, sagte der Bankier. »Ich hatte gehofft, Ihr Vorgesetzter hätte Ihnen deutlich gemacht, dass es im Moment Ihre vordringliche Aufgabe ist, den Mörder meiner Familie zu finden. Wir erwarten da schnelle Ergebnisse!«

Plötzlich hatte van Leeuwen ein Gefühl, als ginge er an unsichtbaren Fäden, an denen andere zogen, während er noch glaubte, selbst zu bestimmen. Laserstrahlen, die er nicht spürte, registrierten jede Bewegung. Ohne es zu merken, löste er Alarm aus, in größeren Räumen als seinem Büro und auf Ebenen weit oberhalb seiner Einflusssphäre. Seine Haut kribbelte, als wäre er kürzlich mit einer giftigen Substanz in Berührung gekommen, die erst jetzt ihre Wirkung entfaltete.

»Ich entscheide selbst, was meine vordringlichen Aufgaben sind, Meneer de Kook«, sagte er. »Wenn ich den Mörder von Leon Boer suchen will, dann tu ich das. Es gibt kein Klassensystem der

Opfer, und der Mörder einer Bankiersfamilie ist nicht schuldiger als der eines Dealers. Wir sind hier nicht in der Schweiz.«

Er war sich nicht sicher, ob er es tatsächlich laut gesagt hatte, denn der Bankier unterbrach die Verbindung, ehe der Commissaris ihm abschließend erklären konnte, wie dankbar er für derart hilfreiche Anrufe mit aufmunternden Worten war.

20

Marleen Winter trug dasselbe dunkelgraue Kostüm mit den rot lackierten Knöpfen wie im Gericht, sogar die Bluse in Altrosa. Sie führte van Leeuwen durch einen schmalen, dunklen Korridor in den Salon ihrer kleinen Wohnung im ersten Stock über der Singlegracht. Zuerst dachte er, es wäre der Blumenmarkt unter den nur angelehnten Fensterflügeln, dessen Duft die Zimmer erfüllte. Dann merkte er, dass der süßliche Geruch stärker wurde, je näher er Amelies Mutter kam.

»Es dauert nur noch ein paar Minuten«, sagte sie und setzte sich auf ein mit rotem Samt bespanntes Sofa vor das Fernsehgerät. Wie unter einem Bann betrachtete sie das Geschehen auf dem Bildschirm, auf dem zwei junge Frauen mit Puppengesichtern und ein älterer grauhaariger Mann in einer billig gestalteten Studiokulisse über einen weiteren, abwesenden Mann redeten, der mit gewagten Spekulationen das gesamte Familienvermögen vernichtet zu haben schien.

»Kennen Sie *Tudor Rose?*«, fragte Amelies Mutter.

Van Leeuwen war nicht sicher, was sie meinte; es konnte ihr Parfum sein, vielleicht aber auch eine Rosenzüchtung, die unten auf dem Markt verkauft wurde. »Nein«, antwortete er, beide Hände in den Manteltaschen, wo sie unter seinem Handy ein paar Stofffussel und verirrte Krümel ertasteten.

»*Tudor Rose* läuft schon länger als alle anderen Serien, über tausend Folgen«, erklärte Marleen. »Früher hab ich das immer mit Amelie gesehen, jeden Tag, aber dann wurde sie zu ungeduldig dafür.« Sie schwieg, ohne die Lippen zu schließen, als atme sie durch den Mund. »Jetzt ist sie tot, und die Serie läuft noch immer. Folge 1075. Rupert hat alles verspielt, das Anwesen, den ganzen Reichtum. Seinen Schwestern ist nichts geblieben. Ich verstehe nicht, wie man so was tun kann.«

Van Leeuwen sah sich um, ohne zu wissen, wonach. Es gab eine Biedermeier-Kommode und ein Regal, in dem eine Porzellanvase mit gelben Tulpen stand, aber keine Fotos in verchromten Rahmen wie sonst oft in ähnlichen Wohnungen alleinstehender Frauen.

Vor dem Sofa stapelten sich Fotoalben in verschiedenen Farben. Eins der dicken Alben war aufgeklappt, und Dutzende von herausgefallenen Fotos bildeten einen Schwarm von verschieden alten Amelies: in Schuluniform, lachend auf den Armen eines Mannes, etwas älter im Tütü beim Ballett, noch älter in Jeans und Parka, das Gesicht von Pickeln übersät, dann im Bikini am Strand, mit ihrer Mutter bei einer Familienfeier, Amelie, Amelie, Amelie …

Der Commissaris trat an das offene Fenster, wie immer, wenn er in einer Wohnung nicht genug Sauerstoff zu bekommen schien, weil Angst oder Kummer der Luft zu viel davon entzogen hatten. Die Sonne war hinter stahlgrauen Wolken verschwunden. Es fing wieder an zu regnen. Der Regen kräuselte die Oberfläche des Single und knisterte auf den Glasdächern der schwimmenden Blumenstände.

»Wenn ich darüber nachdenke«, sagte eine der beiden Frauen auf dem Bildschirm, »dann ist es das, was ich am meisten vermisse – das Flüstern des Regens auf den Rosenblättern im Sommer.«

Dramatische Musik schwoll an wie ein Tsunami aus Synthezeserklängen und spülte den Abspann vor sich her. Marleen Winter hob die Fernbedienung, richtete sie fast anklagend auf den Bildschirm und schaltete das Gerät aus.

»Ich würde gern noch einmal mit Ihnen über Amelies Tod sprechen«, sagte der Commissaris. »Es sind Unklarheiten aufgetaucht, denen wir bei der ersten Untersuchung nicht genügend Aufmerksamkeit geschenkt haben.«

Amelies Mutter wandte ihm langsam das Gesicht zu. »Ja«, sagte sie leise, »Unklarheiten, das ist gut formuliert.«

»Wissen Sie vielleicht noch, ob sich Ihre Tochter mit einem jungen Polizisten namens Ruud Dekker getroffen hat?«

»Ich weiß nicht, mit wem sie sich getroffen hat, nachdem sie ausgezogen war«, antwortete Marleen leise. »Wir hatten praktisch keinen Kontakt mehr, sie schämte sich so.«

»Sie schämte sich? Weswegen?«

Sie runzelte die Stirn. »Wegen der Männer. Wegen der Drogen. Wegen des ganzen Sumpfes, in den sie abgerutscht war. Ich verstehe immer noch nicht, wie es dazu kommen konnte. Dieser Zuhälter, dieser Dealer, dieses Schwein hat sie auf dem Gewissen, und gestern – gestern sagt dieser Polizist, dass sie sich aus dem Fenster gestürzt hat. Aber das ist nicht wahr, es ist einfach nicht wahr, ich weiß das. Der Richter – Richter Gerritsen – wusste es auch, das konnte ich sehen. Trotzdem hat er den Mörder freigesprochen. Ausgerechnet er hat ihn freigesprochen.«

»Er hatte keine andere Wahl«, erklärte van Leeuwen. »Die Beweislage hatte sich plötzlich geändert. Aber wenn es Sie tröstet, Leon Boer ist gestern Nacht ermordet worden. Deswegen bin ich hier, ich will herausfinden –«

»Er ist tot?« Marleens Gesicht nahm plötzlich Farbe an, es rötete sich wie die Rosenblätter im flüsternden Sommerregen von *Tudor Rose*. »Wissen Sie schon, wer ihn getötet hat?«

»Nein.«

»So jemand hat viele Feinde«

»Vermutlich«, sagte van Leeuwen. »Sie können mir also nicht sagen, mit wem sich Amelie in den Wochen vor ihrem Tod getroffen hat? Wer ihre Freunde waren?«

Marleen Winter schüttelte den Kopf. »Unser Verhältnis war schon einige Zeit nicht mehr gut, auch als sie noch hier gewohnt hat. Sie schien ... ganz plötzlich eine Feindin in mir zu sehen. Wenn ich mich zu ihr setzen wollte – hier auf dem Sofa oder in ihrem Zimmer auf dem Bett –, erstarrte sie. Sie sah mich auch kaum noch an. Ihre Augen waren kalt, richtig eisig, und wenn ich sie etwas fragte und sie dann antwortete, kam es mir vor, als wären ihre Worte voller Widerhaken. Sie redete wie eine Schauspielerin in einer Serie, alles klang aufgesagt, gar nicht wie früher.« Sie gab ein kleines, ersticktes Lachen von sich, das selbst so klang, als wäre es von einem Serien-Drehbuch vorgeschrieben.

»Und Sie haben keine Vorstellung, was diese Veränderung ausgelöst haben könnte?«, fragte van Leeuwen.

»Nein.« Sie nickte bedächtig, statt den Kopf zu schütteln. »Ich hab sie ja gefragt, aber sie sagte, es wär nichts, sie hätte sich doch gar nicht verändert. Sie hatte keine Ahnung, wie weh sie mir damit tat. Ich hatte Angst, sie zu verlieren, deswegen hab ich versucht, ganz still zu sein, keine Angriffsfläche zu bieten. Kinder in dem Alter sind so hitzig, schnell verletzt und dann gleich weg!«

»Und als sie ausgezogen war?«

»Da hoffte ich, was immer es war, es würde sich vielleicht wieder legen, und sie käme zurück. Vielleicht, dachte ich, kann sie das, was sie mir sagen will, einfach nicht ausdrücken. Und will mir auf ihre Weise zu verstehen geben, dass ich sie weiter lieben soll. Vielleicht war alles, was sie mir sagen wollte, aber nicht konnte: Hab mich trotzdem weiter lieb! Und vielleicht konnte sie das nicht sagen, weil sie Angst hatte, dass es sie schwach und verwundbar machen würde. Eines Tages, dachte ich, steht sie in der Tür und sagt: Da bin ich wieder, Mama, war alles nur Spaß. Ich hab auch ihr Zimmer so gelassen, wie es war, alles an seinem Platz …«

»Ich würde mir das Zimmer gern ansehen«, erklärte der Commissaris.

Es war eine kleine Kammer mit einem kaum lukengroßen Fenster: halb zugezogene Vorhänge aus vanillefarbenem Leinen, ein schmales Bett mit einer Tagesdecke – Baumwolle, rotgrünes Schottenmuster –, auf der Kopfkissenwölbung ein violettes Stoffkaninchen mit langen Schlappohren, ein Nachttisch mit Radiowecker, ein Ikea-Regal, Harry-Potter-Romane und Pferde-Bildbände, Pferde in Irland, Pferde in Schweden, Pferde in der Mongolei, dazwischen ein CD-Player und zwei kleine Lautsprecher, noch mehr Pferde, diesmal Fotos in billigen Rahmen, nein, nur ein Pferd, ein Schecke, immer derselbe, und schließlich ein Kleiderschrank aus Eichenholz. An den Wänden hingen zwei Poster einer Boy Group, die van Leeuwen nicht kannte, und das leuchtend bunte Plakat eines Films, *War Horse*.

»Ich habe alles so gelassen, wie es war«, sagte Amelies Mutter noch einmal. »Nur Staub gewischt.« Der Regen, der sacht über das Fenster rieselte, schien eine Schale um das Zimmer zu bilden, als verschlösse es sich gegen die Außenwelt.

»Darf ich in den Schrank schauen?«, fragte van Leeuwen.

»Bitte. Sehen Sie, wie ordentlich sie einmal war!«

Stapel von Blusen, Pullovern und Röcken schlossen genau auf Kante ab; die Schubladen enthielten Strümpfe und Unterwäsche, auch diese sorgfältig zusammengelegt. In der anderen Hälfte des Schranks hingen Hosen, Jacken und zwei Mäntel an Bügeln. Ganz unten standen zwei Paar Reitstiefel, eins aus braunem und eins aus schwarzem Leder. Auf einer Ablage über der Stange lag ein schwarzes Reitkäppi. Zwei Bügel trugen Reithosen. »Amelie ist geritten?«

»Ja, früher«, antwortete Marleen Winter. »Bevor sie … auf die schiefe Bahn geraten ist, war sie ganz verrückt nach Pferden.«

Steht nicht in den Akten, dachte van Leeuwen; bei der ersten Untersuchung hat das keine Rolle gespielt, da wirkte ja alles klar und eindeutig, Tat, Täter und Zeuge. Niemand hatte übermäßig viel Mühe darauf verwandt, die früheren Lebensumstände des Opfers näher zu untersuchen. Er griff in den Schrank, zog die Bügel mit den beigen Reithosen zwischen den anderen Kleidungsstücken hervor und durchsuchte die Taschen. Sie waren leer bis auf ein zusammengeknülltes Stück Papier, das er vorsichtig glättete. Auseinandergefaltet war es kaum größer als ein Kaugummipapier und so brüchig, dass es zwischen seinen Fingern zu zerfallen drohte. Nur mit Mühe konnte er einige verblichene, verschmierte Ziffern erkennen, die jemand mit Kugelschreiber auf den Zettel gekritzelt hatte. Er zeigte sie Amelies Mutter und fragte: »Ist das eine Telefonnummer? Zehn Stellen, kennen Sie die Zahl?«

»Nein. Ich hatte die Taschen durchsucht, bevor ich die Hose gewaschen habe, aber irgendwas übersieht man immer.«

Der Commissaris holte sein Handy aus der Manteltasche und gab die Ziffern ein. Es dauerte ein paar Sekunden, dann das Freizeichen, einmal, zweimal, dreimal. Dann eine Männerstimme. »Ja?« Die Stimme klang zögernd, auf der Hut.

»Mit wem spreche ich?«, fragte van Leeuwen.

»Was wollen Sie?«, fragte die Stimme unsicher zurück, und jetzt erkannte der Commissaris sie. »Agent Dekker, sind Sie das? Hier ist …«

Eine oder zwei weitere Sekunden herrschte vollkommene Stille, kein Laut, kein Atemzug, gefolgt von einem Knacken und danach nichts mehr, nur eine tote Leitung.

»War das der Polizist von gestern?«, wollte Amelies Mutter wissen. »Der im Gericht gelogen hat?«

»Ich weiß nicht«, antwortete der Commissaris und schob das Handy wieder in die Tasche. »Ich weiß nicht, ob er es war und auch nicht, ob er gelogen hat. Aber ich nehme es an.«

»Was hat … warum hat Amelie seine Telefonnummer in der Tasche ihrer Reithosen?«

»Auch das weiß ich nicht«, sagte van Leeuwen. »Aber ich werde es herausfinden.«

Er sah sich noch einmal um, das Zimmer einer Vierzehnjährigen ohne die Vierzehnjährige darin, dachte er, das Zimmer einer Toten, die im Herzen ihrer Mutter weiterlebt, wo sie eines Tages wieder in der Tür stehen und *War alles nur Spaß* sagen wird. *Hast du mich weiter lieb gehabt?* »Was ist mit Amelies Vater?«, fragte er, als er zurück ins Wohnzimmer ging, von Marleen Winter und ihrem Parfum verfolgt. »Wo ist er?«

»Er ist gestorben«, antwortete sie. »Das hab ich Ihren Kollegen schon im letzten Jahr gesagt. Steht es nicht in der Akte?«

»Doch«, sagte van Leeuwen. »Ich hatte es nur vergessen.« Willem Heemskerk, fiel ihm jetzt wieder ein; Marleen Heemskerk, geborene Winter, hatte ihren Mädchennamen wieder angenommen.

»Vielleicht wäre alles anders gekommen, wenn er uns nicht verlassen hätte.«

»Wann war das?«

»Vor vier Jahren, fast viereinhalb.«

Im Halbdunkel der Diele stieß van Leeuwen mit dem Fuß gegen einen Bücherkarton, der unter der Garderobe stand. Obenauf lagen mehrere Bände des *Bürgerlichen Gesetzbuches* von Eduard Meijers. Marleen Winter bemerkte seinen Blick, sagte jedoch nichts, und er sagte auch nichts. Manchmal dachten die Angehörigen von Opfern, sie wären besser gewappnet, wenn sie sich selber juristische Kenntnisse aneigneten.

»Es tut mir leid, Mevrouw Winter«, sagte van Leeuwen. »Wir haben nach dem Tod ihrer Tochter nicht sorgfältig genug ermittelt. Das hat Amelie nicht verdient, und dafür möchte ich Sie um Entschuldigung bitten.«

»Es ist nicht Ihre Schuld.« Marleen Winter senkte den Kopf. »Schuld hat allein Richter Gerritsen.«

»Nein«, widersprach der Commissaris, »den Richter trifft keine Schuld. Er hatte keine Wahl.«

Jetzt hob Amelies Mutter den Kopf und sah ihn an. »Aber doch«, sagte sie. »Die hatte er.« In ihren Augen stand der gleiche Ausdruck, den sie in den Worten ihrer Tochter gehört haben musste, der Widerhaken-Ausdruck.

21

Porträt der Mörderin als junges Mädchen, dachte der Commissaris. Oder *Porträt des jungen Mädchens als Mörderin*? Er saß an seinem Schreibtisch und betrachtete das Phantombild, das in der Zwischenzeit nach den Angaben von Lisa van Doorn erstellt worden war, auf dem Computermonitor. Nein, nicht Mörderin – bisher war sie nur eine Verdächtige.

Alles war da: die raspelkurzen grauen Haare, das scharfe und doch unfertige junge Gesicht, dazu der silberne Ring in der linken Augenbraue und die Raupe, die an ihrem rechten Ohr hinaufzukriechen schien. Der Mund vielleicht eine Spur zu orange in der Computeranimation, zusammengezogen zu einer kleinen Knospe, keine Trennlinie zwischen den Lippen. Die Nase, schmal, kaum vorhanden, ein Strich, darunter zwei kleine dunkle Punkte. Die Augen wirkten kalt und leer. *Weltraum-Augen*, dachte er.

»Wir haben das Bild sofort an alle Reviere geschickt, noch ohne Reaktion«, sagte Hoofdinspecteur Gallo auf der anderen Seite des Schreibtisches.

Van Leeuwen nickte, nicht ganz bei der Sache. »Kannst du dir einen vernünftigen Grund vorstellen, warum Amelie Winter die Handynummer von Agent Dekker hatte?«, fragte er. »Schon mit fünfzehn, vielleicht sogar vierzehn?«

»Mit fünfzehn hat ein Mädchen für nichts vernünftige Gründe«, sagte Gallo.

Der Regen war stärker geworden und rann wie ein Vorhang aus Wasser an den Fensterscheiben hinunter.

»Erinnerst du dich daran, was Boer gesagt hat, als wir ihn im Bulldog vernommen haben?«, fragte van Leeuwen.

»Was genau meinst du?«

»Wir wollten wissen, was Amelie an jenem Tag in dem chinesischen Kaufhaus vorhatte, und er hat gesagt: Vielleicht solltet ihr das Agent Dekker fragen. Und jetzt finde ich Ruuds Telefonnummer in ihrer Hosentasche. Und Amelies Freundin Nicole, die gestern Nacht in Boers Wohnung war, hat gesagt, sie und Dekker wären ineinander verliebt gewesen. Und –«

»Dekker ist doch verheiratet«, unterbrach Gallo ihn.

»Ja, und noch nie hat sich ein verheirateter Mann in eine andere Frau verliebt, stimmt.«

»Woher weißt du überhaupt, dass es seine Nummer war?«

»Ich hab sie angerufen, und der Mann, der sich am anderen Ende gemeldet hatte, klang wie Dekker.«

»Aber er hat nicht gesagt: Hallo, mein Name ist Agent Ruud Dekker, was kann ich für Sie tun?«

»Nein.«

»Und was hat er gesagt?«

»Nichts. Er hat sofort aufgelegt, als ich meinen Namen nannte. Und als ich später noch mal angerufen habe, war nur eine Mailbox dran, die lediglich die Nummer wiederholt und keinen Namen genannt hat. Anscheinend hat er mehrere Handys.«

»Du bist nicht zufällig besessen von Dekker?«, meinte Gallo. »Hörst seine Stimme, wenn außer dir niemand da ist und siehst ihn durch Wände ohne Türen gehen?«

»Doch, genau das, und neben ihm geht ein Kreole, dem er bei Amelie Winter begegnet ist.« Van Leeuwen schloss die Augen, um die beiden deutlicher zu sehen. »Was glaubst du, wie viele Kreolen gibt es in Amsterdam?«

»Meinst du aus Surinam oder von den Antillen?«

»Aus Aruba. Vielleicht jemand, der nur zu Besuch hier ist, auf der Durchreise, und gelegentlich zu Prostituierten geht.«

Gallo nickte aufmunternd. »Gefällt mir immer wieder, wenn du Fragen stellst, auf die außer dir niemand käme.« Sein Handy brummte. Er meldete sich, lauschte ein paar Sekunden und sagte dann: »Das Wijkteam Warmoesstraat. Ein Backpacker will dein Mädchen mit den Weltraum-Augen gesehen haben.«

»Wie kommt der so schnell an das Bild?«

»Er hat es auf dem Revier gesehen, als es aus dem Drucker kam.«

»Was wollte er in der Warmoesstraat?«

»Jemand hat ihm die Brieftasche geklaut.«

»Ich möchte mit ihm reden.«

Gallo sprach wieder in sein Handy. »Bringt ihn mit einem Streifenwagen her. Was? Ja, meinetwegen auch mit seinem Hund«, sagte er, und als der junge Backpacker zwanzig Minuten später mit dem Hund von zwei Streifenpolizisten an der Pforte abgeliefert wurde, sagte er: »Wir möchten mit Ihnen über das Mädchen auf dem Fahndungsfoto sprechen«, erklärte er. »Wie heißen Sie?«

»*Hey*«, sagte der Backpacker.

»Sie heißen Hey?«

»Larsson.« Er hatte lange, blonde Haare, die in feuchten Strähnen zusammenklebten. »Mats Larsson. Das ist Castañeda.«

Der Hund war groß, und sein nasses Fell sah aus, als wären die Haare zu weißgrauen Dreadlocks geflochten, die rechts und links von seinem Leib abstanden wie vom Kopf eines Rastafaris. Er roch, als hätte er sich in einem Schweinekoben gewälzt.

»Dann kommt mal mit«, sagte Gallo. »Wird nicht lange dauern. Deinen Rucksack, die Gitarre und die Iso-Matte lassen wir hier an der Pforte.«

»Ich weiß auch nicht viel über das Mädchen«, erklärte Larsson, während er und Castañeda dem Hoofdinspecteur die Treppe zu den Vernehmungsräumen hinauf folgten. »Ich hab sie nur zwei mal kurz gesehen. Einmal in der Absteige, *Katmandu*. Und dann noch mal bei einer Nutte.«

»Wie hieß die Nutte?«, fragte van Leeuwen, als er dem Backpacker im Verhörraum Eins gegenübersaß. Er betrachtete den jungen Mann, der eine Studie in Blautönen darzustellen schien, als wäre er einem Swimming pool von David Hockney entstiegen: hellblaue Jeans, ein verwaschenes, veilchenblaues Leinenhemd und eine dunkelblaue Gore-Tex-Kapuzenjacke. Nur die Sneakers waren von schmutzigem Beige; keine Strümpfe. Die feuchten, sonnenblonden Surferlocken ringelten sich im Nacken und hinter den Ohren, und auch der Goldton der Haut ließ an Meer und Surfbretter denken. Die grauen Augen wirkten unschuldig, gleichzeitig aber übersättigt, als fühlte er sich im Paradies nicht mehr zu Hause.

»Sie nannte sich Rose, aber ich glaube nicht, dass das ihr richtiger Name war«, sagte er.

Tudor Rose, dachte van Leeuwen.

»Die meisten Prostituierten arbeiten nicht unter ihrem richtigen Namen«, sagte Gallo, der an der Wand lehnte.

»Mit falschen Namen kann ich nichts anfangen«, sagte van Leeuwen. »Was hast du bei der Frau gewollt?«

»Ich war allein«, erklärte Larsson.

Der Hund, der sich neben seinen Stuhl gelegt hatte, gab ein tiefes Seufzen von sich, als wüsste er nur zu gut, worüber sein Besitzer sprach.

»Und die Frau von dem Phantombild, was hat sie bei ihr gewollt?«

»Ich hatte den Eindruck, dass sie Freundinnen waren.«

»War sie schon da, als du zu Rose gekommen bist?«

»Ja, aber sie ist dann gegangen.«

»Kannst du sie beschreiben?«

»Sie sah genauso aus wie auf dieser Zeichnung, sonst hätte ich sie ja gar nicht erkannt.«

»Irgendwas Besonderes, das man auf dem Phantombild nicht erkennen konnte? Denk nach.«

Der junge Mann zog die Stirn zusammen, was eher zornig als nachdenklich wirkte. »Sie hatte so was Silbriges, verstehen Sie, was ich meine? Was Lebloses.«

»Meinst du den Ring in der Augenbraue? Die Raupe an der Ohrmuschel?«

»Nein.« Die Lider über den grauen Augen flatterten fast empört. »Es war sie selbst, sie wirkte irgendwie beschichtet, wie eine CD oder DVD. Als wär sie nur … schimmernde Oberfläche. Von Algorithmen gesteuert. Kein Mensch aus Fleisch und Blut, ja? Nichts verriet, was in ihr vorging, solange man nicht das richtige Gerät hatte, um sie abspielen zu können.«

»Sie hat also nichts Persönliches gesagt? Woher sie kam? Wo sie hin wollte?«

»Nein.«

»Und du hast auch keine Ahnung, wo sie jetzt sein könnte?«

Larsson zuckte mit den Schultern. »Nein. Weswegen wird sie denn gesucht?«

»Mord«, erklärte Gallo, »ein Mann, eine Frau, ein Kind. Eigentlich dürften wir dir das nicht sagen, aber es könnte ja sein, dass du ihr noch einmal über den Weg läufst. Dann möchte ich, dass du vorsichtig bist.«

»Mord – *wow!* Wie eine Mörderin sah sie aber nicht aus.«

Der Hund hob den Kopf, und seine Augen unter der dichten Haarmähne glommen dunkel wie braune Murmeln.

Der Commissaris sagte: »Wir suchen sie bis jetzt nur als Zeugin. Wir wissen noch nicht, ob sie als Täterin in Frage kommt.«

»Wie kommst du darauf, dass die Prostituierte nicht Rose hieß?«, fragte Gallo.

»Das Mädchen hat sie anders genannt.«

»Und wie?«

»Amelie.«

Der Name schien einen unsichtbaren Reißverschluss zu öffnen; er fuhr wie ein Ruck durch van Leeuwen, und dahinter lag sein Fall und sah auf einmal ganz anders aus. »Beschreib Amelie«, sagte er. Larsson beschrieb sie so genau, dass sie plötzlich wie ein Hologramm aus Worten zwischen ihnen stand. Es gab keinen Zweifel, dass es sich um Marleen Winters Tochter handelte.

»Wann war das?«, hakte Gallo nach. »Wann hast du das Mädchen da gesehen?«

»Irgendwann im Sommer, Ende August, Anfang September. Als ich das letzte Mal in Amsterdam war.«

»Warst du öfter bei Amelie?«, wollte van Leeuwen wissen.

»Nur zwei- oder dreimal. Aber dann hab ich mitgekriegt, dass sie pusht, und da hab ich lieber die Finger von ihr gelassen.«

»Hast du sonst noch jemand bei ihr gesehen, einen Kunden, andere Prostituierte, irgendjemand, an den du dich erinnerst?«

»Nein, niemand. Das ist alles, mehr kann ich nicht sagen.«

»Schade, dass du nicht auch noch weißt, wie sie heißt, die Frau von dem Phantombild«, sagte Gallo.

»Weiß ich doch.«

»*Was?*«

»In dem Hotel, *Katmandu*, hab ich den Portier nach ihr gefragt. Der hatte ihren Pass gesehen. Sie heißt Kleijn – Fenna Kleijn.«

Fenna, dachte van Leeuen; das war der Name, den Antje de Vries erwähnt hat. »Wo kommst du überhaupt her, Mats Larsson?«

»Göteborg.«

»Und wo willst du als Nächstes hin?«

»Berlin.«

»Sagt ihr eigentlich bei euch wirklich andauernd *Hey*, oder ist das nur in den schwedischen Fernsehkrimis so?«

Larsson überlegte. »Auch in Wirklichkeit.«

»Gut, du kannst gehen.« Van Leeuwen stand auf. »Du hast uns sehr geholfen. Bitte, sprich mit niemand über das, was du uns gesagt hast, vor allem nicht mit der Presse oder dem Fernsehen. Wir brauchen noch deine Telefonnummer und eine Adresse, unter der wir dich in der nächsten Zeit erreichen können.«

Er wartete, bis der Hoofdinspecteur die Angaben notiert hatte und der blaue Mann gegangen war, dann sagte er: »Dieses Mädchen taucht bei Amelie Winter auf, und es taucht auch im Fall de Kook auf! Ist das Zufall oder gibt es eine Verbindung zwischen den beiden Fällen? Wenn sie das Bindeglied ist, was bedeutet das? Kann es sein, dass sie auch Leon Boer kannte? Und Agent Dekker? Wir müssen mehr über diese Fenna Kleijn in Erfahrung bringen, vielleicht ist sie der Schlüssel! Vielleicht ist sie vorher schon mal auffällig geworden.«

»Was wäre das Leben ohne Hoffnung«, meinte Vreeling.

»Ich weiß«, sagte van Leeuwen. »Deswegen gibt es sie.«

Er ging wieder in sein Büro, stellte sich ans Fenster und sah hinunter auf den Kanal im Regen und die verschwimmenden Häuser auf der anderen Seite. Er überlegte, ob er Ruud Dekker suchen lassen sollte, aber bevor er einen Entschluss gefasst hatte, klingelte das Telefon.

»Wir haben eine Frau in der Leitung, die darauf besteht, mit Ihnen persönlich zu sprechen«, erklärte der Beamte in der Zentrale. »Sie will aber nicht sagen, worum es geht, und auch nicht, wie sie heißt. Sie sagt, sie hätte Informationen zum Fall Milan Kimmel.«

»Stell sie durch.« Er wartete, bis er eine Frauenstimme hörte. »Commissaris van Leeuwen. Sie wollen mit mir über Milan Kimmel sprechen?«

Die Stimme der Frau war leise, und sie redete so schnell wie jemand, der Angst hatte, unterbrochen zu werden, bevor er alles sagen konnte, was er auf dem Herzen hatte. »Weil Polizei und Justiz schon mal versagt haben«, flüsterte sie, »aber diesmal geht es um sein Leben, Sie müssen die Zusammenhänge herstellen, die Zusammenhänge!« Sie hielt inne, als wäre van Leeuwens Frage erst jetzt zu ihr durchgedrungen – ein Tier, das plötzlich Gefahr witterte. »Ja, der Buchhalter«, sagte sie leise. »Der ist unschuldig.«

»Wer sind Sie?«, fragte er. »Woher wissen Sie das?«

»Das ist unwichtig«, sagte sie. »Wer ich bin, woher ich es weiß …« Ein Rascheln ertönte am anderen Ende – das Tier drehte hastig den Kopf, warf einen Blick in die Runde, bevor es weitersprach: »Ich habe den Bericht im Fernsehen gesehn … auf *Crime Stage* … Niemand hat ihm geglaubt, als er sagte, er sei unschuldig. Aber er hat die Wahrheit gesagt. Er hat es nicht getan.«

»Was hat er nicht getan?«, fragte van Leeuwen. »Die Bücher gefälscht? Die Reederei bestohlen? Noah Vermeulens Tochter ins Koma geprügelt?«

»Nichts von dem! Sie sind gekauft worden, Polizei, Staatsanwalt, Richter, auch die Verteidiger. Er hatte keine Chance!«

»Ist Ihnen klar, was Sie da behaupten?«, erkundigte sich der Commissaris ungehalten. »Das sind schwere Beschuldigungen, und wenn Sie mir nicht sagen wollen, wer Sie sind –«

»Diesmal wollen sie ihn töten.«

»Wer sind die? Warum wollen sie Kimmel töten?«

»Stellen Sie die Zusammenhänge her«, die Stimme wurde noch eindringlicher, »die Zusammenhänge!«

»Welche Zusammenhänge?«

»Das Mädchen. Das Mädchen und das Geld!« Ein Klicken beendete die Verbindung, bevor van Leeuwen fragen konnte, was sie meinte. »Welches Geld?«, fragte er ratlos, aber auch zornig, als er den Hörer zurücklegte. »Welches Mädchen?« Isa Vermeulen, die ins Koma gefallen war? Amelie Winter, die aus dem Fenster gestürzt war? Fenna Kleijn, die irgendwo in seiner Stadt aus ihrem eigenen Leben geradewegs in die Hölle marschierte?

»Mit wem redest du?« Hoofdinspecteur Gallo stand in der offenen Tür.

»Mit dem Teufel«, sagte der Commissaris. »Er ist wieder in Amsterdam.«

22

Jaap Joodenbreest las seinen Namen nicht gern in der Zeitung. Noch weniger gern hörte er ihn im Fernsehen, und wenn der Moderator von *Crime Stage* ihn in den Mund nahm, wünschte sich der Hoofdcommissaris jedes Mal, jemand hätte Thijs Terjung schon vor langer Zeit die Zunge herausgeschnitten. »Hast du das gesehen?«, fragte er, als van Leeuwen sein Büro betrat.

Der Flachbildfernseher war eingeschaltet, und weil die Geschehnisse auf dem Bildschirm bei Nacht spielten, konnte der Commissaris erkennen, dass es sich um eine Aufzeichnung handelte. Terjung – das flatternde Pelzmikrofon in der Hand – stand vor einem Backsteinhaus, dessen Fenster den Lichtkegel der Kamera reflektierten. Die dunklen Vorhänge hinter den Scheiben waren zugezogen. Bei jeder Bewegung geisterte Terjungs Schatten wie der eines bösen Riesen über die ziegelrote Fassade.

»Ich stehe hier vor der Praxis von Jan Willemsen, dem Arzt, den der entflohene Häftling Milan Kimmel bei seinem Ausbruch als Geisel genommen hat«, erklärte Terjung, bleich aber mit funkelnden Augen im Scheinwerferlicht. »Hinter mir sehen Sie das Haus, in dem der Doktor mit seinen Kindern Marijke und Pieter lebt. Noch immer fehlt jede Spur von ihm und Kimmel, und nicht nur wir fragen uns, wie lange die Polizei brauchen wird, um Antworten auf Fragen zu finden, die das ganze Land bewegen: Wo ist Kimmel? Was hat er vor? Und vor allem: Lebt seine Geisel noch? Werden Marijke und Pieter ihren verschleppten Vater, der in den letzten Tagen selbst in den Verdacht der Mittäterschaft geraten ist, jemals wiedersehen? Die Chancen stehen nicht gut, denn die Ermittlungen werden von Bruno van Leeuwen geleitet, dem Polizeibeamten, der es dem Geiselnehmer in der Nacht des Ausbruchs mit seinem ungeschickten Taktieren ermöglicht hat, dem Zugriff der Spezialeinheit zu entkommen.«

»Der erhebt da ziemlich schwere Vorwürfe gegen dich«, meinte der Hoofdcommissaris. »Und genau genommen auch gegen mich, weil ich dich angeblich nicht unter Kontrolle habe.«

»Darüber hinaus«, fuhr Terjung auf dem Bildschirm fort, »handelt es sich bei Doktor Willemsen um einen alten Rivalen von Commissaris van Leeuwen, der die Frau des –«

»Er ist kein Rivale«, knurrte van Leeuwen. »Nie gewesen.«

»Wie bereits bekannt, hat van Leeuwen gestern zudem auf höchst bedenkliche Weise versucht, auf die Berichterstattung von *Crime Stage* einzuwirken –«

»Ist da was dran?«, fragte Joodenbreest, die Finger beider Hände flach auf die Schreibtischkante gelegt, als wollte er jeden Moment mit einer kleinen Klavieretüde beginnen.

»Natürlich nicht«, antwortete van Leeuwen.

Der Hoofdcommisaris wiegte den Kopf besorgt hin und her, und sein linker Zeigefinger trommelte sacht auf der Kante herum. »Der brandmarkt uns als Versager«, sagte er, »dich besonders, und ich verstehe nicht, wie du dabei so ruhig bleiben kannst.«

»Ich bin gar nicht ruhig«, sagte van Leeuwen. »Aber ich habe gerade einen Anruf bekommen, der den Ausbruch samt Geiselnahme in einem ganz anderen Licht erscheinen lässt und –«

»Vor eineinhalb Jahren hat Commissaris van Leeuwen den ältesten Sohn der angeblichen Geisel von der Straße geholt«, redete Terjung weiter, »eine Aufgabe, für die er zweifellos geeigneter war als für die Herausforderung, mit einem brutalen Geiselnehmer zu verhandeln. Dass sein Vorgesetzter, Hoofdcommissaris Jaap Joodenbreest, ihn nun aber zusätzlich mit der Aufklärung des Dreifachmordes im Haus des Bankiers de Kook betraut hat – jenes Bankiers, der zu den Finanziers der Reederei Vermeulen & Aboudani gehört, bei der Milan Kimmel als Buchhalter angestellt war –, wirft ganz neue Fragen auf. Ist der Polizeipräsident blind, wenn es um seinen alten Freund Bruno van Leeuwen geht?«

»Wir sind keine Freunde«, murmelte van Leeuwen.

»Übersieht er die Brisanz, die darin liegt, dass ein Zusammenhang zwischen dem Ausbruch Milan Kimmels und dem Mord an der Familie des Bankiers bestehen könnte?«, fragte Terjung, jetzt mit einem dramatischen *J'accuse*-Tremolo in der Stimme. »Haben wir es mit einer Führungskrise innerhalb der Amsterdamer Polizeibehörde zu tun, die Ansehen und Effizienz des gesamten Apparats beeinträchtigen könnte? *Crime Stage* wird jeden Schritt bei den Ermittlungen genau beobachten, und wenn Sie Fragen oder Informationen haben, können Sie uns jetzt anrufen. Ich bin Thijs Terjung, und die Wahrheit ist mein Beruf.«

»Wo er gerade davon spricht«, meinte van Leeuwen, »der anonyme Anruf vorhin, wegen dem ich gekommen bin –«

»Ich habe auch einen Anruf bekommen«, fiel ihm Joodenbreest ins Wort, »und der war nicht anonym, obwohl ich mir wünschte, er wäre es gewesen. Oskar Manhijmer persönlich hat sich die Mühe gemacht, uns zu drohen, dass er dich, mich und überhaupt die gesamte Polizei mit Einstweiligen Verfügungen zuschütten wird, wenn wir Noah Vermeulen und seine Reederei nicht in Ruhe lassen!«

»Wir haben noch nicht mal angefangen, sie unter die Lupe zu nehmen«, sagte van Leeuwen und trat näher an den Fernseher. Er glaubte, eine Bewegung in einem der oberen Fenster des Backsteinhauses hinter Terjung gesehen zu haben.

»Hast du das etwa vor?«, fragte Joodenbreest misstrauisch.

»De Kooks Bank gehörte zu den Kreditinstituten, die Noah Vermeulen fallengelassen haben, als seine Reederei in Schieflage geriet«, erklärte der Commissaris. »Jedenfalls nach außen hin.«

Joodenbreests Miene deutete an, dass er beschlossen hatte, seine nächsten Worte sorgfältig abzuwägen. Van Leeuwen hätte ihn gern beruhigt und ihm versichert, dass er aus seinem Mund noch kein Wort gehört hatte, dem man auch nur das geringste Gewicht beimessen konnte. Er zog es aber vor, zu schweigen.

»Ich muss dir nicht sagen, dass mit Manhijmer nicht zu spaßen ist«, meinte der Hoofdcommissaris endlich. »Wenn der dich vor Gericht zerrt, bleibt dir kein Cent in der Tasche, deine Pension ist sowieso futsch, und an deinem Schwanz bringt er einen Zähler an und kassiert noch Gebühren für deine Pisse, wenn du dir vor Wut in die Hose machst.«

Die Bewegung hinter dem geschlossenen Vorhang am oberen Fenster des Backsteinhauses wiederholte sich nicht, und van Leeuwen dachte, dass es wahrscheinlich nur eine Täuschung gewesen war. »Um auf den Inhalt das anonymen Anrufs zurückzukommen«, sagte er, »die Anruferin behauptet –«

Joodenbreest griff nach der Fernbedienung vor sich auf der Schreibunterlage und schaltete den Fernseher aus. »Gibt es keine

Möglichkeit, diesem Burschen etwas anzuhängen, um ihn für ein paar Jahre nach Scheveningen zu verfrachten?«, fragte er mit einem Nicken in Richtung des jetzt schwarzen Bildschirms. »Oder ihn umzulegen und es wie Selbstmord aussehen zu lassen?«

Van Leeuwen nickte interessiert. »Und in seiner Tasche finden wir einen Abschiedsbrief, in dem er alle unaufgeklärten Morde der letzten Jahre in ganz Holland gesteht!«

»Das könnte unser Ansehen doch wieder herstellen«, sagte Joodenbreest nachdenklich. »Gibt es inzwischen was Neues im Fall de Kook? Etwas, das ich nicht von Thijs Terjung erfahren muss?«

»Wir haben jetzt einen Namen – ein Mädchen, Fenna Kleijn. Aber wir wissen noch nicht, ob wir sie als Täterin oder Zeugin suchen.«

»Ein Mädchen mit einer Doppelbockflinte?« Joodenbreest kniff die Augen zusammen, als überlegte er, so ein Mädchen auch mal an Terjungs Tür klopfen zu lassen, sobald sie ihrer habhaft geworden waren. »Tja, möglich ist heutzutage alles. Vielleicht hat sie Stimmen gehört, was meinst du?«

»Stimmen, Jaap?«

Der Hoofdcommissaris wog offenbar wieder seine Worte ab, ehe er sagte: »Als ich heute Morgen in der Straßenbahn saß und all die Leute gesehen habe … Fast jeder hatte einen Stöpsel im Ohr oder einen Kopfhörer auf, vor allem die jungen Leute, alle hielten Smartphones oder Tablets in der Hand, und jedem hing ein Kabel aus dem Ohr. Dabei wippten sie mit dem Kopf oder den Füßen und kamen mir vor wie ferngesteuert. Menschen, die gar keine Menschen mehr waren, sondern nur noch auf Stimmen hörten, die aus den Kabeln kamen. Bald stehen sie alle auf, um im Gleichschritt zu marschieren und –«

»Ich wusste gar nicht, dass du mit der Straßenbahn fährst«, sagte van Leeuwen, denn so lange er sich zurückerinnern konnte, hatte sich der Polizeipräsident im Dienstwagen in die Elandsgracht fahren lassen. »Und von Fenna Kleijn kann man wohl kaum behaupten, dass sie im Gleichschritt marschiert, sollte sie wirklich die Mörderin der Familie de Kook sein.«

Jetzt trommelte Joodenbreest mit dem anderen Zeigefinger auf die Tischkante. »Es war eine metaphorische Straßenbahn«, erklärte er, und van Leeuwen dachte, das Einzige, was ihn an dieser Zukunftsvision stört, ist wahrscheinlich, dass es sich nicht um *seine* Stimme handelt, die aus all diesen Drähten zu den Massen spricht. Abrupt hörten die Finger zu trommeln auf. »Na gut, im Fall dieses Dealers, Leon Boer, wie sieht's da aus?«, fragte Joodenbreest.

»Inspecteur Vreeling und Julika Tambur kümmern sich darum. Wir warten noch auf die Ergebnisse der Spurensicherung. Was die Frau angeht, die mich vorhin angerufen hat –«

»Schon wieder eine Frau?«, fragte der Hoofdcommissaris. »Ich werde nie verstehen, was in denen vorgeht. Da fällt mir ein, hat Agent Dekker nicht auch eine Frau? Die müßte doch wissen, wo wir ihn finden können –«

»Eine Frau und einen Sohn im Grundschulalter«, bestätigte van Leeuwen. »Aber ich möchte ihm noch etwas Zeit geben, bevor ich seine Familie da mit hineinziehe.«

»Warum?«

»Er war ein guter Polizist, und im Augenblick muss er das Gefühl haben, er hätte alles verraten, was ihm einmal wichtig war, seine Kollegen, seine Ideale. Er muss sich miserabel fühlen.«

»Und?«

»Und ich möchte ihn davor bewahren, dass er mit sich selbst nicht mehr leben kann und etwas noch Schlimmeres tut.«

Joodenbreest sah nachdenklich zum Fenster hinüber, vor dem die letzten Regenwolken abzogen. »Wo wir gerade dabei sind, jemand vor Fehlern zu bewahren«, sagte er dann, »ich möchte, dass du dich auf die Ermittlung im Fall de Kook konzentrierst, ohne die Reederei Vermeulen mit hineinzuziehen.«

»Ich kann dir das nicht versprechen.« Van Leeuwen bemühte sich um einen bedauernden Tonfall, der ihm jedoch misslang. »Ich weiß ja noch nicht, wohin uns diese Ermittlungen führen werden.«

»Ermittlungen kann man steuern«, sagte Joodenbreest. »Nenn mir einen Grund dafür, warum du jemand wie Advocaat Manhijmer auf der Nase herumtanzen willst!«

»Weil es Oskar Manhijmer ist.«

»Das ist alles?«

»Nein, das ist nicht alles. Ich tue es, um *herauszufinden*, warum ich es tue. Es ist die Frage, nicht die Antwort. Den Grund erfahre ich am Ende des Tanzes, nicht am Anfang.«

»Das ist mir zu hoch, Bruno. Vergiss nicht, dass du nur noch dem Titel nach Stellvertretender Polizeipräsident bist, deine Befugnisse sind nicht mehr die deines Ranges. Und wenn die Untersuchung der Kommission abgeschlossen ist und zu einem Votum geführt hat, bist du vielleicht nicht mal mehr Polizist, unabhängig davon, wie meine Beurteilung ausfallen wird.«

Van Leeuwens Handy vibrierte. »Ton?«

»Wir haben Fenna Kleijn gefunden«, sagte Hoofdinspecteur Ton Gallo, allerdings fehlte in seiner Stimme der Nachhall des Adrenalinstoßes, den ein solcher Fahndungserfolg üblicherweise auslöste. »Es gibt da nur ein kleines Problem.«

»Was für ein Problem?«

»Laut Computer ist sie seit zwanzig Jahren tot.«

In Gedanken sah van Leeuwen die Phantomzeichnung des Mädchens vor sich. »Ich bin gerade bei Jaap im Büro. Ich stelle dich laut, damit er mithören kann. Wo habt ihr sie gefunden und warum ist sie tot?«

»Die Abteilung Fallanalyse ist in ihrem System auf den Namen gestoßen«, erklärte Gallo. »Den Unterlagen zufolge gab es vor zwanzig Jahren in der Nähe von Rotterdam einen erweiterten Selbstmord, bei dem ein Schiffskonstrukteur namens Frans Kleijn sich, seine Frau Monika und seine beiden siebenjährigen Töchter Grietje und Fenna umbrachte. Das Motiv für die Tat waren wirtschaftliche Schwierigkeiten, wie so oft. Offenbar hatte der Mann plötzlich seine Arbeit verloren und fürchtete, die Familie nicht mehr ernähren zu können. Aus Angst vor der Schande wollte er sich das Leben nehmen, aber dann wären seine Frau und die Kinder auf sich allein gestellt gewesen, also tötete er erst sie und dann sich. Bloß dass eins der beiden Mädchen überlebte – allerdings nicht Fenna, sondern Grietje.«

Gallos Stimme klang gepresst. »Stellt sich also die Frage, ob die Fenna Kleijn, die Mats Larsson beobachtet hat, von den Toten auferstanden ist oder ob es sich nicht um Fenna handelt, sondern um Grietje, die sich den Namen ihrer toten Schwester gegeben hat.«

»Warum sollte sie das getan haben?«, rief Joodenbreest durch den Raum.

»Vielleicht, um sie auf diese Weise weiter am Leben zu erhalten«, bot Gallo an. »Weil sie Fenna liebte. Oder weil sie sich in ihrem Namen rächen wollte.«

»An wem?«, fragte Joodenbreest. »Der Mörder hat sich doch umgebracht.«

»An der ganzen Welt«, sagte van Leeuwen. Er überlegte, zählte im Kopf die Jahre, addierte, subtrahierte. »Demnach wäre diese Fenna ja jetzt schon sechsundzwanzig! Aber Larsson und Lisa van Doorn beschreiben ein Mädchen, das höchstens achtzehn oder neunzehn sein kann, und so sieht sie auch auf dem Phantombild aus. Das ist doch seltsam!« Er wandte sich an die verzerrte Stimme in seinem alten Handy. »Ich will wissen, was aus dieser Grietje geworden ist, wie es zwischen damals und heute mit ihr weitergegangen ist. Findet heraus, ob irgendjemand die DNA der Mädchen in eine Datenbank eingegeben hat. Und sprecht mit den Kollegen, die den Fall damals bearbeitet haben. Ach ja, und ich will wissen, wie so ein Mädchen an eine Doppelbockflinte kommt.« Damit unterbrach er die Verbindung, schob das Handy in die Tasche zurück und ging zur Tür.

»Bruno?«, sagte Joodenbreest.

Van Leeuwen drehte sich um, und zum ersten Mal fiel ihm auf, dass der Hoofdcommissaris müde aussah, fast krank. »Das Ganze ist grauenhaft«, sagte Joodenbreest leise. »All diese Toten. Das ist wirklich grauenhaft, und ich möchte, dass es aufhört.«

»*Das* kann ich dir versprechen«, sagte van Leeuwen.

23

Feline sah ihn an, suchte in seinen Augen nach etwas, das da sein sollte, aber nicht da war. »Du weißt nicht, was du gerade tust«, sagte sie mit einem unvertraut spröden Klang in der Stimme, den er bei ihr noch nie gehört hatte. Sie sah ihn noch einen Moment an, dann blickte sie in eine andere Richtung, als schämte sie sich, weil sie Ansprüche an ihn gestellt hatte, die er nicht erfüllen konnte.

»Ich frage dich um Rat«, sagte er. »Ich schildere dir einen Fall und frage dich: Was macht so was mit einem Menschen? Wenn der eigene Vater einen umbringen will, wenn man aufwacht und alle sind tot, die Schwester, die Mutter, der Vater selbst –«

Als van Leeuwen in die Wohnung getreten war, hatte eine schwache, erregende Röte ihr Gesicht überzogen, die Freude, ihn zu sehen, an die jetzt nur noch einige Flecken am Hals erinnerten. Sie hatte ihn umarmt, den Kopf an seine Schulter gelegt, mit geschlossenen Augen, glücklich. Jetzt stand sie mit dem Rücken zu ihm an dem schwach beschlagenen Fenster zur Amstel.

»Du willst wissen«, fragte sie, plötzlich aus unerklärlichen Gründen wütend, »was es für Auswirkungen auf die Seele eines sechsjährigen Mädchens hat, wenn ein krankes, von seiner Unersetzlichkeit überzeugtes Arschloch, das glaubt, ohne ihn ginge für seine Familie die Welt unter, wenn dieses Arschloch eines Tages nach Hause kommt und ein blutiges Massaker unter den Menschen anrichtet, die sie am meisten liebt? Wenn er ihr eine Kugel in die Brust schießt, bevor er sich selbst umbringt, und sie später aus dem Koma erwacht und hört, dass sie niemand mehr hat, der sie liebt und den sie lieben kann? Oder hassen?«

Sie drehte sich um und starrte ihn an, als sähe sie gar nicht ihn, sondern Frans Kleijn oder jeden anderen Mann, der tötete, um nicht allein zu sterben. Ihre Augen blitzten, und unter dem eleganten Kleid, das sie aus inzwischen unerheblich gewordenen Gründen angezogen hatte, blitzte auch ihre Haut durch kleine, verführerische Löcher im Stoff.

»Ja«, antwortete van Leeuwen, »das möchte ich wissen. Kann daraus eine junge Frau werden, die selbst Menschen tötet?«

»Natürlich, das weißt du selbst«, sagte Feline etwas ruhiger. »Aus so einem Kind kann alles werden, eine Nonne, eine Nutte, eine Heilige, ein Junkie, eine Selbstmörderin, eine Psychologin, was du willst.« Sie fuhr sich mit beiden Händen über den Kopf, straffte ihr Haar mit gespreizten Fingern. »Das ist ja das Verrückte – könnte das Herz denken, würde es stillstehen.«

»Lass das Herz mal aus dem Spiel«, sagte van Leeuwen. »Wenn so eine Frau das tut, was ihr selbst angetan wurde – wenn sie eine halbe Familie ausrottet, die sie vielleicht für eine ganze gehalten hat, was könnte das für einen Grund haben?« Er saß verkehrt herum auf einem der Thonet-Bugholzstühle, die sonst am Esstisch standen, beide Arme auf der Lehne verschränkt.

»Ich erzähle dir jetzt etwas über Eltern und Kinder und was sie einander so antun«, sagte Feline, »obwohl du wahrscheinlich auch davon das meiste schon weißt. So ein Fall wie der, von dem du sprichst, ist ja selten, wenn auch nicht so selten, wie man glauben möchte. Was aus Fenna oder Grietje nach dem … Verlust ihrer Familie geworden sein könnte, hängt zum Teil auch davon ab, wie sie im Anschluss an ihre Rekonvaleszenz behandelt und betreut worden ist: Hatte sie einen guten Psychologen, der sie durch die Krise begleitet hat? Wohin kam sie im Anschluss? Zu Verwandten? Wurde sie in ein Heim gegeben? Haben sich Pflegeeltern gefunden, die ihr trotz allem ein Gefühl der Geborgenheit geben konnten?«

Sie betrachtete den gedeckten Esstisch, auf dem zwei Kerzen ruhig herunterbrannten. »Ich weiß von einem Fall – er war etwas anders gelagert als deiner, aber trotzdem –, in dem das Kind, ein Mädchen von neun Jahren, zu Verwandten kam. Jede Nacht stand es alle zwei Stunden auf, schaltete die Lampen im Haus ein und kontrollierte, ob Fenster und Türen auch wirklich fest verriegelt waren. Baute kleine Fallen, um sicherzugehen, dass sich in der Zwischenzeit niemand seinem Zimmer genähert hatte. Trat in die Schlafzimmer der anderen, sah nach, ob sie auch noch lebten. Immer wieder kroch es unters Bett, um dort zu schlafen. Wenn es dann schlief, hatte es Alpträume, aus denen es schreiend erwachte. Irgendwann büchste es aus, wurde zurückgebracht, lief neuerlich weg, wurde wieder zurückgebracht, bis die Verwandten am Ende ihrer Kräfte waren. Mit elf kam es in ein Heim, wo es dann einen Selbstmordversuch unternahm. Warum musste ich überleben und kann nicht tot sein wie Mama und Papa und meine Geschwister?«

Feline schloss die Augen und legte den Kopf ein wenig zurück, als hörte sie sich innerlich noch einmal an, was sie gesagt hatte. »Als das Mädchen volljährig wurde, verschwand sie von heute auf morgen, wischte sich selbst von der Tafel der Gesellschaft und nahm einen neuen Namen an. Suchte eine Existenz außerhalb jeglichen sozialen Umfelds. Misstrauisch, ängstlich, zutiefst verstört. Besuchte keine Schule mehr, war nirgendwo gemeldet. Lebte von Gelegenheitsjobs, die es kündigte, sobald jemand ihre Vergangenheit überprüfen wollte, wenn sie Papiere vorzeigen oder nachreichen musste, die sie nicht besaß. Fortwährend wechselte sie die Wohnung. Sie ›funktionierte‹ zwar, aber wie ein Roboter, emotional verwildert und ohne echte Kontakte zu Mitmenschen. Das Wort ›Liebe‹ verwendete sie nicht, sie hatte die Bedeutung vergessen.«

Sie schwieg, ging zum Tisch, schenkte sich einen Schluck Wein ein, trank, ging zur Couch, setzte sich. »Aber selbst wenn das Leben deiner Verdächtigen bis heute so verlaufen wäre – damit sie selbst zur Mörderin werden konnte, muss wohl noch etwas anderes mit ihr geschehen sein.«

Zwanzig Jahre später, dachte er, *warum gerade jetzt?*

»Und wenn du nach dem Motiv für den Mord an der De Kook-Familie fragst«, griff Feline den Faden wieder auf, »vielleicht macht sie ihn für das verantwortlich, was ihrer Familie widerfahren ist. Was ihren Vater zu der Tat getrieben hat.«

»Sie hat merkwürdige Augen«, sagte van Leeuwen. »Weltraum-Augen.«

»Was sind Weltraum-Augen?«

»Dunkel und leer. Endlos. Ohne Echo.« Er schwieg, denn auf einmal hatte er das Gefühl, als drücke ihm etwas den Brustkorb zusammen. »Und offenbar sieht sie noch aus wie ein halbes Kind, obwohl sie schon sechsundzwanzig sein muss.«

»*Arrested Development*«, sagte Feline. »Manchmal bleibt ein Mensch in seiner Entwicklung einfach stehen, wenn er etwas Schreckliches erlebt. Innerlich und in etwas anderer Form auch äußerlich, die Stimme, die Augen, die Haut.«

Van Leeuwen seufzte. »Weißt du, ich hatte eine glückliche Kindheit. Und ich will, dass alle eine haben.«

»Das ist einer der Gründe, aus denen ich dich liebe«, sagte Feline. Sie stand wieder auf, stellte das Weinglas ab und griff mit einer Hand hinter sich. In ihrem Rücken erklang das Plastiksirren eines Reißverschlusses. Eine geschmeidige Bewegung der Schultern, erst der rechten, dann der linken, gefolgt von einem seidigen Rascheln, und das Kleid lag zu ihren Füßen. Sie trug keinen BH, nur ein Höschen vom selben Elfenbeinton wie das Kleid. Ihre Haut war braun und schimmerte, wo der Kerzenschein sie berührte. »Bitte, schlaf mit mir«, sagte sie. »Jetzt gleich.«

»Warum nimmt sie den Namen einer Toten?«, fragte van Leeuwen. »Weil sie sich selbst wie tot fühlt?«

»Wir hatten abgemacht, unsere Arbeit nicht mit nach Hause zu bringen«, sagte Feline.

»Daran haben wir uns doch noch nie gehalten.«

»Das wird ab jetzt anders.«

»Entschuldige«, sagte er und hatte wieder das Gefühl, dass noch etwas anders war, neu, ein Ungleichgewicht in ihrer Beziehung. Fest verankert geglaubte Gefühle gerieten ins Rutschen.

»Es tut auch nicht weh«, sagte sie, als sie sich zu seinem Mund herabbeugte und mit ihren nach Wein duftenden Lippen sein Gesicht berührte, während ihre schlanken Finger sein Hemd aufknöpften. Er stand auf, ohne wirklich schon in der Stimmung zu sein. Ließ zu, dass sie seinen Gürtel und die Hose öffnete. Sie führte ihn zu der breiten Couch an der Fensterfront, und er dachte, *sie ist mir doch noch fremd*.

Sie saß auf ihm und bewegte sich langsam vor und zurück, sanft, ohne jede Wildheit. Seine Hände lagen auf ihren Oberschenkeln, auf der glatten Haut. Am Anfang spürte er noch das Polster unter sich, doch nach einer Weile schwebte er, während sie über ihm aufragte, er hob und senkte sich mit ihr wie Treibholz auf einer Woge. Sie hielt seine Hüften fest, mit Händen und Schenkeln, und er spürte sich in ihr, und dann spürte er seine Schussverletzung, die Wunde unter dem Herzen, ein Ziehen, das zu einem Stechen wurde. Im nächsten Moment bäumte er sich auf, als wollte er sie abwerfen. Aber sie hielt sich im Sattel, fiel nur über ihn, auf seine Brust, mit einem leisen Schrei.

Er roch ihre Haut, einen Hauch von Parfum, und er hörte sie dicht an seinem Ohr atmen, erst schnell, dann langsamer. Sie hatte praktisch kein Gewicht, schmiegte sich an ihn, an seinen Hals. Er streichelte sie. Jetzt spürte er nur noch das Pochen in seiner zusammenwachsenden Wunde. *Es tut doch weh*, dachte er, ohne zu merken, dass er träumte. Als er einen Moment später wieder aufwachte, genauso reglos, wie er eingeschlafen war, lag Feline noch immer auf ihm, und ganz kurz glaubte er, es wäre Simone.

»Woran denkst du?«, flüsterte Feline.

»An nichts«, sagte er.

Sie löste sich von ihm, stand auf und bückte sich zu ihrem Kleid. »Ich seh mal nach der Casserole, die ist sicher verschmort.« Barfuß ging sie zur Tür. »Fährst du mich am Sonntag zum Reiten?«

»Was ist mit deinem Wagen?«

»Nichts. Ich will nur, dass du mitkommst, wenn ich ein paar Runden mit Dakota drehe.«

»Ich mag die Leute in deinem Reitstall nicht.«

»Sonntags sind vor allem Kinder da«, sagte sie. »Kinder magst du doch?«

Er antwortete nicht. Das Geräusch ihrer nackten Füße auf dem Holzboden klang vertraut und gleichzeitig ungewohnt, und er dachte, sie geht sogar anders. Ihre Schritte wurden leiser, während er auf der Couch liegen blieb, allein mit ihrem warmen Duft, dem Geruch brennender Kerzen und den Geräuschen, die sie in der Küche machte. Unten auf der Straße lachte eine Frau. Ein Auto fuhr vorbei, die Soundanlage laut aufgedreht; ein zorniger Rapper wütete in den Lautsprechern. Auf dem Fluss näherte sich das Tuckern eines Touristendampfers, und van Leeuwen konnte das leise Rasseln hören, mit dem sich die Flügel der Magere Brug hoben. Irgendwo da draußen, dachte er, geht eine junge Frau, die sterben sollte, als sie ein Kind war, ihren eigenen tödlichen Weg.

24

Amsterdam by night: Fenna saß auf einem Eisenpoller am Kanal und verbrannte sich die Zunge, als sie eine heiße Ragoutfrikandel aus dem Automaten herunterschlang. Es regnete nicht mehr, aber die Rinde und die Blätter der Ulmen waren noch nass. Die Glühbirnen über der Gracht lockten die ersten Mücken an, die um das Licht tanzten. In dem schwarzen Wasser unterhalb der Ufermauer spiegelten sich die Laternen auf den Brücken. *Wie schimmernde Quallen.* Auf der anderen Seite klafften violette Fenster in den Häuserfassaden, *blutende Wunden voll mit nackten Frauen, wenn du mich fragst*, dachte Fenna.

Der Himmel war eine Zeit lang grün gewesen, jetzt wurde er tintenblau. Aus der offenen Tür einer Bierkneipe hinter Fenna dröhnte ein Rocksong, heulende Gitarrenriffs, die Drums wie die trommelnden Hufe von wilden Pferden. Drums. Vor einem mit *Keizerskroon Pils*-Werbung beklebten Tresen drängten sich Männer und Frauen, Gläser in der Hand, und brüllten gegen die Musik an.Fenna beobachtete die Passanten, Männer und Frauen, aber vor allem die Männer: Stolze Afrikaner, elegante Mulatten und geschmeidige Thais. Jede Menge eilige Chinesen, vorbeihastend wie ferngesteuert. Immer wieder laute betrunkene Briten, Hemd aus der Hose, Jeans fast auf Halbmast. Kichernde Japaner in Schwärmen, die Hälfte mit Mundschutz wie Chirugen. Dann die Deutschen, rote Gesichter, die Augen bierverschwommen. Oder die Spanier in ihren engen weiße Hemden, noch lauter als die Briten, mit schnellen harten Peitschenzungen. Dazwischen kettenbehängte Biker, schwerfällig und reizbar. Hier und da ein schlurfender Drogenfreak wie im Wachkoma.

Fenna hatte sich an sie alle gewöhnt, die Transen, Dealer, Zuhälter, die Polizisten auf Patrouille, paarweise zu Fuß, einzeln auf Motorrädern. Wachsam und desinteressiert. Geschäftsleute und Banker, plappernd am Handy. Straßenkünstler sprangen einen an wie Hunde, zwischen den Zähnen den Gummiknochen ihres einzigen Tricks. Und die arabischen Familien: Männer wie ölgekrönte Könige mit Uhren aus lautlos tickendem Gold, die Frauen hinter Schleiern. Fenna sah ihre schnellen Blicke durch schmale Augenschlitze zu den Fenstern, den *window girls*, für deren Sünden es im Koran keine Vergebung gab.

Nur an den toten Jungen hatte Fenna sich nicht gewöhnt. Der ging im blutigen Schlafanzug zwischen ihnen, und manchmal sogar durch sie hindurch oder sie durch ihn. Niemand außer ihr konnte ihn sehen; keiner kümmerte sich um ihn.

Sie stand auf, leckte sich die fettigen Finger ab und ging selbst auch weiter, die schmale Straße am Wasser entlang. Auf dem Boot war sie sicher, da konnte sie schlafen, aber nur wenn sie müde genug war. Hier auf den Straßen waren die Lebenden, die ihr entgegenströmten, sie waren stärker als die Bilder von den Toten, von Mama und Papa und ihrer Schwester.

Im Schein der flackernden Leuchtreklamen sah sie jedem Mann ins Gesicht, nur kurz, sodass es ihm nicht auffiel. Amelie hatte gesagt, dass er nicht von hier war, sondern von einer Insel.

Vielleicht ging der Kunde jetzt, wo Amelie nicht mehr lebte, zu einer anderen, deswegen suchte sie ihn in *de wallen*. In einem

Fenster sah sie sich selbst und erkannte sich erst nicht, nur jemand, der so angezogen war wie sie, Jeans, Sneakers, eine schilfgrüne Jacke, ein schwarzes Männerhemd. Ein blasses Gesicht und ein silbernes Blinken an einer Augenbraue, am linken Ohr. *Ach, das bin ich.*

Sie wusste nicht, was sie zu ihm sagen sollte, wenn sie ihn fand. Ob sie überhaupt etwas sagen musste. Vielleicht nur das, was wirklich einfach war. Sie wusste nicht viel von ihm, nur dass er dunkelbraune Haare hatte und grüne Augen und dass ein Stück von seiner Unterlippe fehlte, als hätte es ihm jemand abgeschnitten. Er war der einzige Kunde, von dem Amelie gesprochen hatte, ein Kreole. Er kam regelmäßig und war ein guter Liebhaber. Er erzählte von der Macht, die er besaß, dem vielen Geld, das durch seine Hände ging. Amelie hatte das nicht hören wollen.

An einer Brücke über den Voorburgwal stand ein junger Mann in zerschlissenen Jeans, Turnschuhen und T-Shirt, ein blonder Pferdeschwanz. Er drosch auf eine zerkratzte Gitarre ein und schrie »*We are young, we are young*«. Fenna suchte den Kunden, weil er ihr vielleicht etwas von Amelie erzählen konnte, das sie noch nicht wusste, vor allem über die mächtigen Männer. Im Grunde war es aber keine wirkliche Suche, nicht so, wie die Polizei jemand suchte oder wie sie den Mörder ihrer Familie gesucht hatte.

Neben dem Eingang eines Sexkinos hatte sich ein hagerer Prediger aufgebaut, in schwarzem Anzug, die Hosen schmutzig an den Knien, ausgetretene Sandalen an den nackten Füßen und unter dem Sakko ein weißes Hemd mit zerfranstem Kragen.

»Der Teufel«, schrie er, »der Teufel geht zwischen euch. Er hält euch bei der Hand und flüstert in euer Ohr. Hört ihm nicht zu! Halt, bleibt stehen! Ich komme von dem, der das Heil ist und dessen Botschaft ich euch verkünde. Seine Liebe ist eine andere als die billige, die ihr sucht, aber nicht findet. Hier erwartet euch nur Schmutz, ihr suhlt euch im Reich des Bösen –«

Der rote Schein aus dem Sexkino fiel auf sein Gesicht, die erhobenen Hände, flackerte in seinen Augen. Zwei junge Männer blieben stehen; einer prostete ihm zu. Ein Mädchen kreischte: »Halt's Maul!« Ein Junge auf der anderen Straßenseite filmte ihn mit dem Handy.

Fenna war ebenfalls stehengeblieben. Sie spürte ein leichtes Zittern unter ihrem Herz. *Wie wenn sich eine böse Vorahnung einnistet und nicht mehr weichen will*, dachte sie, und da sah sie den Kreolen, ein paar Schritte entfernt, an eine Mauer gelehnt. Er trug ein Polohemd aus schwarzer Baumwolle, eine weiße Hose und rote Wildledermokassins mit weißen Nähten, keine Jacke. Seine Haut war hellbraun und glatt, er hatte Muskeln und klare Augen. Er beobachtete den Prediger, und sie wusste erst nicht, dass er es war, bis sie seine Unterlippe bemerkte, die in einer weißen Narbe endete, bevor der rechte Mundwinkel begann.

Sie ging zu ihm und fragte, ob er mitkommen wolle. Er schien nicht mal überrascht. *Eitel*, dachte sie, *wie die meisten*. Eigentlich sah er gar nicht so mächtig aus wie andere, die sie gesehen hatte. Wie der Bankier de Kook. Wie der Reeder Vermeulen.

Er folgte ihr, ohne zu reden, und sie sagte auch nichts, bis sie das neue Boot erreichten. Das letzte war nach dem starken Regen vollgelaufen, überall brackiges Wasser, knöchelhoch. Das neue Boot lag in einem Seitenkanal abseits der Oude Zijds, wo es dunkel und still war. Mit einem Satz sprang sie von der Kaimauer auf Deck. Er blieb auf der Mauer stehen: »Auf einem Boot?«

»Vorübergehend«, antwortete sie.

Er sprang aufs Deck, und als er neben ihr landete, roch sie ein starkes Eau de toilette, jede Menge Moschus und Sandelholz. Er wollte wissen, wie sie hieß. Sie sagte ihm nur den Vornamen und fragte nach seinem. »Samyel«, sagte er. »Du bist sehr jung.« Sie wusste, dass es ihm darum ging, deswegen sagte sie ihm nicht, wie alt sie wirklich war. Älter als Amelie.

Das Boot schwankte leicht, rieb sich knarrend an der Mauer. Fenna hörte den Wind in den Ulmen, aber keine Musik mehr, nur leise flüsternde Wellen, das Schaben, mit dem sich die Vertäung am Schanzkleid rieb. »Lass uns nach unten gehen«, sagte sie.

»Wie viel?«, fragte er. Sie erklärte, dass sie kein Geld wollte. Sie ging voraus, die kurze Treppe hinunter und in die Kajüte. Sie spürte ihn hinter sich, als sie die Ölfunzel anzündete und den Schlafsack ausrollte. Er stand am Fuß der Treppe, etwas gebückt. Als sie sich zu ihm umdrehte, war sein Gesicht ausdruckslos, fast starr. Er schenkte dem Raum keine Aufmerksamkeit. Auch an dem feuchten Geruch, dem Staub und dem Schimmel schien er sich nicht zu stören.

Sie knöpfte ihre Jeans auf und ließ sie einfach bis zu den Knöcheln runterrutschen. Im Stehen schälte sie sich aus den Hosenbeinen, und dabei konnte sie die Silbermünze durch den dünnen Stoff der rechten Tasche spüren. Diesmal dachte sie nicht an das Wort, *Esperanza*; dachte nur, dass ihr Vater ja selbst die Hoffnung verloren hatte und dass die Münze auch sonst nicht viel wert war.

Mit seinen grünen, glänzenden Augen beobachtete der Mann jede ihrer Bewegungen, während sie sich langsam auszog. Sie ahnte, dass er gefährlich war, vielleicht ein Mörder, aber das machte ihr keine Angst. *Ich bin schon tot.* Als sie nur noch Strümpfe und das Höschen anhatte, knöpfte er sein Polohemd auf und öffnete die Schließe seines weinroten Krokogürtels. Er war schnell ganz nackt und schon erregt, bevor er aus den gelben Shorts geschlüpft war. Auf der Brust hatte seine Haut einen anderen Farbton, nicht Feige, sondern Zimt und Curry; und darunter die Muskeln.

Sie ging auf ihn zu, keine Ahnung warum, vielleicht weil er so bereit war. Als sie vor ihm stand, zog sie auch das Höschen aus, behielt ihre Schuhe aber an, weil sie nicht irgendwo reintreten wollte, wo man sich einen Splitter einziehen konnte. Er beugte sich vor, um sie zu küssen, aber sie drehte schnell den Kopf zur Seite. *Ich muss etwas zurückbehalten, ein Tauschobjekt.* Sie hatte von ihrem Vater gelernt, dass man etwas haben musste, das anderen etwas bedeutete und das sie nicht hatten.

Du musst etwas haben, das die anderen brauchen. Eine Fähigkeit, ein Talent, eine Ware. Sonst ist man niemand, weißt du. Wenn man nichts anzubieten hat, kriegt man auch nichts, und je mehr du haben willst, desto weniger darfst du geben. Du darfst sie aber nicht zu lange hinhalten, sonst nehmen sie sich einfach, was sie wollen. Es gibt immer jemand, der stärker ist als du und dir alles wegnehmen kann.

Samyel wusste, wie man eine Frau nahm; wo man sie anfassen und wie man sie küssen musste. Sie schlang ihm die Arme um den Hals, er packte sie an den Hüften, hob sie, bis ihr Kinn auf seiner Schulter lag, die Kajütenwand dicht vor ihrem Gesicht, und hielt sie weit oben an den Schenkeln. Sie spürte seine heiße Haut, ihre eigene Kühle. Ihre Köpfe stießen gegen die Decke. Er ging langsam in die Knie, sie hockte auf seinen gespreizten Schenkeln, bis er sich vorbeugte und sie auf den Schlafsack legte, immer noch in ihr, und über sie glitt, mit seinem ganzen Gewicht.

Sie sah zum Fenster hinüber, auf die Decke, die als Vorhang diente. Dahinter schimmerte ein kleiner Spalt Licht draußen auf der Mauer. Es verwunderte sie, wie leicht es ihr fiel, nackt zu sein, am ganzen Körper offen. Sie fühlte nichts, empfand nichts, ließ ihn machen. Ob es Amelie auch so gegangen war, ob sie ihr jetzt ein bisschen näher kam. Amelie war auch das Opfer gewesen, nur dass sie es nicht überlebt hatte.

Samyel versetzte sich in eine Ekstase, die fast echt wirkte: sein Gesicht verzerrte sich im Schein der Öllampe. Er schwitzte und arbeitete wie eine Maschine, ein stampfender Kolben. In Fennas Kopf gab es ein Geräusch, als risse ein Gummiband. Aus dem Gesicht wurde die Grimasse des Mannes an der Tür, der die Ladung der Flinte in die Brust bekommen hatte. Dann verzerrte sich alles, was sie sah, der Mann, der Raum, die Gegenstände. Es dehnte und verzog sich wie auf einem surrealen Gemälde.

Sie hatte das Gefühl, in ihr begann etwas zu fließen, nach oben und unten. Als löse sie sich auf, während die Enden des Gummibands hin und her schnellten. So war es gewesen, als sie von Amelies Tod erfahren hatte und noch stärker an dem Tag, an dem ihr klar geworden war, wer die Schuld am Elend ihres Vaters trug; wer ihn ermordet hatte. Sie war einfach nicht mehr da.

Dann nahm alles wieder seine feste Form an, härter als vorher. Samyel stieß keinen Schrei aus, nur ein Schluchzen, und einen Moment lang fürchtete sie, er könnte weinen. Doch er atmete nur schnell und kippte zur Seite, das Gesicht abgewandt, sodass sie seine Augen nicht sehen konnte, Amelie hatte ihr erzählt, dass die Männer meistens die Augen schlossen, wenn sie fertig waren.

Er lag auf dem Rücken. Seine Brust hob und senkte sich regelmäßig. *Er schläft*, dachte sie. *Selbst wenn er daliegt wie tot, schläft er nur*. Aber ihr Vater war wirklich tot gewesen, als er so dagelegen hatte, auf dem Rücken, mit weggedrehtem Gesicht und einem großen, roten Loch in der rechten Schläfe. Sie hatte ihn nur auf einem Foto gesehen – das wirre, verschwitzte Haar, das halb aufgeknöpfte Hemd, der Arm mit der Pistole angewinkelt auf dem Boden neben seiner Schulter, unter seinem Bauch der etwas herabgerutschte Bund der Jeans, bespritzt mit Blut. Sie hatte ihn erst gar nicht erkannt. Sie hatte das Foto sehen wollen, ihn aber nicht erkannt. Sie hatte ihre tote Mutter erkannt und ihre tote Schwester auch, aber nicht ihren Vater.

Ich habe geschlafen, als es geschehen ist. Wir haben alle geschlafen. Nur ich bin wieder aufgewacht, im Krankenhaus. Ich habe nach Mama gefragt. Nach Papa. Nach Fenna auch. Niemand wollte mir sagen, wo sie sind, was geschehen war, aber ich habe es gewusst.

Ich darf nicht schlafen, dachte sie in der Sekunde, bevor sie einschlief, und als sie wieder aufwachte, wurde es draußen schon hell.

Sofort blickte sie zu ihrer Flinte hinüber, die unter der Treppe lag, in Leinwand und Segeltuch gehüllt. Sie war noch da, genauso wie ihr Rucksack daneben.

Der Mann lag jetzt auf dem Bauch, einen Arm ausgestreckt, den anderen neben dem Oberschenkel. Er trug eine goldene Uhr, fast zu schwer für die dünnen Gelenke. Der Nacken war ausrasiert, eine weiße Strähne zog sich durch das krause Haar, als hätte ein Künstler das Motiv der Narbe an der Unterlippe wieder aufgenommen. *Ich wäre eine gute Malerin*, dachte Fenna.

Die Luft in der Kajüte war stickig. Es roch nach Dieselöl, feuchtem Tauwerk und faulendem Holz. Vor den Schatten unter der Treppe und in den Ecken zitterten Spinnweben schwach in den Lichtstrahlen, die an dem provisorischen Vorhang vorbei in den Raum fielen. Staubkörnchen tanzten durch das Licht und das Halbdunkel, über dem nackten Körper des Mannes neben ihr. Samyel hieß er, fiel ihr wieder ein. Er sah jetzt nicht mehr gefährlich aus, aber das hatte nichts zu bedeuten.

Sie berührte ihn an der Schulter. Er war sofort wach, sein Kopf schnellte hoch. Als er sie sah, entspannte er sich und ließ sich zurücksinken. »Du erinnerst mich an jemand«, sagte er. »Ein Mädchen.«

»An Rose?«, fragte sie.

»Du kennst sie?«

»Ja.«

»Weißt du, dass sie tot ist?«

»Ja. Warst du oft bei ihr?«

»Was ist oft?«

»Wie hast du sie kennengelernt?«

»Warum willst du das wissen?«

»Weil ich nicht an Zufälle glaube.«

»Das ist gut.« Er sah sie an. »Ich auch nicht.«

»Sie hat gesagt, du kennst mächtige Männer.«

Er schwieg.

»Bist du ein mächtiger Mann?«, fragte sie.

»Nein.«

»Aber du kennst welche?«

Er zuckte mit den Schultern und stand auf. Stieß sich wieder den Kopf an der Decke. Bückte sich nach seinen Sachen. Schlüpfte aus seinen Mokassins und zog die Shorts an, dann die Hose. In den Taschen klirrte etwas, Geld, vielleicht ein Schlüsselbund.

»Ich will wissen, warum sie sterben musste«, sagte Fenna. »Sie war unglücklich.« *Amelie war ein Opfer mächtiger Männer*, dachte sie.

Samyel sagte nichts. Er fuhr in das Polohemd, schloss den Gürtel und griff in die Taschen. Er holte einen Zimmerschlüssel in Form einer unbedruckten Keycard heraus und betrachtete ihn stirnrunzelnd, als hätte er vergessen, in welchem Hotel er wohnte. Aus der anderen Tasche nahm er ein Smartphone. Wahrscheinlich machten das alle Männer morgens nach dem Aufstehen, dachte Fenna; es kam ihr alles ganz natürlich vor.

Er schaltete das Smartphone ein, wischte ein paarmal mit dem Daumen über die Oberfläche und erstarrte plötzlich wie ein Jagdhund, der ein Wild witterte. »Du heißt Fenna Kleijn«, sagte er.

Sie stand ebenfalls auf. »Ich habe dir meinen Nachnamen nicht genannt«, sagte sie.

»Du wirst gesucht«, sagte er leise. »Die Polizei sucht dich als Zeugin in einem Mordfall.« Er zeigte ihr das Display seines Smartphones, mit der aufgeschlagenen Website der Amsterdamer Polizei. Es war nur eine Phantomzeichnung, aber sie sah ihr so ähnlich wie eine Fotografie.

25

Am Sonntagmorgen fuhren sie spät los, und als sie die Stadt hinter sich gelassen hatten, sagte van Leeuwen: »Du bist schuld, wenn wir Amsterdam heute Abend nicht mehr wiedererkennen, weil das Verbrechen die Stadt übernommen hat.«

»Das sagst du jedes Mal, sobald wir auch nur einen Fuß über den Single setzen«, meinte Feline mit dem strahlenden, liebevollen Lächeln, das sie in letzter Zeit für ihn bereit hielt. Sie hatte sich in den Beifahrersitz des Alfa geschmiegt, ein Bein angezogen, den Kopf gegen den Fensterrahmen gelehnt, katzenhaft, als wäre der Sitz von einem ganzen Designerteam für sie in genau dieser Haltung maßgefertigt worden. Sie trug ihre hellen Reithosen, einen sandfarbenen Rollkragenpullover und braune Lederstiefel, die jetzt allerdings vor ihr auf der Bodenmatte lagen.

»Warum musstest du dir unbedingt ein Pferd kaufen?«

»Weil jedes Mädchen eines haben will und jede Frau eines haben sollte. Pferde machen glücklich.«

»Ich dachte, ich mache dich glücklich.«

»Du und *Dakota.*«

»Schnall dich bitte an«, sagte er und wartete, bis sie den Gurt angelegt hatte, bevor er das Gaspedal durchtrat. Sie hatten seit gestern Abend nicht mehr über Fenna Kleijn, Ruud Dekker oder Milan Kimmel gesprochen. Dennoch kreisten die Fälle in ihm oder besser, er schob sie unablässig hin und her, suchte nach Verbindungen und Erklärungen.

»Du musst keinen Geschwindigkeitsrekord aufstellen«, sagte Feline. »Wir werden nicht verfolgt, oder?«

»Wer weiß?« Es dauerte noch weitere zehn Minuten, bis der endlose blaue Himmel und das weite, grüne Land mit den im Wind gesträubten Aprilwiesen ihn aus seinem eigenen Kopf befreiten.. Rechts und links der Straße teilten gelbe Krokusse das hohe Gras, dazwischen schlanke Birken mit silbern blinkenden Blättern, die Stämme blendend weiß wie frisch gestrichen. Ein Fluß näherte sich der Straße, breit und ruhig, und auf dem Wasser glitt ein Segelboot dahin. Am Ruder stand ein junger Mann in einem weißen Pullover; auf dem schmalen Deck vor ihm saß eine Frau mit blondem Haar in einem Liegestuhl, mit geschlossenen Augen.

Feline sah aus dem Fenster. Vielleicht stellte sie sich vor, wie es wäre, auf dem Boot zu sein oder sie betrachtete die Birken und dachte daran, wie sie ganz am Anfang an einem Sonntag mit dem Fahrrad aufs Land gefahren waren und in einem Birkenhain ein Picknick veranstaltet hatten. Er dachte oft daran, wie es gewesen war, dicht neben ihr zu liegen, an den Wind, die Sonne, den Wein und den Regen, der sie überrascht hatte, und wie sie dann schnell zurück in die Stadt geradelt waren, zu ihr nach Hause, wo sie am Abend zum ersten Mal miteinander geschlafen hatten.

Er fuhr langsamer, fast alle anderen Wagen rasten an ihnen vorbei, buntes Blech in der Mittagssonne, das weiter vorn zu einem schimmernden Mosaik verschmolz. Noch weiter vorn, am Horizont, fiel der Himmel zum Meer ab, das von hier aus nicht mehr war als ein grauer, bewegter Saum aus Gischt hinter einem weißen Streifen Sand. Sonst nichts, vielleicht noch die gleißenden Flecken der Silbermöwen über den unsichtbaren Wellen. Bevor das Meer noch näherkommen konnte, bog van Leeuwen nach rechts ab, auf eine Landstraße, die zu Felines Reitclub führte.

Die Straße war gesäumt mit Birken, Apfelbäumen in voller Blüte und nach einiger Zeit mit dicht gepflanzten Lorbeerbüschen, die das Clubgelände vor neugierigen Blicken verbargen. Zwischen sorgfältig gestutzten Buchsbaumhecken führte eine mit Kies ausgelegte Auffahrt zu dem Gestüt mit seinen Stallungen. Van Leeuwen konnte die Pferde schon riechen, bevor er Musik hörte, eine Swingband, die *In the Mood* spielte.

»Ach ja«, meinte Feline, »das hatte ich vergessen: Heute feiert der Club sein Fünfzigjähriges mit einem kleinen Umtrunk, nur ein Büffet, Tanz und ein paar Drinks.«

»Du hast gesagt, es sind vor allem Kinder da, weil Sonntag ist«, beschwerte er sich.

»Die Kinder von Clubmitgliedern mit ihren Eltern«, präzisierte Feline lächelnd und öffnete den Schlag des Alfa. »Natürlich auch Leute, die nur ein Pferd hier stehen haben und ohne Kinder da sind, weil sie keine haben. Wie Richter Gerritsen.« Sie deutete auf einen Jaguar XJ, tintenblau, gelbe Ledersitze, der mit kiesknirschenden Reifen hinter ihnen zum nächsten Parkplatz rollte. »Er hat eine wunderschöne Stute, Anastasia.«

»Hoffentlich steht sie auf Glenn Miller«, sagte er.

Der Richter stieg aus, etwas mühsam, als hätte er Muskelkater. Das Lächeln, mit dem er Feline begrüßte, veränderte sich, als er den Commissaris bemerkte. Es wurde kühler und schwächer, ohne ganz zu verschwinden. Van Leeuwen erwiderte sein knappes Nicken mit einem ebenso minimalistischen Gruß, für das bloße Auge kaum sichtbar. Gerritsen trug eine sandfarbene Leinenhose, ein hellblaues Buttondown-Hemd und dazu ein dunkelblaues Sportsakko von Ralph Lauren. Schnell schritt er in Richtung Clubhaus über den Parkplatz davon, ohne van Leeuwen oder sonst jemand eines weiteren Blickes zu würdigen.

Das Clubhaus bestand aus aprikosenfarbenem Mauerwerk, mit Sandstein verblendet, einem überhängenden Walmdach und runden, ebenholzgerahmten Fenstern, die eher zu einem Schiff gepasst hätten. An einem Fahnenmast neben dem Eingang schlug eine Flagge in Rot, Weiß und Blau frisch und fröhlich knatternd hin und her. Die Musik spielte auf der anderen Seite des Gebäudes, sie wehte im Wind heran, vermengt mit Stimmen und Gläserklirren.

»Komm, wir sagen Dakota guten Tag«, schlug Feline vor. Van Leeuwen gefügig im Schlepptau, ging sie ohne Eile um das Clubhaus herum zu den Stallungen. Sie traten aus dem hellen Sonnenlicht in den Schatten der Ställe, der von Rascheln und Hufscharren erfüllt war, dazu das leise Geräusch von mahlenden Zähnen. Die warme Pferdeausdünstung vermischte sich mit dem süßen Geruch von Heu und Sägespänen. »Hallo, meine Schöne«, sagte Feline, als sie vor der Box des Rotfuchses standen.

Die Stute schnaubte, schob den Kopf über das Gatter und schüttelte ihre Mähne. Sie war groß und schlank, mit einem langen Hals, kräftigen Schultern und starken Beinen, die sich zu den Hufen hin elegant verjüngten. Das kastanienbraune Fell spannte sich glatt wie Lack über den Muskeln.

»Hast du mich vermisst?«, fragte Feline, tätschelte Dakotas Hals und ließ sie mit den Lippen an ihrer Hand knabbern.

Die Boxen rechts und links waren leer, doch etwas weiter entfernt stand Richter Gerritsen, jetzt ohne Sonnenbrille, vor dem offenen Tor, durch das man mehrere Reiter und ihre Pferde im blendenden Sonnenschein bei den Paddocks sehen konnte.Auf der anderen Seite des Stalls spritzten zwei junge Männer in Jeans und T-Shirts Wasser aus Gummischläuchen auf den Steinboden.

Der Richter streichelte die Blesse eines Rappen, dessen glänzendes schwarzes Fell mit weißen Flecken versetzt war, unregelmäßig und groß wie unentdeckte Kontinente auf alten Landkarten.

Feline entriegelte die Box. »Bist du bereit, ein paar Runden zu drehen?«, fragte sie Dakota, wie man ein Kind fragt, ob es mit auf den Spielplatz gehen möchte. Dabei strich sie der Stute zärtlich über die Flanke. Anschließend hob sie Zaumzeug und Sattel von einem Eisenhaken in der Wand und zäumte Dakota auf. Geduldig hielt das Pferd still, schlug nur mit dem Schweif hin und her. Die Ohren zuckten. Feline zurrte den Sattelgurt fest. »Was hältst du davon, dich unter die anderen Gäste zu mischen, bis wir ein paar Runden gedreht haben?«, fragte sie van Leeuwen.

»Was glaubst du, was ich davon halte?«, fragte er.

Ohne auf seinen grimmigen Tonfall einzugehen, führte Feline Dakota am Maulgeschirr zum Tor. Die Stute trottete mit wippendem Kopf neben ihr her. Als sie aus dem Schatten in die Sonne traten, schüttelte der Rotfuchs wieder die Mähne. Feline saß auf, und beide trabten zur Reitwiese am weit entfernten Ende des Geländes. »Sie sind ein Glückspilz, Commissaris«, sagte Richter Gerritsen hinter van Leeuwen. »Klug und schön, diese Kombination findet man selten.«

»Ich wusste gar nicht, dass Sie reiten, Richter Gerritsen«, sagte van Leeuwen ausweichend.

»Sie wissen vieles nicht«, gab der Richter zurück und wischte sich die von den Pferdelippen feuchte Hand an einem Taschentuch ab. »Früher war ich häufiger hier draußen, in letzter Zeit komme ich kaum noch dazu.« Er strich dem Schecken noch einmal über die Stirn. »Leider ist Anastasia verletzt, nichts Ernstes, aber ich muss sie eine Weile in der Box lassen. Sie haben anscheinend keine große Lust, der Anregung von Doktor Menardi zu folgen. Wir könnten doch zusammen etwas spazieren gehen.«

»Sie und ich?«, fragte van Leeuwen.

»Kommt Ihnen das so abwegig vor? Ich erinnere mich an ein Gespräch, das wir vor einiger Zeit geführt haben, wo war das? Bei der Amtseinführung des neuen Oberbürgermeisters? Recht und Gesetz, Gerechtigkeit oder Rechtsprechung, wissen Sie noch? Dostojewski, Melville, *Billy Budd*, *Schuld und Sühne*, was ist Strafe, wonach bemisst man sie, was bewirkt sie …«

»Seitdem ist einiges passiert«, meinte van Leeuwen. »Zum Beispiel gibt es jetzt den Euro.«

»Ist das schon so lange her?« Die Überraschung des Richters wirkte aufrichtig. »Ich gebe zu, unser Verhältnis war nie ganz unbelastet – Ihre Ermittlungsmethoden, Ihr unorthodoxer Führungsstil, die etwas schroffen Umgangsformen, aber letzten Endes wirft man mir gelegentlich dasselbe vor …«

Sie verließen den Stall und schauten zum Clubhaus hinüber, vor dem die Mitglieder und ihre Gäste feierten. Geblendet von der Nachmittagssonne, nahm van Leeuwen nur eine Ansammlung bewegter Farbtupfer wahr, zwischen denen Kellner in weißen Jacketts hin und her gingen und Gläser und Teller auf silbernen Tabletts herumtrugen. Das Partyzelt über der Terrasse war mit Girlanden geschmückt, das kleine Orchester warf sich mit seinen Intrumenten glitzernde Lichtreflexe zu. Die *Moonlight Serenade* ging in *Tuxedo Junction* über. Offenbar fanden alle alles einfach wunderbar, den Club, sich selbst, das Wetter, das ganze Leben.

Der Richter wandte sich nach links, zur Reitanlage, hinter der die Koppel begann. Sattes Grün flimmerte vor den dunklen Stämmen einer Reihe von Kirschbäumen mit gekrümmten Ästen, an deren Blüten der Wind rüttelte – rosa und weiß, man konnte glauben, in Japan zu sein. In der Koppel graste ein gutes Dutzend Pferde. Einige rissen mit kleinen Seitwärtsrucken der Köpfe Grashalme aus. Andere rieben ihre glänzenden Leiber aneinander. Ein paar standen nur da, aufmerksam mit gespitzten Ohren, und manchmal schien ein Schauer über ihr Fell zu laufen.

Der Richter blieb an dem weiß gestrichenen Zaun der Koppel stehen, offenbar hatte er nur einen kurzen Spaziergang im Sinn gehabt. Er lehnte sich mit dem Rücken gegen den Zaun und blickte zum Springplatz hinüber.

»Haben Sie Kinder?«, fragte er.

»Nicht soweit ich weiß.«

»Vielleicht in der Zukunft?«

»Nein«, antwortete van Leeuwen.

»Angst vor unkontrollierbaren Lebensformen?«

»Unter anderem.«

»Sie sind mir nie ängstlich erschienen«, sagte der Richter.

»Das ist die Kunst«, sagte van Leeuwen, der sich mit der Angst in all ihren Varianten auskannte. Er glaubte, eine neue Note in Gerritsens Stimme zu hören – nicht nachdenklicher, auch nicht weniger streng; etwas anderes schwang mit, vielleicht nur in seinem Blick, seinem Tonfall. Er drehte sich um und stützte die Unterarme auf den Zaun, um einen Vorwand zu haben, den Richter nicht anschauen zu müssen. »Ich würde Sie gern etwas fragen.«

»Dienstlich oder privat?«

»Dienstlich.«

»Es ist Sonntag, Commissaris. Wir sind privat hier.«

»Ich habe mich noch einmal mit Amelie Winters Mutter unterhalten – Marleen Winter«, sagte der Commissaris trotzdem.

»Auf keinen Fall spreche ich mit Ihnen über den Prozess gegen Leon Boer«, wehrte der Richter rasch ab. »In Ihrem eigenen Interesse, wenn ich an die Ermittlungen Ihrer Behörde denke. Und auch über keinen anderen Fall.«

»Es geht nicht um die Aussage von Agent Dekker, sondern um etwas, das Mevrouw Winter gesagt hat.«

Gerritsen wandte den Kopf. »Warum haben Sie überhaupt mit ihr gesprochen?«

»Sie verdient es, dass die Fehler korrigiert werden, die wir bei unserer ersten Untersuchung des Falls begangen haben.«

»Was soll das bezwecken? Das Mädchen ist tot und ihr mutmaßlicher Mörder ebenfalls.«

»Ich will wissen, was wir übersehen haben. Weshalb Amelie Winter auf einmal zur Aussteigerin wurde. Und warum sie plötzlich Drogen nahm, bis sie nicht mehr davon loskam.«

Der Richter zog die Sonnenbrille aus der Brusttasche seines Jacketts und setzte sie auf. »Und was war es nun, das Mevrouw Winter gesagt hat?«

Plötzlich, ohne zu wissen, warum, hatte der Commissaris das Gefühl, sich durch vermintes Gelände zu tasten. »*Richter Gerritsen hat Schuld*«, zitierte er Amelies Mutter. »Ich habe gesagt, Sie hätten gar nicht anders entscheiden können, aber sie beharrte darauf: *doch, das hätte er*. Haben Sie eine Erklärung dafür?«

Jetzt sah er den Richter doch an, sah, wie er den Kopf senkte. Das Licht brach sich in den grünen Gläsern seiner Sonnenbrille. »Sie hat recht«, sagte Gerritsen schließlich. »Man hat immer eine Wahl.«

26

Feline und der Rotfuchs trabten unter den blühenden Obstbäumen dahin, vom Schatten ins Licht und wieder in den Schatten. Van Leeuwen kniff die Augen zusammen, um sie besser sehen zu können, die wehenden Haare, das Spiel von Dakotas Muskeln unter dem glänzenden Fell, die Grazie in Felines Haltung. Grasfetzen stoben unter den Hufen auf. »Wussten Sie, dass Amelie auch geritten ist?«, fragte er den Richter. »Ihrer Mutter zufolge war sie bis vor einigen Jahren eine leidenschaftliche Reiterin.«

»Ich wusste gar nichts über sie«, antwortete Gerritsen schroff. »Nur das, was in den Gerichtsakten stand.«

»Wir suchen auch nach Verbindungen, die nicht in den Akten stehen«, fuhr der Commissaris fort. »Bei Mevrouw Winter und anderen, die Amelie kannten.«

»Was für Verbindungen?«

»Zwischen Amelies Tod und dem von Leon Boer und dem Tod von Hans-Geert de Kooks Familie, dem Ausbruch von Milan Kimmel, dem drohenden Untergang von Vermeulen & Aboudani, den Tätern und Opfern – und Fenna Kleijn.«

»Wer ist das?«, wollte der Richter wissen.

»Das ist genau die Frage, die wir uns gerade stellen«, erklärte van Leeuwen. »Zunächst ist sie eine junge Frau, deren ganze Familie von ihrem Vater bei seinem Selbstmord mit in den Tod genommen wurde. Sie könnte eine Zeugin sein. Auch eine Täterin. Ich habe mir Gedanken über diese Schrift an der Wand gemacht. *Ich bin kein Täter*. Sie kannte Amelie, die ein Opfer war. Und es kann weiter sein, dass diese Fenna Kleijn, wenn sie die Mörderin der Familie des Bankiers de Kook war, ihn vielleicht für die Situation verantwortlich macht, die ihren Vater zu seiner Verzweiflungstat getrieben hat. Die Famillie lebte in der Nähe von Rotterdam, ihr Vater war Schiffsbauingenieur, da könnte es eine Verbindung zu einer Reederei geben. Wir gehen dieser Spur nach, mal sehen, wohin sie uns führt. Vielleicht zu Menschen, die Glück oder Unglück in Geld bemessen und einen Teil dieses Geldes dazu verwenden, billige Mörder zu kaufen. Und teure Anwälte.«

»Wir werden doch alle gekauft«, sagte der Richter mit belegter Stimme. »Nicht nur Mörder oder Anwälte, jeder Einzelne von uns, ohne dass wir es merken. Beamte werden gekauft, Politiker, Regierungen, sogar ganze Länder. Nicht von Gangstern, wie das in Mexiko der Fall ist, sondern von Konzernen, die wir mit unserem eigenen Geld groß gemacht haben. Geld, das wir für ihre Produkte ausgeben, mit dem wir ihre Aktien erwerben, das in unseren Steuern steckt und das von den gekauften Politikern, den gekauften Regierungen an diese Konglomerate weitergereicht wird, in Form von Rüstungs- oder Bauaufträgen, Steuervergünstigungen, Beraterhonoraren. Geld, das in die Taschen von Tarnfirmen des Organisierten Verbechens fließt, in Baufirmen, Reedereien, Müllentsorger. Mit unserem eigenen Geld werden wir entmündigt und unserer demokratischen Rechte beraubt. Kein Wunder, dass junge Menschen an einer solchen Welt verzweifeln und Drogen nehmen, um sie ertragen zu können. Wir sind machtlos, van Leeuwen – Polizei, Justiz, Kirche. Wir sind dabei, unsere moralische Autorität zu verlieren. Die Frage, die ich mir stelle, ist: inwieweit sind wir selbst Schuld daran? Sie und ich stecken bloß die Finger in das Loch im Damm, aber der Druck von der anderen Seite steigt.«

Der Commissaris nickte, erstaunt über die Resignation, die in Gerritsens Worten mitschwang. »Wir übernehmen immerhin

Verantwortung«, sagte er, »wann und wo wir können. Das ist viel in einer Zeit, in der sich niemand mehr verantwortlich fühlen will. Gut und Böse, diese Begriffe gelten nicht mehr. Richtig und falsch? Für die, die uns kaufen, ist *gut* alles, womit sie sich ihre Taschen füllen können, und sei es ein Verbrechen. *Falsch* ist es nur, wenn sie erwischt werden. Und das ist unsere Aufgabe, das macht unsere Autorität aus: dass wir sie erwischen, weil das, was sie tun, falsch ist. Die de Kooks, Vermeulens, Boers, sogar die Manhijmers –«

»Sie glauben tatsächlich, dass zwischen all denen eine Verbindung existiert?«, fragte Gerritsen

» Hat es Sie denn nicht verwundert, dass ein kleiner Dealer wie Leon Boer mit einem der teuersten Anwälte des Landes als Verteidiger im Gerichtssaal aufkreuzt? Oskar Manhijmer vertritt sonst nur Leute vom Kaliber de Kooks oder Vermeulens.«

»Ich hatte gesagt, ich rede nicht über den Prozess«, wies der Richter ihn gereizt zurecht.

»Dann sprechen wir doch einfach über einen anderen Prozess«, schlug der Commissaris vor. »Zum Beispiel über den gegen Milan Kimmel vor drei Jahren. Obwohl er das Verbrechen, das ihm damals zur Last gelegt wurde, in Rotterdam verübt haben soll, ist der Fall vor Ihrem Gericht verhandelt worden. Wie kam es dazu?«

Langsam wandte Gerritsen ihm das Gesicht zu. Seine Augen schienen aus Eis zu sein, hart und glitzernd im hellen Licht. Er sah van Leeuwen mehrere Sekunden an, ohne etwas zu sagen, bevor er ebenso langsam die Sonnenbrille wieder aufsetzte.

»Wissen Sie, van Leeuwen, ich hatte im Lauf der letzten Jahre gelegentlich den Eindruck, dass man Ihnen nicht trauen kann«, sagte er, »nicht vorbehaltlos jedenfalls. Man weiß nie, was Sie im nächsten Moment tun, ob Sie sich nicht jederzeit selbst über die Gesetze hinwegsetzen, wenn Sie dadurch schneller an Ihr

Ziel kommen – natürlich unter dem Vorwand, eben diesen Gesetzen so besser dienen zu können. Ein zu scharfer Verstand, gepaart mit der Kompromisslosigkeit eines Träumers, das ist eine gefährliche Mischung. Sie wechseln immer wieder abrupt die Tonart, von Dur zu Moll und von Moll zu Dur – so kann man nicht spielen.«

»Ich spiele auch nicht.«

Gerritsen seufzte. »Vielleicht haben Richter und Polizisten doch nicht so viel gemeinsam, wie man denken sollte. Na ja, also, der Fall Kimmel – ich erinnere mich, dass die Firma, für die dieser Kimmel gearbeitet hat, an einem schnellen Verfahren interessiert war. Die Gerichte in Rotterdam waren aber völlig überlastet, deswegen wurde es an uns abgegeben. Ich habe dem damals keine besondere Bedeutung beigemessen. Später sind mir allerdings Zweifel gekommen. Es handelte sich ja um zwei sehr verschieden gelagerte Anklagepunkte, Betrug und Versuchter Totschlag. Auch in Punkt eins hatte ich meine Zweifel, aber manchmal muss man sich über seine Zweifel hinwegsetzen.«

»Wann *manchmal*?«, fragte van Leeuwen. »Wenn der Druck auf der anderen Seite des Damms durch Männer wie Noah Vermeulen zu groß wird?«

»Vielleicht würde ich bei gleicher Beweislage heute anders urteilen«, gab Gerritsen zu.

»Haben Sie keine Angst, dass sich Kimmel an Ihnen rächen könnte? Dass er vielleicht sogar deswegen ausgebrochen ist?«

»Solche Männer rächen sich nicht.«

»Aber Männer wie Noah Vermeulen, vor allem, wenn man nicht tut, was sie sagen?«, fragte van Leeuwen. »Erinnern Sie sich noch, was Sie vor einem knappen Jahr am Ende des Prozesses gegen Zeng Wu gesagt haben? Das war der Chinese, der seinen Bruder getötet hatte.«

»Worauf wollen Sie jetzt schon wieder hinaus?«

»Sie haben gesagt: Es gibt Verfahren, in denen mehr verhandelt wird als die Schuld eines einzigen Menschen, und hier haben wir es offenbar mit einem solchen Fall zu tun. Es sind Prozesse, in denen es um die Idee des Menschen selbst geht, die *conditio humana*, die gelegentlich Anlass zur nackten Verzweiflung bietet: an der Welt, am Menschen und am Leben selbst. *Abyssus abyssum vocat* – der Abgrund ruft den Abgrund. Ich wünschte, wir müssten diesen Ruf nicht hören, aber ich höre ihn, und Sie hören ihn auch. Und ob wir es nun wahrhaben wollen oder nicht, wir alle sind hier, um ihn zum Schweigen zu bringen, ein bisschen wenigstens, vielleicht nur für kurze Zeit, aber als *Trotzdem!* Mit dem einzigen Mittel, das wir ihm entgegensetzen können: dem Recht.«

»Sie haben ein bemerkenswertes Gedächtnis«, bestätigte der Richter. »Aber ich habe ›so scheint es mir‹ gesagt – Prozesse, in denen es, *so scheint es mir*, um die Idee des Menschen selbst geht. Außerdem habe ich das Wort *Fälle* verwandt – statt Prozesse. Es schien mir passender. Also nochmal: Worauf wollen Sie hinaus? Warum erinnern Sie mich an diese Stelle?«

»Weil ich Sie fragen wollte«, sagte van Leeuwen, »was seither aus dem *Trotzdem* geworden ist.«

Gerritsen drehte sich um, kehrte dem Zaun wieder den Rücken. »Thomas Mann hat das geschrieben: Alles Große steht als ein Trotzdem da. Daran hatte ich damals gedacht. Aber manchmal ist *Trotzdem* auch nur ein Wort.«

»Genauso wie *trauen*«, sagte van Leeuwen. »Aber was mich angeht, trifft Ihre Einschätzung zu: Wenn ich Sie wäre, würde ich mir auch nicht trauen.«

»Da kommt Ihre Frau«, sagte der Richter. »Sie sieht glücklich aus.«

Sie ist nicht meine Frau, dachte van Leeuwen, gerade als Feline lächelnd vor ihnen stehenblieb, die Stute am Zügel. »Ach, hier seid ihr. Ich dachte, ihr hättet euch längst ins Getümmel gestürzt.«

»Haben wir auch«, sagte van Leeuwen. »Aber wir sind dabei zu zweit geblieben.« Das Handy in seiner Innentasche vibrierte, und er meldete sich, denn der Anrufer war Ton Gallo. »Hier ist ein Hoofdinspecteur Veenstra aus Rotterdam«, sagte Gallo. »Er hat damals die Kleijn-Morde bearbeitet. Ich dachte, du würdest gern mit ihm reden, auch wenn heute Sonntag ist.«

27

»Schauen Sie, das ist ein paar Monate vor ihrem Tod aufgenommen worden – wie glücklich sie da aussieht«, sagte Hoofdinspecteur Max Veenstra aus Rotterdam und deutete auf das Foto von dem Mädchen auf der Schaukel.

»Und welche ist das?«, fragte Gallo. »Fenna oder Grietje?«

»Fenna. Aber Grietje sah genauso aus. Sie waren ja eineiige Zwillinge.«

»Grietje ist die, die überlebt hat«, sagte der Commissaris. »Die sich heute Fenna nennt?«

Hoofdinspecteur Veenstra nickte. »Fenna war sofort tot, hat der Pathologe gesagt. Genau wie ihre Mutter. Sie haben nichts gemerkt, denn sie schliefen schon, alle drei. Sie wurden im Schlaf erschossen, mit der Waffe, die man in der Hand von Frans Kleijn fand, nachdem er sich selbst umgebracht hatte.«

Hoofdinspecteur Max Veenstra sah wie ein müder, alter Vertreter aus, der versucht hatte, sich für eine Familienfeier ordentlich zu kleiden, obwohl er die richtigen Stücke schon lange nicht mehr besaß. Die hellbraune, mit Flecken gesprenkelte Hose war ihm zu weit, dafür saß das lodengrüne Cordsakko um Bauch und

Schultern ein wenig zu eng. Das weiße Leinenhemd war so oft gewaschen worden, dass es an Kragen und Manschetten zerfaserte. Seine Augen waren blutunterlaufen, und die Rasur musste ohne Spiegel stattgefunden haben.

»Bestimmt wundert ihr euch, dass ich mir die Mühe mache, selbst herzukommen, an einem Sonntag«, hatte er gesagt, als er in van Leeuwens Büro getreten war. »Aber bei so einem Fall, was sagen da schon E-Mails oder schriftliche Berichte? Davon muss man persönlich erzählen. Und mein Kollege, Inspecteur Bakker, ist ja vor ein paar Jahren gestorben.«

Er hatte seine zerkratzte Aktentasche aus braunem Leder auf die Fensterbank gelegt und eine Jiffytüte mit Fotos und einen Ordner aus festem Karton herausgeholt. Die Fotos hatte er auf van Leeuwens Schreibtisch ausgebreitet. »So haben wir sie damals am Tatort vorgefunden«, sagte er.

Die ersten Fotos zeigten die Leichen von Frans und Monika Kleijn, die nächsten ihre Tochter Fenna, die sieben Jahre gewesen war.

Auch von Grietje Kleijn gab es Fotos, denn zuerst hatten die am Tatort eingetroffenen Beamten sie ebenfalls für tot gehalten, bis einem der Notfallsanitäter ein kaum messbarer Puls aufgefallen war. Wie ihre Schwester lag sie auf dem Rücken in ihrem kleinen Bettchen, beide Hände auf dem Bauch verschränkt, gleich unter der Eintrittswunde in der Brust. Es hatte sich um eine kleinkalibrige Waffe gehandelt, so war die Wunde nur ein kleines rostrotes Loch mit einem schwärzlichen Rand in dem weißen Nachthemd.

Grietjes Gesicht wirkte blass, fast wächsern. Die Augen waren geschlossen, aber trotzdem sah es nicht so aus, als schliefe sie. Ihre Lippen standen einen Spaltbreit offen, und im linken Mundwinkel und auf der Unterlippe klebte etwas Blut; vielleicht hatte sie sich im Schlaf gebissen, als die Kugel in ihre Brust gedrungen war.

Fennas Gesicht sah genauso aus, nur ohne das Blut. Sie betrachteten die Aufnahmen, Gallo, Veenstra und van Leeuwen, und keiner sagte etwas. Sie waren es gewohnt, die Fotos von toten Menschen anzuschauen. Manchmal hatte der Commissaris das Gefühl, dass mehr Fotos von Toten existierten als von Lebenden. Diese Aufnahmen jedoch drückten ihm die Brust zusammen; er vergaß zu atmen. Am liebsten hätte er seine Faust erhoben und auf jemand eingeschlagen, auf den Mörder, den Vater. Dann dachte er an den Jungen, den er vor kurzem in der Gerichtsmedizin gesehen hatte und bei dessen Anblick er genauso wütend geworden war. »Wie wahrscheinlich ist es, dass es sich bei Grietje, die sich inzwischen Fenna nennt, um die Mörderin der Familie de Kook handelt?«, fragte er Hoofdinspecteur Gallo.

»Auf alle Fälle war sie am Tatort«, antwortete Gallo. »Bei einem Abgleich der im Haus gefundenen Spuren mit der DNA des Vaters von Grietje und Fenna ist in Haaren und Hautschuppen ganz eindeutig der genetische Code der Kleijns identifiziert worden.«

Veenstra atmete heftig aus. »Aber wenn es wirklich Grietje ist – warum tötet eine junge Frau, die das hier«, er deutete auf die Fotos, »überlebt hat, eine andere unschuldige Frau und einen Jungen? Menschen, die gar nichts mit dem Verbrechen ihres Vaters an ihr und ihrer Familie zu tun haben?«

»Jedenfalls nicht, soweit wir wissen«, sagte Gallo. »Aber wir wissen ja auch noch sehr wenig. Vielleicht hat sie die Tat gar nicht geplant, sondern die Umstände ergaben sich plötzlich. Hätte sie sonst im *Hotel Katmandu* unter ihrem richtigen Namen eingecheckt? Wenn jemand zwanzig Jahre wartet, bevor er Rache übt, dann übersieht er eine solche Lücke in seiner Planung nicht.«

»Außer es ist ihm egal, ob er gefasst wird«, sagte Veenstra.

»Vielleicht will sie das sogar«, erklärte van Leeuwen. »Die Schrift an der Wand könnte ein Hinweis sein.«

»Oder die beiden Verbrechen sind isolierte Taten und stehen in gar keinem Zusammenhang«, meinte Veenstra.

»Könnten Sie uns etwas mehr über die Vorgeschichte der Tat erzählen?«, bat Gallo ihn. »Den genauen Hergang, das Motiv, die Familie, die berufliche Situation des Vaters?«

Veenstra schwieg lange. »Es war an einem Samstag«, begann er schließlich, als erzähle er ein Märchen. »Spät am Abend, als die Töchter Fenna und Grietje schon ins Bett gegangen waren und Frans und Monika noch im Wohnzimmer beim Fernsehen saßen, stand Frans irgendwann auf, um noch eine Flasche Wein zu holen. Doch statt mit Wein kehrte er mit einer Pistole zurück, Heckler & Koch, presste seiner Frau die Mündung von hinten in den Nacken und tötete sie mit einem Genickschuss. Danach ging er nach oben, wo die beiden kleinen *meisjes* schliefen und setzte erst Fenna und dann Grietje die Pistole auf die Brust, um auch sie zu erschießen. Anschließend ging er wieder hinunter in sein Arbeitszimmer, an den Schreibtisch, auf dem der Brief von der Bank lag, und schoss sich eine Kugel in die rechte Schläfe. So haben damals unsere Fallanalytiker den Hergang rekonstruiert.«

»Warum sind die *meisjes* von dem Schuss im Wohnzimmer nicht aufgewacht?«, wollte Gallo wissen.

Veenstra nickte, weil das eine naheliegende Frage war. »Bei der Autopsie fanden sich Spuren eines Schlafmittels in ihrem Magen, vermengt mit Resten des noch nicht verdauten Abendessens. Ein Nachbar hat die Schüsse gehört, die Kinder aber offenbar nicht. Die Mündung der Pistole muss fast ihre Nachthemden berührt haben, denn der Stoff rings um die Einschusslöcher war verschmort. Könnte ich ein Wasser haben?«

Gallo ging zu einem Wasserspender im Flur. Er füllte einen Pappbecher und brachte ihn Hoofdinspecteur Veenstra. »Ich bin inzwischen im Ruhestand«, erklärte dieser, »und der Bakker, der hat's nicht mehr ausgehalten –«

»Sie haben gesagt, auf dem Schreibtisch lag der Brief von der Bank«, unterbrach der Commissaris ihn. »Ich nehme an, der Inhalt war der Auslöser für die Tat?«

»Richtig.« Veenstra nickte dramatisch wie ein Stummfilmschauspieler. »Die Handels- und Kreditbank Rotterdam kündigte Frans Kleijn einen seit langem nicht mehr bedienten Kredit in beträchtlicher Höhe und legte gleichzeitig die Hand auf sein Haus, das bis obenhin mit Hypotheken belastet war. Aber es gab noch andere Faktoren, die Kleijn zu der Tat getrieben haben könnten. Er war ja selbständig, und in den Wochen und Monaten vor seinem Tod hatte er einen großen Auftrag verloren, der ihn eine Zeit lang über Wasser gehalten hätte. Er hatte also an dem Tag erfahren, dass er zusätzlich zu seiner Existenzgrundlage auch noch sein Haus verlieren würde und dass seine Schulden dennoch nicht geringer wurden. Er lebte in einem kleinen Dorf, wo jeder jeden kannte, und wusste nicht, wie er die Schande ertragen und noch mit erhobenem Kopf durch die Straßen gehen sollte. Er hatte seine Arbeit und sein Haus verloren, konnte Frau und Kinder nicht mehr ernähren. Außerdem ging das Gerücht, seine Frau habe eine Affäre gehabt – zu allem Überfluss mit dem Leiter der Kreditabteilung seiner Filiale der Handels- und Kreditbank Rotterdam.«

Der Commissaris zuckte immer noch zusammen, wenn er von einer Frau hörte, die ihrem Mann untreu geworden war. Er musste nicht fragen, wer vor zwanzig Jahren dieser Leiter der Kreditabteilung gewesen war, aber er tat es trotzdem, um einem imaginären Protokoll zu genügen. Die Antwort entsprach seiner Erwartung: Geert-Hans de Kook, damals noch weit entfernt von dem Vorstandsposten bei seinem eigenen Geldinstitut.

»Also keine glückliche Ehe«, warf Gallo ein.

»Am Anfang wohl schon«, sagte Veenstra. »Eine Schulfreundschaft, aus der Liebe wurde. Sie waren zwölf Jahre verheiratet, jeder mochte sie und die Mädchen. Eine Familie wie aus dem

Bilderbuch in einem Reihenhaus am Ortsrand, liebevoller Vater, fürsorgliche Mutter, hilfsbereite Kinder. Aber irgendwann begann es wohl zu kriseln, beide – Monika und Frans – fingen an zu trinken, vor allem, als es mit ihm beruflich bergab ging. Eine Freundin der Mutter erzählte uns, Kleijn hätte mehrmals versucht, sie mit Gewalt zu nehmen, wenn sie … wenn sie nicht mehr wollte. Es hieß, Monika hätte von ihm verlangt, dass er auszieht. Ob er da schon wusste, dass sie einen anderen hatte, keine Ahnung. In jedem Fall hatte er schon ein paar Mal mit Selbstmord gedroht. Leider hat sie die Drohungen nicht ernst genommen, aber das ist wohl meist so. Ein paar Monate vor der Tat ist Monika für zwei Wochen allein verreist. Um den Kopf freizukriegen, sagte sie, Abstand zu gewinnen. Nach Korsika. Nur dass sie in Wirklichkeit nicht allein gefahren war, sondern mit ihrem Liebhaber.«

Siena, dachte van Leeuwen, *eine junge, schöne Frau aus Amsterdam namens Simone und ein Polizeibeamter aus Mailand namens Sandro treffen sich in Siena, immer wieder.*

»Vielleicht wäre es das gewesen«, fuhr Veenstra fort, »was bei einer psychologischen Autopsie von Frans Kleijn sofort ins Auge gestochen hätte – wie sehr dieses Geschwür in seiner Seele arbeitete. Aber niemand hat seine Seele auf den Seziertisch gelegt und mal kurz einen Blick riskiert, auch nicht, als er nach Monikas Rückkehr aus Korsika erfuhr, dass sie sich nun endgültig von ihm trennen wollte. Als eine Aussprache nach der anderen erfolglos blieb. Als er und sie sich nur noch darauf einigen konnten, wann er auszieht und seine Hausschlüssel abgibt, wann er seine Kinder sehen darf, wie viel er monatlich zahlen muss, was sie Freunden und Bekannten sagen wollten. Das alles muss sie mit dem Kreditheini ausgekungelt haben, und dessen Brief kam genau an dem Samstag, an dem sich das Ehepaar Kleijn auf ein letztes gemeinsames Wochenende verständigt hatte, der Kinder wegen. Und dann, in der Nacht von Samstag auf Sonntag, hörten die Nachbarn die Schüsse.«

Er schnappte plötzlich nach Luft. Hastig griff er in die ramponierte Aktentasche, kramte darin herum und holte einen Inhalator hervor, aus dem er sich mit dreimal schnell pumpendem Daumen ein Asthmamittel in den Mund sprühte, bevor er weitersprechen konnte. »Das Dorf selbst hatte keine Polizeistation, deswegen fuhr eine Streife aus Rotterdam Zuid an den Tatort, und danach erst wurden wir gerufen, Bakker und ich. Wir hatten an dem Wochenende Dauerdienst – und fanden sie dann, die Frau mit dem Genickschuss und den Mann mit der Kugel im Gehirn. Aber am schlimmsten waren die Kinder in ihren Bettchen, mit dem gefalteten Händen und … Das hat mir fast das Herz gebrochen, mir und dem Kollegen Bakker.«

»Gab es einen Abschiedsbrief?«

»An seinem Arbeitsplatz im Büro, mit der Maschine geschrieben: *Warum musste das geschehen, warum habt ihr mich so weit getrieben? Ich wollte es nicht. Vier Herzen haben aufgehört zu schlagen, doch im Himmel sind sie wieder vereint, auf immer und ewig. Da, wo wir jetzt sind, gibt es keinen Betrug, keine Lüge, kein Scheitern, keine Schande, nur Liebe. Vier Seelen haben endlich Frieden gefunden.* Was in solchen Briefen eben steht. Ich kann ihn auswendig, immer noch – dieses weinerliche Selbstmitleid, diese Vorwürfe an alle anderen, nur nicht an sich selbst …« Veenstras Stimme war immer leiser geworden, nun brüllte er plötzlich: »Ich könnte kotzen! Wenn Eltern ihre Kinder töten …«

Abrupt sprang er auf, stürzte zum Fenster und versuchte es aufzureißen. Seit die Klimanalage installiert worden war, ließ sich das Fenster allerdings nicht mehr öffnen.

Eine ganze Minute stand Veenstra nur da und atmete stoßweise, mit gesenktem Kopf. Seine Schultern zuckten und die Brust pumpte wie ein Blasebalg.

»Den Brief haben wir aber erst am übernächsten Tag gefunden«, ergänzte er, als er die Hand sinken ließ und dem Fenster wieder den Rücken kehrte, »weil am Sonntag ja niemand arbeitete. *Vier Herzen haben aufgehört zu schlagen.* Bloß dass eines noch nicht aufgehört hatte, es schlug weiter, tapfer.«

Das Herz eines Opfers, das weiter und weiter schlug, bis es zu dem einer Mörderin wurde, dachte van Leeuwen. Er betrachtete noch einmal das Foto von Grietje auf der Schaukel: das fliegende blonde Haar, die strahlenden Augen, das unbeschwerte Lachen. Er sah die kleinen Hände, mit denen sie sich an die Seile klammerte, die vorgestreckten Beine in den knielangen, verwaschenen Jeans und Kinderturnschuhen, das rosarote T-Shirt mit einem Fleck in Höhe des Schlüsselbeins, Spuren von Gras vielleicht oder Kakao. Der Himmel war blau, ein paar weiße Wolken, und hinter der Schaukel stand der Mann, der sie anstieß.

»Bruno?«, fragte Hoofdinspecteur Gallo.

»Ja?«

»Möchtest du Veenstra noch etwas fragen, bevor er –«

»Ja.« Van Leeuwen ließ das Foto sinken. »Dieser Auftrag, von dem Sie gesprochen haben – den er verloren hatte –, warum hat er ihn verloren? Wer war der Auftraggeber? Um was ging es da?«

»Auch darüber habe ich nur Gerüchte gehört. Das war ja nicht Gegenstand der Ermittlungen und hatte sich durch Kleijns Tod auch erledigt. Ich meine, er wurde beschuldigt, Firmengeheimnisse an die Konkurrenz verraten zu haben.«

»Wenn er Schiffskonstrukteur war, handelte es sich bei dem Auftraggeber also um eine Reederei oder eine Werft?«, hakte van Leeuwen nach. »Wissen Sie noch, welche das war?«

»Nein.« Immer noch schwer atmend, verstaute Veenstra den Inhalator wieder in der Aktentasche. »Das ist ja alles schon lange her, und ich bin seit drei Jahren kein Polizist mehr. Wenn Sie mehr über die Vorgeschichte von Kleijns Tat herausfinden wollen, müssen Sie selbst nach Rotterdam kommen und mit den Leuten reden, Meneer van Leeuwen.«

»Und Grietje Kleijn, was ist aus ihr geworden, nachdem sie aus dem Krankenhaus entlassen worden war?«

Veenstra schüttelte den Kopf. Seine Unterlippe hing jetzt ein wenig herunter, denn der Anfall hatte seine Gesichtszüge weich und konturlos werden lassen. »Keine Ahnung. Woher soll ich das wissen?«

»Sie wird sich nicht in Luft aufgelöst haben«, sagte Gallo.

»Warum nicht?« Veenstras Stimme klang wieder wütend. »Das wäre vielleicht gut für sie gewesen. Sie hatte doch niemand mehr. Ihr eigener Vater hatte versucht, sie umzubringen, Herrgott!«

Er klappte die Aktenmappe zu, scheiterte allerdings an den Schnappverschlüssen aus verkratztem Messing, bis er sie sich einfach so unter den Arm klemmte.

»Ach, ja, jetzt weiß ich wieder«, stieß er plötzlich hervor. »Sie kam zu ihrer Tante mütterlicherseits. Bakker hat sich mal nach ihr erkundigt. Sie war verschlossen, schwierig, haben ihre Verwandten gesagt. Misstrauisch. Sie ist ein paarmal weggelaufen, wurde aber immer wieder eingefangen. Und dann ist sie eines Tages beim Schwimmen beinahe ertrunken.«

»Wie alt war sie damals?«, fragte van Leeuwen.

»Elf.«

»Und was geschah dann?«

»Die Familie ihrer Tante wollte die Verantwortung nicht mehr übernehmen, das Jugendamt hat sie zu Pflegeeltern gegeben. Die haben aber nach eigenem Bekunden nie Zugang zu ihr gefunden, was daran gelegen haben könnte, dass sie immer wieder weglief. Sieht so aus, als hätte sie nur auf die Volljährigkeit gewartet, um ganz von der Bildfläche zu verschwinden.«

Gallo fragte: »Sie haben keinen Tipp, wo wir nach ihr suchen könnten, wo sie sich verstecken könnte? Irgendein Ort, an den es sie immer wieder zieht?«

Wieder schüttelte Veenstra so nachdrücklich den Kopf wie im Stummfilm. »Tja, ich mach mich mal wieder auf den Rückweg. Tut mir leid, wenn ich Ihnen nicht mehr helfen konnte. Die Fotos und die Akten lasse ich da. Sie können Sie mir irgendwann zurückschicken.« Mit unsicheren Schritten ging er zur Tür.

Der Commissaris sah ihm nach, wie er leicht schwankend die Klinke drückte und über die Schwelle trat. Van Leeuwen fragte sich, ob er gerade einen Blick in seine eigene Zukunft warf.

»Mir kommt da ein Gedanke«, sagte Gallo. »Wenn es die Kleijn gar nicht auf die Familie des Bankiers abgesehen hatte, sondern auf ihn, dann müsste sie ja wissen, wie er aussieht. Und wenn sie das weiß, weiß sie auch, dass sie den Falschen erschossen hat. Was bedeutet, dass sie es vielleicht nochmal versucht.«

»Schön, dass dir der Gedanke doch noch gekommen ist«, sagte der Commissaris.

28

Als van Leeuwen nach dem Treffen mit Max Veenstra nach Hause kam, lag die Frau, die er liebte, schon im Bett und sah immer noch glücklich aus, sogar im Schlaf. Er klappte das Notebook auf ihren Oberschenkeln zu, nahm ihr vorsichtig die Brille ab und legte sie auf den Nachttisch. Feline seufzte. Sie lächelte, ohne aufzuwachen und drehte sich auf die andere Seite, fort von ihm. Van Leeuwen betrachtete sie und spürte, wie er ruhiger wurde; das Atmen fiel ihm leichter. Wie kann sie so glücklich sein, dachte er. Dann ging er ins Wohnzimmer und schaltete den Fernseher ein.

Missmutig stellte van Leeuwen fest, dass *Crime Stage* eingestellt war. Er hörte die Stimme von Thijs Terjung, und das Bild zeigte dieselbe Szene, die schon in Joodenbreests Büro gelaufen war: Terjung stand vor dem Haus des entführten Arztes, sein Schatten geisterte über die Fassade, und – *da!* – wieder diese sekundenkurze Bewegung des Vorhangs im oberen Stockwerk, bevor das Haus so leer und verlassen wirkte wie vorher.

»Inzwischen ist Milan Kimmel angeblich von mehreren Zeugen gesehen worden«, sagte der Journalist. »In Den Haag, Rotterdam, Groningen und Antwerpen. Sogar in Amsterdam will ihn jemand auf der Straße erkannt haben, nur leider fast überall zur selben Zeit. Allerdings soll er immer allein gewesen sein, was bedeuten könnte, dass er seine Geisel irgendwo gefangen hält, vielleicht in einem Kellerverlies oder in einem Versteck im Wald. Es könnte aber auch heißen, dass Willemsen längst nicht mehr lebt. Dass Kimmel ihn umgebracht hat, weil ihm der Arzt lästig geworden ist, nachdem er seinen Zweck erfüllt hat. Nur unsere Polizei hat bisher weder eine Spur des entflohenen Geiselnehmers noch der Geisel. Ich bin Thijs Terjung, und die Wahrheit –«

Van Leeuwens Handy summte. Es gelang ihm, mit der Fernbedienung den Ton des TV-Geräts stumm zu schalten und gleichzeitig das Handy aus der Sakkotasche zu kramen. Das Display sagte *Unbekannter Anrufer*, aber das konnte praktisch jeder sein. Sein Telefon war zu alt, um sich die Namen aller Anrufer merken zu können, die er kannte.

»Sie haben in der Kanzlei hinterlassen, dass Sie mich sprechen möchten«, sagte der Unbekannte. »Ich hätte jetzt Zeit, aber das Telefon ist nicht sicher. Wir könnten uns treffen, falls es Ihnen nicht zu spät ist.«

Van Leeuwen sah auf die Uhr: kurz nach zehn. »Sie müssten mir nur sagen, wer Sie sind, dann weiß ich auch wieder, warum ich Sie sprechen wollte.«

»Oskar Manhijmer«, erklärte der Anrufer, »Erkennen Sie meine Stimme nicht? Wenn Sie immer noch mit mir reden wollen – natürlich *off the record* –, ich bin im *Sea Palace* am Oosterdok.«

»Ist es da sicher?«, fragte van Leeuwen. »Vielleicht ist Ihnen jemand gefolgt.«

Manhijmer schwieg kurz. Danach hatte seine Stimme einen beleidigten Unterton, als er antwortete: »Ich rufe nicht deshalb zurück, weil es mir gefällt, von Ihnen auf den Arm genommen zu werden, Meneer van Leeuwen. Mal abgesehen davon, dass Sie sich mit mir überheben könnten. Ich bin in dem kleineren Privatsalon im dritten Stock.« Ein Knacken, und die Verbindung war unterbrochen.

Der Commissaris zog die Schuhe wieder an und fuhr in seinen Trenchcoat. Er ging an der Amstel entlang in Richtung Stopera bis zur nächsten Brücke, überquerte den Fluss und bog in die Valkenburgerstraat, der er bis zur Prins Hendrikkade folgte, wo er sich wieder links hielt. Um diese Zeit herrschte wenig Verkehr, nur ein paar Straßenbahnen und Autos, kaum Fußgänger. Wenig später lag schon das Oosterdok vor ihm.

Das schwimmende Restaurant bot Platz für siebenhundert Gäste, verteilt auf drei Etagen. Die Stockwerke wurden nach oben kleiner, allerdings nicht so klein, dass irgendwo an vergoldeten Buddahstatuen, roten Drachen, wuchernden Pflanzen oder mit chinesischen Schriftzeichen verzierten Laternen gespart werden musste. In der dritte Etage gab es zwei unterschiedlich große Räume für private Veranstaltungen. Es wunderte van Leeuwen nicht, dass der Anwalt einen der Salons für sich allein mit Beschlag belegt hatte.

Die Pagodenfassade war ganz in Rot, Grün und Gelb gehalten. Die geschwungenen Dächer prunkten mit einem Saum aus Glühbirnen in allen Farben, deren Glanz sie großzügig auf das schwarze Hafenwasser sprühten. Rechts und links des von roten Säulen flankierten Eingangs fletschten grimmige Drachen aus imitierter Jade die Zähne, aber gleich dahinter begrüßte eine junge lächelnde Chinesin in schwarzer, mit goldenen Biesen verzierter Livree jeden Gast, der über die Gangway an Bord kam.

Die Glastüren schwangen zur Seite, und vor dem Commissaris öffnete sich ein in das Zwielicht bunter Lampions getauchtes Mosaik aus runden und viereckigen Tischen, umgeben von violett und gelb gepolsterten Stühlen oder Bänken und überwacht von Regalen mit Jadekriegern in allen Größen. Es roch nach Räucherstäbchen, gebratener Ente und Dim Sum, und van Leeuwen spürte seinen Hunger schwer wie nassen Sand im Magen.

Eine schmale Treppe führte zur dritten Etage, wo Oskar Manhijmer im Halbdunkel der spärlichen Beleuchtung seines kleinen Separées allein an einem runden Tisch saß und mit einer silbernen Zange krachend die Schere eines Hummers zerbrach. In einer Schale aus bemaltem Porzellan vor ihm türmten sich die Überreste weiterer Hummer, ein rotweißer Schrotthaufen aus Scheren, Beinen und gebrochenen Fühlern wie von abgestürzten Aliens aus einem Science-Fiction-Film.

»Ah, van Leeuwen, das ging aber schnell!« Der Anwalt winkte dem Commissaris mit der Zange und wischte sich mit einer Serviette die zerlaufene Butter vom Kinn. »Einmal im Monat gönne ich mir das hier, damit ich spüre, dass ich noch lebe! Die Hummer in ganz Amsterdam haben Angst vor diesem Tag.« Er deutete auf einen Stuhl. »Setzen Sie sich, ist noch genug übrig. *Man jong*, wie die Chinesen sagen. Greifen Sie zu!«

»Ich bin nicht hungrig«, sagte van Leeuwen, so grimmig wie die Jadedrachen vor dem Eingang. »Und ich hätte mich lieber in Ihrer Kanzlei oder bei mir im Präsidium mit Ihnen unterhalten.«

»Ich will nicht, dass wir miteinander gesehen werden«, entgegnete Manhijmer. »Unsere Mandanten könnten das Gefühl bekommen, dass sich Oskar Manhijmer nicht an die anwaltliche

Schweigepflicht hält, und das würde dem Ruf der Kanzlei schaden. Aber wie ich Sie kenne, wären Sie irgendwann einfach in meinem Büro aufgetaucht, weil Sie ja doch keine Ruhe geben. Betrachten Sie dieses Treffen als den Knochen, den ich Ihnen hinwerfe, damit Sie von mir ablassen.«

»Ich lasse von Ihnen ab, wenn Sie mir ein paar Fragen beantworten«, sagte van Leeuwen und wählte einen Stuhl, der weit genug von Manhijmer entfernt war, um nicht von seiner Bugwelle erfasst zu werden. Auch außerhalb des Gerichtssaals hatte der Anwalt den Verdrängungskoeffizienten eines Öltankers – Menschen wie er gehorchten nur der eigenen Schwerkraft, prägten bei Bedarf neue Naturgesetze und änderten nach Belieben Himmelsrichtungen und Gezeiten.

»Worüber wollen Sie denn mit mir sprechen?« Manhijmer sah den Commissaris nicht an, sondern ließ seine Augen weiter über die Schalen, Schüsseln und Teller vor sich auf dem Tisch schweifen. Er hatte sein dunkelblaues Jackett abgelegt, die Hemdsärmel hochgekrempelt und die obersten beiden Knöpfe des mit dem YSL-Logo verzierten Hemdes geöffnet. Die goldenen Manschettenknöpfe lagen neben seinem Teller.

»Über einen Ihrer Klienten« Der Commissaris rückte den Stuhl zurecht und kehrte dem großen Fenster auf das Oosterdok den Rücken, um nicht abgelenkt zu werden.

»Und wem gilt dabei Ihr besonderes Interesse? Meine Partner und ich vertreten multinationale Unternehmen, Bankiers, Wirtschaftsbosse, Politiker, in jedem Fall Menschen mit großem Einfluss, viel Geld und beträchtlicher Macht –«

»Und kleine Dealer wie Leon Boer ohne Einfluss, Macht oder Geld«, ergänzte van Leeuwen.

»Manchmal auch das.«

»Jetzt, wo er tot ist, bleiben Sie da auf der Rechnung sitzen oder kommt jemand für seine Verteidigung auf?«

Der Anwalt löffelte eine Portion Hummerfleisch aus dem Panzer, dippte sie in zerlassene Butter und schob sie sich in den Mund. »Wer sollte das sein, Meneer van Leeuwen?«

»Derselbe, der einen Killer dafür bezahlt hat, Boer zu ermorden, nachdem Sie ihn vor dem Gefängnis bewahrt haben.«

»Nach allem, was mir zu Ohren gekommen ist, wurde Boer grässlich zugerichtet aufgefunden. Gefoltert, oder? Für mich sieht das nach der Tat eines Junkies auf einem schlechten Trip aus.«

»Das sollte es wohl auch«, meinte van Leeuwen. »Bloß dass Junkies auf einem schlechten Trip meistens nicht herauszufinden versuchen, was ihr Opfer weiß oder mit wem es darüber gesprochen hat, bevor sie es umbringen.«

Manhijmer griff nach einem fettigen Weinglas und trank einen Schluck, um dessen Volumen ihn Bacchus persönlich beneidet hätte. »Davon verstehen Sie mehr als ich. Sie bewegen sich in der Welt der Opfer und Täter, in meiner gibt es weder das eine noch das andere, nur Gegebenheiten.«

»Mit welcher Gegebenheit haben wir es denn zu tun, wenn ein vorbildlicher Beamter wie Agent Dekker plötzlich vor Gericht seine Aussage ändert und einen Mörder entlastet?«

»Gewissen«, erwiderte der Anwalt. »Obwohl ich nicht weiß, inwieweit man ein so nebulöses Phänomen als Gegebenheit betrachten sollte. Ob Sie es glauben oder nicht, ich habe keinerlei Druck auf ihn ausgeübt, niermand hat das. Er kam ganz freiwillig.«

Der Commissaris beugte sich vor, griff nach einem Glas und schenkte sich aus einer beschlagenen Karaffe Wasser ein, um das Hungergefühl zu betäuben. »Dann reden wir über einen anderen Ihrer Klienten«, schlug er vor. »Die Reederei Vermeulen & Aboudani, die Sie ja auch vertreten, obwohl dort Macht, Einfluss und besonders Geld gerade knapp zu werden scheinen.«

»Soll das eine Frage sein?«

»Ich habe einen Anruf von einer Frau bekommen, die behauptete, Vermeulens früherer Buchhalter Milan Kimmel sei zu Unrecht verurteilt worden. Weder hätte er seinen Arbeitgeber bestohlen noch Vermeulens Tochter hirntot geschlagen. Es handele sich um ein Komplott von Polizei und Justiz –«

»Mit welchem Ziel?«

»Kimmel zum Sündenbock zu machen.«

»Und Ihre Frage lautet?«

»Was wissen Sie über den Fall?«

»Nichts. Damals gehörte die Familie Vermeulen noch nicht zu meinen Mandanten. Ich war also auch an keinem gleich wie gearteten Komplott beteiligt.«

»Und Isa, die Tochter, die Kimmel angeblich erst geliebt und dann zusammengeprügelt hat?«

»Was ist mit ihr?«

»In welcher Klinik liegt sie?«

»Auch das weiß ich nicht, und wenn ich es wüsste, würde ich es Ihnen nicht sagen, das ist doch klar, Meneer van Leeuwen. Aber jetzt habe *ich* eine Frage: Woher stammen Ihre Informationen über einen möglichen finanziellen Engpass bei der Reederei?«

»Aus einem Bericht im Fernsehen, vor einigen Tagen …«

»*Crime Stage*, sowas sehen Sie?« Der Anwalt schüttelte den Kopf. »Wenn Sie bedenken, wie die mit Ihnen umgehen – woher rührt dann Ihre Annahme, dass Terjung im Fall Vermeulen die Wahrheit sagt? Dieses Arschloch ist menschlicher Sondermüll, den man im tiefsten Stollen eines Salzbergwerks vergraben sollte.«

Das Knacken und Krachen, mit dem er die Schalen des nächsten Hummers sprengte, um dann schmatzend sein Fleisch zu vertilgen, ließ ahnen, wie er mit Journalisten vom Schlag Terjungs umgehen würde, hätte sich in den letzten Jahrtausenden nicht ein nebulöses Phänomen namens Zivilisation entwickelt.

»Wissen Sie was, van Leeuwen – wenn Sie wollen, lasse ich den in ein Sperrgebiet deportieren, das größer ist als das um Fukushima oder Tschernobyl! Da kann er dann an sich selbst verglühen und danach für alle Zeit in Vergessenheit geraten, was meinen Sie?«

»Und die Pressefreiheit verglüht dabei gleich mit, um ebenso für alle Zeit in Vergessenheit zu geraten?«

»Scheiß doch auf die Pressefreiheit, van Leeuwen. Die bezahlt mir mein Honorar nicht, und sie pisst die Leute an, die es mir bezahlen! Ich hätte große Lust, dieser Dame mal ein paar Typen vorbeizuschicken, die nach ihren Kniescheiben sehen oder mit ihr über ihre Kinder reden, wo sie zur Schule gehen, welchen Weg sie da nehmen und solche Sachen. Geht es Ihnen nicht genauso?«

»Eigentlich nicht«, gestand der Commissaris. »Aber wo wir gerade von Einschüchterung reden – Ihr Anruf bei meinem Vorgesetzten in Sachen Vermeulen & Aboudani hat nicht zufällig etwas mit meinem Gespräch mit Geert-Hans de Kook über seine Beziehung zu Noah Vermeulen zu tun?«

»Wie gesagt, die anwaltliche Schweigepflicht verbietet es mir, diese Frage zu beantworten. Da sind sie, die erwähnten Gegebenheiten.«

»Nur die anwaltliche Schweigepflicht? Oder irritiert es Ihre Klienten, dass sich die Polizei mit ihnen und den Geschäften, die sie untereinander machen, beschäftigt?«

»Tut sie das denn?«, fragte Manhijmer. Plötzlich schien sein Hunger gestillt und die inzwischen geleerte Flasche Cabernet Sauvignon nicht mehr die geringste Beeinträchtigung seiner Auffassungsgabe zur Folge zu haben.

»Noch nicht.«

Der Anwalt nickte. Er grinste und breitete die Hände aus, *voilá, seht her*. »Die meisten meiner Klienten sind chronisch nervös, und allen ist gemeinsam, dass sie es als eine meiner Aufgaben betrachten, ihnen nicht nur ihre Konkurrenten oder die Medien vom Leib zu halten, sondern auch den Staat mit seinen Tentakeln wie Polizei, Finanzamt oder Zollfahndung. Erinnern Sie sich an den Ausspruch von Präsident Kennedy: *Frage nicht, was dein Land für dich tun kann – frage lieber, was du für dein Land tun kannst?* Das war patriotischer Quatsch seiner Redenschreiber, den er nicht mal selbst geglaubt hat. Die Antwort kam von einer Rockband zur Zeit des Vietnamkriegs: *Frage nicht, was du für dein Land tun kannst – frage lieber, was dein Land dir antut!* Meine Klienten haben das Gefühl, ihr Land sei ihnen nicht wohlgesonnen und die Polizei stünde nicht auf ihrer Seite.«

Van Leeuwen schenkte sich Wasser nach und übte sich in der Kunst, kein Essen zu sehen, selbst wenn es in Gestalt von saftigen Hummern, Salat, Weißbrot und getrüffeltem Spargel vor ihm stand. »Und was für ein Gefühl haben Sie?«, fragte er.

»Gefühl? Ich habe keine Gefühle.« Manhijmer aß und trank genußvoll weiter. »Auch keine Überzeugungen. Ich habe ein Haus, eine Kanzlei, eine Familie, ein Boot und sogar eine Geliebte. Ideale *hatte* ich mal. Ich habe studiert, weil ich diese Ideale hatte. Gefühle, Überzeugungen, Ideale sind abhängig von Gegebenheiten, und die kann man nicht ändern. Sie ändern dich. Wissen Sie noch, wie Barack Obama zum ersten Mal die politische Bühne betrat, der junge, farbige Anwalt aus Chicago? Wie wir gedacht haben, endlich kehrt die Moral in die Politik zurück. Und dann? Nur sechs Jahre später, gegen Ende seiner Amtszeit, sitzt derselbe Mann grauhaarig und verbittert im Oval Office und hakt die Namen potentieller Drohnenopfer auf Todeslisten der CIA ab.«

Zum zweiten Mal an diesem Tag hatte der Commissaris den Eindruck, sich mit jemand zu unterhalten, der nicht vergessen konnte, dass er einmal Ideale gehabt hatte. Er dachte an den Vormittag mit Richter Gerritsen, an die Resignation in seiner Stimme, die Bitterkeit in seinen Worten.

»Wollen Sie mir damit sagen, dass es auch in Amsterdam Leute gibt, die eine Todesliste abarbeiten?«, fragte er. »Angefangen mit Amelie Winter? Wollten Sie sich deswegen mit mir treffen?«

»Ich habe Ihnen gesagt, weswegen es mir nötig erschien, Ihren Anruf zu erwidern. Mehr werden Sie von mir nicht erfahren. *Der Menschen Sünden leben fort in Erz*, um William Shakespeare zu zitieren, *ihr edles Wirken schreiben wir in Wasser*. Ein Anwalt ist nicht dazu da, die Sünden seiner Mandanten in Erz zu gießen.«

»Also gibt es diese Sünden?«

Manhijmer strahlte. »Natürlich. Sonst würden sie jemand wie mich ja nicht brauchen.«

»Aber Sie wollen mir nicht sagen, gegen welche Gebote da verstoßen wird?«

»Die Gegebenheiten, van Leeuwen.«

»Und die Schweigepflicht.«

Der Anwalt knackte den nächsten Hummerschwanz, kratzte das weiße Fleisch mit bloßen Fingern heraus und stopfte es sich in den Mund, bevor er nach einer weiteren, bereits entkorkten Flasche Weißwein griff. »Ich bewundere Sie!«, verkündete er. »Ganz ehrlich. Sie haben's nicht nötig, auf den Putz zu hauen! Sind immer Sie selbst, wie?«

»Es klappt einfach nicht, jemand anderer zu werden.«

»Ha!« Manhijmer lachte. »Ich habe diese Dimension nie entdeckt, in der man *ganz man selbst* ist. Irgendwie bin ich immer zu schnell von einer in die andere geschlüpft, rein und wieder raus.« Er rülpste. »Und dabei gewinne ich einen Fall nach dem anderen, rennend. Und wie kommen Sie im Mordfall de Kook voran?«

»Das sind eigentlich drei Mordfälle«

»Meinetwegen, dann drei Mordfälle – Mevrouw de Kook tot, Sohn de Kook tot, Geliebter von Frau de Kook tot, aber was machen die Ermittlungen? Und kommen Sie mir nicht mit Schweigepflicht, die gibt es bei der Polizei nicht. Für Sie gilt Auskunftspflicht, Sie Arschloch!«

»Nicht wenn es sich um laufende Ermittlungen handelt und die Informationen geeignet sind, den Ausgang der Ermittlungen zu gefährden«, sagte van Leeuwen, erfüllt von dem beunruhigenden Gedanken, dass der Anwalt es irgendwann nicht mehr ganz von der einen Dimension in die andere geschafft haben könnte. Als wäre es bei dem fortwährenden Wechsel der Persönlichkeiten in Oskar Manhijmers Gehirn zu einer Art Materialermüdung gekommen, auf die auch der abrupte Wechsel von Arroganz, Vertraulichkeit und Angriffslust zurückzuführen sein mochte.

»Sie denken, ich bin entweder ein Verrückter oder ein Genie, stimmt's?«, rief Manhijmer mit vollem Mund. »Aber Sie liegen falsch. *Ich bin beides!* Deswegen kann ich auch meine Klappe nicht halten. Für meine Mandanten allerdings ist Schweigen alles, das elfte Gebot. Die glauben, wenn alle den Mund halten, sind ihre Sünden in Wasser geschrieben. Und PR-Strategen sorgen dafür, dass die guten Taten in Erz prangen.«

»Schweigen ist keine Stille«, sagte der Commissaris. »Es ist nicht einmal leise. Und ich habe schrecklich gute Ohren.«

Der Anwalt zuckte mit den Schultern. Er leerte sein Glas, wischte sich noch einmal die Lippen ab, ließ die Serviette zu Boden fallen und krempelte die Hemdsärmel herunter.

»Wenn Sie sich mit einem von denen anlegen, ziehen Sie den kürzeren«, sagte er, während er die Manschettenknöpfe so sicher und schnell wieder in ihre Löcher steckte, als hätte er die ganze Zeit Wasser statt Wein getrunken. »Nicht weil die stärker sind als Sie oder kaltblütiger oder besser vernetzt. Nein, einfach weil die so viel Geld haben, dass sie länger durchhalten. Deswegen sind sie reich geworden, weil sie noch drangeblieben sind, als alle anderen längst aufgegeben haben. Und wenn die Sie bekämpfen, führen sie den Krieg noch weiter, wenn Sie schon längst aufhören wollen. Das, Meneer Commissaris, sind die Gegebenheiten.«

»Aber wenn diese Gegebenheiten dazu führen, dass ein Mann seine ganze Familie auslöscht und sich selbst gleich mit, weil sie ihm in seiner Verzweiflung keine andere Wahl lassen, dann wird es Zeit, dass jemand sie ändert«, erklärte van Leeuwen.

»Und wie wollen Sie das anstellen?«

»Das weiß ich noch nicht. Aber ich finde einen Weg.«

29

Van Leeuwen erwachte noch vor Tagesanbruch. Feline lag neben ihm und schlief, wie nur sie schlafen konnte, verwickelt in ihre Decke, unter der oben eine Haarsträhne und am unteren Ende ein Fuß hervorschaute. Er stand leise auf, ging ins Bad und danach mit der ersten Tasse Kaffee nach oben auf die Dachterrasse. Gerade zeigte sich die Sonne hinter den Häusern im Osten und stieg schnell höher. Ihr Schein lag blendend auf dem feuchten Grünspan der Kupferdächer. Die dunstige Luft über der Amstel wirkte wie aus Licht gepixelt, aber über dem Dunst war der Himmel strahlend blau. Der scharfe Wind roch nach Jod und Salz und Algen auf kühlen Steinen.

Für ein paar Sekunden verspürte van Leeuwen eine Art Glück: *Amsterdam by day*. Von der Amstelkerk wehten helle Glockenschläge heran. Er zählte sieben, holte sein Handy aus der Morgenrocktasche und rief Julika an. Sie meldete sich erst nach dem achten Klingeln. Er sagte: »In seiner letzten Sendung hat Thijs

Terjung behauptet, verschiedene Leute hätten Milan Kimmel gesehen. Was wissen wir darüber?«

Julika gähnte. »Verschiedene Leute behaupten auch, sie hätten Elvis gesehen –«

»Ich möchte, dass ihr euch darum kümmert, du und Remco. Wir können es uns nicht leisten, das zu ignorieren. Außerdem wissen wir immer noch nicht, woher Fenna Kleijn die Doppelbockflinte hatte.«

»Und was machen Sie heute?«, fragte sie fröhlich.

»Ich besuche die Frau von Agent Dekker.« Van Leeuwen beendete das Gespräch, bevor er den letzten Schluck Kaffee trank und nach unten ging, um sich fertig anzuziehen.

Der Streifenpolizist Ruud Dekker wohnte in Slotervaart im dritten Stock eines fünfstöckigen Backsteinhauses mit blau gestrichenen Türen und weißen Gittern an den Balkonen, auf denen riesige Satellitenschüsseln den Himmel nach außerirdischem Leben abzusuchen schienen. Hier standen nur vereinzelte Bäume auf kargen Grünflächen, und es gab keine malerischen Brücken und auch keine Dachterrassen, von denen man die Sonne aufgehen sehen konnte. Der Commissaris drückte die nur eingerastete Tür zu Haus Nummer 4 auf, nachdem er bei *Dekker* geklingelt hatte. Er beschloss, die grafittiverzierte Steintreppe zu nehmen, statt sein Leben dem Fahrstuhl mit der zerkratzten Metalltür anzuvertrauen. Auf jeder Etage bewachte ein künstlicher Feigenbaum den Eingang der von fahlen Neonröhren beleuchteten, mit grauem Linoleum ausgekleideten Gänge.

Jinjin Dekker, 29, Chinesin aus der Provinz Hainan, zierlich und sehr blass, erwartete den Commissaris auf der Schwelle ihrer Wohnung, nicht bereit, weiter als nötig zurückzuweichen. Ihre schwarzen Augen waren so schmal in dem breiten Gesicht, dass es schien, als versteckten sie sich in den winzigen Höhlen. Ihre Nase war klein und flach, die Lippen fast ohne Farbe. Dafür schimmerte das schwarze, zu einem langen Zopf geflochtene Haar wie frisch geteert. Sie trug eine löwenzahngelbe Bluse aus Baumwolle über verwaschenen Jeans und Bastsandalen an den nackten Füßen. »Meneer van Leeuwen?«, fragte sie mit einem abweisenden Unterton.

»Ja.«

»Ich habe Ihnen schon gesagt, Ruud ist nicht da.« Ihre Stimme war hell und heiser zugleich. »Ich weiß nicht, wo er ist.«

»Ich würde trotzdem gern mit Ihnen reden, Mevrouw Dekker«, sagte er. »Ich mache mir Sorgen.«

»Kommen Sie herein«, forderte sie ihn auf, aber ihre Miene blieb abweisend.

Der Commissaris folgte ihr durch einen engen Flur in ein Zimmer mit zugezogenen Vorhängen. Das Zimmer wirkte kleiner, als es war, denn anscheinend hatten die Dekkers alle Möbel, die sie besaßen, in diesem Raum versammelt. Es gab eine mit braunem Kunstleder bezogene Couch, einen ebensolchen Sessel, einen großen Schrank, Mahagonifurnier, und einen Esstisch. An der himmelblau gestrichenen Wand hing ein Flachbildfernseher, der so sauber war, dass sich auf dem Bildschirm das Schilfmuster der Vorhänge spiegelte. Unter der Couch und dem Tisch lag Kinderspielzeug: Gummibälle, ein Kasten mit Bauklötzen, ein Stofftiger. Auf einem Regal stand ein gerahmtes Foto von einem Mann in einem Anzug und einer Frau in einem weißen Kleid, beide Chinesen, umgeben von einer ernst blickenden Kinderschar.

Mitten im Raum blieb Jinjin stehen und drehte sich um. »Entschuldigen Sie«, sagte sie und sah zu ihm auf. »Möchten Sie sitzen, da auf der Couch? Oder möchten Sie, dass ich Ihnen ein Glas Wasser bringe? Ich weiß nicht. Wir haben nicht viel Besuch.«

Aus der Nähe konnte er sehen, dass ihre Miene gar nicht abweisend war, sondern sorgenvoll und müde. Ihre Bewegungen wirkten fahrig, wie bei jemand, der über einen langen Zeitraum zu wenig

Schlaf bekommen hatte. »Ich will Sie nicht lange aufhalten«, sagte er.

»In letzter Zeit ist mein Mann nicht oft zu Hause. Sie können mir vielleicht sagen, warum?«

»Nein, das kann ich Ihnen nicht sagen«, erklärte er.

»Dann – was wollen Sie mir reden?«

»Ich würde lieber erst mal sein Zimmer sehen. Darf ich?«

»Das ist es«, erklärte sie und deutete verwirrenderweise auf das Gemälde von einer Dschunke auf hoher See neben dem Fernseher. »Das ist unser Zimmer«. Van Leeuwen blickte sich um, schaute in den dunklen Flur und sah drei Zimmertüren – Bad, Küche, Schlafzimmer, für keinen ein eigener Raum. Dafür gab es ein weiteres Gemälde von einem Schwarm fliegender Wildgänse vor einem rot flammenden Sonnenuntergang.

»Dann Ruuds Schreibtisch«, sagte er. »Oder den Schrank mit seinen persönlichen Sachen.«

»Wir haben einen Schrank für uns beide und eine Kommode für Klaas.«

»Klaas ist ihr Sohn?«

»Unser Sohn. Ja. Klaas.«

»Wo ist er? In der Schule?«

Sie antwortete nicht sofort, dann sagte sie: »Er schläft.« Ihre Augen suchten etwas hinter van Leeuwen. Er hörte ein Knarren, als sich eine Tür öffnete, und einen Laut, ein Glucksen oder Lallen, gefolgt von leichten, schlurfenden Schritten. Er drehte sich um. Aus dem trüben Zwielicht des Flurs kam ein Kind auf ihn zu, von dem er zuerst nur das Blinken runder Brillengläser wahrnahm, dann das Lächeln. Es war voller Freundlichkeit und reichte bis zu den weit auseinander stehenden, leicht schielenden Augen.

»Klaas«, sagte Jinjin fast streng. Der Junge gab weiter die glucksenden Laute von sich, während er mit seltsam rudernden Armbewegungen näherkam. Seine kurzen Beine steckten in einer hellblauen Hose, der dickliche Oberkörper in einem teiggelben Nikki. Dünne, kupferrote Haare klebten in feuchten Strähnen an der verschwitzten Haut des etwas zu kleinen Kopfes. Das wusste ich nicht, dachte der Commissaris.

Der Junge steuerte schnurstracks auf ihn zu, umarmte sein rechtes Bein und hielt es fest. Ohne das strahlende Lächeln zu verlieren, schmiegte er den Kopf an van Leeuwens Hüfte, warm vom Schlaf und voller Zärtlichkeit.

»Die Medikamente sind teuer«, sagte Jinjin und sah zu Boden. Sie schien sich nicht dazu bringen zu können, den Jungen zu berühren. »Und die Therapien – so viel Geld jeden Monat. Wenn sein Vater nicht wiederkommt …«

Vorsichtig legte van Leeuwen dem Jungen eine Hand auf den Kopf und wurde mit einem Kichern belohnt. Der Kopf fühlte sich warm und klamm an. »Wann haben Sie ihn zuletzt gesehen?«

»Vor drei Tagen. Er ist weggegangen, und seitdem warte ich. Ich dachte, Sie können mir sagen, wann er wiederkommt. Sie sind der Polizeipräsident.«

»Ich bin nur der Commissaris und bald wahrscheinlich nicht mal mehr das. Ich suche ihn selbst und habe genauso lange nichts von ihm gehört. Ich bin hier, weil ich angenommen habe, er könnte vielleicht bei Ihnen sein. Oder Sie wüssten, wo er ist.«

»Nein, nein!« Ihre Stimme wurde schrill. »Ich weiß nichts. Er sagt mir nichts. Er kommt und geht – wie ein Geist. Er lässt mich allein mit Klaas. Aber Sie – er bewundert Sie. Er will sein wie Sie.«

»Er weiß nicht, was es heißt, ich zu sein«, brummte der Commissaris. »Er sollte lieber ein besserer Ruud Dekker sein.«

Das Brummen veranlasste den Jungen an seinem Bein, zu ihm aufzusehen, weiter lächelnd. Ein dünner Speichelfaden rann ihm aus dem Mundwinkel. »Ruud«, sagte er.

»Ihr Mann steckt in großen Schwierigkeiten, Mevrouw Dekker«, erklärte van Leeuwen. »Ich bin hier, weil ich ihm helfen will.

Wenn Sie etwas von ihm hören – wenn er sich bei Ihnen meldet, sagen Sie ihm, er kann sich jederzeit an mich wenden.«

»Was hat er getan?«

»Es kann sein, dass er sich mit … bösen Leuten eingelassen hat.«

»Aber wenn er mich nicht anruft. Ist er dann tot? Wenn er nicht kommt, hat er mich dann verlassen – mich und Klaas? Wenn Sie ihm nicht helfen können.« Sie hob den Kopf noch weiter und sah ihn an, aus schwarzen Pupillen. »Was wird dann?«

Van Leeuwen spürte Klaas an seinem Bein, die warme, lächelnde Umarmung. Er wunderte sich, wie ruhig er wurde, mit seiner Hand auf dem Kopf des Jungen. »Aber Sie kennen ihn doch«, sagte er. »Sie sind seit neun Jahren verheiratet. Ruud liebt Sie, oder nicht? Er ist niemand, der andere im Stich lässt.«

»Ich weiß nicht, ob ich ihn noch kenne. Ob er mich noch liebt. Oder wen sonst. Wissen Sie, ob er noch jemand liebt?«

»Nein«, antwortete van Leeuwen.

»Vielleicht waren wir zu jung«, sagte sie mit einem Nicken. »Als wir geheiratet haben. Ich dachte, wenn man sich liebt – und heiratet -, ist man glücklich. Liebe soll doch glücklich machen.«

Van Leeuwen blickte zu dem Foto der beiden Chinesen mit der Kinderschar hinüber. »Haben Ihnen das Ihre Eltern gesagt?«

Sie schüttelte den Kopf. »Ich hab es im Kino gesehen. Und in Büchern gelesen.«

»Ja, da ist die Liebe am besten aufgehoben«, sagte van Leeuwen, »im Kino und in Büchern. Wenn sie einem in freier Wildbahn begegnet, kann sie gefährlich sein.«

Sie nickte erstaunt, als hätte er ihre geheimsten Gedanken ausgesprochen. »Ich hätte das wissen müssen – aber niemand hat es mir gesagt. Er war so gut zu mir. Am Anfang. Er hat auch darauf gewartet, dass wir glücklich werden. Er war gut zu Klaas, selbst nachdem er – nachdem wir nicht mehr so tun konnten, als wäre er wie andere Kinder.«

»Klaas kommt mir sehr nett vor«, sagte van Leeuwen, »netter als die meisten Kinder.« Der Junge rieb die Wange an seiner Hüfte und wiederholte seinen Namen: »Klaas.«

»Ich will niemand, der netter ist.« Ihre Stimme wurde wieder schrill. »Ich will jemand, der wie alle anderen ist. Bei Klaas weiß ich nie … Er lacht, und ich weiß nicht, warum. Dann weint er – und ich weiß auch nicht, warum. Er folgt mir. Er beobachtet meine Bewegungen, und manchmal macht er mich nach. Wenn er aufgeregt ist, stottert er. Aber ich weiß nie, warum er aufgeregt ist. Er will umarmt und gestreichelt werden, aber dann macht er etwas kaputt –, nur um es kaputt zu machen.«

Sie verstummte, als wäre sie ein Radio, dem jemand den Ton abgedreht hatte, aber hinter den dunklen, ängstlichen Augen redete sie weiter von ihrer Einsamkeit. »Wenn ich zu lange mit ihm zusammenbin« plötzlich war der Ton wieder da, »verliere ich den Halt. Er ist ein Rätsel, genau wie mein Mann. Aber wenn Ruud da ist, geht es besser. Er und der Junge …« Sie zuckte kraftlos mit den Schultern. »Ich habe einen Kuchen gebacken.«

Sie beugte sich zu Klaas hinab und versuchte, seine Arme von van Leeuwens Bein zu lösen. Der Junge wehrte sich. Er umklammerte den Oberschenkel noch fester. Dann wimmerte er laut, hoch und durchdringend.

Seine Mutter wurde dunkel im Gesicht. Sie zerrte an seinen Armen und keuchte: »Ich habe einen Kuchen gebacken für meinen Mann – wenn er wiederkommt. Eine Tarte mit Äpfeln. Aber sie ist mir nicht gelungen. Ich weiß nicht. Sie sollte schön aussehen, aber am Rand ist sie angebrannt, und die Glasur ist verschmiert. Sieht nicht schön aus.«

»Lass los, Klaas«, sagte van Leeuwen.

Der Junge gehorchte sofort. Jinjin nahm seine Arme und legte sie um ihren Hals. So blieb sie, während Klaas sein Gesicht an ihrem Hals vergrub. »Können Sie ihm das sagen, wenn Sie ihn finden?«, fragte sie den Commissaris. »Ich habe einen Kuchen gebacken, mit Äpfeln?«

»Das sage ich ihm als Erstes« Van Leeuwen wandte sich zum Gehen. Jetzt wusste er, wo er Agent Dekker finden konnte.

30

Der Commissaris saß auf einem schmalen Bett gleich neben einer Kochnische. Von dort aus konnte er das ganze Apartment im Auge behalten, und als Dekker die Tür öffnete, sah er ihn und sagte: »Komm rein und mach die Tür zu.«

Dekker verharrte mitten in der Bewegung, dann schloss er die Tür. Langsam betrat er den von der hellen Nachmittagssonne erfüllten Raum. Er wirkte nicht besonders überrascht. Da sind Sie ja, schien sein Blick zu sagen, warum hat das so lange gedauert? »Wie sind Sie hereingekommen?«, fragte er trotzdem.

»Jemand muss vergessen haben, dem Vermieter nach Abschluss der Untersuchung damals den Schlüssel zurückzugeben«, sagte van Leeuwen. »Wir beide wollen uns jetzt mal in aller Ruhe unterhalten: Amelie und du, wo habt ihr euch kennengelernt, und wann? Und was für eine Beziehung hattet ihr?«

Dekker ging zu dem Kühlschrank in der Kochnische. Er sah wie ein Rauschgiftfahnder im Undercover-Einsatz aus, der zu lange nicht abgelöst worden war und vergessen hatte, auf welche Seite er gehörte. Er öffnete den Kühlschrank und holte eine Dose Heineken heraus. Er riss sie auf und trank einen Schluck.

»Lass dir ruhig Zeit«, sagte van Leeuwen. Das Zimmer war so klein, dass er glaubte, die Hitze spüren zu können, die von

Dekker ausging. Es war die Hitze eines Mannes, dessen innerer Motor schon zu lange überdrehte, weil er nicht aufhören konnte, vor sich selbst wegzulaufen. Nichts in dem Raum gab einen Hinweis darauf, womit Amelie in den Monaten vor ihrem Tod ihr Geld verdient hatte. Und ebenso wenig erinnerte an das Zimmer, das sie in der Wohnung ihrer Mutter bewohnt hatte, außer dem Bild von einem gescheckten Pferd an der Wand über dem Bett. Amelie Winter war seit über einem halben Jahr tot, aber in ihrem Kühlschrank lagen genug Lebensmittel für ein langes Wochenende.

»Vielleicht fängst du damit an, wie deine Handynummer in Amelies Reithose gelangt ist«, sagte van Leeuwen.

»Ich habe sie ihr gegeben«, antwortete Dekker trotzig.

»Wann? Wo? Ihrer Mutter zufolge ist sie mindestens zwei Jahre nicht mehr geritten.«

»So lange ist es ungefähr auch her.« Dekker trat ans Fenster und blickte durch die Ritzen in der Jalousie auf den Hinterhof, über dem Amelies Apartment lag. »Zum ersten Mal bin ich ihr in einem Club in der Nähe von Haarlem begegnet, in dem sie immer geritten ist. Ich war damals einem Richter als Fahrer zugeteilt. Der Richter führte den Vorsitz in einem Prozess gegen zwei Islamisten, die in den Dschihad gezogen und später in die Niederlande zurückgekehrt waren, um hier Anschläge zu verüben. Er hatte Morddrohungen erhalten und sollte auf Schritt und Tritt von Personenschützern begleitet werden. Das hatte er abgelehnt. Er sperrte sich überhaupt gegen jede Abweichung von seinem normalen Leben. Der einzige Kompromiss, zu dem er bereit war, bestand darin, sich von einem Polizeibeamten fahren zu lassen. Diese Aufgabe wurde damals mir zugeteilt, vorübergehend, bis ein besser ausgebildeter Beamter gefunden war. Und an einem Samstagnachmittag musste ich den Richter zum Reiten fahren, denn auch darauf wollte er nicht verzichten. Und da sah ich sie.«

Der Commissaris zuckte innerlich zusammen, als wäre plötzlich ein Schatten vor ihm aufgetaucht, etwas, das ihn aus dem Nichts erschreckte. »Wie hieß der Richter?«, fragte er.

»Gerritsen. Johan Gerritsen.«

»Kannte er Amelie Winter?«

»Das weiß ich nicht. Ich wartete draußen bei seinem Wagen. Es kam mir allerdings so vor, als beobachte er sie.«

»Bist du sicher?«

»Nein. Von dort aus, wo der Wagen stand, konnte ich nur einen Teil des Geländes überblicken. Aber ich hatte den Eindruck, dass er in ihrer Nähe sein wollte. Dabei war er viel zu alt für sie.«

Er hat gesagt, er wüsste nichts von ihr, nur das, was in den Akten stand, dachte der Commissaris. »Und wie kamst du in ihre Nähe?«

»Nachdem der Richter dem Stallburschen sein Pferd übergeben hatte, ging er noch ins Clubhaus, und in der Zeit erschien Amelie und lief zur Bushaltestelle an der Straße. Als sie an mir vorbeiging, warf sie mir ein Lächeln zu, schelmisch und gleichzeitig voller Tiefe. Sie wirkte irgendwie zart … und weise.«

»So schön, zart und weise, dass du ihr deine Telefonnummer aufdrängen musstest, obwohl du verheiratet bist und einen Sohn hast?«

Dekker setzte die Dose an den Mund und leerte sie in einem langen Schluck. »Nein, ich wollte nichts von ihr. Ich sehnte mich nur nach der Frische, die sie umgab. Nach irgendeiner Zukunft. Mein eigenes Leben kam mir vor, als wäre es schon vorbei.«

»Also hat sie den Zettel mit deiner Nummer eingesteckt.«

»Nicht sofort. Erst ein paar Wochen später, als ich den Richter wieder zum Reiten fahren musste und sie auch wieder da war. Aber sie hat mich nie angerufen.«

»Dann bist du einer, der zu den *window girls* geht, und da hast du sie zufällig im Fenster entdeckt?«

»Nein, ich hab sie in einer Kneipe gesehen, als ich in *de wallen* auf Streife war. Sie sah schlecht aus, und ich hab sie gefragt, was los ist. Sie hat mich angeschaut, und alles, was beim ersten Mal in ihrem Lächeln …« Er schluckte. »Es war alles weg. Und sie hat in meinen Augen gesehen, was ich gesehen habe. Dass sie jetzt auch keine Zukunft mehr hatte, weil die Hoffnung fehlte. Und sie weinte. So hat es angefangen. Ich wollte ihr helfen.«

»Hat sie da schon als Prostituierte gearbeitet?«

»Ja.«

»Du wusstest, dass sie noch minderjährig war?«

»Nein.« Dekker schüttelte den Kopf. »Damals noch nicht.«

»Deiner Frau hast du nichts davon erzählt.«

»Nein. Ich habe es niemand erzählt.«

»Hat Amelie von den Drogen gesprochen?«

»Das musste sie nicht.«

»Und von Boer?«

»Ja. Ich habe versucht, sie von ihm wegzukriegen. Von den Drogen. Ich hab versucht, mit Boer zu reden, ihn einzuschüchtern.« Langsam zerdrückte Dekker die Bierdose. »Aber er war schneller.«

Van Leeuwen stand auf und trat auf den Polizisten zu. »Sag mir die Wahrheit – hast du ihr selbst auch Rauschgift besorgt?«

Dekker versuchte, seinen Blick auszuhalten, und ein paar Sekunden schien es, als würde er es schaffen. Dann wandte er sich ab, um die Dose wegzustellen. »Nein! Wie kommen Sie – nein.«, stotterte er.

»Boer behauptet, er hätte ihr keines mehr gegeben«, erklärte der Commissaris. »Er hat gesagt: Fragt nicht mich, fragt Agent Dekker!«

»Aber Boer ist – *war* –, der war doch ein Lügner! Ich habe sie geliebt.« Dekker griff in die Innentasche seiner Jacke und holte ein abgegriffenes Lederetui heraus, das er aufklappte, um es van Leeuwen hinzuhalten. In einem durchsichtigen, bräunlich verfärbten

Plastikfach steckte das Foto eines Mädchens mit großen blauen Augen und langen blonden Haaren, in der Mitte gescheitelt wie bei einem Hippiemädchen aus der Woodstock-Ära.

»So sah sie aus, als ich ihr zum ersten Mal begegnet bin«, erklärte der junge Polizist, »so schutzbedürftig. Ich konnte gar nicht anders, als mich in sie zu verlieben, obwohl ich mich dagegen gewehrt habe. Aber nachts, im Bett, wenn ich die Augen zugemacht hab und zu schlafen versuchte, lag ich auf einmal neben ihr, nicht neben Jinjin. Und ich dachte, was wird aus ihr werden, wenn ich mich nicht um sie kümmere? In einer Stadt wie Amsterdam! Sie sieht stark und glücklich aus, aber sie war es nicht. Sie war eine gute Reiterin und ein guter Mensch, nur stark nicht und glücklich auch nicht. Es wurde mit jedem Tag schwieriger für mich, vor allem, als man mich versetzt hat und ich den Richter nicht mehr zum Reitstall fahren konnte. Ein paarmal bin ich allein rausgefahren, den ganzen Weg, aber sie war nicht da und niemand wollte mir sagen, wie sie hieß. Und ich hab wieder versucht, ein guter Ehemann zu sein, bis ich eines Tages Streife ging und sie zufällig traf.«

Er betrachtete das Foto und strich zärtlich mit dem Daumen über die Wange des Mädchens hinter dem Plastikfenster. »Ab da wurde es erst richtig schlimm – wegen der anderen Kerle und der Art, wie sie ihr Geld verdiente. Ich hab sie gebeten aufzuhören, ihr gesagt, dass ich sie liebe und für sie sorgen werde, und sie hat gesagt, so viel Geld, wie sie brauchte, könnte ich ihr gar nicht geben, bei meinem Gehalt.«

»Wie sie für Drogen brauchte?«

»Ja, aber es ging nicht nur um Geld. Es war, als könnte sie nicht ertragen, geliebt zu werden. Das war zu einfach. Sie wollte sich für irgendwas bestrafen. Dagegen kommt man nicht an.«

»Wenn das so ist«, sagte van Leeuwen gereizt und stand auf, »warum hast du Boer dann entlastet? Weil ihr sie alle beide so geliebt habt? Er behauptete auch, sie geliebt zu haben. Bleibt nur die Frage, warum jemand, der von so verdammt vielen geliebt wurde, heute so verdammt tot ist.«

Dekker steckte die Ledermappe zurück, holte eine zerdrückte Packung Nil hervor und zündete sich mit einem roten Bic-Feuerzeug eine Zigarette an. »Ich hab die Wahrheit gesagt. An dem Abend, an dem sie gestorben ist, war ich mit ihr verabredet, aber auf dem Weg zum *Toko Dun Yong* musste ich bei der Oude Kerk eine Schlägerei zwischen zwei Transen schlichten, deswegen kam ich ein paar Minuten zu spät.«

»Was hat sie in dem Kaufhaus gewollt?«

»Also, sie wusste, dass ich gern Chinesisch esse, und deswegen nahm sie an einem Workshop für asiatische Küche teil. Ich kam vom Oude Waal und rannte fast durch die Binnen Bantammer Straat. Gerade als ich die Brücke erreichte, sah ich jemand im dritten Stock aus dem Fenster des Kaufhauses stürzen, aber dass sie es war, erkannte ich erst, als ich hinkam und sie mit gebrochenem Genick auf dem Pflaster lag. Sie ist in meinen Armen gestorben. Ich dachte wirklich, ich hätte noch jemand oben an dem Fenster gesehen, ganz kurz nur. Aber je länger ich darüber nachgedacht habe, desto unsicherer wurde ich. Ich wollte einfach nicht glauben, dass sie freiwillig in den Tod gegangen ist.«

So gierig, wie er getrunken hatte, rauchte Dekker jetzt. Inhalierte hastig und pustete den Rauch in das Gitter aus Sonnenschein.

»Vielleicht hab ich mich doch nicht in dir getäuscht«, meinte der Commissaris beiläufig. »Es sei denn, du wärst es gewesen, der Boer getötet hat. Hast du?«

Dekker ließ die Kippe der Zigarette in die Öffnung der zerdrückten Bierdose fallen, wo sie zischend erlosch. »Nein.«

Van Leeuwen stand so nah vor dem jungen Polizisten, dass er das Gefühl hatte, mit allen Sinnen in ihn hineinsehen zu können, durch die Augen, die Haut, das Fleisch. Und da sah er, zu seinem großen Bedauern und nicht einmal besonders tief versteckt, dass er Dekker kein Wort glauben durfte. *Er lügt*, dachte der Commissaris, *und er wird weiter lügen, egal, was ich sage. Aber warum?*

»Du bist ein Deserteur, Dekker, und deswegen schämst du dich!«, sagte er. »Du bist an einen Platz auf dem Schlachtfeld gestellt worden, und diesen Platz hast du verlassen. Im Krieg kann es eine tapfere Tat sein zu desertieren. Aber du hast der richtigen Seite den Rücken gekehrt, obwohl du wusstest, dass es die richtige Seite war. Das lässt sich nicht verzeihen.«

Dekker wich zurück; seine Augen wurden hart. »Es tut mir leid, wenn ich Sie enttäuscht habe«, sagte er. »Es tut mir leid, wenn ich jeden enttäusche, der meinen Weg kreuzt.«

Nur mit Mühe konnte sich van Leeuwen davon abhalten, ihn zu packen und an die Wand zu schmettern. Es kribbelte in den Händen, in der Brust, unter dem Zwerchfell und sogar in den Zähnen. »Du denkst, ich bin ungerecht zu dir?«, brüllte er. »Oder Amelie – glaubst du, was Amelie widerfahren ist, war ungerecht? Ja, das war es! Das Leben ist ungerecht, und wir können nichts daran ändern. Wir können dafür sorgen, dass dem Recht Genüge getan wird und die Gesetze eingehalten werden. Aber für Gerechtigkeit sind wir nicht zuständig, und wahrscheinlich gibt es auch sonst niemand, der dafür sorgen könnte. Also erwarte keine Gerechtigkeit von mir!«

Er sah den Schreck in Dekkers Augen, und so schnell, wie die Wut aufgeflammt war, brannte sie wieder nieder. Er trat einen Schritt zurück. »Geh jetzt nach Hause, Junge«, sagte er. »Zu deiner Frau und deinem Sohn. Jinjin hat einen Kuchen für dich gebacken, mit Äpfeln. Und morgen meldest du dich bei mir im Büro.«

Zögernd hob Dekker eine Hand, wie um sie van Leeuwen zu reichen, ließ sie jedoch auf halber Strecke wieder sinken. »Danke, Commissaris. Aber ich kann nicht nach Hause. Ich liebe meine

Frau nicht mehr. Auch Klaas nicht. Ich habe Amelie geliebt. Ich gehe jetzt hin, weil Sie da sind.«

Er verließ das Apartment und zog die Tür leise hinter sich ins Schloss. Van Leeuwen griff nach seinem Trenchcoat, den er auf dem Bett abgelegt hatte, holte den Wohnungsschlüssel aus der Tasche und legte ihn aufs Fensterbrett. Schon im Gehen wählte er die Nummer von Richter Gerritsen.

»Commissaris Bruno van Leeuwen, Polizeipräsidium Amsterdam«, sagte er, als sich am anderen Ende eine weibliche Stimme meldete. »Verbinden Sie mich bitte mit Richter Gerritsen.«

»Bedaure, Meneer van Leeuwen, der Richter ist bis zum nächsten Wochenende in Urlaub.«

»Können Sie mir eine Nummer geben, unter der ich ihn erreichen kann?«

»Der Richter möchte im Urlaub nicht gestört zu werden.«

»Es handelt sich um eine Morduntersuchung.«

»Ich werde ihm ausrichten, dass Sie angerufen haben.«

»Bitte heute noch«, sagte van Leeuwen. Danach rief er die SMS auf, die er von Julika erhalten hatte: *Kimmel-Sichtungen bisher alle vom Vatikan unbestätigte Wunder. Untersuche jetzt Madonna, die blutige Tränen weint.*

31

Zum ersten Mal bemerkte der Commissaris den schwarzen Mercedes im Rückspiegel, als er auf der geschwungenen Brücke des Autobahnrings über die kleinen Buchten des Ijsselmeers fuhr. Im Osten ragten die Hochhaustürme auf dem Piräus-Kai und Java-Eiland über den stillgelegten Hafen in den violetten Abendhimmel. Die verspiegelten Fassaden warfen sich die Strahlen der tief stehenden Sonne zu, und van Leeuwen fand, dass die kupfern und orangefarben glühenden Gebäude aussahen, als wären sie eigentlich für Miami gebaut worden, mit den lachsfarbenen Wolken dahinter und den Palmen auf den Dächern.

Der Mercedes folgte ihm, als er den Ring an der Ausfahrt Richtung Purmerend verließ, aber danach verlor der Commissaris ihn aus den Augen und dachte, er hätte sich getäuscht.

Die Reihenhäuser neben der Autobahn hatten blitzblank geputzte Fenster ohne Vorhänge. Die Scheiben spiegelten die Glut der sinkenden Sonne. In den kleinen Gärten vor den Häusern standen Fischreiher aus Keramik, und ein Schwarm von echten Krähen zerstob krächzend über den Feldern.

Kurz vor Purmerend wurde der Abendhimmel dunkel, erst blau und dann schwarz. Etwas später entdeckte der Commissaris den Mercedes wieder; er erkannte den Wagen jetzt nur noch an der Form der Scheinwerfer, die abbogen, wenn er abbog, und beschleunigten, wenn er beschleunigte. Dann überholten sie ihn plötzlich, und er konnte sehen, dass sie zu einem Audi gehörten. Er dachte, *vielleicht habe ich mich getäuscht*, obwohl sein Instinkt etwas anderes sagte.

Auf halber Strecke zwischen Purmerend und Oosthuizen erreichte er eine Holzbrücke und dahinter eine Kreuzung, an der er nach links in eine Landstraße bog. Die Straße war in schlechtem Zustand. Die Scheinwerfer des Alfa erfassten bunt bemalte Holzhäuser und eine Windmühle, deren Flügel bedächtig vor einem niedrigen Mond kreisten. Dahinter erstreckten sich Kartoffeläcker, bewegt von den Schatten dahintreibender Wolkenfetzen.

In Abständen blickte van Leeuwen in den Rückspiegel: keine Scheinwerfer. Er war allein auf der Straße, die jetzt durch ein Spalier von eng stehenden Linden fuhrte. Die Kronen der Bäume bildeten einen grünen Tunnel, und am Ende des Spaliers ragte, kreidebleich im Schein der Fernlichtkegel, ein Kirchturm auf. Etwas später erreichte der Commissaris das Dorf. Er fuhr bis zur Kirche am Ende der Straße und parkte den Alfa vor der Sakristei, stieg aber nicht aus.

Jetzt ragte der Kirchturm düster und klobig in den Himmel. Es gab keine Straßenlaternen, und wenn die zerfaserten Wolken unter dem Mond durchtrieben, verdunkelten die Schatten das ganze Dorf. Die Kronen der Linden schüttelten sich unruhig im Nachtwind, und die Straßen waren ausgestorben. Die Fenster von Willemsens Haus waren durch rot gestrichene Läden gesichert. Wilder Wein bedeckte die Fassade wie ein wucherndes Muttermal. Es wirkte, als wäre es seit langem unbewohnt.

Der Commissaris saß hinter dem Steuer und wartete. Beobachtete, ob sich im Garten oder hinter den oberen Fenstern etwas rührte, ein Mensch, ein Hund, ein Gespenst. Die Bewegung des Vorhangs war so winzig gewesen, dass sie keine Polizeiaktion rechtfertigte. *Sie rechtfertigt nicht mal, dass ich jetzt hier bin*, dachte er. Als er lang genug gewartet und nichts gesehen hatte, holte er einen Bund mit Dietrichen aus dem Handschuhfach und stieg aus. Die Fensterläden der Nachbarhäuser blieben zu, kein Licht ging dahinter an. Aber in das Rauschen des Windes mischte sich von irgendwoher das geisterhafte Gelächter einer Sitcom.

Der Commissaris öffnete das unverriegelte Gartentor und ging neben dem kurzen Kiesweg zum Eingang der Praxis. Er bemühte sich, leise zu sein. An der Tür entdeckte er einen Klingelknopf, drückte ihn aber nicht. Stattdessen schritt er über die Zierbeete an der Vorderseite des Hauses zur Ecke und weiter bis zur Rückseite, die, wie er vermutet hatte, von einem uneinsehbaren Garten geschützt wurde.

Die Hintertür hatte ein anderes Schloss als die Tür am Vordereingang, ein einfacheres. Schon der dritte Dietrich passte. So lautlos wie möglich öffnete van Leeuwen die Tür, trat hindurch und schloss sie wieder. Während er darauf wartete, dass sich seine Augen an die Finsternis im Haus gewöhnten, holte er Spurensicherungs-Handschuhe aus der Hosentasche und zog sie an. Er hörte nichts außer seinem Atem und seinem Herzschlag. Das Haus war still. Die Luft war feucht und warm und von einem abgestandenen süßen Geruch erfüllt – Gewürze, angefaultes Obst, kaltes Bratfett. Er befand sich in der Küche.

Als er genug sehen konnte, um sich zu orientieren, nahm er schattenhaften Umrisse wahr – ein Tisch, eine Bank, zwei Stühle, der Herd, Kühlschrank, Mülleimer, eine Waschmaschine. Die Tür auf der anderen Seite des Raums war ein schwarzes Viereck. Mit tastenden Schritten bewegte er sich auf sie zu. Er wollte kein Licht machen, solange er nicht wusste, ob sich jemand im Haus befand.

Vielleicht hat Kimmel sich gar nicht über die Grenze abgesetzt, sondern versteckt er sich dort, wo man ihn am wenigsten vermuten würde, im Haus seiner Geisel. Und vielleicht tötet er sie, wenn ihm jemand zu nahe kommt – sie oder sich oder alle.

Damit musste er rechnen. Er trat durch die Tür, stolperte über eine Stufe. Etwas streifte sein Gesicht. Er zuckte zurück und riss den rechten Arm hoch, aber kein Schlag folgte. Er streckte eine

Hand aus und bewegte sie vorsichtig hin und her, bis er gegen etwas in der Luft stieß, das sofort nachgab. Dünn, schmal, leicht. Er roch Erde und fasste danach. Ein Pflanzenblatt. Ein Gummibaum im Gang, unter einer Treppe, die ins obere Stockwerk führte.

Van Leeuwen verharrte, bis er wieder ruhig atmete. Dann ging er weiter, tastete sich leise durch das gesamte Erdgeschoss und kontrollierte, ob alle Vorhänge zugezogen waren. Er hatte eine kleine Taschenlampe mitgebracht, die er in seiner Jackentasche spürte, aber er holte sie nicht heraus; nicht solange sie ihn verraten konnte. Er machte einen Schritt und noch einen, und danach hielt er inne und lauschte auf die Geräusche, die ihn umgaben. Der Wind, der unruhig durch die Apfelbäume im Garten strich. Das Summen des Kühlschranks, der sich einschaltete. Das Tropfen eines Wasserhahns. Das Ticken einer Standuhr. Er lauschte, ob die Geräusche sich veränderten.

Neben der Küche befand sich im Erdgeschoss nur die Praxis: ein Wartezimmer, sechs schlichte Stühle, ein Rattantischchen mit Zeitschriften. Ein Konsultationsraum mit Schreibtisch und Liege. Toilette. Kammer. Sogar ein kleines Labor. Noch mehr Pflanzen, Farne und Gummibäume, deren Blätter die Luft reinigten, sodass nur noch ein schwacher Arztgeruch übrigblieb, nach Pflastern, Jod, Äther, Medikamenten, Hustensaft.

Van Leeuwen warf einen Blick auf seine Armbanduhr: 22:07. Wenn er bis um 23:00 nichts fand – keinen Hinweis, keine Spur, keine Rechtfertigung für seine Anwesenheit –, musste er den Rückzug antreten. *Aber was suchst du?*, dachte er. *Einen Beweis dafür, dass der Arzt keine Geisel, sondern Mittäter ist, wie Terjung behauptet hat? Etwas, das erklärt, warum Willemsen an Kimmels Unschuld glaubt? Den Beleg für die Verschwörung, von der die anonyme Anruferin gesprochen hat? Aber in welcher Form? Überlegungen, im Tagebuch festgehalten? Eine Computerdatei? Nein, du suchst die Papiere, die Feline aufgefallen sind, als sie sich um Willemsens Kin-*

der gekümmert hat; in denen Kimmel und die Reederei Vermeulen & Aboudani erwähnt wurden.

Als van Leeuwen sicher war, dass sich im Erdgeschoss niemand aufhielt, kehrte er in das Konsultationszimmer zurück. In der Ecke neben der Liege zählte das Messingpendel einer Standuhr gelassen die Sekunden ab. Auf dem Schreibtisch stand ein Computer, außer einem Tastentelefon und einer Schale mit Büromaterial befand sich sonst nichts auf der Tischplatte. Keine Mappe mit Papieren, keine Akte *Vermeulen & Aboudani.*

Unter der Arbeitsplatte stand ein Rollschrank, gesichert durch ein Schloss, das sich mit einer zurechtgebogenen Büroklammer aus der Schale unter der Tischlampe öffnen ließ. In mehreren Fächern stapelten sich Papiere in Klarsichtfolien, Patientenakten, aber um ihren Inhalt genauer studieren zu können, hätte van Leeuwen Licht gebraucht. Wenn er Glück hatte, gab es einen Ordner für die in Scheveningen durchgeführten Behandlungen, mit dem Namen *Milan Kimmel* darauf. Später, wenn du das ganze Haus durchsucht hast.

Zögernd betrat der Commissaris die Treppe in die obere Etage. Die Holzstufen knarrten. Er blieb stehen, hielt den Atem an, glaubte, noch ein weiteres Geräusch gehört zu haben, erst das Knarren und dann ein Scharren über ihm in der Dunkelheit im ersten Stock. Auf einmal verspürte er ein Frösteln.

Er ging weiter, setzte einen Fuß nach dem anderen auf die Stufen, dicht an der Wand, wo sie am wenigsten knarrten. Sobald er stehenblieb, hörte er noch eine Sekunde das Scharren wie ein Echo seiner Schritte. Das Frösteln auf seinem Rücken hörte nicht auf. Er war jetzt sicher, dass er sich nicht allein im Haus befand – und wünschte, er hätte seine Dienstwaffe mitgenommen, aber die lag in der Schublade seines Schreibtischs.

Im oberen Stockwerk gab es nur zwei kleine Fenster an beiden Enden des Gangs, der von der Treppe zu den einzelnen Zimmern führte. Die Türen waren geschlossen, die Vorhänge an den Fenstern zugezogen. Van Leeuwen blickte nach rechts, zum Fenster zur Straßenseite. *Da muss er gestanden haben*, dachte er.

Leise bewegte er sich durch den Korridor und öffnete behutsam jede Tür, an der er vorbeikam. Hier oben roch es anders, die Luft war abgestanden. Alle Zimmer, deren Türen van Leeuwen öffnete und wieder schloss, waren leer – Büro, Schlafzimmer, die Kinderzimmer. Trotzdem breitete sich das Frösteln auf seinem Rücken weiter aus. Es blieb nur noch eine Tür am Ende des Gangs.

Hinter dieser Tür, dachte er. Wenn, dann ist er hinter dieser Tür. Er weiß, dass ich da bin. Das seltsame Gefühl, das er erst nicht einordnen konnte, passte zu dem Wind, der hier oben lauter zu hören war. Hatte er Angst? Trotzdem musste er diese Tür öffnen.

Er drückte die Klinke. Nichts geschah. Die Tür gab nicht nach; das Holz ächzte nur schwach. Er lehnte sich mit der Schulter gegen die Füllung, die sich anscheinend im Rahmen verklemmt hatte. Endlich gab sie nach, erst ein paar Milimeter, dann mit einem Ruck ganz. Dahinter lag das Bad, fahl beleuchtet: Waschbecken, Badewanne, Toilettenschüssel, zwei Handtücher auf den Handtuchhaltern, ein Frotteebademantel an einem Haken.

Leer.

Nur eine Bewegung hinter dem Duschvorhang.

In der Sekunde, in der van Leeuwen die Worte dachte, *leer, nur eine Bewegung hinter dem Duschvorhang*, zerriss ein Rattern die Stille und der Plastikvorhang wurde zur Seite gefegt. Eine Gestalt sprang aus der Wanne auf den Commissaris zu, schnell, keuchend, und warf sich gegen ihn. Van Leeuwen wurde gegen die Tür geschleudert, die krachend zuschlug. Die Gestalt presste seine Arme gegen die Türfüllung. »Wer sind Sie?«, schrie eine Männerstimme.

»Ich bin Polizeibeamter«, stieß van Leeuwen hervor. »Commissaris Bruno van Leeuwen aus Amsterdam!«

»Bruno?«

Die Taschenlampe leuchtete dem Commissaris ins Gesicht. »Ich bin's – Jan«, sagte der Mann.

»Jan?«, rief der Commissaris. »Was machst du hier? Ist Kimmel bei dir?« Er streckte die Hand aus, um das Licht im Bad einzuschalten, aber der Arzt sagte hastig: »Kein Licht! Niemand darf wissen, dass hier jemand ist.«

32

Samyel Caribe entriegelte das Tor, betrat den Stall und schob das Tor wieder hinter sich zu. Einige Herzschläge lang blieb er reglos stehen, genau so lange, bis er sein Herz nicht mehr hörte. Jetzt lauschte er auf die anderen Geräusche in der Dunkelheit, das Schnauben der Pferde in den Boxen, das leise Klatschen, wenn sie mit dem Schweif gegen die Holzwände schlugen. Das Rascheln der Hufe im Stroh. Das feuchte Mahlen der Zähne und Lippen. Er konnte hören, wenn sie den Kopf schüttelten oder ihnen im Schlaf ein Schauer über den Leib lief.

Draußen vor dem Stall blieb alles still; keine Schritte, niemand, der noch eine späte Runde drehte. Samyel hatte kein Licht in den Fenstern gesehen, als er über den Zaun geklettert und schnell über das Gelände zu den Stallungen gehuscht war. Er wusste, in welchem Stall das Pferd stand. Er kannte den Weg und die Box, die er suchte. Er fuhr aus den Trageriemen seines Rucksacks, legte ihn neben dem Tor auf den Boden und holte einen Overall aus durchsichtigem Zellophan heraus. Der knisterte leise, als er hineinstieg, erst mit dem linken Bein, dann mit dem rechten. Er zog ihn hoch bis zu den Schultern, über die Jeans, das Polohemd, die Laufschuhe. Dann schloss er den Reißverschluss vorn unter dem Kinn und griff hinter sich, wo eine Kapuze aus demselben durchsichtigen Material hing.

Als er die Kapuze übergestreift und am Hals mit einem Druckknopf abgedichtet hatte, holte er ein Klappmesser aus dem Rucksack. Mit dem geöffneten Messer in der rechten Hand ging er zu der vierten Box rechts und entriegelte sie, so wie er das Tor entriegelt hatte. Unter der Zellophankapuze hörte er das Knistern und Rascheln seiner Bewegungen lauter, aber alles andere drang nur gedämpft an seine Ohren, das leise Knarren des Holztors, das Schnauben von Anastasia, die unruhigen Schritte der Hufe im Stroh, als die Stute plötzlich wach wurde. Sie stand mit der Kuppe zu Samyel, das Schwarz ihres Fells war kaum zu sehen, nur die weißen Blessen wie große Brandlöcher.

»Alles ist gut«, sagte er leise. »Hab keine Angst.« Er mochte Pferde lieber als Menschen; Frauen mochte er auch, aber nicht so wie Pferde und Hunde. Er schob sich zwischen den Flanken der Stute und der hölzernen Trennwand zur Nachbarbox vorbei. Jetzt spürte er ihre Wärme und Angst, das innere Vibrieren. Sacht tätschelte er ihren Hals. Ihr rechtes Ohr drehte sich ihm zu, das Auge darunter wurde groß und weiß. Die Stute schnaubte und schüttelte den Kopf. Er wollte nicht, dass sie sich aufbäumte und mit den Hufen schlug. »Ssschhh, meine Süße«, raunte er, »gleich ist alles vorbei … ja, Anastasia, so ist's gut, ganz still.«

Auch in den anderen Boxen wurden die Pferde jetzt wach; Unruhe breitete sich aus. *Du musst es schnell machen*, dachte Samyel, *jetzt sofort, und* er packte Anastasias Mähne, krallte seine Faust fest hinein und zog ihren Hals auf sich zu, bis ihr Kopf fast seine Stirn berührte. Ihr Maul verspritzte etwas Schaum, aber nicht viel. Dann hatte er ihre Gurgel vor sich und zog die Schneide des Messers von der anderen Seite des Halses mit aller Kraft auf sich zu, durch das Fell und die Muskeln und Sehnen und das Knorpelgewebe der Kehle.

Er schnitt so tief er konnte. Erst geschah nichts, das Pferd schien zu erstarren, da setzte er das Messer ab und wieder an und schnitt ein zweites Mal. In hohem Bogen spritzte eine dunkle Fontäne aus heißem Blut gegen die Rückwand der Box und pladderte auf Samyels Zellophanoverall. Der Widerstand in den Halsmuskeln ließ nach, das Blut spritzte weiter. Ein Geruch von warmem Eisen stieg ihm in die Nase, und hinter der Stute klatschte etwas schwer und stinkend zu Boden. Dann brach das Tier ein, erst in den Vorderbeinen, bevor auch die Kuppe zur Seite kippte.

»Ruhig«, sagte er, »alles wird gut.« Ihm wurde schwindlig. Ein Rausch zog durch seinen Kopf, tobte in seiner Brust, rund um das wieder wild schlagende Herz.

Anastasia stieß ein verzweifeltes, wundes Wiehern aus, das zu einem Gurgeln wurde, dann zu einem Röcheln. Stroh wirbelte durch die Luft. Ein Huf schlug donnernd auf Holz, und Samyel presste sich mit dem Rücken gegen die Wand, während das Blut von seinen Armen troff und an seinem Overall herunterlief. Er sah noch auf die letzten Zuckungen der Stute zu seinen Füßen hinab, sah zu, wie das Leben sie verließ, bevor er rückwärts aus der Box trat und durch den Mittelgang zu seinem Rucksack lief.

Im ganzen Stall wieherten jetzt die Pferde, bäumten sich in der Dunkelheit auf und trommelten in Panik mit den Hufen gegen die Holzwände. Es konnte nicht mehr lange dauern, bis ein Stallbursche auftauchte, um nach ihnen zu schauen. Am Tor ließ Samyel das Messer fallen und riss sich den Overall mitsamt der Kapuze vom Leib. Er streifte die Handschuhe ab, warf sie und das Messer auf den Overall und rollte alles zusammen, das blutverschmierte Äußere nach innen gekehrt. Hastig stopfte er Arbeitskleidung und Werkzeug in den Rucksack, verschloss ihn wieder und schob das Tor auf.

Erst sah er einen Schatten, so nah, dass er fast zurückgeprallt wäre. Aber dann nahm er ihren Geruch wahr. Das Mädchen stand nur einen Meter entfernt vor ihm. Sie bewegte sich, Mondschein fiel auf ihr Gesicht. Ihre Augen waren fast so groß und weiß wie die der Stute im Moment ihres Todes. Er packte ihr Handgelenk und zerrte sie mit sich bis zur Ecke des Stalls, der vom Wiehern der Pferde und den dumpfen Hufschlägen widerhallte. »Ich hab gesagt, du sollst im Wagen bleiben!«, sagte er leise.

Er hörte Stimmen am Clubgebäude, ein Mann und eine Frau. Er zog Fenna weiter. Geduckt liefen sie an der Außenwand des Stalls entlang. Dann folgte ein freies Stück Rasen bis zu den Büschen, hinter denen der Zaun verlief. Er zwängte sich durch die Büsche und kletterte über den Zaun. Sie folgte ihm. Er hörte sie dicht hinter sich atmen, so wie sie atmete, wenn er sie auszog.

Sobald sie die Straße erreicht hatten, griff Fenna wieder nach seiner Hand, aber eher so, wie man nach einem Werkzeug greift. Sie will mehr von dir als du von ihr, dachte er, während sie schnell zu dem Mietwagen gingen, den er ein Stück vom Reitclub entfernt unter einer Eiche abgestellt hatte. Er öffnete den Kofferraum und warf den Rucksack hinein. Als er die Heckklappe wieder schloss, kreischte eins der Scharniere, und es klang wie das schrille Wiehern der Stute, die er eben getötet hatte.

33

Der Commissaris zitterte noch immer, und sein Atem ging zu schnell, obwohl sie längst in dem durch Vorhänge und Fensterläden gesicherten Arbeitsraum saßen. »Also stimmt es«, sagte er, »du bist ein Komplize!«

Willemsen hielt seinem Blick stand. »So einfach ist das nicht. Eher das Opfer eines Opfers. Aber die Pistole, die er mir gegen den Kopf gepresst hat, war echt, und meine Angst auch.«

Eine Schreibtischlampe mit grünem Glassturz sorgte für schwache, aber ausreichende Helligkeit. Van Leeuwen versuchte, in dem Arzt den jungen Schnösel wiederzuerkennen, der versucht hatte, ihm Simone abspenstig zu machen.

Im Halbdunkel nahm er eine gerötete, hohe Stirn wahr, faltenzerfurcht, außerdem eine knochige Nase mit einem kleinen Höcker, dazu schmale, skeptische geschürzte Lippen. Die kurzen Haare, jetzt grau, und die braunen Augen, die gleichzeitig wachsam und neugierig blickten, all das gehörte einem erwachsenen Mann.

»Du erkennst mich nicht wieder, oder?«, fragte Willemsen.

»Doch«, sagte van Leeuwen. »Ist ja gerade mal dreißig Jahre her.« Damals war Willemsen angehender Arzt im Praktikum gewesen, schlaksig, strohblonde Haare, kräftiger Hals, aber kleine, fast zarte Hände und ängstliche braune Augen. Das Lächeln war gleich geblieben, alles andere nicht.

»Wie geht es Kees?«, fragte van Leeuwen.

»Er hat sich gefangen, studiert jetzt Philosophie in Deutschland«, antwortete Willemsen. »Das hab ich dir nie vergessen, weißt du, dass du ihm damals geholfen hast, nach … ich meine, ich bin dir bei Simone ziemlich in die Parade gefahren.«

»Nicht wirklich«, fiel ihm van Leeuwen ins Wort. Er und Sim waren damals noch nicht verheiratet gewesen und gerade erst nach Amsterdam gezogen, wo er seine Ausbildung zum Polizisten angetreten hatte. Er hatte den lästigen Mediziner schnell vergessen, nachdem Sim ihn losgeworden war. Erst als Willemsen ihn Jahre später wegen seines Sohnes angerufen hatte, war er ihm wieder eingefallen. *Hilf mir, ich weiß nicht weiter, mein Sohn Kees*. Van Leeuwen hatte den Jungen gefunden und dafür gesorgt, dass er nicht rückfällig wurde. Da war ihr Kontakt aufs Telefon beschränkt gewesen. »Außerdem ist Simone ja jetzt auch tot«, sagte er.

»Ich weiß«, sagte der Arzt, und auf einmal kam es van Leeuwen vor, als könnte er jedes einzelne der dreißig Jahre in der Stimme hören: sie klang bedrückt, erschöpft. »Sag mal, möchtest du etwas trinken? Kaffee? Aquavit?«, fragte Willemsen.

»Was ist eigentlich los?«, fragte der Commissaris, ohne das Angebot anzunehmen. »Das halbe Land sucht nach dir. Alle denken, du wärst in der Gewalt eines brutalen Geiselnehmers.«

»Er hat mich freigelassen«, erklärte Willemsen.

»Wann?«

»Zwei Tage nach seinem Ausbruch.«

»Wo?«

»In der Nähe von Rotterdam. Erst sind wir in der Nacht mit dem Schlauchboot die Küste runter, Richtung Belgien, aber nicht sehr weit, nur ein Stück. Dann hat er das Boot bei Hoek van Holland in eine Flussmündung gesteuert und hinter Rozenburg versenkt. Wir haben uns den Rest der Nacht in einer Scheune versteckt, aber geschlafen hat keiner von uns.«

»Und die ganze Zeit hat er dich mit der Pistole daran gehindert zu fliehen«, sagte van Leeuwen.

»Nein. Er hat mich um mein Wort gebeten, dass ich nicht fliehe. Er sagte, wenn der Zeitpunkt gekommen ist, lässt er mich frei, und das hat er dann auch getan.«

»Einfach so?«

»Nein. Es war eine Abwägung.«

Willemsens Arbeitszimmer war schlicht, fast wie die Klause eines Mönchs. Bücherregale aus dunklem Holz, die vom Boden bis zur Decke reichten. Die Bücher standen in Doppelreihen, und darauf lagen weitere Bücher in verschieden hohen Stapeln. Soweit van Leeuwen bei dem schlechten Licht erkennen konnte, handelte es sich um medizinische Fachliteratur, außerdem Lexika, Wörterbücher und ein paar Biographien, von Albert Schweitzer, Henri Dunant, Marie Curie oder Ferdinand Sauerbruch.

Nur in einer Ecke des Raums war Platz für einen Kamin aus Ziegelsteinen, über dem ein emailliertes Kruzifix ohne Gekreuzigten aufgehängt war. Es roch nach Kohle und kaltem Russ. Vor dem wuchtigen Schreibtisch aus zerkratztem Ebenholz lag eine ausgefranste, grob gewebte Brücke, deren Farben kaum mehr zu erkennen waren. Es gab zwei Sessel mit lederbezogener Polsterung vor dem Schreibtisch, und in einem der beiden saß der Commissaris und fragte: »Abwägung von was?«

»Davon, was von größerem Nutzen für sein Ziel ist«, antwortete Willemsen.

»Und worin besteht dieses Ziel?«

»Isa Vermeulens Leben zu retten.«

»Sie wird doch am Leben erhalten«, wandte der Commissaris ein.

Willemsen rieb sich die Augen, und danach sah er müder und älter aus als vorher. »Noch. Aber ihr Vater wird die lebenserhaltenden Maßnahmen jetzt einstellen lassen. Milan ist ausgebrochen, um das zu verhindern.«

»Wie will er das anstellen?«

»Das hat er mir nicht gesagt.«

»Und wie hat er davon erfahren?«

»Jemand hat ihn im Gefängnis angerufen.«

»Wer?«

»Eine Frau, hat er gesagt. Anonym.«

»Wo ist er jetzt?«

»Das weiß ich nicht. Wirklich nicht. Aber selbst wenn ich es wüsste, würde ich es dir nicht sagen.«

»Warum nicht?«

»Weil du ihn dann verhaften müsstest.«

»Und wenn ich stattdessen dich verhafte, zum Beispiel wegen Begünstigung einer Straftat?«

»Dann wärst du nicht der Bruno van Leeuwen, an den ich mich von früher erinnere. Diese Erinnerung hat mich ja bewogen, nach dir als Vermittler zu verlangen.«

»Manche würden sagen, dass ich meiner Aufgabe nicht gerecht geworden bin, sondern auf ganzer Linie versagt habe.«

»Weil dem Ausbrecher die Flucht gelungen ist, mit mir als Geisel?« Willemsen schüttelte den Kopf. »Das war der Erfolg, den ich erhofft hatte. Ohne dich wäre Milan erschossen worden, und meinen Tod hätte man als Kollateralschaden in Kauf genommen. Die Einsatzleitung vor dem Gefängnis hatte die Instruktionen.«

»Von wem?«, fragte van Leeuwen und hoffte, dass seine Stimme ungläubiger klang, als ihm zumute war.

»Von denselben Leuten, die dafür gesorgt haben, dass Milan angeklagt und ins Gefängnis geschickt wurde, für etwas, das er nicht getan hat.« Willemsen stand auf, ging zum Fenster und lauschte. Außer dem Wind war nichts zu hören. Nach ein paar Sekunden wirkte er beruhigt, setzte sich aber nicht wieder. «Jedenfalls – an einer Tankstelle hat Milan einen Bericht im Fernsehen gesehen, in dem mir unterstellt wurde, ich wäre sein Komplize, und er wollte nicht, dass meine Patienten denken, ich wäre am Ausbruch eines Schwerverbrechers beteiligt. Ich musste ihm versprechen, mit niemand zu reden, keine Presse, keine Polizei.«

»Was ist mit deinen Kindern?«

»Ihnen hab ich es gesagt. Bis alles vorbei ist, müssen sie da bleiben, wo sie jetzt sind.«

»Und ihre Mutter?«

»Die ist … auf und davon. Weg. Sie hat mich verlassen, und die Kinder auch, vor eineinhalb Jahren. Seitdem sind wir eine verschworene Gemeinschaft. Ich weiß, dass Pieter und Marijke ein Geheimnis für sich behalten können, wenn ich ihnen sage, dass es wichtig ist.« Er hielt kurz inne, schien zu überlegen, ob er etwas vergessen hatte. »Übrigens, danke, dass du in der Nacht jemand geschickt hast, der sich um sie kümmert.«

»Wer weiß sonst noch von deiner Freilassung?«

Willemsen breitete die Hände aus, die Innenfläche leer im Licht. »Nur du. Ich glaube und hoffe, dass du nicht einer von den Polizisten, Anwälten und Journalisten bist, die von den Banken und den Reedern gekauft worden sind. Aber dass du jetzt hier bist, allein, zeigt ja schon, dass ich mich nicht geirrt habe. Du bist zu unorthodox, als dass jemand von denen das Risiko eingehen würde, dich bestechen zu wollen.«

Van Leeuwen dachte an die Anruferin und ihre Beschwörung: *Stellen Sie die Zusammenhänge her.*

»Sie haben sich geliebt, Milan und Isa«, sagte der Arzt nach einer Pause. »Und jemand hat diese Liebe nicht gepasst. Sie wollten heiraten, und auch das hat jemand nicht gepasst.«

»Wem?«

»Ihrem Vater, Noah Vermeulen.«

»Weil Kimmel nur ein kleiner Buchhalter in seiner großen Firma war?«

»Weil er jemand anderen als Ehemann für seine Tochter ausgesucht hatte«, erklärte Willemsen, »den Erben eines der größten Vermögen des Nahen Ostens, Prinz Fasil bin Aziz aus Saudi Arabien. Das Geld von Prinz Fasil hätte ihm geholfen, seine Reederei zu retten, die steckte schon damals in finanziellen Schwierigkeiten. Aber Isa und Milan denken nicht daran, sich zu trennen, allem Druck zum Trotz. Sie lieben sich, und basta! Da entdeckt Vermeulen plötzlich, dass Milan seine Firma betrogen hat, angeblich schon seit Jahren – getürkte Rechnungen bezahlt, Einnahmen nicht verbucht und so. Das heißt, seinen Aussagen zufolge entdeckt er es nicht selbst, sondern Isa soll drauf gekommen sein und gedroht haben, ihrem Vater alles zu erzählen. Der verzweifelte Betrüger dreht durch, sieht seine Felle davonschwimmen und prügelt wie von Sinnen auf Isa ein. Sie stürzt, fällt ins Koma und ist seitdem weder lebendig noch tot. Die sofort eingeleitete Untersuchung erweist ohne jeden Zweifel, dass alle Vorwürfe gegen den Buchhalter zu Recht erhoben wurden, zumal auch noch eine Notiz von Isa auftaucht – allerdings im Computer –, in der sie kurz zuvor alles notiert hat.«

Das gefallene Mädchen, dachte van Leeuwen.

»Natürlich hat Milan seine Unschuld beteuert«, fuhr der Arzt fort. »Aber jemand wie Vermeulen hat mächtige Freunde – in Industrie, Justiz und Politik. Und das Mädchen, wie günstig, kann ja nicht mehr für ihren Geliebten aussagen. Milan kommt ins Gefängnis, und Vermeulen hat erstmal von einer 1-A-Insolvenzverschleppung abgelenkt, denn doppelte Buchführung gibt es tatsächlich, nur zeichnet für die nicht Milan verantwortlich, sondern jemand zwei Etagen über ihm. Aber leider bleibt jetzt die Schatzkammer des Saudiprinzen verschlossen, und Noah Vermeulen muss sich weiter auf die Suche nach frischem Geld machen. Unterdessen schmort Milan in seiner Zelle und wartet auf ein Wunder für sich und die Frau, die er liebt. Sie wäre nicht die erste Patientin, die wieder aus dem Koma erwacht. Aber dieses Wunder wird nicht geschehen, wenn Isas Vater die Geräte abschalten lässt.«

»Warum jetzt?«, fragte der Commissaris.

»Das kann dir nur Noah Vermeulen selbst beantworten, falls es dir gelingt, bis zu ihm vorzudringen.«

»Oder einer von den Ärzten. In welcher Klinik liegt sie?«

»Eine Privatklinik an der Nordseeküste, in der sich die oberen Zehntausend behandeln lassen. Manche gehen auch zum Sterben dahin. Sie gehört Doktor Marinus van der Linden.«

»Wird sie dort unter ihrem richtigen Namen geführt?«

»Nein. Da heißt sie Hella de Groot.«

Van Leeuwen überlegte. »Wenn es nicht Milan Kimmel war, der Isa das angetan hat, wer dann?«

Der Arzt ging hin und her, vom Kamin zur Tür und wieder zurück, die Arme vor der Brust verschränkt. »Das ist der andere Grund für seinen Ausbruch – er will genau das in Erfahrung bringen.«

»Hat er einen Verdacht?«

»Er glaubt, dass Prinz Fasil dafür verantwortlich ist. Weil Isa ihn nicht wollte. Er war damals mit seinem halben Hofstaat zu Besuch bei den Vermeulens, in der Reederei und auch bei ihnen zu Hause. Angeblich neigt der Prinz zu Jähzorn, und wenn so jemand in seinem Stolz verletzt wird, verliert er schnell die Beherrschung. Aber natürlich ist das nur eine Vermutung.«

»Was kannst du mir noch über diesen Kimmel sagen«, wollte der Commissaris wissen. »Was ist er für ein Mensch?«

»Schwierig, kompromisslos bis zur Arroganz.« Willemsen schüttelte den Kopf. »Bevor er Isa kennenlernte, gab es in seinem Leben nur Zahlen und nochmal Zahlen. Das Schönste an einer Mozart-Sinfonie war für ihn die Köchelverzeichnis-Nummer. Wenn so jemand plötzlich in die Welt der Gefühle gerät … Ein Erbsenzähler, der die Leidenschaft entdeckt hat. Aber so ehrlich, dass es fast mitleiderweckend ist.«

»Und du hast seit eurer Trennung nichts von ihm gehört?«

»Kein Wort. Ich habe ihm gesagt, wo ich hingehe und dass er mich hier findet, falls er Hilfe braucht.«

»Hat er die Pistole noch?«

»Ja, ich glaub schon. Aber er wird sie nur im Notfall benutzen, und dazu darf es nicht kommen, Bruno. Er ist ein guter Mensch, aber man hat versucht, sein Leben zu zerstören und ihm das genommen, was ihm das Liebste auf der Welt ist.«

Der Arzt stand jetzt vor dem Kreuz, an dem kein Körper hing, und kniff die Augen zusammen, als könnte es sich um eine optische Täuschung handeln, die er zum ersten Mal bemerkte. »Du fragst dich, ob ich es nicht am nötigen Misstrauen mangeln lasse. Am Anfang habe ich ihm nicht geglaubt, weil ich schnell gemerkt habe, dass jeder Häftling einem so was erzählt. Jeder hat so eine Geschichte – dass er unschuldig ist und nur eine Verkettung tragischer Umstände ihn hinter Gitter gebracht hat. Meistens schon bei der ersten Routineuntersuchung erzählen sie einem das. Sie denken, weil man neu ist, ist man naiv. Aber Milan ist nicht sofort damit herausgeplatzt, und das Magengeschwür, wegen dem ich ihn behandelt habe, war echt. Als er mir dann von seinem Prozess erzählt hat, von dem Urteil, von Isa Vermeulen und ihrem Vater, da hab ich etwas gespürt, das war aufrichtig.«

»Das sind die besten Lügen«, sagte van Leeuwen. »Die, bei denen man das Gefühl hat, endlich einmal einem aufrichtigen Menschen gegenüber zu sitzen. Und weißt du, woran das liegt?«

Willemsen runzelte die Stirn. »Woran?«

»Dass ein Teil davon wahr ist. Eine gute Lüge besteht zu dreißig Prozent aus Wahrheit, zu weiteren dreißig Prozent aus Wahrscheinlichkeit und nur zu vierzig Prozent aus der puren Unwahrheit. Wenn man zuerst die überprüfbare Wahrheit abzieht und danach die Wahrscheinlichkeit – was man aufgrund seiner Erfahrung mit Lügnern kann –, dann bleibt die Lüge übrig.«

»Das hast du schön gesagt, und wahrscheinlich stimmt es sogar. Du bist Polizist, und ich bin Arzt, aber ich werde auch oft belogen, und ich gehe umgekehrt vor: Ich ziehe erst die Lüge ab, die ich auch aufgrund meiner Erfahrung mit Patienten erkenne, und dann führt mich die Wahrscheinlichkeit zur Wahrheit. Bloß, dass es im Fall Milan Kimmel gar keine Lüge gab – oder vielmehr, es gab sehr viele Lügen, aber die hatte nicht er in die Welt gesetzt. Deswegen habe ich angefangen, die Wahrheit zu suchen und mehr über seinen Fall herauszukriegen, erst bei der Gefängnisleitung, später im Internet und noch später bei seinen früheren Kollegen.«

»Wann war das?«

»Vor einem Jahr. Am Anfang wollte mir keiner helfen, jeder hielt ihn für schuldig. Doch nach und nach ergaben sich Ungereimtheiten, nicht in seiner Version der Geschichte, sondern in der Darstellung von Noah Vermeulen, seiner Familie und seinen Anwälten. Ich bin auf Unterlagen gestoßen, die nahelegen, dass Milan gar nicht der Betrüger gewesen sein kann; dass jemand anderer in seinem Namen die Bücher gefälscht hat.«

Van Leeuwen beugte sich vor. »Hast du diese Unterlagen?«

»Ja.«

»Und sie beweisen Kimmels Unschuld?«

Der Arzt ging zu seinem Schreibtisch, zog eine Schublade auf und holte eine Mappe aus Karton hervor. »Ich wollte sie dir eigentlich schicken, aber so ist es natürlich sicherer. Es handelt sich um Kopien, die Originale sind an einem sicheren Ort.«

»Warum musste Kimmel dann überhaupt ausbrechen?« Van Leeuwens Handy vibrierte. »Warum habt ihr die Papiere nicht einfach den Behörden vorgelegt?«

»Weil Isa dann längst tot gewesen wäre!«, rief Willemsen. »Bis es eine neue Verhandlung gegeben hätte, wären doch Monate ins Land gegangen, vielleicht Jahre. Außerdem hat Milan alles Vertrauen in die Justiz verloren, wie du dir denken kannst.«

Der Commissaris holte das Handy heraus und sah *Ton Gallo* auf dem Display. Er sagte »Entschuldige einen Moment«, dann meldete er sich. »Ja, Ton?«

»Gerade hat eine Streife angerufen: Thijs Terjung ist heute Abend überfallen und zusammengeschlagen worden«, sagte Gallo, bemüht nicht allzu frohlockend zu klingen. »Ich dachte, das interessiert dich.«

»Wie geht es ihm?«

»Nicht gut, hoffe ich. Er wird in der Notaufnahme der Croonen Kliniek versorgt. Ob die ihn dabehalten oder nicht, ist noch nicht klar. Wenn du schnell hinfährst, erwischst du ihn noch, bevor die Schmerzmittel wirken.«

»Ich bin nicht in Amsterdam. Rede du mit ihm.«

»Soll ich ein Foto für dich machen?«

»Nein, aber nimm die Befragung auf.« Van Leeuwen beendete das Gespräch, verstaute das Handy an seiner Brust und griff nach der Mappe, die Doktor Willemsen ihm hinhielt.

Willemsen räusperte sich. »Ich würde dich gern noch etwas fragen, nur als Arzt. Und wenn du nicht darüber sprechen willst, versteh ich das natürlich … Aber: Wie ist Simone gestorben? Hatte sie Schmerzen?«

Van Leeuwen schaute auf die Mappe in seiner Hand. Nach ein paar Sekunden, in denen er kaum zu atmen schien, sagte er: »Ich glaube, sie ist einfach gestorben, und danach war sie tot. Sie war schon tot, als ich informiert worden bin, und als ich im Heim ankam, war sie immer noch tot.«

34

Thijs Terjung sah aus, als wäre er unter die rostigen Klingen eines Mähdreschers geraten. Sein Gesicht – gebrochene Nase, zerfetzte Lippen, zugeschwollene Augen, alles notdürftig von getrocknetem Blut gesäubert – war unter den bunt schillernden Platzwunden und Prellungen nicht mehr zu erkennen. »Ein Pavianhintern ist nichts dagegen«, meinte Hoofdinspecteur Gallo, als er sein Smartphone mit dem Film von Terjungs Befragung von Hand zu Hand wandern ließ. »So sollte er mal auf Sendung gehen.«

Inspecteur Vreeling warf nur einen kurzen Blick auf das Display, dann reichte er das Gerät an Julika weiter. »Vielleicht tut er das und behauptet dann, die Polizei von Amsterdam wäre unfähig, ihre Bürger zu beschützen«, sagte er.

Terjung lag in der Notaufnahme der Croonen Kliniek auf einer Trage. Sein Kopf war bandagiert, und ein Schlauch führte aus einem seiner Nasenlöcher zu einem Behälter außerhalb des Bildes.

»Haben Sie eine Vermutung, wer Ihnen das angetan haben könnte?«, fragte Ton Gallo, von dem nur die Stimme zu hören war.

Terjung versuchte, die Lippen zu bewegen, aber sie öffneten sich nur einen blutverkrusteten Schlitz weit, und dahinter klaffte eine schwarze Lücke, wo vorher Schneidezähne gewesen waren. Er gab ein paar gurgelnde Laute von sich.

»Was?«, fragte Gallo *off screen*. »Ich verstehe Sie nicht.«

Der Moderator wiederholte die Laute. Das Bild wackelte etwas, die Farben wurden erst schwächer, dann wieder stärker. »Zwei Männer? Bloß zwei? Hab ich das richtig verstanden?«

Der Laut, den Terjung jetzt von sich gab, war nur kurz. »Das bedeutet *Ja*«, erklärte Gallo, während seine Stimme in dem Smartphone-Lautsprecher fragte: »Und von wem kamen die?«

Der Moderator schloss die Augen. Er bewegte sich, ohne dass man sehen konnte, was er tat. »Jetzt hat er was Cleveres gemacht«, sagte Gallo. »Er hat sein Handy herausgeholt, meine Nummer gespeichert und mir dann den Rest gesimst, die Hände konnte er nämlich noch gebrauchen.« Das Bild auf dem Display verschwand, weil er gerade Terjungs Nachricht las.

»Und was hat er dir geschrieben?«, fragte Julika.

»*Die alte Form der Fernsehkritik war mir lieber*«, zitierte Gallo. »Haben die Schläger irgendwas gesagt?«, hakte er auf der Tonspur des Videos nach.

Terjungs Gesicht verwandelte sich in eine Maske des Schmerzes, und diesmal benötigte er länger für seine Antwort. »Ich brauche das nicht in Echtzeit«, sagte Julika.

Gallo schaltete das Smartphone aus. »Er hat geschrieben, die Botschaft der beiden sei klar und eindeutig gewesen: Keine Geschichten mehr über Milan Kimmel, Isa Vermeulen oder die Reederei Vermeulen & Aboudani. Auch nicht über Noah Vermeulen selbst oder seine Familie oder Geschäftspartner. Am besten überhaupt keine Geschichten mehr.«

»Nicht gerade die frohe Botschaft«, meinte Julika.

»Die kamen ja auch nicht vom Himmel«, kommentierte van Leeuwen. Er saß halb auf der Fensterbank seines Büros und warf gelegentlich einen Blick auf die Straße. »Ton, was hast du bei de Kook erreicht? Hat er sich an den Fall Kleijn von damals erinnert?«

»Der Bankier ist wieder auf Geschäftsreise in Katar«, sagte Gallo. »Sein Sekretariat konnte mir nicht sagen, wann er zurück sein wird. Zumindest müssen wir in der Zeit nicht befürchten, dass unsere Verdächtige ihn auch mit Rehposten spickt.«

Van Leeuwen sagte: »Aber wir können ihn auch nicht fragen, was für einen Grund Fenna Kleijn haben könnte, sich an ihm für etwas zu rächen, das ihr Vater ihrer Familie angetan hat.«

Gallo betrachtete sein Smartphone, als wäre es gar nicht ausgeschaltet, sondern versorge ihn auf dem dunklen Display mit unsichtbaren Botschaften. »In der Zwischenzeit sollte einer von uns nach Rotterdam fahren und sich mit Noah Vermeulen darüber unterhalten, was Terjung passiert ist«, sagte er.

»Dieser eine werde ich sein«, verkündete der Commissaris, »aber erst, wenn wir genug in der Hand haben, um die Firewall seiner Anwälte zu durchbrechen. Ach, ich habe übrigens gestern mit Agent Dekker gesprochen. Wusstet ihr, dass sein Sohn Klaas am Down Syndrom leidet?«

Alle schüttelten den Kopf, interessiert, aber nicht besonders teilnahmsvoll.

»Er lebt jetzt in dem früheren Apartment von Amelie Winter«, sagte der Commissaris, »bezahlt die Miete weiter, wohnt mit ihrem Geist zusammen. So wie seine Frau, Jinjin, mit dem Geist ihrer Ehe.«

»Hat er gesagt, wer ihn bestochen hat?«, fragte Julika.

»Ich glaube nicht, dass er bestochen wurde«, antwortete van Leeuwen.

»Warum glaubst du das nicht?«, fragte Gallo.

»Ein Gefühl. Aber er lügt trotzdem. Er hat vor Gericht gelogen, und er hat mich belogen. Ich weiß nur nicht, warum. Vielleicht wird er unter Druck gesetzt. Ich habe ihm befohlen, sich heute hier bei mir zu melden. Aber wahrscheinlich wird er nicht kommen.« Die Zeit der Geduld ist vorbei, dachte der Commissaris; ich habe ihm die Chance geboten, reinen Tisch zu machen, und er hat sie nicht genutzt. »Julika, jemand soll alle Drogen, die in der Asservatenkammer verwahrt werden, untersuchen – ob was fehlt, vor allem Heroin, Kokain und Crystal Meth.«

Auf der Marnix Straat rollte eine schwarze Limousine vorbei, die ein Mercedes sein konnte oder ein Audi. Sie bremste kurz, als suche der Fahrer einen Parkplatz. Van Leeuwen versuchte, die Scheinwerferform zu erkennen, aber er war nicht schnell genug. Die Limousine beschleunigte wieder, bog nach links in die Elandsgracht und verschwand aus seinem Sichtfeld. Er blieb noch ein paar Sekunden am Fenster stehen und beobachtete den Verkehr. »Wer von euch versteht was von Buchhaltung?«, fragte er.

»Ich«, meldete sich Vreeling.

»Du?«, fragte Gallo überrascht. »Wieso du?«

»Seit ein paar Jahren helfe ich meinem Bruder bei der Buchhaltung seiner Kneipe«, erklärte Vreeling.

»Ich dachte eher an das Finanzgebaren großer Firmen wie zum Beispiel einer Reederei«, meinte van Leeuwen und drehte dem Fenster den Rücken zu.

»Ich habe einen Kurs an der Abendschule absolviert und mit Auszeichnung bestanden«, ergänzte der Inspecteur.

»Gut, dann habe ich hier was für dich.« Van Leeuwen holte die Mappe, die ihm Doktor Willemsen überlassen hatte, aus seiner Aktentasche und gab sie Inspecteur Vreeling. »Ich sage dir nicht, was das ist oder wo ich es her habe. Du siehst es dir an, sorgfältig!, und morgen Abend beschreibst du mir deinen Eindruck.«

»Wenige aber sind auserwählt«, sagte Vreeling und klemmte sich die Mappe unter den Arm.

»Und schwere Prüfungen werden ihnen auferlegt«, ergänzte der Commissaris. »Ich muss euch sagen, dass ich überhaupt nicht zufrieden bin damit, wie wir im Mordfall de Kook vorankommen, und das ist noch die Ermittlung, in der wir die meisten Fortschritte machen. Woran liegt das? Warum können wir diese Fenna Kleijn mit ihrem auffälligen Merkmal nicht finden?«

»Das wollte ich die ganze Zeit schon sagen«, nahm Vreeling den Faden wieder auf. »Ich glaube, ich hab da gestern was auf You Tube entdeckt.« Er wischte mit dem Daumen über das Display des Tablets, das sofort ein Video startete. »Die Verdächtige hat doch ein Piercing an der Augenbraue und so einen silbernen Ohrschmuck, oder?«

Der farbige, anfangs etwas verschwommene Amateurfilm zeigte einen Straßenmusiker in löchrigen Jeans und Turnschuhen, der mit nacktem Oberkörper an einer Brücke in *de wallen* stand und »*We are young, we are young*« krähte, wobei er den Hals seiner Gitarre wie den Lauf einer Maschinenpistole hin und her schwenkte. Zwischendurch schüttelte er seinen Pferdeschwanz und schien in eine Mundharmonika zu beißen.

»Wer ist das denn – Bob Dylan?«, fragte Julika.

»Da, hinter dem Prediger«, sagte Vreeling, »neben dem Eingang zu dem Sexkino, die Frau, die mit dem Farbigen spricht.«

Die Handykamera schwenkte über die Passanten, verlor vorübergehend die Schärfe und zoomte dann auf einen jungen Mann in einem schwarzen Anzug, der neben dem rot lodernden Eingang zu einem Sexkino stand und wie im Delirium auf die Menschen einschrie. »Der Teufel geht zwischen euch. Er hält euch bei der Hand und flüstert in euer Ohr. Hört ihm nicht zu! Bleibt –«

Der Commissaris sah den schlanken, farbigen Mann im Hintergrund, leger gekleidet in Polohemd und Leinenhose. Gleich darauf sah er die junge Frau, Jeans und Outdoorjacke, die auf den Mann zuging und ihn etwas zu fragen schien. Er sah auf seine Uhr. Die Frau bewegte den Kopf, und an ihrem linken Ohr blinkte Metall, blinkte und erlosch wieder. Der Mann nickte, und die Frau ging weg. Er folgte ihr, und jetzt konnte man kurz das Gesicht der Frau sehen, und Gallo sagte: »Das ist sie!«

»Und wer ist der Mann?«, fragte Julika.

Der Kreole aus Aruba, dachte van Leeuwen; er konnte es nicht wissen, aber es war deutlich, wieder ein Puzzlestück.

»Ist sie eine Nutte?«, fragte Julika. »Geht sie anschaffen?«

»Nein«, sagte van Leeuwen. »Sie ist wie Blanche Dubois in *Endstation Sehnsucht*. Sie sucht den Trost von Fremden.«

»Und der Mann?«, fragte Vreeling.

»Das ist der Fremde, den *wir* suchen.« Der Commissaris klopfte Vreeling anerkennend auf die Schulter. «Ein Landsmann von dir aus Aruba, den es immer wieder zu Amelie Winter gezogen hat. Er scheint ein Faible für junge Frauen in *de wallen* zu haben, vielleicht ist er auf der Suche nach einem Ersatz für Amelie. Gute Arbeit, Remco. Wann ist das gepostet worden? Gestern? Also dann: erweiterte Fahndung nach beiden – jeder Beamte, der verfügbar ist, soll die Gegend zwischen Oude Kerk und Nieuwmarkt unter die Lupe nehmen.«

»Ich möchte zum Thema Landsmann allerdings anmerken«, sagte Inspecteur Vreeling, »dass ich Niederländer bin, *born and raised* in Rotterdam, Boss. Nur meine Mutter stammt aus Aruba.«

»Deswegen hab ich dir ja die Mappe mit dem geheimnisvollen Inhalt anvertraut«, sagte der Commissaris. »Die Geschichte spielt in Rotterdam.« Er nahm seinen Trenchcoat vom Garderobenständer und ging zur Tür. »Ich bin den Rest des Tages über Handy zu erreichen.«

»Und wenn jemand fragt, *wo* du übers Handy zu erreichen bist?«, wollte Gallo wissen.

»Dann sagst du ihm, dass ich einen Termin in der Klinik von Doktor Marinus van der Linden habe. Es sei denn, du hast es mit Oskar Manhijmer zu tun. Dem sagst du gar nichts.«

»Ist das diese Privatklinik, wo die Reichen und Schönen hingehen, wenn ihre Schönheit nicht mehr mit ihrem Reichtum Schritt hält?«, fragte Julika.

»Vor allem ist es die Klinik, wo Isa Vermeulen dank der Wunder der modernen Apparatemedizin im Dornröschenschlaf auf das Eintreffen ihres Prinzen wartet«, antwortete van Leeuwen.

35

Die Klinik lag oberhalb eines sandigen Dünenstreifens inmitten parkähnlicher Grünflächen von der Größe eines Golfplatzes. Zum Eingangsportal führte eine geschwungene Auffahrt, die zu beiden Seiten von kniehohen Laternen aus Schmiedeeisen gesäumt wurde. Die Sandsteinfassade mit den hellbgelb eingefassten Fenstern erinnerte an ein Kurhotel aus dem neunzehnten Jahrhundert. Ein kleines Glocktürmchen schmückte das mit grünspanverfärbtem Kupfer gedeckte Dach, und auf der Spitze des Turms drehte sich ein Wetterhahn im Wechselspiel der Küstenwinde. Das Metallscharnier des Hahns kreischte bei jeder Drehung, aber vielleicht waren es auch die Möwen, die sich in der Gischt der heranspülenden Wellen um ihr Mittagessen stritten.

Der Himmel über dem Klinikgelände war kobaltblau, und genauso blau war er auch über dem Meer und bis zur Kimm. Der Wind presste das Riedgras gegen den Hügel; die Luft roch nach Jod und Salz. Von der Küstenstraße führte die mit Kies ausgelegte Auffahrt durch ein efeubewachsenes Eisentor zu dem dreistöckigen Haupthaus auf der höchsten Erhebung, die auch noch Platz für zwei Seitentrakte und einen mit Bentleys, Porsches und Ferraris gespickten Carport bot. Es waren weder eine Notaufnahme noch Rettungswagen zu sehen, die mit blitzendem Blaulicht oder Sirenen die Landsitzatmosphäre gestört hätten.

Van Leeuwen steuerte den Alfa durch das Tor und parkte neben einem weißen Mercedes mit grün getönten Scheiben. Er stieg aus und ging zum Eingang, wo der Kies von Marmorstufen abgelöst wurde. Er durchquerte das ebenfalls mit Marmor ausgelegte Foyer, meldete sich am Empfang und durfte gleich weiter in den Ersten Stock gehen, ohne dass er einem Patienten, Pfleger oder einer Schwester begegnet wäre. Leise Barockmusik aus unsichtbaren Lautsprechern begleitete ihn. Im Obergeschoss klopfte er an der Tür mit der Aufschrift *Dr. van der Linden, Direktor.* Er wurde von einer Sekretärin in elegantem grauen Kostüm zur nächsten Tür geleitet. »Der Polizeibeamte aus Amsterdam«, kündigte sie van Leeuwen an.

Van der Linden saß in einem weißen Kittel an einem Belle-Epoque-Schreibtisch. Er blickte nicht auf, sagte auch nichts. Sein sonnengebräuntes Gesicht war leicht gesenkt, eine Strähne des vollen, ebenholzbraunen Haars fiel ihm in die Stirn. Die entspannten Lippen und die halb von den Lidern verdeckten Augen vereinigten sich zu einem Ausdruck fast andächtiger Sammlung.

Van Leeuwen musste nicht allzu nah herantreten, um zu sehen, dass die Hände makellos gepflegt waren, einschließlich der wie Perlmutt glänzenden Fingernägel. Am linken Ringfinger trug der Arzt einen goldenen Ehering, am Gelenk eine goldene Uhr, briefmarkenflach, mit einem ebenso flachen Goldarmband. Goldene Manschettenknöpfe schimmerten in den Aufschlägen des rotweiß gestreiften Buttondown-Hemdes. Eine goldene Nadel hielt die dunkelblaue Krawatte an ihrem Platz, wie die Manschettenknöpfe mit einer einzelnen Perle besetzt.

Der Schmuck passte perfekt zur restlichen Erscheinung des Klinikdirektors, an der bis ins kleinste Detail nichts zu verbessern war, einschließlich des Lächelns. Selbst als er plötzlich zu sprechen begann, änderte der makellose Gesichtsausdruck sich kaum; wie bei einer Puppe, die auf Knopfdruck zum Leben erwacht.

»Ich bin Doktor van der Linden«, sagte er, ohne aufzustehen oder eine der gepflegten Hände auszustrecken. »Nehmen Sie doch Platz. Und Sie … sind Polizeibeamter, hat meine Sekretärin mir gerade gesagt?«

»Ja, Commissaris van Leeuwen.«

Nichts an dem Büro des Direktors verriet, wo es sich befand: Statt mit gerahmten Beurkundungen akademischer Grade oder medizinischer Leistungen waren die Wände mit Gemälden geschmückt, die vor allem von Pop-Art-Künstlern stammten: Der Commissaris erkannte Keith Haring, Roy Lichtenstein, David Hockney. Es gab auch nur wenig Weiß, kaum Stahl oder Chrom; stattdessen wuchtige, dunkle Holzmöbel und alte Aubusson-Brücken mit sorgfätig aufgefrischten Farben als gewollter Kontrast zu dem Achtziger-Jahre-Look der Bilder.Der Arzt erneuerte das warme, nicht die Spur herablassende Lächeln. »Womit kann die Van-der-Linden-Klinik der Polizei behilflich sein?«

»Sie können mir Informationen über eine Ihrer Patientinnen geben«, sagte van Leeuwen und trat an das Panoramafenster, vor dem eine gelbe Markise dafür sorgte, dass der Glanz der Sonne auf dem Meer nur gedämpft in den Raum drang.

»Ich fürchte, das wird nicht so ohne weiteres möglich sein«, sagte der Arzt sofort abwehrend.

Van Leeuwen kehrte dem Fenster den Rücken und nahm in dem gepolsterten Stilsessel Platz. »Wollen Sie nicht wissen, von welcher Patientin ich spreche?«

»Doch, natürlich. Obwohl ich mir nicht vorstellen kann, was die Polizei ... Also, von welcher Patientin sprechen Sie?«

»Von Isa Vermeulen.«

Ein leichtes Zucken durchlief die bleichen Finger. »Ich muss gestehen, dieser Name sagt mir nichts.«

»Und Hella de Groot – sagt der Ihnen etwas?«, erkundigte sich der Commissaris.

»Lassen Sie mich überlegen ... Hella de Groot?« Die Hände lösten sich voneinander, und der Zeigefinger der rechten Hand drückte einen Knopf an der Gegensprechanlage. »Mevrouw Dijkstra, haben wir eine Patientin namens Hella de Groot?«

»Sie müsste auf der Intensivstation liegen«, ergänzte van Leeuwen laut.

»Ich weiß nicht …« Die Stimme der Sekretärin verlor sich in den Weiten zwischen Vorzimmer und Direktionsbüro. »Doktor van der Linden, ich habe hier einen dringenden Anruf für Sie –«

»Schon gut, danke, Dijkstra.« Der Arzt unterbrach die Verbindung. Er bedachte den Commissaris mit einem weiteren Lächeln, das absolut identisch mit dem vorhergangenen war, als wäre er ein Franchisenehmer seiner eigenen Gefühlsäußerungen. »Natürlich haben wir eine Intensivstation, Meneer van Leeuwen, genauso wie einen Operationssaal, einen Computer-Tomographen, eine Kardiologie und was sonst noch zu einem auf höchstem Standard geführten Krankenhausbetrieb gehört. Die Vorgänge in diesen Abteilungen unterliegen der ärztlichen Schweigepflicht.«

»Ich darf also keinen Blick auf Isa Vermeulen werfen, die nach meinen Informationen bei Ihnen unter dem Namen Hella de Groot künstlich am Leben erhalten wird?«

Van der Lindens Stimme drückte leisen Tadel aus. »Wenn wir eine Patientin dieses Namens bei uns hätten, und da bin ich eher skeptisch, könnten Sie natürlich jederzeit einen Blick auf sie werfen, sobald Sie mir einen Gerichtsbeschluss vorlegen, der einer Überprüfung durch unseren Justitiar standhält.«

»Wenn ich mit einem Gerichtsbeschluss wiederkommen muss, werde ich das tun«, sagte van Leeuwen. »Ich werde dann allerdings nicht allein hier erscheinen, sondern mit einer Horde von Steuerfahndern, Zollbeamten und Inspektoren von Gesundheitsamt und Einwanderungsbehörde, die bestimmt ein paar Tage brauchen werden, um die Papiere Ihrer Angestellten, die Buchhaltung und die hygienischen Verhältnisse auf den Stationen und in der Küche zu überprüfen, abgesehen von den Fragen, die sich seitens der Ethikkommission und der Krankenkassen ergeben könnten.«

»Wollen Sie mir drohen?«, fragte van der Linden.

»Ich würde das eher als Gesprächsgrundlage für eine hypothetische Situation bezeichnen. Wenn es in Ihrer Klinik eine Patientin – gleich welchen Namens – gäbe, die über einen Zeitraum von mehreren Jahren von Apparaten am Leben erhalten worden wäre, und wenn diese lebenserhaltenden Maßnahmen nun auf einmal eingestellt werden sollten, ohne dass sich eine nennenswerte Änderung ihres Befindens ergeben hätte, was könnte der Grund für diesen Schritt sein?«

»Rein hypothetisch?«, fragte van der Linden.

»Ja«, sagte der Commissaris und stellte fest, dass er endlich die uneingeschränkte Aufmerksamkeit des Arztes besaß.

»Also, tja, es könnte sein, dass ein naher Verwandter, der bisher nicht nur seine Zustimmung zur Abschaltung der Geräte verweigert hat, sondern ganz explizit dagegen war, plötzlich selbst in eine Situation geraten ist, in der es keine Rolle mehr spielt, was er oder sie will. Oder nicht will.«

»Und was könnte das für eine Situation sein?«

Der Arzt runzelte die Stirn und schien das Für und Wider hypothetischer Situationen bei der Zusammenarbeit mit einem offenbar unberechenbaren Polizeibeamten abzuwägen. »Er oder sie könnte aufgrund nachlassender geistiger Fähigkeiten für unzurechnungfähig erklärt und entmündigt worden sein.«

»Das leuchtet ein«, gab van Leeuwen zu. »Ich nehme an, bei diesem Verwandten handelt es sich entweder um die Mutter oder den Vater der namenlosen Komapatientin?«

Van der Linden schwieg. Van Leeuwen fragte weiter: »Und würde dieser Entmündigte derzeit zu Hause versorgt werden oder in einem Heim?«

»Es entspräche wohl der Situation, wenn sie sich in einem Heim befände, in dem sich das Personal auf den Umgang mit Demenzkranken versteht.«

Sie, dachte van Leeuwen. Er zählte eins und eins zusammen und kam auf Noah Vermeulens Frau, Isas Mutter. »Jetzt müsste ich nur noch wissen, um welches Heim es sich handelt«, sagte er, »und keiner Behörde, einschließlich der Justiz, würde zusätzliche Arbeit entstehen, ebenso wenig wie Ihrem Justitiar.«

Van der Linden stand auf und schloss die Knöpfe an seinem Kittel. »Wenn *ich* es als unerlässich ansähe, die Vormundschaft für jemand, der mir nahesteht, zu übernehmen, wäre mir daran gelegen, dass es ihm sonst an nichts mangelt«, sagte er. »Da käme mir dann ein Heim in Emmen in den Sinn.«

Van Leeuwen spürte einen Ruck in der Brust. *Ein Heim in Emmen*, dachte er. »Wenn die Person dort unangemeldeten Besuch erhielte, wäre sie dann in der Lage, mit dem Besucher zu sprechen oder stünde sie unter starken Medikamenten?«

»Sie stünde unter äußerst starken Medikamenten. Sonst könnte es ja so aussehen, als wäre sie bei klarem Verstand.«

Der Commissaris hörte die unterdrückte Bitterkeit in den Worten des Arztes und beschloss, diese Regung zu nutzen, solange sie anhielt.

»Sie müsste nicht sterben, oder? Hella de Groot. Wenn die Geräte nicht abgestellt würden?«

»Nicht jetzt zumindest«, bestätigte der Arzt. »Ihr Zustand ist seit Jahren stabil.«

»Besteht die Hoffnung, dass sie je wieder aus dem Koma erwacht und ihr Leben weiterlebt?«

»So wie es vorher war? Bei den letzten Untersuchungen wurden keinerlei Gehirnaktivitäten mehr gemessen. Es sei denn, Sie glauben an Wunder.«

»Sie nicht?« Van Leeuwen stand auf und folgte dem Arzt zur Tür.

»Medizinisch gesehen – nein.«

»Die Hoffnung ist ein Risiko, das man eingehen muss«, sagte van Leeuwen. »Stammt nicht von mir, ist aber trotzdem gut.«

»Ja«, sagte Doktor van der Linden, die Hand auf der Klinke. »Ist immer lustig, was so in den Glückskeksen steht, nicht?«

36

Es war eine lange Fahrt von Zandvoort nach Emmen, und die ganze Zeit über spürte der Commissaris den Zorn wie einen tiefen Summton, der auf einmal da war und nicht mehr aufhörte. Er spürte ihn auch, als er mit Julika telefonierte und sie bat, den Vornamen von Noah Vermeulens Frau in Erfahrung zu bringen.

Es war ein Zorn, der alles umfasste: Ärzte wie Marinus van der Linden, Anwälte wie Oskar Manhijmer, Bankiers wie Geert-Hans de Kook oder Industrielle wie Noah Vermeulen, starke, reiche, mächtige Männer, die ihr Geld Urteile sprechen ließen und glaubten, entscheiden zu können, wer leben durfte und wer starb. Solchen Männern und ihren käuflichen Handlangern galt sein Zorn, aber ebenso Leuten wie ihm selbst, denen es nicht gelang, ihrem Treiben ein Ende zu setzen.

Im Büro des Arztes war es nur ein Kitzeln unter dem Schlüsselbein gewesen, doch jetzt spürte er, wie sich eine jähe Hitze in seinem Bauch ausbreitete und dann hoch in die Brust und weiter in den Kopf schoss. Sein Herz raste. Seine Hände am Lenkrad fühlten sich gleichzeitig heiß und kalt an, und trotzdem wusste er, dass er noch klar denken konnte und die Wahl hatte – er konnte seinem Zorn nachgeben oder ihn ersticken. Er ließ die Wut über sich hinwegfegen, und schon nach ein paar Sekunden war alles vorbei. *Ich bin dem nicht mehr gewachsen*, dachte er, *das kann sich ein Polizeibeamter nicht leisten*.

An die Stelle des Zorns trat Schmerz. In dem Heim, zu dem er unterwegs war, hatte er Simone zu ihrer letzten Reise gebracht, einer Reise ohne ihn. Als er nicht mehr in der Lage gewesen war, sie zu Hause zu behalten, nicht einmal mit Hilfe einer Pflegerin, hatte er keine andere Wahl gehabt. Und dort, in Emmen, war sie sieben Monate später gestorben.

Der Commissaris steuerte den Alfa, der Simone gehört hatte, auf den Parkplatz vor dem langgestreckten Flachbau. Er wusste noch, wie er gedacht hatte, *es ist zu weit weg*. Er stieg aus und betrachtete die sauber geputzte Glasfront, den Garten vor den bis zum Boden reichenden Fenstern und die Wiesen. Es kam ihm vor, als wäre seither keine Zeit vergangen, nicht eine Minute. Er spürte den Verlust und dachte, *es ist schön, aber es ist zu weit weg.*

Auf den Wiesen grasten Schafe. Im Garten wuchsen Rosen. Ahornbäume spendeten Schatten. Alles war wie damals, wie an jedem Tag, an dem er Simone besucht hatte. Er betrat das Gebäude und fand sich statt in einer Eingangshalle in einer *galleria* wieder, einem überdachten Dorf, komplett mit einem kleinen Supermarkt, einem Blumengeschäft, einem Friseursalon, einem Restaurant und einem Café mit einer winzigen Terrasse davor. Ein Springbrunnen plätscherte, daneben stand eine Parkbank unter einem Baum.

Fußgänger flanierten zwischen den Geschäften, Besucher, Patienten und Personal. Auf den ersten Blick konnte er nicht erkennen, wer was war, bis an einem der Cafétische ein Mann aufstand und auf ihn zukam. Er war schlank, aber kräftig. »*Goedendag*, Meneer«, sagte er, als er den Commissaris erreicht hatte. »Doktor Krabbé. Kann ich Ihnen helfen?«

»Bestimmt«, sagte van Leeuwen. »Ich möchte meine Schwester besuchen. Sie ist kürzlich hier eingezogen, und ich war noch nie hier – «

»Wie ist der Name Ihrer Schwester?«

»Roos.«

»Ein schöner Name – und weiter?«

»Vermeulen«, sagte van Leeuwen. »Sie ist älter als ich und vergisst immer mehr –«

»Das geht allen unseren Patienten so.« Doktor Krabbé fuhr sich mit den gespreizten Fingern der rechten Hand durch das etwas zu lange, widerborstig an den Spitzen abstehende kupferrote Haar. »Aber eine Roos Vermeulen haben wir hier nicht, soweit ich weiß. Könnte sie unter einem anderen Namen …? Manchmal ziehen die Angehörigen es vor …« Entschuldigend breitete er die Hände aus. »Wie lautet denn ihr Mädchenname?«

Schlecht, dachte der Commissaris; was jetzt? Sein Zögern blieb Doktor Krabbé nicht verborgen, die blauen Augen hinter den rahmenlosen Brillengläsern blickten jetzt misstrauisch. »Hatten Sie mir schon gesagt, wer Sie sind?«, fragte er.

»Entschuldigen Sie, mein Name ist Bruno de Groot«, sprang van Leeuwen einfach von der Klippe. »Ich komme aus Rotterdam und –«

»Ach, ja, natürlich, Roos de Groot.« Krabbés Gesicht hellte sich auf. »Wir alle lieben Ihre Schwester. So eine freundliche, angenehme Frau. Kommen Sie, sie hat ein Einzelzimmer.«

Er ging voran, und van Leeuwen gab nicht zu erkennen, dass er schon oft hier gewesen war, als der Doktor auf die überdachten Geschäfte und das Café deutete und dabei dasselbe erklärte wie vor fast vier Jahren ein anderer Arzt: »Das Dorf gehört zur Therapie. Es ist unser Theater, unsere Kulissenwelt, die Bühne, auf der wir alle hier, Ärzte, Pfleger und Patienten, miteinander spielen. Kennen Sie *Wie es euch gefällt* von William Shakespeare? *Die ganze Welt ist Bühne nur – der letzte Akt, mit dem die seltsam wechselnde Geschichte schließt, ist zweite Kindheit, gänzliches Vergessen, ohne Augen, ohne Zahn, Geschmack und alles. Der Rest ist Schweigen.* Besser ist Alzheimer nie beschrieben worden.«

Sie waren jetzt hinter der Dorfpassage und gingen einen Flur mit verschiedenfarbigen Türen entlang. Auch dieser Gang sah nicht nach Klinik aus. In einem der Zimmer unterhielten sich zwei Frauen, die eine sprach laut und tadelnd, die zweite leise, fragend. Aus einem anderen Zimmer drang Musik, *Inshallah* von Adamo. Ganz am Ende des Gangs klopfte der Doktor an die letzte Tür, die mit je einem kleinen, gardinengeschmückten Fenster rechts und links aussah, als gehörte sie zu einem richtigen Haus. »Es kann sein, dass Roos schläft«, erklärte er. »Aber es hat ja keinen Sinn, sich vorher anzumelden – sie hätte es doch wieder vergessen. Sie bekommt ziemlich starke Medikamente, die ihr wohl ihr Hausarzt verschrieben hat. Er kommt regelmäßig, um nach ihr zu sehen.«

Er klopfte noch einmal. Jetzt ertönte ein Summer, und der Doktor öffnete die Tür. Mit einem Kopfnicken forderte er den Commissaris auf, als Erster einzutreten.

Die schlanke Frau, die zusammengesunken in einem großen Korbsessel am Fenster saß, hatte nicht die geringste Ähnlichkeit mit Simone. Das weiße Haar war lang und sorgfältig gekämmt. Sie trug ein bis zu den Fußknöcheln reichendes Kleid – roséfarben, mit einem Muster aus Rosen und silbergrauem Saum an Ärmeln und Ausschnitt – und dunkelrote Filzschuhe. In der rechten Hand hielt sie die Fernbedienung, mit der sie den Summer bedient hatte.

»Hier ist Besuch für Sie, Roos«, sagte Krabbé deutlich artikuliert, aber nicht laut. »Ihr Bruder Bruno ist da.«

»Bruno?«, wiederholte die Frau. Langsam wandte sie das Gesicht der Tür zu. Sie richtete ihren Oberkörper auf, und so blieb sie, aufrecht und steif, nur die knochigen Schultern zitterten. Das Erste, was van Leeuwen auffiel, waren die Augen, groß, graugrün und voller Angst. Auch die Lippen bebten schwach.

»Ja«, bestätigte van Leeuwen. »Wie geht es dir, Roos?«

»Ich habe keinen Bruder«, sagte sie. Als er ihre Stimme hörte, wusste der Commissaris, dass er ein weiteres Puzzleteilchen gefunden hatte.

»Und er ist trotzdem da, ist das nicht schön?«, meinte Doktor Krabbé und lächelte van Leeuwen komplizenhaft zu. »Ich lasse Sie jetzt allein. Wenn Sie etwas brauchen, da vorn ist eine Klingel.« Er ging aus dem Zimmer und zog die Tür hinter sich zu.

Van Leeuwen rührte sich nicht, um Roos Vermeulen nicht noch mehr zu verschrecken. Ihre verängstigen Augen hingen an seinem Gesicht. Sie umklammerte die Fernbedienung mit einer zarten, kleinen Hand wie ein Totem. »Wer sind Sie?«, fragte sie. Ihre Stimme war leise, sie sprach undeutlich. »Ich kenne Sie nicht.«

Nein, wir haben bisher nur miteinander telefoniert, dachte der Commissaris. Er hielt das Puzzleteilchen in der Hand, konnte ihm aber nur einen provisorischen Platz zuweisen.

Stellen Sie die Zusammenhänge her.

Das Mädchen und das Geld.

»Ich bin wegen der Pflanzen gekommen«, sagte er, denn die Einrichtung der beiden, durch eine offene Tür miteinander verbundenen Räume verschwand fast hinter Töpfen, Vasen und Hydrokulturen. Neben stark duftenden Lilien mit schweren, weißen Blütenkelchen gab es gelbe, rote und violette Tulpen, purpurne Rosen und blaue Veilchen.

In einem Regal standen kleine Porzellanfigurinen zwischen Fotos von Männern, Frauen und Kindern in Silberrahmen. An den Wänden hingen Gemälde, die an William Turner erinnerten: viel Rot in allen Schattierungen, am Himmel und auf dem Meer.

Van Leeuwen setzte sich in einen zweiten Stuhl, dem Korbsessel gegenüber. Roos Vermeulen entspannte sich ein wenig. »Die Pflanzen brauchten viel Aufmerksamkeit«, sagte sie.

»Ja«, sagte der Commissaris, »sonst sterben sie.«

Roos Vermeulen schüttelte bedächtig den Kopf. »Man stirbt heute nicht mehr«, sagte sie. »Das ist einfacher.«

»Im Gegenteil«, widersprach er. »Es wird zu viel gestorben, gerade in letzter Zeit.« Er beugte sich vor. »Wissen Sie nicht mehr, dass Sie mich angerufen haben? Ich bin Polizeibeamter – Bruno van Leeuwen aus Amsterdam«

Ein kurzes, winziges Flackern veränderte die Farbe von Roos Vermeulens Augen. »Sie sind nicht mein Bruder«, sagte sie.

»Stellen Sie die Zusammenhänge her, haben Sie gesagt«, erinnerte er sie. »Zwischen dem gefallenen Mädchen und dem Geld. Was für Zusammenhänge, Mevrouw Vermeulen?«

»Sie sind auch nicht mein Mann«, murmelte sie, und das Flackern erlosch; die Augen verloren ihre Tiefe.

»Nein, Ihr Mann ist Noah Vermeulen. Und es ist sein Geld, nicht?«

Sie schloss die Lider, ihr Kopf sank gegen die hohe Lehne des Korbsessels. »Ich bin müde«, sagte sie.

»Oder meinten Sie das Geld von Geert-Hans de Kook, dem Bankier Ihres Mannes?«

Ihre Lider zitterten, aber sie öffnete die Augen nicht wieder. »Es ist weg«, sagte sie mit brüchiger Stimme. »Ist ja alles weg.«

»Und das Mädchen?«, fragte der Commissaris. »Es gibt ein Mädchen, das aus einem Fenster gefallen ist, in Amsterdam. Es wurde gestoßen. Ihr Name war Amelie Winter. Und es gibt ein anderes Mädchen – Fenna Kleijn –, das die Familie von de Kook getötet hat. Und einen Mann, der zufällig dabei war – Lars Janssen. Sagt Ihnen einer dieser Namen vielleicht etwas?«

Die Wimpern der Reedersfrau glitzerten plötzlich; eine Träne rann unter dem linken Lid hervor und eine zweite unter dem rechten. »Wenn es einmal angefangen hat«, sagte sie leise. »So viele Tote … Lesen Sie mir etwas vor, bitte.«

Van Leeuwen entdeckte kein Buch, weder auf dem kleinen Jugendstil-Tischchen neben ihrem Sessel, noch auf dem Bett oder in dem Regal. Er bemerkte auch nirgendwo Medikamente, keine Döschen, Ampullen oder Schächtelchen. Er dachte daran, wie es in Simones Zimmer ausgesehen hatte, wenn er zu Besuch gekommen war: unordentlich verstreute Kleidungsstücke, Fotos, Süßigkeiten, Schminkutensilien, unter dem Bett ein kleiner Koffer, offen, halb gepackt und dann vergessen.

Sie hatte ihn nicht mehr erkannt. Er war ein Fremder für sie geworden, so wie er ein Fremder für Roos Vermeulen war. Er hatte sie angelächelt, bis seine Lippen schmerzten. Hatte gehofft, sie würde das Lächeln erwidern, aber sie hatte vergessen, wie man lächelte. Stattdessen hatte sie geblinzelt – wie ein Nachtvogel, der angestrengt in die Dunkelheit starrte.

Oft hatte er ihr dann vorgelesen, die immer gleichen Anfangssätze aus ihrem Lieblingsbuch, Stevensons *Schatzinsel*, die er bald auswendig kannte. Manchmal hatte sie ihn nach ein paar Worten angesehen, als wüsste sie, wer er war.

»Unser Gutsherr, Baron Trelawney, Doktor Livesay und die übrigen Herren drangen in mich, eine genaue Darstellung unserer Reise nach der Schatzinsel niederzuschreiben und nichts auszulassen als die Angabe ihrer Lage, und auch das nur, weil dort noch ungehobene Schätze liegen«, wiederholte er jetzt, einem seltsamen Impuls folgend, aus dem Gedächtnis, und es dauerte nur ein paar Sekunden, bis er das Gefühl hatte, nicht Roos Vermeulen gegenüberzusitzen, sondern Simone. Er spürte ein jähes Brennen in den Augen und dachte, *was tust du? Was tust du denn hier mit dieser Frau?*

»Weiter«, flüsterte Roos und schlug die Lider auf. Da sah er etwas in ihnen, das ihm den Atem stocken ließ: einen tiefen, unerträglichen Schmerz. So hatte auch Simone ihn angesehen, hier, in einem der Nachbarzimmer. Er entsann sich noch, wie sie einmal die Hand ausgestreckt und ihm an die Wange gelegt hatte, einige Sekunden lang, bevor ihr wieder entfallen war, weshalb sie das tat.

»Nein«, sagte er schroff. »Deswegen bin ich nicht hier.«

»Ich weiß, warum Sie da sind«, sagte Roos auf einmal mit klarer Stimme. »Sie müssen sie retten. Er darf sie nicht töten.«

»Ihre Tochter?«, fragte van Leeuwen. »Meinen Sie Isa?«

Sie wirkte jetzt lebhaft, schien für einen Moment stärker als die Medikamente. »Er hat gesagt, sie wäre in der Klinik schlechter dran als danach. Jetzt wäre sie zu nichts zu gebrauchen, aber wenn sie erst tot und begraben wäre, würde sie in einen anderen Zustand übergehen, und in dem würde sie weiterleben, besser, glücklicher als vorher. Aber das ist nicht wahr – kein Wort davon! Bei Tschechow habe ich gelesen – in den Erzählungen –, da stand, Unsterblichkeit in der Wandlung der Materie zu sehen, sei genauso seltsam, wie einem Futteral eine glänzende Zukunft zu prophezeien, nachdem die kostbare Geige zerschlagen und unbrauchbar geworden ist. Kennen Sie Tschechow?«

»Ich habe von ihm gehört«, sagte der Commissaris.

»Sie ist voller Musik, meine Isa, sie kann sie nur gerade nicht spielen. Die Geige ist nicht unbrauchbar, im Gegenteil, nur das Futteral ist zerschlagen. Aber es ist nicht leer.«

»Wer war es?«, fragte van Leeuwen schnell. »Wer hat sie so zugerichtet? Milan Kimmel?«

»Milan ist ein guter Junge. Er hat sie geliebt. Sie wollten heiraten. Der Staatsanwalt hat ihn zu Unrecht verurteilt.«

»Der Richter«, verbesserte van Leeuwen sie. »Der Richter hat ihn verurteilt.«

»Ach, ja, er ist ja jetzt Richter.«

»Wer war es dann?«, fragte der Commissaris. »Wer hat Ihre Tochter geschlagen?«

»Ich ... kann es Ihnen nicht sagen.« Roos warf den Kopf zurück, schlug ihn gegen die Korblehne; es gab ein Knacken wie von einem brechenden Ast. »Es war schrecklich ... sie hatten so einen schrecklichen Streit ... er hat sie benutzt ... immer ... und das

Blut.« Sie sah van Leeuwen an und schlug erneut mit dem Hinterkopf gegen die Lehne. »Er hat sich nicht geändert – ich kann es nicht ertragen, er ist immer noch wie damals – er hat sich nicht geändert, denkt, man kann Menschen einfach so töten –«

»Wer denkt das? Ihr Mann? Noah Vermeulen?«

»Er sagt, ich erinnere mich an nichts – aber ich erinnere mich – ich hab es immer gewusst – schon damals. Warum hab ich nichts gesagt? Ich hätte es nicht zulassen dürfen, es war kein ...«

»Was?«, drängte der Commissaris. »Was war kein *was* damals? Was ist da geschehen?«

»Sie weiß es«, sagte Roos Vermeulen und schloss die Augen wieder. »Deswegen will er sie auch töten.«

»Warum jetzt?«

Sie zuckte erschrocken zusammen, als heftig gegen die Tür geklopft wurde. Eine Männerstimme rief: »Roos? Roos, sagen Sie nichts! Sprechen Sie nicht mit dem Mann! Er ist nicht Ihr Bruder!« Eine andere Stimme rief dazwischen: »Meneer van Leeuwen, kommen Sie sofort heraus! Das ist Hausfriedensbruch! Sie verstoßen gegen eine Einstweilige Verfügung!«

Ein metallisches Schaben verriet, dass jemand mit einem Schlüssel das Türschloss bearbeitete. Ein paar Sekunden später sprang die Tür auf, und Doktor Krabbé stand auf der Schwelle, flankiert von zwei weiteren Männern. Der eine war von kräftiger Statur, der andere eher schlank. Der Kräftige wies sich durch seine nachlässige Kleidung – Jeans, ein kurzärmeliges blaues Polohemd, schmutzige weiße Turnschuhe, eine Swatch-Uhr mit einem bonbonbunten Plastikarmband – als Mitarbeiter der Einrichtung aus, wahrscheinlich ein Pfleger. Der Schlanke trug einen anthrazitfarbenen Anzug mit einer dunkelroten Krawatte und vorne spitz zulaufenden schwarzen Schnürschuhen, eindeutig ein Anwalt.

»Ich bin Jesper Kalver von Mannhijmer & Associates, Mevrouw«, sagte der Anwalt mit kalter, gleichgültiger Stimme.

»Ich bin hier im Auftrag der Reederei Vermeulen. Meneer van Leeuwen, bitte verlassen Sie sofort diese Räume! Es ist Ihnen mehrfach untersagt worden, sich Noah Vermeulen oder einem Angehörigen seiner Familie oder seines Unternehmens zu nähern, sowohl dienstlich als auch privat.«

Der Commissaris stand auf. »Ich unterhalte mich immer wieder gern mit einem Mitglied Ihrer Sozietät, und natürlich sind mir die Wünsche von Meneer Vermeulen übermittelt worden. Aber wie Ihnen Doktor Krabbé gern bestätigen wird, handelt es sich hier nicht um Mevrouw Vermeulen, sondern um Mevrouw Roos de Groot, die sich gern mit mir unterhalten hat, nicht wahr, Roos?«

»Nein.« Roos schüttelte den Kopf. Sie zitterte wieder, diesmal stärker als vorher. »Ich habe Angst. Gehen Sie weg!«

Der Pfleger betrat den Raum und ging ohne Umschweife auf van Leeuwen zu. Sein Gang verriet die Selbstüberschätzung eines Freizeit-Kampfsportlers. »Sie müssen jetzt gehen. Sofort!«

»Ich bin hier noch nicht fertig«, erklärte van Leeuwen.

»Hör zu, Freundchen, uns ist egal, ob du in Amsterdam ein hohes Tier bist.« Der Pfleger griff nach van Leeuwens Arm. »Das ist Privatgelände!«

»Nicht anfassen!«, warnte ihn der Commissaris. »Sie sind nicht in einem Jackie-Chan-Film.« Er ging an dem Pfleger vorbei zur Tür. Bei Doktor Krabbé und dem Anwalt blieb er stehen. »Mevrouw Vermeulen ist weit davon entfernt, dement oder unmündig zu sein. Sie sollte die Medikamente nicht nehmen.«

»Das Vormundschaftsgericht hat sich die Entscheidung nicht leicht gemacht«, erklärte der Anwalt schmallippig. »Letztlich ist es in seinem Urteil der Empfehlung mehrerer Ärzte und Psychiater gefolgt, die Roos Vermeulen über einen längeren Zeitraum beobachtet haben.«

»Ganz bestimmt«, sagte der Commissaris, »und jeder von denen konnte sich danach einen Urlaub in der Karibik und ein Cabrio in der Garage leisten.« Aber er wusste, dass, rein juristisch, der Anwalt im Recht war und er selbst im Unrecht und dass er sich daher in einer äußerst ungüstigen Ausgangssituation für den Krieg mit Noah Vermeulen befand, der spätestens jetzt seine heiße Phase erreicht hatte.

Und wenn die Sie bekämpfen, dann führen die den Krieg noch weiter, wenn Sie längst aufhören wollen, wenn Ihre Munition erschöpft ist und alle Ihre Verbündeten tot sind.

Er dachte an Oskar Manhijmers Worte und fragte sich, ob er noch die Kraft hatte, einen Krieg mit einem Mann wie dem Reeder durchzuhalten und auf welche Verbündeten er dabei zählen konnte.

Das Handy vibrierte in seiner Brusttasche. Er las *Julika* auf dem Display. »Bruno, bist du allein?«, fragte sie. Als er ihre Stimme hörte, hatte er ein Gefühl, als wäre der erste Verbündete bereits gefallen. Sie sagte: »Feline – Entschuldigung, Dr. Menardi – ist etwas zugestoßen. Du musst sofort zu ihr. Sie liegt im AMC.«

»Was ist passiert?«, fragte van Leeuwen, und seine Stimme hörte sich genauso an wie ihre. »Ist es schlimm?«

»Ja«, sagte sie. »Beeil dich!«

37

Ich werde ihn töten, dachte Milan Kimmel. *Wenn es nicht anders geht, werde ich ihn töten, bevor er Isa tötet*. Er ging über die Wiese zu den Dünen und dachte, *wenn es sein muss, bin ich dazu bereit*.

Die See war bewegt, weiße Gischt hüpfte auf dem tiefen Blau. Möwen schrien, als lachten sie ihn aus. Hier in der Bucht war der Wind besonders heftig, trotzdem setzte sich Milan auf einen angeschwemmten Baumstumpf, um eine Zigarette zu rauchen. Er griff in seine Jeansjacke und holte Tabakbeutel und Zigarettenpapier aus der Innentasche. Im Gefängnis hatte er angefangen zu rauchen, weil es das Warten verkürzte. Er wandte dem Wind den Rücken zu und beugte sich tief über seine Hände. Der Wind blies ihm immer wieder den Tabak vom Papier, und als er endlich eine Zigarette fertig gerollt hatte, ging die Flamme seines Plastikfeuerzeugs aus, bevor sie brannte.

Mit einem Teil seiner Gedanken war Milan immer noch in seiner Zelle, allein, wie immer, wenn er einen Brief an Isa verfasst hatte. Vom Gang drang das Klappern von Geschirr – klirrend, scheppernd –, manchmal auch Gelächter oder Geschrei; richtig ruhig war es nie gewesen, nicht mal in der Nacht. Nachts saß er oft auf der Bettkante und sah aus dem Fenster, aber dort war nichts, nur die Mauer, kein Himmel, keine Sterne, und so legte er sich nach einer Weile auf die Matratze und dachte an einen neuen Brief. Es war schwer, die richtigen Worte zu finden, wenn man wusste, dass der Empfänger sie nie lesen würde. Er musste vor ihr stehen und sie anschauen, dann würde er die richtigen Worte finden – die durch die Mauer des Komas bis zu ihr drangen.

Zum ersten Mal befiel ihn eine Ahnung, dass die Liebe die Zeit ihrer Trennung vielleicht nicht überdauert hätte, selbst wenn Isa am Leben gelieben wäre, *richtig* am Leben. Der Gedanke machte ihn wütend, er tat weh. Wie damals, als er das Magengeschwür gehabt hatte – ein Schmerz, zu dem keine sichtbare Wunde gehörte. Am Tag konnte er sich ablenken, essen und tischlern und Sport treiben. Aber in der Nacht hatte er keinen Teller mit Essen, keinen Ball und keinen Hobel. Nur Isa.

Er wartete, bis er sie ganz deutlich vor sich sah, ehe er ihr von seinem Leben ohne sie erzählte. Meistens erzählte er ihr vom Warten, denn von allem, was ihm hinter Gittern zusetzte, war das Warten die größte Qual. Er wartete auf alles und nichts, ohne sich vorstellen zu können, was *alles* war und was *nichts* sein sollte. Er wartete darauf, dass die Gedanken aufhörten, die Erinnerung daran, wie es gewesen war, bevor er die Verbrechen ihres Vaters entdeckt hatte. Die Gedanken an das Unrecht, das ihm zugefügt worden war.

Wenn er sich große Mühe gab, gelang es ihm zu träumen: Er lag mit Isa auf einer Wiese, den blauen Sommerhimmel über sich, roch den Duft der Blumen und schmeckte einen Grashalm. Oder er ging mit ihr durch einen Birkenwald. Wenn er dann auf seine Pritsche zurückgekehrt war, fiel das Warten doppelt schwer, und er fing wieder an, die Tage und Nächte bis zu seiner Entlassung zu zählen, jede Nacht und jeden Tag aufs neue, immer einen Tag und eine Nacht weniger. Mit Zahlen kannte er sich aus. Aber soviel er auch zählte, es war eine endlos lange Zeit, und immer wenn er ans Telefon gerufen wurde, hatte er Angst, sie könnte gestorben sein: Jemand rief an, um ihm zu sagen, dass Isa nicht mehr lebte.

Manchmal hielt er es nicht länger aus, der Drang nach Freiheit wurde unerträglich. Er brannte vor Wut auf Noah Vermeulen, auf alle, die dafür verantwortlich waren, dass er hilflos im Gefängnis saß. So war es auch jetzt, wo ihr Vater sie einfach sterben lassen wollte. Mit einem Schlag war wieder die ganze Wut da, die er brauchte, um durchzuhalten.

Ich sage ihr einfach, dass ich sie immer noch liebe. Dafür braucht man keine Zahlen. Ich bin wieder da, und ich liebe dich. Sie wird merken, dass ich wieder aufgestanden bin. Aber was ist, wenn sie nicht aufsteht? Verbunden mit Apparaten, die für sie atmen und die sie füttern, aber nicht für sie hören und nicht für sie antworten?

Es reicht, wenn man wieder aufsteht, hatte sein Vater immer gesagt. Er war immer wieder aufgestanden. Als Isas Vater ihm erst gedroht und ihn dann mit seiner Werftarbeiterfaust vom Stuhl gehauen hatte. Und danach, als er, Milan, Isa nicht helfen konnte, weil er nicht da war. Und *danach*, als er vom Gericht zu zwölf Jahren Gefängnis verurteilt worden war, obwohl keiner der Anklagepunkte gegen ihn zutraf; als er gedacht hatte, tiefer könne er nicht mehr fallen, sogar da war er wieder aufgestanden.

Dann fragte er sich, wie es wäre, einfach liegenzubleiben, nie wieder aufzustehen. Er betrachtete seine Hände, die zitterten. Er konnte es nicht sehen, aber er spürte das Zittern. Er legte sie auf die Oberschenkel, bis er wieder ruhig geworden war. Es reicht nicht, dass man wieder aufsteht, dachte er; es kommt auch darauf an, was man macht, nachdem man aufgestanden ist.

Er nahm das Prepaid-Handy aus der Jeansjacke. Die Jacke hatte er – zusammen mit einer Sonnenbrille, einer Baseballkappe und einem Schlafsack – in einem Supermarkt gekauft, in dem die Frauen Kopftuch trugen. Das Geld dafür hatte ihm der Arzt geliehen. Es war nicht viel und reichte auch nicht mehr lange, aber für das, was er vorhatte, war es genug. Genau wie die dreizehn Patronen vom Kaliber Neun-Millimeter im Magazin der Walther P 99 in der anderen Tasche der Jeansjacke.

Er wählte die Nummer von Noah Vermeulens Büro am Hafen. Nach einigem Klingeln meldete sich das Vorzimmer, und er sagte, dass er den Boss sprechen wollte. So ließ Isas Vater sich nennen. In welcher Angelegenheit?, fragte die Sekretärin. Und er sagte: Es geht um Leben und Tod. Um seine Tochter. Isa. Sie sagte, einen Moment bitte, ich sehe nach, ob er da ist, und wenig später fragte seine schroffe Stimme: »Wer spricht da?«

»Milan Kimmel.«

Vermeulens Stimme verriet keine Überraschung, es gab nicht das geringste Zögern. »Du hast wirklich Mumm! Klaust einem Wärter seine Waffe, nimmst eine Geisel und brichst aus dem Gefängnis aus – Junge, Junge … Und jetzt rufst du mich hier an, den Vater deines Opfers – das imponiert mir. Was willst du?«

Sofort sah Milan ihn vor sich, wie er sein großes Büro im dreiunddreißigsten Stock bis in den letzten Winkel mit seiner Anwesenheit füllte, die sich gleich einem Geruch ausbreitete, sobald er einen Raum betrat. Noah Vermeulen verdrängte Luft und andere Menschen wie seine Schiffe Wasser verdrängten.

Einen Moment wusste Milan nicht, was er antworten sollte. »Ich will, dass Sie Isa am Leben lassen«, sagte er schließlich.

»Natürlich willst du das«, sagte Vermeulen kalt.

»Sie ist Ihre Tochter!«, rief Milan. »Haben Sie noch ihr Bild auf dem Schreibtisch stehen? Sehen Sie es an! Immer wieder wachen Menschen aus dem Koma auf, manchmal nach zwanzig Jahren. Isa ist jung!«

Mit einer mechanischen Geste, ohne wirklich bewusst zu handeln, zog Milan ein zerknittertes Foto aus der Hemdtasche, wo er es immer bei sich trug, dicht über dem Herzen. Es war dasselbe, das auf dem Schreibtisch ihres Vaters stand. Kurz vor ihrem Unfall war es aufgenommen worden, an einem Sommertag, das Foto eines schönen, glücklichen Mädchens. Lächelnd, mit kurzen, kastanienfarbenen Haare und strahlenden Augen.

Milan spürte, wie ihm der Wind in die Augen schnitt, bis sie tränten. Seine Hände zitterten. »Isa war immer so –«

»Isa gibt es nicht mehr«, fiel ihm Vermeulen ins Wort. »Sie ist hirntot.«

»Aber vielleicht … wacht sie wieder auf.«

»Ich glaube nicht an Wunder«, sagte Vermeulen. »Es sei denn, ich vollbringe sie selbst.«

»Bitte«, sagte Milan leise. »Bitte, Noah.«

»Hast du vergessen, warum sie in diesem Zustand ist?«, fragte Vermeulen. »Wer ihr das angetan hat?«

»Ich nicht!«, rief Milan. »Als ich sie das letzte Mal gesehen habe, war sie gesund und lebendig und wollte –«

»Ich weiß, was sie wollte«, sagte Vermeulen. »Was ihr wolltet.«

»Können wir nicht in Ruhe reden?«, flehte Milan. »Bevor du etwas tust, das sich nie wieder rückgängig machen lässt?«

Statt zu antworten, fragte Vermeulen: »Wo ist der Arzt? Was hast du mit ihm gemacht? Ist er bei dir?«

»Es geht ihm gut«, antwortete Milan ausweichend.

»Töte ihn«, sagte Vermeulen.

Die Worte schossen Milan wie kalte Blitze ins Gehirn. »Was?«

»Wenn du den Arzt tötest, lasse ich Isa am Leben«, sagte Vermeulen. »Wie findest du das? Ich bringe dich sogar zu ihr.«

»Glaubst du, ich liefere dir noch einen Vorwand, mich ohne Vorwarnung als Mörder erschießen zu lassen?« Milan spürte, wie sein Mund trocken wurde. »Wenn du das denkst, musst du verrückt sein.«

»Vielleicht«, gab Vermeulen gelassen zu. »Aber du hast keine Ahnung, wie weit dieser Wahnsinn reicht.«

»Ich weiß, wozu er dich schon getrieben hat«, sagte Milan. »Dich und de Kook und den Richter. Ich weiß alles.«

Vermeulen sagte nichts. Einige Sekunden war nur der Wind zu hören, der über die Dünen kam, und das Meer und der fröhliche Tumult der Möwen. »Du hast recht, mein Junge. Wir müssen uns unterhalten. Komm her. Ich bin in der Firma und bleibe hier, bis du da bist, und dann gehen wir –«

Milan versuchte zu lachen, aber es klang, als ersticke er daran; es klang wie die Möwen. »In die Höhle des Löwen? Du denkst, ich bin so dumm?«

»Dann schlag du etwas vor. Sag mir, wo ich hinkommen soll, und wir treffen uns da.«

Milan wurde schwindelig, es ging zu schnell. Das zerknitterte Foto von Isa verschwamm vor seinen Augen. »Ich weiß nicht, du hörst wieder von mir!« Hastig unterbrach er die Verbindung und schloss die Augen. Der Wind und das Meer und die Möwen waren auf einmal so laut, dass er das Gefühl hatte, sie wären in seinem Kopf und es gäbe nichts anderes darin.

38

Van Leeuwen stand an Felines Bett und wusste nicht, wie er dort hingekommen war oder was er zu ihr sagen sollte. Ihre Augen waren geschlossen. Sie hatte starke Schmerzmittel bekommen, aber als er ihre Hand nahm, erwiderte sie den Druck.

Als Julika ihn angerufen hatte, war er sofort zu seinem Wagen gelaufen, und es kam ihm vor, als wäre er schon losgerannt, bevor sie überhaupt etwas sagen konnte. Die Zeit seit dem Anruf hatte er nicht als Stunden, Minuten oder Sekunden wahrgenommen, sondern als eine rasend schnelle Abfolge von Bildern und Bewegungen, deren Fetzen in seinen Ohren rauschten.

Er erinnerte sich, wie der Alfa vom Parkplatz vor Roos Vermeulens Heim auf die Straße geschleudert war und dann an die Straße und die anderen Wagen, die nicht ausweichen wollten. Er erinnerte sich an eine tief hängende Wolkendecke und dass es regnete. Das Wasser pladderte so laut auf das Dach und die Motorhaube, dass es alle anderen Geräusche übertönte, nur nicht das Rauschen in seinen Ohren. In den Sturzbächen auf der Scheibe verliefen die Rücklichter rot wie Neonblut, und die Scheinwerfer der entgegenkommenden Fahrzeuge zersprangen zu gelben Blitzen. Die ganze rasende Fahrt über spürte er die Angst in seinem Magen.

Dann gab es einen Sprung in seiner Erinnerung, und er war in Amsterdam, eine Hand ununterbrochen auf der Hupe, und der Regen hörte auf, und die Fenster des AMC hoch über der Abfahrt Zuidost blendeten ihn, und er tastete nach seiner Sonnenbrille auf der Konsole zwischen den Vordersitzen, aber er fand sie nicht, und beinahe wäre er in einen Pulk von Radfahrern hineingerast, als er den Wagen von der Straße auf die Zufahrt zur Klinik riss.

Es gab wieder einen Sprung, den er nicht bemerkte, denn das Rauschen in seinem Kopf und die Angst in dem wild hämmernden Herzen waren ein eigenes Kontinuum. Plötzlich tauchte eine Schwester auf, die er anbrüllte, weil sie nicht sofort wusste, wo er die Patientin Feline Menardi finden konnte, und gleichzeitig oder etwas später ein Arzt. Der sah ihn an und sagte: »Es geht ihr den Umständen entsprechend gut. Ob das Kind durchkommt, wissen wir noch nicht, leider. Es ist -«

»Was für ein Kind?«, fragte van Leeuwen, »War ein Kind bei ihr?«

Der Arzt blickte ihn an, als hätte er einen schlechten Scherz gemacht, aber was immer er in van Leeuwens Gesicht sah, reichte aus, um zu wiederholen: »Mevrouw Menardi hat nur leichte Verletzungen erlitten, Quetschungen, eine gebrochene Rippe, das Becken ist gestaucht. Eine Schulter war ausgerenkt, wir haben sie wieder fixiert. In ein paar Wochen ist das alles geheilt. Wie es um das Kind steht –« Er verstummte. »Es tut mir leid. Sie wussten gar nichts …?«

Es gab noch einen dröhnenden Schlag in seiner Brust, und damit verstummte das Rauschen. Er hörte wieder klar, nur etwas lauter als vorher, und ging in Felines Zimmer, trat an ihr Bett, griff vorsichtig nach ihrer Hand, alles nacheinander, wie es sich gehörte, wenn die Zeit wieder Zeit war. Das war es also, dachte er, das Geheimnis ihrer Veränderung in den letzten Wochen. »Warum hast du nichts gesagt?«, fragte er leise.

Sie antwortete nicht. *Vielleicht nicht jetzt*, dachte er, *frag nach etwas anderem*. »Wie geht es dir?«

»Du kannst Fragen stellen«, murmelte sie.

Er konnte sie verstehen, obwohl sie fast tonlos sprach. *Frag danach, wie sie hierher gekommen ist. Frag nach allem, was nichts mit dem Kind zu tun hat*. »Wie ist das passiert?«

»Anastasia ist getötet worden«, murmelte sie.

»Ich weiß«, sagte er und schluckte das salzige Brennen herunter. »Aber das war schon vor hundert Jahren.«

Sie öffnete das linke Auge einen Spaltbreit. Das ist lieb von dir, sagte ein müder Blick; du und dein bisschen Humor, immer im falschen Moment. »Nicht die Zarentochter … Richter Gerritsens Stute … jemand hat ihr in der Box die Kehle durchgeschnitten.«

Jetzt sah er, dass etwas mit dem Auge nicht stimmte, es hatte einen leichten Silberblick, der vorher nicht dagewesen war, und das Blut geplatzter Äderchen färbte das Weiß rund um die Iris rötlich. Es war die einzige Veränderung, die er erkennen konnte, denn der Rest ihres Körpers lag unter der Decke. Nur der rechte Arm war frei, und in ihrem Handrücken steckte eine Nadel mit einem dünnen durchsichtigen Schlauch.

»Wann?«, fragte er. »Wann ist das geschehen?«

»Gestern Nacht«, sagte Feline. »Die anderen Pferde sind halb wahnsinnig geworden … haben ein Höllenspektakel veranstaltet. Deswegen waren die Stallburschen schnell da … um nachzusehen. Der Schecke – Anstasia – lag tot in seiner Box … alles voller Blut und Exkremente. Die Kehle war dicht unter dem Kopf fast bis zur Wirbelsäule aufgeschlitzt … Dakota … die anderen Pferde … alle hatten ihren Tod mitgekriegt. Die Stallburschen brauchten eine Ewigkeit, um sie zu beruhigen.«

»Haben sie den Täter gesehen?«

Feline schloss langsam das eine Auge, das andere bewegte sich nicht. »Nein … keine Spur … Heute Morgen haben sie dann die Besitzer der anderen Pferde angerufen … Sonst wäre ich gar nicht draußen gewesen … Dakota … ich hab sie noch nie so erlebt, tief innendrin war sie immer noch halb … halb wahnsinnig. Ich dachte, ich könnte sie beruhigen. Ein paar Runden, damit sie das Gefühl kriegt, alles ist wie immer … Sie war schreckhaft … irgendwas hat sie erschreckt … sie ist auf einmal durchgegangen … ein tief hängender Ast an einem der Apfelbäume … peng, das war's.«

»Darüber willst du gar nicht wirklich reden«, sagte van Leeuwen. *In Wirklichkeit willst du über unser Kind sprechen*, dachte er und war erstaunt, wie selbstverständlich ihm die Worte durch den Kopf gingen: *unser Kind*. Er hörte sie wie ein Echo und merkte plötzlich, dass ihm die Knie weich wurden. Er ging zu dem Plastikstuhl unter dem Fenster und setzte sich.

Er hatte gedacht, dass sie alles gemeinsam hätten – nicht alles, aber die wichtigen Sachen, und jetzt lag sie da und war allein mit ihren Schmerzen. Und er war auch allein. Er fühlte sich flau, ein quecksilbriges Flimmern im ganzen Körper. Irgendetwas in seinem Inneren gab nach, ganze Teile rutschten einfach weg wie schmelzender Schnee auf einer Dachschräge, und da, wo sie landeten, türmten sie sich zu namenlosen, unerträglichen Gefühlen auf. Ihm wurde schwindlig. *Unser Kind*. Das vielleicht starb, bevor es geboren wurde.

»Wer tut so was?«, wollte Feline wissen. »Warum?«

Van Leeuwen stand auf und zog den Stuhl näher an ihr Bett, denn er konnte sie kaum noch verstehen. »Jemand wollte Gerritsen eine Nachricht zukommen lassen«, sagte er. Er spürte, wie seine Finger kalt wurden und die Kopfhaut sich kribbelnd zusammenzog. Die Schusswunde, die er in den letzten Tagen vergessen hatte. Er nahm einen Geruch nach überhitzten Stromdrähten wahr, als verschmorte das Innere eines elektrischen Geräts.

»Ich bin müde«, sagte Feline leise. »Du musst jetzt gehen.«

Er stand neben dem Bett, die Stuhllehne in einer Hand. »Warum hast du nichts gesagt?«, fragte van Leeuwen noch einmal so laut, dass Feline den Kopf abwandte. Er wartete einige Sekunden, dann stellte er den Stuhl wieder ans Fenster. Der verschmorte elektrische Geruch ließ nach. »Ich komme heute Abend noch mal vorbei«, sagte er. »Oder spätestens morgen.«

»Morgen ist besser«, sagte sie.

Er betrachtete ihren Bauch unter der Decke und dachte, man sieht überhaupt nichts, keine Wölbung. Wie sollte ich wissen, dass sie schwanger ist? Ich bin kein junger Mann mehr.

39

Im Auto saß er eine Zeit lang einfach nur hinter dem Steuer, ohne loszufahren. Er dachte über Feline und das Kind nach, aber da konnte er im Moment nichts tun, außer dass er die Person fand, die Gerritsens Pferd getötet hatte und damit für alles verantwortlich war. Er hatte gar nicht gefragt, was mit dem Kind war, warum es vielleicht nicht überlebte. Auch nicht, wie lange sie die Unsicherheit ertragen mussten. Vermutlich, weil es keine Rolle spielt, dachte er; wenn es stirbt, ist es tot, und dann ist es egal, was genau zu seinem Tod geführt hat oder wann er eingetreten ist.

Was geschehen war, hatte mit einem der Fälle zu tun, die vielleicht alle nur ein Fall waren. Es war eine Metastase dieses Krebsgeschwürs, das sich weiter ausbreitete, und hier konnte er etwas tun, es herausoperieren – und mit Richter Gerritsen musste er anfangen: Jemand gibt den Auftrag, Anastasia zu töten, um Gerritsen zu warnen. Vermutlich derselbe, der schon Amelie Winter und Leon Boer töten ließ, weil sie zu viel wussten. Der Richter war ein anderes Kaliber. Er stand weiter oben, hatte Beziehungen. Ihn konnte man nicht einfach so umbringen, also tötete man etwas, das von großem Wert für ihn war. Er musste wissen, er durfte nicht reden.

Aber er hat schon geredet, dachte van Leeuwen. *Mit mir, an genau dem Ort, wo sie seinem Pferd die Kehle durchgeschnitten haben.* Und je weiter oben einer steht, desto mehr weiß er meistens. Gerritsen könnte eine Schlüsselfigur sein, ein ehrenwerter Mann mit Verbindungen zu anderen ehrenwerten Männern, die alle mit Verbrechern in Berührung gekommen sind. Ich muss ihn nur dazu bringen, dass er mir erzählt, was er weiß. Freiwillig oder unfreiwillig. Dazu muss ich alles über ihn wissen.

Er dachte an den Geruch, den er eben wahrgenommen hatte. Der vielleicht daher rührte, dass durch seine Ermittlungen plötzlich Drähte miteinander in Kontakt kamen, stromführende Drähte, die einen Kurzschluss auslösen konnten, wenn ihre Isolierung nicht mehr ausreichte. Aber nicht nur Drähte konnten durchschmoren; auch bei Menschen gab es Kurzschlüsse, wenn die Spannung, unter der sie standen, zu hoch stieg. Der Tod von Anastasia konnte dazu führen, dass der Richter auf so einen Kurzschluss zusteuerte.

Der Commissaris drückte die gespeicherte Nummer von Hoofdinspecteur Gallo, der sich schon beim dritten Klingeln meldete. »Bruno, wie geht es dir? Bist du –«

»Ich war bei Feline, und jetzt fahr ich zu mir nach Haus«, unterbrach ihn van Leeuwen. »Ich brauche alles über Richter Gerritsen.

Nimm dir einen scharfen Spaten und grabe so tief wie möglich, Vergangenheit, Gegenwart und Zukunft.«

»Verstanden«, sagte Gallo. Van Leeuwen unterbrach die Verbindung. Kurz verspürte er lähmende Mündigkeit und ließ den Kopf gegen die Nackenstütze sinken. Fast gleichzeitig erklang hinter ihm das *Ooup-Ooup* eines Rettungswagens. Blaue Blitze schlugen ihm aus dem Rückspiegel entgegen. Er brauchte einen Moment, bis er begriff, dass er die Zufahrt zur Notaufnahme blockierte.

Obwohl es vom AMC näher zu Feline war, wollte er heute Nacht lieber in der Wohnung sein, in der er mit Simone gelebt hatte. Er dachte, dass er ihr das schuldete, weil eine andere Frau das Kind trug, das sie sich immer von ihm gewünscht hatte. Er wollte darüber nachdenken, weshalb er alle Zeichen falsch gedeutet hatte und wieso Feline nicht sofort damit herausgeplatzt war.

Ich bin kein junger Mann mehr, dachte er wieder, als er zu Hause in der Egelantiersgracht auf dem Sofa saß. Er hatte die Wohnzimmerfenster geöffnet und lauschte dem Wind in den Ulmen und den Glocken der Westerkerk jenseits der Prinsengracht. Je älter ein Mann war, der ein Kind zeugte, desto größer wurde die Gefahr, dass er beschädigtes Erbgut weitergab.

Und wenn schon, dachte er. Ich sollte mich freuen. *Warum freue ich mich nicht, dass die Frau, die ich liebe, ein Kind von mir bekommt? Da, wo Sim ist, wird sie es verstehen*. Er beschloss, sich zu freuen, sobald feststand, dass das Kind überlebte.

Es klingelte. Aber erst, als sich das Klingeln wiederholte, ging van Leeuwen zur Tür und drückte den Öffner. Hoofdinspecteur Gallo stapfte die schmale Treppe herauf, in der rechten Hand eine Tasche. »Wollte mal nach dir sehen«, sagte er.

»Hast du was über Gerritsen herausgefunden?«

»Ich dachte, wir könnten einen heben«, meinte Gallo. »Wir müssen nicht reden.« Er trat ein, schloss die Tür und holte eine Flasche irischen Whiskey aus der Tasche. Van Leeuwen deutete auf das Sofa im Wohnzimmer, dann holte er zwei Gläser aus der Küche. »Ich habe leider kein Eis«, sagte er.

»Ich war schon lange nicht mehr hier«, sagte Gallo.

»Ich auch nicht.«

»Damals hat Simone noch hier gewohnt.«

»Das tut sie immer noch.«

Gallo ließ sich auf die Couch fallen. »Ich dachte, du möchtest vielleicht –«

»Nein.« Der Commissaris schraubte die Flasche auf und füllte die Gläser zu je einem Drittel mit dem goldgelben Whiskey. »Hast du noch mehr in der Tasche da?«

»Alles, was ich über Gerritsen in Erfahrung bringen konnte.«

»Schieß los«, sagte van Leeuwen. Er trank einen kleinen Schluck, der angenehm mild war. Gallo nippte ebenfalls an seinem Glas, dann holte er eine Mappe aus der Tasche und schlug sie auf. »Ich habe alles zusammengetragen, was ich im Internet finden konnte. Und eine frühere Kollegin, die jetzt in der Polizei-Abteilung des Justizministeriums arbeitet, hat mir einige ziemlich schwer zugängliche Unterlagen über seinen Werdegang kopiert.«

Van Leeuwen nickte. Er trank noch einen Schluck. Der Whiskey schmeckte süß und rauchig.

»Viel war es trotzdem nicht«, fuhr Gallo fort. »Können wir das Licht anmachen?«

»Ich kann auch das Fenster schließen.«

»Nein, nur das Licht. Also: Johan Gerritsen, geboren vor vierundfünfzig Jahren in Utrecht, Vater Jurist, Mutter Dolmetscherin, unter anderem am Internationalen Gerichtshof in Den Haag. Über Kindheit und Jugend habe ich nichts gefunden, erst mit Beginn des Jurastudiums in Utrecht – Spezialfächer: Strafrecht der Niederlande und Rechtsphilosophie – gibt es wieder was. Hervorragender Student, Abschluss mit Auszeichnung, danach nahtloser Wechsel in den Staatsdienst. Makellose Karriere. Jüngster Staatsanwalt am

Bezirksgericht Rotterdam. Fleißig, pflichtbewusst, sorgfältig, aber hart. Unnachgiebig. Tadellose Beurteilungen, kaum Niederlagen im Gerichtssaal.«

Plötzlich fielen dem Commissaris Roos Vermeulens Worte wieder ein. *Der Staatsanwalt hat ihn zu Unrecht verurteilt.*

Der Richter, hatte er widersprochen.

Ach, ja, er ist ja jetzt Richter.

Sie kannte ihn schon damals in Rotterdam, dachte er, *als Staatsanwalt.*

»Vor achtzehn Jahren wechselte Gerritsen als Stellvertretender Richter nach Amsterdam, wo er wenig später zum Richter berufen wurde«, fuhr Gallo fort. »Schon in Rotterdam hatte er sich einen Ruf als unzugänglich und gnadenlos erworben, keine Kompromisse, immer die Höchststrafe. Gleichzeitig veröffentlichte er in diversen Fachzeitschriften Artikel zu rechtsphilosophischen Fragen und wurde immer wieder zu Vorträgen eingeladen. Ansonsten keine besonderen Vorkommnisse – bis auf einen Vorfall, über den sogar das NRC Handelsblad berichtet hat. Kurz nach Gerritsens Amtsantritt in Amsterdam hat sich eine Schriftführerin der Ersten Kammer über eine angebliche sexuelle Belästigung beklagt und wurde auf eigenen Wunsch versetzt. Die Vorwürfe betrafen mehrere Richter, Johan Gerritsen gehörte nicht dazu, jedenfalls laut der damaligen Berichterstattung. Meine frühere Kollegin hat aber herausgefunden, dass zumindest ein Anfangsverdacht auch gegen ihn bestanden haben soll. Die Stelle der belästigten Justizbeamtin wurde neu besetzt, danach gab es keine Klagen mehr.«

»Wie hieß die Neue?«

»Moment – Heemskerk. Marleen Heemskerk. Sie blieb aber nur ein paar –«

»Heemskerk?«, rief der Commissaris. »Das war der verstorbene Mann von Marleen Winter – Willem Heemskerk! Nach seinem Tod hat Amelies Mutter wieder ihren Mädchennamen angenommen.«

Er leerte sein Glas und stellte es auf den Boden. In Gedanken ging er noch einmal seine letzte Begegnung mit Marleen Winter durch, bis zum Ende, als er mit ihr in dem engen Flur ihrer Wohnung gestanden hatte, zu seinen Füßen den Umzugskarton, vollgepackt mit Büchern, obenauf das *Bürgerliche Gesetzbuch* von Eduard Meijers. Damals hatte er gedacht, sie wolle sich im Selbststudium juristische Kenntnisse aneignen, um auf anderen Wegen Gerechtigkeit für ihre Tochter zu erreichen. Jetzt wurde ihm klar, dass es ihre eigenen Bücher gewesen waren; dass sie im Gegenteil abgeschlossen hatte mit diesem Teil ihres Lebens.

Schuld hat allein Richter Gerritsen.

»Als ich das letzte Mal bei ihr war, hat sie gesagt, Richter Gerritsen hätte eine Wahl gehabt«, erklärte der Commissaris. »Ich dachte, sie meine seine Entscheidung in dem Verfahren gegen Leon Boer. Aber vielleicht ging es um etwas anderes, das viel länger zurückliegt.«

Auch Gallo leerte sein Glas und schenkte ihnen beiden nach. »Es hat geklingelt«, sagte er.

»Ich hab's gehört.« Van Leeuwen stand auf, schloss die Fenster und ging zur Tür. Erst hörte er nur die Stufen knarren, dann sah er Julika Tambur die Treppe heraufsteigen. Sie war frisiert und geschminkt, als wollte sie bei einer Tanzshow im Fernsehen auftreten: dunkelgrauer Blazer, kurzer schwarzer Rock mit einem violetten Gürtel, violetten Pumps und als Sahnehäubchen ein schwarzviolett gestreifter Schal. Neben ihren nylonverpackten Schenkeln raschelte eine Plastiktüte. »Ich dachte, ich schau mal, wie es Ihnen geht«, sagte sie, als sie etwas atemlos oben ankam.

»Was hast du in der Tüte?«, fragte der Commissaris.

»Tequila«, erklärte sie und drängte sich an ihm vorbei in die Wohnung. »Gut gegen Kummer.«

Sie betrat das Wohnzimmer. »Ton«, sagte sie überrascht, holte den Tequila aus der Plastiktüte und stellte ihn neben die Whiskeyflasche. »Krieg ich auch was? Warte, ich hol mir ein Glas. Nein, lass, Bruno, ich weiß, wo sie sind.« Sie ging in die Küche. »Ich war eine Ewigkeit nicht mehr hier. Das letzte Mal habe –«

»Hast du dich um die Drogen in der Asservatenkammer gekümmert?«, unterbrach van Leeuwen sie, bevor sie von ihrem letzten Besuch in seiner Wohnung erzählen konnte, kurz nach Simones Tod. Als sie Trost mit Liebe verwechselt hatte und er zu verwirrt gewesen war, um zu erkennen, was zwischen ihnen sein durfte und was nicht.

»Ja.« Sie kehrte zurück und hielt Gallo das Glas hin. »Das ist merkwürdig. Dekker war in den letzten Monaten vor Amelie Winters Tod mehrmals da, immer wegen anderer Objekte, nie wegen Drogen. Einmal hat er eine Heckler & Koch zur Verwahrung gebracht, aber mitgenommen hat er nichts, bei keinem seiner Besuche. Allerdings hat die Rauschgiftfahndung festgestellt, dass – vermutlich in demselben Zeitraum – größere Mengen Dope, H und Koks, die sie letztes Jahr im Januar dort abgeliefert hatten, gegen Backpulver und Puderzucker ausgetauscht worden sind.«

Gallo schenkte ihr ein und goss noch etwas in van Leeuwens Glas. »Damit ist er als Polizeibeamter nicht mehr tragbar. Bruno, du musst ein Disziplinarverfahren einleiten.«

»Ja«, sagte der Commissaris und dachte, dass Dekker dann seine Familie nicht mehr versorgen konnte, kein Gehalt, keine Sozialleistungen, keine Pensionsansprüche.

Julika stieß mit ihm an. Kaum hatte sie sich im Schneidersitz auf den Boden gesetzt, fragte sie: »Erwartest du noch jemand?«

»Nein. Ich habe auch vorher niemand erwartet.«

»Es hat aber gerade geklingelt.«

Diesmal hatte van Leeuwen die Klingel nicht gehört. »Ich geh mal nachsehen«, sagte Gallo. Drei Minuten später kam er wieder, und hinter ihm erschien Remco Vreeling im Wohnzimmer und sagte: »Überraschung!« Der Inspecteur hielt eine Papiertüte in der Hand, die ganz eindeutig eine Flasche enthielt. Er wedelte damit herum. »Ich dachte, Sie bräuchten vielleicht etwas Gesellschaft. Rum, altes karibisches Rezept, *in case of trouble.*« Dann entdeckte er Julika auf dem Boden vor der Couch. »Party … gut, dass ich heute noch nichts vorhabe.« Er ging auf van Leeuwen zu, als wollte er ihm die Hand schütteln, drehte aber wenige Schritte vorher ab. »Hier war ich noch nie! So sieht das also bei Ihnen aus, Boss.«

»Remco, solltest du nicht eigentlich die Papiere, die ich dir gegeben habe, unter die Lupe nehmen?«, fragte van Leeuwen.

»Ich dachte, ich hätte Zeit bis morgen.« Vreeling holte die Flasche aus der Tüte. »Wo sind die Gläser?«

»Jetzt hört mal zu.« Der Commissaris hob die Stimme. »Ist ja wirklich nett, dass ihr euch alle um mich sorgt, aber ich bin durchaus in der Lage, allein mit Problemem fertig zu werden. Ihr könnt noch austrinken, aber dann möchte ich allein sein. Remco, wie weit bist du?«

»Bis morgen bin ich mit den Unterlagen durch, und dann muss ich nur noch –«

»Die Zeit läuft uns davon. Du gehst sofort wieder an die Arbeit, und morgen früh möchte ich von dir wissen, ob Milan Kimmel von seinem Arbeitgeber reingelegt wurde oder nicht und wie es um die Finanzen der Familie Vermeulen steht! Den Rum darfst du wieder mitnehmen, wenn du willst.«

Doch bevor Vreeling gehen konnte, stand Julika auf, um ihm ein Glas zu holen, und van Leeuwen merkte, dass er in seiner eigenen Wohnung auf verlorenem Posten stand. Na gut, dachte er; wir trinken alle einen Schluck, und dann schick ich sie nach Haus.

Drei Stunden später machte sich auch Julika, schon lange nicht mehr nüchtern, auf den Heimweg. Als van Leeuwen die Tür hinter ihr geschlossen hatte, kehrte er müde in das nur noch sanft erhellte Wohnzimmer zurück, in dem Gallo gerade den Rest Whiskey aus der Flasche auf ihre beiden Gläser verteilte. »Gut, dass man von dem Zeug nicht betrunken wird«, sagte er.

»Ungeheuer gut«, bestätigte van Leeuwen. Er ging zu dem Regal mit dem CD-Player. »Möchtest du Musik hören?«

»Hast du Django Reinhardt?«, fragte Gallo. »*Nuages*?«

»Die Musik hat bei uns in erster Linie Sim organisiert«, sagte van Leeuwen. »Alles, was ihr gefiel, wurde gekauft, von Bach bis Adriano Celentano. Jazz aber auch.« Er trat einen Schritt zurück und kniff die Augen zusammen, um die winzig gedruckten Titel auf den CD-Rücken lesen zu können. »Chet Baker, Paul Desmond, Stan Getz … Ah, hier haben wir die Gitarristen, Jim Hall, Kenny Burrell … tatsächlich: *Le Meilleur de Django*, inklusive *Nuages*.« Er schaltete den Player ein, schob die CD rein und drückte auf *Start*. Wenig später erfüllte der Gitarrist mit seiner Combo und ihrem melancholischen Jazz den Raum.

»Das ist meine Musik«, meinte Gallo nach ein paar Takten.

»Das war meine Frau«, ergänzte van Leeuwen.

Beide tranken.

»Fehlt sie dir manchmal?«, fragte Gallo.

»Ja.«

»Sehr?«

»Nicht sehr, aber sie fehlt mir«, gestand van Leeuwen.

»Was besonders?«

»Ihr Mut. Ihre Klugheit. Sie war klüger als ich. Ihr zärtliches Herz. Die Art, wie sie ein Problem angegangen ist, wenn es eines gab. Wie sie es in ihre Höhle mitgeschleppt und allein im Dunkeln damit gekämpft hat, bis es keines mehr war.« Er lachte. »Nur noch die Fetzen eines Problems. Ja, sie fehlt mir. Schlimmer ist allerdings die Vorstellung, dass ich ihr vielleicht auch fehle, da wo sie jetzt ist. Dass sie da allein und einsam ist, und dass ich nichts dran ändern kann.«

»Hast du nicht manchmal Angst, dass du eines Tages auch alles vergessen könntest, dein ganzes Leben und sogar sie?«, fragte Gallo. »Und dass du dann ganz allein weitergehen musst?«

Van Leeuwen schwieg wieder und trank den Whiskey, der ihn nicht betrunken machte, sondern klarsichtig, während Django Reinhardts Gitarre auf den straff gezupften Noten von *Nuages* über allen Wolken schwebte. Endlich sagte er: »Erstens muss ich nie allein irgendwohin gehen, weil ich ja Feline habe und dich und vielleicht auch bald ein Kind. Zweitens werde ich Sim niemals vergessen, weil keine Krankheit stärker sein kann als der Zauber, der von ihr ausging, oder das Glück. Es kann sogar sein, dass ich mich eines Tages an nichts anderes mehr erinnere als an sie und wie sehr ich sie geliebt habe. Und wenn ich sogar vergessen habe, wer ich selbst bin, ist nicht auszuschließen, dass sie das Einzige ist, wovon ich überhaupt noch rede.«

Das Lied endete, die letzten Töne stiegen höher und höher und verschwanden in einem knisternden Jazzhimmel. »Du bist betrunken«, konstatierte Gallo.

»Nur ein bisschen.«

»Sie fehlt dir doch sehr.«

Van Leeuwen stand auf, schaltete den CD-Player aus und öffnete die Fenster. »Und du fährst morgen als Erstes zu Felines Reitstall und vernimmst das Personal und jeden, der sonst noch da ist. Ich will wissen, wer den Schecken des Richters getötet hat. Frag sie, ob ihnen jemand aufgefallen ist, der nicht auf das Gelände gehört oder den sie da noch nie gesehen haben.«

»Soll ich sie dann um eine Beschreibung bitten?«, erkundigte sich Gallo. »Ich frag nur, weil ich ja noch nie eine Vernehmung durchgeführt habe.«

»Verschwinde. Wir sehen uns morgen.«

40

Bei jeder Ermittlung gibt es ein Ereignis, in dessen Folge die Geschehnisse eine Eigendynamik entwickeln und sich plötzlich zu überstürzen scheinen; einen Moment, in dem alle rätselhaft anmutenden Puzzleteilchen wie von selbst an den Platz im Bild fallen, an den sie gehören. Im Mordfall de Kook und allen mit ihm zusammenhängenden Fällen war dieses Ereignis der Tod von Richter Gerritsens Pferd und Feline Menardis Sturz.

Van Leeuwen erwachte zum ersten Mal seit langem mit schwerem Kopf, rasendem Herz und einer Angst, die er seit Simones Krankheit nicht mehr verspürt hatte. Der Vorhang am Schlafzimmerfenster stand einen Spalt breit offen. Der Himmel war bedeckt, und das Grau des Morgens schien Unheil zu verbergen oder anzukündigen. *Eine Todesfarbe*, dachte der Commissaris, ohne genau sagen zu können, warum.

Als er das Haus verließ, sah er Kinder mit Schulranzen auf dem Rücken an der Prinsengracht entlangradeln, und er dachte, ich weiß nicht einmal, ob es ein Junge oder ein Mädchen ist. Er fand, dass Anne ein schöner Name für ein Mädchen wäre und Vincent gut für einen Jungen. Wenn er aber an Feline oder das Kind dachte, loderte etwas in ihm auf, ein kaltes Feuer, das ihn bei der Arbeit blenden konnte.

Obwohl es noch früh war, suchte er Marleen Winter auf, ohne vorher anzurufen. Es war ein Haus mit einem Käsegeschäft im Erdgeschoss und einer Kneipe im Souterrain, gleich neben dem *Christmas Palace*, in dessen Schaufenster das ganze Jahr über Weihnachten herrschte, komplett mit schneebestäubten Tannen, einem Kerstman im roten Mantel, Schlitten, Kerzen und Lametta. Van Leeuwen klingelte so lange an ihrer Tür, bis ihre verstörte Stimme in der Sprechanlage erklang. *Gestapomethoden*, dachte er.

»Commissaris van Leeuwen – ich muss noch einmal mit Ihnen sprechen«, rief er gegen den Lärm der Blumenhändler an, die auf den vor dem Haus vertäuten Lastkähnen ihre Stände eimerweise mit frisch geschnittenen Tulpen in allen Farben bestückten.

Marleen Winter öffnete ihm unfrisiert, die schmale Gestalt in einen schwarzrot karierten Morgenrock aus gesteppptem Chintz gehüllt. Darunter war der Saum eines hellgrauen Nachthemds zu sehen. Ein schaler Geruch nach kaltem Zigarettenrauch, den er bei seinem letzten Besuch nicht wahrgenommen hatte, schlug van Leeuwen entgegen. »Ich habe Ihnen alles gesagt, was ich weiß«, sagte sie mit brüchiger Stimme.

»Das glaube ich nicht«, sagte er, und um die Schärfe in seinem Ton musste er sich nicht bemühen. »Ich glaube vielmehr, dass Sie mir etwas verschwiegen haben, und das hat vermutlich dazu geführt, dass ein Mensch, der mir sehr viel bedeutet, schwere Verletzungen erleiden musste und ein ungeborenes Kind vielleicht in den nächsten Tagen sterben wird, Mevrouw Heemskerk.«

Ein Laut entfuhr ihr, der an eine Sprechpuppe denken ließ. »Ein Kind? Was denn für ein Kind?« Sie drehte sich hastig um und ging durch den schmalen Korridor ins Wohnzimmer. »Das verstehe ich nicht«, sagte sie. »Ich weiß nicht, wovon Sie sprechen.«

»Von Ihnen und Richter Gerritsen«, sagte der Commissaris. »Bei meinem letzten Besuch haben Sie gesagt, er hätte durchaus eine Wahl gehabt. Was haben Sie damit gemeint?«

Marleen Winter setzte sich auf das Polstersofa und starrte auf den Fernsehapparat, der schon eingeschaltet war. »Ich weiß nicht – ich erinnere mich nicht mehr an den Zusammenhang.«

»Ich hatte gedacht, Sie meinten seinen Urteilsspruch«, sagte van Leeuwen. »Aber in Wirklichkeit ging es um Ihre Tochter, nicht?«

»Meine Tochter?«

»Amelie«, sagte der Commissaris. »Die Wahl, von der Sie gesprochen haben, bezog sich auf Ihre gemeinsame Tochter. Dass der Richter die Wahl gehabt hätte, sie als sein Kind anzuerkennen, sich stattdessen aber dafür entschieden hat, sie zu verleugnen und vaterlos aufwachsen zu lassen.«

Ihr Körper wurde steif wie der eines Tieres, das eine Gefahr wittert. Sie starrte auf den Bildschirm, über den ein Werbespot nach dem anderen flackerte, schnittige Autos, goldgelbe Cornflakes, perlende Waschmittel, wolkige Parfums und saftiges Futter für Hunde mit glänzendem Fell und treuen Augen. Sie zupfte an ihrer Unterlippe.

»Ich habe Sie am Morgen der Urteilsverkündung im Gerichtssaal beobachtet«, fuhr van Leeuwen fort, »Sie und ihn. Sie sahen beide aus, als hätten sie eine schlaflose Nacht voller Sorgen verbracht. Mir war aufgefallen, dass Sie sich schön gemacht hatten wie für ein Rendezvous – oder *date*. Und ich habe Ihr Entsetzen gesehen, als er den Mörder Ihrer Tochter aus Mangel an Beweisen freigesprochen hat. Freisprechen musste. Ihr Entsetzen und seinen Schmerz. Weil es auch seine Tochter war. Denn da hatte er keine Wahl. Vor allem wegen der Männer, die ihn erpressen.«

Endlich löste sie den Blick vom Bildschirm und sah ihn an. »Johan wird erpresst? Von wem?«

»Das kann ich Ihnen nicht sagen, weil ich mir noch nicht sicher bin. Aber sie haben sein Pferd töten lassen und –«

»Er hatte ein Pferd?«

»Eine Stute, Anastasia.«

»Anastasia?«, rief sie erschrocken. »Aber das war doch Amelies Tier … Sie hat es an jemand vom Stall verkauft, als sie Geld brauchte für ihre ... für das Zeug. Und das hat jetzt ... Richter Gerritsen gehört?«

Natürlich, dachte van Leeuwen, warum bin ich nicht gleich darauf gekommen – das Foto in Amelies Mädchenzimmer, in dem die Zeit stehengeblieben ist, das Foto des Schecken. »Offenbar.«

»Aber wer tut denn so etwas? Wer tötet ein Pferd?«

»Jemand, der dem Richter eine Warnung zukommen lassen wollte. Jemand, der so mächtig ist, dass Gerritsen den Mörder seiner eigenen Tochter laufen lässt, damit der von einem Auftragskiller in seiner Wohnung getötet werden kann.«

»Ach«, sagte Marleen leise, »was für eine Dummheit!«

»Könnten Sie bitte den Fernseher ausmachen«, sagte van Leeuwen. Sie nickte, griff nach der Fernbedienung und schaltete das Gerät ab, bevor sie weiter an ihrer Unterlippe zupfte. »Was war zwischen dem Richter und Ihnen?«, fragte der Commissaris.

Marleen schüttelte sacht den Kopf, als wäre für sie selbst kaum vorstellbar, dass einmal etwas zwischen ihr und einem Mann wie Johan Gerritsen gewesen sein könnte.

Van Leeuwen sagte: »Sie kamen neu an das Gericht und lernten Richter Gerritsen kennen. Sie hatten eine Affäre. Damals waren Sie noch verheiratet. Und wurden schwanger.«

»Ich habe ihn geliebt«, sagte Marleen leise.

»Er hat sie nicht bedrängt oder belästigt?«

»Nein.«

»Wusste Ihr Mann, dass das Kind nicht von ihm war?«

»Nein. Wenn Johan gewollt hätte ... Wenn er sich zu mir und dem Kind bekannt hätte, wäre ich bereit gewesen ... für ein neues Leben. Aber er hatte Angst, es könnte ihm schaden. Er war ja dabei, Karriere zu machen – da ging das wohl nicht, der große Richter und die kleine Schriftführerin. Aber er hat mir verziehen, dass ich nicht aufgepasst habe und schwanger geworden bin.«

»Wann haben Sie ihn das letzte Mal gesehen?«

»Privat? Ach, das ist viele Jahre her. Danach nur manchmal im Fernsehen … und bei der ersten Verhandlung gegen diesen Dealer, ihren Mörder. Er bedeutet mir immer noch etwas, obwohl ich ihn nicht mehr liebe. Er war nie mein Mann, nur ein Liebhaber, aber ich habe mich immer um ihn gesorgt. Weil er so streng war – ich dachte, irgendwann wird ihm einer etwas tun. Sich rächen für ein hartes Urteil. Allerdings beim letzten Mal – er sah so einsam aus. Ich habe ihm auch verziehen, alles verziehen.«

»Ich habe den Eindruck, dass heutzutage viel zu viel verziehen und nichts wirklich bereut wird«, sagte van Leeuwen.

Marleen richtete sich auf, ließ die Hand sinken. »Hatte denn Amelies Tod etwas mit dem zu tun, worauf Johan sich eingelassen hat? Musste sie sterben, weil er etwas zu verbergen hat? Oder weil er damals nicht bereit war, sie als seine Tochter anzuerkennen?«

»In gewisser Weise«, sagte van Leeuwen. »Nicht ursächlich. Aber sie hat etwas gehört, bei der Ausübung ihres Berufs, das sie nicht hätte hören dürfen. Etwas über die Männer, die den Richter in der Hand haben.«

Sie schloss die Augen, kniff sie fest zusammen, als müsste sie einen heftigen Schmerz unterdrücken. »Wussten diese Männer denn, dass Amelie seine Tochter war?«

»Das müssen wir noch herausfinden. Ich könnte mir vorstellen, dass er ihre Existenz geheim gehalten hat, um sie zu schützen, damit allerdings das Gegenteil erreicht hat«, meinte der Commissaris. »Wusste Amelie eigentlich Bescheid?«

»Irgendwann – nach dem Tod meines Mannes – habe ich ihr gesagt, dass er nicht ihr leiblicher Vater war. Ich dachte, sie hätte ein Recht, es zu erfahen. Sie wollte wissen, wer ihr richtiger Vater sei, aber ich habe es ihr nicht gesagt. Dass er sie nicht will. Obwohl er mir immer Geld überwiesen hat, all die Jahre lang. Es war ein Fehler – A zu sagen, aber nicht B. Sie hat mich beschimpft. Eine Hure hat sie mich genannt … Sie wollte mich bestrafen. Und ihren unbekannten Vater. Indem sie sich wegwirft. Weil sie seine Liebe nicht haben konnte, hat sie überall sonst Liebe gesucht, jede Art und egal von wem. So hab ich es mir erklärt. Er hatte die Wahl – Johan –, er hätte ihr sagen können, dass er ihr Vater ist und sie liebt. Aber das hat er nicht getan. Dabei muss er sie geliebt haben – hätte er sonst gewusst, dass sie reitet und ein Pferd hat?«

Van Leeuwen dachte, dass es eine merkwürdige Art von Liebe war, wenn man sein Kind nur aus der Ferne beobachtete und zusah, wie es auf die schiefe Bahn geriet. Aber nicht so merkwürdig, wie wenn man die eigenen Kinder tötete, weil man glaubte, sie wären verloren, sobald man ihnen im Kampf gegen die Grausamkeit der Welt nicht mehr zur Seite stehen konnte.

»Das ungeborene Kind, von dem Sie vorhin gesprochen haben«, sagte Marleen unvermittelt, »das vielleicht sterben wird – hängt sein Schicksal damit zusammen, dass Johan sich geweigert hat, die Verantwortung für Amelie zu übernehmen?«

»Es hängt mit etwas zusammen, das er getan oder unterlassen hat. Aber was genau das war, weiß ich noch nicht.«

Marleen schwieg einige Sekunden, dann nickte sie, als wäre sie zu einer naheliegenden Erkenntnis gelangt. »Es gibt eben doch gute Gründe dafür, niemand zu lieben und sich von niemand lieben zu lassen. Einsam zu bleiben, hat seine Vorteile.«

»Ja«, sagte van Leeuwen. »Da haben Sie zweifellos recht.«

41

Manchmal glaubte der Commissaris an Wunder, und manchmal brauchte er sie. Der Vondelpark an einem Aprilmorgen war eines der großen Wunder Amsterdams, ein bewegtes Gemälde aus goldenen Sonnenlichtflecken und flirrendem Grasgrün. Dazu ein blauer Himmel, Kastanien im frischen Wind und plätschernde Bäche; Teiche mit gelassen vor sich hin gleitenden Schwänen.

Der Commissaris stand am Eingang des Parks, zückte sein Handy und sprach Agent Dekker auf die Mailbox: »Komm in den Vondelpark, Ruud. Wir treffen uns in einer halben Stunde vor dem alten Filmmuseum und reden noch mal über alles.« *Wir gehen ein Stück spazieren*, dachte er, *und Dekker wird die engen Wände vergessen und den Schmerz des Verlustes etwas weniger spüren und sich daran erinnern, was seine Aufgabe im Leben ist.*

Er wartete eine halbe Stunde und dann noch fünfzehn Minuten, aber Dekker kam nicht.

Er rief ihn noch einmal an: »Du bist nicht gekommen, Ruud. Ich weiß, dass du ein siebzehnjähriges Mädchen mit Drogen aus der Asservatenkammer versorgt hast, obwohl du behauptest, ihr hättet euch geliebt. In meinen Augen bist du mitschuldig an ihrem Tod. Wenn du trotz allem reinen Tisch machen willst, melde dich freiwillig im Präsidium. Wie es jetzt aussieht, wirst du dann nur unehrenhaft aus dem Dienst entfernt. Du verlierst zwar deine Pension und die Versicherungen, aber du bleibst auf freiem Fuß und kannst mit einer anderen Arbeit deine Familie ernähren und für die Behandlungskosten deines Sohns aufkommen. Aber wenn ich dich erst zur Fahndung ausschreiben und festnehmen lassen muss, wirst du vor Gericht gestellt und kommst wahrscheinlich ins Gefängnis. Dann bist du erledigt.«

Das Wunder war für einige Minuten kein Wunder mehr. Van Leeuwen fühlte sich vor den Kopf gestoßen und fast so hilflos, wie wenn er an Feline dachte. Er betrachtete die Menschen auf den Bänken, den breiten Wegen und Wiesen mit brennenden Augen, als wäre ihm heiße Asche von einem Feuer hineingeflogen. Weiter entfernt, jenseits der Vondel-Statue, lärmte eine Schulklasse am Ufer eines Teichs.

Was mache ich, wenn das Kind stirbt?, dachte er. Oder wenn es behindert auf die Welt kommt? Er griff wieder nach seinem Handy und rief das Büro von Richter Gerritsen an. »Sagen Sie dem Richter, er soll sich sofort bei mir melden, wenn er aus dem Urlaub zurück ist«, trug er der Vorzimmerdame auf. »Ich möchte mit ihm über Amelie Winter und Marleen Heemskerk reden!«

Eine Viertelstunde später klingelte sein Handy. »Ich bin bereit, mich mit Ihnen zu treffen«, sagte Johan Gerritsen.

»Das ist eine gute Entscheidung.«

»Ich habe nicht gesagt, dass ich Ihnen helfen werde.«

»Aber Sie haben auch nicht gesagt, dass Sie es nicht tun.«

Als der Richter nach einer weiteren halben Stunde am Südeingang des Parks erschien, wirkte er nicht mehr so sicher wie vor einigen Tagen im Reitclub. Sein Gesicht über dem gestreiften Hemd war blass, die sportlich-elegante Kombination aus der Londoner Savile Row, *raised by tailors*, die ihm als Rüstung diente, schien zu schwer für einen Tag wie heute. »Ich wohne in der Van Eeghenstraat, gleich da hinten«, sagte er zur Erklärung seines schnellen Eintreffens.

»Ich weiß«, sagte der Commissaris.

»Ich habe meinen Urlaub zu Hause verbracht.«

»Das habe ich mir gedacht.«

Sie setzten sich auf eine Bank in der Nähe der mächtigen, urwaldartig verwachsenen Bäume. »Ich habe ein paar Fragen im Zusammenhang mit dem Tod Ihrer Stute«, sagte der Commissaris.

»Ja?«

»Ich denke, es handelt sich um eine Warnung. Wer könnte Ihrer Meinung nach dafür verantwortlich sein?«

Statt zu antworten, tat der Richter, als beobachte er die Passanten: junge und ältere Paare, Mädchen mit Rucksäcken und Coffee-to-go-Bechern, Rollerblader mit Knieschonern. Dazu die unvermeidlichen Heerscharen von Fahrradfahrern, Jogger mit ihren Stoppuhren und Pulsmessern. Straßenmusiker, bärtige Männer mit Turbanen, schwarz verhüllte Frauen in flatternden Gewändern wie finstere Gespenster. Smarte junge Männer, die auf Telefone oder Tablets starrten. Eine Horde japanischer Mädchen auf Fahrrädern. Von kleinen Picknicks überall auf den Wiesen drang Musik herüber, Gitarren, leise wummernde Bässe aus Ghetto Blastern, *Woodstock 2.0*. Jugendliche spielten Fußball oder warfen sich Frisbeescheiben zu.

»Selbstverständlich hat jemand in meiner Position Feinde«, sagte Gerritsen endlich, »nicht nur unter den Kriminellen, die ich verurteilt habe oder deren Verfahren noch anhängig sind. Auch bei meinen Kollegen, in der Anwaltschaft und sogar in der Politik wünscht mir der eine oder andere die Pest an den Hals. Aber was so eine Warnung bedeuten soll – oder wer dafür verantwortlich sein könnte –, das weiß ich nicht.«

»Die Botschaft ist doch klar«, sagte van Leeuwen. »Wir wissen alles über dich und deine Lebensumstände, und wir können dir jederzeit auch alles nehmen, was du liebst. Mit deinem Pferd fangen wir an. Die Frage ist nicht, was bedeutet sie, sondern wer schickt sie. Und warum gerade jetzt.«

»Bei unserer letzten Begegnung haben Sie diesen ausgebrochenen Buchhalter erwähnt. Kümmel?«

»Milan Kimmel.«

»Glauben Sie, er wäre in der Lage – *er* könnte Anatasia die Kehle durchgeschnitten haben?«

»Er könnte es vielleicht«, sagte van Leeuwen, »aber ich glaube nicht, dass er es war. Anastasias Tod soll Sie davon abhalten, etwas zu tun, das eine Gefahr für die Täter darstellen würde. So gesehen sind Sie Milan Kimmel nicht gefährlich, es sei denn, Sie müssten eine richterliche Entscheidung über das Leben von Isa Vermeulen treffen.«

Gerritsen schüttelte den Kopf. »Das ist eine medizinische Entscheidung, keine juristische.«

»Ich glaube, dass Sie erpresst werden«, sagte van Leeuwen. »Die Frage ist: weswegen? Wenn wir das wissen, wissen wir auch, wer dahinter steckt. Natürlich meine ich damit mich und meine Kollegen – *Sie* wissen ja, wer und weswegen.«

»Wie kommen Sie darauf, dass ich erpresst werde?«

Der Commissaris merkte, dass seine Schläfen heiß wurden. »Meneer Gerritsen«, sagte er ungehalten, weil der Richter ihn für dumm genug hielt, nicht zu merken, wann er belogen wurde. »Doktor Menardi, die Sie ja kennen, liegt schwer verletzt im AMC, weil ihr Pferd sie abgeworfen hat. Sie ist schwanger mit einem Kind, das vielleicht nicht überlebt. Also verkaufen Sie mich nicht länger für dumm. Ich muss vier Morde aufklären und mindestens einen weiteren verhindern, und mir läuft die Zeit davon.«

»Ist das Kind«, der Richter sah ihn an, »Ihr Kind?«

Die Hitze stieg van Leeuwen in die Stirn. »Ja, aber das spielt keine Rolle. Mir platzt nur langsam der Kragen, wenn ich sehe, was Eltern ihren Kindern antun, oder Väter ihren Töchtern oder Männer ihren Frauen. Deswegen noch einmal: Wer bedroht oder erpresst Sie?«

Der Richter legte beide Hände auf die Oberschenkel. An seinem linken Mittelfinger fing ein goldener Siegelring die Sonne auf. »Das kann ich Ihnen nicht sagen.«

»Warum nicht?«, fragte van Leeuwen.

Gerritsen wandte den Kopf ab und sah mit schmalen Augen auf den Teich, über dem ein Graureiher mit ausgebreiteten Schwingen und vorgestreckten Beinen zur Landung ansetzte. Dabei stieß er einen Schrei aus. Die Kinder verstummten, ein paar fassten sich bei den Händen.

»Diese Kinder«, sagte der Richter leise. »Ihre Unschuld gibt ihnen keinen Schutz. Sie bedeutet nichts. Eines Tages ist sie einfach weg. Und dann werden wir sehend, wie Adam und Eva. Es gibt das Böse, van Leeuwen, es existiert, und wir können nichts dagegen tun. Wir können den Drachen töten, aber nicht das Böse. Etwas anderes zu glauben, ist eine gefährliche Illusion.«

»Ein toter Drache ist immer ein guter Anfang.«

»Aber im Lauf des Lebens werden sie immer größer, und es scheinen auch immer mehr zu werden«, entgegnete der Richter. «Eines Tages stellen wir dann fest, dass wir vom ersten Tag an nichts anderes getan haben, als Drachen zu töten.«

Er schwieg ein paar Sekunden. Diesmal folgten seine Augen einem Streifenwagen, der in Schrittgeschwindigkeit durch den Park fuhr, um das Vondel-Denkmal herum und weiter am See entlang. In den Kronen der Bäume hinter ihrer Bank hörte van Leeuwen die Schreie der dort nistenden Papageien, tropisch klingendes Geschnatter.

»Aber eines Tages«, redete der Richter weiter, »stellen wir fest, dass alles weg ist. Die Wärme, die Hoffnung, der Schutz. Das Ende rückt näher, und wir haben nichts vorzuweisen, keine greifbaren Verdienste. Wir haben unser Leben mit all seinen Aussichten halb gekaut heruntergewürgt. Und plötzlich, von einem Moment auf den nächsten, ist die Stunde der Reue gekommen. Sie steigt in uns auf wie Quecksilber in einem Thermometer. Und das ist der Augenblick, in dem wir noch etwas erkennen: Selbst wenn wir uns selbst nicht mehr schützen können, müssen wir die Unschuldigen schützen. Mit aller Kraft. Ich habe es versucht. Es ist mir nicht gelungen. Ich habe den unschuldigsten Menschen zu schützen versucht und ihm dadurch erst die Unschuld geraubt.«

»Sprechen Sie von Ihrer Tochter?«, fragte der Commissaris. Das Gesicht des Richters wirkte plötzlich wie aus Stein. Mit klaren, stechenden Augen sah er van Leeuwen an. Er ist ja gar kein Opfer, schoss es dem Commissaris durch den Kopf; er gehört zu den Tätern.

»Von wem wissen Sie es?«, fragte der Richter.

»Von ihrer Mutter – Marleen Winter.«

Einen Herzschlag lang wirkte Gerritsen fast erleichtert. »Niemand wusste es, außer ihr«, bestätigte er. »Damals am Gericht war sie mein Mädchen für alles.«

»Haben Sie sie geliebt?«, fragte van Leeuwen. »Es geht mich nichts an, und für die Ermittlung ist es auch nicht wichtig, aber ich wüsste es trotzdem gern.«

Gerritsens Augen verloren ihren Raubvogelausdruck. »Als sie am ersten Tag in mein Büro kam, habe ich sie kaum wahrgenommen«, sagte er. »Sie war keine Frau, die auffällt. Alles, was sie tat, schien sie in Verlegenheit zu bringen. Sie bewegte sich fast unbeholfen. Ihre besten Jahre waren schon fast vorbei. Es hatte den Anschein, als hätte sie schnell noch geheiratet, bevor sie sich an den Rändern verfärbte. Ihre Gesichtszüge waren schon ein wenig schlaff. Ihr Haar hing traurig herab, dünn und glatt. Sie saß immer leicht geduckt da, mit vorgesunkenen Schultern. Ich musste manchmal an eine Sünderin auf einem Bibelbildchen denken.«

So sitzt sie heute noch, dachte der Commissaris. Bloß dass sie in den siebzehn Jahren dazwischen ein Kind bekommen, großgezogen und wieder verloren hat. »Aber als sie Ihnen dann aufgefallen ist, haben Sie sich ihrer erbarmt und ihr ein spätes Mutterglück beschert.«

Der Richter straffte sich. »Reden Sie nicht in diesem selbstgerechten Ton mit mir, van Leeuwen. Ich habe gesehen, wie unglücklich sie war. Ich habe versucht, freundlich zu ihr zu sein, sie nicht von oben herab zu behandeln, aber sie hat es mir nicht leicht gemacht. Sie forderte fast dazu heraus. Sie hat mich bewundert, mich für einen guten Menschen gehalten. Ich habe zugelassen, dass sie mich liebte, bis Amelie geboren wurde. In gewisser Weise habe ich sie also betrogen, ohne sie zu betrügen. Aber, um auf Ihre Frage zurückzukommen – nein, geliebt habe ich sie nicht. Ich weiß, was Menschen aus Liebe tun.«

»Amelie wusste es auch.«

»Was wusste Amelie?«

»Alles, nur Ihren Namen nicht.«

»Sie wusste es?« Der Richter schien zusammenzusinken, als verlöre etwas in ihm seinen Halt. »Aber *sie* habe ich doch geliebt. Ich wollte sie beschützen! Niemand sollte sie mit mir in Verbindung bringen können.«

»Wovor wollten Sie sie beschützen?«

»Vor dem Dreck«, antwortete Gerritsen. »Dem ganzen Dreck, den die Menschen über einem ausschütten, bis man keine Luft mehr bekommt.« Er sah wieder zum Teich hinüber, zu dem Reiher, der mit seinem schlanken, grauweißen Fragezeichenhals langsam, tastend durch das Wasser schritt. »Marleen hat sie mir gezeigt, kurz nach der Geburt. Es war so ein hässliches, unglückliches Baby. Ich habe es gesehen, und es hat mir leid getan. Ich dachte, du musst beide vergessen, bei dem miesen Leben, das vor ihnen liegt. Vergessen und damit beschützen. Ich dachte, das wird leicht. Hin und wieder wirst du noch an sie denken, an Marleens dankbares Lächeln, an das kleine, rote Gesicht des Kindes. Aber mit der Zeit werden sie verblassen wie ein Traum. Aber das taten sie nicht«, fuhr der Richter fort. »Sie wurden immer deutlicher, obwohl Marleen bald nicht mehr zur Arbeit kam. Ich sah Amelie überall, in meinen Gedanken. Ich hörte sie sogar, ihre Stimme, ihr Lachen. Als spräche sie mit mir, obwohl sie noch gar nicht sprechen konnte. Wenn ich die Augen schloss, sah ich sie, und mein Herz schlug schneller. Ich konnte sie nicht vergessen, deswegen beschloß ich, wenigstens für sie zu sorgen.«

»Dann war es also das, womit Sie erpresst wurden?«, fragte van Leeuwen. »Eine uneheliche Tochter, die Sie verleugnen?«

»Ja«, sagte Gerritsen schnell.

»Demnach wusste noch jemand außer Ihnen und Amelies Mutter, wer ihr leiblicher Vater war. Und derjenige hat sein Wissen eingesetzt, um Sie dazu zu bringen, dass Sie – was tun? Urteile in seinem Sinn fällen? Zeugen beeinflussen?«

Der Richter nickte wieder. »Auch das.«

Ein weiteres Puzzleteilchen fiel an seinen Platz, und der Commissaris sah noch mehr von dem Bild, das ihm weniger und weniger gefiel. »Wie im Fall Leon Boer.« Diesmal war es keine Frage. »Sie haben den Druck, der auf Sie ausgeübt wurde, weitergegeben an Agent Dekker.«

»Ja.«

»Die Erpresser wollten ihn auf der Straße haben«, sagte van Leeuwen. »Um sicherzugehen, dass er wirklich schweigt. Und Sie haben nicht nur mitgespielt, weil die es von Ihnen verlangt haben. Sondern, weil es einem Todesurteil für den Mörder Ihrer Tochter gleichkam und so der Gerechtigkeit Genüge getan wurde.«

Der Richter schüttelte den Kopf. »Nein.«

»Nein?«

»Leon Boer hat Amelie nicht aus dem Fenster gestoßen. Boer musste sterben, weil er den Täter gesehen hat.«

Gerritsens Erregung sprang auf van Leeuwen über wie ein Stromschlag. Das Wunder, schoss es ihm durch den Kopf. Und wie alle Wunder geschah es völlig überraschend.

»Leon Boer war im *Toko Dun Yong* mit Amelie verabredet, um ihr Stoff zu bringen«, erklärte der Richter mit leiser, heiserer Stimme. »Agent Dekker weigerte sich, ihr weiter Drogen zu besorgen, weil er wollte, dass sie clean wurde. Der Täter war ihr gefolgt, und als er eine passende Gelegenheit sah, ergriff er sie und versuchte, Amelie aus dem Fenster zu stürzen. Es sollte ja wie der Selbstmord einer Drogensüchtigen aussehen. Das war der Moment, in dem Boer eintraf, nur ein paar Sekunden zu spät. Er sah Amelie und jemand anders miteinander kämpfen, sah, wie sie gestoßen wurde. Zur selben Zeit erreichte Agent Dekker das Kaufhaus – Amelie hatte ihn eine halbe Stunde vorher auf dem Handy angerufen, weil sie sich verfolgt fühlte. Sie stürzte vor seinen Augen in den Tod, und als er hochschaute, erblickte er Boer am Fenster und hielt ihn für den Mann, der sie hinausgestürzt hatte.«

»Also hat er die Wahrheit gesagt.« Van Leeuwen verspürte einen Schwindel. »Aus seiner Sicht. Und Sie haben ihn gezwungen, seine Aussage zu ändern. Boer sollte freikommen, damit er getötet werden konnte, bevor er eines Tages auf die Idee käme, doch noch mit der Wahrheit rauszurücken, richtig?«

»Ich weiß nur, dass sie ihn auf der Straße haben wollten.«

»Wissen Sie auch, wer der wahre Täter ist?«

»Noch nicht. Nicht sicher.«

»Aber Sie wissen, warum Amelie sterben musste?«

Der Richter schwieg. Er saß neben van Leeuwen, noch immer beide Hände auf den Oberschenkeln, und auch sonst hatte er sich nicht bewegt. Die Linien in seinem Gesicht waren tiefer geworden, die Lippen trocken wie Pergament. Im hellen Aprilsonnenlicht hatte er sich in eine Mumie verwandelt. Schließlich öffnete er den Mund und stöhnte.

»Sie hätte mit den Informationen gar nichts anfangen können!«, rief er. »Es war völlig unnötig, sie deswegen zu töten! Er hatte sich wichtig machen wollen, indem er sich als einflussreicher Strippenzieher ausgab, als Geschäftsmann, der Milliardendeals vermittelte. Aber das stimmte nicht.«

»Woher wissen Sie, was der Mörder Ihrer Tochter gesagt hat? Von einem dieser mächtigen Männer? Hat er Ihnen eine Hand auf die Schulter gelegt und gesagt: *Weil deine Tochter das gehört hat, musste sie leider sterben, das verstehst du doch? Es ist nichts Persönliches, danach können wir weitermachen wie bisher?*«

Ehe Gerritsen antworten konnte, summte van Leeuwens Handy. »Entschuldigung«, sagte der Commissaris, stand auf und entfernte sich ein paar Schritte. »Ja?«

»Bruno, wir sind in dem Reitclub, wo vorgestern das Pferd getötet worden ist«, sagte Hoofdinspecteur Gallo. »Wir haben alle vernommen, die in der Nacht auf dem Gelände waren. Von denen hat keiner was gesehen. Aber ein Stallbursche, eine Küchenhilfe und ein Reitlehrer berichten unabhängig voneinander, dass sich vor einigen Tagen ein dunkelhäutiger Mann bei den Stallungen herumgetrieben hat, den sie hier vorher noch nie gesehen hatten –«

»Ein Afrikaner?«, fragte van Leeuwen. »Oder ein Araber? Wie hat er ausgesehen?«

»Groß. Schlank, dunkles Haar mit einer grauen Strähne. Attraktiv. Gut gekleidet. Ein Stück der Unterlippe fehlte. Könnte der Mann von dem Film sein, den Vreeling uns gezeigt hat. Die Leute hier dachten, er schaue sich alles an, weil er vielleicht ein Pferd unterstellen wollte.«

»Danke, Ton.« Der Commissaris warf einen Blick auf seine Armbanduhr. »Wir brauchen so schnell wie möglich ein Bild, mit dem die Kollegen nach ihm fahnden können.« Er beendete das Gespräch, verstaute das Handy wieder in seiner Anzugtasche und sagte zu Gerritsen: »Anastasia ist allem Anschein nach von einem Mann aus Aruba getötet worden. Fällt Ihnen dazu etwas ein?«

Der Richter rieb sich die Augen mit Zeigefinger und Daumen. »Nein, nichts«, sagte er. »Verstehen Sie doch endlich – ich kann Ihnen nichts sagen, und ich will auch nicht, und wenn Sie es eines

Tages selbst herausfinden, woran ich nicht zweifele, werde ich es nicht bestätigen. Ich werde nichts von dem, was ich eben gesagt habe, je wiederholen, schon gar nicht vor Gericht. Es ist besser für mich – und auch für Sie.«

»Haben Sie sich nie Gedanken darüber gemacht, dass Amelie noch am Leben sein könnte, wenn Sie sich um sie gekümmert hätten? Wenn Sie sie beschützt hätten, indem Sie für sie da gewesen wären, statt sie zu verleugnen? Indem Sie ihr gezeigt hätten, dass Sie sie lieben und stolz auf sie waren? Vielleicht hätte sie dann die Kraft gehabt, das auszuhalten, was immer Sie zu verbergen haben.«

»Dazu war es zu spät«, sagte der Richter. »Sie haben sie nicht gekannt. Sie hätte diese Stärke nicht gehabt.«

»Woher wollen Sie das wissen?«

»Es hätte sie verfolgt, solange sie lebte. Jetzt hat sie vielleicht ihren Frieden gefunden.«

»Aus einem Fenster gestoßen nach einem kurzen Leben voller Schmerz und Selbsthass. Was für ein trauriger Weg, Frieden zu finden.«

»Sterben ist immer ein trauriger Weg, egal wohin«, sagte der Richter bitter. »Oder nicht?«

»Das kommt wohl darauf an, womit man leben kann«, sagte van Leeuwen. »Ihren mächtigen Männern ist ein großer Fehler unterlaufen, als sie Doktor Menardi und das Kind mit hineingezogen haben. Dafür werden sie bezahlen – der Bankier Geert-Hans de Kook, der Reeder Noah Vermeulen und alle, die in ihrem Auftrag gehandelt haben. Und nicht zu vergessen auch Sie. Ich glaube nämlich nicht, dass Ihre tote Tochter wirklich das Druckmittel gegen Sie ist. Ich glaube, dass es etwas anderes ist, etwas, das Sie getan haben, zusammen mit den anderen beiden – Sie drei. Sie haben sich gegenseitig in der Hand, und einer kann den anderen mit in den Abgrund ziehen.«

Etwas Blut kehrte in die Mumienhaut des Richters zurück, und er neigte sich wie ein Schwerhöriger dem Commissaris zu.

»Es muss etwas Schlimmes sein«, fuhr van Leeuwen fort, »denn nicht einmal, nachdem die Ihre Tochter töten ließen, haben Sie den Mut aufgebracht, gegen sie auszusagen. Etwas, das lange zurückliegt, in einer Zeit vor Amelies Geburt, denn seit Rotterdam ist Ihre Laufbahn so makellos gewesen, dass es davor passiert sein muss, in Ihrer Zeit in der Staatsanwaltschaft von Rotterdam. Ich habe noch nicht genug gegen Sie in der Hand, um Sie festzunehmen, aber wie Sie sagten: Der Tag wird kommen. Und dann ist es egal, ob Sie reden oder schweigen. An diesem Tag werde ich Sie und die anderen haben und dafür sorgen, dass es für keinen von Ihnen mildernde Umstände gibt.«

Der Richter verharrte reglos wie jemand, der mit höchstem Interesse einer ganz und gar unglaublichen Geschichte lauschte. Van Leeuwen stand auf. Der Richter blieb sitzen, als wollte er noch ein wenig dem Geschnatter der Papageien lauschen. Kurz vor dem Ausgang drehte sich van Leeuwen um. Gerritsen saß noch immer auf der Bank, aber jetzt wirkte er viel kleiner. Mit jedem Schritt, den der Commissaris ging, wurde der Richter kleiner und kleiner, aber van Leeuwen schaute nicht noch einmal zurück.

42

Hoofdcommissaris Joodenbreest stand neben einem verwitterten Holzreiher in dem mit Skulpturen und Zierbäumen gestalteten Innenhof des Präsidiums und rauchte mit militärisch knappen Zügen eine Mentholzigarette. Beide Augen zu zornigen Schlitzen zusammengezogen, drückte er nach dem letzten Inhalieren die Kippe mit heftigen Stößen in einem Aschenbecher auf dem Klappstuhl neben sich aus. Sekundenlang blickte er zum Ufer jenseits der Singelgracht hinüber, als posiere er für ein Denkmal des Unbekannten Polizeipräsidenten. Dann ging er ins Gebäude zurück, wo van Leeuwen gerade die breite Treppe ins Obergeschoss hinaufstieg.

»Bruno! In mein Büro, sofort!«

Der Commissaris blieb stehen und sah auf Joodenbreest hinunter.

»Ich hatte dich gewarnt!«, rief der Polizeipräsident vier Stufen unter ihm. »Oskar Manhijmer hat mich gestern Abend schon wieder angerufen, und eben kam der Schriftsatz: eine Dienstaufsichtsbeschwerde gegen dich, weil du Roos Vermeulen – eine alte, kranke Frau – in ihrem Pflegeheim belästigt hast.«

»Haben sollst«, verbesserte van Leeuwen.

Joodenbreest scheuchte ihn mit einer wedelnden Hand die Treppe hinauf. »Und eine weitere gerichtliche Verfügung ist unterwegs, derzufolge du – ich zitiere – keinem Mitglied der Familie Vermeulen näher als einhundert Meter kommen darfst. Du darfst sie auch nicht anrufen, ihnen nicht schreiben oder sonst auf irgendeinem Weg Kontakt mit ihnen aufnehmen, klar?«

»Ich kann den Fall Milan Kimmel aber nicht bearbeiten, wenn ich nicht ungehinderten Zugang zu allen Zeugen oder vielleicht sogar Verdächtigen habe«, entgegnete van Leeuwen.

»Danke, dass du das sagst«, meinte Joodenbreest, »du kommst mir damit ein Stück entgegen. Du bist nämlich für diesen Fall nicht mehr zuständig. Du konzentrierst dich ab jetzt *ausschließlich* auf den Mord an der Familie de Kook.«

»Und wenn der eine Fall in den anderen übergeht?«

»Dann machst du an der Grenze halt und kehrst um.« Der Hoofdcommissaris legte eine beunruhigende Pause ein, in der er hoch über van Leeuwens Kopf etwas zu sehen schien, das sein Missfallen erregte. »Ich muss dir nicht sagen, dass Manhijmers juristische Intervention in einem ungünstigen Augenblick kommt, bedenkt man den Stand der Beratungen über deinen Verbleib im Amt.«

»In deine Hände, Vater, bescheide ich meinen Geist.«.

Joodenbreest schüttelte den Kopf. »Hältst du dich jetzt schon für Jesus? Dein Sendungsbewusstsein sprengt allmählich sämtliche Dimensionen.«

»Vielleicht ist es nur das letzte Aufbegehren meiner unsterblichen Seele«, meinte van Leeuwen begütigend.

»In jedem Fall ist es nicht besonders diplomatisch.«

»Ich bin ja auch kein Diplomat. Ich werde nicht dafür bezahlt, dass ich für mein Land lüge.«

»Zwischen Lügen und Nicht-alles-aussprechen-was-einem-auf-der-Zunge-liegt erstrecken sich Welten.«

»Bewohnt von Anwälten und Spionen«, sagte van Leeuwen, drehte sich um und stieg weiter die Treppe hinauf. »Ich muss los, meinen Jesuskomplex pflegen. Wir waren auf der falschen Fährte, was den Mord an Amelie Winter angeht. Dafür sind wir jetzt bei Leon Boer ein gutes Stück vorangekommen. Ich hatte eben eine interessante Unterhaltung mit Richter Gerritsen –«

Inspecteur Vreeling streckte seinen Kopf aus der Tür des Großraumbüros über ihnen: »Es gibt eine Spur von Fenna Kleijn. Sie wurde bei einer Autovermietung gesehen.«

Der Commissaris übersprang die letzten Stufen. »Wann? Welche Autovermietung?«

»Vorgestern Abend. *Avis Autoverhuur* in Zuid, Aaron Coplandstraat.«

»War sie allein?«

Vreeling konsultierte sein Tablet. »Der Angestellte ist sich nicht sicher. Jedenfalls hatte sie diesen Ohrring, die Silberraupe. Kann sein, dass sie in Begleitung eines dunkelhäutigen Mannes war. Sie stand draußen auf dem Gelände, er war drinnen und hat den Wagen gemietet. Der Beschreibung nach war das vielleicht unser Kreole – ein Stück seiner Unterlippe fehlte. Mevrouw Kleijn hat ihn von draußen beobachtet, sagt der Angestellte.«

Van Leeuwen ging voran in sein Büro. »Komm mit. Wer ist noch da? Sind Gallo und Julika schon zurück?«

»Noch nicht.«

Der Hoofdcommissaris folgte ihnen, schloss die Tür und stellte sich daneben an die Wand; wenn es sein musste, konnte er mit seiner Umgebung verschmelzen. »Fenna Kleijn und der Kreole«, sagte van Leeuwen leise. »Sind sie zusammen in den Wagen gestiegen?«

»Der Angestellte meint, ja.« Vreeling nickte eifrig. »Und das Beste kommt erst noch: Der Mann hat zwar bar bezahlt, aber er musste seinen Pass vorlegen. Jetzt haben wir einen Namen – Samyel Caribe. Der Pass wurde in Oranjestad, Aruba ausgestellt. Ist das geil, oder was?«

»Megageil«, sagte van Leeuwen.

»Der Ausweis war bestimmt gefälscht«, meldete sich der Hoofdcommissaris zu Wort. »Sie glauben doch nicht, dass so einer seinen richtigen Namen angibt? Weshalb sollte er so dumm sein?«

»Haben die Avis-Leute festgehalten, wie viele Kilometer Caribe mit dem Wagen gefahren ist?«, fragte van Leeuwen.

Erneut konsultierte Vreeling sein Tablet. »Ja, und zwar genau einhundertachtzehn.«

»Das ist nicht viel«, sagte der Hoofdcommissaris.

»Ungefähr sechzig hin und ungefähr sechzig zurück«, sagte van Leeuwen. »Genau die Entfernung zwischen der Stadt und dem Reitclub, wo die Stute stand. Ruf bei Avis an, der Wagen darf auf keinen Fall saubergemacht oder weiterverliehen werden. Schick ein Team der Spurensicherung hin, die sollen Sitze und Kofferraum nach Blut, Pferdehaaren und Fingerabdrücken absuchen.«

»Und zwar *rapido!*«, sagte der Hoofdcommissaris und wartete, bis Vreeling telefonierte, ehe er van Leeuwen fragte: »Worum geht es hier eigentlich? Wieso habt ihr euch bei Amelie Winter geirrt und was ist das für eine Stute?«

Van Leeuwen erzählte ihm, was er von Richter Gerritsen gehört hatte. »Wie es scheint, hat dieser Samyel Caribe Amelie Winter umgebracht, nicht Leon Boer, wie wir dachten. Er hatte wohl im Bett zu viel geredet und hinterher versucht, den Fehler wieder auszubügeln. Danach hat er auch Boer getötet, weil der ihn bei dem Mord beobachtet hatte. Vorher hat er ihn gefoltert, um zu erfahren, wie viel Amelie von ihrem Wissen an Boer und andere weitergegeben hatte. Ich glaube, Caribe ist ein Profi. Jemand, den man von den Inseln einfliegen lässt, wenn man hier einen Mord zu erledigen hat und keinen Holländer nehmen will, weil das Land zu klein ist und wir fast alle kennen, die als Täter in Frage kommen.«

Er überlegte einen Moment. «Außerdem ist Aruba ja nicht nur eine frühere Kolonie, sondern auch ein Drehkreuz für internationale Bankgeschäfte *on- und offshore*. ›Stellen Sie die Zusammenhänge her‹, hat Rose Vermeulen am Telefon gesagt. *Follow the money* war schon immer ein guter Rat.«

»Das ist aber nur eine Vermutung, oder?«

»Bis jetzt«, gab van Leeuwen zu. »Wenn sich allerdings bewahrheitet, dass Caribe Anastasia getötet hat, dann bedeutet das: Er war im Auftrag der mächtigen Männer tätig, die dem Richter eine Warnung zukommen ließen. Und die nun offenbar anfangen, sich gegenseitig zu misstrauen. Er könnte uns zu ihnen führen.«

»Dann fahnden wir nach ihm«, sagte Joodenbreest. »Alle Hotels, alle Prostituierten, alle Wege aus der Stadt, zu Wasser, zu Land und in der Luft. Falls er noch hier ist, kriegen wir ihn!«

»Mir macht etwas ganz anderes Sorgen«, erklärte van Leeuwen. »Allem Anschein nach hat niemand genau gesehen, wer Amelie Winter aus dem Fenster gestürzt hat oder ob sie nicht doch selbst gesprungen ist. Gerritsen glaubt, sie sei von einem Auftragskiller getötet worden, der auch Boer getötet hat, weil der ihn zur Tatzeit am Tatort gesehen haben soll. Was ja möglich gewesen wäre, denn Caribe war ein regelmäßiger Kunde von Amelie. Ich fürchte, Agent Dekker könnte das ebenfalls denken und sich noch tiefer ins Unglück stürzen, falls wir Caribe nicht vor ihm finden.«

»Noch tiefer geht gar nicht, der Mann ist eine Schande für uns«, sagte der Hoofdcommissaris und verschwand, ohne die Tür zu schließen, kehrte allerdings nach ein paar Sekunden zurück. »Sind Sie gerade in einem Undercover-Einsatz?«, fragte er Vreeling.

»Nein.«

»Sie ermitteln nicht in der Alternativen Modeszene und müssen unerkannt bleiben?«

»Nein.«

»Dann erscheinen Sie bitte zur Abwechslung mal in einer Uniform, nur damit Sie nicht vergessen, wie ein Beamter in der Polizei des Königs auszusehen hat. Das gilt auch für dich, Bruno.«

»Ich bin suspendiert«, sagte van Leeuwen.

Der Hoofdcommissaris verschwand endgültig den Gang zu seinem Büro hinunter. Vreeling zuckte mit den Schultern. »Ja, *boss man, Sir*. Natürlich, *mon président*!« Dann griff er nach einem Aktenordner, der hinter ihm auf der Fensterbank lag. »Diese Unterlagen über die Reederei Vermeulen, die ich mir anschauen sollte – wann soll ich Sie über die Ergebnisse ins Bild setzen?«

»Jetzt«, sagte van Leeuwen.

Bereitwillig klappte Inspecteur Vreeling den Ordner auf und nahm einige eng mit Kugelschreiber bekritzelte Blätter heraus. »Also«, begann er, »Noah Vermeulen ist eine mythische Gestalt –«

»Was?«, unterbrach ihn van Leeuwen.

»Eine mythische Gestalt«, erklärte Vreeling, »*larger than life*, wie Kapitän Ahab und sein weißer Wal –«

»Ich weiß, was eine mythische Gestalt ist«, sagte van Leeuwen schroff. »Was ich wissen will, ist, ob die Bilanzen der Reederei koscher sind, ob Milan Kimmel seinen Arbeitgeber betrogen hat oder nicht, und wenn, dann auf welche Weise. Und ich möchte wissen, ob die internationalen Geldströme auf einmal ihre Richtung geändert haben und wieder durch die Reederei fließen.«

»Dazu müssen Sie aber zuerst etwas über die Geschichte der Eigentümer erfahren«, belehrte ihn Vreeling eigensinnig.

»Dann fang bitte in post-mythischen Zeiten an.«

Vreeling seufzte. »Sie immer mit Ihrer Gradlinigkeit. Aber meinetwegen, beginnen wir mit dem Porträt des Reeders als junger Mann. Noahs Vater, Carl Vermeulen, wollte, dass sein Sohn das Schifffahrtshandwerk von der Pike auf lernt, deswegen hat der Junge zuerst in einer Werft gearbeitet, in Deutschland, bei Meyer in Papenburg. Nach ein paar Jahren im Exil kehrte Noah nach Rotterdam zurück, wo er im Familienunternehmen anfing. Inzwischen hieß die Reederei Vermeulen & Aboudani, weil Carl Vermeulen einen stillen Teilhaber aus dem Libanon in die Firma geholt hatte, um einen vorübergehenden finanziellen Engpass zu überbrücken. Schritt für Schritt arbeitete sich Noah durch alle Abteilungen nach oben, bis er Vizepräsident des Unternehmens wurde. Ein Jahr später erlitt Vermeulen senior einen Schlaganfall, kurz darauf einen Herzinfarkt. Auf einmal fand sich Noah an der Spitze der Firma wieder, als Chef von über sechshundert Mitarbeitern weltweit. *The boss*, wie er sich gern nennen ließ.«

Van Leeuwen trat ans Fenster und sah auf die Straße hinunter, beobachtete die vorbeifahrenden Autos. *Sie müssen mir nicht in einem Audi folgen*, dachte er; *wer immer sie sind, sie können den Wagen gewechselt haben, zu Fuß unterwegs sein, mit Teleobjektiven hinter Fenstern kauern. Dass du sie nicht siehst, heißt nicht, dass sie nicht da sind. Aber wer sind die? Haben die mächtigen Männer dich im Visier? Die, die noch hinter Vermeulen und de Kook stehen?*

»Es stellte sich heraus, dass Noah der Aufgabe mehr als gewachsen war«, berichtete Vreeling. »Unter seiner Führung erlebte die Reederei ihre größten Zeiten. Fast jeden Monat ließ er ein neues Schiff vom Stapel laufen. Er besaß Tanker, Frachter und riesige Containerschiffe, sogar einen Passagierdampfer, mit denen er alle Arten von Waren in jeden Hafen der Welt transportierte. Er arbeitete achtzehn Stunden am Tag, manchmal zwanzig. Zwei Jahre lang wuchs die Flotte, die unter seiner Flagge auf allen sieben Meeren zu Hause war und bald zur absoluten Weltspitze gehörte, mit Niederlassungen in Antwerpen, Bremen, London und Oranjestadt. Finanziert wurde das Wachstum von Banken aus Deutschland und den Niederlanden, darunter die De Rotterdam Investeringsbank, bei der damals auch Geert-Hans de Kook arbeitete, als Leiter der Kreditabteilung. Dann kam die weltweite Wirtschaftskrise, und mit ihr das große Schiffeversenken. Steuersparmodelle – Schiffsbeteiligungen und so weiter – wurden eingestellt, die Auftragslage verschlechterte sich, Umsätze gingen zurück, Rücklagen schmolzen dahin, bis nichts mehr übrig war.«

Unter den Passanten, die auf die Brücke bogen, bemerkte van Leeuwen ein junges Mädchen mit langem, dunklem Haar. Es trug einen knielangen Trenchcoat über roten Leggins und ging Arm in Arm mit einem älteren, grauhaarigen Mann in Jeans und Lederjacke.

Das könnte meine Tochter sein, dachte er, *mit siebzehn. Mit einem älteren Mann.*

Er kehrte dem Fenster den Rücken zu. »Wenn du meinst, du könntest irgendwo was überspringen, um zum Punkt zu kommen, lass dich nicht abhalten, Remco.«

»Ich finde das sehr spannend«, erklärte Vreeling unbeeindruckt, »wenn jemand mit dem Rücken zur Wand steht. In dieser aussichtslosen Situation griff der stille Teilhaber, Ahmed Aboudani aus Beirut, ein und brachte aus seinem Fundus internationaler Kontakte einen amerikanischen Hedgefond ins Spiel: Mountainview aus Chicago, eine Heuschrecke, die auf einem Sack voll Geld saß, gut und gern hundert Milliarden Dollar. Noah Vermeulen zögerte erst, akzeptierte jedoch schließlich die angebotene Finanzspritze von fünfzig Millionen Dollar, weil ihm zugesichert wurde, dass er dennoch die Entscheidungsgewalt im Unternehmen behalten könne. Er setzte darauf, dass die Krise nicht ewig anhalten würde, und wenn sie vorbei war, wollte er den Fond auszahlen. Ein Jahr nach dem anderen verging, ohne dass sich die Lage besserte. Der Fond schoss mehr und mehr Geld in die Reederei und ließ sich als Sicherheit immer weitere Schiffe überschreiben. Stück für Stück nahm er Vermeulen seine ganze Flotte weg – die Banken spielten mit. Gleichzeitig zog Aboudani im Hintergrund die Fänden, um Vermeulen mit Hilfe von Mountainview vom Thron zu stürzen. Als Noah merkte, was sie planten, war es fast zu spät. Der Heuschrecke aus Chicago und dem Judas aus Beirut gehörte beinahe die halbe Reederei. In letzter Sekunde nahm er den Kampf auf.«

Plötzlich verspürte Van Leeuwen das Bedürfnis, Feline in der Klinik anzurufen. Er wollte ihre Stimme hören und wissen, wie es ihr und dem Kind ging.

»Muskeln zeigen war schon immer Noahs Motto«, fuhr Vreeling unbeeindruckt fort. »Gegensteuern und in den Wind drehen, und genau das tat er jetzt. Er musste dringend irgendwo frisches Kapital auftreiben, um seine Anteilsmehrheit zu behalten. Er versuchte mit einer chilenischen Reederei zu fusionieren, deren Angebot ihm bisher nicht gut genug gewesen war, doch in der Zwischenzeit hatte die Hapag Lloyd der heiratswilligen Braut aus Südamerika den Hof gemacht und sie ihm vor der Nase weggeschnappt. Die meisten Banken hatten sich aus dem Geschäft mit Schiffen zurückgezogen. Nun fingen auch die letzten an, Vermeulen & Aboudani ihre Kredite fällig zu stellten. Die Finanzkraft der Reederei lag bei Null, Geier kreisten in Scharen über dem Firmengelände im Rotterdamer Hafen, auf dem das abgenagte Gerippe des Unternehmens in der Sonne bleichte.«

Du bist abgelenkt, dachte der Commissaris, *das ist gefährlich. Vielleicht steckt irgendwo in dem, was Remco da ausführt, der Schlüssel, das entscheidende Teilchen.*

»Noah Vermeulen fing an, die Mitgift schönzurechnen, um doch noch ein paar Freier anzulocken. Die einzige Bank, die ihm weiter die Treue hielt, allerdings nur inoffiziell, war die Privatbank de Graaf Bankiers in Den Haag, bei der Geert-Hans de Kook inzwischen die alleinige Geschäftsführung innehatte. Keine Ahnung, wie Vermeulen ihn dazu brachte, an Bord des sinkenden Schiffs zu bleiben. Zu diesem Zeitpunkt, vor etwa fünf Jahren, erscheint zum ersten Mal der Name Milan Kimmel auf einigen Papieren: Rechnungen, Verträgen, Auftragsbestätigungen. Und hier wird die Sache wirklich interessant: Plötzlich – buchstäblich aus jenem heiteren Himmel, an dem eben noch die ekligen Geier kreisten – entdeckten *the boss* und de Kook Hand in Hand bisher übersehene

Vermögenswerte, die es der Saudia Panarabic Bank ermöglichten, so viel Kapital in die Reederei zu pumpen, dass sie allmählich auch wieder für andere Geldgeber attraktiv wurde.«

»Diese Saudia Panarabic Bank befindet sich nicht zufällig im Besitz von Prinz Fasils al Hazizs Familie?«

»Mehrheitlich.«

»Und um was für Vermögenswerte handelte es sich?«

»Beispielsweise erschienen in der Habenspalte bisher nicht berücksichtigte Transportaufträge im Wert von mehreren hundert Millionen Euro. Oder der Treibstoffbestand: Riesige, an diversen Standorten gelagerte Mengen Schiffsdiesel schlugen positiv zu Buche, weil sich offenbar niemand die Mühe machte, die Zahl der Schiffe und ihren Bedarf gegenzurechnen. Sonst hätte man herausgefunden, dass diese Millionen und Abermillionen Liter das Fassungsvermögen aller Tanks der Reederei sowie sämtlicher Tanker und auch all der anderen Schiffe gesprengt hätte.«

»Waren das Leerbuchungen?«

»Genau. Millionen Liter, die auf dem Papier Vermeulen & Aboudani gehörten, in Wirklichkeit aber gar nicht existierten. So wie auch die Aufträge fingiert oder um jeweils zwei-, dreihundert Millionen überhöht ausgewiesen waren. All das spiegelte möglichen Geldgebern eine Kreditwürdigkeit vor, die schon lange nicht mehr existierte.«

»Und das hast du in der kurzen Zeit herausgefunden?«

»Nein, das hat ein Wirtschaftsprüfer herausgefunden, der im Auftrag von Doktor Willemsen tätig geworden ist. Ich fasse nur die Ergebnisse einer sicher monatelangen Arbeit zusammen, bei der eine ganze Parallelwelt falscher Zahlen zum Vorschein kam, in der sich wahrscheinlich nur noch Vermeulen selbst zurechtfand – und allem Anschein nach eben Milan Kimmel. Sie wussten, was zur echten Bilanz gehörte und was zur falschen, wo Relität aufhörte und Fantasie begann. Fast alles war gefälscht oder manipuliert – Logbücher,

Charterverträge, Rechnungen, Lieferscheine, Bordbücher, Ein- und Auslaufzeiten, Ladeabrechnungen, Überweisungen. Willemsens Wirtschaftsprüfer musste Zahlen kontrollieren, Belege überprüfen, Geldflüsse von der Quelle bis zur Mündung verfolgen und –«

»Also hat Kimmel bei alldem aktiv mitgewirkt?«

»Das ist die Frage.« Vreeling zog ein zweites Blatt mit Notizen aus dem dünnen Papierstapel und schob es über das erste. »Man könnte es fast glauben, bei der kometenhaften Karriere, die er in dem Unternehmen gemacht hat – noch nicht lange in der Buchhaltung und schon befördert zum Chefbuchhalter mit Prokura! Seine Unterschriften jedenfalls scheinen sich über den ganzen Zeitraum gleich zu bleiben, wahrscheinlich kann nur ein Graphologe feststellen, ob sie es wirklich sind. Zwei Fakten passen nicht dazu: Angeblich hat er Rechnungen und Überweisungen abgezeichnet, als er gar nicht in der Firma war, sondern sich mit Noah Vermeulens Tochter im Urlaub in der Karibik befand.

Und zweitens war er selbst derjenige, der – jedenfalls diesen Recherchen zufolge – kurz nach seiner Beförderung zum Prokuristen und dank seiner jetzt umfassenderen Einsichten in die Bilanzen plötzlich zum *whistleblower* wurde und die doppelte Buchführung öffentlich machen wollte. Die Quelle für diese Information ist ein ehemaliger Mitarbeiter von Ahmed Aboudani, den Kimmel laut dieser Quelle aufsuchte, um mit ihm über seine Entdeckung zu plaudern. Ihm war klar geworden, dass nicht nur über einen längeren Zeitraum seine Unterschriften gefälscht worden waren, sondern er überhaupt *nur* befördert worden war, *damit* seine Unterschriften Glaubwürdigkeit erhielten.«

Das ist interessant, dachte der Commissaris, aber es liegt zu lange zurück; deswegen wurde Amelie Winter nicht getötet.

Vreeling sagte: »Ahmed Aboudani und Mountainview ergriffen der Quelle zufolge die vielleicht letzte Chance, Vermeulen ein für allemal loszuwerden und die Kontrolle über die Firma wiederzuerlangen. Sie gingen zur Staatsanwaltschaft und zeigten ihn an, wegen Untreue, Bilanzfälschung und Kreditbetrug. Wären sie damit durchgekommen, hätte Vermeulen vor Gericht und aller Wahrscheinlichkeit nach auch ins Gefängnis gemusst. In jedem Fall wäre er über einen langen Zeitraum handlungsunfähig gewesen. *The boss* reagierte blitzschnell, drehte den Spieß um und zeigte seinerseits Milan Kimmel wegen Betrugs an – und Aboudani und den Europa-Chef von Mountainview wegen Anstiftung zu einer Straftat gleich mit. Er schob alles diesem unheiligen Trio in die Schuhe und belegte es mit plötzlich auftauchenden Beweisen dafür, dass es Aboudani und Mountainview gewesen waren, die Kimmels Beförderung zum Buchhalter betrieben hatten, damit er zu ihrem verlängerten Arm in dieser Intrige wurde.«

»Was waren das für Beweise?«

»Das steht hier nicht, aber Fakt ist, der Staatsanwalt glaubte ihm – oder vielmehr seinem Anwalt Oskar Manhijmer. Kimmel kam vor Gericht, wurde von Richter Gerritsen schuldig gesprochen und ins Gefängnis gesteckt. Vorher prügelte er angeblich noch Isa Vermeulen – die ihn laut Staatsanwalt verlassen wollte, weil er falsche Beschuldigungen gegen ihren Vater erhoben hatte – ins Koma. Allerdings frage ich mich, warum sie ihn nicht eher ins Gebet genommen hat. Ich kann mir kaum vorstellen, dass er ihren Vater bei seinen Partnern angeschwärzt hat, ohne vorher mit ihr darüber gesprochen zu haben. Immerhin war sie seine Verlobte.«

»Deine Hypothese?«, fragte der Commissaris.

»Sie war schon viel früher eingeweiht, stand auf seiner Seite und billigte sein Vorgehen.«

»Wäre es möglich, dass sie überhaupt erst den Stein ins Rollen gebracht hat, indem sie zu ihrem Vater gegangen ist und ihn gefragt hat, ob die Vorwürfe ihres Verlobten stimmen? Und falls ja, wollte sie ihn dazu bringen, auf den Pfad der Tugend zurückzukehren, indem er von sich aus reinen Tisch macht?«

»Genau, Chef.« Vreeling nickte eifrig. »Bloß dass der nicht eine Sekunde gezögert hat, Kimmel zu opfern, um seinen Hals zu retten. Danach hat er verbreitet, Kimmel wäre über Isas Verrat so wütend gewesen, dass er ihr eine Abreibung verpasste.«

»Tatsächlich aber könnte es der Prinz gewesen sein, der sie zusammengeschlagen hat, weil sie ihm einen kleinen Buchhalter vorzog«, sagte van Leeuwen. »Und Kimmel war der Sündenbock für beides, Betrug und versuchter Totschlag. Glaubst du, dass Amelie Winter deswegen sterben musste, wegen irgendeiner Information über diese alte Geschichte? Nach all den Jahren?«

»Nein. Kommt mir nicht sehr wahrscheinlich vor.«

»Mir auch nicht. Es muss etwas anderes gewesen sein, das mit Vermeulens derzeitigen Geschäften zusammenhängt. Wie ging es danach mit der Reederei weiter?«

Vreeling legte den Aktenordner weg und konzentrierte sich auf sein farbenfroh leuchtendes Tablet. »Dank der Entscheidung von Staatsanwalt und Gericht konnte Vermeulen nach Kimmels Verurteilung den dubiosen Meneer Aboudani und die Heuschrecke ohne größere Schwierigkeiten loswerden und war wieder Herr im eigenen Unternehmen. De Kook war übrigens der Einzige, der ihm in der ganzen Zeit die Stange hielt, obwohl es lange so aussah, als würde sich die Reederei von den Querelen der Eigentümer und der allgemeinen Wirtschaftsflaute nicht mehr erholen. Aber dann, oh Wunder – wir machen jetzt einen kleinen Sprung in die Gegenwart –, bot sich einmal mehr ein gänzlich anderes Bild. *The boss* bestellte bei mehreren Werften neue Schiffe, und zwar größere als je zuvor. Er bezahlte einen Teil der Kaufsumme schon vorab. Damit nicht genug, scheint er mit einer dieser Werften gegenwärtig in Verkaufsverhandlungen zu stehen, um sie seinem breitgefächerten Firmenkonsortium anzugliedern, sodass er in Zukunft bei sich selbst Schiffe kaufen und die Rechnung auch gleich an sich selbst bezahlen kann.«

Er strahlte. »Die Frage, die sich momentan alle stellen, ist: Woher kommt diesmal das Geld? Keine europäische Bank ist mit im Boot, kein Fond, nicht mal Dagobert Duck. Offiziell treten de Graaf Bankiers als Kreditgeber auf, aber die können unmöglich solche riesigen Summen allein einem einzigen Kunden zur Verfügung stellen. Meine Hypothese ist: Die fungierten nur als Strohfirma für die Familie des Prinzen, der sich wiederum dafür erkenntlich zeigte, dass er dank Vermeulen mit weißer Weste aus der Koma-Nummer hervorging.«

»Da kommen wir der Sache schon näher«, meinte der Commissaris. »Vielleicht hat Amelies Kunde, um sich vor ihr im Glanz des großen Geldes zu sonnen, *darüber* gesprochen – aus was für Quellen der Reederei Vermeulen die Flügel wachsen, mit deren Hilfe sie der Asche der Vergangenheit entsteigt.«

»Jetzt müssen wir ihn nur noch finden, festnehmen und verhören«, bestätigte Vreeling.

»Am Anfang hast du Noah Vermeulen als mythische Gestalt bezeichnet.« Van Leeuwen fand den Begriff jetzt weniger schlecht gewählt als vorher.

»Mythisch war nicht ganz die richtige Bezeichnung«, gab der Inspecteur zu. »Die andere – *larger than life* – trifft es besser. Ich habe Fotos von ihm gesehen, darauf hatte er so was Wuchtiges, Ungezähmtes. Als käme er aus einer anderen Zeit. Ich habe mich gefragt, woran er letzten Endes gescheitert ist, und da kam mir dieser Gedanke, dass er einfach nicht in unsere globalisierte, digitalisierte Zahlenwelt passt. Er träumt nicht diese billigen Internetvisionär-Träume von Schuhen, die nach Hause geliefert werden, oder von Portalen, wo man Hotelzimmerpreise vergleichen kann. Für ihn muss es eine ganze Flotte riesiger Schiffe sein und am Ende auch noch eine Werft – wie die, auf der er angefangen hat. Ihm geht es nicht in erster Linie um Aktienkurse oder sensationelle Börsengänge. Natürlich hat er voll danebengehauen, aber er wollte nicht zerstören, sondern – zumindest ganz am Anfang – etwas von Wert schaffen, etwas Großes, das man anfassen kann, das den Menschen, die es herstellen oder darauf arbeiten, ein Gefühl für ihren *eigenen* Wert gibt.«

Der Commissaris nickte, mehr und mehr willens, sich über Oskar Manhijmers Einstweilige Verfügung hinwegzusetzen und Noah Vermeulen persönlich gegenüberzutreten. Das Telefon klingelte. Die Telefonistin aus der Telefonzentrale sagte: »Eine Lisa van Doorn möchte Sie oder Hoofdinspecteur Gallo sprechen.«

»Stellen Sie sie durch.« Und während er wartete, fragte er Inspecteur Vreeling: »Wollen Sie irgendwann mal Kinder haben?«

»Ja«, antwortete Vreeling. »Klar.«

»Passen Sie auf, dass Ihre Tochter sich nicht in einen viel älteren Mann verliebt«, sagte van Leeuwen.

»Hier spricht Lisa von Doorn«, sagte eine Frauenstimme in der Leitung. »Ich glaube, mein Mann hat ein schreckliches Verbrechen begangen.«

Er brauchte einen Moment, bis er den Namen der laufenden Ermittlung zuordnen konnte, und in sein kurzes Schweigen hinein wiederholte die Frau: »Lisa van Doorn, die Journalistin – Sie waren bei mir zu Hause, weil dieses Mädchen meinen Mann bei den de Kooks erschossen hat. Erinnern Sie sich nicht?«

»Doch, doch«, sagte van Leeuwen. *Die Frau, die lernt zu sterben, in ihrer Freizeit.* »Allerdings erinnere ich mich nicht an den Umstand, dass Meneer Janssen selbst ein Verbrechen begangen haben soll. Davon war damals noch nicht die Rede, oder?«

»Nein«, sagte die Frau. »Aber jetzt. Vielleicht war er an einem Mord beteiligt. Vor zwanzig Jahren, in Rotterdam oder in der Nähe.«

43

»Ich glaube, er hat jemand umgebracht«, sagte Lisa van Doorn und nickte heftig. Mit ausgreifendem Schwung setzte sie sich auf den Fliesenboden ihres Wohnzimmers, wie ein großer zerzauster Vogel in einem halbfertigen Nest aus alten Polaroidfotos, Briefen, Notizbüchern, Aktenordnern und einem Reisepass – dem Strandgut eines fremden Lebens. Sie sah zu van Leeuwen auf und sagte: »Ich habe angefangen, Lars' Sachen zu ordnen, um mich von ihm zu verabschieden. Dabei habe ich das hier gefunden.«

Sie schob eine offene Zigarrenkiste voller Krimskrams – goldene Manschettenknöpfe, ein paar Ringe, ein Schlüssel, ein Halskettchen mit einem Metallkreuz, ein USB-Stick – von sich weg und zog dafür einen kartonierten Ordner heran. »Vielleicht können Sie mir sagen, was das bedeutet.« Sie klappte den Ordner auf. »Das sind alte Briefe, Zeitungsausschnitte, Fotos. Ich bin noch nicht mit allem durch. Aber ich bin ja nicht dumm, Meneer, ich war eine gute Journalistin. Ich kann eins und eins zusammenzählen. Das hier, zum Beispiel, ist ein Foto von Lars mit einer Frau, ein älteres Foto. Wissen Sie, wer das ist, diese Frau? Sie heißt Annet.«

Lisa hielt van Leeuwen ein Farbfoto hin. Er betrachtete es. Annet de Kook, dachte er, kein Zweifel – Annet de Kook in jüngeren Jahren. Hand in Hand mit Lars Janssen, ebenfalls in jüngeren Jahren, aufgenommen an einem strahlenden Sommertag, im Hintergrund das Meer. Van Leeuwen drehte das Foto um. *Jetzt weiß ich, was Liebe ist*, stand handgeschrieben auf der Rückseite, eine zarte, blassblaue Frauenschrift, *immer und immer deine Annet.* »Von wann ist das?«, fragte van Leeuwen. »Ungefähr?«

»Hier ist ein Brief von einer Annet Mol«, sagte Lisa und wedelte mit einem eng beschriebenen Blatt Papier herum, »ein Liebesbrief. Von Annet Mol, Beukelsdijk, Rotterdam, an Lars Janssen, Kruiskade, Rotterdam, das Datum kann man kaum lesen – da, August 1998, also vor achtzehn Jahren.«

Sie war mit Lars Janssen zusammen, bevor sie de Kook geheiratet hat, dachte der Commissaris. In Rotterdam. Und zwanzig Jahre später war sie wieder mit ihm zusammen, in Amsterdam.

»Hier ist noch mehr.« Lisa wühlte in den Papieren und zog ein weiteres Foto heraus, das Janssen mit einem anderen jungen Mann zeigte, zwei Freunde offenbar, denn sie hatten sich die Arme um die Schultern gelegt und lachten fröhlich in die Kamera. Auch der zweite Mann kam van Leeuwen vage bekannt vor, obwohl er ihn noch nie gesehen hatte. Im Hintergrund konnte man einen schmalen Schrank mit einer Glastür erkennen, hinter der mehrere Gewehre in ihrer Halterung zu sehen waren.

»Und hier, schauen Sie, das sieht doch aus wie das Gerippe eines großen Schiffes, nicht?«, rief Lisa.

Der Commissaris setzte sich ebenfalls auf den Boden, gab ihr die Fotos zurück und erhielt einen mehrfach gefalteten Bogen Zeichenpapier, an dem ein Briefkuvert befestigt war. Er löste die Heftklammer und das Kuvert von dem Papier und breitete den Bogen auf dem Boden aus. Es war die sorgfältig am Reißbrett ausgeführte Konstruktionszeichnung eines großen Schiffes, anscheinend eines Öltankers, der *Esperanza*.

»Haben Sie gesehen – ganz unten rechts, da hat jemand unterschrieben, wie ein Maler, der ein Bild signiert«, sagte Lisa van Doorn. »*Für Lars – 9. November 1995, F. Kleijn.*«

Frans Kleijn, dachte der Commissaris. Jetzt wusste er, warum ihm der Mann neben Lars Janssen auf dem Foto bekannt vorgekommen war. Er hatte ihn bisher nur als Leiche gesehen, auf den anderen Bildern, mit denen Hoofdinspecteur Veenstra aus Rotterdam in sein Büro gekommen war: Frans Kleijn, seine Frau und die beiden Töchter Grietje und Fenna.

»Ich glaube, dass Lars diesen Mann umgebracht hat – diesen F. Kleijn«, sagte Lisa van Doorn. »Deswegen wollte er nie etwas über sich erzählen, über seine Vergangenheit und woher er sein Geld hatte. Weil er in ein Verbrechen verwickelt war, früher.«

«Wie kommen Sie darauf?«, fragte der Commissaris.

Sie fuhr sich mit den Händen durchs Haar, die Finger gespreizt. Mitten in der Bewegung verharrte sie, als müsste sie ihren Kopf zusammenhalten. »Ich habe recherchiert, im Internet. Es gab einen Frans Kleijn, der sich und seine Familie getötet hat, vor zwanzig Jahren, ein Schiffskonstrukteur. Wenn Lars mit Kleijn befreundet war, warum ist er jetzt selbst getötet worden – er und Annet, die längst mit einem anderen Mann verheiratet war? Ich sage es Ihnen.«

»Warum?«, fragte van Leeuwen.

»Weil Gott ihn bestrafen wollte.« Mit einer jähen Bewegung ließ Lisa van Doorn ihren Kopf los und starrte den Commissaris an, die Augen weit aufgerissen. »Er hat Gott auf sich aufmerksam gemacht, und Gott hat etwas gesehen, was so schlimm war, dass er Gleiches mit Gleichem vergelten ließ, und der Mörder von Lars und Annet war sein Werkzeug.«

»Die Ermittlungen der Polizei haben damals ergeben, dass es im Fall der Familie Kleijn keinerlei Fremdeinwirkung gab«, wandte van Leeuwen ein. »Frans Kleijn wusste nicht mehr, wie er mit seinen wirtschaftlichen Schwierigkeiten fertig werden sollte. Es war eine Kurzschlusstat, so steht es in den Akten.«

»Die Polizei ist eben nicht Gott«, beharrte Lisa van Doorn. »Sie sieht nicht alles. Viele Selbstmorde sind in Wahrheit doch Morde, weil die Opfer in den Tod getrieben worden sind. Gott sieht das, er weiß, wann jemand sein Leben nicht mehr aushält, weil andere es ihm unerträglich machen. Diese anderen sind die Täter.«

»Und Mijnheer Janssen gehörte zu diesen Tätern?«

»Machen Sie das Kuvert da auf.«

Van Leeuwen mochte nicht, wenn ihm jemand sagte, was er tun sollte. Das Kuvert enthielt noch mehr Papiere.

»Das sind Fotokopien von Verrechnungsschecks«, sagte Lisa van Doorn, als wäre er ein Kind, das noch nie einen Scheck gesehen hatte. »Ausgestellt von der Reederei Vermeulen & Aboudani auf eine Firma namens Frans Kleijn & Lars Janssen Ship Designers. Lars und dieser Kleijn waren also nicht nur Freunde, sondern Kollegen, und sie hatten sagar eine gemeinsame Firma. Und was sagt der Stempel, der quer über die Schecks läuft? Das ist doch ein Stempelabdruck, nicht? Von einer Bank.«

»Erforderliche Deckung nicht vorhanden«. Van Leeuwen kam sich wie ein Hilfsschüler vor. »Die Schecks sind geplatzt.«

»Einer über 111.000 Gulden und einer über 98.000 Gulden«, bestätigte Lisa. »Und dieser kleine Fleck links über dem Namen der Bank – was sagen Sie dazu?«

»Das ist hier keine Fragestunde im Parlament«, knurrte van Leeuwen, der den kleinen Fleck schon bemerkt hatte und dachte, es könnte eine Unsauberheit im Kopierer gewesen sein. Viel mehr beschäftigte ihn der Name der kontoführenden Bank, de Graaf Bankiers. Schon damals also, dachte er; schon vor zwanzig Jahren hat Noah Vermeulen unsaubere Geschäftspraktiken angewandt, und de Kook war daran beteiligt, wissentlich oder unwissentlich.

»Ich glaube, das ist Blut«, sagte Lisa aufgeregt. »Von Frans Kleijn. Er hat sich in den Kopf geschossen, und dabei ist etwas auf den Scheck gespritzt. Das Geld, das er von der Reederei bekommen sollte, wäre die letzte Rettung gewesen, für ihn und seine Firma.«

Van Leeuwen schwieg. *Es ist möglich*, dachte er; im Licht dieser neuen Entwicklung war alles möglich. Es kam ihm aber unwahrscheinlich vor, eher wie etwas aus einem alten englischen Kriminalroman. *Der blutbefleckte Scheck.* Er versuchte sich vorzustellen, wie Frans Kleijn an seinem mit unbezahlten Rechnungen bedeckten Schreibtisch saß und auf die geplatzten Schecks starrte, bevor er aufstand, eine Pistole aus der untersten Schublade nahm und ins Wohnzimmer ging, um seiner Frau von hinten in den Nacken zu schießen. Danach ging er nach oben und setzte Grietje und Fenna die Pistole auf die Brust. Er schoss eine Kugel in jedes kleine Herz, verfehlte aber das von Grietje. Er ging wieder nach unten, starrte noch einmal auf die Schecks, presste sich die Pistole gegen die Schläfe und drückte ab. Das Blut spritzte auf den Schreibtisch, die Rechnungen und die Schecks.

So konnte es sich abgespielt haben. Aber etwas daran störte van Leeuwen. Wie waren die Schecks Lars Janssen in die Hände geraten? Oder hatte er nur die Fotokopien gehabt, nicht die Originale? Wer hatte die Kopien angefertigt und warum?

»Warum sagen Sie nichts?«, fragte Lisa van Doorn leise. »Sie denken sich doch bestimmt Ihren Teil.«

Van Leeuwen nickte. »Ja.«

Plötzlich erkannte er, was an dem Ablauf der Tat, wie er ihn sich vorgestellt hatte, nicht stimmte. Er sah es klar und deutlich, viel klarer und deutlicher, als er vorher den Selbstmord Kleijns gesehen hatte. Einige Sekunden lang verschlug es ihm den Atem. Es war nur eine Vermutung, aber er wusste, dass sie zutraf. Alles ergab auf einmal einen Sinn. Er legte das neue Puzzleteilchen an seinen Platz. Als er das Bild betrachtete, wurde ihm klar, dass er nicht der Erste war, dem es sich zeigte.

Fenna Kleijn hatte es vor ihm gesehen.

Deswegen wollte sie de Kook umbringen und deswegen hat sie Lars Janssen getötet. Sie hat von all dem hier nichts gewusst, den Fotos und Kopien. Aber sie war da in der Nacht vor zwanzig Jahren; sie sollte auch sterben, wie ihre Mutter und ihre Schwester. Es hat ihr keine Ruhe gelassen, sie muss herausgefunden haben, was wirklich geschehen ist.

Er wollte sich nicht vorstellen, wie die Wahrheit auf sie gewirkt haben musste. Allein der Gedanke war kaum zu ertragen.

»Und was denken Sie?«, fragte Lisa van Doorn.

»Wie bitte?«

»Was Sie denken, über das alles hier.«

Ich muss unbedingt nach Rotterdam, dachte er, noch immer mit der Fotokopie der ungedeckten Schecks in der Hand. »Ich denke, dass Sie uns eine große Hilfe waren, Mevrouw van Doorn«, sagte er. »Ich würde diesen Ordner gern mitnehmen. Sie erhalten ihn nach Abschluss der Ermittlungen zurück.«

44

»Wie geht es dir?«, fragte van Leeuwen. Es fühlte sich merkwürdig an, weil Feline nur »Es geht« sagte. Was hatte es zu bedeuten, dass die Frau, die er liebte, *Es geht* sagte und dabei alle Wärme fehlte, die sonst in ihrer Stimme lag?

»Wirklich?«, fragte er.

»Ich bin in Ordnung«, antwortete sie erst, doch dann verbesserte sie sich rasch. »Nein, das stimmt nicht. Ich weiß nicht, wie es mir geht. Ich mag keine Krankenhäuser.«

Van Leeuwen hatte das Gefühl, dass diese Korrektur ein Entgegenkommen bedeuten sollte. Obwohl er gespürt hatte, dass es seit einiger Zeit eine Entfernung zwischen ihnen gab, über die man einander entgegenkommen konnte, wusste er nicht, von wo aus Feline kam und wo sie ihn sah. Nur fehlte ihm gerade der

Mut zu fragen, um ihr nicht das Gefühl zu geben, er treibe sie in die Enge.

»Dein Ex-Mann war doch Reeder«, wechselte er ungeschickt auf eine andere Gesprächsebene. »Kannte er Noah Vermeulen?«

»Bestimmt«, antwortete sie. »Lionel Berman und Noah Vermeulen – zwei große Namen für so ein kleines Land.«

»Hat er mal was über ihn erzählt?«

Feline antwortete nicht sofort. Dann fragte sie: »Rufst du deswegen an, um neun Uhr abends?«

»Nein.« Er zögerte. »Eigentlich wollte ich dir sagen, dass ich mir große Mühe geben will, unserem Kind ein guter Vater zu sein. Habe ich das schon gesagt?« Er schwieg und dachte: Wenn es nicht stirbt. »Die Männer, mit denen ich in letzter Zeit gesprochen habe – ich dachte, ich wäre besser, aber ich bin es wohl nicht …«

»Halt«, unterbrach sie ihn, »keine Büßerpose, kein *Mea culpa*, bitte. Das hast du nicht nötig. Du bist schon gut, als Mann und als Mensch, bloß manchmal nicht besonders sensibel.«

Er lächelte, obwohl ihm nicht danach zumute war. »Eigentlich wollte ich dir sagen, dass wir dem Mann auf der Spur sind, der Richter Gerritsens Stute die Kehle durchgeschnitten hat. Ich dachte, das interessiert dich vielleicht.«

Sie gab einen Laut von sich, den er nicht zu deuten wusste – Genugtuung oder Gleichgültigkeit? Er wollte, dass Dinge ausgesprochen wurden, klar und unmissverständlich. Sie tat ihm den Gefallen: »Gut. Ich hoffe, ihr schnappt ihn und er wird hart bestraft. Du hast ihn gesucht und gefunden, das kannst du gut. Andere Sachen zu einem Ende zu bringen ist schwieriger.«

»Was meinst du?«, fragte er.

»Simone«, sagte sie. »Ich möchte nicht, dass meine Tochter von einem Vater aufgezogen wird, der mit einer toten Frau lebt.«

Da ist es, dachte van Leeuwen; es war in der Welt, und auch wenn er es ganz anders sah und auch anders gesagt hätte, er wusste, dass sie die Wahrheit ausgesprochen hatte. »Deine Tochter?«, fragte er. »Du weißt schon, was es wird?«

»Ein Mädchen«, sagte sie.

»Hast du dir schon einen Namen überlegt?«

»Nein.«

Wie auch immer wir sie nennen, dachte er, *ich werde dafür sorgen, dass ihr nie etwas passiert.* »Sie würde es nicht wissen«, sagte er. »Für unsere Tochter würde es nur dich geben.«

»Aber nicht für mich«, sagte sie. »Ich würde es wissen.«

»Es ist doch genug von mir übrig, das ganz für sich allein existiert«, protestierte er. »Ich gebe zu, ich denke manchmal an Simone, aber nicht«, er suchte nach der richtigen Formulierung, »nicht als an irgendjemand, mit dem ich *eins* war. Ich habe bei dir nie etwas zurückgehalten, weil es nur für sie reserviert gewesen wäre, falls du das befürchtest.«

»Ich befürchte gar nichts«, sagte sie. »Ich sehe nur, dass sie dir fehlt, manchmal sogar, ohne dass du es merkst. Ich erkenne, wenn du an sie denkst, und spüre, dass du mehr bei ihr bist als bei mir. In Momenten, in denen ich dich mit niemand teilen möchte.«

»Es tut mir leid, wenn ich dich gekränkt habe, weil ich in den letzten Wochen oft abgelenkt war. Ich wollte das nicht.«

»Du hast keine Ahnung davon, was Frauen fühlen oder denken. Ich bin nicht gekränkt. Ich werfe dir nichts vor, nur mir.« Sie suchte und fand eine neue Tonlage. »Ich war noch nie schwanger. Ich wollte auch nicht schwanger werden, jedenfalls nicht bewusst. Ich habe nicht daran gedacht, und auf einmal war ich es. Ich war überglücklich, aber ich wusste nicht, wie ich es dir sagen sollte. *Wann.* Zuerst ist mir gar nicht aufgefallen, dass ich auf den richtigen Moment warte. Dass ich dich beobachte, um ihn nicht zu verpassen. Ich habe dich geliebt, und ich liebe dich noch, und ich dachte, *er ist der Vater.* Es hat mich nicht gestört, dass du keine Dreißig mehr bist. Bloß – irgendwann habe ich angefangen, mich zu fragen, ob du da sein wirst, wenn unser Kind dich braucht. Oder ich. Auch für mich ist es neu, dass ich so empfinde. Es kann ja sein, dass sich das wieder ändert.«

Nein, dachte er betroffen, *das wird es nicht*. Er sah, dass die Entfernung zwischen ihnen immer noch da war. Wir hätten dieses Gespräch nicht am Telefon führen dürfen, ohne dass wir uns dabei ansehen können. Feline war nur in einem Zimmer im AMC, gar nicht weit von seiner Wohnung, aber genauso gut hätte sie im Weltall sein können.

Er hörte sie atmen. Hörte sie schweigen. Er sah zum Fenster hinüber, das er aufgerissen hatte, kaum dass er nach Hause gekommen war. Das Licht der Wohnzimmerlampe fiel auf das frische Laub der Buche, das er betrachtete, als könnte es Trost spenden. *Wie früher*, dachte er, *als Sim noch gelebt hat, aber schon krank war: das Fenster auf die Gracht weit offen, um nicht zu ersticken*.

Er wollte nicht traurig, aber auch nicht verletzt sein, denn daraus konnte schnell Wut werden, und das wollte er noch weniger als alles andere, wütend sein auf die Mutter seiner Tochter, die er jetzt schon liebte. Er liebte sie beide. »Gute Nacht«, sagte er.

»Ja«, sagte Feline leise. »Gute Nacht.«

»Ich rufe wieder an.«

»Hol mich lieber hier raus.«

Er legte auf und blieb noch einen Moment sitzen.

Ich kann das jetzt nicht brauchen, dachte er. *Ich bin mitten in einer Morduntersuchung, nein, mehreren Untersuchungen zugleich, ich jongliere mit Verdächtigen, ich darf keinen fallen lassen, muss sie alle gleichzeitig in der Luft halten und wahrscheinlich noch weitere Morde verhindern – und jetzt werde ich doch wütend.*

Er stand auf, stapfte in die Küche und suchte nach Wein oder einem Aquavit wie dem, den er am Nachmittag abgelehnt hatte. Er fand einen Rest von dem Tequila, den Julika vor ein paar Tagen mitgebracht hatte. Besser als gar nichts. Er goss den Tequila in ein Weinglas und verdünnte ihn mit Wasser, das zu warm aus der Leitung kam.

»Warum muss das immer so sein?«, fragte er laut, nur sich selbst, niemand anderen. »Warum können Frauen die Dinge nicht einfach so nehmen, wie sie sind?«

Weil sie Frauen sind, antwortete er sich auch selbst.

Und warum müssen sie krank werden? Sterben? Er trank einen Schluck und noch einen. *Warum konnte ich nicht allein bleiben nach Sim? Ich brauchte keine andere Frau.*

Doch, dachte er. Er wußte, dass seine Gefühle für Feline echt waren, wahrhaftig. Er hatte sogar versucht, die Erinnerung an Sim aufzugeben; nicht mehr an sie zu denken, und jetzt schien es, als wäre diese alte Liebe vielleicht das einzige, was ihm noch blieb.

45

Samyel sagt, der Bankier ist in Oranjestadt. Der Bankier ist in Katar. Der Bankier ist in Saudi Arabien. Oder Damaskus. Oder Teheran. Samyel weiß immer, wo der Bankier ist, und er will mir Bescheid geben, sobald er weiß, wann der Bankier wieder hier ist. Ich weiß nicht, ob er mir die Wahrheit sagt.

Fenna saß im Zug, ein Platz am Fenster, von dem aus sie sehen konnte, wer an den Stationen wartete. Ob ein Polizist dabei war. Sie hatte eine Strickmütze aufgesetzt, um die grauen Haare zu verbergen, und trug eine Sonnenbrille. Sie hatte auch die auffälligen Ohrringe abgenommen. Der Wagen war nicht voll, nur ein paar Jugendliche mit Smartphones, ein alter Mann und zwei Frauen mit einem Hund, dessen Rasse Fenna nicht kannte. Niemand kümmerte sich um sie oder die Flinte, die sie, in Leinwand und Packpapier gehüllt, auf der Ablage verstaut hatte.

Sie war nicht in Centraal eingestiegen, erst eine Station später, in Muiderpoort, da gab es weniger Kameras, kaum Sicherheitsleute und keine Polizei. Jetzt war der Zug schon fast eine halbe Stunde unterwegs. Draußen glitten Wiesen und Felder vorbei, Bauernhöfe, weiß oder braun mitten in all dem bewegten Grün, manchmal ein paar Weiden, und eine Zeitlang waren sie neben einem ruhig dahinströmenden Fluss hergefahren. Viel konnte Fenna nicht sehen, denn die Scheiben waren voller Staub, auf den die Sonne schien. Meistens erblickte sie nur ihr Spiegelbild, durchsichtig wie ein Geist.

Ich tue es für dich, Papa, dachte sie. *Auch für den Rest von uns, aber vor allem für dich. Du tapferer Mann. Alle dachten, du wärst ein Schwächling. Ein Mörder. Alle, sogar ich.*

Sie schämte sich immer noch, dass ihr nie Zweifel gekommen waren, obwohl er nicht mal eine Pistole besessen hatte. Es hatte die Gewehre im Arbeitszimmer gegeben, aber keine Pistole. Zuerst war es ein Gedanke gewesen, der aufblitzte und verschwand und wieder aufblitzte. Sie hatte an Papas Grab gestanden, neben dem von Mama und ihrer Schwester. Sie hatte gedacht, es gibt zwei Fennas, eine tote und eine lebende. Vielleicht auch zwei Wahrheiten, von denen eine eine Lüge ist. Auf einmal war alles klar gewesen, ein Schritt nach dem anderen, und am Ende gab es nur noch eine Wahrheit: Papa hat es nicht getan.

Diese Erkenntnis hatte sie getroffen, als hätte ihr jemand kochend heißes Wasser ins Gesicht geschüttet. Das Brennen auf der Haut; das Gefühl, zu ertrinken, immer wieder vergeblich nach Sauerstoff zu schnappen. Sie war aus dem Schlaf aufgeschreckt, Nacht für Nacht, zitternd. Sie konnte nicht aufhören, daran zu denken, wie sie gestorben waren, ihr Vater, ihre Mutter, ihre Schwester. Welche Angst Papa gehabt haben musste, um sie alle. Sie wollte sich verstecken, niemand mehr ins Gesicht sehen müssen. Vor Scham. Weil sie geglaubt hatte, was alle anderen behaupten, die Polizei, die Verwandten, jeder.

Ich muss es wiedergutmachen und dafür sorgen, dass seine Mörder – unsere – bestraft werden. Niemand sonst ist dazu bereit.

Bevor sie die Wahrheit herausgefunden hatte, wollte sie der toten Fenna alles zeigen, was sie nicht mehr sehen konnte. Wie das ist, wenn man größer wird, statt tot zu sein. Wenn man in die Schule geht und Freundinnen findet. Wenn ein Junge hinter einem her ist. Wie es sich anfühlt, wenn er von dir kriegt, was er will und wie er ein Mann wird, weil man eine Frau ist, eine lebendige.

Ich habe mir dein Klassenzimmer angeschaut, die Turnhalle, mit deinen Lehrern gesprochen, und es gab da einen rothaarigen Jungen, den habe ich für dich geküsst.

Vor kurzem hatte sich Fenna überlegt, ob ihre Schwester vielleicht studieren wollte und war losgezogen, um ein paar Universitäten anzuschauen. Aber als die nach ihren Abiturnoten fragten, musste sie wieder verschwinden, weil sie ja kein Abi hatte. Fenna Kleijn ist nicht zur Schule gegangen. Fenna hat hier und da gearbeitet, um Geld zu verdienen, bis jemand ein Zeugnis sehen wollte oder andere Papiere. Fenna Kleijn ist erschossen worden, mit sechs Jahren.

Ich wünschte, mit dir könnte ich es genauso machen, Papa. Hast du große Angst gehabt? Hast du gewusst, dass sie dich töten werden? Hast du miterlebt, wie sie Mama getötet haben? Und uns beide, oben in den Betten? Hast du an mich gedacht, als du gestorben bist? Oder haben sie dich zuerst getötet?

Ich fände es nicht schlimm, wenn du Angst gehabt hättest. Ich habe keine, bloß davor, dass sie mich schnappen, bevor ich fertig bin. Sie haben ein Bild von mir, und inzwischen kennen sie bestimmt auch meinen Namen.

Sonst hatte Fenna nur Angst, dass sie noch mal so einen Fehler machen könnte wie mit dem Jungen auf der Treppe. Deswegen war es gut, dass sie Samyel gefunden hatte. Er musste ihr bei dem Bankier helfen; an den war sicher nicht mehr so leicht ranzukommen. Mehr könnte er nicht tun, sagte er, außer ihr Bescheid zu geben, wann der zurückkommt. Und das auch das nur wegen Amelie, die er Rose nannte. Fenna erinnerte ihn an Rose, sagte er. Er sagte, er fühlt sich schuldig. Fenna wusste nicht, was er damit meinte. Dass er nicht da war, als Amelie getötet wurde.

Vielleicht lügt er aber auch, dachte sie. *Vielleicht ist er mir gefolgt, und ich habe es nicht gemerkt, bis er wollte, dass ich ihn entdecke, damit er sehen kann, was ich dann tue. Ob ich eine Gefahr für ihn darstelle, weil Rose mir von ihm erzählt hat.*

Am Morgen hatte sie ihm auf die Mailbox gesprochen: *Ich bin nicht gefährlich für dich. Ich werde dich nicht verraten.* In der Nacht, in der sie vom Reitstall zurückgefahren waren – mit den blutigen Sachen im Kofferraum –, hatte sie ihn gefragt: »Tötest du manchmal auch Menschen?«

»Manchmal«, hatte er gesagt.

»Aber wenn du so reich bist, warum musst du so was dann noch tun?«, hatte sie gefragt. Und die Wahrheit lautete, dass er gar nicht viel Geld hatte. Er hatte nur gesagt, dass er mächtige Männer kenne und für sie arbeite. Die sind reich, sagte er, und ihr Geld fließt durch meine Hände, das habe ich zu Rose gesagt.

Wie konnte er das denken, überlegte sie. *Hatte er nicht gemerkt, dass Amelie keine mächtigen Männer mochte? Dass sie unter ihnen litt? Und ein Mensch war, der stärker als alle anderen Menschen litt?* Aber dann dachte sie: *Er war doch nur ein Kunde, einer, mit dem es Spaß macht. Kein Freund. Er war nie bei ihr zu Hause gewesen, hatte nie erlebt, wenn sie am Abgrund stand.*

Das *Pling!* einer hellen Glocke, und »Nächste Station Gouda« sagte die Frauenstimme in den Lautsprechern. Das blaugelbe Blitzen eines auf dem Nachbargleis vorbeirasenden ICE ließ die Fensterscheiben erzittern. Die Jugendlichen liefen zur Tür, ihre Smartphones wie Kompasse in der Hand. Auf dem Bahnsteig nur eine Handvoll Reisende mit Rollkoffern, zwei stiegen zu und gingen vorbei, keine Gefahr. Noch ein *Pling!*, und der Sprinter setzte sich wieder in Bewegung.

Samyel wollte wissen, wie Rose war, wenn er nicht bei ihr sein konnte, weil er wieder zurück nach Aruba musste. Sie war unglücklich, Samyel. Die Wut hat uns verbunden, auch die Angst. Aber ich war stärker, weil ich ein Ziel hatte. Sie wurde schwächer und schwächer. Als ich sie das letzte Mal gesehen habe, war nichts mehr übrig von der fröhlichen, coolen Amelie, die ich ein paar Monate vorher nachts in einer Kneipe in *de wallen* kennengelernt hatte, nicht das kleinste Atom.

Sie schaltete den Videorecorder in ihrem Kopf ein und suchte den warmen Septembertag, an dem sie Amelie in ihrer Wohnung abgeholt hatte, weil sie zum Baden ans Meer fahren wollten. Sie schloss die Augen und sah sich den Film an.

Amelie zitterte. Ihre Augen glänzten und suchten Fennas Gesicht ab. Von Drogen und zu wenig Schlaf gerötet, waren sie wie offene Fenster, hinter denen die Angst wohnte. Ein hoffnungsloses Lächeln geisterte um ihre Lippen. »Ich schaffe es nicht«, sagte sie.

»Was schaffst du nicht?«, fragte Fenna und holte tief Luft, um den Druck, der plötzlich auf ihrem Herz lastete, loszuwerden, aber er wurde noch schwerer. »Natürlich schaffst du es. Ich helfe dir. Dein Freund – der Polizist – auch.«

»Ruud nicht. Er ist zu schwach. Er ist wie ich.«

»Aber ich.«

Fenna betrachtete sie und stellte fest, dass sie ihr nicht lange böse sein konnte, weil Amelie auch nur jemand war, der in seiner eigenen Dunkelheit unter einer Laterne stand und darauf wartete, mitgenommen zu werden, egal von wem. Sie sah sich mit ihrer Freundin im Zug nach Zandvoort, und danach Seite an Seite mit ihr auf einem Badetuch im Dünensand. Sie hörte die Wellen, die über den Strand heranrollten und wieder abtrieben, und auch den Wind im Strandhafer und die Möwen. Die Geräusche hielten sie wie ein Kokon, in dem sie ruhte, ohne sich je zu entpuppen. Der Wind strich über ihre nackte Haut. Amelie war eingeschlafen und gab komische Laute von sich, wie ein Hund, der vom Laufen träumt. Sie war blass, aber jetzt zeigten ihre Wangen und die Stirn allmählich schwache Röte. Es tat Fenna so weh, sie in diesem Zustand zu sehen, dass sie Amelie am liebsten in die Arme genommen und festgehalten hätte.

Kinder schrien und lachten. Auf einmal war ihr diese Fröhlichkeit unheimlich. Wenn sie mit Papa am Meer gewesen waren, hatte es sich anders angefühlt, viel sorgloser.

Sie ging in das kalte Wasser, und sofort hatte sie das Gefühl, ihre Füße und Beine gehörten nicht mehr zum Rest ihres Körpers. Ein Kitzel stieg in ihrer Brust auf, die wilde Lust, zu schreien und glücklich zu sein. Sie ließ sich in die heranrollenden Wellen sinken, trieb hinauf, sank herab, trieb vor, zurück, vor, vor, vor, bis sie Angst bekam, den Boden unter den Füßen zu verlieren. Sie schlug mit beiden Armen um sich, warf sich gegen die Strömung, strampelte mit den Beinen. Ihre Zehen gruben sich in den Schlick, der erst nachgab, aber dann fasste sie Fuß.

Als sie aus dem Wasser zurückkam, schlief Amelie noch immer. Ihr Gesicht sah aus wie das einer bemalten Puppe, deren Farben noch nicht getrocknet waren. Reglos lag sie auf dem Rücken, die Arme dicht am Köper. Fenna konnte nicht erkennen, ob sie atmete, aber am Hals pulsierte eine Ader, in einem Rhythmus, der zu langsam erschien. Vorsichtig berührte sie Amelies Ellbogen; die Haut war eiskalt. »Amelie? Na, komm, los, wir fahren zurück! Hey, wach auf! Wach auf …«

Das verschwitzte Puppengesicht klappte die Lider auf. Amelies Augen leuchteten in der Sonne. Sie rührte sich nicht, zitterte bloß. Fenna sagte: Du musst zu einem Arzt.«

»Nein, kein Arzt«, Amelies trockene Stimme war kaum zu verstehen, »kein Arzt!« Ihr Gesicht war noch röter geworden, aber als sie Fennas Hand ergriff, war sie trotzdem stark.

»Warum nicht? Ein Arzt kann dir helfen, und ich –«

»Ich will nach Hause.« Die Stimme kam nicht an gegen das Rauschen der Wellen und die Schreie der Möwen, die klangen, als wären sie elektronisch verfremdet, genau wie das Kreischen der Kinder. Alles hatte einen unheimlichen Hall. Mit gesenktem Kopf kauerte Amelie auf dem Badetuch, kam nicht hoch, fiel nicht um, saß nur da. Tränen rannen ihr lautlos über das Gesicht.

Fenna legte ihr den rechten Arm um die Hüfte, um ihr aufzuhelfen. Plötzlich schlug Amelie nach ihr. Der Schlag war nicht heftig, löste aber ein Flimmern in Fennas Kopf aus. Alles, was sie sah, schien in einen quecksilbrigen Schimmer gehüllt. »Tut mir leid«, stieß Amelie hervor. Fenna stand auf und trocknete sich ab. Ich bin eben doch allein, dachte sie und zog sich an. Ich bin nicht Fenna, ich bin Grietje, und Fenna fehlt mir. Ich kann in Fenna hineinschlüpfen, aber da drin bin ich allein.

Nach dem Nachmittag am Strand hatten sie sich nur noch einmal gesehen, eine Woche vor ihrem Tod im November. Danach versuchte Fenna, nicht mehr an sie zu denken.

Pling! Die nächste Station, kurz vor Rotterdam, draußen jetzt Schrebergärten, Autobahnzubringer, dichter Verkehr, ein Schwarm roter Bremslichter. Dann ein ödes Gewerbegebiet mit Outlet-Stores, Tankstellen, Lagerhallen. Fenna blickte zur Gepäckablage hinauf, zu dem in Packpapier gehüllten Gewehr neben ihrem Rucksack. Sie hatte nur noch sechs oder sieben Patronen – und Angst, dass sie nass geworden waren, bei dem Wasser in den Booten. Sie wusste auch nicht, wo sie jetzt neue kaufen konnte;

bestimmt hatte inzwischen jedes Waffengeschäft ihr Bild. Die Patronen steckten in ihrem Rucksack, wo auch die schwarze Skimütze und die Spraydose mit der roten Farbe lagen.

Der Reeder lebte allein, das wusste sie. Er hatte eine Frau und eine Tochter, aber beide wohnten nicht bei ihm. In seinem Büro am Hafen konnte Fenna ihn nicht aufsuchen, mit einem Gewehr kam da niemand rein. Aber sie kannte auch sein Haus am Ufer, in das er nach der Arbeit fuhr, immer gegen Mitternacht. Dort war er dann allein, kein Personal, nicht mal eine Alarmanlage. Seine Frau hatte er in einem Heim untergebracht, und seine Tochter lag in einer Klinik am Meer, nicht weit von der Stelle, wo Fenna mit Amelie letztes Jahr baden gewesen war.

Pling! »Nächste Station Rotterdam Centraal.« Fenna presste ihren Kopf gegen die Scheibe. Die neue Bahnhofshalle, spitz wie ein gewaltiger Schiffsbug, warf ihren Schatten auf die Gleise. Über den Stromleitungen und dem in die Höhe geschwungenen Dach der Halle ragten Wolkenkratzer auf, der Teil der Stadt, der an New York auf den Bildern erinnerte. Fenna stand auf und hob das Gewehr und den Rucksack von der Gepäckablage. *Diesmal werde ich alles richtig machen*, dachte sie.

46

Hoofdinspecteur Max Veenstra war frisch rasiert und trug einen etwas ausgeleierten, aber sauberen grauen Leinenanzug. »Ich dachte, wir fangen da an, wo es passiert ist«, sagte er. »Die Leute, die das Haus der Kleijns danach gekauft haben, sind einverstanden, dass wir uns mal kurz umsehen.« Er öffnete van Leeuwen die Beifahrertür des schwarzen Mercedes', der vor dem Bahnhof parkte. »Baujahr '56«, erklärte er, »hat allerdings einen neuen Motor.« Krachend legte er den ersten Gang ein und gab Gas. »Das ist wie früher. Echte Polizeiarbeit.«

Es war ein sonniger Morgen, das Licht wirkte klarer hier, kein Dunst, nur das Blau des Himmels auf den Fenstern der Wolkenkratzer und dem Wasser unter den Pfeilern der Brücken. Dann, auf der anderen Seite der Nieuwe Maas, das Blenden grellweißer Öltanks und die farblos leuchtenden Flammen, die aus den Schornsteinen der Raffinerien schlugen. Schließlich, Richtung Charlois, feuchte braune Äcker und saftige Wiesen, mit Löwenzahn und Butterblumen gesprenkelt. Es roch nach feuchter Erde und Dünger. Veenstra redete wenig, und je näher sie dem Dorf kamen, desto schweigsamer wurde er. Er schaute weder rechts noch links, schaltete, kuppelte, bremste oder gab Gas.

Zuerst sah van Leeuwen das Monster hinter dem Deich: ein riesiges Containerschiff, das sich unter dem klaren, kobaltblauen Himmel lautlos durch das Land zu fräsen schien. Groß wie ein Fußballplatz und beladen mit übereinander gestapelten Metallbehältern, rot, blau oder gelb, zog es langsam hinter dem grasbewachsenen Deich vorbei, gefolgt von einer Schar silbern schimmernder Möwen. Bilgewasser sprühte aus dem rostfleckigen Rumpf. Die Brücke leuchtete weiß und wirkte unbelebt; das ganze Schiff schien keinen einzigen Menschen an Bord zu haben.

Vor dem Erdwall duckte sich das Dorf, und noch kleiner als die Häuser unter der Bordwand des Riesenfrachters wirkten die Menschen, die auf den Feldern rings um das Dorf arbeiteten. Erst als das Monster vorbeigezogen war und nur noch der Aprilhimmel und der Deich die Kulisse für das Dorf bildeten, wuchsen die Menschen wieder und mit ihnen auch die Häuser.

»Wenn ich noch irgendetwas in dieser Welt liebe, dann sind es große Schiffe«, sagte Hoofdinspecteur Max Veenstra. Er lenkte seinen alten Mercedes 180 Diesel mit einer Hand. Mit der anderen kurbelte er das Seitenfenster herunter und deutete auf ein Haus mit hellblauen Fensterläden am Dorfende. »Das da links, das ist es.«

Aus der Nähe wirkten die Backsteinmauern der flachen Häuser vor dem Deich wie frisch geschrubbt. In einigen Gärten hingen Kinderschaukeln an den Ästen mächtiger Apfelbäume. Es gab nur eine gepflasterte Straße, die das Dorf teilte. Platanen fingen mit stetig silbern raschelnden Blättern den Wind aus der Luft. Ein paar Scheunen, halb Stein, halb Holz, duckten sich vor dem Deich. Auf der Wiese neben der Straße grasten schwarzgefleckte Rinder.

Der Hoofdinspecteur hielt vor dem Haus mit den blauen Fensterläden und drehte den Zündschlüssel; der Motor dieselte noch einige Sekunden nach. »Das letzte Haus an der Straße«, sagte Veenstra. »Der Frau da bei dem Traktor gehört es jetzt.«

Das Haus wirkte so unscheinbar wie auf den Fotos, die van Leeuwen vor einigen Tagen in seinem Büro gesehen hatte, hell und friedlich, als könnte es jederzeit das Cover eines Magazins wie *Landlust* oder *Countryside* schmücken. Nicht wie der Schauplatz eines vierfachen Mordes, bewohnt von den Geistern der Toten.

Van Leeuwen stieg aus. Der Wind schmeckte salzig, die Luft roch nach Tran, nach Fischschuppen und trotzdem frisch; der Geruch der See an einem sonnigen Tag. Die Frau, die Veenstra zu meinen schien – Kopftuch, Stiefel, Denimhose, Strickjacke – streute Saatgut in die frisch umgepflügten Ackerfurchen. Dicht hinter ihr ging ein Junge von vielleicht sieben Jahren – gelbe Gummistiefel, blaue Kinderjeans, ein rotes Baumwollhemd – und ahmte jede ihrer weit ausgreifenden Bewegungen nach, nur dass sein Eimer kleiner war und seine Hand weniger Körner fasste. Wenn sich die Frau bückte und die Erde untersuchte, bückte auch er sich und prüfte die Bodenbeschaffenheit. Als sie sich mit dem Handrücken die Stirn rieb und dabei zur Sonne hochsah, rieb er sich ebenfalls die Stirn und drückte das Kreuz durch.

»Ich werde mal hingehen und ihr sagen, dass wir da sind«, sagte Veenstra.

Da öffnete sich die Tür des Hauses mit den hellblauen Fensterläden, und noch ein Junge, etwas älter als der auf dem Feld, erschien. »Brauchen Sie Hilfe?«, fragte er. Seine Augen waren blau und klar wie Licht, über seine Stirn zog sich eine ganze Milchstraße von Sommersprossen. Das Haar fiel ihm in golden schimmernden Strähnen in die Stirn. »Haben Sie eine Panne?«

»Nein«, antwortete van Leeuwen.

»Ich bin krank«, erklärte der Junge. »Grippe. Deswegen darf ich nicht auf dem Feld arbeiten.« Langsam ging er um den Wagen herum, trat einen Schritt zurück, dann wieder einen vor. »Mercedes«, konstatierte er. »Ziemlich altes Modell. Würde mich nicht wundern, wenn Sie damit eine Panne hätten. Könnte besser in Schuss sein.« Er bückte sich, betastete den rechten Vorderreifen. »Hat wahrscheinlich schon viel auf dem Tacho. Austauschmotor?«

Der Commissaris nickte. »Du scheinst eine Menge von Autos zu verstehen.«

»Na ja, als Landwirt muss man von vielen Sachen was verstehen.« Er schob die Hände in die Gesäßtaschen seiner Jeans. »Ich heiße Moritz. Und Sie?«

»Bruno.«

»Ihre Reifen sind abgefahren. Stört Sie das nicht?«

»Doch«, gab van Leeuwen zu. »Aber es ist nicht mein Wagen.«

Der Junge runzelte die Stirn. »Mich würde es furchtbar stören, wenn die Reifen so abgefahren wären.«

»Wohnst du hier im Dorf?«

»Klar. Wir wohnen alle hier, meine Eltern, mein Bruder und ich. Wo kommen Sie her?«

»Amsterdam.«

»Gefällt es Ihnen da?«

»Ja. Aber als ich klein war, habe ich in genau so einem Dorf gewohnt wie diesem, nur ohne den Deich und die Schiffe.« *Aber mit Feldern, mit Äckern und einem Traktor, auf dem ich mitfahren durfte, weil er meinem Vater gehörte. Ich war so alt wie du, vielleicht ein bisschen älter, da habe ich von so einem Traktor aus ein Mädchen im Regen gesehen, es trug ein klatschmohnrotes Kleid, und viel später ist es meine Frau geworden. Und jetzt ist sie tot.*

»Dann wissen Sie ja, wie das so ist«, sagte Moritz und trat mehrmals mit einem Fuß gegen den rechten Hinterreifen. »Haben Sie einen Moment Zeit?« Er sah kurz zu der Frau auf dem Feld hinüber, die mit Hoofdinspecteur Veenstra sprach. »Ich zeige Ihnen was. Aber Sie müssen schweigen können. Können Sie?«

»Wie ein Grab«, sagte van Leeuwen.

»Das ist gut. Kommen Sie mit. Es wird Sie umhauen. Aber Sie dürfen es niemand sagen, auch nicht meiner Mutter.«

»Gut.«

»Versprechen Sie es?«

»Ja«, sagte van Leeuwen. Moritz ging vor ihm her, nur ein paar Schritte, bis sie hinter einer Hausecke außer Sichtweite seiner

Mutter waren. Dort blieb er stehen und fing an, in seiner rechten Hosentasche zu kramen. »Also, Sie sagen es niemand?«

»Nein.«

Der Junge holte ein schmutziges Taschentuch heraus und faltete es auseinander. Ein kleines elfenbeinfarbenes Etwas lag darauf. »Raten Sie mal, was das ist«, verlangte Moritz.

»Ein Stein?«, fragte van Leeuwen.

»Nein«, sagte der Junge leicht enttäuscht. »Aber Sie dürfen nochmal.«

»Ein alter Kaugummi?«

»Was!«

»Ein Stück von einem alten Kaugummi?«

»Nein. Sie raten's nicht.«

»Also, was ist es?«

»Da«, sagte der Junge, öffnete seinen Mund und deutete mit dem Zeigefinger in die linke Zahnreihe ganz hinten, wo eine Lücke klaffte.

»Dein Zahn«, sagte van Leeuwen.

»Ja«, bestätigte Moritz. »Das ist was, nicht?«

»Allerdings«, sagte van Leeuwen.

»Aber Sie dürfen es keinem sagen.«

»Werde ich nicht.«

Moritz zögerte, warf wieder einen Blick zu der Frau auf dem Feld. »Ich verrate Ihnen noch was … Eigentlich darf ich nicht drüber sprechen … Bei Ihnen in Amsterdam gibt es das bestimmt öfter. Aber hier …« Ehrfurcht schlich sich in seine Stimme. »Hier ist sowas erst einmal passiert. Mein Vater sagt, seit Menschengedenken! Nur einmal überhaupt.«

»Was denn?«

»Bei uns im Dorf ist jemand ermordet worden. In unserem Haus! Vor vielen Jahren, da war ich noch nicht auf der Welt. Eine ganze Familie, von ihrem eigenen Vater. Deswegen war das Haus so billig.« Er stopfte das Tuch mit dem Zahn wieder in die Tasche. »Mein Vater sagt, ich hätte das nicht hören dürfen, und soll nicht drüber reden. Mein Bruder weiß gar nichts davon. Aber weil der Mann, der da mit meiner Mutter spricht, Polizist ist, dachte ich … Sind Sie auch Polizist? Sind Sie deswegen hier?«

»Ja«, bestätigte der Commissaris.

»Wenn ich groß bin, möchte ich auch zur Polizei.«

»Ich dachte, du wärst schon ein halber Landwirt.«

»Ja, aber die Polizei hat schnellere Autos. Und man kann Verbrecher fangen. Sind Sie mutig?«

»Ich weiß nicht. Manchmal.«

Moritz überlegte und sah zu seiner Mutter hinüber, die jetzt nicht mehr mit Veenstra sprach, sondern weiter hinter dem Traktor Saatgut ausstreute. »Haben Sie noch alle Zähne?«, fragte er dann.

»Nein.«

»Und die ausgefallenen, haben Sie die aufgehoben?«

»Nein.«

»Wollten Sie sie nicht mehr haben?«

»Doch.«

»Haben Sie sie verloren?«

»Ja. Leider.«

»Sie hätten sie in Ihr Taschentuch einwickeln sollen, dann wären sie Ihnen nicht verlorengegangen. Hm. Bleiben Sie lange hier?«

»Nein, glaub ich nicht.« Van Leeuwen sah, dass Veenstra auf dem Weg zurück war, immer noch zielstrebig und beseelt von echter Polizeiarbeit. Er widerstand der Versuchung, dem Jungen über den Kopf zu streichen. »Du wirst bestimmt ein guter Polizist.«

»Meine Mutter sagt, ich bin zu neugierig. Kaufen Sie mir ein Eis?«

»Klar.«

»Im Gasthof gibt es gutes. Sogar im Winter.«

»In Ordnung.«

»Aber ich mag nur Erdbeer und Vanille.« Er trat noch einmal gegen den rechten Hinterreifen. »Sie sollten neue Reifen dranmachen lassen.«

Die Frau auf dem Feld war stehengeblieben und rief: »Moritz!«

»Ich muss zurück ins Haus«, sagte Moritz bedauernd. »Meine Mutter will nicht, dass ich im Freien bleibe, solange ich nicht gesund bin. Auf Wiedersehen.«

»Auf Wiedersehen«, sagte van Leeuwen. »Ach, war eigentlich außer uns irgendwann in letzter Zeit noch jemand hier und wollte das Haus sehen? Eine junge Frau vielleicht?«

Der Junge runzelte die Stirn. »Ja, aber das ist schon lange her, ein Jahr oder so.«

»Und wer war das?«

»Die Frau, die früher mal hier gewohnt hat. Von der die ganze Familie tot ist.«

»Hatte sie kurze graue Haare und am Ohr lauter Ringe?«

»Ja.« Moritz lachte. »Genauso sah das aus.«

Der Commissaris war nicht überrascht. Fenna Kleijn war auf etwas gestoßen, einen Umstand, der sie zu ihrem Rachefeldzug getrieben hatte, vielleicht an dem Ort, an dem vor zwanzig Jahren alles begonnen hatte. »Weißt du noch, was sie wollte?«, fragte er. »Hat sie was gesagt oder merkwürdige Fragen gestellt?«

»Sie hat gefragt, ob sie dem Mann das Haus zeigen könnte.«

»Welchem Mann?«

»Dem alten Mann, der bei ihr war. Sie hat gesagt, sie wollte ihm zeigen, wo es passiert war, und sie wollte wissen, ob sie mal reinkommen dürften. Ich muss –«

»Einen Moment noch«, fiel ihm van Leeuwen ins Wort. »Hat sie den Namen des Mannes genannt? Oder sonst irgendwas über ihn gesagt?«

»Nein.«

»Kanst du ihn beschreiben? Wie sah er aus?«

Der Junge zuckte ungeduldig mit den Schultern. »Es war einfach ein alter Mann. Mit Bart und grauen Haaren. Als er weg war, hat mein Vater gesagt, er könnte mal zum Friseur gehen. Er hatte eine Schifferkappe auf. Und er hinkte, aber nicht sehr.«

»Wie waren sie hier? Mit dem Bus? Taxi? Hatten sie einen Wagen?«

»Was für ein Bus?« Der Junge schüttelte den Kopf. »Hier hält kein Bus, schon lange nicht mehr. Nein, sie waren mit dem Wagen da. Ein Citroên, das ist eine französische Marke. Ein SM, auch schon alt, wie der Mercedes da. Aber gut gepflegt, sogar die Reifen, nicht abgefahren.«

»Du hast dir nicht zufällig das Kennzeichen gemerkt?«, fragte van Leeuwen wenig hoffnungsvoll.

Der Junge schloss die Augen. »NL«, buchstabierte er langsam, » GP-76-CF.«

»Bist du dir sicher?«

»Ich merke mir alles an Autos. Vor allem wenn es so ein altes ist. Aber vielleicht war der letzte Buchstabe auch ein B, da hat Dreck auf dem Schild geklebt. Über dem GP war eine kleine 2. Gelbes Nummernschild, nicht blau. Kein Taxi. Es war ein schönes Auto.«

»Danke, Moritz. Du würdest bestimmt einen guten Polizisten abgeben! Wärst du sehr böse, wenn wir das mit Eis verschieben, bis du wieder gesund bist?«

Moritz blinzelte skeptisch. »Sie kommen bestimmt nie wieder her.«

»Ich will dir nichts versprechen, was ich nicht halten kann. Aber mein Kollege hier, Hoofdinspecteur Veenstra, springt dann für mich ein. Nicht wahr, Meneer Veenstra?«

Der Hoofdinspecteur antwortete nicht. »Es hört nie auf«, sagte er leise. Er starrte das Haus an, als wäre es erst gestern gewesen, der Einsatz, die Stille, die Leichen, alles, was er in seinen Mauern gesehen hatte.

»Veenstra«, sagte van Leeuwen mahnend und schob sich zwischen ihn und den Jungen. »Gute Besserung, Moritz. Und nochmal danke.« Er sah zu, wie Moritz zurück ins Haus ging, die Sonne auf seinem blonden Haar und dann der Schatten hinter der Tür, in dem der Junge verschwand.

»Wahrscheinlich denken Sie, ich lebe zu sehr in der Vergangenheit.« Veenstra wandte sich mit hängenden Schultern ab, kehrte dem Haus den Rücken. »Aber die Kinder. Sie denken bestimmt, ich nehme das alles zu persönlich.«

»Wie soll ein Polizeibeamter einen Mord denn anders nehmen?«, fragte van Leeuwen.

47

Hoofdinspecteur Veenstra riss sich zusammen: »Wenn Sie wollen, können wir jetzt reingehen.« Der Commissaris dachte daran, wie das Gesicht des Jungen bei den Worten *in unserem Haus* ausgesehen hatte: staunend, benommen, verwirrt. »Ich glaube, das brauchen wir gar nicht mehr.« Auf dem Feld vor dem Deich wendete der Traktor, und eine Sekunde lang glaubte van Leeuwen, sich selbst als kleinen Jungen neben dem Fahrer zu sehen.

»Dann fahren wir zurück?«, fragte Veenstra.

»Ja.« Van Leeuwen holte sein Handy heraus und rief Ton Gallo an, erreichte aber nur die Mailbox. Auch Inspecteur Vreeling ging nicht an sein Smartphone. Diesmal sagte van Leeuwen: »Verdammt, Remco, wie oft muss ich euch erklären, dass ihr eure Handys eingeschaltet lassen sollt, wenn wir in der heißen Phase einer Ermittlung sind?« Er unterbrach die Verbindung und wählte Julikas Nummer. Nach dem dritten Klingeln rief sie: »Bruno?«

»Wo sind Ton und Remco?«

»Im Einsatz. Sie haben das Hotel ausfindig gemacht, in dem der Kreole abgestiegen ist.«

»Sie sollen mich informieren, bevor sie ihn festnehmen«, sagte van Leeuwen. Er nickte Veenstra zu und öffnete die Beifahrertür des Mercedes. »Ich brauche eine Kennzeichen-Überprüfung, so schnell wie möglich. Ich muss wissen, wer vor einem Jahr in den Monaten März, April oder Mai der Halter eines Citroën SM mit diesem Kennzeichen war: »NL GP-76-CF. Der letzte Buchstabe könnte auch ein B gewesen sein. Gelbes Schild, eine kleine 2, also eine Zweitzulassung. Kein Taxi.«

Julika bestätigte die Nummer und legte auf. Veenstra setzte sich hinter das Steuer, startete den Wagen aber noch nicht. »Wie wär's, wenn Sie mich kurz auf den neuesten Stand bringen würden«, sagte er. »Warum genau sind wir hier?«

Jenseits des Deichs schob sich gerade ein Öltanker durch den Kanal, und die Häuser und Menschen auf den Feldern wurden wieder klein. Der breite Schiffsrumpf schien sogar den polarblauen Himmel zu verdrängen. Die Arme der weißen Kräne auf dem Deck reckten sich wie die Metallschnäbel riesiger, hungriger Vögel in die Luft. Das Dröhnen der Turbinen legte sich dumpfer bebend über das Land. Eine Flagge, die van Leeuwen nicht kannte, flatterte über dem Heck. Der Namenszug am Bug des Tankers, *Ab Qaiq*, war größer als das Dach der Scheune, über dem er vorbeitrieb.

»Wir sind hier«, sagte der Commissaris, »weil unsere Ermittlungen im Mordfall de Kook und Lars Janssen zu Erkenntnissen geführt haben, die im Widerspruch zu den Ergebnissen Ihrer damaligen Untersuchung der Morde an der Familie Kleijn stehen.«

»In welcher Hinsicht?«, fragte Veenstra.

»Wir glauben«, *ich glaube es*, dachte van Leeuwen, »dass es Mord war, kein Erweiterter Selbstmord. Dass jemand Frans Kleijn und seine Familie getötet hat und es nur wie Mord und Selbstmord aussehen lassen wollte, um eine falsche Spur zu legen. Damit keine weitergehenden Ermittlungen stattfinden.«

»Aber Kleijns wirtschaftliche Schwierigkeiten«, wandte Veenstra ein, »der drohende Konkurs –«

»Wir haben in der Hinterlassenschaft seines damaligen Partners Lars Janssen Fotokopien von zwei geplatzten Schecks in beträchtlicher Höhe gefunden und glauben, diese Schwierigkeiten wurden vor allem dadurch herbeigeführt, dass sein Auftraggeber, die Reederei Vermeulen & Aboudani, ihn um das Honorar für seine Arbeit geprellt hat. Vielleicht unter Beteiligung oder wenigstens mit Wissen eines Mannes namens Geert-Hans de Kook, der damals bei de Graaf Bankiers in der Kreditabteilung saß und gewusst haben muss, dass die Schecks nicht gedeckt waren.«

»Ich sehe noch immer kein Motiv für einen Mord«, sagte der Hoofdinspecteur schließlich.

Van Leeuwen schwieg ein paar Sekunden. »Wenn Kleijn vorgehabt hätte, Vermeulen & Aboudani wegen der geplatzten Schecks anzuzeigen, wäre dadurch vielleicht eine Lawine ins Rollen gekommen«, sagte er schließlich. »Die Reederei steckte schon damals in finanziellen Schwierigkeiten, und wenn auf einen Schlag alle Gläubiger vor der Tür gestanden hätten …«

»Das ist aber nur eine Vermutung«, meinte Veenstra. »Oder haben Sie Beweise?«

»Bis jetzt ist es nur eine Vermutung«, gab van Leeuwen zu. »Allerdings spricht für sie, dass bei Ihren damaligen Ermittlungen die geplatzten Schecks anscheinend überhaupt nicht aufgetaucht sind. Oder sind sie das?«

»Meines Wissens nicht. Aber das kann –«

»Stattdessen konzentrierten sich alle Zeugenaussagen auf die ausweglose berufliche und familiäre Situation Kleijns, die das Bild eines Versagers zeichnen, von jemand, der vor Scham und Verzweiflung keinen anderen Ausweg mehr sah, als sich umzubringen. Dazu kommt, dass Noah Vermeulen, als er einige Jahre später erneut in wirtschaftlichen Schwierigkeiten steckte, wieder versucht hat, seinen Hals durch Betrug aus der Schlinge zu ziehen. Als das aufzufliegen drohte, hat er auch da einen Angestellten zum Sündenbock gemacht, genau wie im Fall Kleijn.«

Jetzt warf Veenstra dem Commissaris doch einen raschen Seitenblick zu: »Sie denken, dass Vermeulen die Familie Kleijn ermordet hat?«

»Ich weiß nicht genau, was ich denke.«

Veestra betrachtete das Haus durch die Frontscheibe, ohne etwas zu sagen. Schließlich seufzte er: »Es gab damals Ungereimtheiten, aber der Staatsanwalt –«

»Was für Ungereimtheiten?«

»Sowohl Frans Kleijn als auch seine Frau hatten an den Armen und im Bereich der Schulterblätter blaue Flecken, für die es keine logische Erklärung gab. Als wären sie mit Gewalt irgendwohin gezogen oder gestoßen worden, bevor die tödlichen Schüsse fielen. Der Staatsanwalt führte diese Flecken auf eskalierte eheliche Streitigkeiten zurück, jeder wusste ja, dass sie ihren Mann verlassen wollte. Aber der Gerichtsmediziner sagte, die Abdrücke an seinen Armen wären zu groß für ihre Hände. Trotzdem beharrte der Staatsanwalt darauf, dass es keinen Verdacht auf Fremdeinwirkung gäbe.«

»Wie hieß der Staatsanwalt?«, fragte van Leeuwen, obwohl er auch in diesem Fall die Antwort schon kannte.

»Johan Gerritsen, ein junger –«

»Ich kenne ihn.«

Van Leeuwens Handy summte, *Julika* auf dem Display. Sie sagte: »Das Nummernschild mit dem B am Ende gehört zu einem Saab

Cabrio, nicht zu einem Citroên. Der Halter ist ein Liam Scheffer in Hilversum.«

»Polizeibekannt?«, erkundigte sich der Commissaris.

»Bisher nicht. Zumindest haben wir nichts über ihn im System. Das gleiche Kennzeichen mit einem F am Ende gehört zu einem Citroên SM, Baujahr ’81, der sich in dem von dir genannten Zeitraum in Besitz eines Luuk Janssen befand.«

»Janssen«, wiederholte der Commissaris und spürte, wie ein kaltes Flimmern durch sein Rückenmark zog. *Lars Janssen, Vater Luuk Janssen, Mutter Bekka Janssen, geborene Smits, gestorben 2002.* Er sah die Namen in der Ermittlungsakte zum Fall Lars Janssen vor sich und dachte: *Warum habe ich nie einen Bericht der Rotterdamer Kollegen gelesen? Jemand muss mit dem Vater gesprochen, ihn über den Tod seines Sohnes informiert haben. Wer von uns hat sie gebeten, ihm die Nachricht zu überbringen? Ich war es nicht. Zu viele Fälle*, dachte er, *zu viele Entwicklungen in kurzer Zeit, zu viele Ablenkungen, dazu dann noch Feline, das Kind.*

»Wo wohnt Luuk Janssen? Haben wir eine Adresse?«

»Der Fußballspieler?«, fragte Veenstra.

»Zuletzt gemeldet ist er in Barendrecht an der Oude Maas«, sagte Julika, »ein kleiner Ort in der Nähe von Rotterdam, Achterzeedijk 1A. Da ist ein Campingplatz. Offenbar lebt er in einem Wohnmobil.«

Veenstra gab die Adresse in seinen Navi ein, startete und wendete den Mercedes. Van Leeuwen fragte: »Was für ein Fußballspieler?«

»Der Löwe von Sparta Rotterdam!«, erklärte Veenstra, während er in den ersten Gang schaltete und Vollgas gab, als könnte er das Haus der Kleijns gar nicht schnell genug hinter sich lassen. »Luuk Janssen war der beste Mittelstürmer, den Sparta je hatte. Vielleicht der beste in ganz Holland.«

»Und wann war das?«, fragte van Leeuwen.

»Vor vierzig, fünfundvierzig Jahren. Haben Sie nie von ihm gehört? Eine lebende Legende. Nach seiner Zeit als aktiver Spieler hat er jahrelang als Trainer für wechselnde Clubs gearbeitet, nur in der ersten Liga! Mit dem Geld, das er verdient hat, ist er Teilhaber einer Spedition geworden. Die hat er zu einer der führenden Transportfirmen Europas ausgebaut. Danach hat er einen großen Teil seines Einkommens wohltätigen Zwecken zugeführt, eine Stiftung zur Bekämpfung der Jugendarbeitslosigkeit gegründet, den Fußballnachwuchs gefördert, sich gegen Doping engagiert. Eine moralische Instanz. Aber als er dann für die Fortschrittspartei einen Sitz im Stadtrat von Rotterdam erkämpft hatte, ist irgendwas mit ihm passiert. Als wäre ihm alles nicht mehr wichtig –«

»Wann war das?«

»Vor siebzehn oder achtzehn Jahren.«

Siebzehn oder achtzehn Jahre, dachte van Leeuwen; also hatte der erste Schritt der Wahrheit ans Licht zwei oder drei Jahre gedauert. Damals musste Luuk Janssen etwas erfahren haben, das ihn verändert hatte. Van Leeuwen dachte an Moritz, den Jungen, der jetzt mit seinem Bruder und seinen Eltern in dem Haus der Kleijns lebte, umgeben von den Geistern einer toten Familie. Er dachte an Fenna Kleijn und Milan Kimmel und Isa Vermeulen und daran, dass die Unschuld der Opfer manchmal stärker war als die Schuld der Täter. Sie musste es sein, damit Jungen wie Moritz auch dort leben konnten, wo Blut vergossen worden war.

Sein Handy summte erneut – *Ton Gallo.* »Bruno, unser Mann ist im *Hilton Double Tree* am Oosterdokkade abgestiegen und hat unter seinem richtigen Namen eingecheckt: Samyel Caribe aus Oranjestadt. Zurzeit ist er nicht in seinem Zimmer und auch nicht im Hotel. Wir observieren es mit vier Teams und –«

»Weshalb so viele?«

»Weil Caribe ziemlich clever ist. Das Hotel hat einen Haupteingang, einen Fast Check Out, ein City Café, eine Lobby Bar und ein Starbucks, jeweils mit eigenem Eingang. Die alle zu überwachen ist fast unmöglich. Wir konzentrieren uns deshalb auf die Fahrstühle im Inneren.«

Van Leeuwen fragte: »Warum gibt er sich keine Mühe, seine Identität zu verschleiern? Selbst wenn er einen falschen Pass hätte, wäre es dumm, ihn zu oft oder zu lange zu benutzen.«

»Vielleicht denkt er, *wir* wären die Dummen«, meinte Gallo. »Vielleicht denkt er, die Polizei von Amsterdam bestünde nur aus Blödmännern. Jedenfalls ist er von hier aus schnell im Red Light District und noch schneller im Sprinter nach Schiphol, falls ihm der Boden zu heiß wird. Genug Wasser vor dem Fenster hat er auch, sodass er seine Insel nicht allzu sehr vermissen muss.«

Und es ist nur ein paar Schritte bis zum *Sea Palace*, dachte der Commissaris, dem plötzlich klar wurde, dass Manhijmer ihn nicht in das schwimmende China-Restaurant bestellt hatte, weil das Essen dort so gut war, sondern weil er sich vorher oder nachher mit dem Kreolen im Hilton getroffen hatte.

»Ihr solltet das SEK hinzuziehen«, sagte er. »Und gebt mir Bescheid, wenn ihr zugreift.« Er beendete das Gespräch mit den Gefühl, dass die Dinge gerade etwas zu leicht und glatt liefen. Er hoffte aber, dass er sich irrte.

Der Tanker war jetzt ein Stück vor ihnen, aber immer noch so riesig wie in manchen Science-Fiction-Filmen die Raumschiffe der Aliens, die mit ihrem Schatten eine ganze Stadt verdunkelten. Die Straße verlief neben dem Wasser, und van Leeuwen dachte: Da fährt das Geld. Wenn Geld heute überhaupt noch in physischer Form von einem Punkt zum anderen transportiert wurde, dann mit so einem Tanker. Nicht mit Zügen, auch nicht in den Lastwagen einer Spedition. Wollte man dem Geld folgen, musste man den Tankern folgen, um zu dem Verbrechen zu gelangen.

Ihm kam vor, er wäre auf etwas Wichtiges gestoßen, ohne genau zu wissen, an welche Stelle im Puzzle dies passte.

48

Um genau 16:03 Uhr, als es auf der Antilleninsel Aruba, einem autonomen Teil des Königreichs der Niederlande, 10:03 Uhr am Vormittag war, klingelte das Samsung Smartphone in der oberen rechten Schublade von Noah Vermeulens Schreibtisch. Der Reeder öffnete sie, holte das Handy heraus und meldete sich.

»Ich bin jetzt in Oranjestadt, gerade gelandet«, sagte Geert-Hans de Kook, ohne seinen Namen zu nennen. »Am Abend kommen die Vertreter der Saudia Panarabic Bank aus Riad, und morgen fliege ich zurück.«

»In Doha ist alles nach Plan verlaufen?«, fragte Vermeulen.

»Die Qatari Bank und die Islamyia Bank sind mit im Boot«, sagte der Bankier. »Diesmal dürfte es keine Probleme mit dem Transfer geben.«

»Mit dem Zoll geht auch alles glatt«, sagte Vermeulen. »Das habe ich gestern geregelt. Wann kann ich mit dem Eingang der ersten Tranche rechnen?« Er trat an das Panoramafenster seines Büros im 31. Stock, obwohl die Verbindung störungsfrei war – kein Knistern, Rauschen, auch kein verdächtiges Klicken oder Knacken. Er hörte nur den eigenen Atem, schwer und zischend, als käme er nicht aus einer menschlichen Brust, sondern aus einem Maschinenraum.

De Kook schwieg einen Moment. »Es gibt noch ein Hindernis«, sagte er zögernd. »Einige Personen hier und in Saudi-Arabien haben Angst, dass deine Tochter, also, dass sie wieder aufwacht und sich erinnert. Dass sie zu reden anfängt und dann alles den Bach runtergeht – mitsamt ihrer Investition.«

Vermeulen spürte einen Druck auf der Brust. »Sag ihnen, ihre Sorge ist unbegründet. Ich habe alles in die Wege geleitet. Es dauert nur wenige Tage.« Die Scheibe spiegelte sein Gesicht, auf das der Sonnenschein fiel, und für eine Sekunde schien ihm der durchsichtige Mann vor seinen Augen völlig unbekannt zu sein.

De Kooks Stimme klang erleichtert. »Ach ja, und der Prinz hat mit dem saudischen Außenministerium gesprochen. Das Papier, über das wir gesprochen haben, wird Oskar in die Kanzlei gefaxt.« Er hielt kurz inne, dann fragte er: »Hat die Polizei – haben die Ermittlungen irgendwas erbracht, das den Tod von diesem Dealer und dem Mädchen mit uns in Verbindung bringen könnte?«

»Falls ja, halten sie das unter Verschluss«, sagte der Reeder. »Oskar würde mich informieren, wenn es anders wäre.«

Wieder schwieg de Kook einige Sekunden. »Glaubst du, sie stoßen auf die alte Geschichte?«

»Nein.« *Er hat Angst,* dachte Vermeulen – *nicht nur Angst, dass die Schieflage von Vermeulen & Aboudani seine Bank mit in den Abgrund reißt, sondern auch, dass der Richter umfällt; dass Gerritsen plötzlich reinen Tisch machen will.*

De Kook räusperte sich. »Wenn Johan nicht dicht hält, müssen wir vielleicht mit Caribe reden und –«

»Geert, das ist ein Transatlantikgespräch. Die halbe Welt hört mit.«

»Mein Handy ist abhörsicher«, sagte de Kook.

»Sowas gibt es nicht«, erklärte Vermeulen. »Wir reden weiter, wenn du wieder zurück bist. Ruf an, sobald du in Schiphol gelandet bist.«

Er beendete das Gespräch, behielt den Apparat aber weiter in der Hand. Von seinem Fenster aus blickte er auf die anderen Wolkenkratzer: Unter ihm sichelten Dutzende von Möwen durch die salzige Luft, berauscht von Sonne und Jod, oder standen ohne einen einzigen Flügelschlag in dem heftigen Wind.

Er trat dichter an das Fenster, das bis zum Boden reichte. Unter den Möwen konnte er das Zuckerbäckerhaus der *Holland America Lijn* sehen, aus schwindelerregender Höhe blickte er darauf hinab. *Eines Tages, Noah, Junge, eines Tages werden wir größer sein als die da. Jetzt*, dachte er, *sind wir es*. Noch weiter unten strömte die Maas, und alles war grenzenlos – weiß, blau, grün –bis zum Horizont. Vielleicht ist es so, wenn man stirbt, dachte der Reeder. Man wird ausgeschüttet in die Weite hinter dem Horizont, in das Licht hinter dem Dunst.

Auf den flachen Wellen blitzten Sonnenlichtreflexe, still und doch ruhelos, ständig bewegt. Bei schwerem Wetter allerdings hob der Fluss zornig die Schultern, und man glaubte, sogar hier oben die Erschütterungen zu spüren, mit denen sich das Meer auf das Land warf. Das Hafengelände erstreckte sich kilometerweit zu beiden Seiten der Maas bis zur Nordsee, *seine Welt* – fast ohne Menschen. Sie bestand aus dunkelrot gestrichenen Pipelines, blendend weißen Öltanks und silbernen Raffinerieanlagen; aus schwarzen Lagerhallen und gleißenden Bürohochhäusern.

Breitbeinig über die Kais ragende Kräne schwenkten ihre Ausleger von den Laderäumen der Ozeanriesen, *seiner Schiffe*, zu computergesteuerten Gabelstaplern und Rangierloks. Tankzüge bahnten sich ihren Weg über ein Gewirr von Weichen durch einen Wald von Signalmasten. Lastwagen und Güterwaggons rollten mit tonnenschweren Paletten auf dem Hafenasphalt zwischen den Anlegestellen der Containerschiffe hin und her.

Es kam Vermeulen vor, als könnte er den Hafen sogar durch das schwere Glas des Fensters riechen, den scharfen, frischen Geruch nach Tang, Salz, Rohöl und nassem Stahl. Eine Welt, die niemals schlief. Tag und Nacht standen ihre Tore offen für die Ströme des Reichtums aus allen Teilen der Erde, und Rotterdam sah zu, wie sie hereinkamen und weiterflossen und konzentrierte sich mit kalter, aber unermüdlicher Inbrunst darauf, an diesem Reichtum teilzuhaben.

So war es schon vor vierhundert Jahren gewesen, als Holland den Handel auf allen sieben Meeren beherrscht hatte, und so war es auch heute noch, und Vermeulen & Aboudani gehörte bald wieder dazu. Er hatte die Stadt wachsen gesehen, wie seine Flotte. Er hatte gesehen, wie sie modern geworden war, mit der Zeit Schritt gehalten hatte, während er aus der Zeit zu fallen drohte und seine Flotte wieder schrumpfte.

Aber jetzt bekam er eine neue Chance. Nein, er hatte sie sich erkämpft, mit Zähnen und Klauen. An der Wand hinter seinem Schreibtisch hing eine große, altmodische Seekarte – alle Kontinente in verschiedenen Farben, sämtliche Meere in Blau und Grün, und die roten Linien, das waren die wichtigsten Routen seiner Schiffe und der Schiffe seiner Konkurrenten. Er war wie diese Schiffe, die für ihn fuhren: ein Körper aus Eisen, immer unterwegs zu einem neuen Ziel und nur schwer zu einer Kursänderung zu bewegen, wenn er mal in Fahrt gekommen war. Tag für Tag lebte er auf das Wesentliche beschränkt. *The Boss.*

Er konnte ein Schiff steuern, und er konnte eines bauen, denn angefangen hatte er auf einer Werft. Wenn er hinunterging in den Hafen, fühlte er sich mit jedem Atemzug wohler als hier im 31. Stock.

Er kannte die Geldsäcke und die Politiker, aber vor allem kannte er die Männer, die auf den Docks schufteten, in den Laderäumen und an den Schweißgeräten. Er kannte auch die anderen Reeder, ihre Kapitäne, die Hafenmeister, den Zoll.

Er wusste, dass sie ihn beobachteten, seine Schiffe kontrollierten, seine Papiere überprüften, seine Transportrouten abklapperten, den Weg der Waren verfolgten, dem Geld nachgingen. Er wusste sogar, welche Säcke, Fässer und Kisten sie auf seinen Containern röntgen und welche nicht. Bloß über die Leute, mit denen er es jetzt zu tun hatte, wusste er nichts, außer einer Sache: Sie waren gefährlicher als alle anderen.

Er kehrte dem Fenster und der trügerischen Sicherheit, die es vor dem Sturz in die Tiefe zu bieten schien, den Rücken. Mit einem Daumendruck wählte er die erste Nummer im Kurzwahlspeicher seines Smartphones. Es meldete sich Oskar Manhijmers Mailbox. »Ruf mich zurück«, sagte Vermeulen. Nicht ganz fünf Minuten später zeigte das Display OM an. »De Kook hat aus Aruba angerufen«, sagte Vermeulen. »Das Geschenk ist verpackt, und morgen kommen Bändchen und Schleife dran.«

»*Happy days are here again*«, meinte Manhijmer.

»Er hat mir außerdem mitgeteilt, dass der Mann aus Aruba so lange hier bleibt, wie wir seine Dienste benötigen«, fuhr Vermeulen fort. »Die Saudis schicken dir ein Fax in die Kanzlei, mit dem du rumwedeln kannst, falls jemand auf die Idee kommt, seinen Pass für eine Fälschung zu halten und ihn hopszunehmen.«

Es gab einen lauten Knall, den der Reeder nicht sofort deuten konnte, bis gedämpfte Kaugeräusche in der Leitung ihm verrieten, dass Manhijmer zwischen Mund und Telefonhörer eine *Bubblegum*-Blase zum Platzen gebracht hatte. »Damit wird der gewaltsame Tod mehrerer Menschen und mindestens eines Pferdes ungesühnt bleiben«, sagte der Anwalt. »Könnte sein, dass sich unser Commissaris damit nicht abfinden will.«

»Van Leeuwen wird wohl kaum so vermessen sein, sich gleichzeitig mit deiner Kanzlei *und* dem Königreich Saudi-Arabien anzulegen.«

Der Anwalt gab ein Glucksen von sich. »Wie ich ihn einschätze, würde er das nicht mal als vermessen betrachten.«

»Hast du was gehört? Macht er bei seinen Ermittlungen Fortschritte?«

»Er hat sich mit Richter Gerritsen getroffen.«

»Mit Johan? Ging es um Boers Freispruch?«

»Worum es genau ging, hat Gerritsen mir nicht gesagt. Am Telefon wollte er nicht darüber sprechen. Er hat um einen Termin gebeten, diskret, außerhalb der Kanzlei.«

Das schwächste Glied der Kette, dachte Vermeulen.

»Keine Sorge, Noah, deine Arche ist wasserfest«, fuhr Manhijmer fort. »Egal, was jemand weiß, du gehst nicht unter.«

»Wer sagt das?«

»Ich.« Eine weitere Kaugummiblase zerplatzte mit einem Knall. »Du bist unangreifbar, dafür hab ich gesorgt. Die Polizei wird dich weder mit dem Geschenk noch mit der Verpackung in Verbindung bringen können, genauso wenig wie Geert-Hans.«

»Und was ist mit den Leuten in Katar?«

»Die Leute in Katar sind Leute in Katar, sonst nichts.«

Vermeulen spürte, wie der Druck in seiner Brust stärker wurde, als hätte man ihm ein mit Eisen gefülltes Herz implantiert. »Sie könnten auf den Gedanken kommen, unangreifbare Mitwisser seien eine Gefahr.«

»Die sind selber unangreifbar. Die brauchen dich, und selbst wenn sie dich persönlich eines Tages nicht mehr brauchen sollten, irgendjemand werden sie immer benötigen, um ihre Geschenkpakete anonym auf den Weg zu bringen. Wenn sie dich oder Geert eliminieren, wird niemand mehr mit ihnen zusammenarbeiten, und das wissen sie ziemlich genau.«

»Ich möchte nur nicht eines Tages aus dem Fenster eines Kaufhauses stürzen –«

»– oder mit aufgeschlitzter Kehle in deiner Box im Stall liegen, absolut verständlich. Wenn man dem Teufel seine Seele verkauft, will man schließlich nicht, dass er sie sich holt, solange man noch am Leben ist. Ach, wusstest du eigentlich, dass die alten Ägypter glaubten, die Seele existiere losgelöst vom Kopf und könne sterben, bevor der Körper stirbt?«

»Was soll das heißen?«, fragte der Reeder, plötzlich gereizt, ohne genau zu wissen, warum.

»Auf dich und mich übertragen«, setzte Manhijmer zu einer philosophischen Erklärung an, »ist der Kopf gewissermaßen der Computer, der alle für unsere Existenz relevanten Faktoren erfasst und uns zu überleben hilft, indem er sie bei Bedarf entsprechend anpasst, damit wir jedes Hindernis überwinden können. Das ist die Hauptaufgabe des Kopfes: uns durchs Leben zu führen.«

»Ich verstehe kein Wort«, sagte Vermeulen.

»Die Seele«, redete der Anwalt weiter, »kann mit dem Kopf zusammenarbeiten, sich aber auch gegen ihn stellen. Sie kann zu dem Eindruck kommen, dass sie ihren Anspruch auf das ewige Leben verliert, wenn sie sich an etwas beteiligt, was der Kopf für unerlässlich hält.«

Vermeulen fragte sich, was das ewige Leben mit seiner Situation zu tun hatte, und als hätte er diese ungestellte Frage geahnt, fuhr Manhijmer fort: »Die Ägypter glaubten, dass die Seele nach dem Tod des Körpers die Unterwelt durchwandern muss, und nur wenn sie sich dort nicht verliert, sondern heil auf der anderen Seite ankommt, geht sie in das ewige Leben ein. Aber wenn sie sich zu Lebzeiten auf etwas eingelassen hat, das sie für falsch hielt, nur weil der Kopf es wollte – wenn sie also gewissermaßen schon gestorben ist, bevor der tatsächliche Tod eingetreten ist –, wird die Unterwelt sie verschlingen. Deswegen beschließt sie manchmal, lieber vor dem Rest des Körpers zu sterben, bevor sie den Anspruch auf die Ewigkeit verliert. Das ist die Situation, in der wir uns befinden – du, Geert-Hans und inzwischen leider auch ich.«

»Ich fühl mich noch ganz lebendig«, wandte der Reeder ein.

»Ja, aber deine Seele ist gestorben, Noah«, beschloss der Anwalt das Telefonat. »Unser aller Seelen sind nicht gestorben, als wir sie dem Teufel verkauft haben. Sie sind gestorben, als sie erfahren haben, was wir dafür zu tun bereit sind.«

Vermeulen dachte, dass er nur tat, was getan werden musste, sie alle taten das, aber die Verbindung war unterbrochen. Er legte das Samsung wieder an seinen Platz zurück, und als er die Schreibtischschublade schloss, fiel sein Blick auf das Schwarzweiß-Foto seiner Tochter, das in einem Silberrahmen neben dem Telefon stand.

Sie war schön gewesen, und er hatte sie geliebt. Er konnte sich daran erinnern, wie sehr. Mehr als Roos, die sie ihm geschenkt hatte. Aber Isa war kein Schiff, sie war nicht das Meer, sie war kein Element, nur ein Mensch – und jetzt ein nutzloser. Eine Zeitlang hatte er gedacht, eines Tages könnte sie die Reederei übernehmen; sie hätte die Muskeln dafür gehabt, dachte er.

Sie hatte auch jetzt noch Muskeln, doch die verfielen unaufhaltsam, trotz der elektrischen Impulse, die in Abständen durch ihren Körper gejagt wurden, um den Verfall aufzuhalten. Sie hatte ein Herz, das schlug, obwohl nichts darin mehr lebte; keine Musik, kein Gefühl, keine Erinnerung.

Nur noch ein Futteral für eine Seele, die längst durch die Unterwelt wandert, Oskar.

49

»Seit achtzehn Jahren warte ich auf diesen Moment«, sagte Luuk Janssen. Er sah erst den Commissaris an, dann Hoofdinspecteur Veenstra und schließlich wieder van Leeuwen. »Seit achtzehn Jahren warte ich darauf, dass jemand klopft und mir so einen Ausweis zeigt. Aber nicht unter diesen Umständen. So habe ich es mir nicht vorgestellt.« Er hatte ihnen die Tür seines Wohnmobils geöffnet, und nach einem kurzen Blick auf ihre Ausweise war er zur Seite getreten, um sie hereinzulassen. Aber er hatte die Tür nicht wieder geschlossen, und so stand sie weiter offen und gab den Blick frei auf den bronzefarbenen Citroên SM vor dem Trailer und eine Reihe langsam kreisender Windräder auf der anderen Seite des breiten Flusses. Am Horizont hinter den Windrädern wurde der Himmel schiefergrau; ein aufziehender Sturm trieb schwarze Wolken heran, und das Wasser hob sich, als wäre es seiner Ufer überdrüssig.

Van Leeuwen sah sich in dem geräumigen Wohnwagen um. Es gab eine mit mokkabraunem Leder bezogene Couch, einen ebenfalls mokkabraunen Sessel, ausgerichtet auf einen großen Fernseher mit Zusatzlautsprechern, und dazwischen einen niedrigen Tisch, auf dem ein paar Zeitungen, eine Fernbedienung und ein Smartphone lagen. Rechts davon öffnete sich die Küche, komplett mit einem großen Kühlschrank, einem Herd mit vier Kochfeldern, Geschirrspüler und Waschmaschine. Dahinter lag die begehbare Schlafkoje samt Kleiderschrank.

Jeder Zentimeter der Wände war mit gerahmten Fotografien bedeckt, über der Couch, dem kleinen Schreibtisch, neben dem

Fernseher und rechts und links von einem ovalen Heckfenster ohne Vorhänge. Sie zeigten vor allem Luuk Janssen als Fußballspieler im Trikot von Sparta Rotterdam, allein oder mit der Mannschaft, dann als Spediteur in Hemd und Jeans neben seinem Fuhrpark von Janssen International Transports und noch später im Sakko als frisch gewählter Stadtrat vor dem Wahlplakat der Fortschrittspartei.

Das Plakat hing ebenfalls an der Wand hinter der Couch, gleich neben einem Bild von Janssen mit der letzten Königin der Niederlande, einem mit Reiszwecken befestigten, schon etwas ausgebleichten Originaltrikot mit seiner Spielernummer und einer Urkunde, *Trainer des Jahres*. In einem Regal stand eine kleine Armee von vergoldeten Statuen und Pokalen in jeder nur denkbaren Form oder Größe, gekrönt von einem über und über mit Namen bekritzelten Fußball oben auf dem Schrank.

»Wollen Sie verreisen?«, fragte der Commissaris, als er einen kleinen Samsonite-Reisekoffer und die nachlässig darüber geworfene Rupfenjacke neben der Tür bemerkte.

Janssen nickte. »Ja, ich muss nach Amsterdam, meinen Sohn holen. Er ist tot. Jemand hat ihn … aber das wissen Sie ja. Deswegen sind Sie doch hier, nicht?« Er sah sich um, als wüsste er nicht recht, was er nun zu tun hätte, am Ende der achtzehn Jahre, während derer er auf diesen Moment gewartet hatte. »Die Leiche ist jetzt freigegeben worden.«

Er ging zur Spüle, nahm zwei Gläser, füllte sie mit Wasser und blieb dann einen Moment verloren mit den Gläsern in der Hand stehen. »Sie haben bestimmt Durst.«

Einige Sekunden wirkte er wie erstarrt. Seine Füße in den bequemen, nicht mehr ganz neuen Laufschuhen schienen dicht nebeneinander auf dem Trailerboden festgeklebt zu sein. Außer den Laufschuhen trug er eine gebügelte Denimhose, ein kirschrotes Polohemd, einen burgunderfarbenen Ledergürtel und eine schwere Uhr mit Edelstahlgehäuse. Die Uhr war es, die als erste zitterte. Dann zitterte das Wasser in den Gläsern, danach die Hände und schließlich beide Arme, ehe das Zittern auch die Beine erfasste.

»Warten Sie«, sagte Veenstra. Er nahm ihm die Gläser ab, stellte sie auf die Anrichte und half Luuk Janssen zu der Ledercouch. Der große, immer noch kräftige Ex-Fußballer sank auf die Couch und sah Veenstra an wie ein Patient einen Pfleger. »Entschuldigen Sie«, sagte er leise. »Es ist gut, dass Sie endlich da sind. Ich werde alle Fragen beantworten.«

Er leckte sich kurz über die schmalen, blassen Lippen und lächelte überraschend, ein seltsam skeptisches Halblächeln, das nur kurz kam und gleich wieder ging. Es passte weder zu dem traurigen Ausdruck in den schmalen braunen Augen noch zum Rest des klaren Gesichts, in das man viel hineinlesen konnte, Gutmütigkeit, Ehrlichkeit, Charakterstärke. Die hohe Stirn unter dem glatten, dünnen Haar, das einmal blond gewesen war, trug genauso zu dieser Klarheit bei wie das breite Kinn mit dem tiefen Grübchen.

»Ihr Sohn ist Lars Janssen?«, fragte der Commissaris.

Janssen nickte. »Ja. Lars.« Seine Mundwinkel sanken herab und stiegen wieder hoch, als suchten sie noch den angemessenen Ausdruck. »Er ist vor einigen Tagen erschossen worden. Sie ermitteln doch in dem Fall?«

»Ja.«

»Und in dem anderen auch?«

»Welchem anderen?«, fragte van Leeuwen. »Die Familie des Bankiers de Kook?«

»Ja ... natürlich.« Janssen nickte wieder. »Und die Familie Kleijn. Die Morde von damals.«

Hoofdinspecteur Veenstra öffnete den Mund, aber van Leeuwen bedeutete ihm mit einer Handbewegung, still zu sein. »Sind die Kleijns der Grund, aus dem Sie seit achtzehn Jahren auf den

Besuch der Polizei warten?«, fragte er. »Frans Kleijn war der beste Freund Ihres Sohnes, stimmt das?«

»Ja.«

»Hat er mit Ihnen über den Abend gesprochen, an dem -«

»Nein«, fiel ihm Janssen ins Wort, »er hat nie darüber geredet, obwohl ich gesehen habe, wie es ihn aufgefressen hat.«

»Viele Leben sind damals zerstört worden«, sagte van Leeuwen. »Kennen Sie Fenna Kleijn?«

»Ja. Ich bin ihr auf dem Friedhof begegnet, auf dem ihre Familie begraben liegt. An ihrem Grab.«

»Sie waren am Grab der Kleijns?«, fragte Veenstra.

Janssen antwortete nicht sofort.

»Ein paar Mal«, sagte er dann. »Ein paar Mal in den letzten Jahren, und im letzten Jahr und dem davor habe ich Mevrouw Kleijn dort gesehen. Ich wusste nicht, wer sie war, aber ich habe es mir gedacht. Deswegen habe ich sie angesprochen. Ich habe ihr aber nichts erzählt, nur dass mein Sohn mit ihrem Vater befreundet war. Sie sah so jung aus – als wäre sie in der Zeit stehengeblieben. Und beim letzten Mal hat sie mich mitgenommen zu dem Haus ...«

»Wovon haben Sie ihr nichts erzählt?«, fragte van Leeuwen. »Von Ihrem Verdacht, der Sie achtzehn Jahre lang nicht ruhen ließ, sodass Sie jeden Moment mit dem Besuch der Polizei gerechnet haben? Sie konnten niemand davon erzählen, solange Ihr Sohn noch lebte?«

Janssen sah weiter zur Tür hinaus. »Ja.«

»Sie wollten ihm nicht schaden. Obwohl Sie nicht wussten, was er getan hatte. Oder ob er überhaupt etwas getan hatte.«

»Ja. Er war ein guter Junge. Er ist da hineingeraten. Die anderen –« Er schwieg.

»Welche anderen?«, hakte van Leeuwen nach. »Noah Vermeulen? Geert-Hans de Kook?«

»Darf ich«, langsam kehrte Janssens Blick in das Innere des Wohnwagens zurück, suchte den Commissaris, »darf ich es der Reihe nach erzählen? Haben Sie so viel Zeit?«

»Ja.« Van Leeuwen holte die Wassergläser, reichte Janssen eins und setzte sich mit dem zweiten in den Sessel. »So viel Zeit haben wir.«

Janssen trank einen Schluck. Der Himmel vor der Tür war jetzt fast ganz schwarz, und das Wasser der Maas lag so ruhig, als wäre es aus Blei zwischen die Ufer gegossen. Die Windräder auf der anderen Seite und die Öltanks der Raffinerien weiter flussabwärts leuchteten atemberaubend weiß. Die Luft stand still; alles hielt den Atem an. Janssen zitterte nicht mehr. »Alles begann mit einem ungedeckten Scheck ...«

Da war er, der Scheck, und van Leeuwen wusste jetzt, dass der Moment der Wahrheit bevorstand, der Moment, in dem dieses *Alles* einen Sinn ergab.

»Ich saß damals das erste Jahr im Stadtrat und war dabei, meine Spedition an einen deutschen Konkurrenten zu verkaufen«, erzählte Janssen. »Lars hatte mit seinem Freund Frans die Frans Kleijn & Lars Janssen Ship Designers gegründet. Beide hatten sich hoch verschuldet, um das Startkapital aufzutreiben. Zuerst hatte Lars mich gebeten, Geld in die junge Firma zu investieren. Aber ich hatte abgelehnt. Er sollte es aus eigener Kraft schaffen.«

Er hielt kurz inne, wie um sich das Gesagte noch einmal in Gedanken anzuhören. »Allerdings habe ich ihnen dann doch etwas zu helfen versucht. Als ortsansässiger Spediteur hatte ich immer wieder mit der Reederei Vermeulen & Aboudani in Rotterdam zu tun und auch das eine oder andere Geschäft mit ihnen gemacht. Als es soweit war, habe ich ein Wort mit Noah Vermeulen geredet und ihn auf die junge Konstruktionsfirma hingewiesen. Sie hätten das Gesicht meines Sohnes sehen sollen, als der erste Auftrag ausgerechnet von einer so großen Reederei kam!«

Ein weiteres Halblächeln zupfte an seinen Mundwinkeln. »Und Frans Kleijn, der Künstler unter den beiden, der so stolz auf seine Arbeit war, dass er besonders gelungene Entwürfte signierte wie ein alter Meister, leistete wirklich Besonderes. Sie hatten schon den Rahmen für den ersten Scheck besorgt, um ihn an der Wand ihres Büros aufzuhängen. Als dieser Scheck dann eintraf, gab es buchstäblich einen Freudentanz! Die zweiten und dritten Hypotheken auf ihre Häuser, die immer wieder verlängerten und aufgestockten Darlehen, das Gefühl, Versager zu sein, die ihre Familien nicht ernähren konnten – die Familie, die Frans schon hatte und die Lars bald gründen wollte, mit Annet, der Frau, die er aus tiefstem Herzen liebte –, das alles würde jetzt vorbei sein, denn die nächsten Aufträge kündigten sich schon an.«

Draußen fuhr ein Windstoß in die Blätter der Birken, aber der Name *Annet* ging nicht darin unter.

»Dann platzte der Scheck.« Mit einem Knall stellte Janssen das Glas auf den Couchtisch; Veenstra zuckte zusammen. »Und danach zweiter. Frans und Lars konnten nicht glauben, was geschah. Sie schwankten zwischen Wut und Angst, riefen bei der Bank an, ob es sich um einen Irrtum handele. Sie riefen in der Buchhaltung der Reederei an. Aber es war kein Irrtum. Noah Vermeulen rief persönlich zurück und versicherte ihnen, ein dritter Scheck über beide Beträge wäre schon unterwegs – ein Versehen, sonst nichts. Zur Bestätigung rief auch die Kreditabteilung der kontoführenden Bank an, ein junger Mann namens de Kook, der ebenfalls versicherte, in ein paar Tagen sei die Sache geklärt, das Geld auf dem Konto von Kleijn & Janssen Ship Designers. Sie warteten fast drei Wochen. Nach der zweiten Woche ließen sich Vermeulen als auch de Kook verleugnen, wenn sie anriefen.«

Janssen schüttelte den Kopf. »Das alles erfuhr ich erst viel später. Sie waren zu stolz, ihr Versagen – wie sie es empfanden – einzugestehen. Die falsche Art von Stolz, natürlich. Immer noch wollten sie es aus eigener Kraft schaffen. Frans sagte zu Lars: *Was würde dein Vater tun, in so einer Situation?*«

Eine Bö schlug die Tür des Wohnwagens zu. Regen prasselte gegen die Wände. Es wurde so dunkel, als wäre die Dämmerung angebrochen. Donner schickte ein Knistern voraus, rollte heran und brach sich in hartem Krachen.

Janssen sagte: »Als Lars noch ein Kind war, spielte er gern mit Ritterfiguren. Nicht mit Jedis oder anderen *Star-Wars*-Gestalten, sondern mit richtigen Rittern aus bemaltem Zinn. *Wogegen kämpfen die denn?*, habe ich ihn mal gefragt. Gegen alles, antwortete er, wie du. *Wie ich?* Ja, Mama sagt immer, du kämpfst gegen alles, von morgens bis abends. Nach einer kurzen Pause runzelte Lars die Stirn und fragte: *Wofür* kämpfst du, wenn du nicht *gegen* etwas kämpfst? Für einen Pokal? Und ich habe geantwortet: vor allem für die Wahrheit. Die Wahrheit ist nicht immer so schön wie ein Pokal, aber sie ist das Einzige, was den Kampf wirklich lohnt. Und wer für die Wahrheit kämpft, der kämpft gegen alles andere: Gegen die Falschheit in der Welt. Die Lüge, den Betrug. Die Ehrlosigkeit.«

Seine Stimme verlor sich in der Dunkelheit, während der Regen über das Heckfenster strömte. Ein Blitz flackerte lautlos durch das Heckfenster. Der Trailer bebte unter den Windböen.

»Ich dachte, er hätte mich gar nicht verstanden, die ganzen großen Worte«, nahm Janssen den Faden wieder auf. »Aber er hatte mich verstanden, und als die Schecks platzten, traute er sich nicht zu mir, weil er wusste, dass er im Begriff stand, den Kampf gegen die Falschheit, die Lüge und den Betrug zu verlieren, anders als sein Freund Frans. Dann geschah noch etwas: Sie erhielten einen Anruf von einer Firma namens European Cargo, deren Buchhaltung von Vermeulen & Aboudani unter Bezugnahme auf eine Rechnung von Kleijn & Janssen 180.000 Gulden erhalten hatte. Die Summe stand European Cargo zu, aber trotzdem wollte man dort wissen, was es mit der Rechnung von Frans und Lars auf sich hatte. Doch die beiden hatten diese Rechnung nie gestellt.«

Er stieß einen Laut aus, trocken, als entsorgte er ein abgestorbenes Lachen. »Nach einigen nicht einmal besonders aufwändigen Recherchen fanden sie heraus, dass es noch mehr nie gestellte Rechnungen von Kleijn & Janssen Ship Designers gab, deren Beträge vom Firmenkonto der Reederei abgebucht und angeblich an sie überwiesen worden waren, ohne je bei ihnen angekommen zu sein. Dahinter steckte ein System, um Löcher in der Bilanz der Reederei zu stopfen. Frans beschloss, Noah Vermeulen und seine Hausbank wegen Scheckbetrugs und Insovenzverschleppung anzuzeigen. Das hätte in dieser Phase wahrscheinlich das Aus für die Reederei bedeutet, an deren Spitze Noah gerade erst getreten war. Deswegen versuchte er um jeden Preis, Frans von der Anzeige abzuhalten. Er bot ihnen an, auf einen Schlag alles zu bezahlen, was er Kleijn & Janssen schuldete und auch noch die fällige Steuernachzahlung zu übernehmen. Aber Frans ließ nicht mit sich reden. Er blieb hart.«

»Und Lars?«

»Lars sah eine Chance, die noch junge Firma zu retten.«

»Also benutzten Vermeulen und de Kook Ihren Sohn als Hebel, um Frans Kleijn aus den Angeln zu heben.«

»Wahrscheinlich. Ja. Aber ich weiß nicht, was weiter geschah. Wie alle anderen glaubte ich zuerst, Frans Kleijn hätte Selbstmord begangen und vorher seine Familie, bis auf das eine Mädchen, getötet. Es gab zwar ein paar Dinge, die einfach nicht stimmten, Sachen, die in der Presse kolportiert wurden, aber –«

»Was für Dinge?«

Unter einem zornigen Glühen rötete sich Janssens Gesicht. »Na ja, beispielsweise hieß es, Frans und seine Frau hätten Eheprobleme gehabt, sich oft gestritten, und er hätte sie geschlagen. Sie hätte eine Affäre gehabt. Aber wenn es so gewesen wäre, hätte ich davon gehört! Trotzdem unternahm ich keine Anstrengung herauszufinden, was tatsächlich passiert war. Eigentlich ging es mich nichts an. Das war Aufgabe der Polizei.«

Er streifte Hoofdinspecteur Veenstra, der im Halbdunkel neben der Tür an der Wand des schwankenden Wagens lehnte, mit einem Seitenblick. Wieder flackerte ein Blitz, und der Donner kam gleich danach mit harten, lauten Schlägen.

»Zwei Jahre später stand Lars völlig unerwartet mitten in der Nacht vor meiner Tür«, fuhr Janssen fort. »Ich erkannte ihn nicht wieder. Er war immer so lebendig gewesen, kraftvoll, energiegeladen. Jetzt hatte ich ein Wrack vor mir, ausgebrannt. Man sah es nicht auf den ersten Blick, aber ich konnte hinter die Fassade blicken, und da spürte ich die Verzweiflung. Die zwei Jahre, in denen ich nichts von ihm gehört hatte, mussten eine einzige Qual gewesen sein. Annet hatte ihn verlassen, und als ich ihn fragte, warum, sagte er: Ich habe etwas Schreckliches getan, Papa. Ich versuchte ihn zu beruhigen, sagte, setz dich doch erst mal, und dann erzähl mir alles in Ruhe. Aber er wollte nicht mehr sagen. Es war, als hätte er nur einmal aufschreien müssen, vor jemand, der ihn liebte, und dann verschwand er wieder, ohne auch nur anzudeuten, was er getan hatte.«

Er blinzelte und neigte den Kopf zur Seite, als lausche er gleichzeitig auf den Regen und auf die Stimmen aus der Vergangenheit. »Natürlich machte ich mir große Sorgen. Ich suchte Annet auf. Ich dachte, sie könnte mir vielleicht sagen, was mit ihm los war. Sie können sich denken, wie überrascht ich war, als ich feststellte, dass sie inzwischen mit Geert-Hans de Kook zusammen war. Sie erzählte mir, dass Lars sich vor zwei Jahren auf einmal verändert hätte – von heute auf morgen –, und es ihr unmöglich gewesen sei, weiter mit ihm zusammen zu bleiben. Den Verfall, dessen Endstadium ich ja gesehen hatte, hatte sie von Anfang an miterlebt. Aber auch ihr hatte er nie gesagt, was ihn innerlich auffraß. Es war, als versagte ihm die Stimme, wenn er darüber sprechen musste; seine Lippen waren buchstäblich versiegelt.«

Er hielt inne, lauschte wieder; der Regen ließ nach, und der Wagen schaukelte nicht mehr unter den Windstößen. »In dieser Zeit sei ihr de Kook eine große Hilfe gewesen, erklärte sie, vor allem als Lars einfach verschwand. De Kook blieb und kümmerte sich um Annet. Er war alles, was Lars nicht gewesen war: stark, selbstsicher, immer weiter auf dem Weg nach oben. Und jetzt standen sie kurz davor zu heiraten. Doch ich konnte sehen, dass sie nicht glücklich war. Bevor ich ging, hielt sie meine Hand einige Sekunden lang ganz fest. Such nicht weiter, warnte sie mich. Lass es ruhen. Tu es für Lars. Für mich. Tu es für dich. Sie sind mächtig. Und ich tat, was sie verlangte.«

Er schüttelte den Kopf. Das Halblächeln spannte wieder seine Lippen, und jetzt erkannte der Commissaris, was es bedeutete – Scham.

»Zu der Zeit steckte ich selbst in Schwierigkeiten«, fuhr Janssen fort, »der Verkauf meiner Spedition stand auf der Kippe, einige Wohltätigkeitsprojekte, in denen ich mich engagiert hatte, erwiesen sich als Fässer ohne Boden, und zu allem Überfluss setzte mir auch noch mein Herz zu. Es war zu groß geworden, die Jahre als Hochleistungssportler auf dem Rasen verlangten ihren Tribut. Ich hatte kaum noch Zeit, meinen Aufgaben im Stadtrat gerecht zu werden. Dann kam der Infarkt, und plötzlich, als ich im Krankenhaus lag, wurde mir klar, was meinen Sohn, de Kook und Vermeulen verband. Und was ich dann tat, beschämt mich noch heute: gar nichts. Ich hatte Angst vor dem, was ich erfahren würde. Angst, dass es mich auch umbringen würde. Aber am größten war die Angst, ich könnte etwas tun, was meinem Sohn schadete.«

Erschöpft schwieg er. Kleine Schweißperlen standen auf seiner Stirn, und dünne, glänzende Nässestreifen zeigten sich an den

Schläfen. Mit einem Fauchen spang der Kompressor des Kühlschranks an. Der Regen hörte auf, über das Heckfenster zu strömen, und durch das nachlassende Rauschen drang wieder der Lärm des Verkehrs auf der Fernstraße.

»Haben Sie das alles auch Fenna Kleijn erzählt?«, fragte der Commissaris.

Janssen stand auf und öffnete die Tür. Kühle Luft, die nach nassem Gras roch, drang herein. »Sie war so traurig«, sagte er. »Sie hat mich an Lars erinnert. Jung und alt zugleich. Ja, ich habe ihr dasselbe erzählt wie Ihnen. Sie wollte alles über de Kook und Vermeulen wissen und darüber, wie sie ihrem Vater und Lars zugesetzt hatten. Ich habe ihr gesagt, sie solle einen Schlussstrich ziehen, ihr Leben neu beginnen. Gegen Männer wie de Kook und Vermeulen könne sie nichts unternehmen. Es gibt ja auch keine Beweise, habe ich gesagt. Sie wollte, dass ich mir das Haus anschaue, das Zimmer, in dem sie und ihre Schwester geschlafen hätten. Das Büro ihres Vaters war jetzt kein Büro mehr, sondern ein zusätzliches Schlafzimmer für den älteren der beiden Jungen.

Hier ist es passiert, sagte sie, ich kann keinen Schlußstrich ziehen. Mein Vater hat nie eine Pistole besessen, sagte sie; er hatte nur Gewehre, weil er manchmal auf Kaninchen ging. Und dann hat sie gefragt, ob Lars eine Pistole besessen hätte. Da habe ich gesagt: Warum fragen Sie das? Mein Sohn war der beste Freund Ihres Vaters. Er hätte ihm nie etwas getan. Ich werde es herausfinden, hat sie gesagt, alles, und dann kann ich einen Schlussstrich ziehen.«

Van Leeuwen dachte an Roos Vermeulen, daran, was sie bei seinem Besuch im Heim gesagt hatte, bevor sie wieder in ihre Medikamentendämmerung davongeglitten war.

Warum habe ich geschwiegen? Ich hätte es nicht zulassen dürfen – es war kein – es war kein – Es war kein Selbstmord. Es war Mord. Das hatte sie sagen wollen, dachte der Commissaris, aber da war ihre

Kraft schon aufgezehrt gewesen, die Kraft zum Widerstand gegen die Medikamente. *Sie weiß es … deswegen will er sie auch töten.*

Über wen hatte Roos Vermeulen gesprochen? Über Fenna oder über ihre Tochter? Isa weiß es? Isa weiß, was im Haus der Kleijns wirklich passiert ist. Hatte sie das gemeint? Hatte Noah Vermeulen Angst, sie könnte aufwachen und darüber reden, dass ihr Vater ein Mörder war? Wollte er deswegen die Apparate abstellen, die sie am Leben erhielten?

»Haben Sie Ihren Sohn noch einmal wiedergesehen?«, meldete sich Hoofdinspecteur Veenstra zu Wort.

Janssen sah ihn an, mit leicht zurückgelegtem Kopf und zusammengekniffenen Augen. »Vor fünf Jahren hat er mich das letzte Mal besucht. Er war in der Zwischenzeit nach Amsterdam gezogen und lebte dort mit einer anderen Frau zusammen, einer Journalistin. Er sagte, er hätte Annet wiedergetroffen. Sie wäre verändert, reifer, verständnisvoller. Die Ehe mit de Kook existiere nur noch auf dem Papier. Er sei kalt und lieblos, behandele sie schlecht, genauso wie seinen Sohn. Die meiste Zeit sei er geschäftlich unterwegs. Erst jetzt wüsste sie Lars zu schätzen, denn was sie für seine Schwäche gehalten hätte, sei in Wirklichkeit echte Stärke. Lars merkte, dass er noch immer in sie verliebt war. Er brauchte jemand, der ihn von früher kannte, aus der Zeit, als er noch auf das Leben losging wie ein junger Stier.«

Satelliten der Mordtat, dachte van Leeuwen. *Das sind sie alle. Sie kreisen um das Verbrechen und den Ort, an dem es begangen wurde. Lars und Annet haben sich gegenseitig Halt zu geben versucht; stattdessen sind sie gemeinsam in den Tod gegangen.* »Woher hatte er das Geld?«, fragte er.

»Was für Geld?«, fragte Janssen.

»Die Frau, mit der er zusammenlebte, hat ausgesagt, er hätte Geld gehabt – genug, um davon zu leben –, wollte aber nicht verraten, woher. War es Schweigegeld?«

Janssen schien überrascht. »Ich wusste nicht, dass er Geld hatte.«

Er will es nicht wissen, dachte der Commissaris. Er betrachtete Luuk Janssen in dem jetzt wieder heller werdenden Licht und dachte, er ahnt es vielleicht, aber er will es nicht wissen. Er erzählt uns die Geschichte eines Mörders, aber er weigert sich, ihm ins Gesicht zu sehen. Ich muss ihm die Frage stellen, vor der er sich fürchtet. »Glauben Sie, das Schreckliche, das Ihr Sohn getan hat, steht in direkter Verbindung mit dem Tod der Familie Kleijn?«

»Nein.« Luuk Janssen schüttelte den Kopf und wiederholte: »Nein, dazu wäre er nicht in der Lage gewesen. Wenn sie ermordet wurden, dann von jemand anderem.«

»Hat Fenna ihn je kennengelernt oder auch nur gesehen?«

»Ich glaube nicht, nein.«

»Und Sie haben ihr auch nicht von dem nächtlichen Besuch erzählt? Davon, dass er etwas Schreckliches getan haben wollte?«

»Nein, nein.« Janssen beugte sich vor und schaute an seinen Beinen vorbei auf den Boden wie jemand, der auf einem Berg abzuschätzen versucht, wie tief die Schlucht ist, in die er beim kleinsten Fehltritt stürzen kann. »Wer weiß, was sie dann getan hätte. Sie war ja wie besessen davon, den Täter zu finden.«

Es dauerte fast eine Minute, bis er begriff, was van Leeuwens Frage wirklich bedeutete. Der Commissaris beobachtete, wie sich sein Gesicht veränderte, wie es seine Form verlor und beinahe zerfiel. Die Lippen schienen ganz zu verschwinden, die Augen wirkten auf einmal wie zwei tiefe Narben, und von irgendeinem Punkt hinter diesem zerfallenen Gesicht drang ein Ächzen hervor, das nicht enden wollte. Alles war nur noch Schmerz. Dann verwandelte sich das Ächzen in Worte. »Fenna Kleijn hat Lars erschossen?«, fragte er. »War sie es?«

»Die junge Frau, die Sie auf dem Friedhof am Grab ihrer Familie kennenglernt haben«, bestätigte van Leeuwen. »Sie wollte weder Annet noch ihn töten, nur de Kook. Aber der war nicht da.«

Nichts bleibt verborgen, dachte er. Selbst wenn es Jahre dauert, nichts bleibt jemals verborgen. Es gibt immer eine Spur, einen Hinweis, ein Stück Vergangenheit, das nicht an seinem Platz bleiben will, einen geplatzten Scheck, einen Schmerz in einer Wunde, die sich nicht schließen kann. Und nichts geht je verloren, alles bleibt für immer, man muß es nur finden. Dann führt es einen zur Wahrheit, die nicht immer die einzige Wahrheit ist, und die auch nicht immer schön ist, aber sie ist immer da, so wie die Toten, die nicht ruhen können im Schatten ihrer Gräber. Daran glaubte van Leeuwen, und daran glaubten alle Polizisten. Er glaubte an die Wahrheit, wie sie auch aussehen mochte.

50

Das Gewitter war vorbei. Als die Sonne wieder hinter den Wolken erschien, fielen ihre Strahlen flach auf das nasse Gras und den Fluss, der dicht unter der Oberfläche leuchtete, bis ein Frachtkahn vorbeituckerte und die Wellen das Leuchten verschluckten.

Hoch über der Maas schwebte ein Fischadler ohne einen einzigen Flügelschlag und hatte ein Auge auf die Vorgänge zu Land, zu Wasser und in der Luft. Weiter unten hielten ein paar kreischende Möwen Ausschau nach Nahrung. Plötzlich stieß eine von ihnen nah am Ufer ins Schilf und kam mit einem kupfern schimmernden Fisch im Schnabel wieder zum Vorschein. Der Fischadler ließ sich fallen, segelte in großem Bogen von der Seite auf sie zu, entriss ihr den Fisch und stieg auf der Thermik zurück in seine blauen Höhen. *Morbus Darwin*, dachte der Commissaris, *die Beute gehört dem Stärkeren*.

Sie stiegen in den Mercedes, und als sie den Campingplatz verließen, stand Luuk Janssen in der Tür seines Wohnwagens und sah ihnen nach. Wahrscheinlich fragte er sich, warum er ihnen geöffnet und sie hereingelassen hatte und wie er nun den Rest seines Lebens mit dem Wissen verbringen sollte.

»Erinnern Sie sich noch an die Gewehre?«, fragte van Leeuwen den Hoofdinspecteur.

»Welche Gewehre?«

»Die, mit denen Frans Kleijn Kaninchen gejagt hat. Waren die bei ihm zu Hause?«

Veenstra überlegte kurz. »Stimmt, in seinem Arbeitszimmer gab es einen Gewehrschrank. Ich erinnere mich daran, weil das Jagen doch vor einigen Jahren verboten wurde.«

»Befand sich unter den Gewehren eine Browning Doppelbockflinte? Was ist aus den Waffen geworden?«

»Wahrscheinlich sind sie Teil der Erbmasse geworden und bei Verwandten gelandet, die sie dann verkauft haben.«

»Oder auch nicht«, sagte van Leeuwen zufrieden, denn jetzt war zumindest die Frage geklärt, woher Fenna die Mordwaffe hatte. Er wechselte das Thema. »Haben Sie bei Ihren Ermittlungen im Fall Kleijn je mit Lars Janssen, Geert-Hans de Kook oder Noah Vermeulen zu tun gehabt?«

»Nur kurz«, antwortete Veenstra, während er auf eine Lücke im beginnenden Feierabendverkehr auf der Schnellstraße wartete. »Erst mit dem jungen Janssen, dann mit Vermeulen, aber bevor wir nennenswerte Ergebnisse erzielen konnten, hat der Staatsanwalt die weitere Untersuchung persönlich übernommen.«

»Was ist Vermeulen für ein Mensch?«

Veenstra gab Gas und scherte vom Standstreifen auf die Fahrbahn. »Rücksichtslos«, sagte er. »Jemand, dem Erfolg alles bedeutet. Nicht das Geld – die Macht. Das Gefühl, der zu sein, zu dem alle anderen aufschauen, Freunde, Konkurrenten, Feinde. Den

Markt zu beherrschen, um jeden Preis. Kein sehr angenehmer Mensch, mit einem unbeugsamen Willen.«

»Ich finde, wir sollten ihm einen Besuch abstatten«, sagte van Leeuwen. »Wenn wir schon mal hier sind.«

»Ich kann Sie hinbringen«, sagte Veenstra, »aber ich werde Sie nicht begleiten. Außerdem gibt es etwas bei der ganzen Sache, das ich nicht verstehe.«

»Dann geht es Ihnen wie mir.«

»Wenn es nicht Frans Kleijn war, der seine Frau und die Kinder getötet hat, wie kam dann das Schlafmittel in die Mägen der Kinder? Das weist doch eindeutig auf den Vater als Täter hin.«

»In unserem Beruf«, sagte van Leeuwen, »muss man dem Eindeutigen mehr als allem anderen misstrauen.«

»Und der Abschiedsbrief, den Kleijn hinterlassen hat?«

»Der war mit der Maschine geschrieben, sagen Sie«, meinte van Leeuwen. »Kann jeder verfasst haben. Wahrscheinlich stammt er von Lars Janssen, aber auch das ist nur eine Vermutung.«

»Was wissen Sie dann überhaupt?«

»Ich weiß jetzt, dass die Morde von Amsterdam und die an Frans Kleijn und seiner Familie zusammenhängen. Aber ich kann es nicht beweisen. Wenn Fenna nach ihrer Begegnung mit Luuk Janssen noch weiter gesucht hat, dann muss sie dabei in ihrer Überzeugung bestärkt worden sein, dass Lars Janssen, de Kook und Vermeulen die Täter waren. Ich glaube das inzwischen auch, aber ich brauche Beweise. Noch lieber wäre mir ein Geständnis.«

Veenstra setzte den Blinker und folgte einem Schild in Richtung Rotterdam Centrum. Weit vor ihnen erhoben sich am Horizont kantige Wolkenratzer mit gleißenden Glasfronten über den Dächern der Autos.

»Aber das ist noch nicht alles«, fuhr van Leeuwen fort. »Ich frage mich, was für eine Rolle Milan Kimmel und Isa Vermeulen spielen. Und da ist noch etwas – etwas, das in die Zukunft hineinreicht. Die Verbrechen in der Vergangenheit und die in der Gegenwart haben alle mit einem Verbrechen zu tun, das wir – wenn überhaupt – erst in der Zukunft erkennen werden, das sich aber jetzt schon im Verborgenen abspielt.«

»Wie bei diesen russischen Puppen, von denen jede eine immer kleinere enthält, wenn man sie öffnet?«, meinte Veenstra. »Ein Verbrechen im Verbrechen im Verbrechen?«

»So ähnlich.«

Veenstra seufzte traurig. »Und zwischen all diesen Verbrechen irrt das kleine Mädchen von damals herum und zerstört mit einem blutigen Rachefeldzug das Leben, das ihr vor zwanzig Jahren geschenkt wurde. Wie dumm. Wie schrecklich dumm!« Er schwieg einen Moment. »Ein junges Mädchen glaubt ein halbes Leben lang, ihr eigener Vater hätte ihre ganze Familie umgebracht. Und dann erfährt sie, dass er selbst das Opfer eines oder mehrerer skrupelloser Verbrecher geworden ist, die ihr damit alles genommen haben. Was mag bei dieser Erkenntnis in ihr vorgegangen sein?«

Vor dem Mercedes ragte jetzt wie ein riesiger, spitzer Zirkel aus weißem Beton der schlanke Doppelpfeiler der Erasmusbrücke in den Abendhimmel. Die Straße schwang sich über den Fluss und verschwand zwischen ebenso kühn geformten Hochhäusern – Quader, Stelzen, Kuben.

Veenstra sagte lange Zeit nichts, als befände er sich vorübergehend in einer Welt, in der es keine Worte gab. Nach einer Weile schüttelte er den Kopf. »Wenn die Begegnung mit Luuk Janssen vor ungefähr einem Jahr stattgefunden hat … meinen Sie, sie hat dann sofort den Entschluss gefasst, den Täter zu töten?«

»Nein, wahrscheinlich nicht.«

»Irgendetwas muss der Auslöser gewesen sein –«

»Amelie Winter«, sagte der Commissaris und war selbst überrascht, wie beiläufig die Antwort auf die Frage klang, die er sich die ganze Zeit gestellt hatte – *warum gerade jetzt?*

»Wer ist Amelie Winter?«, fragte Veenstra.

»Ein Mädchen, das im letzten Herbst getötet wurde.«

Ein Mädchen, einsam wie Fenna, verloren, verletzt und misstrauisch. Und dann auf einmal zwei Mädchen, Opfer mächtiger Männer, die niemand mehr an sich heranließen und doch auf der Suche nach Trost waren. Kurz nachdem sie sich kennengelernt hatten, wurde die eine der beiden ermordet, die jüngere, schutzbedürftigere. Vielleicht – aber das konnte Fenna nicht wissen – von denselben Männern wie ihr Vater, ihre Mutter und ihre Schwester. Das muss der Auslöser gewesen sein, dachte van Leeuwen. Der letzte Verlust. Rache nun auch für die Ersatzschwester. Die Zeit danach hatte der Vorbereitung gedient: Waffe besorgen, Opfer ausspionieren, Taten planen, Verstecke suchen.

Aber wie hatte sie Amelie Winter getroffen? Waren sie sich zufällig begegnet? Oder mussten sie einander über den Weg laufen – war es unausweichlich gewesen, weil die Suche nach den Tätern Fenna zu ihrem Spiegelbild geführt hatte, Töchter ohne Väter, erst behütet, dann allein in einer Welt, in der sie nicht heimisch werden konnten? Hatte sie je erfahren, wie eng ihre Schicksale in Wirklichkeit verknüpft waren?

51

Noah Vermeulen stand mit dem Rücken zur Tür seines Büros an einem großen Panoramafenster, eine eindrucksvolle Silhouette vor der noch eindrucksvolleren Aussicht auf die Stadt nach dem Regen. Der Blick war von strahlender Klarheit, auf eine glitzernde, blendende Welt aus Eisen und Glas, voll scharfer Kanten. »Ich habe mich schon gefragt, wann wir uns endlich persönlich kennenlernen, Meneer van Leeuwen«, sagte der Reeder und drehte sich um.

Er hatte graues Haar, voll, fast nackenlang, und ein hartes, gebräuntes Gesicht mit tiefen Furchen und großen Tränensäcken, das wie gebeizt wirkte. Auch die Augen waren grau – Kiesel, die Pupillen umgeben von gelblichem Weiß. Bartstoppeln überzogen die fleischigen Wangen bis zum Adamsapfel hinunter, nur unterbrochen von einer sichelförmig gezackten Narbe über dem linken Mundwinkel.

»Allerdings war ich doch überrascht«, fuhr er fort, »als meine Sekretärin mir eben mitteilte, Sie wären unten am Empfang und wollten sofort heraufkommen.«

»Und ich war überrascht, dass jemand, der angeblich mit einem Bein vor dem Konkursrichter steht, seine Geschäfte von so einem Büro aus betreibt«, erwiderte der Commissaris.

»Das liegt an der Natur der Geschäfte«, antwortete Vermeulen. »In unserer Branche kommt und geht das Geld wie Ebbe und Flut. Sie hatten bestimmt das alte Büro im Hafen vor Augen, das auch im Fernsehen immer noch gern gezeigt wird, wenn es um die Reederei geht. Wir behalten es – aus sentimentalen Gründen und weil man ja nie weiß, ob die Zeiten nicht wieder schlechter werden. Was führt Sie denn zu uns nach Rotterdam, Meneer?«

»Die Vergangenheit«, sagte van Leeuwen. Er blieb an der Tür stehen, die Hände in den Taschen seines Trenchcoats, als wollte er das über ihn verhängte Kontaktverbot wenigstens symbolisch einhalten. »Und ihre unaufgeklärten Verbrechen«, ergänzte er dann.

»Das unterscheidet uns wohl, unter anderem«, sagte der Reeder. »Meine Wege werden von der Zukunft bestimmt.«

»Ach, es gibt ja auch zukünftige Verbrechen«, erklärte der Commissaris, »und manchmal führt ein Weg geradewegs von denen in der Vergangenheit zu denen, die in der Zukunft warten, hin und wieder sogar auf denselben Täter.«

»Ihre Wege haben Sie nun aber zu mir geführt«, meinte Vermeulen, »deswegen nehme ich an, dass Sie jetzt über eines dieser Verbrechen sprechen wollen?«

»Nicht nur über eines«, korrigierte van Leeuwen. »Über mehrere, und ich bin vor allem deshalb hier, weil Ihr Name bei allen diesen Verbrechen auftaucht, manchmal sofort, manchmal etwas später. Aber immer als der eines Verdächtigen.«

Ein Schatten huschte durch Vermeulens Augen. »Muss ich meinen Anwalt anrufen?«

»Damit er zwei smarte Junioranwälte in Dolce & Gabbana vorbeischickt wie vor einigen Tagen anlässlich meines Besuchs bei Ihrer bedauernswerten Gattin Roos?«, fragte van Leeuwen. »So lange bleibe ich diesmal nicht.«

Die Erwähnung seiner Frau trieb dem Reeder den Zorn bis in die Stirn, aber es gelang ihm, sich zu beherrschen. Mit einer nur angedeuteten Geste wies er auf eine aus Edelstahl und weißem Nappaleder gestaltete Sitzgruppe an der Wand zwischen Fenster und Schreibtisch. »Wollen Sie sich nicht setzen?«

»Ich bleibe lieber stehen«, sagte van Leeuwen.

Der Schreibtisch, groß wie eine Tischtennisplatte aus Walnussholz, beherbergte ein Telefon, einen Laptop auf einer grünen, ledergefassten Unterlage und als Schreiblampe eine Bronzenixe, die über ihrem Kopf eine weiße Porzellankugel balancierte. Hinter dem gepolsterten Drehstuhl zeigte eine sechseckige, tropenholzgefasste Wanduhr die Zeit in New York, Tokio, London und Singapur an. Über der Couch hingen Stiche und Radierungen von Emil Nolde, Fischkutter und Ozeandampfer, maritimes Leben in Schwarzweiß und doch so detailliert, dass die Blätter die offene See in den Raum zu holen schienen. In der Ecke gegenüber präsentierte ein grauer Fernseher auf einem verchromten Dreifuß ständig wechselnde Börsenkurse.

Der Reeder fragte: »Sind Sie hier, um mich darüber zu informieren, dass gegen mich ermittelt wird?«

»Zunächst«, antwortete der Commissaris ausweichend, »möchte ich Ihnen mein Beileid zum Los Ihrer Tochter Isa aussprechen. Die letzten Jahre müssen für Sie und Ihre Frau sehr schwer gewesen sein.«

Vermeulen trat einen Schritt auf van Leeuwen zu, wie getrieben von einem Gefühl erstaunter Dankbarkeit. Aber dann blieb er in der Mitte des Raums stehen. Die Falten in seinem sonnengebräunten Gesicht wurden tiefer, und ein Funkeln trat in die von geplatzten Äderchen geröteten Augen. Die grauen, wild wuchernden Brauen zogen sich zusammen. Seine Mundwinkel zuckten. Die wie gegerbt wirkenden Lippen öffneten sich und ließen große, von Nikotin verfärbte Zähne sehen.

Tief in seiner Brust entstand ein Ächzen oder Fauchen, das immer lauter wurde und, als es nach außen drang, seinen ganzen Oberkörper erschütterte. Zwei kleine Tränen rannen ihm über die zerfurchten Wangen.

Vermeulen lachte. Es war das Lachen eines Mannes, der nie daran gezweifelt hatte, dass alles auf der Welt nur dem einen Zweck diente, ihn zu erheitern oder sein Missfallen zu erregen. »Ich hatte Angst, Sie wären ein gefährlicher Mann, vor dem ich auf der Hut sein müsste«, sagte er, während sein Lachen nach und nach abklang. »Und dabei kommen Sie mir bloß mit plumper Anteilnahme.«

»Ich komme Ihnen außerdem mit einer Warnung«, sagte der Commissaris. »Es könnte sein, dass jemand darauf aus ist, Sie umzubringen. Genau wie Lars Janssen und die Familie des Bankiers de Kook.«

Vermeulen wandte sich einem schulterhohen Schrank mit einer leicht schief in den Angeln hängenden Glastür zu, hinter der mehrere Flaschen Rum, Aquavit, Whiskey und Wodka standen. »Möchten Sie etwas trinken?«

»Nein, danke.«

»Im Dienst nie, oder? Eine Frage des Pflichtgefühls.«

»Oder eine Frage der Gesellschaft.«

Vermeulen öffnete den Schrank und nahm eine Flasche *Linie Aquavit* heraus, entkorkte sie jedoch nicht. Seine Augen spiegelten die Sonne, die vor dem Panoramafenster jetzt schon tief zwischen den Wolkenkratzern stand. Nachdenklich sagte er: »Was wohl eine Anspielung auf die Verbrechen sein soll, derer Sie mich verdächtigen. Steht Ihre Warnung denn in einem Zusammenhang mit diesen Verbrechen?«

»Der Mörder von Janssen und de Kooks Familie scheint auf einem Rachefeldzug zu sein«, erklärte van Leeuwen. »Für einen anderen, einen mehrfachen Mord, begangen an Frans Kleijn, seiner Frau Monika und der Tochter Fenna vor zwanzig Jahren.«

Vermeulen schüttelte den Kopf. »Ich erinnere mich an den Vorfall, aber meines Wissens hat Frans Kleijn Selbstmord begangen, nachdem ihm seine wirtschaftlichen Schwierigkeiten über den Kopf gewachsen waren. Er hat erst seine Familie getötet und dann sich selbst.« Er öffnete die Flasche und goss drei Fingerbreit Aquavit in ein Glas, das er von einem Tablett auf dem Schrank nahm. »Aber was habe ich damit zu tun?«

»Sie waren einer der Täter.« Van Leeuwen suchte nach einer Regung in Vermeulens Gesicht, einem kleinen zuckenden Muskel unter den Augen, irgendeiner Reaktion auf seine Behauptung; ohne Erfolg. »Sie, Lars Janssen und Geert-Hans de Kook. Vielleicht auch noch der damals mit der Bearbeitung des Falls befasste Staatsanwalt Johan Gerritsen.«

»*Richter* Gerritsen?«, wiederholte der Reeder ungläubig. »Wir alle haben gemeinsam einen Mord begangen und als Selbstmord getarnt? Mit welchem Ziel?«

»Mit dem Ziel, Ihre Firma zu retten, die damals vor dem Ruin stand, so wie heute.«

Vermeulen führte das Glas zum Mund und trank einen Schluck. Seine Hand zitterte nicht. »Ah, das tut gut. Wirklich keinen, nicht mal einen kleinen?«

Van Leeuwen ignorierte die angebotene Flasche. »Die anderen Verbrechen, bei denen Ihr Name auftauchte, sind der Mord an Amelie Winter vor einem halben Jahr in Amsterdam und mindestens ein weiterer Mord – an dem Dealer Leon Boer vor einigen Tagen.«

Vermeulen stellte die Flasche in den Schrank zurück. Er ging zu dem Fernseher, griff nach der Fernbedienung und schaltete den Ton ein. »*Euro Economy*. Das wird Sie interessieren.«

Während am unteren Rand des Bildschirms weiter die Börsenkurse vorbeiliefen, erschien darüber ein Sprecher in einem dunklen Anzug. »Das Top-Thema des Tages bei *Euro Economy* ist heute der geplante Börsengang der Reederei Vermeulen & Aboudani in Rotterdam.«

Hinter ihm wurde eine Ansicht des Wolkenkratzers gezeigt, in deren oberen Stockwerken sich die neuen Büros der Reederei befanden.

»Jahrelang wollten die Gerüchte über wirtschaftliche Schwierigkeiten des Unternehmens nicht abreißen«, fuhr der Sprecher fort, »und nicht wenige Fachleute sahen schon das Menetekel der Insolvenz an der Wand auftauchen.«

Das Bild hinter ihm wechselte zu dem schäbigen Gebäude im Hafen, das van Leeuwen aus einer früheren Sendung kannte, ehe es neuerlich dem futuristischen Skyscraper wich. »Doch heute vermeldeten die Nachrichtenagenturen den Einstieg einiger Großinvestoren aus den Vereinigten Emiraten, Katar und Saudi-Arabien bei Vermeulen & Aboudani. Offenbar bewegen sich die Investitionen in einer Größenordnung, die es dem Vorstandssprecher der Firma – Noah Vermeulen – ermöglichen, mit mehr als nur Optimismus auf der Habenseite in eine strahlende Zukunft zu starten.«

Jetzt sah man den Reeder selbst, wie er unter einem blauen Wüstenhimmel mehreren in kostbare Burnusse gehüllten Scheichs die Hand schüttelte, aufmerksam beobachtet, aber am Rand des Bildes kaum zu bemerken, von Geert-Hans de Kook. Als der Sprecher wieder auf den Monitor zurückkehrte, schaltete Vermeulen das Gerät aus.

»Sehen Sie, van Leeuwen, keine dunklen kriminellen Machenschaften, alles hell wie der lichte Tag. Sie sind wie Kapitän Ahab, aber ich bin nicht Moby Dick.«

Van Leeuwen ließ sich Zeit mit der Antwort. »Sie haben recht, denn Moby Dick wusste nicht, dass er ein Killerwal war. Sie dagegen wissen genau, was Sie getan haben und noch tun.«

Vermeulen runzelte die Stirn. »Sie haben natürlich Beweise für diese Anschuldigungen – Indizien, Zeugenaussagen, vielleicht sogar Geständnisse?«

»Noch nicht. Aber ich werde sie bekommen.« Van Leeuwen trat an das Fenster, betrachtete den Sonnenuntergang. »Da draußen laufen noch mehr Menschen herum, die es auf Sie abgesehen haben. Ich glaube, dass die Flucht von Milan Kimmel aus dem Gefängnis von Scheveningen mit einem weiteren Verbrechen zu tun hat, an dem Sie aktiv beteiligt sind oder im Hintergrund die Fäden ziehen. Erst wenn es Fenna Kleijn gelingen sollte, auch Sie zu töten, treten Sie in den Vordergrund.«

»Hatten Sie nicht eben gesagt, Fenna Kleijn wäre tot?«

»Sie ist ein Zombie.«

Der Reeder stellte sich neben van Leeuwen, trank noch einen Schluck und bewegte das Glas dabei so heftig, als wolle er sich den Schnaps direkt in die Kehle schleudern. »Wie Isa«, sagte er. Danach schwieg er, und auch van Leeuwen sagte nichts. Seite an Seite sahen sie zu, wie die Sonne den sichtbaren Teil des Himmels verließ.

Über dem Horizont auf der anderen Seite des Flusses hingen rostfarbene Wolken, und wenig später flirrte die Stadt unter ihnen wie ein bewegtes Gemälde aus Neon und fließender Elektrizität.

»Der Anblick erinnert mich an die CTs von Isas Kopf«, sagte Vermeulen. »Als blicke man in den geöffneten Schädel der Stadt, auf ihr nacktes Gehirn mit seinen glühenden Nerven, den lautlosen Entladungen, den farbigen Leuchtströmen und pulsierenden Flecken, den hellen Flächen neben dunklen Zellen. So war es auch bei meiner Tochter, kurz nach dem Unfall.«

Er leerte das Glas mit einem einzigen Schluck. »Und dann, auf einmal, der völlige Stromausfall. Die glühenden Nerven werden kalt, keine elektrischen Entladungen mehr, keine Leuchtströme, keine Farben, nur graues, totes Gewebe – nicht mal die leblose Stadt da unten stirbt nachts so endgültig. Meine Frau sagt, Isa lebe weiter, aber das stimmt nicht. Nur das Futteral wird noch gepflegt, beatmet, ernährt, obwohl die Stradivari, die es einmal beherbergt hat, zerschlagen ist. Ich sage Ihnen was, van Leeuwen: Es ist schlimm, die Hülle noch zu haben, wenn das Instrument nie mehr erklingen kann. Es ist ein Sakrileg. Wie Isa da liegt, das befleckt die Erinnerung an sie.«

Abrupt kehrte van Leeuwen dem Fenster den Rücken. »Als meine Frau noch lebte …«, begann er leise, besann sich aber. »Ich werde jetzt gehen. Die Warnung, die Sie Richter Gerritsen zukommen lassen haben – das tote Pferd –, hätte beinahe jemandes Leben gekostet, der mir sehr nahe steht. Passen Sie auf sich auf, Meneer Vermeulen. Ich möchte nicht, dass Sie erschossen werden, bevor ich Sie verhaften, vor Gericht und hinter Gitter bringen kann. Und das werde ich – so wie jeden anderen, der an Ihren Verbrechen aus Vergangenheit, Gegenwart oder Zukunft beteiligt ist. Denn mich kann man nicht kaufen und auch nicht einschüchtern.«

Noah Vermeulen drehte sich nicht um. Als van Leeuwen die Tür erreicht hatte, stand er genauso da wie bei seinem Eintreten. »Sie hat sich auf Kimmels Seite gestellt«, sagte der Reeder, »auf die des Buchhalters und gegen ihren Vater. Damit hätte sie beinahe mein Lebenswerk zerstört. Aber ich bin ihr nicht mehr böse.«

Hörst du das, Isa Vermeulen?, dachte van Leeuwen. *Dein Vater hat dir alles vergeben, was er dir angetan hat.*

52

Schon in dem mit poliertem Edelstahl ausgekleideten Lift dachte der Commissaris, dass er gerade Zeuge eines Zaubertricks geworden war; er wusste nur noch nicht, was sich hinter der optischen Täuschung verbarg. Der Reeder hatte ihm etwas vorgespiegelt, das nicht wirklich oder nur zum Teil da war, um etwas zu verbergen, was er nicht sehen durfte. Deswegen ist Amelie Winter nicht umgebracht worden, dachte er. Wenn der Einstieg von Katar und Saudi-Arabien als Investoren bei Noah Vermeulen schon im Fernsehen verkündet wird, kann es sich dabei nicht um das Geheimnis handeln, das hinter dem Vorhang ihres Todes verborgen bleiben soll.

Bevor er den Gedanken weiter verfolgen konnte, summte das Handy. Er holte es hervor und meldete sich. »Caribe nähert sich dem Hotel«, sagte Ton Gallo so dicht an seinem Ohr, dass der Commissaris den Jagdeifer in seiner Stimme hören konnte; sie klang etwas heller, trockener als sonst. »Wir bereiten uns auf den Zugriff vor.«

»Wer ist *wir?*« Van Leeuwen merkte, wie sich sein eigener Puls ebenfalls beschleunigte.

»Vreeling, Schippers, de Bruijn, Bloem, ich und ein paar Kollegen von einem Sondereinsatzkommando«, antwortete Gallo. »Wir haben zwei Leute am Haupteingang, einen am Fast Check Out, einen gleich hinter der Tür zum City Café und jeweils einen im Starbucks und in der Lobby Bar, außerdem ein paar Leute in Einsatzfahrzeugen auf der Straße.«

Der Fahrstuhl hielt mit einem kaum hörbaren Seufzen, und van Leeuwen durchquerte das von versteckt angebrachten Leuchtkörpern sanft erhellte Foyer. Außer einem uniformierten Portier hinter dem Empfangstresen war die Halle wie ausgestorben.

»Caribe kommt aus der Unterführung zum Parkplatz hinter den Gleisen«, sagte Gallo. »Er ist noch hundert Meter entfernt.«

»Ist er allein?«

»Ja.«

»Was tut er?«

»Telefoniert.«

Van Leeuwen trat durch die Drehtür auf die Straße. Ein Windstoß traf ihn und presste die Trenchcoatschöße gegen seine Beine. Das Handy weiter am Ohr, blickte er nach rechts und links, hielt Ausschau nach einem Taxi. Der Verkehr war immer noch dicht, und im Licht der Scheinwerfer konnte er die Farbe der Nummernschilder nicht sofort erkennen.

»Ein paar Leute sind in der Lobby, aber die Straße ist leer«, sagte Gallo leise. »Wir versuchen ihn draußen abzufangen. Er wirkt abgelenkt. Gestikuliert beim Sprechen und geht langsam.«

Van Leeuwens Blick fiel auf eine junge Frau ein paar Meter vom Eingang des Gebäudes entfernt, die ebenfalls telefonierte, keine grauen Stoppelhaare, kein Silber am Ohr, nur eine Strickmütze auf dem Kopf und etwas wie ein zusammengerolltes Gemälde in einer Papphülle über die Schulter gehängt.

Gallo sagte: »Zwei Kollegen vom SEK sind jetzt hinter ihm und schließen unauffällig zu ihm auf.«

Der schwarze Audi mit der Antenne auf dem Dach stand vor einer Toreinfahrt auf der anderen Straßenseite. Der Commissaris entdeckte ihn über die Dächer der vorbeirollenden Autos hinweg, und im Licht der Straßenlaternen konnte er einen Mann am Steuer und einen zweiten auf dem Beifahrersitz sehen. Der am Steuer behielt den Eingang des Gebäudes im Auge.

Gallos Atem ging schneller. »Jetzt bleibt er stehen und redet in das Handy hinein wie in ein Mikro.«

Diesmal können sie mir nicht gefolgt sein, dachte van Leeuwen. Ein kaltes Flimmern schoss durch seine Adern. Er wartete eine Lücke im fließenden Verkehr ab und lief über die Straße auf den Audi zu, *ihr habt euch mit dem Falschen angelegt*, eine Fahrradklingel schrillte, dann noch eine, Bremsen quietschten. Jemand hupte wütend. Das Gesicht des Mannes am Steuer, ein blasses Oval, wandte sich van Leeuwen zu.

»Was ist denn bei dir los?«, fragte Gallo. »Bist du nicht im Zug?« Er schien die Luft anzuhalten. »Verdammt, was macht der denn? Er bleibt stehen. Hat er was gemerkt?«

Van Leeuwen erreichte die andere Straßenseite, nur wenige Schritte von dem Audi entfernt. Der Mann am Steuer beugte sich vor und startete. Ohne auf den Verkehr zu achten, gab er Gas und lenkte den Wagen mit ausgeschalteten Scheinwerfern von der Parkspur auf die Fahrbahn. Er fuhr so dicht an van Leeuwen vorbei, dass sich der Commissaris gegen den nächsten geparkten Wagen pressen musste.

Der Beifahrer, weißes Hemd, dunkle Krawatte, blickte van Leeuwen ausdruckslos an. Der Commissaris sah den Rücklichtern des Audi nach, und da bemerkte er auf der Gegenfahrbahn ein schwarzes Taxi.

»Los doch, komm schon«, drängte Gallo leise an seinem Ohr. »Geh weiter – komm – nur ein kleiner Schritt.«

Der Commissaris hob die freie Hand und winkte. Die junge Frau mit der bunten Strickmütze und dem länglichen Pappfutteral über der Schulter sah zu ihm herüber. Im Licht aus dem Eingang des Wolkenkratzers hatte er eine Sekunde lang den Eindruck, sie käme ihm bekannt vor, aber dann wandte sie sich ab und beugte sich über ihr Handy.

»Schrei mich nicht an!«, rief Fenna in ihr Handy. »Ich habe dir gesagt, dass ich nach Rotterdam fahre, und jetzt bin ich hier, vor dem Gebäude, in dem er seine Büros hat. Ich weiß, dass er drin ist. Ich hab ihn reingehen gesehen.«

»Ich schrei dich nicht an«, rief Samyel. »Hier ist es sehr laut, ich bin in der Nähe des Bahnhofs! Du kommst nie in das Gebäude rein, um diese Zeit!«

Sie hörte den Lärm eines über eine Unterführung ratternden Zugs im Handy. »Ich will gar nicht rein.« Fenna presste das Handy so fest gegen das Ohr, dass es schmerzte. »Ich warte in der Tiefgarage, bis er zu seinem Wagen geht.«

»Da sind bestimmt überall Kameras«, warnte Samyel sie. »Morgen Abend kommt de Kook zurück. Er landet kurz vor Mitternacht in Schiphol. Ich muss auch bald zurückfliegen, davor möchte ich dich noch mal sehen.«

Seine Stimme klang anders als sonst. Fenna wusste nicht, was dieser Klang zu bedeuten hatte. Plötzlich schoss es ihr durch den Kopf: *Er lügt.* Die Stimme klang wie die des bösen Wolfs in einem Zeichentrickfilm, der einen zögernden Vogel von seinem Ast herunterlocken wollte, damit er ihn fressen konnte.

Van Leeuwen wartete, bis eine rote Ampel den Verkehr aufhielt, dann überquerte er wieder die Straße. Das Taxi hielt mit eingeschalteten Blinklichtern vor dem Eingang des Gebäudes. Das Mädchen mit der Strickmütze und dem Pappfutteral verschwand zwischen anderen Passanten. Van Leeuwen stieg in das Taxi und sagte: »Zur Centraal Station«, gerade als Gallo rief: »Er geht weiter! Nur noch ein paar Meter, dann haben wir ihn!«

Der Taxifahrer fuhr los. Van Leeuwen dachte jetzt nicht mehr an die beiden Männer in dem Audi. Er versuchte, sich die Situation vor dem Hilton Double Tree vorzustellen: wo Ton Gallo stand, wie weit der Kreole noch entfernt war, ob die Männer in den geparkten Wagen unauffällig genug wirkten. Er sah alles vor sich, das schroff aufragende Hotel mit der Skylounge auf dem Dach, die Eingänge der Bar, des Cafés, der Lobby mit den dort postierten Männern, die Menschen, die das Gebäude verließen oder betraten und die anderen, die weiter zum *Sea Palace* gingen, in das farbige Licht der Pagode über dem Wasser.

Er spürte die Anspannung der Beamten und wie sie auf ihn übergriff. Er hörte Gallo atmen, die nervösen, ungeduldigen Laute, die er von sich gab, das Knacken und Knistern von Walkie-Talkies, den Lärm eines fahrenden Zugs auf den Gleisen, sogar das Tuten eines Schleppers im Hafen. »Ton?«

Gallo antwortete nicht, nur der Zug, der scharfe Schlag von fernen Straßenbahnklingeln, die lauter und leiser werdenden Stimmen vorbeigehender Passanten, ein Rascheln, als würde das Handy versteckt.

Das Taxi hielt an einer roten Ampel. Der farbige Fahrer beobachtete van Leeuwen im Rückspiegel. Andere Autos hielten rechts und links, aber van Leeuwen sah nicht hinüber. Er achtete auch nicht auf das Nachtleben vor den Kinos oder Clubs längs der Straße, denn er war nicht mehr in Rotterdam. Er stand neben Ton auf dem Oosterdokkade in Amsterdam. »Ton, kannst du mich hören?«

»Er ist schon wieder stehengeblieben«, sagte Gallo. »Was macht er denn nun? Er greift unter sein Jackett.« Pause. «He, Remco, Achtung! Passt auf, wahrscheinlich ist er bewaffnet.«

»Wie weit ist er noch entfernt?«, fragte der Commissaris.

»Zu weit. Da ist die Hand wieder – ein Taschentuch! Wer bewahrt denn sein Taschentuch in der Brusttasche auf? Aber er geht weiter. *Ja, komm … komm … nur noch ein paar Meter.«*

Plötzlich begriff Fenna etwas. Der Gedanke war auf einmal da, während sie über die belebte Straße ging, umgeben von anderen Menschen, die ihr auswichen, sie anrempelten und nicht begriffen, dass sie gerade fiel. *Er war es*, dachte sie; *er, nicht der Dealer.*

»Warum bist du mitgekommen?«, fragte sie. »Als ich dich angesprochen habe, warum bist du mitgekommen, Samyel?«

»Ich wollte dasselbe wie du«, antwortete er.

»Du hast mich nicht schon vorher gesehen? Bei Rose?«

»Nein. Ich wusste nicht mal, dass ihr euch kennt.«

»Aber ich wusste, dass *ihr* euch kennt«, rief Fenna.

Er antwortete nicht, ließ den Lärm seiner Umgebung die Pause füllen, als könnte jedes weitere Wort verräterisch sein.

»Warum sollte ich dir von ihr erzählen?«, fragte Fenna.

»Dann war es, als wäre sie noch am Leben«, antwortete er, und an seiner Stimme konnte sie hören, dass er jetzt die Wahrheit sagte. Jeder versucht, seine Toten am Leben zu erhalten, dachte sie. Sie hätte am liebsten geschrien vor Enttäuschung. Das eben war die Wahrheit, dachte sie, aber alles andere war gelogen.

Die Scheinwerfer der Autos blendeten sie. Die Menschen, die ihr auf dem Trottoir entgegenkamen, schienen zu zerfließen, verloren ihre Konturen, kamen und gingen schwankend, schräg geneigt. Verzerrte Geräusche schlugen über ihr zusammen, Musik, endlos lange Huptöne, Blicke prasselten ihr ins Gesicht. Wie kann er mich bei Amelie gesehen haben, wenn ich ihn nicht bemerkt hab? Hat er sie beobachtet, wie ich die anderen beobachtet habe, den Reeder, den Bankier?

Wenn er Amelie überwacht hatte, war er ihr selbst dann auch nachgegangen, wenn sie sich in eins der Boote zurückgezogen hatte? Sie hielt das Handy ganz dicht an den Mund, denn sie wollte nicht schreien, obwohl ihr danach zumute war. »Hast du sie getötet?«, fragte sie. »Amelie?«

Er antwortete nicht.

»Du hast gesagt, du hättest sie geliebt!«, sagte sie, die Lippen fast gegen das Handy gepresst.

Samyel sagte nichts. Sie konnte ihn atmen hören.

Gallo rief: »Bruno? Bist du noch dran? Er redet immer noch in sein Handy! Wirkt ziemlich erregt.«

»Könnt ihr hören, was er sagt?«, fragte van Leeuwen.

»Negativ. Wir sind nicht nah genug.«

»Habt ihr freie Bahn?« Zum ersten Mal wünschte Van Leeuwen sich ein Smartphone, mit einem Display, auf dem er den Zugriff live verfolgen konnte. *Ich sollte da sein*, dachte er, *bei ihnen, um sie abzusichern. Ich vertraue ihnen. Es sind Profis, jeder Einzelne, aber ich sollte trotzdem da sein.*

»Wir sind da«, sagte der Taxifahrer und hielt. Die Halle der Centraal Station neben dem Mercedes überschüttete den Fahrgastraum mit fahlem Licht. »Elf Euro.«

»Gleich.« Mit der freien Hand durchsuchte van Leeuwen seine Manteltasche nach Geld.

»Halt! Stehenbleiben!«, schrie Gallo auf einmal in van Leeuwens Ohr. »Er hat uns bemerkt, er rennt weg! Zugriff, Zugriff! Los, doch! Remco, Pieter, passt auf seine Hände auf!«

Van Leeuwen erstarrte. Seine Hand suchte mechanisch weiter nach dem Geld, fand einen Schein, reichte ihn dem Fahrer. Sah ihn nicht an, sah nichts außer dem Oosterdokkade zwischen der Unterführung und dem Hilton Double Tree. »Da fehlt noch ein Euro«, sagte der Taxifahrer, aber van Leeuwen hörte nur die Schreie auf der Tonspur des unsichtbaren Films von der Festnahme in Amsterdam, hörte Gallo keuchen, hörte Getrampel und schnelle Schritte und die Rufe: »Halt, Polizei! Stehenbleiben! Achtung, seine rechte Hand – er hat eine Waffe! Die Waffe weg, Caribe!«

Ein Schuss krachte, dann noch einer, jemand schrie, und alles ging im Rattern eines Zugs unter.

»Was ist los, Ton?«, rief van Leeuwen. *»Ton, was ist los?«*

»Warum?«, schrie Fenna. Sie schirmte die Augen mit der Hand gegen die grellen Lichter und die Menschen ab. Sie schwamm gegen den Strom, die Schultern vorgewölbt wie ein Boxer. »Samyel – hast du sie umgebracht? *Warst du es?*«

Was Samyel sagte, klang wie *Nein!*, aber plötzlich schien die Verbindung gestört, nur noch Rascheln und Zischen. Dann Geräusche wie von Menschen, die rannten, Keuchen, hechelnde Atemstöße. Rufe, verschiedene Stimmen, nicht die von Samyel, Schüsse, und wieder das Rattern eines Zuges, das alles verschluckte bis auf ein Scheppern, als hätte Samyel sein Handy fallen lassen. »Samyel! Was ist da los bei dir? Samyel!«

Van Leeuwen fand keinen einzelnen Euro, nur einen zweiten Geldschein, fünf Euro. »Ton?« Er hielt ihn dem Fahrer hin, das Handy gegen das Ohr gepresst. »Stimmt so!« Er stieß die Tür auf, stieg aus dem Taxi, schlug die Tür wieder zu, stand auf dem Bahnhofsvorplatz. »Ton, melde dich!«

»Bruno?«

»Ja?«

»Hör zu! Hör dir das an!«

Eine Stimme im Handy rief: »Runter, Caribe, auf den Boden, mit dem Gesicht nach unten! Liegenbleiben! Keine Bewegung! Habt ihr die Pistole? Okay. Ganz ruhig, Caribe.«

»Er ist fixiert, Bruno«, sagte Gallo, und seiner Stimme war die Erleichterung anzuhören. »Wir haben ihn.«

»Ist jemand verletzt?«

»Nein. Niemand.«

»Ich bin auf dem Rückweg«, sagte van Leeuwen, ebenfalls erleichtert. »Danke, Ton, gute Arbeit. Bis morgen.«

Fenna hörte die Rufe: *Runter, Caribe, auf den Boden, mit dem Gesicht nach unten! Liegenbleiben! Keine Bewegung! Habt ihr die Pistole? Okay. Ganz ruhig, Caribe!* Sie sagte: »Samyel? Samyel?«, erhielt aber keine Antwort, und sie hatte auch mit keiner gerechnet.

Schritte näherten sich ihrem Ohr, ein Schurren, dann eine Stimme: »Hallo? Wer ist da? Können Sie mir sagen, wer Sie sind?«

Hastig unterbrach Fenna die Verbindung und starrte auf das Smartphone in ihrer Hand. Benommen blickte sie sich um und entdeckte eine Haustür mit zwei Steinstufen davor. Sie schob das Handy in die Jackentasche, ging zu den Stufen und setzte sich darauf. Das Pappfutteral mit dem Gewehr schlug gegen die Mauer.

Sie umklammerte ihre Knie. Ihr rechtes Ohr und die rechte Handfläche brannten. Sie schluckte. Es fühlte sich an, als wäre ihre Kehle zugeschnürt. Die Menschen, die an ihr vorbeigingen, nahmen keine Notiz von ihr; sie sahen jetzt wieder normal aus. Dafür kam es ihr vor, als löse sich ihr eigenes Gesicht auf, flösse von den heißen Augen weg nach unten. Ihr Kinn fing an zu zittern. Das Heiße in ihren Augen bahnte sich einen Weg und rann ihr über die Wangen, und sie unternahm keinen Versuch, die Tränen zu stoppen. Sie versuchte sich vorzustellen, was sie gerade gehört hatte; was in Amsterdam passiert war. *Er ist weg*, dachte sie. *Verhaftet. Sie werden ihn verhören, aber er wird mich nicht verraten. Er wird ihnen nicht sagen, was ich vorhabe. Mein Geheimnis ist bei ihm sicher. Er hasst die mächtigen Männer genauso wie ich, wie Amelie. Er hasst es, dass er für sie arbeiten muss. Und töten, um nicht selbst getötet zu werden.*

Das Arschloch.

53

Feline saß in der Cafeteria des Krankenhauses, und als sie van Leeuwen kommen sah, stand sie auf und ging ihm durch die große, fast leere Halle entgegen.

Sie sah besser aus als bei seinem letzten Besuch. Die Haare hatte sie zu einem straffen Zopf geflochten. Sie trug Jeans und eine malvenfarbene Bluse, dazu einen schwarzen Pullover und rote Laufschuhe, Sachen, die er noch nie an ihr gesehen hatte. An ihrer linken Schulter hing eine Tasche aus Büffelleder. Ein türkisgrüner Seidenschal verdeckte die immer noch sichtbare Verfärbung des geprellten Schlüsselbeins. Sie hatte auch versucht, die blauen Flecken und Schürfwunden im Gesicht zu überschminken, aber es war ihr nicht ganz gelungen.

»Tut mir leid, ich habe mich verspätet«, sagte er.

»Macht nichts. Ich war ja nicht allein.« Er wollte sie an sich ziehen, zögerte aber, bis sie zustimmend die Lider senkte, und da umarmte er sie vorsichtig. Nach einem kurzen Moment umarmte sie ihn auch, und er konnte spüren, dass sie kaum merklich zitterte. Sie fühlte sich zerbrechlicher an, als er sie in Erinnerung hatte.

»Den letzten Untersuchungen zufolge sind wir noch mal mit heiler Haut davongekommen«, ergänzte sie, »mehr oder weniger.«

»Das ist gut«, sagte er.

»Bist du mit dem Wagen da?«

»Ja.«

»Ich möchte raus ans Meer. Geht das?«

»Alles, was du willst.«

Die ganze Fahrt über sah sie aus dem Fenster auf der Beifahrerseite, ohne zu reden, und van Leeuwen ließ sie in Ruhe. Er dachte daran, wie es beim letzten Mal gewesen war, als sie den Sonntagsausflug zum Reitstall unternommen hatten; an ihr glückliches Gesicht. Jetzt sah sie anders aus, nicht unglücklich, nur verletzt. Er versuchte, nicht an das Telefongespräch gestern Abend zu denken. Sie waren mit heiler Haut davongekommen; mehr brauchte er nicht zu wissen, für den Moment.

Die Fahrt zum Dorf dauerte nur eine Stunde, aber als sie ankamen, war es schon dunkel und die Fenster der Häuser rings um die Bucht hatten Lichtkränze im Abenddunst.

Das Meer lag ruhig und silbern. Während sie den Weg zum Haus hinauffuhren, begann Feline, ihren Zopf zu entflechten. Van Leeuwens Herz klopfte so stark, dass er es gegen seine Rippen schlagen spürte. Er hielt vor der Tür, schaltete die Scheinwerfer aus, ging um den Wagen herum und öffnete Feline den Schlag. Sie holte den Hausschlüssel aus der Tasche, bevor sie auch ausstieg und zur Tür ging. Sie sperrte die Tür auf, und dann stieß sie einen überraschten Laut aus, als er sie packte und hochhob. »Bruno, was tust du?«

»Ich trage dich über die Schwelle«, sagte er. »Wie sich das gehört, wenn man in ein neues Leben tritt.«

»Lass mich runter!«

»Noch nicht.« Auf beiden Armen trug er sie ins Haus, mit dem Kopf voran. Ohne Licht zu machen, stieß er die Tür mit dem Fuß zu und ging durch den dunklen Flur weiter zur Treppe nach oben. Der Geruch von feuchtem Holz umfing sie.

»Das reicht«, sagte sie. »Lass mich jetzt runter.«

»Noch nicht.« Er wunderte sich, wie leicht sie war. Auf einmal hatte er Angst vor dem Tag, an dem er sie zum letzten Mal so halten würde, so nah oder fern er auch liegen mochte. *Ich liebe dich*, dachte er. *Euch beide*.

Die Tür zum Schlafzimmer stand offen, und er trug Feline auch über diese Schwelle, dann setzte er sie am Fußende des Bettes ab. Der Lichtstrahl des Leuchtturms glitt über ihr Gesicht. Sie sah ihn mit weit geöffneten Augen an. Etwas an ihrem Blick ließ ihn innerlich erschauern, eine Offenheit, die seine Kraft zurückkehren ließ. »Ich habe gestern einige Dinge gesagt, über die ich gern noch einmal nachdenken möchte«, sagte sie. »Kann ich – darf ich das?«

»Natürlich.«

Sie wandte den Kopf ab, ging zu dem von der feuchten, salzigen Luft beschlagenen Fenster und öffnete es. Sie beugte sich hinaus, als müsste sie sich erst wieder an den Anblick des Meeres, des Himmels und des Leuchtturms gewöhnen. Der Nebel verdeckte die Kimm, aber über ihm konnte man die Sterne sehen und darunter, blickte man genau hin, die hellen Flecken der schlafenden Möwen auf den Pollern und den Geländern der Anlegestege.

»Ich bin müde«, sagte Feline. Sie ging zum Bett und zog sich aus, ohne das Fenster zu schließen oder Licht zu machen. Der Scheinwerferkegel des Leuchtturms zeigte van Leeuwen in kurzen Abständen, wie die Kleider an ihrem schlanken braunen Körper weniger wurden und die dunklen Prellungen und Abschürfungen mehr.

Er trat auf sie zu und küsste die blauen Flecken auf ihrem Schlüsselbein, den Schultern und dem Bauch. Er spürte alles zugleich, die Kühle des Holzes unter seinen Füßen und die Wärme, fast Hitze ihrer Haut, ihr Haar, inzwischen entflochten, zwischen seinen Fingern, und er hörte weit draußen das Tuten eines Schiffes und wie ihr Atem schneller ging, und er roch das Salz in der Luft, und immer, wenn das kreisende Licht über ihre Körper streifte, sah er seine Hände, mit denen er sie berührte, als wären sie die eines Fremden. Und ihren zurückgeneigten Kopf, die geöffneten Lippen, die geschlossenen Augen.

»Glaubst du, du kannst …?«, fragte er leise.

»Ich will sogar«, sagte sie.

Vorsichtig legte er sie auf das Bett. Ein leises Stöhnen erinnerte ihn daran, dass sie noch Schmerzen hatte. Er küsste sie weiter, während ihre Schulter sich an seiner Wange rieb, und er sah über den Schimmer ihrer nackten Haut auf den nebeligen Himmel und die Sterne und den in der Dunkelheit kreisenden Scheinwerfer.

Er hörte, wie sie in sein Ohr seufzte. *Das werde ich nie vergessen*, dachte er und schloss die Augen. Er schob sich zwischen ihre Beine, und sie stöhnte erneut, und wieder dachte er, *das werde ich nie vergessen*.

Es war leicht und schön mit ihr, er hatte ganz vergessen, wie leicht und schön es sich anfühlen konnte. Es riss ihn mit, und überall, wo es ihn hinführte, wurde er bereits erwartet. Sie war schon da, wenn er eintraf, wartete auf ihn. Er musste sie nicht vor sich her treiben, sie lauschte auf seinen Rhythmus und nahm ihn auf.

Dann hielten sie sich schweigend fest, bis Feline leise sagte: »Ich würde sie gern Felicitas nennen.«

»Ein schöner Name.«

Sie sah ihn an, ihre Augen glänzten. »Ach, Bruno«, sagte sie noch leiser, fast seufzend.

Er spürte, wie sein Zwerchfell zitterte, und dann zitterte er am ganzen Körper, bis Feline ihn ganz so fest hielt, dass er aufwachte. Sie küsste seine Wangen, seine Augen, seine zitternden Lippen. »Du weinst«, sagte sie.

»Nein«, sagte er.

»Ist es so traurig, eine Tochter zu bekommen?«

»Ich weine nicht«, sagte er.

»Gut«, sagte sie. »Aber wenn du nicht weinst, warum schmeckt dein Gesicht dann nach Salz?«

»Ich habe geträumt, du wolltest unsere Tochter Felicitas nennen.«

»Das hast du nicht geträumt.« Sie schloss die Augen und öffnete sie wieder; er spürte ihre Wimpern über seinen Hals streifen. »Ich habe es dir eben gesagt.«

»Dieser Fall«, sagte er. Er merkte, wie ihm kalt wurde, weil das Fenster noch immer offenstand. »Dieser Fall kostet so viel Kraft. Es tut mir leid, entschuldige, bitte.«

»Du musst dich nicht entschuldigen«, sagte sie, und einen Moment lang kam es ihm vor, als weine sie auch. »Ich bleibe erstmal hier«, sagte sie. »Ich komme nicht in die Stadt zurück.«

»Wie lange?«

»Weiß ich noch nicht. Ein paar Tage.«

»Ja«, sagte er. Auf einmal wusste er auch hier, worauf alles hinauslief.

54

Zwei Stunden später wachte er vom Brummen seines Handys auf. Er stand schnell auf, damit Feline nicht wach wurde, und hob das Jackett vom Boden auf. Mit der Hose und dem Handy im Jackett ging er im Dunkeln die Treppe hinunter. Er meldete sich, obwohl ihm die Nummer auf dem Display nichts sagte.

»Sind Sie noch in Rotterdam?«, fragte Richter Gerritsen.

»Woher wissen Sie, dass ich in Rotterdam war?«, fragte van Leeuwen zurück. Er klemmte sich das Handy zwischen Wange und Schulter und zog die Hose an.

»Ich habe Sie nie unterschätzt, so wenig wie Sie mich«, sagte Gerritsen.

»Dann wissen Sie ja auch, was ich dort herausgefunden habe.« Van Leeuwen ging in den Wohnraum, wo er sich auf einen Korbstuhl am Fenster setzte. Der Scheinwerfer des Leuchtturms kreiste über der Bucht, durchschnitt den Nebel über dem Wasser.

»Deswegen rufe ich Sie an. Ich trete morgen früh von meinem Posten am Bezirksgericht zurück. Außerdem habe ich eine schriftliche Erklärung vorbereitet, in der ich mich im Falle Amelie Winter zu meiner Vaterschaft bekenne und die Gründe für meine Maskerade erkläre.«

»Maskerade?«

»Der Tag, an dem Amelie zu Tode gestürzt ist, als ich die Nachricht von ihrem Tod erhielt – Marleen hatte mich angerufen, sie schrie am Telefon – das war der Moment. Zuerst dachte ich, es wäre ein Unfall gewesen oder sie hätte sich tatsächlich selbst aus dem Fenster gestürzt. Bei ihrem Drogenkonsum, wieso nicht? So sollte es ja auch aussehen. Bis die Ermittlungen begannen und sich abzeichnete, dass sie in Wirklichkeit durch Fremdweinwirkung gestorben war. Dieser Moment war es nämlich, in dem ich mich zum ersten Mal so gesehen habe, wie ich bin – ohne die Maske, mit der ich mich versteckt hatte. Vor allem vor mir selbst. Als ich dann erfuhr, warum sie sterben musste – wer den Mord in Auftrag gegeben hatte –, erkannte ich das, was Sie damals im Park gesagt haben: Es hätte diese Gründe in ihrem Leben nie gegeben, wenn sie nicht meinetwegen auf die schiefe Bahn geraten wäre.«

Er holte Luft, hielt sie an und stieß sie wieder aus, und es klang, als wäre sie rot und käme aus einer offenen Wunde. »Es war ein schrecklicher Moment. Ich war so entsetzt von dem, was ich hinter der Maske sah, dass ich sie schnell wieder aufsetzte. Ich wollte meine Tochter beschützen, stattdessen habe ich sie getötet, mit meiner Vergangenheit. Ich war einer der bekanntesten Richter der Niederlande und hatte mitgeholfen, einen Dreifachmord zu vertuschen. Ich dachte, eines Tages wird es herauskommen, und diese

Schande überlebt sie nur, wenn ich es ihr erspare, als uneheliches Kind von Richter Gnadenlos in die Öffentlichkeit gezerrt zu werden. Sie litt so stark an allem, stärker als jeder andere.« Er machte eine kleine Pause. »Ich bin zu Frans Kleijn geworden.«

»Nur dass Frans Kleijn seine Familie gar nicht wirklich getötet hat«, sagte van Leeuwen. »Sie sind zu jemand geworden, der Frans Kleijn niemals war, weil Sie mitgeholfen haben, ein falsches Bild vom ihm zu zeichnen. Warum haben Sie sich da hineinziehen lassen? Sie hatten einen guten Ruf, obwohl sie noch jung waren. Ihnen stand eine große Laufbahn offen.«

»Ja, aber das war auch alles, was ich hatte.« Gerritsen gab ein leises Zungenschnalzen von sich, einen Laut des Bedauerns. »Die Familie Vermeulen war einflussreich, die Familie de Kook hatte Macht, den Söhnen Hans-Geert und Noah stand tatsächlich die Welt offen. Mir nicht. Ich wollte am gleichen Strang ziehen wie sie. Rückblickend kann man meine Karriere sehen, aber wer weiß, ob ich sie wirklich gemacht hätte, wenn mir keine Hilfe zuteil geworden wäre. Wenn die Familien Vermeulen und de Kook nicht auf der Klaviatur ihrer Macht die richtigen Töne angeschlagen hätten. Und wenn mich ab da mein Schuldbewusstsein und Gewissen nicht gezwungen hätten, ausschließlich dem Recht und der Gerechtigkeit zu dienen.«

Er schluckte. »Hinter der Maske gab es das schreckliche Gesicht und dahinter ein noch grausameres Gewissen. Nach all den Jahren habe ich die Wahrheit erkannt. Was sich damals in Rotterdam abgespielt hatte, war Wahnsinn – in den ich mich hineinziehen ließ, weil mein Immunsystem noch nicht funktioniert hat und ich –«

Abrupt hörte er auf zu reden und ließ das Ende des Satzes in der Luft hängen.

»Ich habe gebüßt«, sagte er endlich heiser. »All die Jahre seit Amelies Geburt war der Schmerz fast unerträglich, weil ich sie nicht sehen konnte. Nur wenn sie zum Reiten ging, habe ich sie aus der Ferne beobachtet. Oder ich bin ihr nachgegangen, wenn sie aus der Schule kam. Mehr Zeit habe ich nicht mit ihr verbracht. Ich musste ja verhindern, dass de Kook und Vermeulen von ihrer Existenz erfuhren. Sie hatten schon genug gegen mich in der Hand, aber ich auch gegen sie – es hielt sich die Waage. Wenn sie gewusst hätten, dass ich eine Tochter habe ... Ich durfte Amelie nicht mit dem Dreck aus meiner Vergangenheit beflecken.«

Er hustete leise, als hätte er sich verschluckt. »Als sie noch lebte, hatte ich die Hoffnung, irgendwann könnte es einen Weg geben. Aber dann war sie auf einmal tot, und ich fing an, mir anders zu behelfen: Ich stellte mir vor, sie wäre noch am Leben. Ich rekonstruierte ihre Zukunft, sorgte dafür, dass sie mit den Drogen aufhörte und von den Männern genug hatte, jedenfalls von denen, die dafür bezahlen mussten. Es war nicht leicht, aber sie schaffte es. Auch von Typen wie Boer und Dekker wegzukommen.

Sie fing wieder an zu reiten, auf Anastasia, die ich ja deswegen behalten hatte. Tiere helfen Menschen, wieder Halt zu finden. Amelie gehörte zu ihnen, denn jetzt konnte ich mich ja um sie kümmern. Ich wachte über sie. Die Zeit, die ich mit ihr verbrachte, war ganz anders als vor ihrem Tod. Nicht so traurig. Sie machte ihr Abitur nach, jedenfalls versuchte sie es, und beim zweiten Anlauf klappte es dann auch.«

Wieder erklang ein halb unterdrücktes Husten, und jetzt kamen die Worte schleppend; der Richter schien plötzlich müde zu werden. »In der Abendschule – ich hatte sie selbst ausgesucht und mich nach den Aufnahmebedingungen erkundigt – lernte sie einen jungen Mann kennen, der Jura studieren wollte. Der Junge – Alex – gefiel ihr. Der Gedanke, Jura zu studieren gefiel ihr auch. Nach und nach begriff sie, wie man glücklich ist. Doch als Annet de Kook und sein Sohn umgebracht wurden und herauskam, dass die Täterin die Tochter von Frans Kleijn war, konnte ich nicht mehr weiter. Ich musste den Kampf gegen ihr Verschwinden aufgeben. Da brach ein zweiter Schmerz über mich herein, der fast noch schlimmer war als der erste nach dem Fenstersturz. Ich wollte selbst nicht mehr leben – Rache für ihren Tod und Strafe für ihre Mörder. De Kook war schon gestraft, aber Vermeulen …«

Der Commissaris wartete, ob er noch weiter redete, und als nichts mehr kam, fragte er: »Soll ich Sie unter Polizeischutz stellen, bis Sie mit Ihrem Anwalt bei uns erscheinen?«

»Ach, ich habe vergessen, Ihnen zu sagen, dass ich mich nicht stellen werde. Nicht Ihnen. Nicht der Polizei oder der Staatsanwaltschaft. Ich habe genug geredet.«

Der Commissaris spürte, wie sich in seinem Nacken eine taube Stelle bildete, als hätte jemand seine Haut mit einem Stück Eis berührt. »Wo sind Sie jetzt?«, fragte er, um einen beiläufigen Tonfall bemüht. »Von wo rufen Sie an?«

Am anderen Ende erklang ein leises Lachen, nicht fröhlich, nicht erleichtert. »Gute Nacht, van Leeuwen. Ich glaube, am Ende bin ich doch kein so schlechter Mensch, wie Sie denken.«

»Gerritsen? Wem wollen Sie sich stellen?«

Der Richter legte auf, und die plötzliche Stille drang aus dem Handy in van Leeuwens Kopf, und dort breitete sie sich aus wie ein lähmendes Gas. Er konnte kaum noch die Augen offen halten. *Nirgendwo kann es so dunkel sein, wie im Herzen eines Menschen*, dachte er, wusste allerdings nicht, ob er sein eigenes meinte oder das von Richter Gerritsen oder vielleicht sogar das von Fenna Kleijn.

55

Auf dem Tisch in der Mitte von Verhörraum 1 im obersten Stock des Präsidiums lag eine Heckler&Koch-USP-Kaliber-9mm in einer durchsichtigen Plastiktüte. Daneben standen zwei Flaschen Mineralwasser, zwei Gläser und ein Mikrofon, das durch ein Kabel mit einem in den Tisch integrierten Aufnahmegerät verbunden war.

»Also, fangen wir an«, sagte der Commissaris und drückte die Start-Taste. »27. April, 9:45 Uhr. Befragung des Samyel Caribe in der Mordsache Leon Boer. Anwesend sind der Beschuldigte, Commissaris van Leeuwen und Inspecteur Remco Vreeling.«

Er saß an der einen Seite des Tisches, mit dem Rücken zu dem großen Spiegel an der Wand. Das Gesicht des Kreolen ihm gegenüber war starr, ohne jeden Ausdruck. Nur die Narbe an der Unterlippe verlieh Caribe eine Art verletzlichen Trotz.

Der Commissaris deutete auf die Pistole in der Plastiktüte: »Diese Pistole haben wir gestern Abend bei Ihnen sichergestellt, Meneer Caribe. Ihr Kaliber passt zu der Kugel, die wir im Körper des ermordeten Leon Boer gefunden haben. Boer war ein Dealer, und bevor die Kugel vom Kaliber 9mm seinem Leben ein Ende gesetzt hat, ist er grausam gefoltert worden. Kannten Sie ihn?«

Caribe schwieg.

»Sie haben natürlich das Recht auf einen Anwalt«, sagte van Leeuwen. »Aber ich rate Ihnen, in diesem Stadium der Untersuchung noch darauf zu verzichten. Wir reden erst mal nur ein bisschen. Wenn Sie einen Anwalt hinzuziehen, kommen wir um eine Anklageerhebung nicht herum. Also, kannten Sie Boer?«

Der Kreole antwortete nicht.

»Erkennen Sie die Waffe wieder?«, fragte van Leeuwen.

Caribe beugte sich bedächtig vor, wie um die Pistole genauer in Augenschein zu nehmen. Dann lehnte er sich wieder zurück, noch immer ohne ein Wort.

»Meine Leute haben sie bei Ihnen gefunden«, sagte van Leeuwen. »Ihre Fingerabdrücke waren darauf.«

Außer den matt schimmernden Handschellen trug der Kreole einen schmalen Goldring am linken Mittelfinger und eine vergoldete Rolex mit perlmuttgrünem Zifferblatt und winzigen Diamanten auf dem Gehäuse. Seine eng sitzende, kamillengelbe Hose wies an den Knien dunkle Flecken auf, wo sie bei der Festnahme mit der Straße in Berührung gekommen waren. Ähnliche Flecken fanden sich auch an den Ellbogen des hellroten Baumwolljacketts und am Ausschnitt des dunkelblauen Polohemds mit den beiden auf die Brusttasche gestickten Miniatur-Golfschlägern aus oranger Seide.

»Ich weiß, die Pistole gehört Ihnen nicht, stimmt's?«, sagte van Leeuwen. »Die Beamten haben Sie zu Boden geworfen, Ihnen die Waffe in die Hand gedrückt und anschließend wieder weggenommen. So sind Ihre Fingerabdrücke darauf gekommen.« Er nickte wie zur Bestätigung einer durch und durch plausiblen Hypothese. »Schön, dass wir das so schnell klären konnten.«

Die grünen Augen des Kreolen zeigten auch jetzt keine Reaktion, wie die einer Eidechse blieben sie offen und reglos. Die Lider blinzelten nicht; kein Blick wanderte zu der Videokamera, die dazu diente, das kleine ABC der Körpersprache zu registrieren.

»Also gut, weiter.« Van Leeuwen deutete auf den dunkelroten Pass, ausgestellt vom Koninkrijk der Nederlanden, der neben der Tüte mit der Pistole auf dem Tisch lag. Er schlug ihn auf, blätterte darin, schlug ihn wieder zu. »Den Stempeln in diesem Dokument zufolge sind Sie in den letzten beiden Jahren mehrmals von Aruba in die Niederlande und wieder zurück gereist, das letzte Mal wenige Tage, bevor Leon Boer ermordet wurde. Vor einem guten halben Jahr, als die siebzehnjährige Amelie Winter aus dem Fenster eines chinesischen Kaufhauses am Zeedijk gestoßen wurde, befanden Sie sich, den Stempeln nach zu urteilen, ebenfalls in Amsterdam oder zumindest in den Niederlanden. Warum?«

Der Kreole sah sich um, obwohl es nichts zu sehen gab: Tisch, Stühle, Spiegel, ein Telefon an der Wand, das war alles. Zwei Neonleisten an der Decke tauchten den Raum in blasses, leicht flimmerndes Licht.

»Ich nehme an, Sie leben auf Aruba und haben immer wieder geschäftlich hier zu tun«, versuchte van Leeuwen, ihm eine Brücke zu bauen. »Was sind das für Geschäfte?«

»Geldgeschäfte«, antwortete Inspecteur Vreeling, der hinter van Leeuwen an der Wand lehnte, an Caribes Stelle. »Er arbeitet für die Caribbean Mercantile Bank in Oranjestad. Das war nicht schwer herauszufinden, nachdem wir seinen Pass hatten.«

»Und seit wann arbeitet er für sie? Ich frage, weil der Pass hier nur wenige Wochen vor seiner Einreise im Sommer letzten Jahres ausgestellt wurde.«

»Seit einem Jahr und drei Monaten, wenigstens laut Auskunft der Personalabteilung.«

»Wann hast du mit denen gesprochen?«

»Auf Aruba beginnt der Tag sechs Stunden früher.«

Jetzt bewegten sich die Augen des Kreolen wieder, kaum mehr als einen Milimeter.

Der Commissaris dachte, dass Caribe zu den Menschen gehörte, die in der Wiedergabe durch ein Medium, sogar eines kurzen Handyfilms auf YouTube, eindrucksvoller wirkten als in der persönlichen Begegnung.

»Hat die Personalabteilung auch gesagt, was das genau für eine Tätigkeit ist?«, erkundigte sich van Leeuwen, den Blick weiter fest auf den Beschuldigten gerichtet.

»In dem Punkt waren sie leider etwas vage«, antwortete der Inspecteur. »Pflege von Geschäftsbeziehungen, sowas in der Art.«

»Dann lassen Sie uns mal spekulieren«, sagte van Leeuwen zu Caribe. »Sie treffen sich hier mit Vertretern von niederländischen Banken, nehme ich an. ›Ja und nein‹, sagen Sie jetzt, ›ich treffe mich hier mit allen möglichen Vertretern von allen möglichen Institutionen‹. Aber an erster Stelle mit Dr. Geert-Hans de Kook von de Graaf Bankiers. Oder mit Noah Vermeulen von der Rederij Vermeulen & Aboudani.«

Caribes Lider sanken herab, bis nur noch die Hälfte seiner Augen zu sehen war. Van Leeuwen dachte, *tu ruhig so, als würden wir dich langweilen, als könnte dich nichts aus der Fassung bringen. Dass du nichts sagst, stört mich nicht, das kenn ich schon. Ich rede mit dir, und du spielst die Auster, aber die Zeit arbeitet für mich, und am Ende habe ich noch jeden zum Reden gebracht.*

»Dann werden wir jetzt mal präziser«, schlug er vor. »Wo waren Sie am späten Nachmittag und frühen Abend des 11. November vergangenen Jahres? Das war der Abend, an dem Amelie Winter starb. Und weil wir schon mal dabei sind: Wo waren Sie in der Nacht auf den 19. April diesen Jahres? Das war die Nacht, in der Leon Boer ermordet wurde.«

Schweigen, natürlich. Der Commisaris nickte und sagte: »Sollten Sie dafür erst in einem Terminkalender nachschauen müssen, der sich zufällig in Ihrem Hotelzimmer befindet, warten wir natürlich gern mit der Klärung dieser Punkte, bis meine Beamten mit der Durchsuchung fertig sind. Aber vielleicht können Sie uns auch ohne Terminkalender sagen, ob Sie bei Ihren Besuchen hier schon einmal mit Richter Johan Gerritsen zu tun hatten?«

Van Leeuwen wartete höflicherweise auf eine Antwort, die nicht kam. Dann fuhr er fort: »Wer ist Richter Gerritsen?, werden Sie jetzt fragen, und meine Antwort lautet: Der Besitzer eines Pferdes namens Anastasia, dem Sie am Dienstag vor eineinhalb Wochen in seiner Box im Reitstall die Kehle durchgeschnitten haben. Es kann natürlich sein, dass man Ihnen einfach nur aufgetragen hat, einen Leihwagen zu mieten, zu einem bestimmten Reitstall zu fahren und dort in einer genau bezeichneten Box ein Pferd zu töten, ohne dass man Ihnen gesagt hätte, warum oder wem das Tier gehörte. Aber das glaube ich nicht.«

»Er liebt Pferde«, sagte Vreeling. »Nie würde er einem Pferd etwas antun. Er tötet nur Menschen.« Der Inspecteur löste sich von der Wand hinter van Leeuwen und ging um den Tisch herum auf Caribe zu. Der Commissaris hatte ihm für diese Befragung eine Uniform verordnet, damit er wie ein Polizist wirkte, der bereit war, über Leichen zu gehen, um bei seinen Vorgesetzten Punkte zu sammeln: schwarze Lederschuhe mit harten Absätzen, eine dunkelblaue Uniformhose, ein weißes Hemd mit den blaugoldenen Streifen seines Rangs, am Kragen zugeknöpft, sogar eine dunkelblaue Krawatte, dazu Schlagstock und Dienstpistole am Gürtel. »Ist doch so, nicht?«

Caribe machte sich nicht die Mühe, den Kopf in seine Richtung zu wenden. Er verdrehte nur das Handgelenk mit der Rolex ein paar Milimeter und blickte auf die Uhr.

»Sie töten also Menschen, das hilft uns natürlich weiter«, stellte van Leeuwen fest, als wäre die Antwort von Caribe selbst gekommen. »Aber warum tun Sie das?« Er schlug sich gleich eine mögliche Erklärung vor: »Vielleicht weil diese Menschen den Geschäften im Wege stehen, wegen derer Sie sich in unserem kleinen Land aufhalten. Oder weil sie an Informationen gelangt sind, die diese Geschäfte scheitern lassen könnten. Belastende Informationen für die Geschäftspartner.«

»Oder einfach, weil er gern Menschen tötet«, sagte Vreeling und blieb neben Caribes Stuhl stehen. »Er schläft gern mit minderjährigen Mädchen und tötet Menschen, und manchmal sind diese minderjährigen Mädchen seine Opfer. Wie Amelie Winter.«

»Remco …«, tadelte der Commissaris. »Siehst du nicht, dass Mijnheer Caribe den Namen noch nie gehört hat? Er kennt sie als Rose, nicht wahr? Oder er hat sie gekannt, bevor er sie getötet hat.«

Der Kreole betrachtete seine Uhr, und da, plötzlich, trat ein überraschendes Lächeln auf seine bisher reglosen Lippen. Es dauerte eine oder zwei Sekunden, bis van Leeuwen es als Lächeln erkannte, und noch eine weitere, dann sah er Feline in ihrem Krankenhausbett, zerschunden, blass vor Angst und Schmerz. Er spürte, wie etwas in seiner Brust züngelte, und sein Gesicht wurde heiß. Er versuchte, das Züngeln klein zu halten, bevor daraus eine Flamme wurde. »Finden Sie das zum Lachen?«, fragte er.

Der Kreole hob die Lider, aber nicht den Kopf. Sah ihn von unten herauf an. Van Leeuwen riss sich zusammen, *reg dich nicht auf*. Wenn er wütend wurde, verlor er die Kontrolle über die Befragung, falsche Gedanken, falsche Reaktionen, falsche Schlussfolgerungen. Aber sein Herz schlug trotzdem schneller. Aus dem Züngeln in seiner Brust wurde eine Flamme, er konnte nichts dagegen tun.

»Du kapierst wohl nicht, wie es um dich steht!«, brüllte er. »Die Pistole da auf dem Tisch bringt dich auf direktem Weg ins Zuchthaus, und wenn du nicht redest, macht das die Sache für dich nicht besser. Wir haben Zeugen, die dich in Verbindung mit der toten Amelie Winter bringen können, und andere, die dich bei dem Reitstall gesehen haben. Und wenn du jetzt denkst, das wäre alles, dann kann ich dir nur sagen, du irrst dich! Denn wenn ich herausfinde, dass du die Morde im Auftrag von de Kook und Noah Vermeulen begangen hast, damit die weiter ungestört ein Kapitalverbrechen nach dem anderen begehen können, dann mache ich dich auch noch zum Verschwörer und Mittäter.«

Er kam zu sich und stellte fest, dass er aufgestanden war und sich weit über den Tisch gebeugt hatte. Der Kreole schien zu schrumpfen. Seine Wimpern flatterten so schwach, dass es kaum auffiel. Van Leeuwen holte tief Luft und setzte sich wieder. »Also, lass uns noch mal anfangen, ganz von vorn. Wo und wie hast du Amelie Winter kennengelernt?«

Caribe griff nach der Mineralwasserflasche, schraubte sie auf und füllte eins der beiden Gläser fast bis zum Rand. Er schraubte die Flasche wieder zu und zog das Glas zu sich heran. Es war so still in dem Raum, dass van Leeuwen hören konnte, wie die Kohlensäure leise an die Oberfläche des Wassers stieg und die Bläschen dort zerplatzten.

Nicht mehr lang, dann ist er soweit, dachte er, *nicht gleich, vermutlich nicht mal bald, aber in absehbarer Zeit. Caribe denkt, er hätte die Kontrolle, aber er hat sie nicht mehr. Ich habe sie zwar auch noch nicht, aber er hat sie nicht mehr. Ich darf nur jetzt nicht lockerlassen, keine Pause zum Nachdenken, kein Atemholen, er muss das Gefühl kriegen, dass ich sein Herz in der Hand halte und sie langsam zur Faust balle und zudrücke, zudrücke, zudrücke.*

Von draußen wurde an die Tür geklopft. »Jetzt nicht!«, rief van Leeuwen ungehalten. Vreeling ging zur Tür, die im selben Moment geöffnet wurde; eine uniformierte Polizistin streckte den Kopf herein. »Entschuldigung, Commissaris, da ist Besuch für sie.«

»Jetzt nicht!«, wiederholte er.

»Sie sagt, es wäre dringend.«

»Wer ist es denn?«

»Eine Chinesin. Sie behauptet, sie wäre die Frau von Agent Dekker.«

Van Leeuwen stand auf. »Ich bin gleich wieder da! Mach du weiter, Remco.«

56

Jinjin Dekker wartete auf dem Gang vor van Leeuwens Büro, die zierliche Gestalt ganz in Schwarz gehüllt – ein kurzer Rock, eine Seidenbluse, eine weiche Lederjacke und Stiefeletten, die bis zur Hälfte des Schienbeins reichten. Aus der Entfernung sah es aus, als hätte sie keine Augäpfel; nur ein feuchter Glanz verriet die schwarzen Pupillen in den schmalen Höhlen. Der kräftige Zopf zog die Haut so straff nach hinten, dass das ganze Gesicht zum Zerreißen gespannt schien. Ihre blassen Lippen waren zu einem schmalen Strich zusammengepresst. Die eine Hand trug eine bunte Plastiktüte, die andere hing schlaff herab.

»Mevrouw Dekker«, sagte van Leeuwen. »Was kann ich für Sie tun?«

Die freie Hand flog hoch zu ihren Lippen, als wollte sie den Mund verbergen. »Ich habe einen Brief gefunden«, antwortete sie mit der hellen, heiseren Stimme hinter der schmalen Hand. »Von meinem Mann – Ruud. Er hat mir nie einen Brief geschrieben.«

»Wann haben Sie den Brief gefunden?«, fragte der Commissaris. »Wo?«

Sie sah sich schnell um, als hätte sie sich mit ihm zu einem heimlichen Rendezvous getroffen. »Wir können uns in meinem Büro unterhalten«, sagte van Leeuwen.

Sie schüttelte den Kopf. »Ich hab nicht viel Zeit. Meine Nachbarin passt auf Klaas auf. Sie ist ungeschickt mit ihm.« Sie holte ein aufgerissenes Kuvert aus der Plastiktüte. »Er lag im Briefkasten, mit meinem Namen darauf, hier sehen Sie, aber ohne Briefmarke und Adresse.«

Sie streckte ihm den Brief entgegen, und dabei stand so viel Kummer in ihren schwarzen Augen, dass der nüchterne Gang des Präsidiums auf einmal nur einem einzigen Zweck zu dienen schien, nämlich dem, die geeignete Kulisse für ihr Leid abzugeben. Aber der Commissaris hatte das merkwürdige Gefühl, dass sie diesen Kummer nur spielte. Er zögerte, das von Hand beschriftete Kuvert entgegenzunehmen und zu öffnen. »Was steht in dem Brief?«

»Ich versteh das nicht!« Jinjins Stimme stieg noch weiter in die Höhe, und je schriller sie wurde, desto weniger heiser klang sie. »Ich versteh nicht, was er schreibt.«

Sie schüttelte den Brief vor seiner Brust. »Sie müssen das lesen und mir erklären! Bitte!«

»Mevrouw Dekker, ich habe gerade wenig Zeit«, sagte der Commissaris. »Ich habe Ihren Mann überall gesucht und mehrmals auf seinem Handy zu erreichen versucht, aber gerade jetzt muss ich mich um –«

»Sie lesen das! Bitte!«

Er nahm das Kuvert und zog den Brief heraus, ein Blatt billiges Kopierpapier, überraschend ungelenk mit Kugelschreiber beschriftet. Er überflog die verschmierten Zeilen. »Er schreibt, dass er nicht zu Ihnen zurückkehren wird«, erklärte er. »Außerdem –«

»Das stimmt nicht! Er muss zurückkommen. Ich verstehe nicht, warum er das schreibt, ja? Er hat doch einen Sohn und mich, er muss sich um uns kümmern.«

»Hier steht, dass er das nicht mehr will«, sagte van Leeuwen und versuchte, seine Ungeduld zu verbergen. »Er schreibt, dass er wegen einer jungen Prostituierten alles geopfert hat, was ihm je wichtig war – seine Familie, die ehrenvolle Laufbahn als Polizeibeamter, das Vertrauen der Kollegen, den Respekt vor sich selbst.«

Er las die Zeilen ein zweites Mal. Er verstand alles, was Jinjin nicht begriff, das, was zwischen den Zeilen mitschwang, und es beunruhigte ihn. Dekker erklärte seiner Frau genau, was ihr zustand, wenn er nicht mehr da war, von Gehaltsfortzahlungen bis zu Pensionsansprüchen. Jedoch ging aus dem Brief nicht hervor, was aus ihm selber geworden war, während sie sich um all das kümmerte. Ob er im Gefängnis saß, sich auf der Flucht befand oder es so aussehen sollte, als wäre er im Dienst getötet worden, damit sie ihre Ansprüche nicht verlor. »Darf ich den behalten?«

»Ja, ja! Ich versteh ihn nicht. Sie verstehen ihn. Sie müssen Ruud schnell finden, meinen Mann, ja? Wir brauchen Geld für Medikamente, für den Arzt, für Miete und Lebensmittel, ja?«

»Ich werde tun, was ich kann. Reden Sie mit niemand über diesen Brief. Bitte, gehen Sie jetzt nach Hause und warten Sie auf meinen Anruf. Und falls Ruud sich noch einmal meldet, sagen Sie sofort Bescheid.«

Jinjin nickte mehrmals heftig. Ihr Mund wurde wieder zu dem schmalen Strich der Kinderzeichnung. Mit einem Ruck drehte sie sich um und ging schnell zur Treppe, ohne den Commissaris noch einmal anzusehen. Er steckte den Brief in die Brusttasche seines Jacketts, nicht bereit, sich jetzt den Kopf darüber zu zerbrechen. Er nahm den Lift zurück in den vierten Stock und öffnete die Tür zu der kleinen Kontrollkabine neben dem Verhörraum, um zu überprüfen, ob jemand die Befragung von Samyel Caribe durch den Spiegel beobachtete.

Der Kreole saß mit lässig übereinandergeschlagenen Beinen auf seinem Stuhl, die Augen geschlossen, als schliefe er. *Was macht ihn so sicher?*, fragte sich van Leeuwen. Inspecteur Vreeling ging hinter Caribe auf und ab und sagte gerade: »Im Kofferraum des Wagens, den Sie vor anderthalb Wochen gemietet haben, hat die Spurensicherung Blut und Pferdehaare gefunden, beides zweifelsfrei von einer Stute namens Anastasia. Die Stute wurde exakt in der Nacht, in der Sie den Wagen ausgeliehen hatten, getötet, so wie Leon Boer in der Nacht ermordet wurde, in der –«

Der Commissaris betrat den Verhörraum und setzte sich wieder auf seinen Stuhl gegenüber von Caribe. »Vergessen wir mal einen Moment die Menschen, die Sie getötet haben«, sagte er, »und kommen wir zu denen, die Sie am Leben gelassen haben. Und zwar zu einer jungen Frau – Fenna Kleijn.«

Ein Zucken lief durch Caribes Beine, fast so, als wäre er aus einem Sekundenschlaf gerissen worden. Überrascht öffnete er die Augen einen Spaltbreit, und van Leeuwen nutzte den Spalt, um das Austernmesser anzusetzen. »Wie ich sehen kann, ist sie Ihnen nicht unbekannt. Fenna hat mehrere Menschen getötet, genau wie Sie. An dem Abend, an dem Sie bei Avis den Wagen gemietet haben, war sie bei Ihnen. Mich interessiert, wie Sie sich kennengelernt haben und wo Sie sich zurzeit aufhält. Außerdem, ob Sie Informationen über die weiteren Absichten von Mevrouw Kleijn haben. Da sie in keinem direkten Zusammenhang mit den Ihnen zur Last gelegten Straftaten steht, könnten Sie uns in diesem Fall helfen, ohne sich selbst zu belasten. Sie könnten sogar ein paar Pluspunkte sammeln.«

Caribe beugte sich vor, als wollte er etwas sagen, doch dann verharrte er nur so, vorgebeugt und mit jetzt hellwachen Augen.

Van Leeuwen drehte das Messer ein wenig, um den Spalt weiter zu öffnen. »Fennas erste Opfer waren die Frau und der Sohn des Bankiers de Kook. Wir glauben, dass der Reeder Noah Vermeulen das nächste sein wird. Wir glauben auch, dass Sie bei den Morden an Amelie Winter und Leon Boer im Auftrag von Vermeulen und de Kook gehandelt haben. Daher frage ich mich, warum Sie Fenna nicht ebenfalls getötet haben, in Anbetracht der Tatsache, wie gefährlich sie Ihren Auftraggebern sein muss.«

Er hatte den letzten Satz noch nicht ganz ausgesprochen, als ihm klar wurde, dass er die Perle entdeckt hatte, die Wahrheit in der Auster. *Deswegen hat er sie am Leben gelassen*, dachte er: *Sie kann ihm nicht gefährlich werden, aber ihnen. Sie weiß nichts; seine*

Auftraggeber wissen zu viel. Er muss sich nicht selbst um de Kook und Vemeulen kümmern, was gut für ihn ist, denn sie sind Menschen, deren Tod das halbe Land in Aufruhr versetzen wird.

Oder arbeitet er noch für jemand anderen? Einen Mann oder eine Organisation, ein Konglomerat, das ihm den Auftrag gegeben hat, am Ende auch noch de Kook und Vermeulen aus dem Weg zu räumen, aber ohne Spuren? Damit nicht der geringste Verdacht aufkommt, diese Organisation könnte etwas mit dem zukünftigen Tod der beiden zu tun haben? Und da taucht sie auf: Fenna, der Racheengel. Keine Verbindung zu irgendjemand – er muss sie nur dazu bringen zu warten, bis er grünes Licht erhält. Das Go! von – ja, von wem?

»Für wen arbeiten Sie wirklich, Meneer Caribe?«, fragte der Commissaris mit leiser, ruhiger Stimme, um seine Erregung zu verbergen. »Lassen wir mal die Bank in Oranjestadt, und lassen wir auch de Kook und Vermeulen, schauen wir lieber hinter die Banken und die Reederei – wen oder was könnten wir da entdecken?«

Caribe zog die Augenbrauen hoch und legte die Stirn in Falten, als denke er tatsächlich darüber nach, worauf van Leeuwens Blick dort fallen könnte.

»Ihre Tätigkeit für die Carribian Mercantile Bank ist eine Tarnung, sind wir uns da einig?«, spann der Commissaris den Faden weiter. »Die ›wen oder was‹ hinter der Bank haben Sie de Kook und Vermeulen zur gefälligen Verfügung gestellt, damit Sie für die beiden hier jeden aus dem Weg räumen, der den Geschäftsbeziehungen zwischen ihnen und den ›wen oder was‹ gefährlich werden könnten – bevor sie irgendwann auch die beiden aus dem Weg räumen, auf dass es überhaupt keine Mitwisser mehr gebe, die mit dem Finger auf die ›wen oder was‹ in den Kulissen deuten könnten. Aber das ist erst die Zukunft, die Sie allerdings jetzt schon vorbereiten. Was Ihnen dabei aber zum Verhängnis wird, sind Ihre dilettantischen Fehler in der Vergangenheit, nämlich die Morde an Amelie Winter und Leon Boer, die überhaupt nichts mit Ihrem Auftrag zu tun haben. Sind wir uns auch darin einig?«

Der Kreole hob beide Hände mit den Handschellen in Brusthöhe und streckte sie van Leeuwen entgegen. *Ist das nicht Beweis genug?*, schien diese Geste zu fragen.

»Wie also haben Sie Amelie kennengelernt?« Eine rethorische Frage. »Sie sind hier, allein in Amsterdam. Alles Geschäftliche ist erledigt. Sie sind weit weg von zu Hause, langweilen sich, gehen spazieren, geraten in den Redlight-District. Kriegen Lust auf eine Frau. Nichts dabei. In einem der Fenster fällt Ihnen ein Mädchen auf – Rose. Blond, bildhübsch, aber erst siebzehn. Was Sie nicht wissen, denn sie sieht älter aus, wie neunzehn oder zwanzig. Erinnert Rose Sie an jemand? Sie schlafen mit ihr, und das hat Spaß gemacht. Es hat sich gelohnt. Sie kommen wieder. Die Sache wird immer besser. Sie wollen ihr imponieren, plaudern aus dem Nähkästchen, übertreiben hier und da ein bisschen. Merken plötzlich – als das Blut aus Ihrem Schwanz in Ihren Kopf zurückkehrt –, dass Sie Scheiße gebaut haben. Für sich genommen kann das Mädchen mit dem, was Sie gesagt haben, nichts anfangen. Aber wenn die Sache, an der Sie arbeiten, eines Tages publik wird, wird sie vielleicht eins und eins zusammenzählen.«

Caribe ließ die Hände wieder sinken und schüttelte den Kopf, vielleicht über seine Dummheit.

Van Leeuwen sagte: »Es fällt Ihnen schwer, aber Sie haben keine Wahl: Sie müssen die mögliche Mitwisserin zum Schweigen bringen. Gut, dass die kleine Rose drogensüchtig ist – eigentlich natürlich nicht gut, aber für Ihr Vorhaben doch – und dass sie auch noch einen ziemlich miesen Dealer hat. Sie beobachten sie, warten, bis sie mal wieder rückfällig geworden ist. Folgen ihr ins *Toko Dun Yong*, wo sie ihren Kochkurs hat, obwohl sie dazu viel zu zugedröhnt ist. Und stoßen Sie aus dem Fenster. Wie klingt das?«

»Mich überzeugt es«, warf Inspecteur Vreeling ein.

Der Commissaris nickte. »Leider stellt sich aber heraus, dass es einen Zeugen gibt – eben jenen miesen Dealer, Leon Boer, der dort mit Rose verabredet war. Den müssen Sie nun auch noch ausschalten, denn er hat Sie gesehen. Bevor Sie das tun, müssen Sie aber wissen, ob er schon mit irgendjemand über seine Beobachtung gesprochen hat – und wenn, mit wem. Er will nicht reden, Sie foltern ihn, und als Sie alles aus ihm herausgeholt haben, schießen Sie ihm mit dieser Heckler & Koch da eine 9mm-Kugel ins Herz.«

»So war es nicht«, sagte Caribe.

Van Leeuwen hielt den Atem an, fast als wäre sein Herz stehengeblieben.

»Ich habe Rose geliebt«, sprach der Kreole weiter. »Ich wusste nicht, dass ich sie liebe. Ich dachte, ich könnte sie töten. Aber ich konnte es nicht. Als ich an dem Kaufhaus ankam, lag sie schon auf dem Pflaster. Da war ein Polizist bei ihr –«

Vreeling trat von hinten auf Caribes Stuhl zu. »*Bullshit!* Erst kriegen Sie kein Wort raus, und jetzt lügen Sie uns an!«

»Remco!«, rief der Commissaris.

Vreeling schüttelte den Kopf wie ein Boxer, der seinen Gegner unterschätzt hatte und zu viele unerwartet harte Schläge einstecken musste. »Und Boer? Was ist mit Leon Boer?«

»Er hat Rose getötet«, erklärte Caribe, als wäre damit alles gesagt. »Er hat ihr die Drogen gegeben. Er hat sie süchtig gemacht. Er hat bekommen, was er verdiente.«

»Er behauptet aber, er wäre es nicht gewesen«, bellte Vreeling. »Und der Polizist hat seine Aussage widerrufen!«

»Ich habe ihn dort gesehen«, sagte Caribe. »Ich habe ihn gefragt, und er hat es gestanden.«

»So wie Sie ihn gefragt haben, hätte er alles gestanden«, schrie Vreeling.

Wieder wurde an die Tür geklopft, jetzt entschlossener als beim letzten Mal, aber ebenso unpassend, der völlig falsche Moment.

Und die klopfende Hand wartete nicht auf eine Reaktion, sie drückte sofort die Klinke und öffnete die Tür, um Julika Tambur hereinzulassen, die nur die Vorhut für einen noch unwillkommeneren Störfaktor bildete: Oskar Manhijmer. In der einen Hand trug er seinen schmalen Aktenkoffer, in der anderen hielt er etwas Grünes. Er trat an den Tisch und klatschte das Grüne vor den Commissaris auf die Bakelitplatte, wo es sich als ein weiterer goldbedruckter Pass entpuppte.

»Das ist ein Diplomatenpass des Königreichs Saudi-Arabien auf den Namen Samyel Caribe«, verkündete der Anwalt, »und Sie haben die Immunität meines Mandaten verletzt!«

Inspecteur Vreeling erstarrte. »*Was?*« Er stürmte an den Tisch, schnappte sich den Pass und schlug ihn auf. »Ist das eine Fälschung?«

»Wenn, dann ist sie perfekt gemacht«, meinte der Advocaat und holte aus seinem Attaché ein Blatt Papier, mit dem er in der Luft herumwedelte. »Zur Sicherheit habe ich aber noch das hier mitgebracht, ein Fax des saudischen Außenministeriums, das den Status meines Mandanten als Mitglied des Diplomatischen Korps bestätigt.«

Van Leeuwen verspürte einen Stich in der Brust, aber er wusste nicht, ob der Schmerz von der Schusswunde herrührte oder von seinem Herz. »Meneer Manhijmer, können Sie mir erklären, was Ihren Mandanten mit dem Königreich Saudi-Arabien verbindet?«, fragte er mühsam beherrscht. »Da er ja ziemlich eindeutig kein Araber ist und auch keinen arabischen Namen hat?«

»Sie irren sich«, antwortete der Anwalt. »Seine Mutter ist eine auf Aruba geborene Kreolin, aber sein Vater stammte aus Riad, wo er vor einigen Jahren gestorben ist. Es war wohl so etwas wie eine Mésalliance, Mijnheer Caribe ist unehelich geboren. Ich darf das doch erzählen, Samyel?« Ein Seitenblick zu Caribe, der mit einem Lidschlag antwortete. »Die Familie des Vaters – ein steinreicher Unternehmerclan – hat es sich einiges kosten lassen, dass die Mutter auf alle Ansprüche verzichtete. Mein Mandant wuchs als Bürger unserer fernen karibischen Kronkolonie auf. In der Bank, für die er arbeitet, steckt auch eine Menge Saudi-Geld.«

»Und was befähigt ihn nun trotzdem dazu, dem Land seines Vaters als Diplomat zu dienen?«, erkundigte sich van Leeuwen.

»Darüber darf er nicht sprechen.«

»*Warum* nicht?«, fragte van Leeuwen und merkte, wie die Flamme in seiner Brust wieder züngelte.

»Es unterliegt der Geheimhaltung, da es sich um eine äußerst heikle Mission im Auftrag des saudischen Königshauses handelt«, beschied ihn Manhijmer.

»Hat es etwas mit dem Einstieg Saudi-Arabiens und Katars als Investoren bei der Reederei Vermeulen & Aboudani zu tun?«

»Er wird Ihre Fragen nicht mehr beantworten«, sagte der Anwalt, klappte seinen Aktenkoffer zu und ließ die Schlösser einrasten. »Ich verlange, dass Sie seine diplomatische Immunität respektieren und ihn sofort freilassen.«

Vreeling trat noch einen Schritt näher an den Stuhl des Kreolen heran. Er beugte sich zu ihm hinunter, bis er mit seinen Lippen fast Caribes Ohr berührte. »Geheimhaltung, schon klar«, sagte er. »Und wenn ich ihm jetzt einfach eine reinhaue, löst das dann eine Krise zwischen Saudi-Arabien und den Niederlanden aus oder unterliegt es gleichfalls der Geheimhaltung? Wissen Sie, wie mal jemand den Beruf des Diplomaten umschrieben hat? *A man, hired by his country to lie for it abroad!* Sind Sie so ein Lügner, Meneer Caribe? Die Saudis und die freundlichen Emire von Katar investieren schließlich nicht nur in Reedereien oder Fußball-Weltmeisterschaften, sondern auch in die Terroristen von Al Kaida und dem Islamischen Staat, nicht wahr? Sie gehören sogar zu den Hauptfinanziers des weltweiten Terrorismus.«

»Inspecteur Vreeling!«, rief Manhijmer empört. »Sie verletzen international geltendes Recht! Sie nehmen meinem Mandanten sofort die Handschellen ab, damit er diesen Raum als freier Mann verlassen kann. Und ich behalte mir vor, die Polizei von Amsterdam wegen Nötigung und Freiheitsberaubung zu verklagen, weil Sie ihm keinen Anwalt an die Seite gestellt haben!«

Er wartete, bis Vreeling die Handschellen aufgeschlossen hatte, dann drückte er Caribe den grünen Pass des Königreichs von Saudi-Arabien in die Hand. »Kommen Sie, Meneer Caribe, ich begleite Sie nach Schiphol. Meine Kanzlei hat einen Flug nach Riad gebucht, am Nachmittag. Nur falls hier jemand den Versuch unternehmen sollte, Ihre Immunität aufheben zu lassen.«

57

Ruud Dekker zeigte dem Beamten an der Pforte seinen Ausweis, und der nickte, ohne aufzuschauen oder ihn zu fragen, wo er hin wollte. *Ich werde mich sowieso stellen*, dachte Dekker. In seinem Kopf drehte sich ein Kreisel aus den immer gleichen Worten. *Ich werde mich stellen. Ich werde reinen Tisch machen. Ich habe Scheiße gebaut, und ich bin bereit, dafür zu bezahlen. Ich erwarte kein Verständnis und keine mildernden Umstände, nichts.*

Niemand achtete auf ihn; ohne seine Uniform war er nicht mal mehr ein Streifenpolizist, sondern einfach ein junger Mann in Jeans, Sneakers, Sweat Shirt und Lederjacke, und das würde er auch noch sein, wenn er wieder rauskam.

Dann begann der zweite Kreisel sich zu drehen, der immer wieder die anderen Worte abspielte: *Hör auf, dir was vorzumachen. Wenn du rauskommst, bist du kein junger Mann mehr. Vielleicht kommst du überhaupt nicht mehr lebend raus. Du hast eine minderjäh-*

rige Prostituierte mit Drogen aus der Asservatenkammer beliefert; du hast einen Mann des Mordes beschuldigt, obwohl du wusstest, dass er es nicht getan hat. Du hast einen Meineid geleistet und dafür gesorgt, dass eine Mörderin ihrer Strafe entgehen konnte.

Zwei Männer kamen ihm entgegen, durch die Glastür zur Pforte, einer mit dunkler Haut, angezogen wie ein Papagei. Den anderen erkannte er sofort, sodass er sich noch abwenden konnte, bevor der Anwalt mit den fettigen schwarzen Locken und dem Palästinenserschal über dem teuren Jackett ihn ebenfalls erkannte.

Der Anwalt mit den fettigen Locken sagte im Gehen zu dem Papagei: »Ihr Flug mit Etihad-Airways geht um 18:00 ab Schiphol. Dreizehn Stunden nach Riad, Zwischenstopp in Abu Dhabi.«

Der Papagei rieb sich die Handgelenke, als wären sie lange gefesselt gewesen. Sein Mund war vernarbt, ein weißer Streifen zog sich durch sein braunes Kraushaar. »Kann ich vorher noch –«

»Hören Sie zu, Meneer Caribe«, unterbrach ihn der Anwalt, »ich weiß nicht, wer welche Drähte gezogen hat, damit Sie diesen Diplomatenpass kriegen, aber ich bin mir sicher, die Saudis werden es nicht auf eine diplomatische Krise mit den Niederlanden oder sogar der ganzen EU ankommen lassen. Sollte unser Außenministerium aufgrund der gegen Sie vorliegenden Beweise eine Aufhebung Ihrer Immunität verlangen, damit man Sie hier wegen der Morde an Amelie Winter und Leon Boer vor Gericht stellen kann, werden die Sie ganz schnell wieder aus dem Diplomatischen Korps schmeißen. Und dabei spielt es nicht die geringste Rolle, ob Ihr Vater ein entfernter bin Laden ist oder war.«

»Glauben Sie auch, dass ich Amelie umgebracht habe?«, fragte der Papagei, während sie auf die Straße hinaustraten.

Der Anwalt zuckte mit den Schultern. »Die Polizei glaubt es, und der Staatsanwalt glaubt es auch. Ich begleite Sie jetzt bis zum Flughafen, und sobald Sie an Bord Ihrer Maschine sind, stehen Sie nicht mehr auf der Liste meiner Probleme.«

»Aber dieser Boer hat den Tod verdient!«, wandte der Papagei namens Caribe ein. »Und Rose – Amelie – hab ich doch selbst –«

»Ich würde es vorziehen, das nicht zu hören.«

Draußen wandten sie sich nach links und gingen langsam auf die Brücke der Elandsgracht zu. Dekker folgte ihnen mit gesenktem Kopf. Er hielt genügend Abstand, aber nicht zu viel, um weiter hören zu können, was sie sagten. Als sie an der roten Fußgängerampel warteten, blieb er hinter ihnen stehen. Sie kümmerten sich nicht um ihn, sprachen sogar etwas lauter, um die Straßenbahnräder und das Zischen der Autoreifen auf dem nassen Asphalt zu übertönen.

»Warum haben Sie mir keinen Flug nach Oranjestadt gebucht?«, fragte der Papagei.

»Weil Oranjestadt juristisch immer noch zum Königreich der Niederlande gehört, und unsere Behörden da nicht mal einen Auslieferungsantrag stellen müssen«, antwortete der Anwalt. »Van Leeuwen kann Sie einfach verhaften und zurückbringen lassen, sobald die Saudis Ihre Immunität aufgehoben haben.«

Die Fußgängerampel wurde grün, und sie überquerten den Zebrastreifen und steuerten das Euro Parking hinter dem Busbahnhof auf der anderen Seite an. Dekker folgte ihnen nicht weiter. Der Kreisel in seinem Kopf hatte aufgehört, sich zu drehen.

Das ist er, dachte er, der Mann, *der Amelie getötet hat. Selbst wenn du ihn damals nicht gesehen hast, er war es. Deswegen ist er verhaftet worden. Aber dieser Anwalt hat ihn rausgeholt, und sobald er im Flugzeug sitzt, kann ihm niemand mehr was anhaben. Du hast dich getäuscht, die ganze Zeit.*

Der Flug geht um 18:00 Uhr, hatte der Anwalt gesagt. Das reichte, um in die Wohnung zu fahren, seine Dienstwaffe zu holen, die Uniform anzuziehen und danach den Sprinter nach Schiphol zu nehmen. Endlich lag ein Stück seines Weges klar und eindeutig vor ihm. Es war, als öffne sich ein Gleitschirm in seiner Brust.

Die ganzen Wochen und Monate seit Amelies Tod hatte er das Gefühl gehabt, zu fallen und immer weiter zu fallen, ein endloser Sturz hinab in eine dunkle Schlucht. Aber jetzt verwandelte sich der Sturz in einen Sprung, und er glitt unter den ausgebreiteten Schwingen eines Seidenschirms dahin, sicher angegurtet.

Ich werde Gerechtigkeit üben, und was danach mit mir passiert, ist mir egal.

58

»Alles entgleitet uns«, sagte van Leeuwen. »Der ganze Fall ist zusammengebrochen. Caribe sind wir los, und von Fenna Kleijn haben wir noch immer keine Spur. Was sind wir für Polizisten?«

»Wenigstens wissen wir jetzt, warum er sich nicht die geringste Mühe gegeben hat, seine Spuren zu verwischen oder einen anderen Namen zu benutzen«, meinte Hoofdinspecteur Gallo hilflos. »Er hatte die ganze Zeit den Diplomatenstatus im Ärmel.«

»Habt ihr sein Grinsen gesehen?«, fragte van Leeuwen grimmig, und wieder sah er Felines verstörtes Gesicht vor sich, ihren zerschlagenen Körper mit dem ungeborenen Kind.

»Ich hab nichts gesehen«, sagte Inspecteur Vreeling.

»Innerlich hat er gegrinst, die ganze Zeit«, erklärte der Commissaris. »Er hat gedacht, er wäre immun.«

»Ist er das nicht?«, fragte Julika.

»Das hat er seinem Pass zu verdanken. Aber niemand, der in meiner Stadt Menschen tötet, ist für alle Zeit immun. Pässe können ablaufen oder einem entzogen werden.«

»Was wäre das Leben ohne Hoffnung«, sagte Gallo.

»Glauben Sie ihm?«, fragte Inspecteur Vreeling. »Dass er Amelie Winter nicht getötet hat?«

»Ja«, sagte van Leeuwen. »Ich weiß nicht, warum, aber –.«

»Wenn er es nicht war und Boer auch nicht, wer dann?«, fragte Julika Tambur.

»Vielleicht haben wir uns in etwas verrannt, weil alle Leute behauptet haben, sie hätten sonstwas gesehen oder nicht gesehen.«

»Du meinst, die allererste Vermutung war richtig? Dass sie selbst aus dem Fenster gesprungen ist?«

»Ja.«

»Ich dachte, er wäre es gewesen. Ich war ganz sicher, dass wir jetzt hinter dem Richtigen her sind«, meinte Gallo. »Immerhin hat er wenigstens den Mord an Boer gestanden.«

»Was hat die Auswertung seines Handys ergeben?«, fragte van Leeuwen. »Er muss doch mal mit Fenna Kleijn telefoniert haben – war ihre Nummer nicht gespeichert?«

»Er war ja leider nicht sehr redselig, auch nicht was sein Passwort betraf«, sagte Gallo. »Und um das Handy zu hacken, hat die Zeit nicht gereicht.«

»Was ist mit de Kook?«, fragte van Leeuwen. »Hat sich jemand darum gekümmert, wann er von seiner Geschäftsreise zurückkommt? Ich möchte, dass ihn ein Kollege von der Königlichen Marechaussee in Schiphol in Empfang nimmt und über die aktuelle Gefährdungslage aufklärt.« Er dachte an die Männer in dem Audi. »Und versucht, unauffällig herauszufinden, ob jemand von den Spezialabteilungen, vielleicht AIVD oder NRTS, ein Observationsteam auf Vermeulen angesetzt hat.«

»Staatsschutz oder Terrorabwehr?«, fragte Gallo überrascht.

Van Leeuwen nickte.

»Was noch?«, fragte Julika Tambur.

»Die Klinik von Doktor van der Linden. Ich möchte, dass die Kollegen vom dortigen Distrikt sie unauffällig beobachten.«

»Worauf sollen sie achten?«

Van Leeuwens Handy brummte. »Ich habe Ihre Nummer von Doktor Willemsen«, rief eine aufgeregte Stimme zu dicht an seinem Ohr, männlich, jung, an der Grenze zur Hysterie. »Er hat gesagt, ich kann Sie anrufen!«

Ich kenne diese Stimme, dachte der Commissaris.

»Meneer Kimmel? Milan Kimmel!«

Hoofdinspecteur Gallo, Inspecteur Vreeling, Julika Tambur – alle wurden zu Wachsfiguren und sahen ihn an wie Jagdhunde die Stelle im Gestrüpp, wo der abgeschossene Fasan gelandet war.

»Ja. Ich will dass Sie sofort herkommen. Wenn Sie – wenn Sie nicht kommen, passiert etwas Schreckliches.«

Ruhig, dachte van Leeuwen. »Wohin soll ich kommen?«

Die Jagdhunde schienen sich nach vorn zu lehnen, ganz Ohren und Augen.

»In die Klinik. Wo Isa liegt. Ich habe Geiseln.«

»Was für Geiseln?«

»Einen Arzt und eine Schwester.«

Déja vu, dachte der Commissaris wütend. Er presste das Handy mit dem Display gegen seine Brust. »Er hat es schon wieder getan«, erklärte er seiner Mannschaft. »Ein Arzt und eine Schwester, in der Klinik van der Linden. Er will verhindern, dass Isa Vermeulens Geräte abgeschaltet werden.«

»Wie ist er da reingekommen?«, fragte Gallo verblüfft.

»Genauso wie er aus Scheveningen rausgekommen ist – mit einer Pistole in der Hand. Ich brauche eine Spezialeinheit, aber außer Sichtweite der Klinik.«

Gallo, Vreeling und Julika griffen gleichzeitig zu ihren Handys. Van Leeuwen sagte: »Ich fahre sofort los.«

»Nur Sie, keine anderen Polizisten«, schrie Kimmel. »Und ein Fernsehteam. Jeder soll hören, was ich zu sagen habe. Sie soll Isas Vater sehen, den Mörder, der seine Tochter umbringen will – «

»Das ist gut«, sagte van Leeuwen. »Ich glaube auch, dass er ein Mörder ist, und ich werde Ihnen helfen. Aber Sie müssen warten, bis ich bei Ihnen bin. Ich komme so schnell ich kann.« Er unterbrach die Verbindung und rief in den Raum: »Ich bin weg. Wenn jemand fragt, wisst ihr nicht, wo.«

Als er das Büro verließ, fiel ihm das Atmen schwer und er fragte sich, woher er den Druck auf seiner Brust kannte. Dann fiel es ihm ein. Es war dasselbe Gefühl, wie wenn man mit einer ledernen Bleischürze um den Hals vor einen Röntgenapparat tritt. Man wusste, dass man sich einer Gefahr aussetzte, aber jeder sagte einem, man habe keine Wahl.

59

Fenna lachte. Die Kinder rechts und links von ihr in der Reihe lachten auch, aber keine so laut wie sie. Sie lachten über die sprechenden Tiere auf der Leinwand, die mit den Augen rollten und komische Grimassen schnitten und sich bewegten, als wären sie wirkliche Löwen, Papageien und Affen, nur viel bunter. Dabei konnte man sehen, dass sie aus Knetmasse waren, jemand hatte sie geformt und angemalt. *Oder vielleicht waren sie auch im Computer entstanden*, dachte Fenna, konnte ihr doch egal sein.

Sie saß in der dritten Reihe. Die Leinwand war ganz nah, und alle starrten hoch zu den kreischenden, quietschenden Knetgummi-Tieren. Die Gesichter der anderen Kinder neben ihr schienen zu flackern. Sie lachten und flackerten, und manchmal blickten sie zu ihr rüber und stießen sich an, als wäre sie noch komischer als die Tiere in dem Film.

Der ganze Saal 3 war voller Kinder. Nachmittags gingen Erwachsene meistens nicht ins Kino, schon gar nicht in Trickfilme. Auch tote Kinder gingen nicht in Trickfilme. Fenna hatte den Jungen in dem blutigen Schlafanzug noch nie im Kino gesehen. Sie sah sich um und schaute, ob er hinter ihr in einer der Reihen saß, mit seiner aufgerissenen Brust, aber er war nicht da. Als der Film zu Ende war, zog sie das längliche Paket unter dem Sitz hervor und verließ den Saal durch den Seiteneingang. Dabei summte sie das lustige Lied, das alle Tiere zum Schluss mit ihren hohen und tiefen Stimmen durcheinander gesungen hatten. Draußen hatte es wieder zu regnen angefangen, aber nicht stark.

Das Pappfutteral war schwer, mit jedem Schritt wurde es schwerer und zog Fennas rechte Schulter nach unten. Auch die Taschen ihrer Jacke waren schwer, von den Münzen, die sie am Vormittag eingesammelt hatte. So kam sie durch, seit das Geld, das sie mit ihrem letzten Job verdient hatte, aufgebraucht war. Sie setzte sich auf das Trottoir, eine Hauswand im Rücken und eine umgedrehte Mütze vor ihren gekreuzten Beinen. Die meisten Menschen gingen vorbei, aber ein paar warfen Münzen in die Mütze, manche sogar einen Schein. Sie brauchte nicht viel, ein bisschen was zum Essen oder für Seife und manchmal fürs Kino.

Vom Kino hinter dem Leidseplein zur Herengracht war es nicht weit, und Fenna ließ sich Zeit. Sie konnte ihren Atem wolkig in der Luft sehen, denn es war kalt geworden. Sie dachte an Samyel, den die Polizei festgenommen hatte und der ihr nun nicht mehr helfen konnte. Er hätte genauso gut tot sein können. Wie das Pferd, dem er die Kehle aufgeschlitzt hatte. *Ich brauche dich nicht mehr, Pferdemörder*, dachte sie.

Sie hörte wieder das Geschrei am anderen Ende der Leitung und den Mann, der gefragt hatte, ob sie ihm ihren Namen nennen könnte. Der kannte jetzt ihre Nummer. Deswegen hatte sie das Handy weggeworfen, und wenn sie nun in Rotterdam nach ihr suchten, hatten sie sich geschnitten. Dann war sie in den nächsten Zug nach Amsterdam gestiegen. Samyel hatte gesagt, der Bankier kommt heute aus Aruba zurück. Sie war in Schiphol gewesen und hatte in der Ankunftshalle die Leute beobachtet, die nach der Landung rausgekommen waren, aber er war nicht dabei gewesen.

Sie kam an einer Kneipe vorbei, Kiffermusik lärmte durch die offene Tür, Steeldrums, Reggae, ein paar Gitarren, ein Saxophon. Drinnen waren fast nur Farbige, dicht gedrängt am Tresen; draußen standen welche, die rauchten. Einer tänzelte mit wiegenden Hüften auf sie zu, aber sie wich ihm aus, ohne ihn anzuschauen, geduckt wie ein Boxer, die Hände in den Jackentaschen, in das Kleingeld vergraben. Er rief ihr etwas nach, das sie nicht verstand.

Kommt mir bloß nicht zu nahe, fasst mich nicht an! Ich bin kein Opfer mehr, nie wieder, dachte sie. Alle hatten immer gesagt, sie könne sich gar nicht erinnern, weil sie ja geschlafen hätte. Aber sie konnte sich erinnern, egal, was die Leute sagten. Daran erinnern, wie sie im Dunkeln im Bett gelegen hatten, ihre kleine Schwester war einen halben Zentimeter kleiner, obwohl sie gleich alt gewesen waren. Wie sie halb geschlafen hatte und halb wach gewesen war, und an den Lärm unten bei den Erwachsenen konnte sie sich auch erinnern: den Fernseher, der immer so laut lief, das Gestreite von Papa und Onkel Lars, dann ganz plötzlich ein Krachen und ein schrecklicher Schrei wie von einem unsichtbaren Vogel im Urwald. War das Mama? Dann ein Scharren, eine Tür, wieder Schreien, leiser jetzt und danach – Stille.

Fenna? Hast du das gehört, Fenna?

Keine Antwort. Kein Laut.

Sie hatte den Atem angehalten. Ihre Ohren waren lang und länger geworden, sie waren durch den hellen Spalt der wie immer nur halb angelehnten Tür gekrochen und dann die Treppe hinunter geflossen wie die Ohren der Tiere in dem Film vorhin.

Sie war so müde gewesen. War schon fast wieder eingeschlafen, als jemand unten zu reden angefangen hatte. Leise. Eine Tür war geöffnet worden, die Stimme ihrer Mutter, schrill. Zum Schweigen gebracht mit einem Laut, der wie ein Schlag klang. So müde und trotzdem wach, und da – noch ein Krachen, nicht ganz so laut wie das erste Mal. Und Schritte, hin und her.

Sie hatte Angst gehabt, unendlich große Angst, als die Schritte die Treppe heraufgekommen waren, denn sie klangen nicht wie die von Papa oder Mama. Unvertraute Schritte. Einer und noch einer und noch einer näherten sie sich dem Türspalt, der breiter, breiter, breiter wurde. Sie konnte mit geschlossenen Augen sehen, wie es in ihrem Zimmer heller wurde. Ihre Knetgummi-Ohren richteten sich auf wie die eines Hundes.

Dann hörte sie jemand atmen, einen fremden Atem, der das ganze Zimmer erfüllte. Ein Männergeruch, den sie noch nie gerochen hatte. Die Dielenbretter knarrten unter den schweren Schritten von jemand, der nicht Papa und nicht Mama war, auch nicht Onkel Lars. Er blieb stehen, etwas raschelte, Eisen klickte. Der Fremde ging weiter, an ihrem Bett vorbei zu dem ihrer kleinen Schwester, die noch immer schlief. Ein Schatten über ihren geschlossenen Lidern. Da blieb er stehen. Sein Atem hörte auf.

Stille.

Dann – *auf einmal!* – eine Explosion, ganz nah und so laut.

Sie schrie, *Fenna!*, wie man im Traum schreit, wenn etwas Furchtbares passiert, das man nicht verhindern kann. Gleich darauf beugte sich der Schatten über sie, und sie hörte nichts mehr, war taub und stumm, aber sie spürte, wie etwas auf ihre Brust gesetzt wurde, fest und heiß drückte es gegen ihre Rippen, und dann zerfetzte ein glühender, harter Schlag alles und schleuderte sie in die dunkelste Finsternis, aus der sie nie mehr erwachte.

Sie konnte sich doch erinnern. Grietje war wieder aufgewacht und zu Fenna geworden, und Fenna ging an den Kneipen vorbei und an bunten Schaufenstern und bog in die Herengracht. Hinter der nächsten Brücke konnte sie das Haus des Bankiers sehen. Die Fensterläden im Parterre waren geschlossen, ein schwarzes Band flatterte an dem großen Messingtürknopf.

Fenna ging auf das Haus zu und blieb nicht stehen, ging weiter bis zu einer Bank, unter der sie das Pappfutteral ablegen konnte, bevor sie später, wenn es dunkel wurde, die Flinte herausnahm und mit den letzten Patronen lud. Jetzt setzte sie sich nur hin und beobachtete das Haus und die Autos, die vorbeifuhren.

60

Isa Vermeulen lag in einem schmalen Bett neben dem Fenster, das auf die See hinausging. Ihre Augen waren geschlossen, die hellen Wimpern wie mit einem feinen Pinsel auf die blassen Wangen gemalt. Auch die Lippen waren blass, und die Lider wirkten fast durchsichtig. Infusionsschläuche führten dem abgemagerten Körper unter der dünnen Decke die Nährstoffe zu, die ihn seit drei Jahren am Leben hielten. Das leise Fauchen des Beatmungsgeräts und das gleichmäßige Piepsen, das die Herzstromkurve auf dem Monitor neben Isas Bett begleitete, waren die einzigen Geräusche.

Van Leeuwen hatte geklopft und gerufen: »Meneer Kimmel? Bruno van Leeuwen!« Etwas später war die Tür entriegelt worden, und eine Schwester mit angsterfüllten Augen hatte ihm geöffnet, ohne etwas zu sagen. Er hatte an ihr vorbei geblickt, erst auf das Bett, dann auf die beiden Männer an der Wand neben dem Fenster: einer in einem weißen Arztkittel mit angezogenen Beinen auf dem Boden, die Arme schlaff zu beiden Seiten, der andere links von ihm, stehend, eine Pistole in der Hand – Milan Kimmel.

Die Mündung der Pistole war auf den Nacken des sitzenden Mannes gerichtet, denn der Kopf war nach vorn gesunken. Auch von den beiden Männern kein Wort, nur das Fauchen und Piepsen, das den ganzen Raum erfüllte und weit draußen vor dem Fenster das ferne Rauschen der Wellen, die auf die Klinik zuliefen.

Van Leeuwen trat an der Schwester vorbei, erfasste und ordnete die Situation in dem kleinen Zimmer schnell, aber emotionslos, wie für den Bericht, den er schreiben musste, wenn alles vorbei war: Anwesend ist Isa Vermeulen, reglos im Bett. Ungefährlich. Anwesend weiter der entflohene Häftling Milan Kimmel, bewaffnet und offenbar am Ende seiner körperlichen und seelischen Kraft – schweißnasse Haut, feuchtes Haar, gerötete Augen, fiebriger Blick, zusammengepresster Mund wie eine blass vernarbte chirurgische Wunde.

Der schmale Körper verrät Angst: die hervortretenden Sehnen des Halses, das Zittern der Hand mit der Pistole. Oder Zorn. Extrem gefährlich.

»Endlich, da sind Sie ja, van Leeuwen!« Noah Vermeulens Stimme hatte nichts von ihrer Kraft verloren. »Seit über einer Stunde warten wir schon. Setzen Sie diesem Spuk hier ein Ende!«

Außerdem anwesend: Noah Vermeulen, Isas Vater, innerlich bebend vor Wut, potentiell gefährlich, und seine Frau Roos in einem Rollstuhl. Warum ist sie hier? Hat Kimmel nach ihr verlangt? Kein Zeichen des Wiedererkennens bei meinem Eintreten, geistesabwesend, vermutlich sediert, ungefährlich.

»Lassen Sie mir etwas Zeit«, sagte der Commissaris. Er sah Kimmel an und sagte: »Ich ziehe jetzt meinen Mantel und das Jackett aus, damit Sie sehen, dass ich unbewaffnet bin.« Kimmel nickte nervös, seine Finger spreizten sich vom Griff der Pistole weg und umklammerten ihn dann erneut.

Der Arzt auf dem Boden war Doktor van der Linden, im Augenblick benommen, als hätte er noch nicht ganz begriffen, was da gerade in seiner Klinik passierte, obwohl er sich seit über einer Stunde in dieser Lage befand. Die Hände waren noch immer makellos manikürt, aber das fein dosierte Lächeln war verschwunden. Die Schwester hatte sich zu ihm auf den Boden bekauert, hielt den Kopf allerdings erhoben und schaute ihn flehend an. Beide ungefährlich, trotzdem Risikofaktoren.

»Ich wollte ihm helfen, seine Freundin zu sehen«, sagte eine Stimme, die van Leeuwen erst gestern Nacht am Telefon gehört hatte. »Ich wusste nicht, dass er eine Waffe hat. Er sagte, er stelle sich, wenn ich ihn begleite und für eine neue Verhandlung sorge.«

»Gute Idee«, sagte van Leeuwen überrascht, denn das ist sie, die Überraschung, die *wild card*: Richter Johan Gerritsen, anscheinend keine Geisel, sondern ein moralischer Komplize. Er lehnt an der Wand hinter der Tür, Kimmel gegenüber, diesmal nur in einem bunten Norweger-Pullover, senffarbener Cordhose und roten Wildleder-Mokassins. Auch ungefährlich, unter Umständen sogar hilfreich.

»Eine neue Verhandlung ist eine gute Idee«, wiederholte van Leeuwen. »Wenn es das ist, was Sie wollen, Milan. Darf ich Sie Milan nennen?« Gelassen, ohne jede Aufregung hängte er seinen Mantel und das Jackett an einen Haken an der Tür, als träfen sie sich alle lediglich zu einem Besuch am Bett einer Kranken. Als gäbe es keine waffenstarrende Spezialeinheit draußen auf dem Klinikgelände, niemand, der darauf wartete, dass er das Signal zum Zugriff gab. Der Raum selbst war schmucklos, ein Bett, ein Stuhl, ein Waschbecken, kein Fernseher, nicht mal eine Zimmerpalme.

»Ich will, dass er endlich die Wahrheit sagt!«, stieß Kimmel hervor und deutete mit der Pistole auf Noah Vermeulen. »Wäre ich nicht rechtzeitig gekommen, hätte er Isa einfach hingerichtet.«

»Sie ist doch schon lange tot.« Der Reeder stand hinter dem Rollstuhl seiner Frau, die Arme trotzig verschränkt. »Es wird Zeit, dass wir sie gehen lassen.«

Der Arzt hob den Kopf. »Mijnheer Vermeulen hat recht«, sagte er, und jetzt konnte van Leeuwen sehen, dass die Haut über seinem rechten Wangenknochen rötlich schimmerte, als wäre er geschlagen worden. »Ohne die künstliche Beatmung wäre sie schon wenige Wochen nach der Einlieferung gestorben.«

Kimmel fuhr zusammen, als hätte ihm jemand einen Stromstoß verpasst. »Sie ist nicht tot!« Er fuchtelte mit der Pistole herum, richtete sie abwechselnd auf Vermeulen und den zu seinen Füßen kauernden Arzt. »Ich weiß, dass sie nicht tot ist.« Er beugte sich über den reglos daliegenden Körper der jungen Frau. »Sie ist hier drin und versteht jedes Wort, alles, was wir sagen.«

Der Arzt schloss die Augen und schüttelte den Kopf. Die Schwester atmete schneller, als könnte sie jeden Moment zu weinen anfangen.

»Ihr Gehirn ist tot«, sagte Vermeulen. »Nur das Herz schlägt noch.«

»Genau, es schlägt noch«, rief Kimmel, die Waffe jetzt mit durchgedrücktem Arm nach hinten gestreckt wie ein Spastiker, »es schlägt die ganze Zeit, und vielleicht kann sie uns nicht mit den Ohren hören, aber mit dem Herz. Sie *hat* so ein großes Herz.« Er fuhr herum, blickte van Leeuwen an, die Hand mit der Pistole beschrieb einen Halbkreis durch den Raum, zeigte auf Vermeulen, den Arzt, die Schwester. »Die da wollen sie töten, aber das lasse ich nicht zu. Sie will nicht sterben.« Er wandte sich wieder der liegenden Frau zu. »Ich weiß, dass du mich hörst, Isi. Komm zurück. Lass mich nicht allein – ich will das nicht mehr.«

Isa Vermeulen reagierte nicht, kein Finger zuckte, kein Lid zitterte, nur das Piepsen und Fauchen der Apparate, Geräusche, die gar nichts mit dem Körper in dem Bett zu tun zu haben schienen.

Ruhig sagte van Leeuwen: »Vielleicht ist sie nicht mehr die Isa, die sie früher war, selbst wenn sie erwachen würde.«

»Woher wollen Sie das wissen?«, fragte Kimmel, leiser jetzt. »Haben Sie eine Ahnung, wie sie früher war? Ich bin auch gestorben in den letzten Jahren. Ich war tot in meiner Zelle. Haben Sie mich gekannt, wie ich früher war?«

»Nein. Aber ich wäre Ihnen dankbar, wenn Sie die Waffe weglegen würden. Die brauchen Sie hier nicht.«

Kimmel betrachtete die Pistole in seiner Hand, die vielleicht schon so taub war, dass er gar nicht mehr fühlte, wie viel Druck sein Zeigefinger am Abzug ausübte. »Nicht jetzt ... noch nicht ...«

»Ich verstehe Sie, Milan«, sagte van Leeuwen. «Wäre Isa meine Freundin, ich würde genauso um sie kämpfen.«

»Bloß, dass Sie nicht Ihre Freundin ist!« Kimmel kehrte Isa Vermeulen den Rücken und sah ihn mit seinen fiebrigen, geröteten Augen an. »Haben Sie überhaupt schon mal jemand so geliebt, dass alles andere um Sie herum weg war? Einfach ausgelöscht?«

Van Leeuwens Nackenmuskeln wurden hart, und er spürte seinen Puls bis unter den Gaumen hinauf. Das Zimmer vor seinen Augen bekam einen Rotstich, und er ging einen Schritt auf Kimmel zu. *Habe ich schon mal jemand so geliebt, dass alles andere um mich herum ausgelöscht war? Was fällt dir ein! Wie redest du mit mir? Glaubst du, ich hör mir das an? Du bist nicht der erste Mann, der liebt, und auch nicht der erste, der die Frau verliert, die er liebt, selbst wenn du das glaubst!*

Einige Sekunden lang wirkte der Buchhalter verwirrt, fast starr vor Schreck. Nur sein leicht sonnenverbranntes Gesicht bewegte sich, als wäre es dem Druck wechselnder physikalischer Kräfte ausgesetzt, Aktion und Reaktion, zu heftig, zu schnell. Erschrocken richtete er die Pistole auf den Commissaris.

Ein jäher Schmerz brannte in van Leeuwens Bauch, stieß aus der Wundnarbe in seine Brust hinauf. Er blieb stehen. Zwang sich zur Ruhe und dazu, leise zu sprechen. Denk nicht an Simone, nicht an Feline, denk nicht an dich, sondern an ihn, jetzt. »Sie sollen ja nicht aufhören, sie zu lieben, Milan«, sagte er. »Niemand verlangt das.«

Kimmels Miene stabilisierte sich wieder, wie ein Fernsehbild nach einer Störung. Er tastete nach der Hand der unbewegt daliegenden Frau. Dabei schien er dem Fauchen des Respirators und den piepsenden Herztönen, dem Leben in den Maschinen zu lauschen, als könnten sie im nächsten Augenblick auch anfangen zu sprechen. Seine Nasenflügel zitterten.

»Wir haben uns versprochen, dass wir immer zusammen bleiben, weißt du nicht mehr, Isi?«, sagte er fast flehend. »Erinnere dich daran, wie das Gras gerochen hat – das frisch gemähte Gras nach dem Regen! Du hast gesagt, so riecht das Glück. Und weißt du noch, wie wir in dem warmen, feuchten Gras zusammen waren, als die Sonne wieder durchkam? Es ist alles noch da – es ist hier – das Glück – du brauchst nur die Augen zu öffnen.«

»Er ist verrückt, Roos«, sagte Noah Vermeulen und legte beide Hände auf die Schultern seiner Frau. »Völlig verrückt.«

Van Leeuwen hörte, wie das iPhone in der Manteltasche seines Trenchcoats brummte. Es war nicht sein eigenes Handy, sondern ein Apparat, den der Einsatzleiter der Spezialeinheiten unten auf dem Gelände ihm gegeben hatte. *Er will wissen, ob sie reinkommen sollen*, dachte er. *Nicht jetzt. Lass mir etwas Zeit.* Das Brummen wiederholte sich mehrmals, dann verstummte es.

Der Himmel vor dem Fenster klarte auf, und die Möwen über dem Meer wurden von der tief stehenden Nachmittagssonne kupfern eingefärbt. Das Fauchen des Respirators in dem kleinen Zimmer klang wie eine Coda der bleigrau gegen die Dünen rollenden Wellen. *Bald wird es dunkel*, dachte der Commissaris und fragte sich, wie lange er noch auf Zeit spielen konnte. Er musste sich eingestehen, dass er Angst hatte, um Kimmel, um die Geiseln, sogar um sich selbst. »Tun Sie doch was«, forderte Vermeulen den Commissaris auf. »Merken Sie nicht, dass er den Verstand verloren hat? Und ... Johan – kannst du einfach zusehen, wie ein Gewaltverbrecher, den du selbst ins Gefängnis geschickt hast, uns alle hier mit Waffengewalt gefangen hält? Das ist doch Wahnsinn.«

Angst war nicht immer schlecht. Sie konnte beides sein, schädlich oder nützlich. Aber sie blieb Angst.

»Ich bin wahnsinnig, Noah?« Kimmel hob seine Stimme, blieb aber weiter über Isa gebeugt, als fürchtete er, einen mühsam aufgebauten Kontakt zu verlieren. »Und dass du deine eigene Tochter töten willst, ist das nicht wahnsinnig?«

»Wir wollen einen würdigen Abschied für unser Kind«, sagte Vermeulen. »Nicht, Roos?« Einen Moment lang reagierte Roos Vermeulen nicht auf ihren Namen. Doch dann ging eine Veränderung mit ihr vor, erst kaum merklich, nur ein Zittern der Lider. Wenig später hob sie den Kopf, und es schien, als löse sich der Medikamentennebel in ihr auf.

»Nein, das willst du nicht!«, sagte sie, noch zittrig. »Du hast nur Angst, dass sie doch noch erwachen könnte und gegen dich aussagt!«

»Sie wäre gar nicht in diesem Zustand, wenn der da ...«, Vermeulens Kopf zuckte in Kimmels Richtung, »sie nicht so brutal verprügelt hätte, dass sie ins Koma gefallen ist –«

»*Du* warst das, nicht er!« Roos sah van Leeuwen an, und da wurde ihm klar, dass sie sich auch wieder an ihn erinnerte, an alles; dass sie die ganze Zeit über nie so abwesend gewesen war, wie er gedacht hatte. »Du hast unsere Tochter so heftig verprügelt, dass sie gestürzt und mit dem Kopf auf den Marmortisch geprallt ist – weil sie nicht aufhören wollte, ihn zu lieben, sich auf seine Seite gestellt hat und ihm helfen wollte, die Betrügereien ihres Vaters aufzudecken! Weil sie allen sagen wollte, dass der kleine Buchhalter unschuldig war.«

»Sei still!«, fuhr Vermeulen sie an und rüttelte an der Lehne ihres Rollstuhls wie ein zorniges Kind, »Was redest du denn für einen Unsinn!« Er warf van Leeuwen einen gereizten Blick zu. »Sie ist verwirrt und bringt alles durcheinander!«

Aber Roos Vermeulen ließ sich nicht einschüchtern. »Seit Isa ins Koma gefallen ist, war sie nur noch Ballast für ihn, *sein Seepferdchen*«, fuhr sie mit hell zitternder Stimme fort. »Und eine Gefahr. Eine große! Er fürchtete, sie könnte vielleicht doch eines Tages wieder aufwachen und ihn anklagen, vor aller Öffentlichkeit.« Sie richtete sich auf, als wollte sie eine Last abschütteln, die ihr zu schwer geworden war. »Wäre ich nicht immer dagegen gewesen, er hätte sie schon längst hingerichtet!«

Van Leeuwen merkte, wie sich sein Puls beschleunigte. *Pass auf*, dachte er, *die Situation verändert sich*. Er wusste noch nicht, in welche Richtung. Nur dass es jetzt darauf ankam, den Moment nicht zu verpassen, in dem er sie vielleicht entschärfen konnte, rot oder blau, den richtigen Draht durchtrennen.

»Aber warum haben Sie denn nichts gesagt, Roos?«, fragte Richter Gerritsen. Er löste sich von der Wand und ging zu ihrem Rollstuhl. »Als Milan Kimmel von mir verurteilt wurde? Oder danach all die Jahre, in denen er im Gefängnis saß?«

Sie schwieg, schien an all die stummen Jahre zu denken, in denen sich das Schweigen aufgetürmt hatte wie eine dunkle Schneewehe. »Ich hatte Angst«, sagte sie endlich, »dass er mich auch schlägt. Oder wegsperrt – wie jetzt.«

»Roos!« Vermeulen versetzte dem Rollstuhl einen Stoß, der ihren Kopf vorfliegen ließ.

»Und Sie, Kimmel«, der Richter wandte sich zu dem Buchhalter um, »Sie waren unschuldig im Gefängnis und haben die ganze Zeit den Mund gehalten?«

Kimmel antwortete nicht sofort, als hätte man ihm eine Fangfrage gestellt. »Hätten Sie mir denn geglaubt? Ich hab es doch hinausgebrüllt – *ich bin unschuldig!* Immer wieder! Aber irgendwann hab ich es selbst nicht mehr geglaubt. Ich habe geglaubt, wenn ich in dieser Zelle bin, dann muss ich schuldig sein! Ich habe an meinen Verstand gezweifelt – aber trotzdem habe ich die Gefahr gespürt, in der Isa schwebt, wenn ich rede. Ich konnte ihr nicht helfen. Ich war drin, sie draußen. Ich bin sicher, ihr Vater hätte Mittel und Wege gefunden, mir sogar im Gefängnis etwas anzutun, wenn ich weiter auf der Wahrheit beharrt hätte, und dann wäre sie allein gewesen. Nur der Gedanke, dass Roos auf unserer Seite war und verhindert hat – *solange sie konnte* –, dass er diese Geräte hier abstellen lässt, hat mich stillhalten lassen. Aber als er sie dann im Heim verschwinden ließ, wusste ich, jetzt wird er die nächste Gelegenheit nutzen, um für alle Zeit zu verhindern, dass einer von uns je seine Stimme erhebt, um ihn anzuklagen!«

»Van Leeuwen, worauf warten Sie denn noch?«, zischte der Reeder. »Sie sind Polizeibeamter, stehen Sie nicht so untätig rum!«

Ich will nicht, dass noch einmal auf mich geschossen wird, dachte van Leeuwen.

»Wessen wollte Isa ihren Vater anklagen, Kimmel?«, fragte Gerritsen eindringlich. »Was hatte sie ihm vorzuwerfen?«

»Dasselbe wie ich!«, rief Kimmel. Er hob die Pistole, sodass sich die Mündung auf gleicher Höhe mit Vermeulens Gesicht befand, und ging langsam auf den Reeder zu. »Dass er ein Mörder ist, der Geschäfte mit anderen Mördern macht, dem jedes Mittel recht ist –«

»Von welchen Morden sprechen Sie?«, fragte van Leeuwen. »Meinen Sie die Familie Kleijn bei Rotterdam?«

Der Buchhalter schüttelte den Kopf, unwillig, als hätte er es mit einem begriffstutzigen Kind zu tun. »Nein, ich meine mich selbst und Isa. Ich sollte das Opfer sein, von Anfang an. Und als Isa sich auf meine Seite gestellt und gedroht hat, seine Betrügereien aufzudecken, ist er so ausgerastet, dass er wie von Sinnen auf sie eingeschlagen hat. Stimmt es nicht, Roos?«

Bevor Roos Vermeulen antworten konnte, wurde von außen gegen die Tür gehämmert. »Milan Kimmel? Hier ist Thijs Terjung, *Crime Stage!* Ich bin da, um Ihnen zu helfen!«

»Er soll reinkommen!«, rief Kimmel.

Der Commissaris ging zur Tür. »Sind Sie allein, Terjung?«

»Ja.«

Van Leeuwen öffnete und blickte in das Objektiv einer laufenden Kamera, geblendet von dem gleißenden Punkt des integrierten Scheinwerfers. »Ausmachen!«, verlangte er. Terjung ließ die Kamera sinken und schob sich an van Leeuwen vorbei. Sein Gesicht trug noch immer die Spuren des nächtlichen Überfalls, kaum verkrustete Schrammen, verfärbte Stellen auf Wangen und Kinn. Mit einem Blick erfasste er die Lage und riss die Kamera hoch, aber der Commissaris drückte sie wieder runter. »Jetzt nicht!«

»Doch!«, rief Kimmel und rieb sich mit dem Handballen hektisch die Stirn. »Er soll sie laufen lassen! Ich will, dass er das Geständnis von Isas Vater aufnimmt, jedes Wort!«

»Es gibt kein Geständnis«, sagte Vermeulen kalt, »weil es nichts zu gestehen gibt.«

»Dann werde ich dich umbringen!« Kimmel presste die Pistole so fest gegen die Stirn des Reeders, dass ein weißer Ring um die Mündung entstand. »Ich werde dir dein Leben nehmen, so wie du uns unseres genommen hast, damit ich zu Recht in meinem Gefängnis sitze, so wie Isa in ihrem!«

61

Er sah sie fallen, immer wieder. Er lief durch die Binnen Banthammer Straat auf die Brücke zu, hinter der das *Toko Dun Jong* aus dem Abendnebel aufragte, und noch bevor er die kleine Brücke über der Gracht erreichte, hörte er den Schrei. Etwas Dunkles fiel an den erleuchteten Fenstern in der Fassade vorbei und landete mit einem Aufprall neben dem Eingang.

Das Geräusch war wie eine Faust, die auf seine Brust schlug. Er lief schneller, und im Laufen sah er eine Gestalt an einem der Fenster im dritten Stock, nur einen Schatten, der sofort verschwand. Vor dem hellen Eingang des Kaufhauses hatte sich eine Traube von Menschen gebildet, die auf einen reglosen Körper zu ihren Füßen starrten. Er drängte sich durch die Schaulustigen, *lasst mich durch, ich bin Polizist; das da ist meine Freundin.*

Er hatte gewusst, dass es Amelie war, noch bevor er sie umdrehte und ihr Gesicht sah. Er hatte es in dem Moment gewusst, in dem der Aufprall bis in seine Brust gedrungen war. Er hielt sie auf dem Pflaster in seinen Armen, *nass, kalt,* sah das Blut, das ihr aus Nase und Ohr rann, *rotes Blut, blasses kleines Gesicht,* im Kaufhauslicht. Sie atmete noch, ihre Augen waren geschlossen. Er rief nach einem Arzt, *jemand sollte einen Arzt rufen, schnell!* Er sah in den Kreis der Gesichter über sich, Chinesen, Vietnamesen, ein paar Touristen, und dahinter, zwischen den Beinen, eine Gestalt, die vor dem Kaufhaus stand und sich dann entfernte.

Leon Boer.

Ruud Dekker wusste, dass er Leon Boer gesehen hatte, und immer, wenn er Amelie fallen sah, erblickte er auch Boer.

Den Kreolen hatte er zwar nicht gesehen, aber natürlich musste er da gewesen sein, sonst hätte er Amelie nicht umbringen können. Die Gestalt am Fenster: Meneer Caribe, wie der Anwalt ihn genannt hatte. Dekker kniete neben Amelie, er hielt sie in seinem Arm und rief ihren Namen. Er sah auf und erblicke Leon Boer, und als er das nächste Mal hinsah, war Boer verschwunden.

Er sah Amelie fallen, *dunkel, nur ein Schatten*, und die Gestalt in dem Fenster im dritten Stock, war nicht Leon Boer und auch nicht Caribe, der Papagei; dafür war sie zu zart. Ich habe mich getäuscht, dachte er noch einmal. Wenn ich Caribe erschieße, dann ist es so, als wäre er es gewesen, egal, was er selbst sagt oder was die Wahrheit ist. Warum hätte ich ihn sonst töten sollen?

Ruud Dekker sah auch sich selbst, einen Mann in der Uniform eines Streifenbeamten, blaue Jacke, weißes Diensthemd, im Gürtelholster die Walther P99Q, im Magazin fünfzehn Kugeln Kaliber 9mm. So war er damals angezogen gewesen, und ebenso auch jetzt auf der Fahrt im Sprinter nach Schiphol. Er sah sein Spiegelbild unnatürlich rot in der staubigen Scheibe, in der sich das Licht der tief über dem Sumpfland stehenden Sonne brach.

Ich kann nicht anders. Ich sehe Amelie immer wieder fallen. Aber es ist nicht meine Schuld; sie ist nicht meinetwegen gestorben. Ich wollte, dass sie aufhört, mit den Drogen und mit dem Leben als *window girl*. Ich habe mich in einem Netz von Lügen verstrickt, *wegen meinem Sohn*.

Der Zug näherte sich Schiphol, die Entwässerungskanäle rechts und links blieben zurück. Hinter den Flughafengebäuden stieg etwas Silbernes in den Himmel, ein Jet, der zwei weiße Streifen durch das helle Abendblau zog. Einen Moment lang fühlte Dekker Erleichterung, als wäre es schon seine Seele da oben, die endlich ihren schweren Körper hinter sich gelassen hatte. Er sah dem Flugzeug nach, bis der Zug langsamer wurde und stehenblieb.

Für eine Sekunde blieb auch sein Atem stehen. Er blickte auf seine Uhr, alle sahen auf ihre Uhren, einige zückten Flugtickets. Die Flugpassagiere mit ihren Koffern und Rucksäcken wechselten beunruhigt Blicke.

Ich hätte mehr Zeit einplanen sollen; die Zeit ist zu knapp. Der Flug nach Riad startet in nicht ganz einer Stunde, *boarding* ist wahrscheinlich eine halbe Stunde vorher. Mir bleiben zwanzig Minuten, um Amelies Mörder zu finden.

Er war in seiner Wohnung gewesen, hatte die Uniform angezogen und die Pistole aus dem Schrank geholt. Gerade als er die Wohnung verlassen wollte, hatte ihn ein Freund von einem anderen Revier angerufen: »Was hast du angestellt? Du bist zur Fahndung ausgeschrieben.«

Der Commissaris hatte seine Drohung wahrgemacht. Er hatte sie ihm auf die Mailbox gesprochen. Er konnte seine schützende Hand nicht länger über ihn halten. *Das ist in Ordnung*, hatte Dekker gedacht, *der Commissaris ist geduldig gewesen, und ich habe mich nicht erkenntlich gezeigt. Heute wollte ich mich stellen, aber dann …*

Jetzt hatte er das Problem, dass er nicht in Ruhe nach dem Papagei suchen konnte. Er musste darauf achten, dass er den Kollegen nicht auffiel. Er durfte sich nicht länger in Schiphol aufhalten als unbedingt nötig, bevor er Passagier Caribe, gebucht auf den Etihad Flug EY 78 nach Riad, aufspürte. Deswegen hatte er die Zeit, die er dort benötigte, auf die Minute genau berechnet und im Rahmen dieses Zeitplans den letzten möglichen Zug genommen.

Der jetzt nicht weiterfuhr.

Dekker spürte, wie seine Achseln feucht wurden. Sein Puls raste. Warum blieben sie stehen? Ein Triebwerkschaden? War der Strom ausgefallen? Es gab keine Durchsage des Lokführers. Die ersten Mitfahrer holten ihre Handys heraus und versuchten umzubuchen. Dekker sprang auf, griff nach seiner Uniformmütze, die neben ihm auf der Bank gelegen hatte. Die Walther an seinem

Gürtel kam ihm schwerer vor als sonst. Er sah sich um, suchte nach dem Hammer, mit dem man im Notfall die Fensterscheibe des Rettungsfensters einschlagen konnte. Ein paar der anderen Reisenden folgten ihm mit ihren Blicken. *Noch zu früh*, dachte er, *bloß kein Aufsehen erregen. Vielleicht geht es gleich weiter.*

Der Zug stand. Ein Ruck fuhr durch den Wagen, es ging einen halben Meter weiter, dann wieder Stillstand. Dekker blickte auf seine Uhr. 17:03.

Ich habe nur diese eine Chance, alles wieder gutzumachen. Wenn das Flugzeug in der Luft ist, nein, schon wenn es über den Runway rollt, ist es zu spät.

Er ging zur Wagentür, versuchte unauffällig, sie zu öffnen. Drückte auf den Notknopf. Die Klinke. Nichts. Inzwischen war sein Unterhemd durchnässt von Schweiß. Vor der Tür erstreckten sich die Rollfelder, die Hangare; einige Jets rollten in Startposition. Nur noch hundert Meter, mehr trennten den Zug nicht von der unterirdischen Station.

Da, endlich – ein Ruck. Langsam setzte sich der Sprinter wieder in Bewegung und fuhr. Fuhr. Tauchte unter die Erde. Hielt am Bahnsteig. Öffnete die Türen. Dekker stürzte aus dem Wagen und hastete zur nächsten Rolltreppe nach oben ins Erdgeschoss, zu den Gepäckbändern und dem Ankunftsbereich.

17:27. Er rannte die Rolltreppe hinauf, nahm immer drei Stufen zugleich, *schneller*, erreichte das Untergeschoss mit den Läden, Burberry, Hermès, Swarowski, Montblanc, *noch schneller*, lief an den Geschäften vorbei, *wo sind die Fahrstühle, keine Treppen mehr, hier wimmelt es von Polizeibeamten, Grenzschutz, von der Marechaussee.*

Da, eine Anzeigentafel! Der Etihad Flug nach Riad um 18:00 Uhr war noch nicht aufgerufen. *Check in-Schalter 6 – 11, Departure 2* im ersten Stock. Dekker wusste nicht, ob er mit der Pistole durch die Sicherheitsschleusen durfte, auch wenn es eine Dienstwaffe war. Er hoffte, dass die Security-Leute seinen Ausweis nicht sofort überprüften und ihm Zeit blieb, Caribe in der Departure Lounge zu entdecken.

In der Lautsprecheranlage verlangte eine harte weibliche Stimme: *Passenger Mister Khan, arrived with KLM flight 375 from Brussels, please come to the information desk immediately. Passenger Mister Khan from Brussels –*

Vielleicht muss ich es so machen, dachte Dekker – ihn einfach ausrufen lassen, *Passagier Caribe, gebucht für den Etihad Flug EY 78 nach Riad, bitte kommen Sie zur Information. Der Papagei hört die Durchsage und eilt zur Information, und da trete ich hinter ihn: Mister Caribe, würden Sie bitte mitkommen! Wir gehen zu den Waschräumen, ich einen Schritt hinter ihm, und im Gehen ziehe ich meine Pistole aus dem Holster, und er dreht sich nicht um, glaubt, er käme wirklich mit heiler Haut davon.*

Dekker sah es wie einen Film vor sich, als wäre es schon geschehen. Plötzlich wurde ihm übel. Was hätte Amelie zu diesem Film gesagt? Sie war ein guter Mensch, nicht rachsüchtig. Er hatte versucht, sie zu beschützen und ihr Hoffnung zu geben. Sie war nur wenige Jahre jünger gewesen als er, und doch hatte er sie geliebt, als wäre sie sein Kind, so wie er Klaas geliebt hatte. Ein trauriges Kind, das seine ganze Zärtlichkeit brauchte.

Er verließ die Abflughalle, betrat das Sicherheitscenter. Sein Blick raste hin und her, suchte die kürzeste Schlange an der Passkontrolle. *Ich bin Polizeibeamter, ich muss mich nicht anstellen, kann an die Spitze der Schlange gehen, meinen Ausweis zeigen und sagen, ich sei dienstlich hier. Aber als Streifenpolizist habe ich auf dem Flughafengelände keine Befugnisse, die hat nur der Grenzschutz und die Marechaussee. Und meine Pistole, was ist damit?* Er hatte keine Zeit mehr für einen anderen Plan. Keine Zeit, sich schnell ein billiges Flugticket irgendwohin zu kaufen, die Pistole zu verstecken und so durch die Kontrollschleuse zu kommen. Außerdem hatte er seinen Pass nicht dabei, nur den kleinen Plastikausweis.

Die Anzeigentafel wechselte die Leuchtschrift: *Etihad Flug EY 78 nach Riad – Gate 9 – Now Boarding – Nu Instappen.* Dekker war schweißgebadet und gleichzeitig wie in Trance. Überall sah er weiße Kreise und bunte Punkte in der Luft flimmern. Alles, woran er denken konnte, war Amelie, ihr blasses Gesichtchen, das rote Blut. Und der Mann, der sie getötet hatte, stand gerade auf, nahm seinen Koffer und ging zum Gate.

Dekker lief an der Schlange der wartenden Flugpassagiere vorbei, hielt den Ausweis hoch und rief: »Polizei! Lassen Sie mich vorbei, es besteht keine Gefahr!« An der Kontrollschleuse schob er die erste Frau in der Warteschlange zur Seite, hielt weiter seinen Ausweis hoch, fixierte den uniformierten Sicherheitsmann mit den Augen und rief: »Gefahr in Verzug, da drinnen ist ein Terrorist, jede Sekunde kann er ein Blutbad –«

Er stürzte durch den Scanner, ein Alarmschrillen brach los, *die Pistole!*, das Rundumlicht auf dem Scanner blitzte, aber niemand hielt ihn auf, *schneller*, er rannte weiter, den Ausweis hoch in die Luft gereckt, während er mit der anderen Hand die Holsterklappe löste.

Vor ihm erleuchtete Gänge, Luxusshops und Fast-Food-Oasen, *schneller*, Gerüche und Lichter, glitzernde Schaufenster, *schneller*, gelbe Leuchttafeln, blaue Schrift, *schneller*, rote Wärmestrahler über dampfenden Speisen, Pulks von Reisenden, *weg, weg, macht Platz, macht Platz!*

Da, ein Laufband in Richtung Gate 9. Er sprintete zu dem Band, auf die Metallplatten zwischen den Geländern. *Mind your step*, sagte eine elektronische Frauenstimme in den unsichtbaren Lautsprechern über seinem Kopf. *Mind you step.* Er lief über das Rollband, drängte sich an den stehenden Reisenden vorbei, *»Attention, please, police!«* Er trat gegen einen Koffer, stieß einen jungen Mann in einem Lammfellmantel beiseite. *Mind your step*, immer wieder dieselbe Stimme wie von einem weiblichen Alien, jetzt hörte er hinter sich andere Stimmen, laute Rufe. Aus den Augenwinkeln sah er Männer neben dem Band her laufen, Uniformierte mit Waffen in den Händen, und draußen vor den Panoramafenstern einen lautlos startenden Jet.

Dekker war schnell, er war gut in Form. Die schießen nicht, die trauen sich nicht, zu viele Menschen hier. Da, *Gate* 5, und da, *Gate* 7, und da, das Ende des Laufbands. Er wäre beinahe gestürzt, *mind your step*, und da hinten, *Gate* 9, und eine Schlange von Passagieren, die sich langsam vorwärts bewegte. Die uniformieren Kollegen waren zurückgeblieben, keine Chance gegen ihn. Aber er hörte sie rufen: »Agent Dekker! Bleiben Sie stehen! Weg mit der Waffe!« Sie wussten, wer er war, sie hatten doch in ihre Computer geschaut und entdeckt, dass nach ihm gefahndet wurde.

Er hatte das Gate fast erreicht, hielt jetzt die Walther in der Faust, geladen und entsichert. *Und wo ist der Papagei?* Er sah das bunte Outfit nirgendwo, brüllte: »*Mister Caribe! Meneer Caribe aus Aruba!*« Ein leerer Gepäckwagen stand im Weg, er versetzte ihm einen Stoß. Bei dem Scheppern drehten sich einige Passagiere um, und durch die Lücke, die so entstand, erblickte er den Mann mit der gelben Hose und dem roten Jackett im fahlen Licht der Lounge-Beleuchtung.

»*Caribe!*« Er riss die Pistole hoch, hielt sie in beiden Händen. Die Menschen vor dem Gate erstarrten, jemand schrie, ein paar rannten weg, andere warfen sich zu Boden. Auch hinter Dekker erklangen Schreie. Caribe bewegte sich nicht von der Stelle, stand nur da, ohne sich zu rühren, beobachtete Dekker aufmerksam. Dekker ging jetzt langsamer, rannte nicht mehr. Die Walther in den erhobenen Händen, näherte er sich Caribe, bis er nah genug war, um den Ausdruck auf seinem Gesicht zu sehen, eine Mischung aus Erstaunen und Neugier und in den Augen ein Funkeln, fast spöttisch, ja, neugierig und spöttisch.

Ich bin gespannt, ob du wirklich schießt.

Die Schreie hinter Dekker wurden lauter. »Waffe fallen lassen! *Weg mit der Waffe!«*, das hatte er selbst schon gerufen, das letzte Mal vor drei Jahren, aber der Mann von vor drei Jahren hatte die Waffe nicht fallen lassen – und er ließ sie auch nicht fallen, sondern drückte ab, schoss. Und noch einmal.

Etwas traf ihn zwischen den Schulterblättern, hart wie der Schlag mit einem Hammer, und dann noch ein Schlag weiter unten. Er schoss noch einmal. Plötzlich Stille. Alles erstarrte, als würde die Zeit angehalten. Er hatte das Gefühl, sich in einer Luftblase zu befinden, in der es keine Geräusche gab und keine anderen Menschen, nur ihn und den Papagei.

Der Kreole hob mühsam den Blick, und jetzt wirkte er unsicher. Überraschung ging in seinen Augen an und aus wie das Licht in einer nicht ganz fest geschraubten Glühbirne. Mit der rechten Hand strich er über die neuen hellroten Löcher in seinem Hemd, fahrig, als wollte er eine Nebensächlichkeit vom Tisch wischen. Die andere Hand tastete nach der Schalterkante, doch sie griff daneben, einmal, zweimal. Caribes Füße taten einen winzigen Schritt vorwärts. Er verlor das Gleichgewicht, stürzte und landete auf einem Kofferwagen, dicht neben ihm.

Halb und halb rechnete Dekker damit, dass der Wagen rollen würde wie in einem Film, mit quietschenden Rädern und Menschen, die ihm schweigend Platz machten. Aber der Wagen rührte sich nicht vom Fleck, nichts und niemand rührte sich innerhalb der Blase. Die Zeit stand noch immer still. Bis die Blase mit einem Knall zerplatzte und die Geräusche wieder hereinschossen – der Lärm – das Geschrei –

Das Gate mit Caribe und dem Kofferwagen davor kippte zur Seite, dann stand es auf dem Kopf. Dekker lag auf dem Rücken, der Boden unter seinen Schultern war hart. Er sah die Lichter an der Hallendecke, wie sich Menschen über ihn beugten, über ihn und Amelie. Sie redeten mit ihm, aber er verstand sie nicht, sie waren zu leise, und ihre Gesichter waren auch verschwommen und wurden schnell kleiner. Aber es war schön, dass er nicht mehr so frieren musste wie das letzte halbe Jahr, und als die Gesichter langsam erloschen, freute er sich, endlich schlafen zu können.

62

Wieder summte das Handy in van Leeuwens Manteltasche – *suuut-suuut-suuut* –, und alle Blicke richteten sich auf den Trenchcoat an der Tür.

Der Commissaris spürte eine lähmende Hilflosigkeit, die sich langsam in seinem Körper ausbreitete. Er betrachtete den Raum wie eine Filmszene, in die er geraten war, wie etwas, das unwirklich war und gleichzeitig wirklicher als alles andere. Er stand am Fenster, mit dem Rücken zur See, denn Kimmel hatte plötzlich Angst bekommen, ein Helikopter mit einem Scharfschützen könnte davor auftauchen und das Zimmer unter Beschuss nehmen.

… *Suuut-suuut-suuut* …

Die Sonne war, für ein paar Minuten rot und flammend, fast vollständig hinter dem Horizont versunken. Das Wasser wurde dunkelgrün, dann schwarz, und auch im Zimmer breitete sich Dunkelheit aus. Außer van Leeuwen standen nur noch Kimmel und Vermeulen, alle anderen hockten, kauerten oder saßen auf dem Boden, der Richter, Doktor van der Linden, die Schwester und Thijs Terjung von *Crime Stage* mit seiner Kamera im Schoß.

Der Buchhalter schwitzte stark. Wie ferngesteuert ging er neben dem Bett auf und ab. Manchmal blieb er stehen und richtete die Pistole auf Noah Vermeulen, der mit blassem Gesicht hinter dem

Rollstuhl seiner Frau stand. Roos war eingenickt; ihr Kopf, zur Seite gesunken, berührte fast ihre Schulter.

… *Suuut-suuut-suuut* …

»Es ist ganz einfach … wirklich«, sagte Kimmel fahrig. »Ich will niemand erschießen … nicht mal dich, Noah, obwohl du es verdient hast. Ich will, dass du die *Wahrheit* sagst und –«

»Du kennst die Wahrheit nicht«, fiel ihm Vermeulen ins Wort. »Woher willst du wissen, ob ich sie sage oder nicht?«

»Doch«, schnappte Kimmel und fuhr sich wieder nervös mit dem Handballen über die Stirn. »Ich kenne sie! Ich –«

»Dann erzähl allen deine Wahrheit und setz dem Unsinn hier ein Ende!«

… *Suuut-suuut-suuut* …

Der Buchhalter blieb stehen und umklammerte mit beiden Händen den Griff der Pistole, die Mündung war nur wenige Zentimeter von der Stirn des Reeders entfernt. Terjung schaltete die Kamera ein, richtete sie auf die Pistole und betätigte den Zoom. Dann schwenkte der Scheinwerferkegel neben dem Objektiv zu dem Mantel mit dem Handy. »Wollen Sie nicht drangehen, Commissaris?«, fragte Terjung und schwenkte auf van Leeuwen.

»Nein«, sagte van Leeuwen.

»Warum nicht?«

»Wenn ich mich melde, muss ich einen Bericht über die Lage hier im Zimmer geben, und dann würde die Einsatzleitung beschließen, die Klinik zu stürmen.«

»Sollten Sie sich Milan Kimmel dann nicht wenigstens selbst als Geisel anbieten, damit er die anderen –«

»Wir sind hier nicht im Kino«, sagte van Leeuwen. Er hätte sich auch gern hingesetzt; die Anspannung lähmte seinen Körper, und zerrte an der Wunde in seinem Bauch. Er spürte scharfe Stiche. Ich muss stehenbleiben, dachte er, wenn auch nur aus psychologischen Gründen.

»Aber die Schwester und der Arzt –«

»Ruhe!«, fuhr Kimmel den Reporter an. »Keiner spricht! Nur der Mörder soll reden.«

Das Handy verstummte, stattdessen wimmerte plötzlich die Schwester. Sie schien nicht mehr zu begreifen, was um sie herum vorging. Doktor van der Linden öffnete die Augen, sah erst sie an, dann die anderen im Raum. Einen Moment schien er überrascht, dass er hier war und auf dem Boden saß und die Schwester ihren Kopf gegen seine Schulter presste. »*Ssscht*«, machte er leise, »*Ssscht!*« Es klang wie das unaufhörliche Zischen des Respirators. Das Wimmern ging in ein Winseln über, das langsam erstarb.

»Wie lange wollen Sie uns hier noch festhalten?«, protestierte der Arzt. »Ich habe noch andere Patienten, die Klinik –«

»Keiner spricht!« Jetzt schrie Kimmel. »Sie stecken mit dem da unter einer Decke.« Die Pistole ruckte zwischen dem Reeder und van der Linden hin und her. »Ich will, dass Sie die Wahrheit sagen!«

»Was ist denn die Wahrheit?«, fragte van Leeuwen.

»Die Wahrheit«, sagte der Buchhalter etwas leiser, »die Wahrheit ist, dass der große Reeder Noah Vermeulen die Flucht des kleinen Buchhalters Milan Kimmel aus dem Zuchthaus dazu nutzen wollte, ihn zum Schweigen zu bringen, bevor er die Beweise für den drohenden Konkurs und die Insolvenzverschleppung präsentieren kann. Damals ließ er ihn vorher verhaften und hat ihn öffentlich beschuldigt – der Bilanzfälschung, der Veruntreuung, des Diebstahls. Milan Kimmel, brutaler Geiselnehmer, beim Widerstand gegen die Festnahme getötet, das war sein Plan, nachdem er schon Isa mundtot gemacht hatte –«

»Lächerlich«, unterbrach ihn Vermeulen.

»Die Wahrheit ist«, fuhr Kimmel unbeeindruckt fort, »dass er auch jetzt, drei Jahre später, seine Reederei immer noch nicht wieder flottgekriegt hat. Aber heute begnügt er sich nicht mehr damit, einfach nur die Bücher zu fälschen, um an frisches Geld zu kommen, weil nämlich keine Bank auf der Welt mehr bereit ist, ihm die Milliardenkredite zu gewähren, die er benötigt hätte. Nicht mal sein guter Freund Geert-Hans de Kook von de Graaf Bankiers. Woher also noch ausreichend Cash kriegen? *Woher?* Welches Geld will keine Bilanzen, keine Absicherungen sehen?«

Kimmels Stimme kippte, aber er sprach weiter. »Sein Freund de Kook hatte die Lösung: Schwarzgeld. Schmutziges Geld. Blutgeld. Und wer verfügt über Milliarden, vielleicht Billionen und nicht genug Möglichkeiten, sie zu waschen? Drogenhändler in Mexiko oder Kolumbien? Ja. Die Mafia? Ja. Aber an denen sind schon sämtliche Ermittlungsbehörden der USA und der EU dran. Und wer noch? Der internationale Terrorismus! Al Kaida. Isis. Die Taliban. Ein blühender Wirtschaftszweig, nur leider etwas illegal.«

Er schüttelte den Kopf so heftig, dass ein Schweißtropfen von seinem Kinn spritzte. »Gott sei Dank gibt es aber doch noch ein paar Banken auf der Welt, die sich nicht so anstellen, die nicht allzu hartnäckig fragen, welches Geld über ihre Konten fließt, woher es kommt, wohin es geht und warum es anders aussieht, wenn es wieder zurückkommt – Banken in Saudi-Arabien, Katar, auf Aruba. Banken, die Geert-Hans de Kook natürlich kennt. Dieselben Banken, die schon Yassir Arafat geholfen haben, die EU zu betrügen, die Fatah zu betrügen und ein Vermögen an Subventionen in Kanäle umzuleiten, die nur Mister Yassir und seiner Frau bekannt waren, niemand sonst, bis heute.«

Da ist sie, die Wahrheit, dachte van Leeuwen, *und die ganze Welt kann sie sehen.*

»Dieselben Banken«, bekräftigte Kimmel, »aber immer wieder andere Firmen, durch die das Geld fließen kann, bis es nicht mehr zurückzuverfolgen ist, denn nirgendwo bleibt es lange genug, um es festzuhalten, damit man sehen kann, wie aus Zahlen Münzen oder Scheine werden. Was für Firmen? Ganz einfach, Unternehmen, die kurz vor dem Konkurs oder mittendrin stehen und nicht wählerisch sein können. Wie die Reederei Vermeulen & Aboudani, die einen Teil davon für sich abzweigen, als Provisionen, Betriebskosten –«

»Das ist – blühender Unsinn!«, rief der Reeder mit einem hohlen, entsetzten Lachen und klammerte sich an die Lehne des Rollstuhls. »Woher willst du das wissen? Seit drei Jahren sitzt du im Zuchthaus und hast keinen Zugang zu Firmeninterna –«

»Doch, hat er!«, sagte Roos Vermeulen, plötzlich wieder wach, mit klarer Stimme. »Ich hab sie ihm gegeben, ins Gefängnis geschickt, denn ich wollte wissen, was bei Vermeulen & Aboudani vorgeht. Ich brauchte jemand, der für mich die Zahlen und Kürzel in den Büchern entschlüsselt und in die Verbrechen verwandelt, die mein Mann begeht, in der Annahme, ich wäre nicht mehr in der Lage –«

»Roos, du …?« Abrupt ließ der Reeder den Rollstuhl los, als hätte ihm die Lehne einen elektrischen Schlag versetzt.

»Die Wahrheit ist nämlich«, redete der Buchhalter weiter, »dass Vermeulen in den letzten Jahren eine Werft in Freetown gebaut hat – ausgerechnet in Sierra Léone! –, und das, obwohl ihm die Schulden buchstäblich bis zum Hals stehen. Und er hat neue Schiffe gebaut – mit welchem Geld? Die Vereinbarung mit den Banken in Katar und Riad war damals noch gar nicht unterschrieben! Oder hat er sie nie gebaut und zu Wasser gelassen? Sind sie nur durch seine Bilanz gefahren? Außerdem sollen zwei seiner alten Schiffe in libyschen Gewässern gesunken sein – an Stellen, wo sie niemand wiederfinden kann und mit Ladungen, die nie existiert haben oder mit falschen Papieren deklariert waren.«

Kimmel sprach jetzt direkt in die Kamera, mit der Terjung langsam auf ihn zuging. »Die Wahrheit ist, dass Noah Vermeulen ein Mann ist, der sich nicht scheut, den Tod unzähliger Menschen in Kauf zu nehmen, um sein Imperium zu retten. Der Mitschuld trägt an dem blutigen Abschlachten von unbewaffneten Männern, Frauen und Kindern in Afrika und im Nahen Osten, an Massenvergewaltigungen, an Verschleppungen, an den Morden des Islamischen Staates, von Al Kaida und Boko Haram –«

»Stimmt das?«, fiel ihm Richter Gerritsen erregt ins Wort.

»Nichts davon, alles erlogen«, entgegnete Vermeulen, und der Blick seiner Augen flog kurz zu Terjung und seiner Kamera. »Wenn Sie auch nur ein Wort davon senden oder –«

»Das tu ich schon. Sie sind gerade live im Internet, und heute Abend oder morgen kommt das Ganze noch mal hübsch aufbereitet im linearen Fernsehen.« Er schwenkte von Kimmel zu Vermeulen und wieder zurück. »Wie hat er das gemacht, Milan? Können Sie das etwas genauer beschreiben?«

Das also ist es, dachte der Commissaris, während Kimmel manisch weiterredete: die Puppe in der Puppe in der Puppe, unterschiedlich groß, aber immer auf die gleiche Weise bemalt – in den Farben des Verbrechens, denen von Betrug und Mord. Millionen, die mehrmals rund um den Globus rasen. Eine Firma, *ein Mann*, die sich als Tarnung für diese Geldströme zur Verfügung stellen. Und ein junges Mädchen wie Amelie Winter, das sterben muß, weil jemand den Mund nicht halten konnte und sie etwas gehört hat, das sie nie hätte hören dürfen. Denn natürlich müssen die de Kooks und Vermeulens immer fürchten, dass sie etwas übersehen haben, dass FBI oder Interpol eine Spur entdecken, die zu ihnen führt. Ganz zu schweigen von den Hintermännern, den Drahtziehern, den Profiteuren des Terrors, die an den Ufern der Geldflüsse sitzen und ihre Hände hineintauchen, ihre Füße darin baden und die vor allem eins nicht gebrauchen können: Aufsehen, Finanzfahnder, Scheinwerferlicht, öffentliche Verhandlungen vor internationalen Gerichten.

Auf einmal begriff der Commissaris auch, wer oder was die beiden Männer in dem grauen Audi waren, bei dem es sich wahrscheinlich gar nicht nur um einen einzigen Audi handelte, ebenso wie es sich wahrscheinlich und auch nicht immer um dieselben Männer handelte.

»Ich weiß nicht, was meine Frau dir da in deine Zelle geschmuggelt hat, Milan«, verkündete Vermeulen dröhnend, »aber mehr als Zahlen können es ja nicht gewesen sein, wenn überhaupt, alles andere hast du dir aus den Fingern gesogen.«

Van Leeuwen sah Vermeulens Gesicht, und dann sah er Kimmels Gesicht und dachte, *ich muss etwas tun – bald. Der Moment ist da. Vermeulen hat keine Ahnung, in welche Gefahr er sich bringt.*

»Nehmen wir trotzdem für einen Moment an, du hast recht mit deinen Unterstellungen«, schwadronierte der Reeder weiter. »Ich sage nicht, dass es so ist, klar? Aber was ist denn am Ende besser: wenn dieses Geld in den Tresoren eines mexikanischen Drogenbarons oder eines afghanischen Warlords liegt oder wenn es über eine Bank in Katar, Oranjestadt oder London in die Wirtschaft einfließt, wo es der Allgemeinheit dient? Wo es Arbeitsplätze schafft oder Firmen finanziert, die nützliche Dinge herstellen. Ja, meinetwegen, es ist mit Verbrechen, mit Mord, Totschlag und Menschenhandel verdient worden, aber am Ende ist es weiß. Es zahlt Steuern, ermöglicht demokratisch gewählten Regierungen – keinen Schurkenstaaten! – Maßnahmen, die das Leben der Menschen verbessern. In der realen Wirtschaft. Für legale Zwecke. Es ist dem Kreislauf des Verbrechens entzogen und in saubere Hände gelangt. Dank einem Unternehmen wie meiner Reederei!«

»Es ist unmoralisch!«, entgegnete Kimmel erregt. »Es bleibt schmutziges Geld, an dem Blut klebt –«

»Unmoralisch?« Vermeulens Lachen klang fast echt. »Was ist denn moralisch in der Geschäftswelt? Viele Olympische Stadien überall auf der Welt, die Formel Eins, ganze Fußballweltmeisterschaften sind mit schmutzigem Geld finanziert worden!«

Terjungs Kamera surrte hinter van Leeuwen, und mit jeder Minute des ins Internet übertragenen Geschehens nahm die Gerechtigkeit ihren Lauf.

»Du verstehst nicht, wovon ich rede«, schrie Kimmel. »Von Menschen, von Anstand! Ich rede von deiner Tochter, von mir!« Wie besinnungslos vor Zorn stießen seine Hände vor und pressten Vermeulen die Mündung der Pistole gegen die Stirn. »Ich will, dass du dich einmal anständig verhältst und die Wahrheit sagst!«

Vermeulens Augen funkelten. Er schien sich mit dem Kopf gegen den Druck der Pistole zu stemmen; wich nicht einen Millimeter zurück. Kimmel verstärkte den Druck, dabei veränderte sich sein Blick. Es war nur ein Schatten in der Pupille, aber Vermeulen bemerkte ihn, und der Commissaris bemerkte ihn auch. *Jetzt*, dachte van Leeuwen, *jetzt muss ich etwas tun, der Moment ist da. Ich muss meine Angst überwinden*. Er merkte, dass er einen Fuß vor den anderen setzte, auf Kimmel zuging. »Milan, runter mit der Pistole!«

Neben den beiden Männern blieb er stehen, so dicht, dass er ihren Schweiß und die Angst riechen konnte, vermischt mit dem Metallgeruch der Pistole. »Ich lasse nicht zu, dass Sie zum Mörder werden!«

Der Buchhalter schien verwirrt. Sein Gesicht veränderte sich, während Gefühle darüber hinweghuschten wie Schatten schnell treibender Wolken: Zorn, Angst, Triumph, Panik, Schmerz.

»Milan«, wiederholte van Leeuwen, »überlegen Sie, was Sie die ganze Zeit gesagt haben: Ich bin unschuldig, haben Sie gesagt! Sie sind zu Unrecht verurteilt worden, haben sechs Jahre im Gefängnis gesessen – für etwas, das Sie nicht getan haben. Und Sie sind ausgebrochen, weil Sie bei Isa sein und verhindern wollten, dass ihr Vater sie tötet.«

Er roch nicht nur Vermeulens Angst und Kimmels Wut, sondern auch seine eigene Angst. Ich will nicht wieder eine Kugel abkriegen. Er zwang sich, langsam zu reden, die Worte einwirken zu lassen. »Das haben Sie erreicht, er kann seine Tochter nicht mehr einfach so sterben lassen. Und Sie haben Ihre Unschuld beweisen können. Roos Vermeulen hat sie bestätigt. Wenn Sie jetzt abdrücken, dann verwandeln Sie alles in eine Lüge. Dann sind Sie nicht mehr unschuldig und kommen wieder ins Gefängnis, und diesmal zu Recht. Aber mehr noch: Sie ersparen Noah Vermeulen die Schande, die Demütigung und das Gefängnis, all die Jahre im Zuchthaus, den bitteren Rest seines Lebens. Bis jetzt haben Sie immer versucht, das Richtige zu tun, aber was Sie gerade vorhaben, ist falsch. Und wer kümmert sich um Isa, wenn Sie wieder ins Gefängnis müssen?«

Van Leeuwen konnte die beiden Männer atmen hören, er hörte das Surren der Kamera und das Fauchen des Respirators. Niemand bewegte sich, eine Sekunde, zwei Sekunden, drei. Dann – langsam – ließ Kimmel die Pistole sinken.

In diesem Moment veränderte sich die Atmosphäre in dem Zimmer, als ob die Luft flackerte. Etwas betrat unsichtbar den Raum oder ging hinaus, obwohl die Tür geschlossen blieb. Van Leeuwen spürte, wie sich die Härchen auf seinen Armen sträubten.

»Da – Isa«, sagte Roos Vermeulen in die Stille. »Sie öffnet die Augen.«

Erst dachte der Commissaris, es wäre eine Täuschung, nur ein Zucken von Schatten und Licht. Aber Isa sah zur Decke hinauf, nicht zu Milan hin, auch nicht zu ihrem Vater oder ihrer Mutter, nur zur Decke. Trotzdem war es, als sähe sie alles um sich herum. Sie lag ganz ruhig da, so unbewegt wie zuvor. In diesem Augenblick schien es nur noch dieses Zimmer zu geben, als hätte es sich von der Klinik gelöst – von der Station, dem Gebäudetrakt, der Küste, der ganzen übrigen Welt.

Kimmel näherte sich dem Bett, ungläubig, zögernd. »Isi?«

Terjung schwenkte mit der Kamera weg von Vermeulens fassungslosem Gesicht, erst zu Kimmel, dann zum Bett hinüber. Mit zwei Schritten war van Leeuwen bei ihm und sagte leise: »Wenn Sie nicht sofort die Kamera abstellen, schmeiß ich das Ding aus dem Fenster und Sie gleich hinterher.«

Widerstrebend ließ Terjung sie sinken. »Was für eine Story«, murmelte er.

Eine Sekunde später schloss die junge Frau wieder die Augen, als hätte sich etwas aus ihr gelöst, unsichtbar und geisterhaft, aber für immer. »Isi?«, flüsterte Kimmel noch einmal.

Van Leeuwen betastete die schmerzende Narbe unter seinem durchgeschwitzten Hemd, als wäre sie ein Talisman. Er holte das iPhone aus der Manteltasche, drückte die Eins und sagte: »Sie können jetzt reinkommen.«

63

Fenna fror wahrscheinlich schon die ganze Zeit. Sie merkte es nur daran, dass ihre Hände zitterten. Sie saß auf der Bank und hielt das mit Tesafilm geklebte Foto ihres Vaters im Schoß, und die rechte Hand zitterte stärker als die linke. Die schmalen Tesastreifen glänzten schwach in der Dunkelheit, wie halb getrocknetes Licht.

Der Bankier war noch immer nicht aufgetaucht. Die Fensterläden des Hauses waren geschlossen, das Oberlicht aus getöntem Glas über der Tür schimmerte nur im Widerschein der Laternen am Ufer. In den letzten beiden Stunden waren zwei Polizeiwagen vorbeigefahren, aber keiner hatte angehalten.

Fenna dachte, *ich warte noch eine Stunde, und wenn er bis dahin nicht kommt, gehe ich zum Boot. Erst in ein Café, um mich aufzuwärmen und danach zum Boot zum Schlafen. Morgen suche ich mir dann was anderes. Ich warte noch eine Stunde oder anderthalb, wie beim letzten Mal.* Da hatte sie gedacht, er wäre zu Hause, aber sie hatte sich geirrt.

Eine schwere silberne Mercedes-Limousine rollte von der Leidsegracht her die Straße entlang, anscheinend jemand, der nach einem Parkplatz suchte. Hinter ihm tuckerte eine grüne Vespa über das regennasse Pflaster, gefolgt von einem schwarzen Audi. Der Mercedes hielt vor dem Haus des Bankiers, fuhr dann aber weiter, ohne dass jemand ausstieg. Die Vespa bog in die Nieuwe Spiegelstraat, der Audi hielt ein paar Meter weiter; kurz flackerte im Inneren milchige Helligkeit auf, als hätte jemand ein Smartphone konsultiert und dann wieder ausgeschaltet.

Etwas später fuhr der Audi weiter und bog um die nächste Ecke. Zehn Minuten vergingen, in denen die Straße nur ein paar Fietsen und mehreren Fußgängern gehörte. Niemand kümmerte sich um Fenna oder nahm Notiz von der verhüllten Flinte unter ihrer Bank. Dann tauchte der silberne Mercedes erneut auf und hielt wieder vor dem Stadtpalais des Bankiers. Die rechte Hintertür ging auf, und ein Mann in einem hellen Anzug setzte einen Fuß auf die Straße. Er beugte sich seitlich über die Rückbank, um danach mit einem Mantel und einem Aktenkoffer auszusteigen. Er schlug die Tür zu, und der Mercedes verschwand, diesmal endgültig.

Das ist er, dachte Fenna. Der Gang, die straffe Haltung, die ruckartigen Bewegungen der Schultern, des Kopfes. Dieses Mal irrte sie sich nicht. Der Mann machte sich am Schloss der Haustür zu schaffen, öffnete und trat in die Diele dahinter, in der sofort das Licht anging. Als er die Tür schloss, lag ein verlorener, erschlaffter Ausdruck auf seinem müden Gesicht.

Fenna spürte, wie ihr Mund trocken wurde. Sie faltete das Foto zusammen und schob es in die Innentasche ihrer Jacke, wo sie es neuerdings aufbewahrte, dicht am Herzen. Sie tastete in der rechten Hosentasche nach der Silbermünze, holte sie heraus und fuhr mit dem Daumen über die Prägung, den Schiffsbug, die Wellen, *Esperanza. Ich habe dich nie vergessen, Papa.* Sie holte aus und warf die Münze in die Gracht hinter sich. Dann griff sie in die linke Jackentasche, holte die Skimaske heraus und zog sie sich über den Kopf. Die Wolle war kalt, wurde aber schnell warm, besonders unter der Nase.

Durch die Löcher in der Maske sah sie nur ihr Ziel, sonst nichts. Sie bückte sich nach dem Futteral der Flinte unter der Bank, zog es zwischen ihre Füße und holte das Gewehr heraus. Es war so schwer, dass sie aufstehen musste, um es hochzuwuchten. Die Straße vor den ausgefransten Augenlöchern lag nass und menschenleer im Zwielicht der Laternen, als Fenna aus den Schatten unter den Ulmen trat und das Pflaster überquerte.

Sie ging auf die Tür des Hauses zu, presste die Läufe der Flinte gegen das Schloss und drückte ab. Der Rückstoß hätte ihr fast die Waffe aus den Händen geprellt. Aber sie war darauf vorbereitet, genauso wie auf den Knall, der die Gracht entlang rollte und sich über dem Wasser auflöste. Das Schloss wurde aus der Türfüllung gerissen. Fenna trat die Tür ganz auf und ging hindurch. Mit der linken Schulter drückte sie sie wieder in den Rahmen zurück und ging weiter.

Im Gehen knickte sie die Läufe der Flinte herunter und griff in die linke Jackentasche, wo die Patronen zum Nachladen steckten. Sie hörte den Bankier aus einem der anderen Räume etwas rufen, das sie nicht verstand. Sie schob die Patronen in die Läufe und klappte sie wieder hoch, ließ sie einrasten.

Der Bankier rief wieder, und sie ging weiter. Das Atmen fiel ihr schwer. Die Wolle juckte, und sie schwitzte, aber sie konnte sich nicht kratzen. Durch die Augenlöcher sah sie nur, was vor ihr lag. Sie ging durch die Diele, vorbei an einer Vitrine mit Porzellan, einer Kommode. Die roten Worte, die sie an die Wand gesprayt hatte – *Ich bin kein Täter!* – waren übermalt worden.

Dann sah sie die Treppe, und darauf den Jungen, wie er die Stufen herunterkam, in seinem Schlafanzug, und sie sah, wie er zurückgeschleudert wurde und das ganze Blut in seiner zerfetzten Brust. Die Erinnerung jagte durch ihr Herz wie der Elektroschock einer Reanimation. Es war, als wäre die Zeit stehengeblieben, damit sie diesen Moment für alle Ewigkeit sehen konnte.

Das habe ich getan.

Der Bankier humpelte durch die Tür zum Wohnraum in die Diele, und als er sie erblickte, blieb er stehen. Mit der rechten Hand rieb er sich das Schienbein. Er trug jetzt nur noch die Anzughose und ein gestreiftes Hemd. »Ich bin gegen den Tisch gerannt«, sagte er halb gebückt wie zu einer guten Bekannten, der er zu schnell entgegengeeilt war. »Wer bist du?«, fragte er.

Sie hob das Gewehr und richtete die Doppelmündung auf seine Brust. Sie spürte den harten Widerstand des Metalls an ihrem Zeigefinger. »Fenna«, sagte sie und drückte den Abzug. Nichts geschah. Sie drückte noch einmal, und wieder geschah nichts. Das Licht des Deckenleuchters fiel auf de Kooks Gesicht, als er sich aufrichtete. »Fenna«, sagte er, »dein Vater hat von dir gesprochen.«

Ich drücke ja gar nicht wirklich, dachte sie, *ich kann den Finger nicht bewegen. Ich kann es nicht.* Aber sie hielt das Gewehr weiter auf de Kook gerichtet, auch als sie schon zitterte und schrie, durch die heiße Wolle vor ihrem Mund, lautlos.

»Wie ist er gestorben?«, fragte sie und wunderte sich, dass man nicht sah, wie heftig sie zitterte und hörte, wie laut sie schrie. »Wer hat sie umgebracht – Papa, Mama und Grietje?«

»Fenna –«

Diesmal drückte sie den Abzug ganz durch.

Ich bin kein Täter. Ich bin das Opfer.

64

Eine Hand reichte dem Commissaris eine offene Plastikflasche mit Wasser. Jemand wollte ihm eine Decke um die Schultern legen. »Es geht mir gut«, sagte er. Er trank und gab die Flasche nicht mehr aus der Hand, bis er sie geleert hatte. Er stand auf dem Rasen, etwas entfernt von den Einsatzfahrzeugen mit ihren grellen Scheinwerfern vor dem Klinikeingang. In der Dunkelheit zwischen den Lichtkegeln schwebten die erleuchteten Displays zahlloser Smartphones wie Glühwürmchen hin und her. Es wimmelte von Spezialeinsatzkräften in Tarnuniformen und noch mehr Zivilisten, deren Gesichter van Leeuwen nur undeutlich wahrnahm.

Er sah Inspecteur Tambur – erst nur den Schimmer ihres blonden Haars – die ihr Handy ans Ohr presste und einem Anrufer konzentriert zuhörte. Dann kam sie mit schnellen Schritten auf ihn zu: »In Schiphol hat es eine Schießerei gegeben. Der Agent Ruud Dekker und Samyel Caribe sind tot.«

Van Leeuwen brauchte einige Sekunden, um die Nachricht zu begreifen. »Ist er im Dienst getötet worden? Agent Dekker?«

»Genauere Informationen haben wir noch nicht«, sagte Julika. »Remco ist draußen und sieht sich für uns um. Es scheint aber so zu sein, dass Dekker Caribe erschossen hat und daraufhin selbst von den Kollegen von der Marechaussee getötet wurde.«

»Wo ist Ton? Ist der auch draußen?«

»Nein. Er steht da hinten.«

Van Leeuwen erblickte Hoofdinspecteur Gallo bei zwei Männern in dunklen Anzügen, die neben einem grauen Audi standen. »Ton, komm mal her!«, rief er.

Gallo hielt sein Tablet in der Hand, auf dessen Display immer noch der Livestream von der Klinikgeiselnahme lief, mit einem aufgeregten Kommentar von Thijs Terjung. »Mach das bitte kurz aus«, sagte der Commissaris und deutete auf die Männer neben dem Audi. »Wer sind diese Typen?«

»Amis«, erklärte Gallo.

Zwei Polizeibeamte führten Noah Vermeulen vorbei. Seine Hände waren vor dem Bauch mit Fixierschnallen gefesselt, genau wie die von Milan Kimmel, den zwei weitere Männer zu einem Streifenwagen mit zuckendem Blaulicht geleiteten. Ein Sanitäter schob Roos Vermeulens Rollstuhl über eine Metallrampe in den hell erleuchteten Rettungswagen. Auch auf dem Dach des Rettungswagens geisterte blaues Licht hin und her.

»Was für Amis?«, fragte van Leeuwen.

»Von der Amerikanischen Botschaft in Den Haag.«

»CIA?«

»Kann sein. Die binden einem das ja nicht auf die Nase.«

»Was wollen die hier?«

»Haben sie mir nicht gesagt.«

»Ich werd sie mal fragen.« Der Commissaris stapfte quer über den Rasen auf die Männer in den dunklen Anzügen zu. »Mein Name ist Bruno van Leeuwen. Ich bin der Stellvertretende Polizeipräsident von –«

»Amsterdam«, unterbrach ihn der Größere. Wissen wir«, bestätigte der Kleinere. Ihn erkannte der Commissaris wieder: das Gesicht auf dem Beifahrersitz des Audi gestern Nacht vor dem Gebäude der Reederei Vremeulen & Aboudani in Rotterdam.

»Bill Miller«, stellte der Größere sich vor.

»John Smith«, sagte der andere. »Von der US-Embassy in Den Haag.«

»Sind Sie mir gefolgt?«, fragte van Leeuwen.

»Nicht Ihnen«, antwortete der erste. »Noah Vermeulen.«

»Auf holländischem Boden? Dürfen Sie das?«

»Dürfen wir, ja. Fragen Sie den Justizminister.«

»Weswegen sind Sie hinter Vermeulen her?«

»Wegen all der Sachen, die er da eben freundlicherweise vor der Kamera dieses Journalisten gestanden hat«, sagte der, der Miller hieß, und nickte zum Krankenhaus hinüber. »Geldwäsche, Unterstützung einer oder mehrerer terroristischer Vereinigungen, Verschwörung, Mord, *the whole enchilada.*«

»Mir sind Sie nie gefolgt?«

»Nicht wir persönlich, ein anderes Team«, gab Smith gelassen zu. »Aber nur, bis wir wussten, wer Sie sind und dass Sie nicht zu unseren Ermittlungen gehören.«

»Sie hatten schließlich mit einigen der Leute Kontakt, hinter denen wir her sind«, präzisierte Miller. »Wiederholt.«

»Wer außer Vermeulen ist denn noch Gegenstand Ihrer Ermittlungen unter dem Schutzschirm der US-Embassy in Den Haag?«, fragte van Leeuwen.

»Das dürfen wir Ihnen leider nicht sagen.«

»Der Bankier Geert-Hans de Kook? Oskar Manhijmer?«

»Wie gesagt …«

»Und für welchen Dienst arbeiten Sie?«

Bill Miller lächelte schmal und schüttelte den Kopf. Er hob die rechte Hand, versiegelte die Lippen mit einem imaginären Reißverschluss und schluckte dann den unsichtbaren Schlüssel runter.

»Sie haben den Schlüssel runtergeschluckt, als Ihre Lippen schon verschlossen waren«, sagte van Leeuwen. »Das ist widersinnig.« Er ging zurück zu Hoofdinspecteur Gallo: »Ich fahre selbst nach Schiphol.«

»Soll ich mitkommen?«

Bevor der Commissaris antworten konnte, summte sein Handy. Das Display meldete *Jaap Joodenbreest.* »Was ist in Schiphol los?«, fragte der Hoofdcommissaris. »Weißt du was darüber? Ich hab gehört, dieser Streifenpolizist, der vor Gericht gelogen hat –«

»Er hat nicht gelogen«, sagte van Leeuwen. »Ich bin grad auf dem Weg dahin, um mir ein Bild zu machen.«

»Gut. Morgen früh kommst du als Erstes in mein Büro, ja? Übrigens, was diese Geiselnahme in der Klinik angeht – meinen Glückwunsch, das hast du gut gemacht. Eine komplizierte Situation durch Aussitzen gemeistert. Wir sind alle Fans von dir.«

»Wer ist *wir alle*?«

»Die Kommission, die über deine Zukunft im Polizeidienst entscheidet. Morgen will sie bekanntgeben, zu welchem Ergebnis sie gekommen ist. Ich ruf dich dann gleich an.«

»Lass dir ruhig Zeit«, sagte van Leeuwen und schaltete das Handy aus. »Ich schaffe das allein in Schiphol«, erklärte er Gallo, bevor er seinen Wagen suchen ging. Er fand den Volvo auf dem Parkplatz, stieg ein und startete den Motor. Im Rückspiegel flackerte ein fahlblaues Leuchten über die Gebäudefassade, aber sobald er auf der Straße ein Stück gefahen war, blieb es hinter einer Kurve in der Nacht zurück.

Er war schon fast in Schiphol, als sich sein Handy erneut meldete. Es lag auf dem Beifahrersitz. Er griff danach, obwohl er es nicht wollte. »Was gibt's denn noch?«

Gallo sagte: »Die Amis haben gerade einen Anruf von ihren Kollegen bekommen, die seit seiner Landung in Schiphol an de Kook dran sind. Er ist erst in die Bank und dann nach Hause gefahren. Jetzt wollen sie, dass wir ihn festnehmen, so wie Noah Vermeulen. Aber gerade ist eine Meldung reingekommen, derzufolge de Kooks Nachbarn die Polizei gerufen haben, weil in seinem Haus Schüsse gefallen sein sollen –«

Van Leeuwen war plötzlich hellwach. »Haben die Amerikaner außer de Kook noch jemand reingehen sehen?«

»Das ist es ja, die haben geglaubt, er geht heute nicht mehr weg und sind was essen gefahren. Sie haben gar nichts gesehen. Die zuständige Wache hat eine Streife hingeschickt, fragt aber vorsichtshalber noch mal, ob wir –«

»Keiner geht rein, bis ich da bin!«, sagte van Leeuwen. »Unauffällig abriegeln. Ich brauche zwanzig Minuten.« Er warf das Handy auf den Beifahrersitz, schaltete in den vierten Gang und trat das Gaspedal durch.

65

»Niemand wollte, dass es dazu kommt«, sagte der Bankier. »Wär dein Vater vernünftig gewesen«, er lachte, als wäre der Gedanke allzu abwegig, »oder hätte er nicht versucht, Lars die Pistole wegzunehmen –«

»Welche Pistole?«, fragte Fenna. Sie saß auf einem Stuhl in der Mitte des Raums, nur ein paar Schritte von der Ledercouch entfernt, vor der de Kook zu Boden gesunken war. Die Flinte hielt sie mit beiden Händen auf den Oberschenkeln fest, konnte sie aber mit einer einzigen Drehung wieder in Position bringen.

»Lars hatte sie.« De Kook ächzte, während er mit einer Hand einen Schal gegen seine linke Hüfte presste. »Er hatte sie einfach behalten, als sein Wehrdienst vorbei war, als Souvenir. Und in seiner Verzweiflung hat er sie mitgenommen, als er Frans an dem Abend besuchte, um ihn zum Einlenken zu bewegen. Kann ich nicht – können wir nicht einen Arzt rufen? Ich habe Schmerzen –«

»Noch nicht.« Fenna hatte die Wollmütze mit den Augenschlitzen abgestreift und auf das Eisbärenfell zu ihren Füßen fallen lassen, denn jetzt brauchte sie nichts mehr, was sie zusammenhielt. »Hat Lars meinen Vater erschossen?«

»Ja. Nein.« Der Bankier war blass; die Sonnenbräune hatte einen gelblichgrauen Ton angenommen. Schweiß stand ihm auf der Stirn, und er zitterte. »Es war ein Unfall.« Der Schal glänzte feucht, wo das aus der Hüftwunde sickende Blut ihn mehr und mehr durchnässte. De Kook sagte: »Das ist ein Schal meiner Frau, sie hat ihn sehr geliebt. Aber jetzt ist sie – warum hast du sie –«

»Was für ein Unfall?«

»Ich habe Durst. Kann ich mir was zu trinken holen?«

»Später hole ich Ihnen etwas.« Fenna war selbst durstig. Sie zitterte ebenfalls. »Erst will ich wissen, was in der Nacht passiert ist, bevor Sie uns alle getötet haben.«

De Kook blinzelte und leckte sich über die Lippen. Er blickte hin und her, als wäre die Vergangenheit ein kleines Tier, das vor seinen angezogenen Beinen zwischen den Fellen der gehäuteten Wildtiere auf und ab huschte. Neben der Couch brannte eine Stehlampe mit einem Schirm aus farbigem Glas, kleine rote, grüne, blaue, orange und violette Dreiecke, in Blei gefasst. Ihr Schein fiel auf die Hälfte der Couch, und davor lehnte der selbst von seinem Jäger angeschossene Bankier wie in einer Blutpfütze aus buntem Licht. »Bestimmt haben die Nachbarn die Schüsse gehört. Bald wird die Polizei da sein. Jetzt kannst du noch weg –«

»Was ist in der Nacht passiert?«, wiederholte Fenna scharf und bewegte die Läufe der Flinte mit einem Ruck zu ihm hin.

Der Bankier schloss die Augen. »Wir hatten Lars aufgetragen, mit deinem Vater zu reden. Er sollte auf seine Anzeige verzichten, unser Geld nehmen, seine Firma retten, alles vergessen. Hätte er unsere Lage öffentlich gemacht, wären wir ruiniert gewesen. Aber er wollte nicht hören. Sie stritten sich im Arbeitszimmer deines Vaters, während deine Mutter draußen fernsah und du und deine

Schwester – ihr habt oben geschlafen. Dein Vater und Lars waren außer sich – verzweifelt – sie waren ja so jung – kaum dreißig –«

Fenna versuchte, sich die Szene vorzustellen: Onkel Lars und ihr Vater in seinem Arbeitszimmer, wie sie stritten, hitzig und doch leise, damit niemand sie hörte.

De Kook schüttelte den Kopf. »Als Lars merkte, dass sein Freund Frans nicht mit sich reden ließ, holte er die Pistole aus seiner Aktenmappe und setzte sie sich an die Schläfe. Willst du mich umbringen?, fragte er. Denn das tust du. Wenn du das durchziehst, kannst du mich auch gleich erschießen. Oder ich tu es lieber selbst. Am besten sofort – ich halt das alles nicht mehr aus –«

»Und mein Vater?«, fragte Fenna. »Was hat er da gesagt?«

»Tu es nicht, hat er gesagt. Lars, bitte. Wir können es trotzdem schaffen. Wir müssen nur reinen Tisch machen. Ich weiß, wie du dich fühlst. Ich war selbst … ich hätte beinahe gerade eben, kurz bevor du gekommen bist … Siehst du das Gewehr?«

De Kook ächzte. »In diesem Moment erst ist Lars die Flinte aufgefallen, die neben dem offenen Gewehrschrank an der Wand lehnte. Frans sagte: Ich dachte, ich schaff es nicht, *das alles*, mein ganzes Leben. Ich schaffe es nicht, dem Druck dieser Schweine standzuhalten. Und er gestand seinem besten Freund, dass er an diesem Abend vorgehabt hatte, sich und seiner Familie das Leben zu nehmen. Er wollte dich, deine Schwester und deine Mutter erschießen und dann sich selbst. Er hatte euch beiden, seinen kleinen Mädchen, schon ein Schlafmittel in den Apfelsaft getan, den ihr beim Abendessen getrunken habt.«

Auf einmal, jäh und scharf wie ein feiner Schmerz – wie früher, wenn sie sich an der scharfen Seite eines Papierblatts geschnitten hatte –, fiel Fenna wieder ein, dass der Apfelsaft an jenem Abend anders geschmeckt hatte, bitter, nicht so süß, und dass sie gesagt hatte, *Iiih, der schmeckt nicht, Papa*, und wie er gesagt hatte: *Trink, mach nicht so ein Gesicht, trink jetzt, Grietje.*

De Kook sagte: »Aber in letzter Sekunde war er davon abgekommen, und jetzt sagte er, wir schaffen das, ich brauche dich. Aber Lars schüttelte den Kopf, *ich brauch dich nicht, ich brauche niemand mehr*, und wollte abdrücken. Frans sprang auf, um ihm die Waffe zu entreißen, sie kämpften um die Pistole, prallten gegen den Schreibtisch, und da löste sich ein Schuss, aber er traf nicht Lars, sondern Frans. Dein Vater war sofort tot.«

Fenna sah sie miteinander kämpfen, ihren Vater und Onkel Lars, im Halbdunkel seines Arbeitszimmers, und sah sogar die Flinte an der Wand neben dem Gewehrschrank stehen. Die Waffe auf ihren Schenkeln schien jetzt zu glühen. *War es diese?*, dachte sie. *Hat sie darauf gewartet, die ganze Zeit?* »Was war mit Mama?«, fragte Fenna. »Hat sie den Schuss nicht gehört?«

»Doch. Und sie hatte Lars gesehen, als er gekommen war. Deswegen –«, der Bankier hielt kurz inne, schien nach einer angemessenen Formulierung zu suchen, »musste sie auch sterben.«

»Aber sie haben sich doch gern gehabt, Mama und Lars –«

»Es war nicht seine Entscheidung«, erklärte de Kook, und auf einmal klang seine Stimme schwach, erschöpft. Seine Hand rutschte von dem Schal, den er gegen die Wunde presste. »Wir haben das beschlossen, Noah und ich. Lars hörte nur, wie sie an die Tür des Arbeitszimmer klopfte und *Frans!* rief. In seiner Panik fiel Lars nichts anderes ein, als zu ihr hinauszugehen und zu sagen, es ist nichts, wir haben mit dem Gewehr gespielt. Aber sie sah ihren Mann auf dem Boden und fing an zu schreien, und da hat er sie gepackt, an den Oberarmen, und geschüttelt, und als sie sich wehrte, hat er noch fester zugegriffen und sie in die Besenkammer neben der Küche gesperrt. Dann hat er Noah angerufen. Er wusste einfach nicht, was er machen sollte. Noah hat sich angehört, was Lars in den Hörer brüllte, die ganze Geschichte. Dann hat er gesagt, *ich bin in einer halben Stunde da*, und so war es. Lars hat gewartet, neben der Leiche seines besten Freundes, und eine halbe

Stunde später war Noah mit einem seiner Kapitäne da und hat sich um alles gekümmert.«

»Was heißt das?«, schrie Fenna. »Was heißt, er hat sich um alles gekümmert?«

»Ich kann nicht mehr«, stöhnte der Bankier. »Bitte, ich brauche einen Arzt –ich sterbe –«

»Was heißt, er hat sich um alles gekümmert?«

»Er hat deine Mutter aus der Besenkammer geholt und zurück ins Wohnzimmer gezerrt, wo er sie –«

»Wer? Wer ist er? Vermeulen?«

»Ja.« De Kooks Lider flatterten, und seine Hand, *rote Finger*, tastete wieder nach dem Schal, *blutiger Schal.* »Danach ist er nach oben gegangen, die Treppe rauf, und hat dich und deine Schwester erschossen, genau wie euer Vater es ursprünglich vorgehabt hatte. Dann hat er alle anderen Fingerabdrücke abgewischt und Frans Kleijn die Pistole in die Hand gedrückt.«

Sie spürte, wie etwas in ihr anders wurde, in ihrer Brust, hinter ihrem Gesicht, den Augen, dem Mund, ein heißer, brennender Schmerz breitete sich aus, der sie von innen schüttelte.

Wieder rutschte de Kooks Hand langsam von der Wunde. »Ich war dafür, Lars auch umzubringen«, sagte er stockend. »Aber das hätte nicht gepasst, es sollte ja so aussehen, als hätte ein Mann in seiner aussichtslosen Lage erst seine Familie und dann sich selbst umgebracht. Eine weitere Leiche hätte nicht ins Bild gepasst. Wir haben Lars Geld gegeben, viel Geld, damit er über die Wahrheit schweigt und mit der Lüge lebt. Und damit er diese Lüge auch dem Staatsanwalt verkauft, der die Ermittlungen leitete. Er hat sogar den Abschiedsbrief deines Vaters getippt. *Vier Herzen haben aufgehört zu schlagen …*«

Fenna fühlte sich, als wäre sie in einen Strudel der Zeit geraten, einen Sog, der sie zurückwirbelte in das Jahr, in dem sie zum letzten Mal Grietje gewesen war. Plötzlich sah sie ihren Vater vor sich, wie er sie am Abendbrottisch angeschaut hatte, sie und Fenna und ihre Mutter. Sie sah das Bild, wie sie es damals nicht gesehen hatte, mit all den Jahren davor und danach, den bevorstehenden Abschied und den Tod, der mit am Tisch saß und nach bitterem Apfelsaft schmeckte. Sie hörte die Türklingel und sah, wie ihr Vater aufstand, um zu öffnen. Sie hörte, wie er sagte: *Ach, Lars, so spät noch … nein, komm rein, wir gehen ins Arbeitszimmer. Ich wollte sowieso mit dir reden.* Sie wusste nicht, dass sie ihn nie mehr wiedersehen würde, und dann, als sie so müde wurde, auch ihre Schwester und ihre Mutter nie mehr. Ich hätte ihnen gern gesagt, wie lieb ich sie hatte.

Die Türklingel, *schrill, schrill, schrill.*

Fenna hob die Flinte ein wenig an, klemmte den Kolben zwischen Ellbogen und Hüfte und richtete die Läufe auf de Kook in seinem Tümpel aus buntem Licht. Sie wusste, dass sie ihn auf diese Entfernung nicht verfehlen konnte.

»Bitte, tun Sie das nicht«, sagte eine Stimme hinter ihr, eine Männerstimme, die sie noch nie gehört hatte. »Grietje, drücken Sie nicht ab! Ich kann Ihnen helfen. Mein Name ist Bruno van Leeuwen –«

Fenna drückte ab. Sie hörte das Krachen und sah, wie de Kook hochgerissen wurde von dem Rehposten, hochgerissen und halb auf die Couch geschleudert. Der Rückstoß riss ihr fast das Gewehr aus dem Arm. Sie kippte mit dem Stuhl um und lag auf dem Boden und dachte, *ich wollte das nicht. Der Mann, die Frau, das Kind.*

Sie schob sich die Mündungen der Läufe unter das Kinn und versuchte, nochmal abzudrücken. Ihr Arm war zu kurz, sie musste sich verrenken, um an den Abzug zu kommen, aber sie schaffte es, erwischte ihn mit dem Daumen und drückte noch einmal ab.

66

Van Leeuwen beugte sich über Fenna Kleijn und sagte: »Grietje, hören Sie mich?« Der Schuss hatte das Kinn verfehlt und nur den Hals erwischt, aber an ihrem Blick konnte van Leeuwen sehen, dass sie nicht mehr viel Zeit hatte. Das Blut schoss in kleinen Bögen aus einer Arterie; das linke Ohr war nicht mehr da. Er presste die Hand auf die Wunde, aber sie war zu groß. Die Augen des Mädchens schienen nach etwas zu suchen, die Pupillen wanderten in kleinen Rucken hin und her, bevor sie sich auf sein Gesicht hefteten. »Papa?«, fragte sie, heiser und leise.

In dem Raum wimmelte es von Polizeibeamten, die der Commissaris nur als Schatten wahrnahm. »Ich brauche einen Notarzt«, rief er, ohne sich zu bewegen. »Schnell!« Eine Minute oder zwei hatte er gedacht, sie würde vielleicht nicht sterben, weil ihre Augen noch offen waren, aber er konnte sehen, dass es jetzt sehr schnell gehen würde.

»Papa«, sagte das Mädchen.

»Ja«, sagte van Leeuwen. Er beugte sich weiter hinunter, um sie besser hören zu können.

»Du warst plötzlich verschwunden«, sagte sie.

»Ja. Ich musste dringend weg, Grietje. Aber jetzt bin ich wieder da.«

»Bleibst du … bleibst du bei mir?«

»So lange du willst.« Van Leeuwen merkte, dass seine Stimme ebenfalls heiser klang.

»Und Fenna?«

»Kommt vielleicht noch«, sagte er. »Ist schon unterwegs.«

»Wie – wie geht es ihr?«

»Sie macht sich. Sie ist – ist eine richtige junge Frau geworden, wie du.«

»Und Mama?«

»Mama ist bei ihr.«

Die Augen lösten sich von seinem Gesicht, schienen nach etwas zu suchen, an der Zimmerdecke, unter den Schatten, die sich durch den Raum bewegten.

Das Blut strömte weiter unter van Leeuwens Hand hervor. Das Mädchen zitterte, als wäre ihm kalt. »Grietje, du musst wach bleiben«, sagte er. »Weißt du, dass Fenna die ganze Zeit immer in deiner Nähe war? Sie hat versucht –«

»Erzähl mir von ihr«, unterbrach sie ihn. Ihr Blick kehrte zu ihm zurück, und dabei zupfte etwas an ihren Lippen. *Sie lächelt*, dachte der Commissaris.

»Fenna ist jetzt glücklich«, sagte er. »Sie ist eine junge Frau, die mit ihrem Leben zufrieden ist. Vor ein paar Jahren hat sie ihr Abitur gemacht und dann angefangen zu studieren, aber das Studium war doch nichts für sie. Sie wollte lieber was Richtiges arbeiten, und deswegen ist sie – also, sie hat sich bei einem Zoo als Tierpflegerin beworben, hier in Amsterdam. Und da hat sie einen netten Mann kennengelernt, mit dem sie eine Familie gründen will. Stell dir das vor, Fenna und eine Familie! Sie ist allerdings noch immer so streitlustig wie früher, besonders wenn ihr schwachköpfiger alter Vater wieder alles besser weiß. Hörst du?«

Sie lächelte. Ihr Blick löste sich von seinem Gesicht und schien sich in ihren Kopf zurückzuziehen. In ihren Augen wurde das Leben kleiner. »Ich hab dich lieb, Papa«, flüsterte sie.

»Bleib wach«, sagte er, »bitte, bleib wach.« Er sah hoch. »*Sanitäter!*«

»Ich habe euch alle sehr lieb.«

»Wir haben dich auch lieb«, sagte van Leeuwen, aber das hörte sie nicht mehr. Er nahm seine Hand von ihrem Hals, wo das Blut nicht mehr aus der Arterie sprühte. Nach einer Weile richtete er sich auf und stellte fest, dass einige der Beamten in der Wohnung herumstanden, als hätten sie nichts zu tun. »Wir haben hier zwei Tote«, fuhr er sie an. »Hat jemand die Gerichtsmedizin informiert? Wo ist der Technische Dienst? Herrgott, ist hier keiner mehr zu ordentlicher Polizeiarbeit fähig?«

»Der Mann lebt noch«, sagte einer der Beamten. »Er hat eine ordentliche Ladung abgekriegt, aber er lebt.«

»Dann seht zu, dass er am Leben bleibt, damit wir ihn vor Gericht stellen können«, sagte van Leeuwen. »Ich gehe jetzt nach Hause.« Plötzlich verspürte er eine Müdigkeit, die jede Bewegung zu einer Qual machte. *Ich kann nicht mehr*, dachte er; *ich will kein Polizist mehr sein. Ich lege mich jetzt ins Bett und stehe nie wieder auf. Bis zur Geburt unserer Tochter.*

Mit schweren, schmerzenden Schritten ging er zur Tür des Wohnzimmers. In der Tür blieb er noch einmal stehen und warf einen Blick zurück.

67

Als van Leeuwen um die letzte Kurve bog und das Haus am Hang erblickte, wurde der Himmel gerade hell. Linker Hand erstreckte sich die See, grauschwarz und glatt. Davor der Strand, in dem hier und dort zwischen dem Strandflieder merkwürdig geformte Tümpel glänzten. Es gab noch kaum Farben, nur dunkles Blau, etwas Schiefer und ein rostiges Rot. Es war kalt, aber nicht neblig. Noch immer lag Frost in der Luft. Die leeren Dalben im Hafen dienten nur ein paar Möwen als Liegeplatz.

Van Leeuwen parkte den Wagen neben dem Haus und stieg aus. Das Gras raschelte unter seinen Schuhen, dann knirschten Sand und kleine Steinchen. Er wusste, die Tür war nicht abgesperrt, aber er klopfte trotzdem, denn nach allem, was passiert war, wollte er nicht zurückkommen, ohne dass sie ihn einließ.

Es dauerte eine Zeit, bis Feline öffnete. Sie trug ihre braunen Stiefeletten, einen beigen Rock, den ockerfarbenen Pullover und einen rostfarbenen Schal, als sei sie fertig zum Ausgehen – dabei war es noch nicht einmal sieben Uhr morgens. Ihr Gesicht, vom Schlaf geglättet, war immer noch zart, wirkte aber älter als vor dem Unfall und etwas weniger selbstgewiss. Impulsiv breitete sie die Arme aus; er zog sie an sich. Er sagte nichts, und sie sagte auch nichts, gab nur einen leisen Laut von sich. Als hätte es nie etwas gegeben, das zwischen uns getreten ist, dachte er in ihren Armen und spürte doch, dass etwas sie trennte, was sie eigentlich verbinden sollte.

»Bruno«, sagte sie leise, dicht an seinem Ohr, und es klang fast erstaunt.

»Dachtest du, es ist Kapitän Ahab?«, fragte er ebenso leise.

»Wenn ein Mann eines Abends loszieht, um sich mit einer ganzen Armee von Drachen anzulegen, weiß man nie, wer eines Morgens wiederkommt.«

»Nur ein alter Drachentöter, der gern einen Kaffee hätte.«

»Dann komm«, sagte sie.

Er trat ein und folgte ihr in die Küche. Es roch schon nach Kaffee, und die italienische Zinkkanne auf dem Herd dampfte. Doch statt Tassen zu holen oder Zucker und Milch bereitzustellen, ging Feline nur mit bedächtigen Schritten durch die Küche. Sie trat ans Fenster und schob die Gardine beiseite, sah zum fahl kreisenden Scheinwerfer des Leuchtturms hinüber.

Van Leeuwen sagte nichts. Nichts schien zu passen. Schließlich ging er zum Schrank, holte selbst zwei Tassen heraus, nahm die Kanne vom Herd und schenkte ihnen Kaffee ein. Feline beobachtete ihn, griff jedoch nicht nach der Tasse. Er trank einen Schluck, schwarz, ohne Milch und Zucker. Der Kaffee war zu heiß.

Feline blieb vor ihm stehen, blickte ihn forschend an. Er spürte, wie ihm der Boden unter den Füßen zu entgleiten drohte. Er hatte gedacht, sie warte hier auf ihn, dabei war sie die ganze Zeit von ihm weggegangen. Er sah in ihre Augen, in diese Milchstraße aus winzigen Bernsteinsprenkeln rund um die Iris, und sie erzählten ihm von ihrem Entschluss. Fast hastig begann er zu reden, um einen Aufschub zu erhalten.

»Isa Vermeulen ist tot«, sagte er. »Gestern Abend hat ihr Herz aufgehört zu schlagen. Ich glaube, sie konnte nicht sterben, solange der Mann, den sie liebte, unschuldig im Gefängnis saß. Sie wollte aber auch nicht ohne ihn in der kalten Welt ihres Vaters leben. Deswegen schwebte sie drei Jahre lang im Nirgendwo zwischen Leben und Tod. Bis gestern Milan Kimmels Unschuld endgültig zu Tage trat, genauso wie die Verbrechen ihres Vaters.«

»Fenna Kleijn ist auch tot?«, fragte Feline.

»Ja. Und das ist meine Schuld, ich habe sie nicht rechtzeitig aufgespürt.« Er konnte sie nicht mehr ansehen und ging mit der Tasse ans Fenster. Er blickte ebenfalls zu dem Leuchtturm hinüber, dessen Scheinwerfer gerade erlosch. »Wenn ich schneller gewesen wäre, könnte sie noch leben.«

»Du bist zu streng mit dir«, sagte sie.

»Sie hat sich selbst erschossen, so verzweifelt war sie«, redete er unbeirrt weiter. »Und vorher hat sie versucht, de Kook zu töten, so wie sie seine Familie und Lars Janssen getötet hat. Das war Selbstjustiz. Fast zur selben Zeit hat Ruud Dekker den Mörder von Amelie Winter und Leon Boer umgebracht. Und wenn Milan Kimmel nicht in die Klinik eingedrungen wäre, um Noah Vermeulen zu einem Geständnis zu zwingen, hätte ich noch monatelange Ermittlungen vor mir gehabt. Alle Fälle, an denen ich gearbeitet habe, sind durch Selbstjustiz beendet worden. Wir haben völlig versagt. Als Polizei. Wir haben keinen der Fälle gelöst.«

Feline schüttelte den Kopf; er konnte es als Reflexion in der Fensterscheibe sehen. »Ihr hättet sie bekommen, früher oder später. Wenn Menschen mit Schusswaffen losziehen und jemand ohne Beweisaufnahme, Prozess und Schuldspruch töten, ist das ein Rückfall in die Barbarei. Deine Arbeit ist mühsamer, wie alles, was wir als Ausdruck von Zivilisation wahrnehmen. Immerhin hast du die Fälle Schritt für Schritt miteinander in Verbindung gebracht.«

»Danke, dass du das sagst. Aber die Tatsache ist: Ich –«

»Warum suchst du immer die Schuld bei dir?«

»Ich kann nicht anders, so bin ich eben«, sagte er schroff. »Wenn vor meinen Augen ein Kind überfahren wird, ist das meine Schuld. Wenn die Frau, die ich liebe, von seinem Pferd geworfen wird, auch. Wenn ein Mädchen sich selbst tötet, weil es in eine ausweglose Situation getrieben worden ist – als Folge schlechter Polizeiarbeit bei einem anderen Verbrechen, das an ihr verübt wurde –, dann suche ich die Schuld bei mir, weil ich Polizist bin.«

Er verspürte einen Anflug von Wut, weil sie ihn nicht zu verstehen schien. Sie verstand immer alles, nur das nicht, weil sie sich keine Mühe gab. Mit der Wut kam das Verlangen, sie in die Arme zu nehmen, anders als vorhin an der Tür, fester.

Als hätte sie das gespürt, wäre aber noch nicht dafür bereit, nahm sie sich jetzt selbst eine Tasse und gab Kaffee und Milch hinein. »Hatte Agent Dekker nicht eine Familie?«

»Eine Frau und einen Sohn«, sagte van Leeuwen.

»Was wird denn nun aus denen?«

»Sie sind versorgt. Samyel Caribe war ein Verbrecher. Dekker ist in Ausübung seines Dienstes gestorben.«

»Dann waren die Kugeln, die ihn getroffen haben, ein Kollateralschaden?« Felines Stimme hatte keinen wertenden Unterton. »Sowas wie *friendly fire*?«

»Ich glaube, ja«, bestätigte van Leeuwen. *Es ist wegen Klaas*, wollte er noch hinzufügen. *Er soll nicht darunter leiden, dass sein Vater auf Abwege geraten ist. Ich bin ja sowieso bald kein Commissaris mehr.* »So was in der Art. Ich kriege das schon hin.«

»So wie du alles hinkriegst«, sagte sie. Auch jetzt hatte ihre Stimme keinen wertenden Unterton. Einen Moment wie diesen hatte es zwischen ihnen noch nie gegeben, und er dachte, dass es anders sein sollte. Es sollte sein wie zu der Zeit, als wir neu füreinander waren, neu und mutig; als wir uns verliebten. Und wie danach, als es Liebe geworden ist; als wir unsere Liebe nicht daran erkannten, wie groß der Abstand zwischen uns geworden war.

Er senkte den Blick auf seine Tasse, weg von ihrem Gesicht, das nicht abweisend war, nur verschlossen. Zum ersten Mal dachte er, dass es vielleicht zu Ende war; dass sie nicht zu ihm zurückkehren würde, nicht mal, wenn man mit einbezog, dass er der Vater ihres Kindes war. Als ihm klar wurde, dass er seine Tochter nicht aufwachsen sehen würde, bekam er keine Luft. Er nahm den ganzen Mut zusammen, der ihm nach den letzten Tagen geblieben war. »Liebst du mich nicht mehr?«

Sie schüttelte den Kopf, ihr Blick wurde sanft. »Nein, natürlich liebe ich dich.«

»Hat es mit meinem Alter zu tun?«, fragte er. »Denkst du, dass ich zu alt bin, um mit dir ein Kind großzuziehen?«

»Nein.« Sie schüttelte den Kopf, lächelte fast. Erst jetzt bemerkte er einen Hauch von Grau in ihrem Haar. Sie wird älter, und ich bin alt, dachte er.

»Was ist es dann?«

»Das habe ich dir vorgestern Nacht gesagt, am Telefon.«

»Wartest du auf einen Mann, der noch nie eine andere Frau geliebt hat?«

»Nein, ich warte auf keinen anderen Mann. Ich will nur keinen Vater für meine Tochter, der öfter an seine tote Frau denkt als an mich.«

»Es ist auch meine Tochter.«

»Ja«, sagte sie. »Das stimmt. Aber es ändert nichts.«

Er fühlte sich wie früher als Junge, wenn er beim Spielen mitten im Rennen einen Fußball gegen den Kopf bekommen hatte; ein Schlag, der ihn zu blenden schien und ein Summen in den Ohren, das nicht aufhören wollte. »Ich glaube das nicht«, sagte er.

Sie stellte die Tasse ab und ging zu ihm, nahm die Tasse in seiner Hand und stellte sie ebenfalls weg. »Und wenn man's nicht glaubt, ist es nicht wahr?«

Außer wenn man stirbt, dachte er. *Und ich sterbe noch nicht*. Sie hielt seine Hände, wie um ihn zu trösten. Ja, so tröstet man ein Kind. Mit den Daumenballen spürte er ihren Puls am Handgelenk, der gleichzeitig auch der Herzschlag seiner Tochter war. Er wollte ihre Hände festhalten und sie an sich ziehen, und er wollte sie küssen und ihr durch die Haare fahren und sie gegen die Wand drängen, um ihren Körper zu spüren. Aber er tat nichts davon; er sah sie nicht mal mehr an, denn in diesem Augenblick hätte es zu weh getan.

Sie lehnte den Kopf an seine Brust, nur mit der Stirn. Ihr Körper schien sich zu entspannen, und einen Moment sah es so aus, als wollte sie ihren Widerstand aufgeben. Als suche sie nach einem Weg, auch seinen Herzschlag zu spüren, um vielleicht auf diese Weise ihre beiden Leben, nein, ihre drei Leben zu vereinen. »Bitte, versteh mich«, sagte sie. »Und sei mir nicht böse.«

»Ich brauche frische Luft«, sagte van Leeuwen. »Ich geh ein bisschen spazieren.«

Er drehte sich um und verließ die Küche und das Haus. Er dachte, *ich werde an den Strand gehen, und nach einer Zeit komme ich zurück, und sie hat es sich noch einmal überlegt.*

Die Sonne ging auf. Das grelle Licht blendete ihn. Das Gefühl der Betäubung hielt immer noch an. Der kalte Aprilwind packte ihn. Er schob die Fäuste in die Taschen des Dufflecoats und marschierte los, folgte dem kleinen Pfad, der über den Kamm des Hügels zu einem steilen Hang führte. Dort lag ein vom Sturm gefällter alter Baum, dessen knorrige Wurzeln halb im Erdreich steckten und halb in die Luft ragten. Die meisten Äste waren abgebrochen; Moos überzog die Rinde.

Van Leeuwen ging zu dem Baum und setzte sich vor dem Stamm ins Gras. Von dort, wo er saß, konnte er den Hang hinab und über die Bucht auf das Meer sehen. Die Sonne stieg schnell höher. Das Wasser gleißte, und er sah so lange hin, bis seine Augen tränten. Der Wind war noch immer kühl, aber die Sonne lag warm auf seinem Gesicht. Sein Herz schlug so laut, dass er weder den Wind noch die Wellen hören konnte.

Er dachte, *warum sitze ich hier und grübele, dabei gibt es nicht das Geringste zum Nachdenken. Ich bin nicht der erste Mann, dessen Frau es sich anders überlegt. Jammern hat keinen Sinn. Und ich habe immer noch meine Erinnerungen. Zwei herrliche Frauen, die mich geliebt haben und die ich lieben durfte, sind mehr, als die meisten Männer je haben. Aber ich will nicht jemand sein, der nur aus der Ferne zusieht, wie seine Tochter aufwächst, keiner von diesen Männern. In ein paar Tagen rede ich noch einmal mit Feline. In ein paar Tagen kann sich vieles ändern.*

Er stand auf, schob die Hände wieder in die Taschen und schlug den Weg zur Straße ein. Er ging mechanisch, den Kopf ein wenig gesenkt. Manchmal blieb er stehen, um zum Haus hinter sich zu sehen, aber niemand stand auf dem Hügel und winkte ihm zurückzukommen. Das Handy in seiner rechten Manteltasche vibrierte. Er holte es heraus und schaute auf das Display. *Jaap Joodenbreest.* Er schaltete es aus und schob es wieder in die Manteltasche. Dann ging er weiter, zurück zu seinem Wagen, der nie wirklich seiner, sondern immer Simones gewesen war. Und alles, was er in den letzten Wochen und Monaten erhofft und getan hatte, war vorüber.

68

Jinjin Dekker stand am Fenster zum Hof und schaute hinaus auf die Straße und die anderen Häuser der Siedlung jenseits der Straße und auch jenseits der kargen Grünfläche mit dem Baum, der kaum noch Äste und keine Blätter hatte. »Ja«, sagte sie, »ich habe alles verstanden. Mein Mann Ruud ist tot, ja? Im Dienst getötet. Habe ich verstanden. Nein, Sie müssen niemand schicken. Der Commissaris wird zu mir kommen und sagen, was ich jetzt tun soll, ja?«

Sie unterbrach die Verbindung, schaltete das Handy aus und legte es auf die Fensterbank. Als es gestern Abend an der Tür geklingelt hatte – und später in der Nacht noch einmal und schließlich wieder früh am Morgen –, hatte sie es schon gewusst. Sie hatte gedacht, wenn sie einfach nicht öffnete, ging es wieder weg, ohne dass sie es hören musste. Und so war es auch gewesen. Wozu gibt es Telefone? Sie wollte nicht, dass man ihr ins Gesicht sehen konnte, wenn sie es erfuhr. Sie wollte sich nicht verraten, selbst wenn ihre Miene so undurchdringlich schien wie die der zarten, schlanken Frau, deren Spiegelbild ihr gerade aus der Fensterscheibe entgegenblickte, gelb im Sonnenlicht.

»Mama?« Klaas näherte sich ihr mit seinen kurzen, leisen Schlurfschritten und umarmte ihre Beine, als spürte er, dass etwas geschehen war, etwas Ungewöhnliches; dass sie vielleicht Trost brauchte. Aber den brauchte sie nicht, denn ihr Mann war ja tot, nicht sie. Er war im Dienst getötet worden, hatte der Polizeibeamte am Telefon gesagt. Das bedeutete, sie bekam das Geld aus der Lebensversicherung und die Rente und alles andere.

Wie erschrocken war sie gewesen, als sie ihren Mann vor dem *Toko Dun Jong* knien gesehen hatte! Zuerst hatte sie gedacht, er würde sie vielleicht nicht erkennen, nur eine Chinesin unter Chinesen. Aber dann hatte sie sein Gesicht gesehen und fast gespürt, wie ihm die Luft in den Lungen stehengeblieben war. Er hatte niemandem gesagt, dass sie da gewesen war, sonst wären sie schon gekommen, um sie mitzunehmen. Und niemand sonst hatte sie bemerkt – wer achtet auf eine Chinesin unter lauter anderen Chinesen? Er wollte nicht mehr unter einem Dach mit ihr leben, nachdem er begriffen hatte, weswegen sie da gewesen war; das konnte sie verstehen. Aber Klaas brauchte seine Mutter, und deswegen hatte er sie nicht verraten.

Jetzt liegt das ganze Leben erst richtig vor uns, dachte sie. *Wir sind so jung, Klaas, du und ich. Vielleicht fahren wir zurück nach Hainan und kaufen die Hütte am großen Fluss, in der mein ehrwürdiger Vater meine geliebte Mutter geschlagen hat. Oder das Haus, in dem er sie mit seiner Geliebten betrogen hat. Ja, das wäre bestimmt sehr schön, dort zu wohnen, vor allem, wenn abends die Wildgänse über das Wasser fliegen, erst dicht über der Oberfläche, dann höher und immer höher, geradewegs in die Sonne hinein.*

»Komm, Klaas, ich backe einen Apfelkuchen für uns«, sagte JinJin, legte ihrem Sohn eine Hand auf den Kopf, auf das dünne Haar, und führte ihn neben sich zur Küche.

»Kommt Papa nach Hause?«, fragte der Junge.

»Ach«, sagte Jin Jin. »Ich weiß nicht, wo der Papa gerade ist.« *Er ist wieder bei ihr*, dachte sie, *aber jetzt ist es anders*. Es war nicht schwer gewesen, nicht schwerer, als es für einen Windstoß war, ein abgestorbenes Blatt von einem Ast zu fegen. Ein Stoß, nein, weniger als ein Stoß, und wo vorher etwas gewesen war, war – *husch!* – nichts mehr, nur ein leeres Fenster. Bestimmt hatte sie ohnehin vorgehabt zu springen, das billige dumme Mädchen, sonst wäre es nicht so leicht gewesen für den Wind am Abend.

Nachwort

Der Autor dankt Onno de Fouw, Rotterdam, für seine Hilfe beim Hintergrundcheck der im Roman beschriebenen Fakten. Sollten sich im vorliegenden Text trotzdem noch sachliche Fehler finden, so ist es ihnen gelungen, sich sogar vor seinen scharfen Augen zu verstecken. In jedem Fall trägt die Verantwortung dafür aber ausschließlich der Autor.

»Der rundum gelungene Auftakt einer neuen Krimireihe.« FOCUS

*Cover- und Preisänderungen vorbehalten

Claus Cornelius Fischer

Commissaris van Leeuwen und die verlorene Frau

Kriminalroman

Piper Taschenbuch, 400 Seiten

€ 10,00 [D], € 10,30 [A]*

ISBN 978-3-492-31366-7

In Amsterdam wird ein vierzehnjähriger Junge Opfer eines unheimlichen Mordes. Commissaris Bruno van Leeuwen, ohnehin belastet durch die schwere Krankheit seiner Frau, nimmt die aussichtslos scheinenden Ermittlungen auf. Doch die Suche nach dem Täter konfrontiert ihn mehr und mehr auch mit einem dunklen Geheimnis in seiner Ehe. Erst als ein zweiter Mord geschieht, führen ihn Spuren zu dem besessenen Anthropologen Josef Pieters. Der Commissaris zieht die Schlinge um den für den Nobelpreis nominierten Wissenschaftler immer enger zusammen ...

Leseproben, E-Books und mehr unter www.piper.de

PIPER